BERNARD CORNWELL

Der Winterkönig

W0322606

Buch

Britannien im fünften Jahrhundert. Die letzten Tage der großen Dunkelheit sind angebrochen. Die Erinnerung an das römische Reich beginnt zu verblassen, und die heidnischen Götter weichen vor dem sich ausbreitenden Christentum zurück. Drohend lauern die Sachsen vor den Grenzen, denn allzu zerbrechlich sind die Bündnisse zwischen den zahllosen britischen Königreichen, um den Ansturm der Feinde auf Dauer standzuhalten. Als der Großkönig Uther Pendragon stirbt und sein Nachfolger ein hilfloses Kind ist, gibt es nur einen Mann, der den Thron halten kann: Arthur, der Bastardsohn Uther Pendragons. Doch Arthur wurde einst vom Vater nach Armorica verbannt. Nun erzählt Derfel, ein Zögling Merlins und Arthurs Kampfgefährte, die Geschichte von Arthurs Rückkehr und seinem ehrenhaften Eintreten für den Frieden. Er berichtet von dem Kampf zwischen Christentum und Magie; von Guinevere, die Arthur leidenschaftlicher liebt, als gut für ihn ist; und von dem Verhängnis in Gestalt des verführerischen Lancelot. Von faszinierenden Frauen und Männern, die sich im Sog der Ereignisse bewähren – oder scheitern.

Autor

Bernard Cornwell, in London geboren und in Wessex aufgewachsen, arbeitete lange Jahre erfolgreich als Reporter für das BBC-Fernsehen. 1980 folgte er seiner amerikanischen Frau nach Cape Cod, wo er bis heute lebt und schreibt. In den USA und England feiert Cornwell Triumphe mit der erfolgreich für das Fernsehen verfilmten *Sharpe*-Serie über Lord Wellingtons Spanienfeldzug und mehreren Romanen über den amerikanischen Bürgerkrieg.
»Der Winterkönig« ist der erste Teil einer großen Romantrilogie über König Artus.

Bernard Cornwell im Blanvalet Verlag
Der Schattenfürst (Band 2, gebunden, Nr. 0005)
Arthurs letzter Schwur (Band 3, gebunden, ‹Nr. 0006)

BERNARD
CORNWELL

Der Winterkönig

Ein Arthur-Roman

Aus dem Englischen
von Gisela Stege

BLANVALET

Die Originalausgabe erschien 1995 unter dem Titel
»The Winter King«
bei Michael Joseph Ltd., London.

Umwelthinweis:
Alle bedruckten Materialien dieses Taschenbuches
sind chlorfrei und umweltschonend.
Das Papier enthält Recycling-Anteile.

Taschenbuchausgabe Oktober 1998
Copyright © der Originalausgabe 1992 by Bernard Cornwell
Copyright © der deutschsprachigen Ausgabe 1996
by Blanvalet Verlag, München
in der Verlagsgruppe Bertelsmann GmbH
Umschlaggestaltung: Design Team München
Umschlagillustration: Ferenc Regös
Druck: Elsnerdruck, Berlin
Verlagsnummer: 35027
Lektorat: Silvia Kuttny
Redaktion: Petra Lingsminat
MD · Herstellung: Heidrun Nawrot
Made in Germany
ISBN 3-442-35027-1

3 5 7 9 10 8 6 4 2

Der Winterkönig ist für Judy – in Liebe.

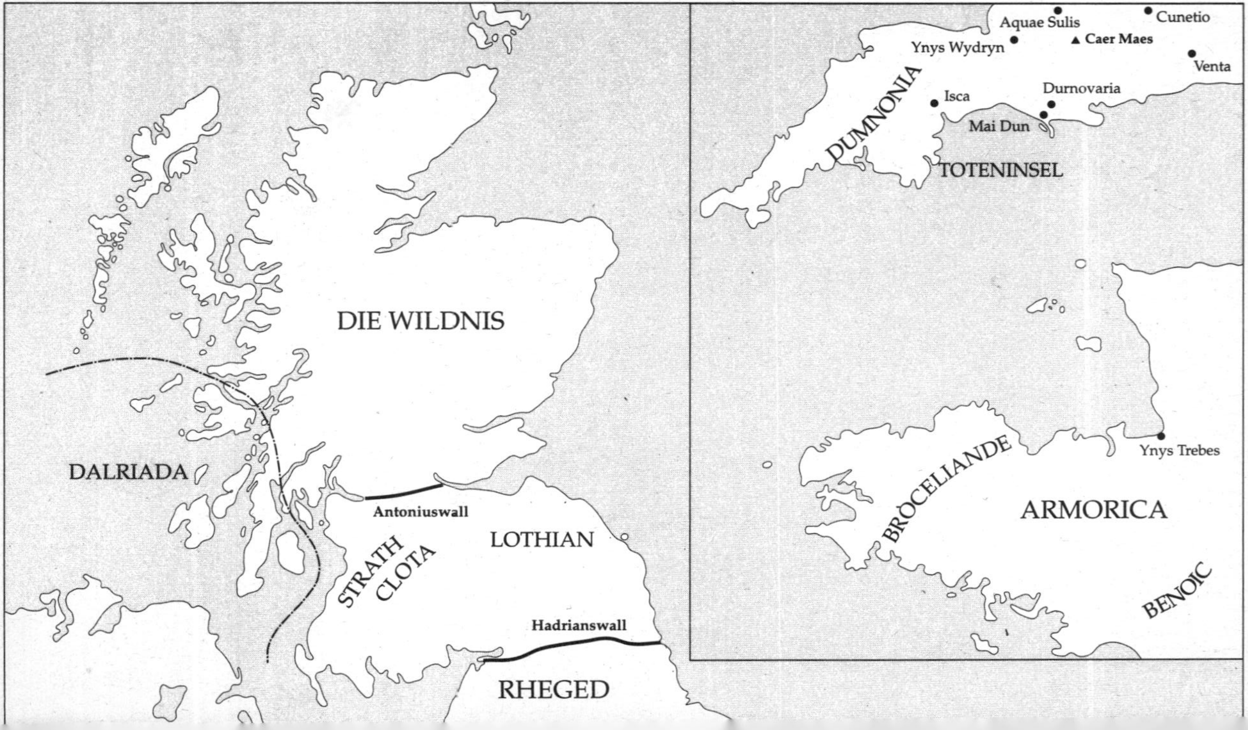
DIE WILDNIS
DALRIADA
Antoniuswall
LOTHIAN
STRATH CLOTA
Hadrianswall
RHEGED
Aquae Sulis
Cunetio
Ynys Wydryn
Caer Maes
Venta
DUMNONIA
Isca
Durnovaria
Mai Dun
TOTENINSEL
Ynys Trebes
BROCELIANDE
ARMORICA
BENOIC

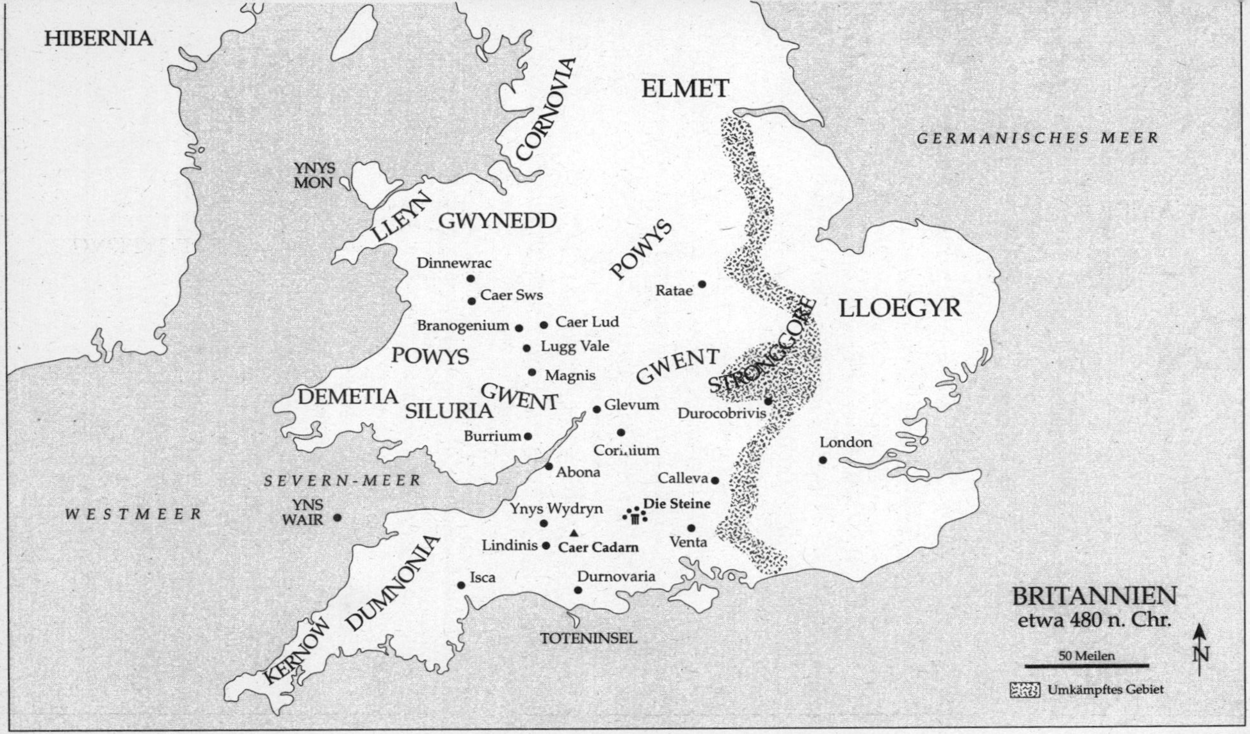
HIBERNIA
ELMET
CORNOVIA
GERMANISCHES MEER
YNYS MON
LLEYN
GWYNEDD
POWYS
Dinnewrac
Caer Sws
Ratae
LLOEGYR
STRONGGORE
Branogenium
Caer Lud
Lugg Vale
POWYS
Magnis
GWENT
DEMETIA
SILURIA
GWENT
Glevum
Durocobrivis
Burrium
London
Abona
SEVERN-MEER
Calleva
WESTMEER
YNS WAIR
Ynys Wydryn
Die Steine
Lindinis
Caer Cadarn
Venta
DUMNONIA
Isca
Durnovaria
KERNOW
TOTENINSEL
BRITANNIEN
etwa 480 n. Chr.
50 Meilen
N
Umkämpftes Gebiet

Dramatis Personae

Aelle	Ein sächsischer König
Agricola	Kriegsherr von Gwent, König Tewdrics Feldherr
Ailleann	Arthurs Geliebte, Mutter seiner Zwillingssöhne Amhar und Loholt
Amhar	Illegitimer Sohn Arthurs
Anna	Arthurs Schwester, Gemahling König Budics von Broceliande
Arthur	Uthers illegitimer Sohn und Mordreds Protektor
Balise	Ein alter dumnonischer Druide
Ban	König von Benoic, Lancelots und Galahads Vater
Bedwin	Bischof von Dumnonia, Hauptberater des Königs
Bleiddig	Ein Häuptling aus Benoic
Bors	champion von Benoic
Brochvael	König von Powys nach Arthurs Zeit
Cadwallon	König von Gwynedd
Cadwy	Vasallenfürst aus Dumnonia, der die Grenze zu Kernow bewacht
Caleddin	Druide, längst verstorben, der Merlins Handschrift anfertigen ließ
Cavan	Derfels stellvertretender Hauptmann
Cei	Arthurs Kindheitsfreund, inzwischen einer seiner Krieger
Ceinwyn	Prinzessin von Powys, Cuneglas' Schwester und Gorfyddyds Tochter
Celwin	Ein Priester, der in Ynys Trebes forscht
Cerdic	Ein sächsischer König
Culhwch	Arthurs Cousin, einer seiner Krieger
Cuneglas	Kronprinz von Powys, Gorfyddyds Sohn

Dafyd ap Gruffud	Schreiber, der Derfels Geschichte übersetzt
Derfel Cadarn	Der Erzähler, geborener Sachse, Mündel Merlins und einer von Arthurs Kriegern
Diwrnach	Irischer König von Lleyn, einem Land, das früher Henis Wyren genannt wurde
Druidan	Ein Zwerg, Befehlshaber von Merlins Wache
Elaine	Königin von Benoic, Lancelots Mutter
Galahad	Prinz von Benoic, Lancelots Halbbruder
Gereint	Vasallenfürst von Dumnonia, Lord der Steine
Gorfyddyd	König von Powys, Cuneglas' und Ceinwyns Vater
Griffid ap Annan	Owains Hauptmann
Gudovan	Merlins Schreiber
Guendoloen	Merlins verlassene Gemahlin
Guinevere	Prinzessin von Henis Wyren, Leodegans Tochter und spätere Gattin Arthurs
Gundleus	König von Siluria
Gwlyddyn	Zimmermann aus Ynys Wydryn
Helledd	Prinzessin von elmet, die sich mit Cuneglas von Powys vermählt
Hygwydd	Arthurs Schildknappe
Hywel	Merlins Verwalter
Igraine	Königin von Powys, vermählt mit Brochvael und Derfels Gönnerin in Dinnewrac
Igraine von Gwynedd	Arthurs Mutter (ebenfalls Mutter von Morgan, Anna und Morgause)
Iorweth	Ein Druide aus Powys
Issa	Einer von Derfels Speerkämpfern
Ladwys	Gundleus' Geliebte
Lancelot	Kronprinz von Benoic, Bans Sohn
Lanval	Ein Krieger Arthurs, Befehlshaber von Guineveres Leibwache

Leodegan	Ex-König von Henis Wyren, Schatzmeister, Guineveres Vater
Ligessac	Befehlshaber von Mordreds Leibwache, der später zu Gundleus überläuft
Llywarch	Nach Owain Befehlshaber von Mordreds Leibwache
Loholt	Arthurs illegitimer Sohn, Amhars Zwillingsbruder
Lunete	Derfels erste Gefährtin, später Hofdame von Guinevere
Lwellwyn	Schreiber im Schatzamt von Dumnonia
Maelgwyn	Mönch in Dinnewrac
Mark	König von Kernow, Tristans Vater
Melwas	König der Belger, Vasall von Dumnonia
Merlin	Lord von Avalon, ein Druide
Meurig	Kronprinz von Gwent, Tewdrics Sohn
Mordred	Kindkönig von Dumnonia
Morfans	»Der Häßliche«, ein Krieger Arthurs
Morgan	Arthurs Schwester, eine Priesterin Merlins
Morgause	Arthurs Schwester, vermählt mit König Lot von Lothian
Nabur	Christlicher Magistrat in Durnovaria, Mordreds gesetzlicher Vormund
Nimue	Merlins Geliebte, eine Priesterin
Norwenna	Uthers Schwiegertochter, Mordreds Mutter
Oengus Mac Airem	Irischer König von Demetia, König der Schwarzschilde
Owain	Uthers Champion, ein Kriegsherr von Dumnonia
Pellinore	Wahnsinniger König, auf Ynys Wydryn eingesperrt
Ralla	Gwlyddyns Ehefrau, Mordreds Amme
Sagramor	Arthurs numidischer Befehlshaber
Sansum	Christlicher Priester und Bischof und Derfels Vorgesetzter in Dinnewrac

Sarlinna	Ein Kind, das das Massaker von Dartmoor überlebt hat
Sebile	Morgans sächsische Sklavin
Tanaburs	Ein Druide aus Siluria
Tewdric	König von Gwent
Tristan	Kronprinz von Kernow
Tudwal	Novize in Dinnewrac
Uther	König von Dumnonia, Großkönig von Britannien, der Pendragon
Valerin	Häuptling aus Powys, einstmals mit Guinevere verlobt

ORTE

Alle Orte, die mit * markiert sind, wurden geschichtlich nachgewiesen.

Abona*	Avonmouth, Avon
Aquae Sulis*	Bath, Avon
Branogenium*	Römisches Fort. Leintwardine, Hereford & Worcester
Burrium*	Tewdrics Hauptstadt. Usk, Gwent
Caer Cadarn	Dumnonias Königshügel, South Cadbury Hill, Somerset
Caer Dolforwyn*	Powy's Königshügel. Nahe Newtown, Powys
Caer Lud*	Ludlow, Shropshire
Caer Maes	White Sheet Hill, Mere, Wiltshire
Caer Sws*	Gorfyddyds Hauptstadt. Caersws, Powys
Calleva*	Grenzbefestigung. Silchester, Hampshire
Coel's Hill*	Coles Hügel, Hereford & Worcester
Corinium*	Cirencester, Gloucestershire

Cunetio*	Mildenhall, Wiltshire
Dinnewrac	Ein Kloster in Powys
Durnovaria*	Dorchester, Dorset
Durocobrivis*	Dunstable, Bedfordshire
Glevum*	Cloucester
Isca*	Exeter, Devon
Lindinis*	Römische Stadt. Ilchester, Somerset
Lugg Vale*	Mortimer's Cross, Hereford & Worcester
Magnis*	Römische Festung. Kenchester, Hereford & Worcester
Mai Dun*	Maiden Castle, Dorchester, Dorset
Ratae*	Leicester
Die Steine*	Stonehenge
Toteninsel*	Portland Bill, Dorset
Venta*	Winchester, Hampshire
Ynys Mon*	Anglesey
Ynys Trebes	Hauptstadt von Benoic. Mont St.-Michel, Frankreich
Ynys Wair*	Lundy Island
Ynys Wydryn*	Glastonbury, Somerset

ERSTER TEIL

Eine Geburt im Winter

Es war einmal in einem Land, das man Britannien nannte. Bischof Sansum, den Gott vor allen anderen Heiligen, lebend oder tot, segnen möge, sagt, man müsse diese Erinnerungen mit all dem anderen Unrat der gefallenen Menschheit in den tiefsten Höllenschlund werfen, denn diese Geschichten handeln von den letzten Tagen, bevor die große Dunkelheit über das Licht unseres Herrn Jesus Christus kam. Es sind Geschichten von jenem Land, das wir Lloegyr, Verlorenes Land, nennen, von jenem Land, das einstmals unser war, das unsere Feinde aber nun England nennen. Es sind Geschichten von Arthur, dem Kriegsherrn, dem »König, der niemals war«, dem Feind Gottes und – Jesus und Bischof Sansum mögen mir vergeben – dem besten Mann, den ich je gekannt habe. Wie habe ich um Arthur geweint!

Heute ist ein kalter Tag. Die Berge sind totenfahl, die Wolken dunkel. Es wird noch vor Anbruch der Nacht zu schneien beginnen, aber Sansum wird uns den Segen eines Feuers unzweifelhaft verweigern. Es sei gut, sagt der Heilige, das schwache Fleisch zu kasteien. Ich bin jetzt alt, aber Sansum, Gott möge ihm noch viele Jahre gewähren, ist noch älter, also kann ich mein Alter nicht als Argument anführen, um den Holzverschlag aufzuschließen. Da Sansum einfach sagen wird, unsere Leiden seien ein Opfer für Gott, der mehr gelitten habe als wir alle zusammen, werden wir sechs Brüder im Halbschlaf vor Kälte zittern; morgen wird überdies der Brunnen zugefroren sein, und Bruder Maelgwyn wird an der Kette hinabklettern und mit einem Stein das Eis aufschlagen müssen, bevor wir etwas zu trinken bekommen.

Dennoch ist die Kälte nicht die schlimmste Plage des Winters, denn die vereisten Wege werden verhindern, daß Igraine das

Kloster besucht. Igraine ist unsere Königin, die Gemahlin König Brochvaels. Sie ist dunkel und zierlich, sehr jung und so lebendig, daß es wie Sonnenwärme an einem Wintertag ist. Sie kommt hierher, um zu beten, ihr möge ein Sohn geschenkt werden, verbringt aber mehr Zeit im Gespräch mit mir als in der Zwiesprache mit der Muttergottes oder ihrem gesegneten Sohn. Sie redet mit mir, weil sie so gern die Geschichten von Arthur hört, und ich habe ihr im vergangenen Sommer alles erzählt, woran ich mich erinnern konnte, und als mir nichts mehr einfiel, brachte sie mir einen Stapel Pergament, eine Hornflasche voll Tinte und ein Bündel Gänsefedern für Federkiele. Arthur trug Gänsefedern als Helmzier. Diese Federn sind nicht so groß und nicht so weiß, doch als ich gestern den Strauß Kiele gegen den Winterhimmel hielt, glaubte ich einen wundervollen, schuldbewußten Augenblick lang, hinter den Federn sein Gesicht zu sehen. Einen kurzen Augenblick lang fauchten der Drache und der Bär wieder über ganz Britannien, um den Heiden Angst einzuflößen, aber dann mußte ich niesen und sah, daß ich nichts als eine Handvoll Federn hielt, die mit Gänsekot verklebt und zum Schreiben kaum geeignet waren. Auch die Tinte ist hier schlecht: nichts als Lampenruß, gemischt mit Gummiharz aus Apfelrinde. Die Pergamentseiten sind besser. Sie sind aus Lammhäuten hergestellt, die noch aus den Tagen der Römer stammen, und waren früher mit einer Schrift bedeckt, die keiner von uns lesen konnte, aber Igraines Frauen schabten die Häute ab, bis sie schneeweiß waren. Sansum sagt, es wäre besser, wenn Schuhe aus diesen Lammhäuten gemacht würden, doch die abgeschabten Häute sind zu dünn, um sie zu Schuhwerk zu verarbeiten, und außerdem wagt Sansum es nicht, Igraine zu kränken und sich dadurch die Freundschaft König Brochvaels zu verscherzen. Unser Kloster liegt nicht mehr als einen halben Tagesmarsch von den feindlichen Speerkämpfern entfernt, und selbst unser kleines Vorratshaus könnte unsere Feinde verlocken, über den Schwarzen Fluß in die Berge und in Dinnewracs Tal vorzudringen, hätten Brochvaels Krieger nicht Befehl, uns zu beschützen. Allerdings könnte wohl nicht einmal Brochvaels Freundschaft Sansum mit der Vorstellung versöhnen, daß Bruder Derfel einen Bericht über Arthur, den Feind Gottes, verfaßt. Deswegen haben Igraine und ich den ehrwürdigen Heiligen angelogen und ihm erklärt, ich schriebe an einer Übersetzung des Evangeliums unseres Herrn Jesus Christus in der Zunge der Angelsachsen. Da der gesegnete Heilige die Sprache der Feinde weder spricht noch lesen kann, müßten wir ihn lange genug irreführen können, um die Geschichte bis zu ihrem Ende aufzuschreiben.

Und irregeführt werden muß er, denn kurz nachdem ich begonnen hatte, ebendieses Pergament zu beschreiben, kam der heilige Sansum zu mir herein. Er trat ans Fenster, spähte in den trüben Himmel hinauf und rieb sich die hageren Hände. »Ich liebe die Kälte«, verkündete er, weil er wußte, daß ich anders denke.

»Am schlimmsten spüre ich sie in meiner fehlenden Hand«, erwiderte ich freundlich. Es ist die Linke, die mir fehlt, und den knotigen Stumpf meines Handgelenks benutze ich, um beim Schreiben das Pergament festzuhalten.

»Jeder Schmerz ist eine gesegnete Mahnung an die Leiden unseres geliebten Herrn«, sagte der Bischof, wie ich erwartet hatte. Er stützte sich auf den Tisch, um zu betrachten, was ich geschrieben hatte. »Erklär mir, was diese Wörter bedeuten, Derfel«, verlangte er.

»Ich schreibe die Geschichte von der Geburt des Jesuskindes«, log ich.

Er starrte auf das Pergament und zeigte mit dem schmutzigen Fingernagel auf seinen eigenen Namen. Er vermag einige Buchstaben zu entziffern, und sein Name muß ihm auf dem Pergament so deutlich ins Auge gefallen sein wie ein Rabe im Schnee. Dann kicherte er wie ein boshaftes Kind und drehte eine meiner weißen Haarsträhnen um seine Finger. »Ich war nicht anwesend bei der Geburt unseres Herrn, Derfel, und dennoch lese ich da meinen Namen. Schreibst du etwa Ketzerisches, du Ausgeburt der Hölle?«

»Herr«, erwiderte ich demütig, während er mein Gesicht dicht auf meine Arbeit hinabdrückte, »ich habe mit dem Evangelium begonnen, indem ich hier festhielt, daß ich nur durch die Gnade unseres Herrn Jesus Christus und mit Erlaubnis seines größten Heiligen Sansum...« – hier rückte ich meinen Finger auf seinen Namen – »in der Lage bin, die frohe Botschaft von Jesus Christus aufzuschreiben.«

Er zerrte so stark an meinen Haaren, daß er mir einige davon ausriß; dann trat er zurück. »Du bist die Brut einer sächsischen Hure«, sagte er, »und einem Sachsen hat man noch nie trauen können. Sieh dich vor, Sachse, daß du dich nicht gegen mich versündigst.«

»Gnädigster Herr«, sagte ich zu ihm, aber er ging schon davon und hörte mich nicht mehr. Es gab eine Zeit, da beugte er vor mir das Knie und küßte mein Schwert, jetzt aber ist er ein Heiliger, während ich nicht mehr als der elendigste aller Sünder bin. Und ein frierender Sünder dazu, denn das Licht vor unseren Mauern ist trügerisch, grau und voller Bedrohung. Bald schon wird der erste Schnee fallen.

Schnee lag auch damals, als Arthurs Geschichte begann. Das war vor einem Menschenleben, im letzten Jahr der Regierungszeit Großkönig Uthers. Gemäß der römischen Zeitrechnung war es 1233 Jahre nach der Gründung ihrer Stadt, obwohl wir in Britannien die Jahre gewöhnlich vom Schwarzen Jahr an zählen, jenem Jahr, in dem die Römer die Druiden auf Ynys Mon niedermachten. Nach dieser Rechnung beginnt Arthurs Geschichte im Jahre 420, obwohl Sansum, Gottes Segen über ihn, unsere Zeit vom Datum der Geburt unseres Herrn Jesus Christus an zählt, die, wie er glaubt, 480 Winter vor all diesen Ereignissen liegt. Wie immer man die Jahre aber auch zählen mag, es ist lange her, es war einmal in einem Land namens Britannien, und ich war dabei.

Folgendermaßen ist es geschehen.

Es begann mit einer Geburt.

In einer bitterkalten Nacht, als das Königreich still und weiß unter dem abnehmenden Mond lag.

In der Halle schrie Norwenna.

Und schrie.

Es war Mitternacht. Der Himmel war klar, trocken und sternenglitzernd. Die Erde war so hart wie Eisen gefroren, die Bäche eiserstarrt. Daß der Mond abnahm, war ein schlechtes Vorzeichen. In seinem matten Licht schienen die langgestreckten westlichen Landstriche kalt und bleich zu glühen. Da seit drei Tagen weder Schnee gefallen war noch Tauwetter eingesetzt hatte, war fast die ganze Welt weiß. Nur die Bäume, die der Wind vom Schnee befreit hatte, standen schwarz und vielfach verzweigt vor dem winterlich-trostlosen Land. Unser Atem bildete Wolken, trieb aber nicht davon, denn um diese klare Mitternachtsstunde ging kein Wind. Die Erde wirkte so tot und still, als hätte Belenus, der Sonnengott, sie verlassen und einer endlosen, kalten Leere überantwortet. Und es war wirklich kalt – eine bittere, tödliche Kälte. An den Traufen der großen Halle von Caer Cadarn hingen lange Eiszapfen, genau wie an dem Torbogen, durch den sich früher an diesem Tag der Troß des Großkönigs durch die Schneewehen gekämpft hatte, um die Prinzessin in diese hoch gelegene Stätte der Könige zu bringen. In Caer Cadarn wurde der Königsstein verwahrt; dies war der Ort der Königswahl, und nur hier, erklärte der Großkönig, dürfe sein Erbe geboren werden.

Wieder begann Norwenna zu schreien.

Ich hatte noch nie die Geburt eines Kindes mit angesehen, und so Gott will, werde ich auch nie eine zu sehen bekommen. Ich habe eine Stute fohlen sehen und beobachtet, wie Kälber in die Welt hineingleiten, ich habe das leise Winseln einer werfenden Hündin gehört und die Wehen einer gebärenden Katze gespürt, doch nie habe ich das Blut und den Schleim gesehen, von denen die Schreie einer Frau begleitet werden. Und wie Norwenna schrie! Obwohl sie versuchte, sich zu beherrschen, wie die Frauen später berichteten. Manchmal riß das Schreien plötzlich ab. Dann hing die darauffolgende Stille über der ganzen Hochburg, und der Großkönig hob den schweren Kopf aus den Fellen und lauschte so aufmerksam, als läge er in einem Dickicht und die Sachsen wären in der Nähe, nur daß er in der Hoffnung lauschte, die plötzliche Stille möge den Moment der Geburt kennzeichnen, den Moment, da sein Königreich wieder einen Erben hatte. Er lauschte, und in der Stille der frosterstarrten Befestigungen hörten wir das schreckliche rauhe Geräusch, mit dem seine Schwiegertochter atmete, und einmal, nur ein einziges Mal, ein jämmerliches Wimmern. Der Großkönig wandte sich halb um, als wollte er etwas sagen, dann aber setzten die Schreie wieder ein, und sein Kopf sank in die dichten Felle zurück, so daß in der verschatteten Höhle, die von der schweren Pelzkapuze und dem Pelzkragen gebildet wurde, nur noch das Glitzern seiner Augen zu sehen war.

»Ihr solltet Euch nicht auf den Wällen aufhalten, Lord König«, sagte Bischof Bedwin.

Uther winkte mit einer behandschuhten Hand, als wollte er sagen, Bedwin könne gern hineingehen, dorthin, wo die Feuer brannten, doch Großkönig Uther, Pendragon – Oberster Feldherr – von Britannien, werde sich nicht von der Stelle rühren. Er wollte auf Caer Cadarns Wällen stehen, damit er auf das vereiste Land und in die stille Luft hinausblicken konnte, wo die Dämonen lauerten. Aber Bedwin hatte recht, der Großkönig hätte in dieser rauhen Nacht nicht auf der Wacht vor Dämonen sein sollen. Uther war alt und krank, und dennoch hing die Sicherheit des Königreichs von seinem aufgedunsenen Körper und seinem trägen, traurigen Verstand ab. Vor sechs Monaten noch war er voll Lebenskraft gewesen, dann aber war die Nachricht vom Tod seines Erben gekommen. Mordred, sein Lieblingssohn und der einzige überlebende Sohn seiner Gemahlin, war im Tal des Weißen Pferdes von einer sächsischen Breitaxt niedergemäht worden und dann verblutet. Durch seinen Tod hatte das Königreich keinen Erben mehr, und ein Königreich ohne Erben ist ein verfluchtes Königreich, aber in dieser Nacht würde Mordreds Witwe, so es der Wille der Götter war, Uthers Erben zur Welt bringen. Es sei denn natürlich, das Kind war ein Mädchen – dann wäre das ganze Leid umsonst gewesen und das Königreich zum Untergang verdammt.

Uthers schwerer Schädel hob sich aus dem Pelzwerk, das dort, wo sich sein Atem in den Fellen niederschlug, eisverkrustet war. »Wird alles getan, Bedwin?« erkundigte sich Uther.

»Alles, Lord König, alles«, versicherte Bischof Bedwin. Er war der engste Berater des Königs und, wie Prinzessin Norwenna, ein Christ. Als sie ihre warme römische Villa im nahen Lindinis verlassen sollte, hatte Norwenna protestiert und ihren Schwiegervater angeschrien, sie werde nur nach Caer Cadarn gehen, wenn er verspreche, die Hexen der alten Götter fernzuhalten. Sie wollte unbedingt eine christliche Geburt, und Uther, der sich verzweifelt einen Erben wünschte, hatte versprochen, ihr diesen Wunsch zu erfüllen. Jetzt intonierten Bedwins Priester ihre Gebete in einem Gemach neben der Halle, wo Weihwasser versprengt worden war, ein Kreuz über dem Kreißlager hing und ein zweites unter Norwennas Körper gelegt worden war. »Wir beten zur Heiligen Jungfrau Maria«, erklärte Bedwin, »die Jesu Christi gebenedeite Mutter wurde, ohne ihren geheiligten Körper durch fleischliches Wissen zu besudeln, und...«

»Halt!« grollte Uther. Der Großkönig war kein Christ und verabscheute jeden Versuch, ihn zu bekehren, obwohl er zugestand, daß der Christengott vermutlich nicht weniger Macht besaß als alle anderen Götter auch. Doch die Ereignisse dieser Nacht stellten seine Toleranz auf eine überaus harte Probe.

Und genau das war der Grund, warum ich damals dort war. Ich war ein Kind an der Grenze zur Männlichkeit, ein bartloser Botenjunge, der verfroren neben dem Sessel des Königs auf den Wällen von Caer Cadarn kauerte. Ich war von Ynys Wydryn gekommen, Merlins Halle, die am nördlichen Horizont lag. Meine Aufgabe war es, Morgan und ihre Helferinnen zu holen, die in der Lehmhütte eines Schweinehirten am Fuß des Westhangs von Caer Cadarn warteten. Prinzessin Norwenna mochte sich die Mutter des Christengottes als Hebamme wünschen, doch Uther stand mitsamt den älteren Göttern bereit, um sofort einzugreifen, falls dieser neuere, jüngere versagen sollte.

Und der Christengott versagte tatsächlich. Norwennas Schreie ebbten ab, aber ihr Wimmern wurde immer verzweifelter, bis Bischof Bedwins Gemahlin endlich aus der Halle kam und zitternd neben dem Sessel des Großkönigs niederkniete. Das Baby, berichtete Ellin, wolle nicht kommen, und die Mutter liege, wie sie fürchte, im Sterben. Bei dieser zweiten Feststellung winkte Uther lässig ab. Die Mutter galt nichts, einzig das Kind zählte, und auch nur dann, wenn es ein Junge war.

»Lord König...«, begann Ellin nervös, aber Uther hörte ihr schon nicht mehr zu.

Er versetzte mir einen Klaps auf den Kopf. »Geh, Junge«, befahl er, und ich verließ seinen Schatten, sprang in den Innenhof der Burg hinab und rannte quer über die weiße, mondbeschattete Fläche zwischen den Gebäuden. Die Wachen am Westtor sahen mich vorbeilaufen. Dann rutschte ich aus und schlug auf der Eisbahn des Westganges lang hin, glitt weiter durch den Schnee, zerriß meinen Umhang an einem Baumstumpf und landete mit Wucht in einem eisbeladenen Brombeergestrüpp, aber ich spürte nichts als die ungeheure Last auf meinen Schultern: das Schicksal eines Königreichs. »Lady Morgan!« schrie ich, als ich mich der elenden Hütte näherte. »Lady Morgan!«

Sie mußte sich schon bereit gehalten haben, denn augenblicklich wurde die Hüttentür aufgestoßen. Die Goldmaske, die ihr Gesicht bedeckte, schimmerte im Mondschein. »Lauf los!« kreischte sie mir zu. »Lauf los!« Und ich machte kehrt, um den Berg wieder hinaufzuhasten, während um mich herum eine Schar von Merlins Waisenkindern durch den Schnee keuchte. Sie trugen Küchenkessel und -töpfe, die beim Laufen aneinanderstießen, mußten sie aber, als der Hang zu steil und zu schwierig wurde, vorauswerfen und ihnen dann nachklettern. Morgan folgte ein wenig langsamer, unterstützt von ihrer Sklavin Sebile, die alle erforderlichen Zaubermittel und Kräuter trug. »Zünde die Feuer an, Derfel!« rief Morgan zu mir herauf.

»Feuer!« schrie ich atemlos, während ich durch den Torbogen stolperte. »Feuer auf den Wällen! Feuer!«

Bischof Bedwin protestierte gegen Morgans Eingreifen, aber der Großkönig wandte sich zornig gegen seinen Ratgeber, und der Bischof kapitulierte vor dem älteren Glauben. Seine Priester und Mönche wurden aus ihrer improvisierten Kapelle geholt und erhielten Befehl, auf alle Wälle brennende Holzscheite zu tragen und die Scheite dort mit Holz und Flechtwerk aus den Hütten an der Nordwand der Burg aufzuschichten. Die Feuer knisterten, dann flammten sie hoch in die Nacht hinein. Rauch hing in der Luft und bildete ein Schutzdach, das die bösen Geister täuschte und von dem Ort fernhielt, an dem eine Prinzessin und ihr Kind im Sterben lagen. Wir Kinder liefen mit den Kesseln um die Wälle herum und hämmerten unablässig auf sie ein, um die bösen Geister durch den gräßlichen Lärm noch mehr zu verwirren. »Schreit!« befahl ich den Kindern von Ynys Wydryn, und immer mehr kamen aus den Hütten der Burg, um unseren Lärm zu verstärken. Die Wachen schlugen mit den Speerschäften auf ihre Schilde, und die Priester warfen immer wieder Scheite auf die zwölf Holzstöße, während wir anderen mit lautem Geschrei die bösen Geister herausforderten, die durch die Nacht herbeigeflogen kamen, um Norwennas Geburtswehen mit einem Fluch zu belegen.

Morgan, Sebile, Nimue und ein kleines Mädchen begaben sich in die Halle. Norwenna schrie, doch ob sie gegen die Ankunft von Merlins Frauen protestierte oder weil das widerspenstige Kind ihr den Körper zerriß, war nicht zu erkennen. Weitere Schreie ertönten, als Morgan die christlichen Helferinnen hinauswies. Sie schleuderte die beiden Kreuze in den Schnee und warf eine Handvoll Beifuß, das Kraut der Frauen, ins Feuer. Wie Nimue mir später erzählte, hatten sie Eisenklumpen in das feuchte Bett gelegt, um die bösen Geister zu vertreiben, die sich dort bereits befanden, und sieben Adlersteine um den Kopf der Leidenden arrangiert, um die guten Geister von den Göttern herabzurufen.

Sebile, Morgans Sklavin, befestigte einen Birkenzweig über der Tür der Halle und schwenkte einen weiteren über dem Körper der Gebärenden, die sich in furchtbarem Schmerz hin und her warf. Nimue kauerte in der Türöffnung nieder und urinierte auf die Schwelle, um die bösen Feen der Halle fernzuhalten; dann fing sie etwas Urin mit den Händen auf und trug ihn zu Norwennas Bett, wo sie als weitere Vorsichtsmaßnahme das Stroh damit benetzte, auf daß die Seele des Kindes nicht im Moment der Geburt gestohlen wurde. Morgan, deren Goldmaske im Flammenschein glänzte, schob Norwennas Hände fort, damit sie einen Talisman aus seltenem Bernstein zwischen die Brüste der Prinzessin legen konnte. Das kleine Mädchen, eins von Merlins Findelkindern, wartete angsterfüllt am Fuß des Bettes.

Der Rauch von den frisch entzündeten Feuern verbarg die Sterne. In den Wäldern am Fuß von Caer Cadarn begannen Wesen zu heulen, die der Lärm, der über ihnen ausgebrochen war, geweckt hatte, während Großkönig Uther zum untergehenden Mond aufblickte und betete, er möge Morgan nicht zu spät geholt haben. Morgan war Uthers Tochter, das erste von vier illegitimen Kindern, die der Großkönig mit Igraine von Gwynedd gezeugt hatte. Uther wäre es zweifellos lieber gewesen, wenn Merlin selbst gekommen wäre, aber Merlin war schon seit Monaten fort, ins Nichts hineingegangen, war, wie es uns zuweilen schien, auf immer verschwunden, und Morgan, die bei Merlin gelernt hatte, mußte nun seinen Platz einnehmen in dieser eisigen Nacht, in der wir mit Töpfen klapperten und schrien, bis wir heiser waren, um die böswilligen

Unholde von Caer Cadarn fernzuhalten. Selbst Großkönig Uther beteiligte sich an dem Lärm, obwohl das Geräusch, mit dem er seinen Stab auf den Rand der Brustwehr stieß, kaum wahrzunehmen war. Bischof Bedwin lag betend auf den Knien, während seine Frau, die man aus dem Kreißraum verstoßen hatte, weinte und klagte und den Christengott anrief, er möge den heidnischen Hexen vergeben.

Aber die Zauberkraft wirkte, denn es wurde ein Kind geboren.

Der Schrei, den Norwenna im Augenblick der Geburt ausstieß, klang schlimmer als alles, was vorangegangen war. Es war der Schrei eines Tieres in äußerster Qual, eine Klage, furchtbar genug, um die ganze Nacht zum Schluchzen zu bringen. Wie Nimue mir später erzählte, hatte Morgan diesen Schmerz ausgelöst, indem sie ihre Hand in den Geburtskanal schob und das Kind mit brutaler Gewalt ans Licht der Welt zerrte. Mit dem Blut seiner gequälten Mutter bedeckt, kam das Kind endlich hervor, und Morgan rief dem erschrockenen Mädchen zu, es zu nehmen, während sie selbst die Nabelschnur abband und durchbiß. Es war wichtig, daß das Neugeborene von einer Jungfrau gehalten wurde; deshalb hatte sie das kleine Mädchen in die Halle mitgenommen, aber es war zu Tode verängstigt und wollte sich dem besudelten Stroh nicht nähern, auf dem Norwenna lag und keuchte. Das blutverschmierte Kind lag so reglos, als wäre es tot geboren. »Nimm es!« schrie Morgan, aber das Mädchen brach in Tränen aus und lief davon; also nahm Nimue das Kind vom Bett und reinigte ihm den Mund, damit es seinen ersten, keuchenden Atemzug tun konnte.

Die Zeichen standen alle so schlecht! Der Mond mit seinem Hof verblaßte, und die Jungfrau war vor dem Säugling geflohen, der jetzt laut zu schreien begann. Uther hörte den Schrei, denn ich sah, daß er die Augen schloß, während er zu den Göttern betete, es möge ein männliches Kind sein.

»Soll ich?« fragte Bischof Bedwin zögernd.

»Geht!« fuhr Uther ihn an, und der Bischof kletterte die Holzleiter hinab, raffte sein Gewand und eilte über den zertrampelten Schnee bis zum Eingang der Halle. Dort blieb er einige Sekunden stehen; dann kam er, mit beiden Händen wedelnd, zu uns auf die Brustwehr zurückgelaufen.

»Gute Nachrichten, Lord König, gute Nachrichten!« rief Bedwin, als er die Leiter ungeschickt wieder hinaufstieg. »Ganz ausgezeichnete Nachrichten!«

»Ein Knabe«, nahm Uther ihm die Worte aus dem Mund.

»Ein Knabe!« bestätigte Bedwin. »Ein gesunder Junge!«

Ich kauerte neben dem Großkönig und sah, wie ihm die Tränen in die Augen traten, als er zum Himmel emporblickte. »Ein Erbe«, sagte Uther mit einem so tiefen Staunen in der Stimme, als hätte er nicht recht zu hoffen gewagt, daß ihm die Götter gewogen waren. Mit einer pelzumhüllten Hand tupfte er sich die Tränen ab. »Das Königreich ist gesichert, Bedwin«, sagte er.

»Gelobt sei Gott, Lord König, es ist gesichert«, bestätigte Bedwin.

»Ein Knabe«, wiederholte Uther. Dann wurde sein mächtiger Körper plötzlich von einem furchtbaren Hustenanfall geschüttelt. Er mußte nach Luft ringen. »Ein Knabe«, wiederholte er abermals, als sein Atem wieder ruhiger ging.

Nach einer Weile erschien Morgan. Die untersetzte Frau kam die Leiter empor und warf sich vor dem Großkönig zu Boden. Ihre Goldmaske glänzte; sie verbarg das Grauen, das darunter verborgen lag. Mit seinem Stab berührte Uther ihre Schulter. »Erhebe dich, Morgan«, sagte er und tastete unter seinem Gewand nach einer Goldspange, mit der er sie belohnen wollte.

Aber Morgan nahm sie nicht an. »Der Knabe«, sagte sie unheilverkündend, »ist verkrüppelt. Er hat einen mißgebildeten Fuß.«

Ich sah, wie Bedwin sich bekreuzigte, denn ein verkrüppelter Prinz war das schlechteste Omen der ganzen eisigen Nacht.

»Wie schlimm ist es?« fragte Uther.

»Nur der Fuß«, antwortete Morgan mit ihrer rauhen Stimme. »Das Bein ist normal gewachsen, Lord König, aber der Prinz wird niemals springen.«

Ganz tief aus seinem wärmenden Pelzumhang kam Uthers leises Kichern hervor. »Könige springen nicht, Morgan«, erklärte er. »Sie schreiten, sie regieren, sie reiten, und sie belohnen ihre guten, ehrlichen Diener. Nimm das Gold!« Damit reichte er ihr die Spange abermals. Es war ein wunderschön gearbeitetes Schmuckstück aus schwerem Gold, geformt zu einem Drachen, Uthers Talisman.

Aber Morgan wollte es noch immer nicht annehmen. »Und dieser Knabe ist das letzte Kind, das Norwenna jemals gebären wird, Lord König«, warnte sie Uther. »Wir haben die Nachgeburt verbrannt, und sie hat kein Geräusch gemacht.« Die Nachgeburt wurde ins Feuer geworfen, so daß das leise knallende Geräusch, mit dem sie platzte, verkünden konnte, wie viele Kinder die Mutter noch bekommen würde. »Ich habe genau aufgepaßt«, sagte Morgan, »doch alles blieb still.«

»Die Götter wollten, daß sie still bleibt«, behauptete Uther zornig. »Mein Sohn ist tot«, fuhr er dann tonlos fort, »wer also sollte Norwenna einen Knaben schenken, der zum König geboren ist?«

Morgan hielt inne. »Ihr, Lord König«, sagte sie schließlich.

Bei dieser Vorstellung kicherte Uther, dann ging das Kichern in lautes Lachen und schließlich abermals in einen quälenden Hustenanfall über, bei dem er sich im Krampf vornüberbeugte, weil ihn die Lunge so sehr schmerzte. Endlich ließ der Husten nach, und er sog mit einem zitternden Atemzug kalte Luft ein. Dann schüttelte er den Kopf. »Norwennas einzige Pflicht war es, einen Knaben zu gebären, Morgan, und diese Pflicht hat sie erfüllt. Unsere Pflicht ist es nun, ihn zu beschützen.«

»Mit aller Dumnonia zur Verfügung stehenden Macht«, ergänzte Bedwin diensteifrig.

»Neugeborene sterben leicht«, warnte Morgan die beiden Männer mit ihrer harten Stimme.

»Dieses nicht«, behauptete Uther heftig, »dieses nicht. Er wird zu dir nach Ynys Wydryn gebracht, Morgan, und du wirst deine ganze Kunst einsetzen, um sicherzustellen, daß er am Leben bleibt. Hier, nimm die Spange!«

Endlich akzeptierte Morgan die Drachenspange. Das verkrüppelte Kind schrie immer noch, die Mutter wimmerte, rings um die Wälle von Caer Cadarn aber feierten die Topfschläger und Feuerwächter die Nachricht, daß unser Königreich wieder einen Erben hatte. Dumnonia hatte einen Edling, einen Kronprinzen, und die Geburt eines Edlings war Anlaß für ein reichhaltiges Festmahl und großzügige Geschenke. Das blutige Stroh aus dem Kreißlager wurde aus der Halle geholt und in ein Feuer geworfen, bis die Flammen hoch und hell loderten. Ein Kind war geboren worden;

nun brauchte das Kind nur noch einen Namen. An diesem Namen konnte jedoch kein Zweifel bestehen. Nicht der geringste. Uther stemmte sich aus seinem Sessel und baute sich groß und grimmig auf Caer Cadarns Brustwehr auf, um den Namen seines neugeborenen Enkels zu verkünden, den Namen seines Erben und des Edlings seines Königreichs. Das im Winter geborene Kind sollte den Namen seines Vaters tragen.

Mordred.

Norwenna und das Kind kamen zu uns nach Ynys Wydryn. Man brachte sie in einem Ochsenkarren über die östliche Landbrücke bis zum Fuß des Tor. Vom windigen Gipfel aus beobachtete ich, wie die kranke Mutter und der verkrüppelte Säugling aus ihrem Lager aus Pelzdecken gehoben und auf einer Tragbahre aus Leinwand den Weg bis zur Palisade hinaufgeschafft wurden. Es war ein kalter Tag; eine bittere, schneegleißende Kälte, die in die Lungen biß und die Haut rissig machte. Norwenna wimmerte, als sie mit ihrem warm eingepackten Kind durch die Landpforte von Tor Ynys Wydryn getragen wurde.

So hielt Mordred, Edling von Dumnonia, Einzug in Merlins Reich.

Ynys Wydryn war trotz des Namens – Glasinsel – keine echte Insel, sondern eher eine bergige Landzunge, die in ein Brachland aus Marschen, Bächen und weidengesäumten Sümpfen ragte, wo Riedgras und Schilf wucherten. Es war ein reiches Land, denn es gab Wildvögel, Fische, Lehm und Kalkstein, der an den Hügeln am Rand des Flutbrachlandes, das man auf Knüppeldämmen überquerte, mühelos abgebaut werden konnte. Unvorsichtige Besucher, die sich auf diesen Dämmen bewegten, ertranken zuweilen, wenn der Wind hart aus Westen kam und eine hohe Flutwelle über die Feuchtgebiete blies. Im Westen, wo das Land anstieg, lagen Apfelgärten und Weizenfelder, und im Norden, wo weiße Hügel an die Marschen grenzten, weideten Rinder und Schafe. Es war wirklich ein gutes Land, und in seinem Herzen lag Ynys Wydryn.

Das Land gehörte Lord Merlin. Man nannte es Avalon. Schon sein Vater und Großvater hatten dort regiert, und sämtliche Leibeigene und Sklaven, die man vom höchsten Punkt des Tor aus sehen konnte, arbeiteten für Merlin. Dieses reiche Land, dessen Erzeugnisse in den Flutbächen gefangen oder auf dem fetten Boden der Flußtäler im Binnenland angebaut wurden, verschaffte Merlin den Reichtum und die Freiheit, die er brauchte, um Druide zu sein. Früher einmal war Britannien das Land der Druiden gewesen, aber die Römer hatten sie zuerst erschlagen und dann ihre Religion gezähmt, so daß es selbst jetzt, zwei Generationen nach dem Abzug der Römer, nur noch eine Handvoll der alten Priester gab. Ihren Platz hatten die Christen eingenommen, und nun schwappte das Christentum um den alten Glauben wie eine windgepeitschte Sturmflut durch die von Dämonen bewohnten Riedwiesen von Avalon.

Avalons Insel Ynys Wydryn war eine Ansammlung grasbewachsener Hügel, alle von ihnen kahl, bis auf den Tor, den steilsten und höchsten. Sein Gipfel bildete ein Plateau, auf dem Merlins Halle errichtet worden war, und unterhalb der Halle breiteten sich die weniger wichtigen Gebäude aus. Sie waren von einer Palisade umgeben, die waghalsig an der oberen Kante jener Grashänge des Tor errichtet worden war, an denen man in den alten Tagen vor der Invasion der Römer eine Reihe von Terrassen angelegt hatte. Ein schmaler Pfad wand sich über die uralten Terrassen in zahlreichen Kurven zum Gipfel empor, und jene, die den Tor auf der Suche nach Heilung oder Weissagung aufsuchten, mußten diesem Pfad folgen, der bewußt so angelegt war, um die bösen Geister zu verwirren, die Merlins Halle sonst vielleicht belästigt hätten. Zwei weitere Pfade führten die Hänge des Tor direkt hinab, einer im Osten zur Landbrücke zwischen Ynys Wydryn und dem Festland, der andere vom Meerestor im Westen zu der Siedlung am Fuß des Tor, wo Fischer, Federwildjäger, Korbflechter und Hirten lebten. Diese Wege waren die normalen Zugänge zum Tor, die Morgan durch ständige Gebete und Zaubersprüche von bösen Geistern freihielt.

Dem westlichen Pfad widmete Morgan besondere Aufmerksamkeit, denn er führte nicht nur zur Siedlung hinunter, sondern auch zum Christenschrein von Ynys Wydryn. Während der Römerzeit hatte Merlins Urgroßvater den Christen gestattet, auf seine Insel zu kommen, und seither hatten sie sich durch nichts wieder vertreiben lassen. Wir Kinder des Tor wurden ermuntert, die Mönche mit Steinen zu bewerfen, Tierdung über ihre Holzpalisade zu schleudern oder die Pilger auszulachen, die durch das Törchen huschten, um einen Dornbusch unmittelbar neben der eindrucksvollen Steinkirche anzubeten, die von den Römern erbaut worden war und das Anwesen der Christen noch immer beherrschte. In einem Jahr hatte Merlin einen ähnlichen Dornbusch auf dem Tor aufstellen lassen, den wir dann alle zusammen »anbeteten«, indem wir sangen, tanzten und uns verneigten. Die Christen im Dorf erklärten, ihr Gott werde uns erschlagen, doch nichts geschah. Schließlich verbrannten wir unseren Dornbusch und mischten seine Asche unters Schweinefutter, aber der Christengott ignorierte uns immer noch. Ihr Dornbusch besitze Zauberkräfte, behaupteten die Christen, er sei von einem Fremden nach Ynys Wydryn gebracht worden, der mit angesehen habe, wie der Christengott an einen Baum genagelt wurde. Gott möge mir vergeben, aber in jenen fernen Tagen lachte ich über solche Geschichten. Damals verstand ich nicht, was der Dornbusch mit dem Mord an einem Gott zu tun haben sollte, inzwischen aber ist es mir natürlich klar, obwohl ich eingestehen muß, daß der heilige Dornbusch, falls er noch immer auf Ynys Wydryn wächst, nicht derselbe Dornbusch ist, der dem Stab des Joseph von Arimathia entsprang. Das weiß ich genau, denn eines dunklen Winterabends, als Merlin mich ausschickte, um eine Flasche frisches Wasser von der heiligen Quelle am südlichen Fuß des Tor zu holen, sah ich, wie die Christenmönche einen kleinen Dornbusch ausgruben, um damit den großen Busch zu ersetzen, der innerhalb ihrer Palisade eingegangen war. Der heilige Dornbusch ging immer ein, obwohl ich nicht sagen kann, ob das von dem Kuhmist kam, mit dem wir ihn bewarfen, oder ganz einfach, weil der arme Busch überladen war mit Tuchstreifen, welche die Pilger an seine Zweige banden. Die Mönche vom heiligen Dornbusch wurden jedenfalls reich, gemästet durch die großzügigen Gaben der gläubigen Pilger.

Die Mönche von Ynys Wydryn waren hoch erfreut, daß Norwenna zu uns gekommen war, denn nun hatten sie einen Grund, den steilen Pfad emporzuklimmen und ihre Gebete mitten ins Zentrum von Merlins Festung zu tragen. Prinzessin Norwenna – noch immer eine verbissene und scharfzüngige Christin, obwohl es der Jungfrau Maria nicht gelungen war, ihrem Kind auf die Welt zu verhelfen – befahl, daß die Mönche jeden Morgen eingelassen würden. Ich weiß nicht, ob Merlin sie auf dem Gelände geduldet hätte – Nimue jedenfalls verfluchte Morgan dafür, daß sie die Erlaubnis gegeben hatte –, aber Merlin hielt sich in jenen Tagen nicht in Ynys Wydryn auf. Seit über einem Jahr hatten wir unseren Meister nicht mehr gesehen, doch das Leben in seiner sonderbaren Feste ging auch ohne ihn weiter.

Und sie war wirklich recht sonderbar. Merlin selbst war der eigenartigste aller Bewohner von Ynys Wydryn, aber es hatte ihm gefallen, eine ganze Schar entstellter, verkrüppelter und halb wahnsinniger Kreaturen um sich zu versammeln. Majordomus und Befehlshaber der Wache war Druidan, ein Zwerg. Er war kaum größer als ein fünfjähriges Kind, besaß aber das Ungestüm eines voll ausgewachsenen Kriegers und legte tagtäglich Beinschienen, Brustharnisch, Helm, Mantel und Waffen an. Er haderte mit dem Schicksal, das ihn zu klein geschaffen hatte, und rächte sich an den einzigen Wesen, die noch kleiner waren: den Waisen, die Merlin überall so achtlos auflas. Nur wenige von Merlins Mädchen wurden von Druidan nicht leidenschaftlich verfolgt, doch als er versuchte, Nimue in sein Bett zu verschleppen, hatte er dafür heftige Prügel einstecken müssen. Merlin schlug ihn auf den Kopf, zerriß ihm die Ohren, spaltete ihm die Lippen und färbte seine Augen blau, während die Kinder und die Wachen an der Palisade jubelten. Die Wachen, die Druidan befehligte, waren alle lahm, blind oder verrückt, und einige von ihnen alles zusammen, aber kein einziger war so verrückt, Druidan zu mögen.

Nimue, meine Freundin und Kindheitsgefährtin, war Irin. Die Iren waren Briten, aber sie waren nie von den Römern beherrscht worden und hielten sich deswegen für besser als die Festlandbriten, die sie überfielen, ausplünderten, versklavten und kolonisierten. Wären die Sachsen nicht so furchteinflößende Feinde gewesen, wir hätten die Iren für die schlimmsten von Gottes Geschöpfen gehalten, obwohl wir uns von Zeit zu Zeit mit ihnen gegen andere britische Stämme verbündeten. Nimue war ihrer Familie bei einem

Überfall entrissen worden, den Uther gegen die irischen Siedlungen in Demetia geführt hatte. Demetia lag jenseits des Severn-Meeres, der großen Meeresbucht, die vom Severn-Fluß gespeist wurde. Sechzehn Gefangene waren bei jenem Überfall gemacht worden, und alle wurden nach Dumnonia geschickt, um dort als Sklaven zu dienen, doch während die Schiffe die Bucht überquerten, kam ein schrecklicher Sturm von Westen, und das Schiff mit den Gefangenen versank bei Ynys Wair. Nimue allein überlebte und kam, wie es hieß, aus dem Meer geschritten, ohne naß zu sein. Das sei, behauptete Merlin, ein Zeichen dafür, daß Manawydan, der Meeresgott, sie liebte, obwohl Nimue selbst erklärte, es sei Don gewesen, die mächtigste Göttin, die ihr das Leben gerettet habe. Merlin wollte ihr den Namen Vivien geben, einen Namen, der Manawydan gewidmet war, aber Nimue ignorierte den Namen und behielt ihren eigenen. Nimue setzte fast immer ihren Kopf durch. Mit wacher Neugier und absoluter Selbstsicherheit wuchs sie in Merlins verrücktem Haushalt auf, und als Merlin sie, nachdem etwa dreizehn oder vierzehn Sommer ihres Lebens vergangen waren, in sein eigenes Bett befahl, gehorchte sie, als hätte sie schon immer gewußt, daß es ihr Schicksal war, seine Geliebte und damit, wie es nun einmal Brauch war, die zweitwichtigste Person von ganz Ynys Wydryn zu werden.

Obwohl Morgan diese Position nicht ohne Kampf aufgab. Von allen seltsamen Gestalten an Merlins Hof war Morgan die groteskeste. Sie war Witwe und dreißig Jahre alt, als Norwenna und Mordred unter ihren Schutz gestellt wurden, und diese Aufgabe war angemessen, denn Morgan war nicht minder hochgeboren als sie. Sie war das erste der vier illegitimen Kinder – drei Mädchen und ein Junge –, die Großkönig Uther mit Igraine von Gwynedd gezeugt hatte. Ihr Bruder war Arthur, und bei einer so hohen Abkunft und einem solchen Bruder hätte man meinen sollen, daß ehrgeizige Männer sogar die Mauern der Anderwelt eingerissen hätten, um die Hand der Witwe zu erringen. Aber Morgan war als junge Ehefrau in einem brennenden Haus eingeschlossen gewesen. Ihr junger Gemahl hatte dabei den Tod gefunden, und Morgan hatte gräßliche Brandwunden erlitten. Die Flammen hatten ihr das linke Ohr geraubt, das linke Auge versengt, die Haare von der linken

Kopfhälfte gebrannt, das linke Bein verkrüppelt und den linken Arm verkrümmt. Nimue, die Morgan nackt gesehen hatte, erzählte mir, daß die linke Hälfte ihres Körpers verrunzelt, grausig-rot und entstellt war, an einigen Stellen eingeschrumpft, an anderen überdehnt, und insgesamt schauerlich-abstoßend. Wie ein verfaulter Apfel, erklärte mir Nimue, nur viel schlimmer. Morgan war ein Wesen aus einem Alptraum, aber für Merlin war sie eine Lady seiner Halle, und er hatte sie zu seiner Seherin ausgebildet. Von einem Goldschmied des Großkönigs hatte er eine goldene Maske anfertigen lassen, die sich wie ein Helm um ihren zerstörten Kopf schmiegte. Diese Goldmaske hatte ein Loch für ein Auge, einen Schlitz für ihren verzerrten Mund und bestand aus feinem, dünnem Gold, das mit Spiralen und Drachen ziseliert war und vorn das Abbild des Cernunnos trug, des Gehörnten Gottes, der Merlins Beschützer war. Die goldgesichtige Morgan trug stets Schwarz, hielt ihre zerstörte Linke mit einem Handschuh bedeckt und war weithin berühmt für ihre Heilkraft und seherische Begabung. Darüber hinaus war sie die übellaunigste Frau, die mir jemals begegnet ist.

Sebile, Morgans Sklavin und Begleiterin, war etwas sehr Seltenes: eine große Schönheit mit Haaren von der Farbe hellen Goldes. Sie war eine Sächsin, die bei einem Überfall geraubt worden war, und nachdem die Kriegsbande sie eine Zeitlang vergewaltigt hatte, war sie, wirres Zeug stammelnd, nach Ynys Wydryn gekommen, wo Morgan ihren Geist geheilt hatte. Dennoch war sie immer noch ein wenig seltsam – nicht bösartig verrückt, aber über alle Vorstellungen von Torheit hinaus töricht. Sie legte sich zu jedem Mann – nicht etwa, weil sie das wollte, sondern weil sie sich fürchtete, es nicht zu tun –, und Morgan konnte sie durch nichts davon abbringen. Jahr um Jahr gebar sie ein Kind, obwohl nur wenige ihrer blondhaarigen Kinder überlebten und jene, die nicht starben, von Merlin als Sklaven an Männer verkauft wurden, die goldhaarige Kinder schätzten. Sebile belustigte ihn, obwohl aus ihrem Wahn nichts von den Göttern sprach.

Ich mochte Sebile, weil auch ich Sachse war und Sebile sich mit mir in meiner Muttersprache unterhielt, so daß ich in Ynys Wydryn mit beiden Sprachen aufwuchs, mit der Sprache der Sachsen und jener der Briten. Eigentlich hätte ich Sklave sein müssen, aber als ich noch klein war, kleiner sogar noch als der Zwerg Druidan, war ein feindlicher Trupp aus Siluria an die Nordküste von Dumnonia gekommen und hatte die Siedlung überfallen, in der meine Mutter Sklavin war. König Gundleus von Siluria hatte den Trupp angeführt. Meine Mutter, die, wie ich vermute, ganz ähnlich wie Sebile aussah, wurde vergewaltigt, während ich zu der Todesgrube geschleppt wurde, in der Tanaburs, Silurias Druide, als Dank an den Großen Gott Bel für die reiche Beute, die ihnen der Überfall eingebracht hatte, ein Dutzend Gefangene opfern wollte. O Gott, wie gut ich mich an jene Nacht erinnere! An die Brände, die Schreie, die trunkenen Vergewaltigungen, die ausgelassenen Tänze, und dann an den Moment, als Tanaburs mich in das schwarze Loch mit dem angespitzten Holzpfahl schleuderte. Ich überlebte unversehrt und stieg so gelassen aus der Todesgrube, wie Nimue aus dem tödlichen Meer gekommen war, und Merlin, der mich fand, hatte mich als Kind des Bel bezeichnet. Er nannte mich Derfel, gab mir ein Zuhause und ließ mich als freien Menschen aufwachsen.

Der Tor wimmelte von solchen Kindern, die den Göttern entrissen worden waren. Merlin hielt uns für etwas Besonderes und meinte, wir würden zu einem neuen Orden von Druiden und Priesterinnen heranwachsen, der ihm helfen könnte, in dem von den Römern verderbten Britannien die alte, die wahre Religion wiedererstarken zu lassen. Doch da er niemals Zeit hatte, uns etwas zu lehren, wurden die meisten von uns Bauern, Fischer oder Ehefrauen. Während meiner Zeit auf dem Tor schien nur Nimue von den Göttern gezeichnet worden zu sein und wuchs zur Priesterin heran. Ich selbst wollte nie etwas anderes sein als Krieger.

Diesen Ehrgeiz hatte ich von Pellinore. Pellinore war der Favorit unter allen Kreaturen, die Merlin aufnahm. Er war ein König, aber die Sachsen hatten ihn seines Landes und seiner Augen beraubt, und die Götter hatten ihm den Verstand genommen. Er hätte auf die Toteninsel geschickt werden müssen, wohin die gefährlichen Verrückten gebracht wurden, aber Merlin ordnete an, daß er auf dem Tor behalten werden sollte – in einem kleinen Gehege wie dem, in dem Druidan seine Schweine hielt. Er lebte dort nackt. Sein langes weißes Haar reichte ihm bis an die Knie, und seine leeren Augenhöhlen tränten ständig. Er tobte ununterbrochen, haderte endlos mit seinem Schicksal, doch Merlin hörte sich seinen Unsinn aufmerksam an und destillierte daraus Botschaften der Götter. Alle fürchteten Pellinore. Er war durch und durch verrückt und unbezähmbar wild. Einmal kochte er eins von Sebiles Kindern auf seinem Feuer. Und doch – warum, weiß ich nicht – mochte mich Pellinore seltsamerweise. Ich schlüpfte zwischen den Stangen seines Geheges hindurch, er tätschelte mich und erzählte mir Geschichten von Schlachten und wilden Jagden. Auf mich wirkte er nie wie ein Verrückter, und er verletzte weder mich noch Nimue; doch schließlich waren wir beide, wie Merlin immer wieder betonte, Lieblinge des Bel.

Durchaus möglich, daß Bel uns liebte, aber Guendoloen haßte uns. Sie war Merlins Gemahlin, inzwischen aber alt und zahnlos. Genau wie Morgan konnte sie hervorragend mit Kräutern und Zaubersprüchen umgehen, doch als ihr Gesicht durch eine Krankheit entstellt wurde, hatte Merlin sie verstoßen. Das war lange vor meiner Ankunft auf dem Tor geschehen, in einer Phase, die von allen »die Schlimme Zeit« genannt wurde, als Merlin wahnsinnig und weinend aus dem Norden zurückgekehrt war. Doch selbst als er wieder zu Verstand kam, holte er Guendoloen nicht zurück, gestattete ihr allerdings, in einer kleinen Hütte am Palisadenzaun zu leben, wo sie ihre Tage damit verbrachte, ihren Gemahl mit Bannsprüchen zu belegen und uns andere mit kreischenden Flüchen einzudecken. Druidan haßte sie besonders. Manchmal attackierte sie ihn mit einem Bratspieß. Dann hastete Druidan zwischen den Hütten hindurch, während Guendoloen hinter ihm herjagte. Wir Kinder feuerten sie, nach Zwergenblut lechzend, eifrig an, aber er schaffte es immer wieder, ihr zu entkommen.

Es war also ein recht seltsamer Ort, an den Norwenna mit dem Edling Mordred kam, und obwohl ich ihn als einen Ort des Schrekkens geschildert haben mag, war er in Wirklichkeit eine wunderbare Zuflucht. Wir waren die privilegierten Kinder Lord Merlins, wir lebten frei, wir brauchten kaum zu arbeiten, wir lachten, und Ynys Wydryn, die Glasinsel, war für uns ein glückliches Zuhause.

Norwenna traf zur Winterzeit ein, als Avalons Moore mit Eis

überzogen waren. In Ynys Wydryn gab es einen Zimmermann namens Gwlyddyn, dessen Frau einen kleinen Jungen im selben Alter wie Mordred geboren hatte; dieser Gwlyddyn machte uns Schlitten, und die Luft hallte von unseren fröhlichen Rufen wider, wenn wir die schneebedeckten Hänge des Tor hinabglitten. Ralla, Gwlyddyns Ehefrau, wurde zu Mordreds Amme bestimmt, und der Prinz wuchs und gedieh trotz seines verkrüppelten Fußes. Selbst Norwennas Gesundheitszustand besserte sich, als die bittere Kälte nachließ und die ersten Schneeglöckchen des Winters unter den Dornenhecken rings um die heilige Quelle am Fuß des Tor aufblühten. Die Prinzessin war nicht sehr kräftig, doch Morgan und Guendoloen verabreichten ihr Kräuter, die Mönche beteten, und wie es schien, ging ihre Wochenbett-Krankheit endlich vorüber. Jede Woche brachte ein reitender Bote seinem Großvater, dem Großkönig, die neuesten Nachrichten über den Gesundheitszustand des Kronprinzen, und jede gute Nachricht wurde mit einem Goldstück, einem Horn voll Salz oder einer Flasche kostbaren Weines belohnt, die Druidan heimlich an sich brachte.

Wir alle warteten auf Merlins Rückkehr, aber er kam nicht; der Tor wirkte leer ohne ihn, obwohl unser Alltag sich kaum veränderte. Die Vorratslager mußten immer wieder aufgefüllt, die Ratten getötet und dreimal am Tag Feuerholz und Quellwasser den Berg hinaufgeschleppt werden. Gudovan, Merlins Schreiber, führte Buch über die Zahlungen der Pächter, während Hywel, der Verwalter, über die Besitzungen ritt, um sicherzustellen, daß keine Familie ihren abwesenden Lord um seine Steuern betrog. Gudovan und Hywel waren beide vernünftige, praktische, fleißige Männer, was, wie Nimue fand, bewies, daß Merlins exzentrische Neigungen dort endeten, wo sein Einkommen begann. Gudovan war es gewesen, der mir Lesen und Schreiben beibrachte. Eigentlich hatte ich so unkriegerische Dinge nicht lernen wollen, aber Nimue hatte darauf bestanden. »Du hast keinen Vater«, erklärte sie mir, »deswegen wirst du dein Fortkommen mit Hilfe deiner eigenen Fähigkeiten suchen müssen.«

»Aber ich will Krieger werden!«

»Das wirst du auch«, versicherte sie mir, »aber nur, wenn du Lesen und Schreiben lernst.« Tatsächlich besaß sie trotz ihrer Jugend eine so große Autorität, daß ich ihr glaubte und mir diese gelehrten Fertigkeiten längst angeeignet hatte, als ich erfuhr, daß ein Krieger sie nicht brauchte.

Also lehrte mich Gudovan Lesen und Schreiben, während mich Hywel, der Verwalter, in der Kunst des Kämpfens unterrichtete. Vor allem bildete er mich am Fechtstock aus, dem Knüppel der Bauern, die damit Schädel spalten konnten, mit dem man aber auch Schwertstreiche oder das Zustoßen mit dem Speer zu imitieren vermochte. Bevor er durch eine sächsische Streitaxt ein Bein verlor, war Hywel ein berühmter Krieger in Uthers Armee gewesen. Er ließ mich exerzieren, bis meine Arme stark genug waren, um ein schweres Schwert genauso mühelos und schnell zu schwingen wie einen Fechtstock. Die meisten Krieger, erklärte mir Hywel, verließen sich auf brutale Gewalt und Alkohol statt auf ihre Geschicklichkeit. Wie er mir sagte, würde ich Männern begegnen, die vor Met und Ale schwankten und deren einzige Kunst darin bestand, gigantische Schläge auszuteilen, die zwar einen Ochsen umhauen würden, aber ein nüchterner Mann, der die neun Schwertstreiche beherrsche, würde einen solchen Wüterich leicht besiegen. »Ich war betrunken«, gestand er mir, »als Octha der Sachse mir das Bein abschlug. Aber jetzt schneller, Jungchen, schneller! Dein Schwert muß sie verwirren! Schneller!« Er war mir ein guter Lehrer, und die ersten, die das zu spüren bekamen, waren die Söhne der Mönche in der unteren Siedlung von Ynys Wydryn. Sie haßten uns privilegierte Kinder des Tor, denn wir faulenzten, während sie arbeiten mußten, und liefen frei herum, während sie schufteten; deshalb jagten sie aus Rache hinter uns her und versuchten uns zu verprügeln. Eines Tages nahm ich meinen Übungsstock mit ins Dorf und schlug drei Christen damit blutig. Ich war schon immer groß für mein Alter gewesen, und die Götter hatten mich so stark wie einen Ochsen gemacht, deswegen schrieb ich ihnen meinen Sieg zu, obwohl Hywel mir dafür eine Tracht Prügel verabreichte. Die Privilegierten, sagte er, dürften Untergeordnete niemals ausnutzen, aber ich glaube, daß er trotzdem hoch erfreut war, denn am folgenden Tag nahm er mich mit auf die Jagd, und ich durfte mit dem Speer eines Mannes meinen ersten Keiler töten. Das geschah in einem nebligen Dickicht am Cam-Fluß, und ich war gerade erst zwölf Sommer alt. Hywel schmierte mir das Blut des Keilers ins Gesicht, schenkte mir die Hauer, die ich als Halskette tragen sollte, und schaffte den Kadaver sodann in seinen Mithrastempel, wo er den Veteranen, die den Gott der Krieger verehrten, ein üppiges Festmahl spendierte. Ich selbst durfte an diesem Festmahl nicht teilnehmen, doch eines Tages, versicherte mir Hywel, sobald mir ein Bart gewachsen sei und ich in der Schlacht meinen ersten Sachsen erschlagen habe, werde er mich in die Mysterien des Mithraskultes einführen.

Drei Jahre später träumte ich noch immer davon, Sachsen zu töten. Manche mögen es seltsam finden, daß ich, ein junger Sachse mit sachsenfarbenem Haar, so sehr darauf versessen war, den Briten meine Loyalität zu beweisen, aber ich war seit frühester Kindheit unter Briten aufgewachsen, und meine Freunde und Vorlieben, meine Alltagssprache, meine Erzählungen, Feindgefühle und Träume waren britisch. Auch war meine Haar- und Hautfarbe nicht außergewöhnlich. Die Römer hatten alle möglichen fremdartigen Menschen in Britannien zurückgelassen. Der verrückte Pellinore hatte mir sogar einmal von zwei Brüdern erzählt, die so schwarz wie Kohle waren, und bis ich Sagramor kennenlernte, Arthurs numidischen Befehlshaber, war ich überzeugt, daß er in seinem Irrsinn dumme Märchen zusammenspann.

Sobald Mordred und seine Mutter bei uns eintrafen, wurde es eng auf dem Tor, denn Norwenna brachte nicht nur ihre Damen mit, sondern auch eine Truppe Krieger, die das Leben des Prinzen schützen sollten. Wir schliefen zu viert oder fünft in einer Hütte, und von uns allen war es nur Nimue und Morgan erlaubt, die inneren Gemächer der Burg zu betreten, denn das war Merlins eigenes Reich, und Nimue war die einzige, die dort sogar schlafen durfte. Norwenna wohnte mit ihrem Hofstaat in der großen Halle, die mit dem Rauch zweier Feuer erfüllt war, die Tag und Nacht brannten. Diese Halle wurde von zwanzig Eichenpfosten gestützt, die Wände bestanden aus mit Lehm beworfenem Weidengeflecht, das Dach aus Stroh. Der Boden war nichts als gestampfte Erde, dicht mit Binsenbüscheln bedeckt, die zuweilen Feuer fingen und Panik auslösten, bis die Flammen ausgetreten waren. Merlins Gemächer waren durch eine Innenwand aus Lehmgeflecht, die nur von einer einzigen, kleinen Holztür durchbrochen wurde, von der

Halle getrennt. Wie wir wußten, schlief, studierte und träumte Merlin in diesen Gemächern, die in einen Holzturm auf dem höchsten Punkt des Tor mündeten. Was in diesem Turm geschah, war für alle außer Merlin, Morgan und Nimue ein Geheimnis, und von den dreien wollte keiner etwas davon verraten, obwohl das Landvolk, das Merlins Turm aus meilenweiter Entfernung sehen konnte, Stein und Bein schwor, dort seien Schätze gehortet, die aus den Grabhügeln des Alten Volkes stammten.

Mordreds Leibwache wurde von einem Christen namens Ligessac befehligt, einem hochgewachsenen, mageren, habgierigen Mann, der besonders gut mit Pfeil und Bogen umgehen konnte. Wenn er nüchtern war – was selten vorkam –, konnte er einen Zweig auf fünfzig Schritt Entfernung spalten. Er lehrte mich einiges von seiner Kunst, wurde der Gesellschaft eines Knaben aber schnell müde und zog es vor, sich am Glücksspiel seiner Männer zu beteiligen. Er erzählte mir jedoch die wahre Geschichte von Prinz Mordreds Tod und damit den Grund, warum Großkönig Uther Arthur verflucht hatte. »Es war nicht Arthurs Schuld«, berichtete Ligessac, während er ein Steinchen auf sein Wurfbrett warf. Alle Krieger hatten Wurfbretter, von denen einige kunstvoll aus Knochen gefertigt waren. »Sechs!« rief er triumphierend, während ich darauf wartete, die Geschichte von Arthur zu hören.

»Ich verdoppele«, sagte Menw, einer aus der Prinzenwache, und warf seinen eigenen Stein. Er rollte über den Rand des Brettes und blieb auf einer Eins liegen. Weil er jedoch eine Zwei gebraucht hätte, um zu gewinnen, raffte er seine Steine vom Brett und fluchte.

Ligessac befahl Menw, seine Börse zu holen, damit er ihm seinen Gewinn auzahlte, dann erzählte er mir, wie Uther Arthur aus Armorica zu Hilfe gerufen hatte, um den riesigen Heerhaufen der Sachsen zu besiegen, der tief in unser Land vorgestoßen war. Arthur war, wie Ligessac sagte, mit seinen Kriegern gekommen, hatte aber seine berühmten Pferde zurückgelassen, denn der Hilferuf war dringend gewesen und hatte ihm keine Zeit gelassen, genügend Schiffe für Mann und Roß zu finden. »Nicht, daß er die Pferde gebraucht hätte«, erklärte Ligessac bewundernd, »denn er hat diese sächsischen Bastarde im Tal des Weißen Pferdes in die Falle gelockt. Dann entschied Mordred, daß er es besser könne als Arthur. Er wollte nämlich die Ehre selbst einheimsen.« Ligessac wischte sich die laufende Nase, dann blickte er suchend um sich, als wollte er sich vergewissern, daß niemand zuhörte. »Mordred hatte sich inzwischen betrunken«, fuhr er in etwas leiserem Ton fort, »und die Hälfte seiner Mannen liefen splitternackt herum und schworen brüllend, sie könnten die zehnfache Zahl ihrer Gegner erschlagen. Wir hätten wirklich auf Arthur warten sollen, aber der Prinz befahl uns zu attackieren.«

»Ihr wart da?« fragte ich ihn in pubertierender Bewunderung.

Er nickte. »Mit Mordred. Großer Gott, wie die gekämpft haben! Umzingelt haben sie uns, und auf einmal waren wir fünfzig Briten, die entweder tot oder sehr schnell nüchtern waren. Ich verschoß meine Pfeile, so schnell es nur ging, unsere Speerträger formten den Schildwall, aber die feindlichen Krieger hieben mit Schwertern und Streitäxten auf uns ein. Ihre Trommeln gingen bumm-bumm-bumm, ihre Magier heulten, und ich dachte, ich wäre tot. Ich hatte keine Pfeile mehr und benutzte nur noch den Speer. Es können nur noch zwanzig Mann von uns am Leben gewesen sein, und wir alle waren am Ende unserer Kräfte. Das Drachenbanner war erobert worden, Mordred hauchte blutend sein Leben aus, und wir übrigen kauerten uns zusammen, um auf das Ende zu warten; dann aber erschienen Arthurs Männer.« Er hielt inne und schüttelte bedrückt den Kopf. »Die Barden erzählen, an jenem Tag habe Mordred den Boden mit sächsischem Blut getränkt, mein Junge, aber es war nicht Mordred, es war Arthur. Er tötete und tötete. Er eroberte das Banner zurück, er erschlug die Magier, er verbrannte die Kriegstrommeln, er jagte die Überlebenden bis in die Dunkelheit hinein und tötete ihren Kriegsherrn bei Edwys Felsen im Licht des Mondes. Und das ist der Grund, warum die Sachsen vorsichtige Nachbarn sind, mein Junge: nicht etwa, weil Mordred sie besiegt hat, sondern weil sie glauben, daß Arthur nach Britannien zurückgekehrt ist.«

»Aber das ist er doch nicht«, wandte ich traurig ein.

»Weil der Großkönig ihm nicht erlaubt zurückzukehren. Weil der Großkönig ihm die Schuld gibt.« Ligessac hielt inne und warf einen Blick in die Runde, um sich zu vergewissern, daß niemand mithörte. »Der Großkönig meint, daß Arthur Mordreds Tod wollte, damit er selber König wird, aber das ist nicht wahr. So ist Arthur nicht.«

»Und wie ist er?« fragte ich ihn.

Ligessac zuckte die Achseln, als wollte er andeuten, die Antwort darauf sei schwierig, doch ehe er antworten konnte, sah er, daß Menw zurückkehrte. »Kein Wort, Junge!« warnte er mich. »Kein einziges Wort!«

Wir alle hatten ähnliche Erzählungen gehört, aber Ligessac war der erste, der mir gegenüber behauptete, an der Schlacht im Tal des Weißen Pferdes teilgenommen zu haben. Später sagte ich mir, daß er nicht dabeigewesen war, sondern nur irgendein Garn gesponnen hatte, um sich von einem leichtgläubigen Knaben bewundern zu lassen, doch sein Bericht war einigermaßen genau. Mordred war ein trunkener Tor und Arthur der wahre Sieger gewesen, und dennoch hatte Uther ihn übers Meer zurückgeschickt. Beide Männer waren Uthers Söhne, aber Mordred war der geliebte Erbe, während Arthur ein Emporkömmling und Bastard war. Allerdings vermochte Arthurs Verbannung nicht zu verhindern, daß jeder einzelne Dumnonier in diesem Bastard die größte Hoffnung des Landes sah: den jungen Krieger jenseits der Meere, der uns vor den Sachsen retten und die Verlorenen Lande von Lloegyr zurückerobern würde.

Die zweite Hälfte des Winters war mild. Zwar wurden hinter dem Erdwall, der die Landbrücke von Ynys Wydryn schützte, Wölfe gesichtet, doch keiner kam dicht an den Tor heran. Trotzdem fertigten einige der jüngeren Kinder Wolfszauber an, die sie in der Hoffnung, die Tiere würden über die Palisade springen und sich den Zwerg als Mahlzeit holen, hinter Druidans Hütte vergruben. Doch ihre Zauber wirkten nicht, und als der Winter den Rückzug antrat, begannen wir uns alle auf das große Frühlingsfest Beltane mit seinen lodernden Feuern und mitternächtlichen Festgelagen vorzubereiten. Aber dann gab es auf dem Tor eine noch größere Aufregung.

Gundleus von Siluria kam.

Zunächst erschien Bischof Bedwin. Er war der Berater, dem Uther das größte Vertrauen schenkte, und seine Ankunft versprach Abwechslung. Norwennas Dienerschaft wurde aus der Halle geschickt, und auf den Binsen wurden Webteppiche ausgebreitet, ein sicheres Zeichen dafür, daß eine wichtige Persönlichkeit kommen würde. Wir alle glaubten, es müsse Uther selbst sein, aber das Banner, das eine Woche vor Beltane auf der Landbrücke auftauchte, zeigte Gundleus' Fuchs, nicht Uthers Drachen. Es war ein strahlender Morgen, als ich zusah, wie die Reiter am Fuß des Tor absaßen. Der Wind ließ ihre Umhänge wehen und zerrte an ihrem ausgefransten Banner, auf dem ich den verhaßten Fuchskopf sah, bei dessen Anblick ich wütend aufschrie und das Zeichen zum Schutz gegen das Böse machte.

»Was ist?« erkundigte sich Nimue, die neben mir auf der östlichen Wachplattform stand.

»Das ist Gundleus' Banner!« gab ich zurück. Ich sah die Überraschung in Nimues Blick, denn Gundleus war König von Siluria und mit König Gorfyddyd von Powys, Dumnonias eingeschworenem Feind, verbündet.

»Bist du sicher?« fragte mich Nimue.

»Er hat meine Mutter mitgenommen«, sagte ich, »und mich hat sein Druide in die Todesgrube geworfen.« Ich spuckte über die Palisade in Richtung auf die etwa zwölf Männer, die sich aufgemacht hatten, den Tor zu Fuß zu erklimmen, weil er für die Pferde zu steil war. Und dort, mitten unter ihnen, war Tanaburs, Gundleus' Druide und mein böser Geist: ein hochgewachsener, alter Mann mit geflochtenem Bart und langem Weißhaar, das auf der Vorderhälfte des Schädels zu der von Druiden und Christenpriestern übernommenen Tonsur geschoren war. Auf halber Höhe des Berges warf er seinen Umhang ab und begann für den Fall, daß Merlin Geister zur Bewachung des Eingangstores hinterlassen hatte, einen Tanz, der sie schützen sollte. Als Nimue sah, wie der Alte an dem steilen Hang unsicher auf einem Bein zu hüpfen begann, spuckte sie in den Wind und lief zu Merlins Gemächern hinüber. Ich lief ihr nach, aber sie stieß mich von sich und sagte, ich könne die Gefahr nicht einschätzen.

»Gefahr?« fragte ich, aber sie war schon fort. Mir schien keine Gefahr zu bestehen, denn Bedwin hatte befohlen, das Landtor weit zu öffnen, und war nun damit beschäftigt, aus dem erregten Chaos auf dem Gipfel des Tor eine angemessene Begrüßung zu organisieren. Morgan war an jenem Tag nicht da, weil sie im Traumtempel in den östlichen Bergen Träume deuten mußte, doch alle anderen auf dem Tor eilten herbei, um die Besucher zu empfangen. Druidan und Ligessac ließen ihre Wachen antreten, der nackte Pellinore heulte die Wolken an, Guendoloen spie Bischof Bedwin zahnlose Flüche entgegen, und ein Dutzend Kinder balgten sich um den Platz mit dem besten Blick auf die Besucher. Der Empfang hätte würdevoll ausfallen sollen, aber Lunete, ein irisches Findlingsmädchen, das etwa ein Jahr jünger als Nimue war, ließ eine Horde von Druidans Schweinen los, so daß Tanaburs, der als erster das Palisadentor passierte, von einem quiekenden Tohuwabohu begrüßt wurde.

Ein paar in Panik geratene Ferkel konnten einen Druiden jedoch nicht erschüttern. Tanaburs, der in ein schmutziges, graues, mit Hasen und Halbmonden besticktes Gewand gehüllt war, stand in der Toröffnung und hob beide Hände über seinen halb geschorenen Schädel. Er drehte den mit einem Halbmond gekrönten Stab, den er in der Hand trug, dreimal in Sonnenlaufrichtung; dann heulte er Merlins Turm an. Ein Ferkel galoppierte an seinen Beinen vorbei, suchte in der schlammigen Toröffnung mit den Hufen nach Halt und verschwand den Hang hinab. Wieder heulte Tanaburs, der regungslos dastand, um den Tor auf unsichtbare Feinde zu prüfen.

Ein paar Sekunden lang herrschte Stille bis auf das Knattern des Banners und den schweren Atem der Krieger, die hinter dem Druiden den Berg heraufgeklettert waren. Gudovan, Merlins Schreiber, hatte sich, die Hände zum Schutz vor der Kälte mit tintenbefleckten Tuchstreifen umwickelt, zu mir gesellt. »Wer ist das?« fragte er mich und erschauerte, als ein klagender Schrei Tanaburs' Herausforderung erwiderte. Der Schrei kam aus der Halle, und er kam, wie ich erkannte, von Nimue.

Tanaburs sah zornig aus. Er bellte wie ein Fuchs, berührte seine Genitalien, machte das Zeichen gegen das Böse und begann auf einem Bein auf die Halle zuzuhüpfen. Nach etwa fünf Schritten hielt er inne, um abermals seine Herausforderung hinauszubrüllen, da aber diesmal kein antwortender Schrei von innen kam, stellte er auch den zweiten Fuß auf den Boden und gab seinem Herrn durch das offene Tor ein Zeichen. »Es ist ungefährlich!« rief Tanaburs. »Kommt, Lord König, kommt nur herein!«

»König?« fragte mich Gudovan. Ich erklärte ihm, wer die Besucher waren, und fragte dann, warum wohl Gundleus, unser Feind, auf den Tor gekommen sein mochte. Gudovan kratzte eine Laus unter seinem Hemd; dann zuckte er die Achseln. »Politik, Junge, Politik.«

»Erzählt«, bat ich ihn.

Gudovan seufzte, als wäre meine Frage Beweis für meine unverbesserliche Dummheit – seine übliche Entgegnung auf jede Frage –, ließ sich dann aber doch zu einer Antwort herab. »Norwenna ist heiratsfähig, Mordred ist ein Säugling, der beschützt werden muß, und wer kann einen Prinzen besser beschützen als ein König? Und wer wäre besser geeignet als ein feindlicher König, der dadurch zum Freund von Dumnonia werden kann? Im Grunde ist das alles ganz einfach, mein Junge, mit ein bißchen Nachdenken wärst du allein drauf gekommen und hättest nicht meine kostbare Zeit vergeuden müssen.« Zur Strafe versetzte er mir eine sanfte Kopfnuß. »Aber dann«, ergänzte er kichernd, »wird er Ladwys für eine Weile aufgeben müssen.«

»Ladwys?« fragte ich ihn.

»Seine Buhle, du dummer Bengel. Glaubst du vielleicht, ein König schläft allein? Manche Leute behaupten allerdings, Gundleus sei Ladwys so leidenschaftlich verfallen, daß er sich tatsächlich mit ihr vermählt habe! Er soll mit ihr zu Lleus Grabhügel gegangen sein, um den Bund von seinem Druiden schließen zu lassen, aber ich kann nicht glauben, daß er so dumm ist. Sie ist nicht von edlem Blut. Solltest du heute nicht für Hywel den Pachtzins ausrechnen?«

Ich ignorierte die Frage und sah zu, wie Gundleus und seine Leibwachen vorsichtig durch den glitschigen Schlamm am Eingang wateten. Der König von Siluria war ein hochgewachsener, gutgebauter Mann von ungefähr dreißig Jahren. Damals, als seine Männer meine Mutter gefangengenommen und mich in die Todesgrube geworfen hatten, war er noch ein junger Mann gewesen, aber die etwa zwölf Jahre, die seit jener finsteren, blutigen Nacht vergangen waren, hatten ihn freundlich behandelt, denn er sah noch immer sehr gut aus. Sein langes schwarzes Haar und der Gabelbart wiesen noch keine Spur von Grau auf. Er trug einen Umhang aus Fuchspelz, kniehohe Lederstiefel, eine rostbraune Tunika und ein

Schwert in einer roten Scheide. Seine Wachen waren ähnlich gekleidet; es waren durchweg hochgewachsene Männer, die Druidans traurige Schar verkrüppelter Speerträger weit überragten. Alle Silurier trugen Schwerter, kein einziger aber Speer oder Schild – ein Beweis dafür, daß sie in friedlicher Absicht kamen.

Als Tanaburs in meine Nähe kam, wich ich unwillkürlich zurück. Damals, als er mich in die Grube warf, war ich ein Kleinkind gewesen, also bestand keine Gefahr, daß der Alte in mir einen Todesbetrüger erkannte, und nachdem es ihm nicht gelungen war, mich zu töten, brauchte ich ihn auch nicht mehr zu fürchten, aber ich zuckte noch immer vor dem silurischen Druiden zurück. Er hatte blaue Augen, eine lange Nase und einen schlaffen, sabbernden Mund. Er hatte sich Knochen in die Enden seiner langen, glatten weißen Haare geflochten, die leise klapperten, als er vor seinem König einherschlurfte. Bischof Bedwin, der sich an Gundleus' Seite begab, sprach einen Willkommensgruß und sagte, der Tor fühle sich durch seinen königlichen Besuch hoch geehrt. Zwei der silurischen Wachen trugen eine schwere Truhe, die vermutlich Geschenke für Norwenna enthielt.

Die Gruppe verschwand im Saal. Das Fuchsbanner wurde draußen vor der Tür in die Erde gestoßen, wo Ligessacs Männer einen jeden am Eintreten hinderten, doch jene von uns, die auf dem Tor aufgewachsen waren, wußten genau, wie man sich in Merlins Halle stehlen konnte. Ich rannte um die Südseite herum, kletterte auf den Holzstoß und schob einen der Ledervorhänge beiseite, die die Fensteröffnungen schützten. Dann sprang ich zu Boden und versteckte mich hinter den Weidentruhen, in denen die Tücher für die Feste aufbewahrt wurden. Einer von Norwennas Sklaven sah, wie ich mich hereinmogelte, und einige von Gundleus' Männern wohl auch, aber keiner machte sich die Mühe, mich hinauszuwerfen.

Norwenna saß in der Mitte der Halle in einem Holzsessel. Die verwitwete Prinzessin war keine Schönheit: Sie hatte ein Mondgesicht mit kleinen Schweinsäuglein und einem schmalen, verkniffenen Mund, und ihre Haut hatte von einer Kinderkrankheit Narben zurückbehalten, aber das war alles nicht von Bedeutung. Hohe Herren heirateten Prinzessinnen nicht wegen ihres Aussehens, sondern wegen der Macht, die sie als Mitgift einbrachten. Dennoch hatte Norwenna sich sorgfältig auf diesen Besuch vorbereitet. Ihre Kammerfrauen hatten sie in einen feinen, wollenen Umhang gekleidet, der blaßblau gefärbt war und rundum bis auf den Boden fiel, und ihr das dunkle Haar zu Zöpfen geflochten, die sie ihr um den Kopf legten, bevor sie Schlehenblüten hineinsteckten. Um den Hals trug sie einen schweren goldenen Torques, am Handgelenk drei goldene Reifen, und zwischen ihren Brüsten hing ein schlichtes Holzkreuz. Sie war unverkennbar nervös, denn ihre freie Hand spielte mit dem Kreuz, während in ihrem anderen Arm Kronprinz Mordred von Dumnonia schlummerte. Man hatte ihn mit vielen Längen feinen Linnens umwickelt und in ein Tuch gehüllt, dem man mit vom Wachs der Bienenstöcke gesättigten Wasser eine sehr seltene goldene Farbe verliehen hatte.

König Gundleus schenkte Norwenna kaum einen Blick. Er lümmelte sich in einen Sessel ihr gegenüber und machte den Eindruck, als fühlte er sich von dem Geschehen gelangweilt. Tanaburs hastete von Säule zu Säule, murmelte Zaubersprüche und spuckte dabei immer wieder aus. Als er dicht an meinem Versteck vorüberkam, duckte ich mich tiefer, bis sich sein Geruch verzogen hatte. Auf den steinernen Feuerstellen an beiden Enden der Halle züngelten Flammen. Der Rauch vermischte sich und stieg in den rußgeschwärzten Dachraum hinauf. Von Nimue war nichts zu sehen.

Den Besuchern wurden Wein, Räucherfisch und Haferkuchen aufgetischt; dann meldete sich Bischof Bedwin zu Wort und erklärte Norwenna, daß Gundleus, König von Siluria, dem Großkönig einen Freundschaftsbesuch abstatten wolle und dabei zufällig an Ynys Wydryn vorbeigekommen sei. Dem Gebot der Höflichkeit folgend, habe er beschlossen, auch ihr einen Besuch abzustatten. Der König habe dem Prinzen Geschenke mitgebracht, berichtete Bedwin, woraufhin Gundleus die Geschenketräger mit einer lässigen Handbewegung heranwinkte. Die beiden Leibwachen schleppten die Truhe herbei und setzten sie zu Norwennas Füßen ab. Die Prinzessin hatte kein Wort geäußert und sagte auch jetzt nichts, als die Geschenke auf dem Teppich vor ihrem Sessel ausgebreitet wurden. Es gab einen schönen Wolfspelz, zwei Otterfelle, einen schweren Biberpelz und eine Hirschdecke, einen kleinen Goldtorques, ein paar Spangen, ein Trinkhorn, eingefaßt von einem silbernen Korbmuster, sowie eine römische Karaffe aus hellgrünem Glas mit einer wundervoll gearbeiteten, zierlichen Tülle und einem wie ein Kranz geformten Henkel. Als die leere Truhe hinausgetragen wurde, trat ein peinliches Schweigen ein, weil niemand wußte, was er sagen sollte. Mit einer unbeteiligten Geste deutete Gundleus auf die Geschenke, und Bischof Bedwin strahlte selig, während Norwenna zweifelnd die Gaben des Königs betrachtete, die, ehrlich gesagt, nicht eben großzügig ausgefallen waren. Aus der Hirschdecke ließ sich vermutlich ein schönes Paar Handschuhe schneidern, die Pelze waren gut, obwohl Norwenna in ihren eigenen Weidenkörben zweifellos viele weit schönere und kostbarere verwahrte, und der Torques an ihrem Hals war viermal so schwer wie jener, der zu ihren Füßen lag. Gundleus' Spangen bestanden aus dünnem Gold, das Trinkhorn war am Rand beschädigt. Nur die grüne römische Karaffe war wirklich wertvoll.

Bedwin brach das verlegene Schweigen. »Die Geschenke sind wundervoll! Kostbar und wundervoll. Wahrhaft großzügig, Lord König.«

Norwenna nickte gehorsam. Das Kind begann zu weinen, und Ralla, die Amme, trug es in die Schatten hinter den Säulen, wo sie eine Brust entblößte, um es zu stillen.

»Ist der Prinz wohlauf?« Es waren Gundleus' erste Worte, seit er die Halle betreten hatte.

»Gott und allen Heiligen sei Dank, ja«, antwortete Norwenna.

»Und sein linker Fuß?« erkundigte sich Gundleus taktlos. »Wird er gesunden?«

»Sein Fuß wird ihn nicht daran hindern, ein Pferd zu reiten, ein Schwert zu führen oder auf einem Thron zu sitzen«, gab Norwenna energisch zurück.

»Gewiß nicht, gewiß nicht«, entgegnete Gundleus und warf einen Blick zu dem hungrigen Säugling hinüber. Er lächelte, dann reckte er die langen Arme und ließ den Blick durch die Halle wandern. Von einer Vermählung sagte er nichts, aber das würde er in dieser Runde niemals tun. Wenn er Norwenna ehelichen wollte, würde er Uther fragen, nicht Norwenna. Dieser Besuch war lediglich eine Gelegenheit für ihn, seine Braut zu begutachten. Er warf Norwenna einen kurzen, desinteressierten Blick zu, dann betrachtete er wieder die düstere Halle. »Das ist also Lord Merlins Behausung, eh?« sagte Gundleus. »Wo ist er?«

Niemand antwortete. Tanaburs fingerte unter dem Rand eines Teppichs herum, und ich vermutete, daß er einen Zauber im Erdboden der Halle vergrub. Später, als die silurische Gruppe verschwunden war, durchsuchte ich die Stelle und fand eine kleine Knochenschnitzerei in Gestalt eines Ebers, die ich ins Feuer warf. Die Flammen loderten bläulich auf und knisterten heftig, und Nimue sagte, ich hätte das Richtige getan.

»Lord Merlin hält sich, wie wir glauben, in Irland auf«, antwortete Bischof Bedwin schließlich. »Oder vielleicht in der nördlichen Wildnis«, ergänzte er unbestimmt.

»Oder er ist vielleicht tot?« fragte Gundleus.

»Ich bete darum, daß das nicht zutrifft«, sagte der Bischof inbrünstig.

»Tatsächlich?« Gundleus drehte sich um, um in Bedwins faltiges Gesicht zu blicken. »Ihr billigt Merlin, Bischof?«

»Er ist ein Freund, Lord König«, gab Bedwin zurück. Er war ein würdevoller, rundlicher Mann und stets darauf bedacht, den Frieden zwischen den verschiedenen Religionen zu wahren.

»Lord Merlin ist ein Druide, Bischof, der Christen haßt.« Gundleus versuchte Bedwin herauszufordern.

»Mittlerweile gibt es viele Christen in Britannien«, erwiderte Bedwin, »und wenige Druiden. Ich denke, wir, die wir vom wahren Glauben sind, haben nichts zu befürchten.«

»Habt Ihr das gehört, Tanaburs?« rief Gundleus seinem Druiden zu. »Der Bischof fürchtet Euch nicht!«

Tanaburs antwortete nicht. Auf seinem Rundgang durch die Halle war er zu dem Geisterzaun gelangt, der die Tür zu Merlins Gemächern schützen sollte. Es war ein eher einfacher Zaun, der aus zwei Schädeln links und rechts neben der Tür bestand, doch nur ein Druide würde es wagen, die unsichtbare Schranke zu durchbrechen, und selbst ein Druide würde sich vor einem von Merlin errichteten Geisterzaun fürchten.

»Werdet Ihr heute nacht hier ruhen?« wandte sich Bischof Bedwin an Gundleus, um das Thema zu wechseln und von Merlin abzulenken.

»Nein«, gab Gundleus unhöflich zurück und stand auf. Ich dachte, er wolle sich verabschieden, statt dessen jedoch spähte er an Norwenna vorbei zu der schmalen, schwarzen, von Schädeln bewachten Tür hinüber, vor der Tanaburs herumspürte wie ein Jagdhund, der einen unsichtbaren Eber wittert. »Was befindet sich hinter jener Tür?« fragte der König.

»Die Gemächer meines Lord Merlin, Lord König«, antwortete Bedwin.

»Ein Ort der Geheimnisse?« wollte Gundleus mit wölfischem Grinsen wissen.

»Nur Schlafgemächer, weiter nichts«, erklärte Bedwin abwehrend.

Tanaburs hob seinen mondgekrönten Stab und streckte ihn bebend dem Geisterzaun entgegen. König Gundleus beobachtete die Vorstellung seines Druiden; dann leerte er seinen Wein und warf das Trinkhorn einfach zu Boden. »Vielleicht werde ich doch hier übernachten«, sagte der König, »aber zuerst wollen wir uns diese Schlafgemächer ansehen.« Er winkte Tanaburs voranzugehen, aber der Druide zögerte. Merlin war der mächtigste Druide von Britannien, den man sogar jenseits des Westmeeres fürchtete, und niemand würde leichtfertig in sein Privatleben eindringen, aber der große Mann war seit vielen Monaten nicht mehr gesehen worden, und manche tuschelten, Prinz Mordreds Tod sei ein Zeichen dafür, daß Merlins Macht nachlasse. Außerdem war Tanaburs wie sein Herr fasziniert von der Frage, was sich hinter dieser Tür befand. Dort konnten Geheimnisse verborgen sein, die Tanaburs möglicherweise genauso mächtig und gelehrt wie den großen Merlin selbst machen würden. »Öffnet die Tür!« befahl Gundleus Tanaburs.

Das Ende des Mondstabes bewegte sich zitternd auf einen der Schädel zu, verhielt einen Moment – und berührte das vergilbte Schädeldach. Nichts geschah. Tanaburs spuckte auf den Schädel und stieß ihn um. Dann riß er seinen Stab so hastig zurück wie ein Mann, der eine schlafende Natter aufgestört hat. Als daraufhin abermals nichts geschah, griff er mit der freien Hand nach dem hölzernen Riegel der Tür.

Und erstarrte vor Angst und Schrecken.

Wildes Geheul echote durch das rauchige Dämmerlicht der Halle. Ein grauenhaftes Kreischen, als würde ein junges Mädchen gefoltert, warf den entsetzten Druiden zurück. Norwenna, die vor Angst laut aufschrie, bekreuzigte sich. Mordred, der Säugling, begann zu weinen, und Ralla vermochte ihn nicht zu beruhigen. Gundleus zuckte zunächst bei dem Lärm zusammen; als das Geheul dann wieder abschwoll, lachte er. »Ein Krieger«, verkündete er der verängstigten Halle, »fürchtet sich nicht vor dem Geschrei eines Mädchens.« Damit schritt er auf die Tür zu, wobei er Bischof Bedwin ignorierte, der den König mit flatternden Händen zurückzuhalten versuchte, ohne ihn tatsächlich zu berühren.

Ein Krachen kam von der durch Geister bewachten Tür. Es war ein lautes, splitterndes Geräusch und kam so plötzlich, daß alle Anwesenden erschrocken zusammenzuckten. Zunächst dachte ich, die Tür sei unter dem Ansturm des Königs zerborsten. Dann sah ich, daß ein Speer hindurchgetrieben worden war. Die silbrige Spitze hob sich deutlich von dem alten, rußgeschwärzten Eichenholz ab, und ich versuchte mir vorzustellen, welch einer unmenschlichen Kraft es bedurfte, diesen geschärften Stahl durch ein so wuchtiges Hindernis zu stoßen.

Bei dem plötzlichen Erscheinen der Speerspitze hatte sogar Gundleus innegehalten, aber sein Stolz war bedroht, und er wollte sich vor den Augen seiner Krieger nicht zurückziehen. Also machte er das Schutzzeichen gegen das Böse, spuckte auf die Speerspitze, trat an die Tür, hob den Riegel und stieß die Tür auf.

Um augenblicklich mit vor Entsetzen verzerrtem Gesicht einen Schritt zurückzuweichen. Ich beobachtete ihn und sah die nackte Angst in seinen Augen. Er trat noch einen Schritt zurück. Dann hörte ich Nimues schrillen Schrei, während sie sich von innen her der Halle näherte. Tanaburs fuchtelte hektisch mit seinem Stab herum, Bedwin betete, der Säugling weinte, und Norwenna wandte sich mit angstvoller Miene in ihrem Sessel um.

Auf einmal trat Nimue vor die Tür. Als ich meine Freundin sah, erschauerte sogar ich vor Schreck. Denn sie war nackt, und ihr magerer weißer Körper war rot von dem Blut, das aus ihren Haaren tropfte und in Streifen an ihren kleinen Brüsten vorbei bis auf ihre Schenkel rann. Ihr Kopf war von einer Totenmaske gekrönt – der gegerbten Gesichtshaut eines geopferten Mannes –, die wie ein fauchender Helm oberhalb ihres eigenen Antlitzes saß und von der Haut der Arme des Toten gehalten wurde, die um ihren dünnen Hals geknotet war. Die Maske schien ein gräßliches Eigenleben zu besitzen, denn als Nimue auf den silurischen König zuschritt, blieb sie unablässig in Bewegung. Die trockene, gelbliche Körperhaut des Toten hing über ihren Rücken herab. Sie stolperte mit kleinen, unregelmäßigen Schritten vorwärts, und in ihrem blutverschmierten Gesicht war nur das Weiße ihrer Augen zu sehen. Während sie sich vorwärtstastete, stieß sie ständig Verwünschungen in einer Sprache aus, die noch widerwärtiger war als die der Krieger. In den Händen hielt sie zwei Vipern, deren dunkle Leiber glänzten und die ihre züngelnden Köpfe dem König entgegenreckten.

Gundleus wich zurück und machte hastig das Zeichen gegen das Böse. Dann fiel ihm ein, daß er ein Mann war, ein König und ein Krieger, und er legte die Hand ans Heft seines Schwertes. In diesem Moment machte Nimue eine Kopfbewegung, so daß die Totenmaske von ihren hoch auf dem Kopf zusammengesteckten Haaren nach hinten glitt, und plötzlich erkannten wir, daß es nicht ihre aufgetürmten Haare waren, die ihren Kopf bedeckten, sondern eine Fledermaus, die jetzt raschelnd die schwarzen Schwingen ausbreitete und Gundleus aus grellrotem Rachen anfauchte.

Beim Anblick der Fledermaus schrie Norwenna auf und stürzte hinüber, um ihr Kind an sich zu reißen, während wir anderen das Tier anstarrten, das in Nimues Haaren gefangen war. Es zuckte und flatterte, versuchte zu fliegen, fauchte und zappelte. Die Schlangen wanden sich, und plötzlich leerte sich der Saal. Norwenna lief zuerst hinaus, Tanaburs folgte ihr; dann eilten alle anderen, sogar der König, im Laufschritt dem Vormittagslicht hinter der östlichen Tür entgegen.

Während sie flohen, blieb Nimue reglos stehen; dann rollte sie die Augen und blinzelte. Sie schritt zum Feuer, um die beiden Schlangen achtlos in die Flammen zu werfen, wo sie fauchten, sich aufbäumten und zischelnd starben. Sie befreite die Fledermaus, die sofort zwischen den Dachbalken verschwand, löste die Totenmaske von ihrem Hals und rollte sie zu einem Bündel zusammen, bevor sie sich unter den Geschenken, die Gundleus mitgebracht hatte, die römische Karaffe heraussuchte. Sekundenlang starrte sie die Karaffe an; dann bog sie ihren drahtigen Körper und schleuderte das kostbare Stück an eine Eichenholzsäule, wo es in tausend blaßgrüne Scherben zersplitterte. »Derfel?« rief sie in die plötzliche Stille hinein, die darauf folgte. »Ich weiß, daß du hier bist!«

»Nimue?« antwortete ich furchtsam und erhob mich hinter meinem Wall aus Weidengeflecht. Ich hatte Angst. Im Feuer zischte das Schlangenfett, im Dachgebälk raschelte die Fledermaus.

Nimue sah mich lächelnd an. »Ich brauche Wasser, Derfel«, sagte sie.

»Wasser?« fragte ich dümmlich.

»Um mir das Hühnerblut abzuwaschen«, erklärte Nimue.

»Hühnerblut?«

»Wasser«, wiederholte sie. »Neben der Tür steht ein Krug. Bring ihn mir.«

»Da hinein?« fragte ich zutiefst erstaunt, denn ihre Geste schien anzudeuten, daß ich das Wasser in Merlins Gemächer bringen solle.

»Warum denn nicht?« gab sie zurück und schritt durch die Tür, in der noch immer die dicke Saufeder steckte, während ich den schweren Krug hob und ihr folgte. Sie stand vor einem gehämmerten Kupferblech, in dem sich ihr nackter Körper spiegelte. Es war ihr nicht peinlich – vielleicht, weil wir als Kinder alle zusammen splitternackt herumgelaufen waren; mir aber war voll Unbehagen bewußt, daß wir beide inzwischen keine Kinder mehr waren.

»Hier?« fragte ich sie.

Nimue nickte. Ich setzte den Krug ab und wollte mich rückwärts zur Tür zurückziehen. »Nein, bleib«, sagte sie. »Bitte. Und schließ die Tür.«

Bevor ich sie schließen konnte, mußte ich den Speer aus der Tür ziehen. Ich wagte sie nicht zu fragen, wie sie die Speerspitze durch das Eichenholz getrieben hatte, denn sie war nicht in der richtigen Stimmung für Fragen. Daher schwieg ich, während ich die Waffe entfernte und Nimue sich das Blut von der weißen Haut wusch und sich anschließend in einen schwarzen Umhang wickelte. »Komm her«, sagte sie, als sie fertig war. Gehorsam ging ich zu einer Lagerstatt aus Pelzen und Wolldecken hinüber, die auf einer niedrigen Holzplattform aufgehäuft waren, auf der sie nachts offenbar schlief. Das Lager hatte eine Art Zelt aus einem dunklen, muffigen Tuch, in dessen düsterem Schutz ich saß und sie in meinen Armen wiegte. Durch die weiche Wolle ihres Umhangs konnte ich ihre Rippen spüren. Sie weinte. Warum, das konnte ich nicht sagen; also hielt ich sie ungeschickt an mich gedrückt und sah mich in Merlins Schlafgemach um.

Es war ein außergewöhnlicher Ort. Überall waren Holztruhen und Weidenkörbe aufeinandergetürmt, die Ecken, Winkel und Korridore bildeten, durch die eine ganze Schar magerer Kätzchen streunte. An einigen Stellen waren die Stapel in sich zusammengefallen, als hätte jemand in einem der unteren Behältnisse etwas gesucht und keine Lust gehabt, den ganzen Berg abzutragen, sondern ihn kurzerhand umgestoßen. Überall lag Staub. Die Binsenbündel auf dem Boden schienen mir seit Jahren nicht mehr ausgewechselt worden zu sein, sondern waren zum größten Teil mit Teppichen oder Tüchern abgedeckt, die nun vor sich hin moderten. Der Gestank im Raum war überwältigend: eine Mischung aus Staub, Katzenurin, Feuchtigkeit, Fäulnis und Schimmel, unter die sich die feineren Düfte der Kräuter mengten, die in Bündeln von den Dachbalken hingen. Auf einer Seite der Tür stand ein Tisch, überhäuft mit brüchigen Pergamentrollen. Auf einem verstaubten Regal über dem Tisch waren Tierschädel angeordnet, und als sich meine Augen an das gruftgleiche Dämmerlicht gewöhnten, erkannte ich, daß sich mindestens zwei Menschenschädel darunter befanden. An einem dicken Tontopf, in dem ein Bündel mit Spinnweben behängter Speere steckte, lehnten mehrere verblaßte Schilde. An einer Wand hing ein Schwert. Eine rauchende Kohlenpfanne stand in einem Haufen grauer Asche dicht neben dem großen Kupferspiegel, an dem eigenartigerweise ein Christenkreuz hing, an dessen Balken die verzerrte Gestalt ihres toten Gottes genagelt war. Das Kreuz war – zur Vorbeugung gegen das ihm innewohnende Böse – mit einem Mistelzweig geschmückt. An einem Dachsparren hing ein dichtes Gewirr von verschiedenen Geweihen, daneben Bündel getrockneter Mistelzweige und eine baumelnde Traube schlafender Fledermäuse, deren Dung auf dem Fußboden kleine Häufchen bildete. Fledermäuse im Haus waren dasböseste aller bösen Vorzeichen, doch ich nahm an, daß Menschen, die so mächtig waren wie Merlin und Nimue, sich keine Gedanken über derlei alltägliche Bedrohungen zu machen brauchten. Auf einem zweiten Tisch standen Schalen herum, Mörser, Stößel, eine Metallwaage, Kolben und wachsversiegelte Töpfe, in denen er, wie ich später entdeckte, Tau von den Gräbern Ermordeter verwahrte, Pulver aus zerstoßenen Totenschädeln, Aufgüsse von Belladonna, Alraune und Stechapfel, während eine seltsame Steinurne neben dem Tisch mit einem Durcheinander aus Adlersteinen, Elfenbrot, Schlangensteinen und Hexensteinen gefüllt war, dazwischen Federn, Muscheln und Kiefernzapfen. Noch nie hatte ich einen so überfüllten Raum gesehen, noch nie einen, der so schmutzig und so faszinierend war. Und ich fragte mich, ob das Gemach nebenan, Merlins Turm, genauso wundervoll-schauerlich war wie dieses.

Nimue hatte aufgehört zu weinen und lag reglos in meinen Armen. Sie mußte das Staunen und den Abscheu gespürt haben, mit dem ich diesen Raum betrachtete. »Er wirft nie etwas weg«, erklärte sie müde, »niemals.« Ich sagte nichts, sondern tröstete und streichelte sie nur. Eine Weile blieb sie völlig erschöpft liegen; doch als meine Hand den Umhang über einer ihrer kleinen Brüste zu erforschen suchte, wandte sie sich zornig ab. »Wenn es das ist, was du willst«, sagte sie, »dann geh zu Sebile.« Damit raffte sie den Umhang fest um sich zusammen, stieg von der Lagerstatt und ging zu dem Tisch mit Merlins Gerätschaften.

Verlegen stammelte ich eine Entschuldigung.

»Unwichtig«, tat sie meine Worte ab. Draußen auf dem Tor und auch in der großen Halle nebenan konnten wir Stimmen hören, doch niemand versuchte uns zu stören. Nimue wühlte zwischen den Schalen, Töpfen und Kellen auf dem Tisch herum, bis sie gefunden hatte, was sie suchte: ein Messer aus schwarzem Stein, dessen Klinge zu knochenweißen Schneiden geschliffen war. Damit kehrte sie zu dem modrigen Lager zurück und kniete neben der Plattform nieder, so daß sie mir direkt ins Gesicht sehen konnte. Ihr Umhang hatte sich geöffnet, und ich war mir peinlich ihres nackten, überschatteten Körpers bewußt, aber sie starrte mir so unverwandt in die Augen, daß ich nichts anderes tun konnte, als ihren Blick zu erwidern.

Eine sehr lange Zeit sagte sie gar nichts. In dieser Stille konnte ich fast mein eigenes Herz klopfen hören. Sie schien um einen Entschluß zu ringen, einen jener Entschlüsse, die so schwerwiegend sind, daß sie das Gleichgewicht eines Lebens unwiderruflich verändern können; deswegen wartete ich voll Angst, ohne mich aus meiner unbequemen Stellung erheben zu können. Ihre zerzausten schwarzen Haare rahmten ihr herzförmiges Gesicht. Nimue war weder schön noch häßlich, doch aus ihren Zügen sprachen eine Kraft und eine Lebendigkeit, die keiner äußerlichen Schönheit bedurften. Ihre Stirn war hoch und breit, ihre Augen dunkel und brennend, ihre Nase scharf, ihr Mund voll, ihr Kinn schmal. Sie war die klügste Frau, die ich jemals kennengelernt habe, aber selbst in jenen Tagen, als sie kaum mehr als ein Kind war, war sie von einer Traurigkeit erfüllt, die ebendieser Klugheit entsprang. Sie wußte so viel! Sie war entweder wissend geboren, oder die Götter hatten ihr dieses Wissen geschenkt, als sie sie vor dem Ertrinken bewahrten. Als Kind hatte sie oft voll Unsinn und Schalkhaftigkeit gesteckt, nun aber, da sie Merlins Führung entbehren und seine Verantwortung auf ihren mageren Schultern tragen mußte, hatte sie sich verändert. Ich selbst veränderte mich natürlich auch, aber meine Veränderung war vorhersehbar: Ein knochiger Knabe entwickelte sich zu einem hochgewachsenen jungen Mann. Nimue dagegen ging nahtlos von der Kindheit in die Autorität über. Diese Autorität entsprang ihrem Traum, einem Traum, den sie mit Merlin teilte, den sie aber niemals, wie Merlin, aufs Spiel setzen würde. Nimue wollte alles oder nichts. Sie hätte lieber zugesehen, wie die ganze Welt in der Kälte einer gottlosen Leere unterging, als denjenigen, die ihre Vorstellung eines vollkommenen, den eigenen britischen Göttern ergebenen Britanniens zu verwässern trachteten, auch nur einen Zoll nachzugeben. Und nun, als sie da vor mir kniete, wußte ich, daß sie erwog, ob ich würdig sei, in diesem leidenschaftlichen Traum eine Rolle zu spielen.

Sie traf ihre Entscheidung und rückte näher zu mir heran. »Gib mir deine linke Hand«, verlangte sie.

Ich reichte sie ihr.

Mit ihrer Linken ergriff sie meine Hand so, daß die Handfläche nach oben zeigte, und murmelte einen Zauberspruch. Ich erkannte die Namen von Camulos, dem Kriegsgott, von Manawydan fab

Llyr, Nimues ganz persönlichem Meeresgott, von Agrona, der Göttin des Schlachtens, von Aranrhod, »Silberrad«, der Göttin der Morgenröte, aber die meisten Namen und Wörter waren mir fremd und wurden in einem so hypnotisierenden Ton gesprochen, daß ich schläfrig und ganz ruhig wurde, ohne mich darum zu kümmern, was Nimue sagte oder tat, bis sie plötzlich das Messer quer über meine Handfläche zog; erst dann schrie ich erschrocken auf. Sie beruhigte mich. Sekundenlang lag der Schnitt wie eine haarfeine Linie auf meiner Hand, dann quollen Blutstropfen hervor.

Sie schnitt sich auf dieselbe Art in die eigene Hand, dann legte sie ihren Schnitt auf den meinen und ergriff meine kraftlosen Finger mit den ihren. Sie ließ das Messer fallen, hob einen Zipfel ihres Umhangs und wickelte ihn fest um unsere blutenden Hände. »Derfel«, sagte sie leise, »solange deine Hand diese Narbe trägt, solange die meine diese Narbe trägt, sind wir eins. Einverstanden?«

Als ich ihr in die Augen sah, wurde mir klar, daß es sich hier um keine Kleinigkeit handelte, gewiß nicht um ein Kinderspiel, sondern um einen Eid, der mich auf meinem ganzen Weg durch diese Welt und möglicherweise noch in der nächsten Welt binden würde. Sekundenlang stieg in mir Angst vor allem auf, was mir bevorstand; dann nickte ich, und es gelang mir irgendwie, etwas zu sagen. »Einverstanden«, erklärte ich.

»Und solange du diese Narbe trägst, Derfel«, fuhr sie fort, »gehört dein Leben mir, und solange ich diese Narbe trage, gehört mein Leben dir. Hast du das verstanden?«

»Ja«, antwortete ich. Meine Hand pochte. Sie fühlte sich heiß und geschwollen an, während ihre Hand in meinem blutigen Griff winzig und kühl wirkte.

»Eines Tages, Derfel«, sagte Nimue, »werde ich dich rufen, und wenn du dann nicht kommst, werden die Götter dich an dieser Narbe als falschen Freund, Verräter und Feind erkennen.«

»Ja«, sagte ich.

Schweigend sah sie mich eine Weile an. Dann kletterte sie zu mir auf den Berg aus Pelzen und Decken und rollte sich in meinen Armen zusammen. Es war unbequem, so eng zusammen zu liegen, denn unsere beiden linken Hände waren noch immer verbunden, doch irgendwie richteten wir uns ein und lagen dann still. Draußen ertönten Stimmen, und Staub trieb in das hohe, dunkle Gemach herein, wo die Fledermäuse schliefen und die Kätzchen jagten. Es war kalt, aber Nimue zog ein Fell über uns beide. Dann schlief sie ein, und das Gewicht ihres leichten Körpers ließ meinen Arm empfindungslos werden. Ich blieb wach, voll Ehrfurcht und Verwirrung über das, was das Messer zwischen uns hatte entstehen lassen.

Am späten Nachmittag erwachte sie. »Gundleus ist fort«, verkündete sie schläfrig, obwohl mir nicht klar war, woher sie das wußte. Sie löste sich aus meinem Griff und den zerwühlten Pelzen, bevor sie den Umhangzipfel abnahm, der noch immer um unsere Hände gewickelt war. Das Blut war verkrustet, und als wir uns trennten, platzte der Schorf schmerzhaft von den Wunden. Nimue ging zu dem Bündel Speere hinüber und holte sich eine Handvoll Spinnweben, die sie mir auf die blutende Handfläche legte. »Das heilt schnell wieder«, behauptete sie leichthin. Sie wickelte ein Stück Tuch um ihre eigene Hand und kramte irgendwo ein wenig Brot und Käse hervor. »Hast du Hunger?« fragte sie mich.

»Immer.«

Wir aßen gemeinsam. Das Brot war trocken und hart, der Käse von Mäusen angeknabbert. Jedenfalls glaubte Nimue, daß es Mäuse gewesen waren. »Vielleicht haben auch die Fledermäuse reingebissen«, sagte sie. »Fressen Fledermäuse Käse?«

»Ich weiß es nicht«, antwortete ich und zögerte. »War es eine zahme Fledermaus?« Ich meinte jene, die sie sich in die Haare gesetzt hatte. Natürlich hatte ich derartige Dinge schon öfter gesehen, doch weder Merlin noch seine Gehilfen und Gehilfinnen wollten darüber sprechen, ich nahm aber an, daß mir die seltsame Zeremonie mit den blutenden Händen Nimues Vertrauen verschafft hatte.

Und so war es. Sie schüttelte den Kopf. »Das ist ein alter Trick, um die Dummen zu erschrecken«, sagte sie geringschätzig. »Ich habe ihn bei Merlin gelernt. Man fesselt die Beine der Fledermaus mit Falkenfußriemen und befestigt die Fußriemen dann in den eigenen Haaren.« Sie fuhr sich durch den schwarzen Schopf und lachte. »Und sogar Tanaburs habe ich einen Schreck eingejagt! Stell dir das vor! Ihm – einem Druiden!«

Ich war keineswegs belustigt. Ich wollte an ihre Zauberkraft glauben, nicht aber einen schlauen Trick mit Falkenfußriemen erklärt bekommen. »Und die Schlangen?« erkundigte ich mich.

»Die hält er in einem Korb. Ich mußte sie füttern.« Sie erschauerte und sah meine Enttäuschung. »Was ist?«

»Sind das wirklich alles nur Tricks?« fragte ich sie.

Sie krauste die Stirn und schwieg lange. Ich dachte schon, sie wollte überhaupt nicht antworten, aber schließlich erklärte sie es mir, und ich erkannte beim Zuhören, daß ich all jene Dinge hörte, die Merlin sie gelehrt hatte. Die Magie, berichtete sie, ereigne sich in jenen Momenten, da sich das Leben der Götter und der Menschen berühre, doch über diese Momente besitze der Mensch keine Kontrolle. »Ich kann nicht mit den Fingern schnalzen, damit sich der Raum mit Nebel füllt«, sagte sie, »aber ich habe so etwas schon erlebt. Ich kann die Toten nicht erwecken, aber Merlin sagt, er habe es schon mal beobachtet. Ich kann keinem Blitz befehlen, Gundleus zu töten, obwohl ich es wirklich gern tun würde, weil nur die Götter so etwas bewirken können. Aber es gab eine Zeit, Derfel, da konnten wir all diese Dinge tun, da lebten wir mit den Göttern, machten sie uns geneigt und konnten dann ihre Macht dazu benutzen, Britannien so zu gestalten, wie sie es wollten. Wir gehorchten ihnen, verstehst du, aber ihr Befehl war gleichzeitig unser Wunsch.« Sie legte die Hände aneinander, um ihre Worte zu unterstreichen, und zuckte zusammen, als der Schnitt in ihrer linken Hand unter dem Druck zu schmerzen begann. »Dann jedoch kamen die Römer«, sagte sie, »und brachen den Pakt.«

»Aber warum?« unterbrach ich sie ungeduldig, da ich diesen Teil der Geschichte größtenteils schon kannte. Merlin erzählte uns ständig, wie Rom den Bund zwischen Britannien und seinen Göttern zerschlagen hatte, nie aber hatte er uns erklärt, warum das geschehen konnte, wo doch die Götter so mächtig waren. »Warum haben wir die Römer nicht besiegt?« fragte ich Nimue.

»Weil die Götter es nicht wollten. Manche Götter sind böse, Derfel. Und außerdem sind nicht sie uns verpflichtet, sondern wir ihnen. Vielleicht hat es ihnen einfach gefallen. Aber vielleicht haben auch unsere Vorfahren den Pakt gebrochen, und die Götter bestraften sie, indem sie die Römer herschickten. Wir wissen es nicht, aber wir wissen, daß die Römer fort sind, und Merlin sagt, es besteht die

Möglichkeit, eine ganz geringe Möglichkeit, Britannien wiederherzustellen.« Sie sprach mit leiser, eindringlicher Stimme. »Wir müssen das alte Britannien wiederherstellen, das echte Britannien, das Land der Götter und Menschen, und wenn wir das schaffen, Derfel, wenn wir das schaffen, werden wir die Macht der Götter wiedererlangen.«

Ich wollte ihr glauben. Wie sehr wollte ich glauben, daß unser kurzes, von Krankheiten geplagtes und vom Tod verfolgtes Leben durch den Wohlwollen übernatürlicher, mit wunderbarer Macht begabter Wesen von neuer Hoffnung erfüllt werden konnte! »Aber ihr müßt mit Tricks arbeiten, ja?« fragte ich, ohne meine Enttäuschung zu verbergen.

»Ach, Derfel.« Nimue ließ die Schultern hängen. »Überleg doch mal. Nicht jeder kann die Gegenwart der Götter spüren, deshalb haben ja auch jene, die es können, eine ganz besondere Verpflichtung. Wenn ich Schwäche zeige, wenn ich einen Augenblick lang Unglauben erkennen lasse – was gibt es dann noch an Hoffnung für die Menschen, die glauben wollen? Es sind im Grunde eigentlich keine Tricks, es sind...« – sie hielt inne und suchte nach dem richtigen Wort – »Insignien. Genau wie Uthers Krone, seine Torques, sein Banner und sein Stein auf Caer Cadarn. Diese Dinge verkünden uns, daß Uther der Großkönig ist, und wir behandeln ihn dementsprechend, und wenn Merlin sich unter sein Volk begibt, muß auch er seine Insignien tragen. Damit zeigt er den Menschen, daß er die Götter berührt, und die Menschen fürchten ihn dafür.« Sie deutete auf die Tür mit dem zersplitterten Speerloch. »Als ich nackt, mit zwei Schlangen und einer Fledermaus, die unter der Haut eines Toten versteckt war, durch diese Tür trat, stand ich einem König, seinem Druiden und seinen Kriegern gegenüber. Ein junges Mädchen, Derfel, gegen einen König, einen Druiden und eine königliche Leibwache. Und wer hat gewonnen?«

»Du.«

»Also hat der Trick gewirkt, aber es war nicht meine Macht, die das zustande gebracht hat. Es war die Macht der Götter. Allerdings mußte ich an diese Macht glauben, damit der Trick wirken konnte. Und um glauben zu können, Derfel, muß man sein ganzes Leben dieser Aufgabe widmen.« Sie sprach jetzt mit einer außergewöhnlich intensiven Leidenschaft. »Jede Minute eines jeden Tages und in jedem Augenblick einer jeden Nacht muß man für die Götter offen sein. Dann werden sie zu einem kommen. Nicht immer dann, wenn man es will, natürlich, aber wenn man sie niemals bittet, werden sie einem nie antworten; doch wenn sie antworten, Derfel, o ja, wenn sie antworten, dann ist es so wundervoll und so schrecklich, als hätte man Schwingen, die einen hoch hinauf in Glanz und Glorie tragen.« Ihre Augen strahlten. Noch nie hatte ich erlebt, daß sie von diesen Dingen sprach. Vor kurzem noch war sie ein Kind gewesen, nun aber hatte sie Merlins Lager geteilt und seine Lehren und seine Macht in sich aufgenommen, und das gefiel mir nicht. Ich war eifersüchtig und zornig, und ich begriff nichts mehr. Sie entwuchs mir, und ich konnte es nicht verhindern.

»Ich bin offen für die Götter«, verkündete ich gereizt. »Ich glaube an sie. Ich wünsche mir ihre Hilfe.«

Mit ihrer bandagierten Hand berührte sie mein Gesicht. »Du wirst ein Krieger werden, Derfel, ein sehr großer. Du bist ein guter Mensch, du bist ehrlich, du bist so gerade wie Merlins Turm, und in dir ist nicht die kleinste Spur von Wahnsinn. Keine Spur; nicht mal ein vereinzelter, verzweifelter Funke. Glaubst du vielleicht, es ist mein *Wunsch*, Merlin zu folgen?«

»Ja«, antwortete ich gekränkt. »Ich weiß genau, daß es so ist!« Damit wollte ich natürlich sagen, daß ich gekränkt war, weil sie sich nicht ausschließlich mir widmen wollte.

Sie holte tief Luft und starrte in das schattige Dachgebälk hinauf, wo zwei Tauben durch den Rauchabzug hereingeflogen waren und nun auf einem Balken entlangtrippelten. »Manchmal«, sagte sie, »würde ich, glaube ich, gern heiraten, Kinder haben, zusehen, wie sie aufwachsen, selber alt werden und sterben; aber von all dem, Derfel« – wieder sah sie mir in die Augen – »wird mir nur das letzte zuteil werden. Ich kann den Gedanken nicht ertragen, die drei Wunden der Weisheit erdulden zu müssen, aber ich muß. Ich muß!«

»Die drei Wunden?« Davon hatte ich noch nie gehört.

»Die Wunde des Körpers«, erklärte mir Nimue, »die Wunde des Stolzes...« – hier berührte sie sich zwischen den Beinen – »und die Wunde des Geistes. Das ist der Wahnsinn.« Sie hielt inne, und ein Ausdruck des Grauens zog über ihr Gesicht. »Merlin hat alle drei erlitten, deswegen ist er ein so weiser Mann. Morgan hat die schlimmste Wunde des Körpers erlitten, die man sich vorstellen kann, aber sie hat die anderen beiden Wunden nicht erlitten, darum wird sie den Göttern niemals wirklich gehören. Ich selbst habe noch keine der drei erlitten, aber das wird noch kommen. Es muß!« Sie sagte es heftig. »Es muß kommen, weil ich auserwählt bin.«

»Warum wurde ich nicht auserwählt?« wollte ich wissen.

Sie schüttelte den Kopf. »Du verstehst nicht, Derfel. Niemand hat mich auserwählt, einzig ich selbst. Du ganz allein mußt dich entscheiden. Es kann jedem von uns hier geschehen. Deswegen sammelt Merlin Findelkinder, denn er meint, Waisen könnten ganz spezielle Kräfte besitzen, aber das trifft nur auf sehr wenige zu.«

»Aber auf dich«, stellte ich fest.

»Ich sehe die Götter überall«, sagte Nimue schlicht. »Und sie sehen mich.«

»Ich habe noch nie einen Gott gesehen«, antwortete ich bockig.

Sie lächelte über meinen Groll. »Das wirst du schon noch«, sagte sie. »Du mußt dir Britannien als eine mit wehenden Nebelbändern geschmückte Frau vorstellen, Derfel. Nur ein paar dünne Nebelstreifen hier und da, die davontreiben und sich auflösen. Aber diese Streifen sind die Götter, und wenn wir sie finden und sie erfreuen können, wenn wir ihnen das Land wieder übergeben können, werden diese dünnen Streifen stärker werden und sich zu einem einzigen, wundervollen Nebel verdichten, der das ganze Land bedeckt und uns vor allem beschützt, was außerhalb liegt. Deswegen leben wir hier, auf dem Tor. Merlin weiß, daß die Götter diesen Ort lieben, und hier ist der heilige Nebel auch dicht, aber unsere Aufgabe ist es, ihn zu verbreiten.«

»Ist Merlin deswegen unterwegs?«

Sie lächelte. »In diesem Augenblick, Derfel, schläft Merlin. Und das muß ich jetzt ebenfalls tun. Hast du irgendwelche Aufgaben zu erfüllen?«

»Pachtzins ausrechnen«, antwortete ich verlegen. Die unteren Speicher füllten sich mit Räucherfisch, Bleibarren, Wannen voll Holzkohle und sogar ein paar seltenen Stücken Bernstein und Jett: die Winterpacht, die an Beltane fällig war und die Hywel schätzen, in Warenlisten eintragen und in Merlins Anteil und jenen teilen mußte, der den Steuereinnehmern des Großkönigs auszuhändigen war.

»Dann geh und zähle«, sagte Nimue, als wäre nichts Besonderes zwischen uns geschehen, beugte sich aber vor und gab mir einen schwesterlichen Kuß. »Nun geh schon«, sagte sie, und ich verließ Merlins Gemach, um mich den vorwurfsvollen, neugierigen Blikken von Norwennas Damen auszusetzen, die in die große Halle zurückgekehrt waren.

Bald darauf entzündeten wir die großen Beltane-Feuer. Unsere Flammen loderten in der Finsternis, um der wiedererwachenden Welt neues Leben zu bringen. Fern im Osten wurden die ersten sächsischen Plünderer gesichtet, doch keiner gelangte in die Nähe von Ynys Wydryn. Auch Gundleus von Siluria sahen wir nicht wieder. Gudovan, der Schreiber, vermutete, der Heiratsantrag sei abgelehnt worden, und sagte düster einen erneuten Krieg gegen die nördlichen Königreiche voraus.

Merlin kehrte nicht zurück, und wir erhielten auch keine Nachricht von ihm.

Kronprinz Mordred bekam Zähne. Die ersten zeigten sich im Unterkiefer – Omen für ein langes Leben –, und Mordred benutzte sie sofort, um Rallas Brustwarzen blutig zu beißen; dennoch fuhr sie fort, ihn zu stillen, damit ihr eigener, gut gepolsterter Sohn mit der Muttermilch Prinzenblut trinken konnte. Je länger die Tage wurden, desto munterer wurde Nimue. Die Narben an unseren Händen verblaßten von Rosa zu Weiß und waren dann nur noch als Schattenlinien zu sehen. Nimue erwähnte sie nie wieder.

Als der Großkönig eine Woche auf Caer Cadarn verbrachte, wurde der Edling dorthin geschafft, damit der Großvater ihn in Augenschein nehmen konnte. Uther mußte das, was er sah, gefallen haben, und die Frühlingszeichen standen allesamt günstig, denn drei Wochen nach Beltane erfuhren wir, daß die Zukunft des Königreichs, die Zukunft Norwennas und die Zukunft des Kindes Mordred von einem Hohen Rat entschieden werden würde, dem ersten, der nach mehr als sechzig Jahren in Britannien einberufen wurde.

Es war Lenz, die Bäume grünten, und die Menschen in diesem Land waren von hochgespannten Erwartungen erfüllt.

Der Hohe Rat tagte in Glevum, einer römischen Stadt am Severn-Fluß, unmittelbar hinter Dumnonias nördlicher Grenze zu Gwent. Uther wurde mit einem von vier Ochsen gezogenen Karren dorthin gebracht. Die Zugtiere waren mit Maizweigen geschmückt und mit grünen Schabracken bedeckt. Der Großkönig genoß die langsame Reise durch sein frühsommerliches Königreich – vielleicht weil er wußte, daß er Britanniens ganze Schönheit zum letzten Mal sah, bevor er durch Cruachans Höhle und über die Schwerterbrücke in die Anderwelt hinüberging. In den Rainhecken, zwischen denen seine Ochsen einherstapften, leuchteten die Weißdornblüten, die Wälder waren mit Glockenblumen geschmückt, und zwischen den Weizen-, Roggen- und Gerstenhalmen und auf den nahezu mähreifen Wiesen, auf denen die Wachtelkönige lärmten, glühten tiefrote Mohnblumen. Der Großkönig reiste gemächlich, machte immer wieder in Dörfern und an Gutshöfen halt, wo er Ackerland und Gebäude inspizierte und Männern, die weit besser wußten als er, wie man eine Gerbgrube anlegte oder einen Eber verschnitt, gutgemeinte Ratschläge erteilte. In Aquae Sulis badete er in den heißen Quellen, und als er die Stadt verließ, fühlte er sich so wohl, daß er eine ganze Meile weit zu Fuß ging, bevor er sich wieder in seinen mit Pelzen ausgelegten Karren helfen ließ. Begleitet wurde er von seinen Barden, seinen Ratgebern, seinem Arzt, seinen Sängern, einem Troß von Bediensteten und einer Eskorte von Kriegern, die unter dem Kommando von Owain, seinem Champion und Befehlshaber der Leibwache, stand. Zum Zeichen dafür, daß sie in friedlicher Absicht kamen, hatten sich alle Reisenden Blumen angesteckt, und die Krieger trugen ihre Schilde verkehrt herum. Allerdings war Uther zu alt und zu vorsichtig, um sich nicht ständig zu vergewissern, daß die Speerspitzen jeden Tag frisch geschliffen wurden.

Auch ich marschierte mit nach Glevum. Zwar hatte ich dort nichts zu suchen, aber Uther hatte Morgan zum Hohen Rat befohlen. Normalerweise waren Frauen bei Ratsversammlungen, hohen oder weniger hohen, nicht gern gesehen, aber da Uther überzeugt war, daß kein anderer so gut für Merlin sprechen könne wie Morgan, hatte er sich aus Verzweiflung über Merlins Abwesenheit an sie gewandt. Außerdem war sie Uthers außereheliche Tochter, und der Großkönig pflegte zu sagen, in Morgans goldmaskiertem Kopf wohne mehr Verstand als in den Schädeln der Hälfte seiner Ratgeber zusammen. Darüber hinaus war Morgan für Norwennas Gesundheit verantwortlich, und schließlich sollte über Norwennas Zukunft entschieden werden, obwohl Norwenna selbst weder geladen noch dazu befragt wurde. Sie blieb in Ynys Wydryn in der Obhut von Merlins Gemahlin Guendoloen zurück. Morgan hätte niemanden außer ihre Sklavin Sebile nach Glevum mitgenommen, wenn Nimue ihr nicht im letzen Moment kühl und gelassen mitgeteilt hätte, sie werde ebenfalls nach Glevum reisen und ich solle sie begleiten.

Morgan machte natürlich viel Aufhebens davon, doch Nimue nahm die Empörung der Älteren mit aufreizender Ruhe hin. »Es wurde mir befohlen«, erklärte sie Morgan, und als Morgan in schrillem Ton wissen wollte, von wem, lächelte Nimue schweigend. Morgan war doppelt so groß und doppelt so alt wie Nimue, aber als Merlin Nimue in sein Bett holte, hatte er die Macht in Ynys Wydryn auf sie übertragen, und angesichts dieser Autorität war die Ältere hilflos. Gegen meine Teilnahme aber protestierte sie dennoch. Sie wollte wissen, warum Nimue nicht Lunete mitnehme, die zweite Irin unter Merlins Findelkindern. Ein Bursche wie ich, behauptete Morgan, sei keine Gesellschaft für eine junge Frau, und als Nimue weiterhin nur lächelte, fauchte Morgan, sie werde Merlin von Nimues Vorliebe für mich in Kenntnis setzen, dann wäre es mit Nimues Macht vorbei, doch Nimue lachte nur über diese plumpe Drohung und kehrte ihr kurzerhand den Rücken.

Mich kümmerte diese Auseinandersetzung wenig. Ich wollte nur nach Glevum gehen, die Turnierkämpfe erleben, den Barden zuhören, mir die Tänze ansehen und vor allem mit Nimue zusammensein.

Also zogen wir als wenig harmonisches Quartett nach Glevum. Morgan stapfte, den Schlehdornstab in der Hand, voran. Ihre Goldmaske glänzte in der Sommersonne. Jeder ihrer schweren, hinkenden Schritte war eine nachdrückliche Geste des Mißfallens an Nimues Gegenwart. Sebile, die sächsische Sklavin, hastete, tief gebückt unter einem Bündel von Bettlaken, getrockneten Kräutern und Töpfen, hinter ihrer Herrin einher. Ihr folgten Nimue und ich, barfuß, barhäuptig und frei jeglicher Last. Nimue trug einen langen schwarzen Umhang über ihrem weißen Gewand, das sie in der Mitte mit einem Sklavenstrick zusammengefaßt hatte. Das lange schwarze Haar hatte sie hoch aufgesteckt, und sie trug keinerlei Schmuck, nicht einmal eine Knochennadel, um ihren Umhang zusammenzuhalten. An Morgans Hals glänzte ein schwerer goldener Torques, und ihr dunkelbrauner Umhang wurde in Brusthöhe von zwei goldenen Spangen gehalten, von denen die eine die Form eines dreigehörnten Hirschs besaß. Die andere war der schwere Drachenschmuck, den Uther ihr in Caer Cadarn geschenkt hatte.

Ich genoß die Reise. Wir brauchten drei Tage, und das war ziemlich lange, denn Morgan konnte nur langsam gehen, aber die Sonne schien auf uns herab, und die römische Straße erleichterte uns den Marsch. Wenn der Abend dämmerte, suchten wir den Hof des nächsten Häuptlings auf und schliefen als Ehrengäste in seiner mit Stroh gefüllten Scheune. Anderen Reisenden begegneten wir kaum, und die wenigen, die wir trafen, machten uns bereitwillig Platz, denn das helle Leuchten von Morgans Gold galt als Symbol ihrer hohen Stellung. Man hatte uns vor herren- und landlosen Männern gewarnt, die reisende Kaufleute auf den großen Straßen ausraubten, aber wir wurden von niemandem bedroht – vielleicht, weil Uthers Soldaten Vorkehrungen für den Hohen Rat getroffen und Wälder und Hügel gründlich nach Briganten durchsucht hatten. Wir kamen an mehr als einem Dutzend verwesender Leichname vorbei, die zur Warnung am Rand der Straße gepfählt worden waren. Die Leibeigenen und Sklaven, denen wir begegneten, knieten vor Morgan nieder, Kaufleute machten ihr höflich Platz, und nur ein Reisender wagte es, unsere Autorität in Frage zu stellen: ein wildbärtiger Priester mit einem zerlumpten Anhang struppiger Weiber. Diese Christengruppe tanzte die Straße entlang und lobte singend ihren gekreuzigten Gott, doch als der Priester die goldene Maske sah, die Morgans Gesicht bedeckte, sowie das dreifache Geweih und den geflügelten Drachen ihrer Spangen, beschimpfte er sie als eine Kreatur des Teufels. Der Priester muß sich wohl gedacht haben, daß er eine so stark entstellte, hinkende Frau mit seinem Hohn leicht aus dem Gleichgewicht bringen könnte, aber ein Wanderprediger in Begleitung seiner Ehefrau und einiger heiliger Huren konnte es mit Igraines Tochter, Merlins Schützling und Arthurs

Schwester nicht aufnehmen. Morgan versetzte dem Burschen mit ihrem schweren Stab einen einzigen Schlag aufs Ohr, der ihn seitwärts in einen mit Nesseln gefüllten Graben schleuderte; dann schritt sie ohne einen Blick zurück davon. Die Weiber des Priesters stoben kreischend auseinander. Einige beteten, andere stießen Flüche aus, doch Nimue glitt unberührt von ihren Bosheiten wie ein Geist zwischen ihnen hindurch.

Ich selbst trug keine Waffen, es sei denn, man will einen Stab und ein Messer als die Ausrüstung eines Kriegers bezeichnen. Ich hätte nur allzugern Schwert und Speer getragen, denn ich wollte wie ein erwachsener Mann auftreten, aber Hywel hatte gespottet, ein Mann werde man nicht, weil man sich das wünscht, sondern durch Taten. Zu meinem Schutz schenkte er mir einen Bronzetorques, auf dem an beiden Enden Merlins gehörnter Gott dargestellt war. Niemand, erklärte er mir, würde es wagen, Merlin herauszufordern. Dennoch fühlte ich mich ohne echte Männerwaffen wehrlos. Warum, fragte ich Nimue, ging ich überhaupt mit?

»Weil du mein Eidgenosse bist, mein Kleiner«, antwortete Nimue. Ich war zwar inzwischen schon größer als sie, aber aus liebevoller Zuneigung fuhr sie auch weiterhin fort, mich so zu nennen. »Und weil du und ich von Bel auserwählt wurden. Und wenn er uns auserwählt, müssen wir einander auch auserwählen.«

»Aber warum gehen wir beide nach Glevum?« wollte ich wissen.

»Weil Merlin es will, natürlich.«

»Wird er ebenfalls dort sein?« erkundigte ich mich eifrig. Merlin war schon so lange fort, und Ynys Wydryn war ohne ihn wie ein Himmel ohne Sonne.

»Nein«, antwortete sie gelassen, aber woher sie wußte, was Merlin in dieser Hinsicht wollte, war mir ein Rätsel, denn Merlin war noch immer weit fort, und der Aufruf zum Hohen Rat war erst lange nach seiner Abreise erfolgt.

»Und was machen wir, wenn wir in Glevum sind?«

»Das werden wir wissen, sobald wir dort ankommen«, gab sie geheimnisvoll zurück und war zu keiner weiteren Erklärung zu bewegen.

Glevum wirkte, als ich mich erst einmal an den alles überdeckenden Gestank nach Abtrittkot gewöhnt hatte, auf wunderbare Weise fremdartig. Abgesehen von einigen jener Villen auf Merlins Ländereien, die als Bauernhöfe genutzt wurden, war dies das erstemal, daß ich eine echte römische Ortschaft zu sehen bekam, und so staunte ich über die Sehenswürdigkeiten wie ein frisch geschlüpftes Küken. Die Straßen waren mit eingepaßten Steinen gepflastert, und obwohl sie in den vielen Jahren seit dem Abzug der Römer uneben geworden waren, hatten König Tewdrics Mannen ihr Bestes getan, den Schaden zu beheben, indem sie Unkraut jäteten und die Erde wegfegten, so daß die neun Straßen der Stadt wie steinere Wasserläufe in der Trockenzeit wirkten. Es war schwer, auf ihnen zu gehen, und Nimue und ich mußten lachen, wenn wir sahen, wie die Pferde mit den glatten Steinen fertig zu werden trachteten. Die Häuser waren nicht weniger fremdartig als die Straßen. Wir bauten unsere Höfe und Häuser aus Holz, Dachstroh, Lehmbatzen und Flechtwerk, doch diese römischen Bauten waren alle miteinander verbunden und bestanden aus Steinen und sonderbar schmalen Ziegeln. Einige Häuser waren im Laufe der Jahre eingestürzt und hatten Lücken in den langen Reihen der niedrigen Häuser hinterlassen, die seltsamerweise mit gebrannten Lehmziegeln gedeckt waren. Die ummauerte Stadt, die eine Furt des Severn bewachte, befand sich zwischen zwei Königreichen und ganz in der Nähe eines dritten und war dadurch zu einem berühmten Handelsknotenpunkt geworden. In den Häusern arbeiteten Töpfer, Goldschmiede beugten sich über ihre Tische, Kälber blökten auf den Schlachthöfen hinter dem Marktplatz, auf dem zahlreiche Landbewohner Butter, Nüsse, Leder, Räucherfisch, Honig, gefärbtes Tuch und frisch geschorene Wolle verkauften. Das Schönste von allem aber waren – wenigstens für meine geblendeten Augen – König Tewdrics Soldaten. Es waren Römer, jedenfalls behauptete Nimue das, oder wenigstens Briten, die von den Römern gelernt hatten, und alle trugen ihre Bärte kurz geschoren und waren einheitlich in kräftige Lederschuhe und wollene Beinlinge unter den kurzen Lederröckchen gekleidet. Die älteren Soldaten hatten Bronzeplatten auf ihren Röcken befestigt, und wenn sie ausschritten, klimperten diese Bronzeplatten wie Kuhglocken. Jeder Mann trug einen blankpolierten Brustpanzer, einen langen, rostroten Umhang und einen Lederhelm, der auf dem Kopf zu einem Kamm genäht worden war.

Einige Helme waren mit gefärbten Federn geschmückt. Die Soldaten trugen kurze, breite Schwerter, lange Speere mit polierten Schäften und rechteckige Schilde aus Holz und Leder, auf denen Tewdrics Stiersymbol prangte. Die Schilde waren alle gleich groß, die Speere alle gleich lang, und die Soldaten marschierten im Gleichschritt. Für mich war das ein so außerordentlicher Anblick, daß ich anfangs lachen mußte, bis ich mich später daran gewöhnte.

In der Mitte der Stadt, wo die vier Straßen von den vier Toren auf einem geräumigen Platz zusammentrafen, stand ein weitläufiges, erstaunliches Gebäude. Selbst Nimue starrte es sprachlos an, denn kein lebendes Wesen konnte so etwas erbaut haben; so hoch, so weiß und mit so scharfen Kanten. Das hohe Dach wurde von Säulen gestützt, und auf der dreieckigen Fläche zwischen Dachfirst und oberen Säulenenden waren wundervolle Bilder in den weißen Stein gemeißelt worden, auf denen prächtige Männer ihre Feinde von den Hufen ihrer Pferde zertrampeln ließen. Diese Steinmänner trugen ganze Bündel von Steinspeeren und Steinhelme mit hochaufragenden Steinkämmen. Einige der Bilder waren heruntergefallen oder vom Frost zerborsten, aber sie wirkten dennoch wie ein Wunder auf mich, obwohl Nimue sie, nachdem sie sie aufmerksam betrachtet hatte, anspie, um das Böse zu bannen.

»Gefällt es dir nicht?« fragte ich sie verstimmt.

»Die Römer wollten Götter sein«, antwortete sie, »deswegen haben die Götter sie gedemütigt. Der Hohe Rat sollte nicht hier zusammenkommen.«

Aber der Hohe Rat war nun einmal nach Glevum gerufen worden, und Nimue konnte daran nichts ändern. Hier, im Schutz von römischen Wällen aus Erde und Holz, sollte das Schicksal von Uthers Königreich entschieden werden.

Als wir die Stadt erreichten, war der Großkönig schon lange eingetroffen. Er wohnte in einem anderen hohen Gebäude, das der Säulenhalle am Marktplatz gegenüberlag. Er zeigte sich weder überrascht noch verärgert darüber, daß Nimue mitgekommen war – möglicherweise glaubte er, sie gehöre zu Morgans Gefolge –, und wies uns allen einen Raum ganz hinten im Haus zu, in den der Rauch aus den Küchen und das Gezanke der Sklaven drangen. Neben Tewdrics blitzblanken Mannen wirkten die Soldaten des

Großkönigs schäbig. Unsere Soldaten trugen lange Haare und struppige Bärte, geflickte, ausgefranste Umhänge in den verschiedensten Farben sowie lange, schwere Schwerter, roh geschäftete Speere und runde Schilde. Im Vergleich zu Tewdrics sorgfältig gemalten Stieren wirkte Uthers Drachensymbol grobschlächtig.

Während der ersten beiden Tage wurde gefeiert. Die Champions der beiden Königreiche bestritten Freundschaftskämpfe vor den Mauern, und als Owain, Uthers Champion, die Arena betrat, sah König Tewdric sich genötigt, zwei seiner besten Männer gegen ihn in den Kampf zu schicken. Dumnonias berühmter Held galt als unüberwindlich, und genauso sah er auch aus, als er dastand und die Sommersonne sich in seinem langen Schwert spiegelte. Er war ein Riese, mit tätowierten Armen, haariger, nackter Brust und einem gesträubten Bart voll Kriegerringe, die aus den Waffen besiegter Feinde geschmiedet worden waren. Sein Kampf gegen Tewdrics Champions sollte nur ein Scheingefecht sein, aber davon war wenig zu spüren, als die beiden Helden von Gwent ihn abwechselnd attackierten. Die drei Männer fochten, als wären sie von Haß erfüllt; sie tauschten Schwerthiebe, die bis ins ferne Powys hinein zu hören gewesen sein mußten, und schon nach wenigen Minuten mischte sich Blut in ihren Schweiß, waren die stumpfen Seiten ihrer Schwerter voller Scharten, und alle drei hinkten, doch Owain hatte noch immer die Oberhand. Trotz seiner Größe war er sehr schnell und geschickt im Umgang mit dem Schwert, und in seinen Schlägen steckte eine vernichtende Kraft. Die Zuschauermenge, die aus der ganzen Umgebung herbeigeströmt war und daher sowohl aus Uthers wie auch aus Tewdrics Königreich stammte, brüllte wie wild, um ihre Männer anzuspornen, aber Tewdric, der die entfesselte Leidenschaft erkannte, warf schließlich seinen Stab in den Sand, um damit den Kampf zu beenden. »Vergeßt nicht, wir sind Freunde«, sagte er zu den drei Kämpen, und Uther, der, wie es dem Großkönig zustand, eine Stufe höher als Tewdric saß, nickte zustimmend.

Uther sah abstoßend und krank aus; sein Körper war aufgedunsen, sein Gesicht gelblich und schlaff, sein Atem ging mühsam. Er war in einer Sänfte zum Kampfplatz getragen worden und saß in einen dicken Umhang gehüllt auf seinem Thron, so daß sein juwelenbesetzter Gürtel und der glänzende Torques nicht mehr zu sehen waren. König Tewdric war wie ein Römer gekleidet – sein Großvater war ein echter Römer gewesen, und diese Tatsache erklärte wohl auch seinen fremdartigen Namen. Der König trug das Haar sehr kurz geschnitten, war bartlos und in eine weiße Toga gehüllt, die geschickt auf einer Schulter gerafft war. Er war hoch gewachsen, schlank und bewegte sich graziös, und obwohl er noch ein junger Mann war, ließ ihn der traurige, weise Ausdruck seines Gesichtes weit älter wirken. Enid, seine Königin, trug die Haare zu einer seltsamen, geflochtenen Spirale frisiert, die so hoch auf ihrem Kopf aufgetürmt war, daß sie gezwungen war, sich mit der eckigen Unbeholfenheit eines neugeborenen Fohlens zu bewegen. Ihr Gesicht war mit einer weißen Paste zugedeckt, die einen leeren Ausdruck erstaunter Langeweile auf ihren Zügen fixierte. Meurig, ihr Sohn und Edling von Gwent, war ein zappeliger zehnjähriger Knabe, der zu Füßen seiner Mutter saß und jedesmal, wenn er sich in der Nase bohrte, einen Klaps von seinem Vater bekam.

Nach den Kämpfen trugen die Harfenspieler und Barden ihren Wettstreit aus. Cynyr, der Barde von Gwent, sang das hohe Lied von Uthers Sieg über die Sachsen bei Caer Idern. Später fiel mir ein, daß Tewdric es als Tribut an den Großkönig bestellt haben mußte, und tatsächlich schien Uther der Vortrag zu gefallen, denn er lächelte, während die Verse dahinrollten, und nickte, wenn ein bestimmter Krieger gelobt wurde. Cynyr trug den Sieg mit klingender Stimme vor, und als er zu den Zeilen kam, in denen erzählt wurde, wie Owain die Sachsen zu Tausenden abschlachtete, wandte er sich dem erschöpften, zerschlagenen Schwertkämpfer zu, und einer von Tewdrics Champions, der noch vor einer Stunde versucht hatte, den gewaltigen Kämpen zu besiegen, stand auf und hob Owains Schwertarm. Die Menge tobte, dann lachte sie, weil Cynyr eine Frauenstimme nachahmte, um zu schildern, wie die Sachsen um Gnade gebettelt hatten. Mit kleinen, ängstlichen Schritten trippelte er um den Kampfplatz herum, duckte sich, als wollte er sich verstecken, und die Zuhörer jubelten ihm zu. Ich fand es auch wundervoll, denn man konnte gleichsam sehen, wie sich die verhaßten Sachsen vor Angst verkrochen, man konnte den Gestank ihres Todesblutes riechen und die Schwingen der Raben hören, die herbeigeflogen kamen, um sich an ihrem Fleisch gütlich zu tun. Dann richtete sich Cynyr zu seiner vollen Größe auf, ließ den Mantel fallen, damit man sah, daß sein blau bemalter Körper nackt war, und sang die Huldigung an die Götter, die mit angesehen hatten, wie ihr Champion, Großkönig Uther von Dumnonia, Pendragon von Britannien, die Könige, Häuptlinge und Champions der Feinde schlug. Dann warf sich der Barde, immer noch nackt, vor König Uthers Thron zu Boden.

Uther fingerte unter seinem zotteligen Umhang herum und zog einen Torques aus gelbem Gold hervor, den er Cynyr zuwarf. Da sein Wurf schwächlich war, fiel der Torques auf den Rand des Holzpodests, auf dem die beiden Könige saßen. Nimue erbleichte angesichts dieses bösen Zeichens; Tewdric jedoch hob den Torques gelassen auf und trug ihn zu dem weißhaarigen Barden hinüber, den er eigenhändig vom Boden aufhob.

Nachdem die Barden gesungen hatten und als gerade die Sonne hinter dem niedrigen, dunklen Kamm der westlichen Berge, die das Ende der silurischen Gebiete markierten, unterging, brachte eine Gruppe junger Mädchen Blumen für die Königinnen, aber es saß nur eine einzige Königin auf dem Podium, Enid. Sekundenlang wußten die Mädchen, die die Blumen für Uthers Lady trugen, nicht, was sie tun sollten, dann regte sich Uther und zeigte auf Morgan, die neben dem Podium auf einer eigenen Bank saß. Die Mädchen schwenkten ab und häuften Iris, Mädesüß und Bienenragwurz zu ihren Füßen. »Wie ein mit Petersilie garnierter Kloß sieht sie aus«, zischelte mir Nimue ins Ohr.

Am Abend vor der Versammlung des Hohen Rates wurde in der großen Halle des riesigen Gebäudes in der Mitte der Stadt ein christlicher Gottesdient abgehalten. Tewdric war ein begeisterter Christ, und all seine Anhänger drängten in die Halle, die von brennenden Fackeln in eisernen Wandhaltern beleuchtet wurde. Da cs an jenem Abend geregnet hatte, stank es in der überfüllten Halle nach Schweiß, nasser Wolle und Holzrauch. Die Frauen standen auf der linken Seite der Halle, während die Männer rechts standen, und nur Nimue mißachtete diese Ordnung gelassen und kletterte auf einen Sockel hinter der dunklen Menge von barhäuptigen Männer in ihren Umhängen. Es gab noch mehr von diesen Sockeln, auf denen meist Statuen standen, doch unser Sockel war leer und bot ausreichend Platz für uns beide, um bequem sitzen und die christlichen Riten beobachten zu können. Obwohl ich anfangs viel mehr über die Ausmaße der riesigen Halle staunte, die höher, breiter und länger war als jede andere Festhalle, die ich jemals gesehen hatte: Sie war so groß, daß sogar Spatzen in ihr wohnten und diese römische Halle wohl für die große, weite Welt hielten. Der Spatzenhimmel war ein gewölbtes Dach, getragen von gedrungenen Backsteinsäulen, die früher einmal mit glattem, weißem Stuck ummantelt und mit Bildern bemalt gewesen waren. Reste dieser Bilder gab es noch immer: Ich entdeckte die rötlichen Umrisse eines dahinjagenden Hirschs, ein Seeungeheuer mit Hörnern und gegabeltem Schwanz und zwei Frauen, die einen zweihenkligen Becher hielten.

Uther war nicht in der Halle, doch seine christlichen Krieger nahmen an dem Ritual teil, und Bischof Bedwin, der Ratgeber des Großkönigs, half bei den Zeremonien, die Nimue und ich von unserem Ausguck aus beobachteten wie zwei ungehorsame Kinder, die Erwachsene belauschen. König Tewdric war anwesend, und mit ihm einige der Fürsten und Prinzen, die am folgenden Tag am Hohen Rat teilnehmen würden. Diese Mächtigen hatten ihre Plätze ganz vorn in der Halle, aber der Großteil des Feuerscheins fiel nicht auf ihre Sessel, sondern auf die Christenpriester, die sich an einer Tafel versammelt hatten. Es war das erste Mal, daß ich diese Kreaturen bei ihren Riten beobachten konnte. »Was genau ist eigentlich ein Bischof?« fragte ich Nimue.

»So was Ähnliches wie ein Druide«, antwortete sie, und tatsächlich hatten alle Christenpriester den vorderen Teil ihres Schädels genauso kahl rasiert wie die Druiden. »Nur daß sie nichts gelernt haben«, ergänzte Nimue spöttisch, »und nichts wissen.«

»Sind das alles Bischöfe?« fragte ich sie, denn es herrschte ein ständiges Kommen und Gehen von geschorenen Männern, die hin und her liefen, immer um die feuerbeschienene Tafel am hinteren Ende der Halle.

»Nein. Einige sind nur Priester. Die wissen sogar noch weniger als Bischöfe.« Sie lachte.

»Keine Priesterinnen?« fragte ich sie.

»In ihrer Religion«, antwortete sie verächtlich, »müssen die

Frauen den Männern gehorchen.« Sie spuckte gegen das Böse aus, und einige in der Nähe stehende Krieger warfen ihr mißbilligende Blicke zu. Nimue beachtete sie nicht. Sie hockte, in ihren schwarzen Umhang gehüllt, auf unserem Sockel und hatte die Arme um die bis an die Brust emporgezogenen Knie geschlungen. Morgan hatte uns verboten, an den christlichen Zeremonien teilzunehmen, aber Nimue ließ sich inzwischen nichts mehr von Morgan befehlen. Im Feuerschein wirkte ihr schmales Gesicht dunkel, und nur ihre Augen glänzten hell.

Die seltsamen Priester sangen und psalmodierten in griechischer Sprache, die keinem von uns geläufig war. Immer wieder verneigten sie sich, woraufhin ein allgemeines Knien und Wiederaufrichten folgte. Jede Verbeugung wurde in der rechten Hälfte der Halle von einem unrhythmischen Geklapper begleitet, weil hundert oder mehr Schwertscheiden auf den gefliesten Boden stießen. Wie die Druiden hielten die Priester die Arme beim Beten seitwärts ausgestreckt. Sie trugen seltsame Gewänder, die Tewdrics Toga glichen und von kurzen, verzierten Überwürfen bedeckt waren. Wenn sie sangen, erwiderten die Zuhörer den Gesang, und einige Frauen, die hinter der zarten, bleichen Königin Enid standen, begannen in Ekstase zu kreischen und zu zittern, aber die Priester beachteten den Krach nicht und fuhren fort, zu singen und zu psalmodieren. Auf der Tafel stand ein schlichtes Kreuz, vor dem sie sich verneigten, während Nimue das Zeichen des Bösen machte und einen schützenden Zauberspruch murmelte. Wir beide begannen uns allmählich zu langweilen, und ich hätte mich gern davongestohlen, damit wir uns einen guten Platz für das große Festmahl, das nach der Zeremonie in Uthers Halle beginnen sollte, sichern konnten. Doch dann wechselte die Sprache dieses Abends plötzlich ins Britische. Ein junger Priester wandte sich mit einer leidenschaftlichen Rede an die Zuhörer.

Dieser junge Priester war Sansum, und ich bekam den Heiligen an jenem Abend zum ersten Mal zu Gesicht. Damals war er noch jung, viel jünger als die Bischöfe, aber er galt allgemein als der kommende Mann, die Hoffnung für die Zukunft der Christen, und die Bischöfe hatten ihm, um ihn in seiner Laufbahn zu fördern, bewußt die Ehre zuteil werden lassen, hier zu predigen.

Sansum war schon immer ein magerer Mann gewesen, kleinwüchsig, mit einem scharfen, glattrasierten Kinn und einer fliehenden Stirn, über der sein Haarkranz steif und schwarz wie eine Dornenhecke emporstieß; allerdings war diese Hecke oben kürzer getrimmt als an den Seiten, so daß ihm über den Ohren schwarze, stachlige Haarbüschel vom Kopf abstanden. »Er sieht aus wie Lughtigern«, flüsterte mir Nimue zu, und ich mußte laut auflachen, denn Lughtigern ist der Mäuselord der Kindermärchen, ein streitbarer Prahlhans, der aber, sobald die Katze auftaucht, immer als erster Fersengeld gibt. Dennoch verstand sich dieser tonsurierte Mäuselord aufs Predigen. Bis zu jenem Abend hatte ich noch nie das heilige Evangelium unseres Herrn Jesus Christus gehört, und noch heute erschauere ich zuweilen, wenn ich daran denke, wie übel ich jene erste Predigt aufnahm. Aber die Kraft dieses Vortrags werde ich nie vergessen. Sansum stand auf einem zweiten Tisch, damit er sehen und gesehen werden konnte, und gelegentlich wäre er in seinem Eifer beim Predigen beinah heruntergefallen und mußte von seinen Priesterfreunden zurückgehalten werden. Ich hoffte inständig, er werde fallen, doch irgendwie gelang es ihm jedesmal, das Gleichgewicht zu wahren.

Die Predigt begann eher herkömmlich. Er dankte Gott für die Anwesenheit der großen Könige und mächtigen Edelherren, die gekommen seien, das Evangelium zu hören; dann machte er König Tewdric ein paar hübsche Komplimente, bevor er sich in eine Schmährede stürzte, in der er die Meinung der Christen von Britanniens Zustand darlegte. Es war, wie mir später klar wurde, weit mehr eine politische Ansprache als eine Predigt.

Gott, führte Sansum aus, liebe die Insel Britannien, Britannien sei ein ganz besonderes Land. Es hebe sich von den anderen Ländern ab und sei von einem glänzenden Meer umgeben, das es vor Pestilenzen, Ketzern und Feinden schütze. Britannien, fuhr er fort, sei außerdem mit großen Herrschern und mächtigen Kriegern gesegnet, und doch sei die Insel in letzter Zeit von Fremden zerrissen worden, und seine Felder, Scheunen und Dörfer seien dem Schwert anheimgefallen. Die heidnischen Sais, die Sachsen, eroberten das Land unserer Väter und verwandelten es in eine Wüste. Die gefürchteten Sais schändeten die Gräber unserer Ahnen, sie vergewaltigten unsere Frauen und erschlügen unsere Kinder, doch solche Dinge könnten nicht geschehen, wenn sie nicht der Wille Gottes seien. Warum aber sollte Gott seinen ganz besonders geliebten Kindern den Rücken kehren?

Weil diese Kinder, erklärte er, sich weigerten, auf seine heilige Botschaft zu hören. Die Kinder Britanniens verehrten immer noch Holz und Stein. Die sogenannten heiligen Haine seien immer noch da, und ihre Schreine bärgen immer noch die Schädel der Toten und würden mit dem Blut der Opfer gewaschen. In den Städten sehe man solche Dinge zwar nicht, sagte Sansum, denn in den Städten lebten zumeist Christen, aber die ländlichen Gebiete, warnte er uns, seien überall von Heiden verseucht. Es gebe zwar nur noch wenige Druiden in Britannien, aber in jedem Tal und auf jedem Farmland gebe es Männer und Frauen, die als Druiden aufträten, die einem toten Stein lebendige Wesen opferten und die einfache Menschen mit Zaubersprüchen und Amuletten in die Irre führten. Sogar Christen – hier funkelte Sansum die Versammlung finster an – gingen mit ihren Kranken zu heidnischen Hexen und mit ihren Träumen zu heidnischen Seherinnen, und solange diese schändlichen Praktiken Unterstützung fänden, würde Gott Britannien mit Vergewaltigung, Metzeleien und Sachsen schlagen. Hier hielt er inne, um Luft zu holen, und ich berührte den Torques an meinem Hals, denn ich erkannte, daß dieser zeternde Mäuselord der Feind meines Lehrmeisters Merlin und meiner Freundin Nimue war. Wir hätten gesündigt, rief Sansum plötzlich und breitete die Arme aus, wodurch er auf der Tischkante ins Schwanken geriet, und müßten nun allesamt Buße tun. Die Könige von Britannien, verkündete er, müßten Christus und seine gebenedeite Mutter lieben, und nur wenn das ganze britische Volk in Gott vereint sei, werde Gott ganz Britannien vereinigen. Inzwischen reagierten die Andächtigen auf seine Predigt; sie brüllten ihre Zustimmung hinaus, baten ihren Gott lautstark um Gnade und forderten hysterisch schreiend den Tod der Druiden und ihrer Anhänger. Es war beängstigend.

»Komm«, flüsterte Nimue mir zu, »ich habe genug gehört.«

Wir rutschten von unserem Podest und schlichen uns durch die Menge, die den Vorplatz unter den äußeren Säulen der Halle füllte. Zu meiner Schande muß ich gestehen, daß ich den Umhang bis an mein bartloses Kinn emporzog, damit man meinen Torques nicht sah, als ich Nimue die Treppe hinab und auf den windigen Platz hinaus folgte, der auf allen Seiten von knisternden Fackeln beleuchtet wurde. Ein leichter Regen kam aus Westen, der die Steine des Platzes im Feuerschein glänzen ließ. Obwohl Tewdrics uniformierte Leibwachen den Platz umringten, führte mich Nimue in die Mitte des weiten Rechtecks, wo sie unvermittelt innehielt und in leises Gelächter ausbrach. Anfangs war es eher ein Kichern, das sich jedoch schnell zu lautem Lachen steigerte und sich schon bald in bissigen Hohn und schließlich in ein trotziges Heulen verwandelte, das an den Dächern von Glevum vorbei hoch in den Himmel aufstieg und in einem wilden, wahnsinnigen Kreischen endete, so animalisch wie der Todesschrei eines in die Enge getriebenen wilden Tieres. Und während sie immer weiter kreischte, drehte sie sich mit der Sonne um ihre Achse, von Norden nach Osten, nach Süden, nach Westen und wieder nach Norden, und kein einziger Soldat rührte sich. Einige der Christen im Portikus des großen Gebäudes warfen uns erboste Blicke zu, griffen aber nicht ein. Denn selbst die Christen erkannten, wenn jemand von den Göttern berührt worden war, und keiner wagte es, Hand an Nimue zu legen.

Als ihr der Atem ausging, sank sie erschöpft auf dem Pflaster zusammen. Sie schwieg, eine winzige Gestalt unter einem schwarzen Umhang, ein formloses Wesen, das zitternd zu meinen Füßen lag. »Ach, mein Kleiner«, sagte sie schließlich mit fast versagender Stimme, »ach, du mein Kleiner...«

»Was ist?« fragte ich sie. Ich muß gestehen, daß mir der Duft brutzelnden Schweinefleischs, der aus Uthers Halle herüberdrang, ungleich verlockender vorkam als diese Trance, die Nimue so furchtbar angegriffen hatte.

Sie streckte ihre vernarbte Linke aus, und ich zog sie auf die Füße. »Wir haben eine Chance«, erklärte sie mir mit leiser, verängstigter Stimme, »nur eine einzige Chance, und wenn wir die vertun, werden uns die Götter verlassen. Sie werden sich von uns abwenden und uns den Untieren überlassen. Und diese Toren da drüben, der Mäuselord und seine Anhänger, werden uns diese Chance verderben, wenn wir sie nicht bekämpfen. Aber es gibt so viele von ihnen, und wir sind nur so wenige!« Vor Verzweiflung weinend, sah sie mir ins Gesicht.

Ich wußte nicht, was ich sagen sollte. Obwohl ich Merlins Findelkind und Kind des Gottes Bel war, verstand ich mich nicht auf die Geisterwelt. »Bel wird uns helfen, nicht wahr?« fragte ich hilflos. »Er liebt uns doch – oder?«

»Uns lieben?« Sie entriß mir ihre Hand. »Uns lieben?« wiederholte sie höhnisch. »Es ist nicht Aufgabe der Götter, uns zu lieben. Liebst du Druidans Schweine? Wieso also sollte uns ein Gott, in Bels Namen, lieben? Liebe! Was weißt du denn schon von Liebe, Derfel, du Sohn einer Sächsin?«

»Ich weiß, daß ich dich liebe.« Heute kann ich ungehindert erröten, wenn ich an das verzweifelte Ringen eines Knaben um die Zuneigung einer Frau zurückdenke. Es hatte mich jeden Funken Mut gekostet, diese Aussage zu machen, jede Spur Courage, die ich, wie ich hoffte, besaß, und nachdem ich die Worte hervorgestoßen hatte, errötete ich im regengestreiften Feuerschein und wünschte, ich hätte den Mund gehalten.

Nimue sah mich lächelnd an. »Ich weiß«, antwortete sie, »ich weiß. Aber jetzt komm. Auf uns wartet ein Festmahl.«

In diesen Tagen, meinen letzten Tagen, die ich schreibend im Kloster in Powys' Bergen verbringe, schließe ich zuweilen die Augen und sehe Nimue vor mir. Nicht so, wie sie wurde, sondern so, wie sie damals war: voller Begeisterung, wach, selbstsicher. Ich weiß, ich habe Christus gewonnen und durch seinen Segen die ganze Welt; aber das, was ich verloren habe, das, was wir alle verloren haben, ist mit nichts aufzuwiegen. Wir haben alles verloren.

Das Festmahl war köstlich.

Der Hohe Rat begann am Vormittag, nachdem die Christen einen weiteren Gottesdienst abgehalten hatten. Sie hielten ziemlich viele davon ab, fand ich, denn zu jeder Stunde des Tages schien ein erneuter Kniefall vor dem Kreuz erforderlich zu sein, doch diese Verzögerung gab den Fürsten und Kriegern Zeit, sich von ihrem nächtlichen Gelage, dem Prahlen und Kämpfen zu erholen. Der Hohe Rat tagte in der großen Halle, die wieder von Fackeln erleuchtet wurde, denn obwohl die Frühlingssonne draußen hell strahlte, waren die wenigen Fenster der Halle hoch und schmal und weniger geeignet, das Licht herein- als den Rauch abziehen zu lassen, obwohl sie auch diese Aufgabe nur unzulänglich erfüllten.

Uther, der Großkönig, saß auf einem Podium über der Plattform, die den Königen, Prinzen und Fürsten vorbehalten war. Tewdric von Gwent, Gastgeber der Ratsversammlung, saß unterhalb von Uther, und zu beiden Seiten von Tewdrics Thron standen ein Dutzend weitere Thronsessel, in denen an diesem Tag die Vasallenkönige oder Fürsten Platz nahmen, die Uther oder Tewdric Tribut zahlten. Fürst Cadwy von Isca war anwesend, der Belgerkönig Melwas, Fürst Gereint, Herr der Steine, während das ferne Kernow, das wilde Königreich an Britanniens westlicher Spitze, seinen Edling Tristan abgesandt hatte, der, in Wolfspelze gehüllt, am Rand der Plattform neben einem der beiden leeren Throne saß.

In Wahrheit waren die Throne nichts weiter als Sessel, die aus der Speisehalle geholt und mit Schabracken bedeckt worden waren; vor jedem dieser Sessel lehnte der Schild des jeweiligen Königreichs an der Plattform. Es hatte eine Zeit gegeben, da bis zu dreiunddreißig Schilde an der Plattform lehnten, heute jedoch lagen die Stämme Britanniens miteinander im Streit, und einige Königreiche waren in Lloegyr durch sächsische Schwerter unter die Erde gebracht worden. Zweck dieses Hohen Rates war es unter anderem, Frieden zwischen den restlichen britischen Königreichen zu stiften. Allerdings schien dieser Frieden schon jetzt gefährdet, denn Powys und Siluria waren nicht zum Rat gekommen. Ihre beiden Throne standen leer, stumme Zeugen für die andauernde Feindschaft zwischen diesen beiden Königreichen und Gwent und Dumnonia.

Vor den Königen und Prinzen jenseits eines Platzes, der für die jeweiligen Sprecher freigehalten worden war, saßen die Räte und wichtigsten Ratgeber der Königreiche. Manche Räte, wie jene von Gwent und Dumnonia, waren sehr zahlreich, während andere nur aus einer Handvoll Männer bestanden. Die Räte und Ratgeber saßen auf dem Boden, der, wie ich jetzt sah, mit Tausenden von winzigen, farbigen Steinchen geschmückt war, die zu einem riesigen Bild arrangiert waren, das zwischen den Sitzenden aufschimmerte. Die Ratgeber hatten sich Decken geholt, um sich daraus Kissen zu falten, denn sie wußten, daß die Erörterungen des Hohen Rates bis weit nach Einbruch der Dunkelheit dauern konnten. Hinter den Ratgebern, und nur als Beobachter zugelassen, standen die bewaffneten Krieger, einige sogar mit ihren Lieblingsjagdhunden an der Leine. Ich stand bei den bewaffneten Kriegern, denn mein bronzener Torques mit dem Cernunnoskopf genügte als Berechtigung für meine Anwesenheit.

Zwei Frauen nahmen am Hohen Rat teil, nur zwei, und selbst ihre Anwesenheit löste protestierendes Gemurmel unter den wartenden Männern aus, bis ein kurzer Blick von Uther dem leisen Grollen ein Ende machte.

Morgan saß unmittelbar vor Uther. Da die Ratgeber von ihr abgerückt waren, saß sie allein, bis Nimue unerschrocken durch die Hallentür hereinkam und sich einen Weg durch die sitzenden Männer bahnte, um sich direkt neben ihr niederzulassen. Nimue war mit einer so kühlen Selbstsicherheit eingetreten, daß niemand den Versuch machte, sie aufzuhalten. Sobald sie saß, starrte sie zu Großkönig Uther empor, als forderte sie ihn heraus, sie hinauszuweisen, aber der König nahm keine Notiz von ihrer Anwesenheit. Auch Morgan beachtete ihre junge Rivalin nicht, die still und hoch aufgerichtet dasaß. Nimue trug ihr weißes Leinengewand mit dem schmalen Sklavengürtel aus Leder und wirkte inmitten der vielen grauhaarigen Männer mit ihren schweren Umhängen sehr zart und verletzlich.

Der Hohe Rat begann, wie alle Ratsversammlungen, mit einem Gebet. Wäre Merlin dabeigewesen, hätte er die Götter angerufen; statt dessen richtete Bischof Conrad von Gwent ein Gebet an den Christengott. Ich sah Sansum in den Reihen der Ratgeber von Gwent sitzen und bemerkte den finsteren, haßerfüllten Blick, den er den beiden Frauen zuwarf, weil sie nicht den Kopf senkten, als der Bischof betete. Sansum wußte, daß die Frauen Merlin vertraten.

Nach dem Gebet übernahm Owain, Dumnonias Champion, der sich zwei Tage zuvor mit Tewdrics besten Kriegern herumgeschlagen hatte, die Herausforderung. Merlin pflegte ihn ein Untier zu nennen, und nun, da er vor dem Großkönig stand, das Gesicht voll blutiger Narben vom Kampf, das Schwert in der Hand, sah er auch wirklich wie ein Untier aus. Er hatte sich einen dicken Umhang aus

Wolfsfell um die mächtigen Muskeln der breiten Schultern gelegt. »Ist jemand hier«, dröhnte er finster, »der Uthers Recht auf den Großthron anfechten will?«

Niemand meldete sich. Owain, der ein wenig enttäuscht darüber zu sein schien, daß man ihm nicht Gelegenheit gab, einen Herausforderer zu erschlagen, steckte sein Schwert in die Scheide zurück und ließ sich voll Unbehagen bei den Ratgebern nieder. Er hätte viel lieber bei seinen Kriegern gestanden.

Nun wurde Neues aus Britannien verkündet. Wie Bischof Bedwin berichtete, der für den Großkönig sprach, habe die Bedrohung Ost-Dumnonias durch die Sachsen nachgelassen, wenn auch zu einem Preis, der so hoch war, daß man gar nicht daran denken mochte. Mordred, Edling von Dumnonia und ein Krieger, dessen Ruhm bis ans Ende der Welt reichte, sei in der Stunde des Sieges getötet worden. Uthers Miene verriet nichts, als er der oft berichteten Erzählung vom Tode seines Sohnes lauschte. Arthurs Name wurde nicht erwähnt, obwohl es Arthur gewesen war, der den Sieg vor Mordreds ungeschickter Feldherrnkunst gerettet hatte, und jeder Anwesende in der Halle davon Kenntnis besaß. Bedwin erklärte, die besiegten Sachsen seien aus den Ländern gekommen, die einstmals vom Stamm der Catuvellauner regiert worden seien, und hätten sich, obwohl man sie ganz von jenem uralten Territorium hatte vertreiben können, einverstanden erklärt, einen jährlichen Tribut an Gold, Weizen und Ochsen an den Großkönig zu entrichten. Gebe Gott, setzte er hinzu, daß der Frieden halten möge.

»Gebe Gott«, unterbrach ihn König Tewdric, »daß die Sachsen aus jenen Ländern vertrieben werden!« Bei seinen Worten stießen die Krieger im Hintergrund und an den Seiten der Halle mit ihren Speerschäften aufs Pflaster, und mehr als ein Speer durchstieß die winzigen Mosaiksteinchen. Hunde jaulten.

Im Norden von Dumnonia, fuhr Bedwin ruhig fort, als sich der tosende Beifall gelegt hatte, herrsche Frieden – dank jenes weisen Freundschaftsvertrages, den der edle Großkönig und der edle König Tewdric geschlossen hatten. Im Westen – hier hielt Bedwin inne, um dem hübschen jungen Prinzen Tristan ein Lächeln zu schenken, gebe es ebenfalls Frieden. »Das Königreich Kernow«, sagte Bedwin, »hält sich zurück. Wie wir hörten, hat König Mark eine neue Gemahlin genommen, und wir beten darum, daß sie, wie ihre ausgezeichneten Vorgängerinnen, ihren Herrn ausgiebig beschäftigt.« Dies löste ein leises Lachen aus.

»Die wievielte Gemahlin ist sie?« wollte Uther plötzlich wissen. »Die vierte oder die fünfte?«

»Ich glaube, mein Vater hat selbst die Übersicht verloren, Lord König«, sagte Tristan, und die ganze Halle lachte. Weitere Mosaiksteine zerbrachen unter den Speerschäften, und eins der winzigen Fragmente rutschte über den Boden, bis es an meinem Fuß hängenblieb.

Anschließend sprach Agricola. Er trug einen römischen Namen und war berühmt dafür, daß er an der römischen Art festhielt. Agricola war Tewdrics Feldherr und, obwohl er inzwischen ein alter Mann war, immer noch wegen seiner Kriegskunst in der Schlacht gefürchtet. Das Alter hatte seine hochgewachsene Gestalt nicht gebeugt, sein kurzgeschorenes Haar aber so grau werden lassen wie eine Schwertklinge. Sein vernarbtes Gesicht war glattrasiert, und er war römisch gewandet, jedoch weit prächtiger als seine Mannen. Seine Tunika war scharlachrot, sein Brustpanzer und seine Beinschienen aus Silber, und unter dem Arm trug er einen silbernen Helm mit einem steifen Kamm aus scharlachrot gefärbtem Pferdehaar. Auch er berichtete, die Sachsen im Osten des Königreichs seines Herrn seien besiegt, aber die Nachrichten aus den verlorenen Ländern von Lloegyr seien beunruhigend, denn er habe gehört, daß noch mehr Schiffe aus den sächsischen Ländern das Germanische Meer überquert hätten, und mehr Schiffe an der sächsischen Küste bedeute, so warnte er, daß mit der Zeit mehr Krieger nach Britannien hineindrängten. Außerdem warnte uns Agricola vor einem neuen Sachsenführer namens Aelle, der unter den Sais nach der Macht strebe. Dabei hörte ich zum erstenmal Aelles Namen, und nur die Götter wußten damals, wie sehr er uns im Laufe der Jahre verfolgen sollte.

Die Sachsen, fuhr Agricola fort, mochten vorläufig zwar ruhig sein, dadurch sei aber keineswegs Friede im Königreich Gwent eingezogen. Britische Kriegshorden seien von Powys heruntergezogen, während andere aus Siluria ostwärts marschiert seien, um Tewdrics Land zu überfallen. Boten seien in beide Königreiche ausgeschickt worden, um die Herrscher zu dieser Ratsversammlung zu laden, aber leider – hier deutete Agricola auf die beiden leeren Sessel auf der königlichen Plattform – sei weder Gorfyddyd von Powys noch Gundleus von Siluria gekommen. Tewdric vermochte seine Enttäuschung nicht zu verbergen, denn er hatte offensichtlich gehofft, Gwent und Dumnonia könnten mit ihren beiden Nachbarn Frieden schließen. Die Hoffnung auf Frieden hatte vermutlich auch Uther dazu bewegt, Gundleus aufzufordern, Norwenna im Frühling einen Besuch abzustatten; aber die leeren Thronsessel schienen nun von einer fortgesetzten Feindschaft zu zeugen. Wenn es nicht zu einem Frieden käme, so warnte Agricola streng, würde der König von Gwent keine Wahl haben, als gegen Gorfyddyd von Powys und seinen Verbündeten, Gundleus von Siluria, in den Krieg zu ziehen. Uther nickte und bestätigte damit diese Gefahr.

Aus dem höheren Norden, berichtete Agricola, komme die Nachricht, daß Leodegan, König von Henis Wyren, aus seinem Königreich vertrieben worden sei, und zwar von Diwrnach, dem irischen Eindringling, der seinem neu eroberten Territorium den Namen Lleyn gegeben habe. Der vertriebene Leodegan, fügte Agricola hinzu, habe bei König Gorfyddyd von Powys Zuflucht gesucht, weil Cadwallon von Gwynedd ihn nicht aufnehmen wollte. Bei dieser Meldung brauste abermals Gelächter auf, denn König Leodegan war berühmt für seine Torheit. »Wie ich ebenfalls hörte«, fuhr Agricola fort, als sich das Gelächter ein wenig gelegt hatte, »sind weitere irische Truppen nach Demetia gekommen und üben starken Druck auf die westlichen Grenzen von Powys und Siluria aus.«

»Für Siluria spreche ich«, kam eine kraftvolle Stimme vom Eingang her, »und sonst niemand.«

Unruhe brauste in der Halle auf, als sich ein jeder Mann zur Tür umwandte. Gundleus war erschienen.

Der silurische König betrat den Raum wie ein Held. Nicht das geringste Zögern lag in seiner Haltung, nicht der geringste Anflug von Schuldbewußtsein, obwohl seine Krieger Tewdrics Land immer und immer wieder überfallen hatten, genau wie sie das Severn-Meer nach Süden überquerten, um Großkönig Uthers Land heimzusuchen. So selbstbewußt wirkte er, daß ich mir in Erinnerung rufen mußte, wie er in Merlins Halle vor Nimue geflohen war. Hinter Gundleus kam schlurfend und sabbernd Tanaburs, der Druide, und wieder einmal versteckte ich mich, weil ich an die Todesgrube denken mußte. Merlin hatte mir einmal gesagt, weil Tanaburs mich nicht hatte töten können, halte ich seine Seele in meiner Hand, und dennoch erschauerte ich immer noch vor Angst, als ich sah, wie der Alte unter dem Klappern der Knöchelchen, die er in seine festen, kleinen Zöpfe geflochten hatte, die Halle betrat.

Hinter Tanaburs schritten Gundleus' Gefolgsleute, die Langschwerter in von rotem Tuch umwickelten Scheiden. Sie alle trugen die Haare zu Zöpfen geflochten und lange Bärte. Sie stellten sich zu den anderen Kriegern, wobei sie die Männer einfach beiseite schoben, um eine feste Phalanx stolzer Kämpfer zu bilden, die zum Hohen Rat ihrer Feinde gekommen waren. Tanaburs in seinem schmutzigen, grauen, mit Halbmonden und hoppelnden Hasen bestickten Gewand fand einen Platz bei den Ratgebern. Owain, der Blut witterte, war aufgestanden, um Gundleus den Weg zu versperren, doch Gundleus bot dem Champion des Königs sein Schwert mit dem Griff nach vorn, um zu beweisen, daß er in Frieden kam, und warf sich vor Uthers Thron auf den Mosaikfußboden.

»Erhebe dich, Gundleus ap Meilyr, König von Silurien«, befahl Uther. Dann reichte er ihm die Hand zur Begrüßung. Gundleus erklomm die Plattform und küßte die Hand, bevor er seinen Schild mit dem Fuchskopfwappen abnahm. Er stellte ihn neben die anderen Schilde, nahm in seinem Thronsessel Platz und ließ den Blick so frei durch die Halle schweifen, als freue es ihn, hier zu sein. Er nickte Bekannten zu, tat bei einigen überrascht, als er sie sah, und schenkte anderen ein freundliches Lächeln. Alle Männer, die er grüßte, waren seine Feinde, und dennoch lümmelte er sich so lässig in seinen Sessel, als säße er am eigenen Herd. Er legte sogar eins seiner langen Beine über die Armlehne. Als er die beiden Frauen sah, zog er eine Braue hoch, und als er Nimue erkannte, glaubte ich die Andeutung eines Stirnrunzelns zu erkennen. Doch als sein Blick weiter über die Menge wanderte, verschwand der finstere

Ausdruck wieder. Tewdric forderte ihn liebenswürdig auf, dem Hohen Rat des Neueste aus seinem Königreich zu berichten, aber Gundleus lächelte nur und erwiderte, in Siluria stehe alles zum besten.

Ich möchte euch nicht mit all den Dingen langweilen, die an diesem Tag besprochen wurden. Wolken sammelten sich über Glevum, während Streitsachen beigelegt, Ehen verabredet und Richtsprüche gefällt wurden. Gundleus gestand zwar seine Übergriffe nicht ein, erklärte sich aber bereit, Tewdric eine Entschädigung in Form von Rindern, Schafen und Gold sowie einen entsprechenden Ausgleich an den Großkönig zu leisten. Zahlreiche kleinere Probleme wurden ähnlich gelöst. Reden und Gegenreden waren lang, die Verhandlungen kompliziert, aber die Streitsachen wurden eine nach der anderen entschieden. Tewdric übernahm den größten Teil der Arbeit, allerdings nie ohne einen Seitenblick zum Großkönig, damit ihm auch nicht die kleinste Geste entgehe, die auf Uthers Meinung schließen ließe. Von diesen Gesten abgesehen, zeigte Uther kaum eine Regung und rührte sich nur, wenn ein Sklave ihm Wasser, Brot oder eine Medizin brachte, die Morgan aus in Honigwein getauchtem Huflattich hergestellt hatte, um seinen Husten zu lindern. Die Plattform verließ er nur ein einziges Mal, um an die Hinterwand der Halle zu pissen, während Tewdric geduldig und vorsichtig einen Grenzstreit zwischen zwei Häuptlingen seines eigenen Königreichs schlichtete. Uther spie in seinen Urin, um das Böse darin abzuwenden, dann kehrte er hinkend auf die Plattform zurück, während Tewdric seinen Urteilsspruch verkündete, der, wie alle anderen, von drei Schreibern, die an einem Tisch hinter der Plattform saßen, auf Pergament festgehalten wurde.

Uther sparte seine geringe Kraft für den wichtigsten Teil des Tages auf, der nach der Abenddämmerung kam. Da es inzwischen kaum noch Tageslicht gab, brachten Tewdrics Diener ein weiteres Dutzend Fackeln herein. Außerdem hatte es stark zu regnen begonnen, und in der Halle wurde es recht kühl, weil sich ganze Ströme von Wasser durch die Löcher im Dach auf den Boden ergossen oder die rohen Backsteinmauern herabrannen. Ja, es wurde auf einmal so kalt, daß ein Kohlebecken, ein Eisenkorb von ganzen vier Fuß Durchmesser, mit Holzscheiten gefüllt und zu Füßen des Großkönigs entzündet wurde. Die königlichen Schilde wurden entfernt und Tewdrics Thronsessel beiseite gerückt, damit die Wärme des Feuers Uther erreichte. Der Rauch zog im Saal umher, sammelte sich in den hohen Schatten und suchte sich einen Weg in den prasselnden Regen hinaus.

Schließlich erhob sich Uther, um sich an den Hohen Rat zu wenden. Er stand unsicher und stützte sich auf einen schweren Speer, um seine Meinung über das eigene Königreich zu verkünden. Dumnonia, sagte er, habe einen neuen Edling, für diese Gnade müsse man den Göttern danken, aber der Prinz sei schwächlich, ein Säugling, und habe einen verkrüppelten Fuß. Als die Anwesenden hörten, wie das Gerücht, das über dieses böse Vorzeichen umging, bestätigt wurde, begannen sie zu tuscheln. Die Unruhe legte sich jedoch, als Uther die Hand hob und Schweigen gebot. Die Rauchschleier, die um ihn herzogen, verliehen ihm eine geisterhafte Aura, als wäre seine Seele bereits mit dem Schattenkörper der Anderwelt bekleidet. Gold glänzte an seinem Hals und an den Handgelenken, und durch seine wirren weißen Haare schlang sich ein dünner Goldreif: die Krone des Großkönigs.

»Ich bin alt«, sagte er, »und habe nicht mehr lange zu leben.« Er beschwichtigte die Proteste mit einer weiteren matten Handbewegung. »Ich will nicht behaupten, daß mein Reich über allen anderen in diesem Land steht, doch eines weiß ich: Wenn Dumnonia an die Sachsen fällt, wird ganz Britannien verloren sein. Fällt Dumnonia, werden wir die Verbindung mit Armorica und unseren Brüdern jenseits des Meeres verlieren. Fällt Dumnonia, haben die Sachsen Britannien geteilt, und ein geteiltes Land kann nicht überleben.« Er hielt inne, und sekundenlang dachte ich, er sei zu müde, um fortzufahren; dann aber hob sich der riesige Stierschädel, und er sprach weiter. »Die Sachsen dürfen nicht bis ans Severn-Meer vordringen!« rief er laut die Überzeugung hinaus, die in all den vielen Jahren stets den eigentlichen Kern seiner Bestrebungen gebildet hatte. Solange die Sachsen von Briten umgeben waren, bestand die Chance, daß man sie eines Tages ins Germanische Meer zurückdrängen konnte, doch wenn sie unsere Westküste erreichten, hätten sie Dumnonia von Gwent getrennt, und damit die Briten des Südens von den Briten des Nordens. »Die Männer von Gwent«, fuhr Uther fort, »sind unsere besten Krieger...« – hier nickte er Agricola anerkennend zu –, »aber es ist kein Geheimnis, daß Gwent von Dumnonias Brot lebt. Wir müssen Dumnonia halten, sonst ist ganz Britannien verloren. Ich habe einen Enkel, und ihm gehört das Königreich! Nach meinem Tod wird Mordred über das Reich herrschen. So lautet mein Gesetz!« Hier stieß er mit dem Speer auf die Plattform, und einen kurzen Moment lang blitzte die alte, unnachgiebige Kraft des Pendragon aus seinen Augen. Was immer sonst hier entschieden werden sollte – das Königreich würde Uthers Geschlecht nicht entrissen werden, denn so lautete Uthers Gesetz, das war jetzt allen im Saal bekannt. Nun blieb nur noch zu entscheiden, wie das verkrüppelte Kind geschützt werden konnte, bis der Knabe alt genug war, den Thron zu besteigen.

Dann begannen die Diskussionen, obwohl allen Anwesenden von vornherein klar war, daß die Entscheidung längst gefällt war. Warum sonst rekelte sich Gundleus so verdammt selbstsicher in seinem Thronsessel? Dennoch nannten manche Anwesende andere Bewerber um Norwennas Hand. Fürst Gereint, Herr der Steine, der in Dumnonias sächsischen Grenzgebieten herrschte, schlug Meurig ap Tewdric vor, Gwents Edling, aber jeder in der Halle wußte, daß dieser Vorschlag nur dazu diente, Tewdric zu schmeicheln, und niemals angenommen werden würde, denn Meurig war noch ein richtiger Rotzjunge und nie und nimmer in der Lage, Dumnonia gegen die Sachsen zu verteidigen. Nachdem Gereint seiner Pflicht Genüge getan hatte, setzte er sich und hörte zu, wie einer von Tewdrics Ratgebern Prinz Cuneglas vorschlug, Gorfyddyds ältesten Sohn und damit Edling von Powys. Eine Eheschließung mit dem Kronprinzen des Feindes, erklärte der Ratgeber, werde Frieden zwischen Powys und Dumnonia, den beiden mächtigsten Königreichen Britanniens, stiften, doch dieser Vorschlag wurde von Bischof Bedwin, der natürlich genau wußte, daß sein Herr sein Königreich niemals dem Sohn von Tewdrics erbittertstem Feind anvertrauen würde, kategorisch abgelehnt.

Tristan, Prinz von Kernow, war ein weiterer Kandidat, doch er äußerte Bedenken, weil er sehr wohl wußte, daß niemand in Dumnonia seinem Vater, König Mark, trauen würde. Meriadoc, Prinz von Stronggore, wurde ebenfalls vorgeschlagen, aber Stronggore, ein Reich östlich von Gwent, war schon zur Hälfte an die Sachsen verloren, und wenn ein Mann sein eigenes Königreich nicht halten konnte, wie konnte er dann ein fremdes halten? Was denn mit den Königshäusern von Armorica sei, erkundigte sich jemand, doch niemand wußte, ob die Prinzen jenseits des Meeres ihr neues Land verlassen würden, um Dumnonia zu verteidigen.

Gundleus. Alles deutete wieder auf Gundleus.

Dann jedoch sprach Agricola den Namen aus, den nahezu jeder Mann in der Halle sowohl hören wollte als auch zu hören fürchtete. Der alte Soldat stand da, in seiner glänzenden römischen Rüstung, straffte die Schultern und sah Uther, dem Pendragon, offen in die tränenden Augen. »Arthur«, sagte Agricola. »Mein Vorschlag lautet: Arthur.«

Arthur. Der Name dröhnte durch die Halle. Dann wurde das ersterbende Echo vom plötzlichen Lärm der Speere übertönt, die auf den Boden gestoßen wurden. Die applaudierenden Speerträger waren Krieger aus Dumnonia, die Arthur in die Schlacht gefolgt waren und wußten, was er wert war; aber ihr Aufbegehren währte nur kurz.

Uther, Pendragon, Großkönig von Britannien, hob seinen eigenen Speer und stieß ihn nur ein einziges Mal auf. Sofort herrschte Stille im Raum, in der nur Agricola es noch wagte, den Großkönig herauszufordern. »Ich schlage vor, daß Arthur Norwenna ehelicht«, sagte er ehrerbietig, und selbst ich, jung wie ich war, wußte sofort, daß Agricola für seinen Herrn, König Tewdric, sprechen mußte, und das verwirrte mich, denn ich hatte angenommen, Tewdrics Kandidat sei Gundleus. Falls man Gundleus dazu bringen konnte, sich von Powys abzuwenden, würde das neue Bündnis zwischen Gwent und Siluria das gesamte Gebiet zu beiden Ufern des Severn-Meeres besitzen, und dieser Dreibund wäre ein Bollwerk sowohl gegen Powys als auch gegen die Sachsen. Ich hätte natürlich wissen müssen, daß Tewdric, indem er Arthur vorschlug, eine Ablehnung heraufbeschwor, die durch eine Gefälligkeit kompensiert werden mußte.

»Arthur ap Neb«, entgegnete Uther – dieses letzte Wort wurde mit erschrockenem Keuchen aufgenommen –, »ist nicht vom Blut.« Gegen eine derartige Feststellung gab es keinen Widerspruch, und

Agricola, der seine Niederlage hinnahm, verneigte sich und setzte sich wieder. Neb bedeutete niemand, und damit leugnete Uther nicht nur, Arthurs Vater zu sein, sondern erklärte auch, daß Arthur nicht von königlichem Geblüt sei und Norwenna daher nicht heiraten könne. Ein belgischer Bischof sprach sich für Arthur aus, indem er anführte, die Könige seien stets aus dem Adel gewählt worden, und Bräuche, die sich in der Vergangenheit bewährt hätten, müßten auch für die Zukunft genügen, doch dieser nörgelnde Einwurf wurde mit einem einzigen finsteren Blick von Uther abgeschmettert. Durch die hohen, schmalen Fenster trieb Regen herein und zischte leise im Feuer.

Wieder erhob sich Bischof Bedwin. Es mag den Anschein haben, daß jedes Wort über Norwennas Zukunft bis hierher nur leeres Gerede gewesen sei, doch wenigstens waren alle Möglichkeiten ausgesprochen worden, und die vernunftbegabten Männer konnten daher die Gründe für die Ankündigung verstehen, die Bedwin jetzt vortrug.

Gundleus von Siluria, führte Bedwin mit sanfter Stimme aus, sei ein Mann ohne Gemahlin. Die Anwesenden begannen zu raunen, weil sie sich an die Gerüchte über Gundleus' skandalöse Vermählung mit seiner niedriggeborenen Buhle Ladwys erinnerten, aber Bedwin ignorierte die Unruhe einfach. Vor einigen Wochen, fuhr der Bischof fort, habe Gundleus bei Uther vorgesprochen und Frieden mit dem Großkönig geschlossen, und nun verkünde Uther mit Freuden, daß Gundleus sich mit Norwenna vermählen und zum Protektor – dieses Wort wiederholte er –, zum Protektor von Mordreds Königreich ernannt werden solle. Als ernsthaftes Unterpfand seiner guten Absichten habe Gundleus bereits einen Preis in Gold an König Uther bezahlt, und dieser Preis sei als angemessen akzeptiert worden. Es gebe natürlich Leute, gestand Bischof Beldwin leichthin ein, die einem Mann, der noch vor kurzem ein Feind war, kein Vertrauen entgegenzubringen vermöchten, daher habe sich Gundleus von Siluria als weiteres Unterpfand für seinen Sinneswandel bereit erklärt, Silurias uralten Anspruch auf das Königreich Gwent aufzugeben und außerdem zum Christentum überzutreten, indem er sich am folgenden Morgen öffentlich im Severn-Fluß unterhalb der Mauern von Glevum taufen lasse. Die anwesenden Christen riefen laut halleluja, ich aber beobachtete Tanaburs, den Druiden, und fragte mich, warum dieser bösartige alte Narr keine Spur von Mißbilligung erkennen ließ, als sein Herr sich öffentlich von seiner alten Religion lossagte.

Ich fragte mich auch, warum diese erwachsenen Männer einen ehemaligen Feind so leichtfertig willkommen hießen, aber sie waren wohl wirklich verzweifelt. Ein Königreich wurde einem verkrüppelten Kind vererbt, und auch wenn Gundleus sich in der Vergangenheit oft als Verräter erwiesen hatte, war er ein ruhmreicher Krieger. Wenn er Wort hielt, war der Friede in Dumnonia und Gwent gesichert. Aber Uther war nicht dumm und tat natürlich alles, was er konnte, um seinen Enkel für den Fall zu schützen, daß Gundleus ein doppeltes Spiel trieb. Dumnonia, bestimmte Uther, solle so lange von einem Rat regiert werden, bis Mordred alt genug sei, ein Schwert zu schwingen. Diesem Rat solle Gundleus vorsitzen, und sechs weitere Männer, mit Bischof Bedwin an der Spitze, sollten seine Ratgeber sein. Tewdric von Gwent, Dumnonias zuverlässiger Verbündeter, wurde aufgefordert, zwei dieser Männer zu stellen, und der so zusammengesetzte Rat solle die Herrschaft über das Land ausüben. Über diese Bestimmung war Gundleus nicht sehr erfreut. Er hatte nicht zwei Körbe voll Gold bezahlt, um in einem Rat aus alten Männern zu sitzen, aber er hütete sich, Protest einzulegen. Schweigend ließ er es zu, daß seine neue Braut und das Königreich seines Stiefsohns durch diese Bedingungen geschützt wurden.

Und immer noch mehr Bedingungen wurden gestellt. Mordred, sagte Uther, werde drei vereidigte Protektoren haben – Männer, die durch Todeseide verpflichtet seien, das Leben des Knaben mit ihrem eigenen zu schützen. Sollte ein Mann Mordred Schaden zufügen, würden die Eidgenossen diesen Schaden rächen oder ihr eigenes Leben opfern. Während diese Verordnung verlesen wurde, saß Gundleus regungslos da, als jedoch die Eidgenossen namentlich genannt wurden, wurde er unruhig, Einer davon war König Tewdric von Gwent, der zweite war Owain, Champion von Dumnonia, der dritte Merlin, Lord von Avalon.

Merlin. Die Männer hatten auf die Erwähnung seines Namens genauso gewartet wie auf die Nennung des Namens Arthur. Uther traf gewöhnlich keine Entscheidung, ohne zuvor Merlins Rat einzuholen, heute aber war Merlin nicht anwesend. Im Gegenteil, in Dumnonia war Merlin seit Monaten nicht mehr gesehen worden. Nach allem, was man wußte, konnte Merlin ohne weiteres auch tot sein.

Dies war der Zeitpunkt, da Uther zum ersten Mal Morgan ansah. Es mußte ihr sehr unangenehm gewesen sein, als Uther die Abstammung ihres Bruders – und damit ihre eigene – leugnete, aber sie war nicht als Uthers uneheliche Tochter zum Hohen Rat geladen worden, sondern als Merlins verläßliche Seherin. Nachdem Tewdric und Owain ihre Todeseide abgelegt hatten, blickte Uther zu der einäugigen, verkrüppelten Frau hinüber. Die Christen in der Halle schlugen das Kreuz, was ihre Art war, sich vor bösen Geistern zu schützen. »Nun?« wandte sich Uther an Morgan. Morgan war nervös. Man verlangte von ihr die Zusicherung, daß Merlin, ihr Gefährte der Mysterien, die immense Aufgabe, die der Eid beinhaltete, akzeptieren werde. Sie war als Priesterin gekommen, nicht als Beraterin, und hätte als Priesterin antworten müssen. Das tat sie nicht, und ihre Antwort war unzureichend. »Mein Lord Merlin wird sich durch diese Ernennung geehrt fühlen, Lord König«, erklärte sie.

Nimue schrie. Der Schrei kam so unvermittelt und war so unheimlich, daß überall in der Halle Männer erschauerten und ihre Speere fester packten. Auf dem Rücken der Jagdhunde sträubten sich die Haare. Dann verebbte der Schrei. In der Halle war es totenstill. Rauch stieg in dicken, vom Feuerschein beleuchteten Schwaden zum dunklen Dach der Halle empor, wo der Regen auf die Ziegel prasselte, und dann ertönte, sozusagen als Nachhall des Schreis und weit entfernt in der sturmdurchtosten Nacht, das Grollen des Donners.

Donner! Wieder schlugen die Christen das Kreuz, doch keiner der Anwesenden konnte dieses Zeichen in Zweifel ziehen. Taranis, der Gott des Donners, hatte gesprochen – ein Beweis dafür, daß die Götter zum Hohen Rat erschienen waren, erschienen außerdem auf die Anrufung eines jungen Mädchens hin, das trotz der Kälte, die die Männer veranlaßte, ihre Umhänge enger um sich zu ziehen, nichts am Leib trug als ein schlichtes weißes Gewand mit einer Sklavenleine als Gürtel.

Niemand regte sich, niemand sprach, niemand rührte auch nur einen Finger. Die Methörner ruhten, die Läuse der Männer blieben ungekratzt. Es waren keine Könige mehr anwesend, keine Krieger. Es gab keine Bischöfe, keine tonsurierten Priester, keine alten, weisen Männer mehr. Es gab nur noch eine schweigendc, verängstigte Menge, die ehrfürchtig auf ein junges Mädchen starrte, das dastand und seine Haare löste, so daß sie ihm schwarz und lang über den schmalen weißen Rücken fielen. Morgan blickte zu Boden, Tanaburs starrte offenen Mundes, und Bischof Bedwin sprach stumme Gebete, als Nimue den Redeplatz neben dem Feuerbecken einnahm. Beide Arme seitlich ausgestreckt, drehte sich sich langsam, in Sonnenlaufrichtung, um ihre Achse, so daß jeder Anwesende in der Halle ihr Gesicht sehen konnte. Es war ein Gesicht des Grauens. Von ihren Augen war nur noch das Weiße zu sehen, sonst nichts, und die Zunge hing ihr aus dem verzerrten Mund. Wieder und wieder drehte sie sich, mit jedem Mal schneller, und ich schwöre, daß uns allen gleichzeitig ein Schauer überlief. Inzwischen zitterte sie, während sie herumwirbelte, und geriet dabei immer näher an das große, lodernde Feuer, bis sie in die Flammen zu fallen drohte. Plötzlich sprang sie hoch in die Luft und stieß einen kreischenden Schrei aus, bevor sie auf den Mosaiksteinchen des Bodens zusammenbrach. Gleich darauf kroch sie wie ein Tier auf allen vieren und suchte die Reihe der Schilde ab, die geteilt worden war, damit die Wärme des Feuers an die Füße des Großkönigs gelangen konnte. Als sie Gundleus' Fuchsschild erreichte, bäumte sie sich auf wie eine zum Zustoßen bereite Schlange und spie einmal aus.

Der Speichel landete auf dem Fuchs.

Gundleus wollte von seinem Thronsessel aufspringen, Tewdric aber hielt ihn zurück. Tanaburs versuchte sich ebenfalls aufzurappeln, doch Nimue wandte sich zu ihm um und schrie. Von ihren Augen sah man immer noch nur das Weiße. Sie zeigte auf ihn, während ihr heulender Schrei durch die riesige römische Halle echote. Die Kraft ihres Zaubers ließ Tanaburs hilflos auf den Boden zurücksinken.

Dann erschauerte Nimue plötzlich; sie rollte die Augen, bis wir die Pupillen und die braune Iris wieder sahen. Blinzelnd starrte sie auf die Versammlung, als wäre sie erstaunt, an diesem Ort zu weilen. Dann wurde sie, mit dem Rücken zum Großkönig, ganz starr. Diese Starre bedeutete, daß sie sich im Bann der Götter befand und daß diese, sobald sie nun zu sprechen begann, durch ihren Mund sprechen würden.

»Ist Merlin am Leben?« fragte Tewdric ehrerbietig.

»Natürlich ist er am Leben.« Nimues Ton war geringschätzig, und sie sprach den König, der sie da befragte, nicht mit seinem Titel an. Sie war bei den Göttern und brauchte einfachen Sterblichen keine Hochachtung zu zollen.

»Wo ist er?«

»Fort«, antwortete Nimue und wandte sich um, so daß sie den mit seiner Toga bekleideten König auf der Plattform ansehen konnte.

»Wohin?« fragte Tewdric.

»Das geheime Wissen von Britannien suchen«, antwortete Nimue. Alle hörten aufmerksam zu, denn hier gab es endlich handfeste Neuigkeiten. Ich sah, daß Sansum, der Mäuselord, verzweifelt auf seinem Platz hin und her rutschte, weil er gegen diese heidnische Einmischung in die Beratungen des Hohen Rates unbedingt Protest erheben wollte; solange König Tewdric jedoch das Mädchen befragte, war es unvorstellbar, daß ihn ein einfacher Priester unterbrach.

»Was ist das geheime Wissen von Britannien?« fragte Großkönig Uther.

Wieder drehte sich Nimue um sich selbst, eine ganze Drehung in Sonnenlaufrichtung, aber nur, um über die Antwort nachzudenken, die sie schließlich mit singender, hypnotischer Stimme kundtat. »Das geheime Wissen von Britannien ist die Überlieferung unserer Ahnen, ein Geschenk unserer Götter, die dreizehn Eigenschaften der dreizehn Kleinodien, die uns, wenn sie alle zusammengetragen sind, die Macht verleihen werden, unser Land zurückzuerobern.« Sie hielt inne, und als sie dann sprach, hatte ihre Stimme wieder ihren normalen Tonfall angenommen. »Merlin versucht dieses Land zu einen, zu einem britischen Land.« Hier wirbelte Nimue so herum, daß sie Sansum direkt in die kleinen, glitzernden, empörten Augen sehen konnte. »Mit britischen Göttern.« Sie wandte sich zum Großkönig zurück. »Und wenn Meister Merlin versagt, Uther von Dumnonia, werden wir alle sterben.«

Leises Gemurmel entstand im Saal. Jetzt zeterten Sansum und die Christen ihren Protest heraus, aber Tewdric, der christliche König, befahl ihnen mit einem Wink zu schweigen. »Sind das Merlins Worte?« wollte er von Nimue wissen.

Nimue zuckte die Achseln, als wäre die Frage unwichtig. »Meine Worte sind es nicht«, gab sie anmaßend zurück.

Uther bezweifelte nicht, daß Nimue, ein Kind an der Schwelle zur Frau, nicht für sich selbst sprach, sondern für ihren Meister; darum beugte er sich zu ihr vor und musterte sie stirnrunzelnd. »Frag Merlin, ob er meinen Eid schwören will! Frag ihn! Wird er meinen Enkel beschützen?«

Nimue schwieg lange. Ich glaube, sie spürte die Wahrheit über Britannien schon früher als wir alle, früher sogar als Merlin, und ganz gewiß früher als Arthur, falls Arthur sie überhaupt jemals erkannte. Ein gewisser Instinkt jedoch verbot es ihr, diesem alten, sterbenden und sturköpfigen Mann die Wahrheit zu sagen. »Merlin, mein Lord und König«, sagte sie schließlich mit müder Stimme, die andeutete, daß sie lediglich eine notwendige, doch zeitraubende Pflicht erfülle, »verspricht in diesem Augenblick beim Leben seiner Seele, daß er den Todesschwur, Euren Enkel zu schützen, ablegen wird.«

»Solange!« Mit ihrem Einwurf überraschte Morgan uns alle. Sie stand auf. Neben Nimue wirkte sie gedrungen und dunkel. Der Feuerschein glänzte auf ihrem Goldhelm. »Solange!« rief sie abermals. Dann fiel ihr ein, daß sie im Rauch des Feuerbeckens ein wenig schwanken mußte, als übernähmen die Götter ihren Körper. »Solange, sagt Merlin, solange Arthur diesen Eid auch ablegt. Arthur und seine Mannen sollen die Schutzherren Eures Enkels sein. Merlin hat gesprochen!« Sie äußerte diese Worte mit der ganzen Würde eines Menschen, der daran gewöhnt ist, Orakel und Seherin zu sein, aber wenn es schon keinem anderen auffiel, so bemerkte doch wenigstens ich, daß in der regengepeitschten Nacht draußen kein Donner ertönte.

Gundleus war aufgesprungen, um gegen Morgans Verkündigung zu protestieren. Er hatte bereits zugelassen, daß ein Zwölferrat und ein Trio von Eidschwörern seine Macht beschnitt, nun aber wurde darüber hinaus verlangt, sein neues Königreich müsse eine Kriegshorde von potentiell feindlichen Kriegern unterhalten. »Nein!« rief er abermals, doch Tewdric ignorierte den Protest; er stieg von der Plattform herab und stellte sich neben Morgan, um dem Großkönig gegenüberzutreten.

So machte er den meisten von uns in der Halle klar, daß Morgan, wenn auch mit Merlins Stimme, tatsächlich nur gesagt hatte, was Tewdric von ihr hören wollte. König Tewdric von Gwent mag ein guter Christ gewesen sein, aber er war ein noch besserer Politiker und wußte genau, wann er sich der Unterstützung der alten Götter versichern mußte.

»Arthur ap Neb und seine Krieger«, sagte Tewdric jetzt zum Großkönig, »werden eine bessere Garantie für das Leben Eures Enkels sein als jeder Eid, den ich ablege, obwohl Gott weiß, daß mein Eid feierlich und ernst gemeint ist.«

Fürst Gereint, Uthers Neffe und nach Owain zweitmächtigster Kriegsherr in Dumnonia, hätte gegen Arthurs Ernennung Widerspruch einlegen können, aber der Herr der Steine war ein aufrechter Mann mit begrenzten Ambitionen, der an seiner Fähigkeit, alle Armeen Dumnonias zu führen, Zweifel hegte; also nahm er neben Tewdric Aufstellung und sagt seine Unterstützung zu. Owain, Befehlshaber von Uthers königlicher Leibwache und Champion des Großkönigs, schien über die Ernennung seines Rivalen weniger glücklich zu sein, gesellte sich aber ebenfalls zu Tewdric und erklärte grollend seine Zustimmung.

Uther zögerte immer noch. Drei war eine Glückszahl, drei Eidgenossen hätten genügen sollen, und die Ernennung eines vierten konnte das Mißfallen der Götter erregen, aber Uther schuldete Tewdric eine Gefälligkeit, weil er dessen Vorschlag, Norwenna mit Arthur zu vermählen, abgelehnt hatte, und nun beglich der Großkönig seine Schuld. »Arthur soll den Eid leisten«, stimmte er zu, und nur die Götter wußten, wie schwer es ihm fiel, den Mann zu ernennen, den er für den Tod seines geliebten Sohnes verantwortlich machte. Nichtsdestoweniger ernannte er ihn, und die Halle erbebte unter frohen Zurufen. Nur Gundleus' Silurier verhielten sich still, während die Speerschäfte die römischen Fliesen zersplitterten und der Jubel der Krieger im rauchigen Höhlendunkel widerhallte.

So kam es, daß Arthur, Niemands Sohn, am Ende des Hohen Rates zu einem von Mordreds eingeschworenen Schutzherrn wurde.

Zwei Wochen nach Beendigung des Hohen Rates wurden Norwenna und Gundleus vermählt. Die Zeremonie fand in einem christlichen Schrein in Abona statt, einer Hafenstadt an der Mündung des Severn-Flusses an unserer Nordküste, die Siluria gegenüberlag, und es kann keine sehr fröhliche Feier gewesen sein, denn Norwenna kehrte am selben Abend noch nach Ynys Wydryn zurück. Keiner von uns auf dem Tor nahm an der Trauung teil, nur ein Rudel von Ynys Wydryns Mönchen mit ihren Ehefrauen begleiteten die Prinzessin, die als Königin Norwenna von Silurien zu uns zurückkehrte, obwohl diese Ehre ihr weder neue Leibwachen noch zusätzliche Hofdamen einbrachte. Gundleus segelte in sein eigenes Land zurück, wo es, wie wir vernahmen, Scharmützel mit den Ui Liathain gab, den Schwarzschild-Iren, die sich im alten britischen Königreich Dyfed niedergelassen hatten, das die Schwarzschilde Demetia nannten.

Unser Leben hatte sich kaum verändert, auch wenn eine Königin unter uns weilte. Wir vom Tor wirkten im Vergleich zu den Menschen am Fuß des Berges wie Müßiggänger, hatten aber dennoch unsere Pflichten. Wir schnitten Heu und breiteten es in Reihen zum Trocknen aus, wir schoren die Schafe und legten den frisch geschnittenen Flachs in stinkende Röstteiche, damit Leinen daraus gemacht werden konnte. Die Frauen von Ynys Wydryn trugen Spinnrocken und Spindeln mit sich herum, mit deren Hilfe sie die frisch geschorene Wolle aufwickelten, und nur die Königin, Morgan und Nimue waren von dieser niemals endenden Pflicht befreit. Druidan kastrierte Schweine, Pellinore befehligte Phantasie-Armeen, und Hywel, der Verwalter, bereitete seine Kerbhölzer vor, um den Sommerpachtzins zu berechnen. Merlin kehrte nicht heim nach Avalon, und wir erhielten auch keine Nachricht von ihm. Uther ruhte in seinem Palast in Durnovaria, während Mordred, sein Erbe, unter Morgans und Guendoloens Pflege wuchs und gedieh.

Arthur blieb in Armorica. Irgendwann werde er nach Dumnonia kommen, teilte man uns mit, doch erst müsse er seinen Pflichten Ban gegenüber nachkommen, dessen Königreich Benoic an Broceliande stieß, das Reich König Budics, der mit Arthurs Schwester Anna verheiratet war. Wir fanden die Königreiche in Armorica ziemlich geheimnisvoll, denn niemand aus Ynys Wydryn hatte jemals das Meer überquert, um jene Orte zu besuchen, an denen so viele von Sachsen vertriebene Briten Zuflucht gefunden hatten. Wir wußten nur, daß Arthur Bans Kriegsherr war und daß er das Land östlich von Benoic verwüstet hatte, um die fränkischen Feinde im Zaum zu halten, denn die langen Winterabende waren uns von Reisenden verkürzt worden, die uns mit Erzählungen von Arthurs Heldentaten unterhielten und durch ihre Geschichten von König Ban mit Neid erfüllten. Der König von Benoic war mit einer Königin namens Elaine vermählt, und diese beiden hatten sich ein wundervolles Königreich geschaffen, in dem Gerechtigkeit schnell und fair geübt und wo noch der ärmste Leibeigene in den Wintermonaten mit Lebensmitteln aus den königlichen Speichern versorgt wurde. Das alles klang zu schön, um wahr zu sein, doch als ich Bans Reich viel später einen Besuch abstattete, stellte ich fest, daß die Berichte nicht übertrieben waren. Ban hatte seine Hauptstadt auf einer Inselfestung namens Ynys Trebes errichtet, die für ihre Dichter berühmt war. Der König überschüttete die Stadt, die noch schöner sein sollte als Rom, mit Zuneigung und Geld. Wie es hieß, gab es Quellen in Ynys Trebes, die Ban kanalisiert und eingedämmt hatte, so daß jeder Hausbesitzer nicht weit von seiner eigenen Tür sauberes Wasser fand. Die Waagen der Händler wurden auf ihre Zuverlässigkeit geprüft, der Königspalast stand Bittstellern, die Wiedergutmachung für erlittene Unbill suchten, Tag und Nacht offen, und die verschiedenen Religionen hatten Befehl, Frieden untereinander zu halten, sonst würden ihre Tempel und Kirchen niedergerissen und zu Staub zermahlen. Ynys Trebes war ein Ort des Friedens, doch nur so lange, wie Bans Soldaten die Feinde von ihren Mauern fernzuhalten vermochten. Deswegen zögerte König Ban so lange, Arthur nach Britannien reisen zu lassen. Aber auch Arthur wollte vermutlich nicht nach Dumnonia kommen, solange Uther noch am Leben war.

Jener Sommer in Dumnonia war wundervoll. Wir türmten das Heu zu großen Schobern, errichtet auf dicken Polstern aus Farn, die die Ratten fernhielten und verhinderten, daß die Feuchtigkeit aufstieg. Roggen und Gerste reiften auf den langen, schmalen Feldern, die das ganze Land zwischen Avalons Sümpfen und Caer Cadarn überzogen, in den Obstgärten im Osten wurden die Äpfel dick und rot, während in unseren Weihern und Bächen Aale und Hechte fett wurden. Es gab weder Pestilenzen noch Wölfe, und nur sehr wenige Sachsen. Gelegentlich entdeckten wir fern am südöstlichen Horizont eine Rauchsäule und vermuteten, daß sächsische Piraten mit ihren Schiffen gelandet waren und einen Weiler in Brand gesteckt hatten, doch nach dem dritten Brand dieser Art machte sich Fürst Gereint mit einer Kriegerschar auf, um Dumnonia zu rächen, und die Übergriffe der Sachsen hörten auf. Der Sachsenhäuptling entrichtete seinen Tribut sogar pünktlich, obwohl das viele Jahre hinaus der letzte Tribut sein sollte, den wir von einem Sachsen erhielten, und ein großer Teil dieser Zahlung stammte ganz zweifellos aus der Plünderung unserer eigenen Grenzdörfer. Dennoch war der Sommer eine schöne Zeit, und Arthur, sagten die Männer, würde vor Langeweile sterben, wenn er mit seinen berühmten Reitersoldaten ins friedliche Dumnonia kam. Sogar in Powys herrschte Ruhe. König Gorfyddyd hatte die Gefolgschaft Silurias verloren, doch statt sich gegen Gundleus zu wenden, ignorierte er die dumnonianische Vemählung und richtete seine Speere auf die Sachsen, die seine nördlichen Gebiete bedrohten. Gwynedd, das Königreich nördlich von Powys, war in Kämpfe mit den furchteinflößenden irischen Soldaten des Diwrnach von Lleyn verwickelt, aber in Dumnonia, dem glücklichsten Königreich ganz Britanniens, herrschte satter Friede unter einem warmen Himmel.

Und dennoch geschah es in jenem Sommer, jenem warmen, idyllischen Sommer, daß ich meinen ersten Feind tötete und zum Mann wurde.

Denn Friede währet niemals ewig, und der unsere wurde auf das grausamste gebrochen. Uther, Großkönig und Pendragon von Britannien, starb. Wir hatten gewußt, daß er krank war, wir hatten gewußt, daß er bald sterben mußte, wir hatten sogar gewußt, daß er alles getan hatte, um sich auf seinen Tod vorzubereiten, und dennoch hatten wir irgendwie gedacht, dieser Augenblick werde nie kommen. Er war so lange König gewesen, und Dumnonia war unter seiner Regierung so wundervoll gediehen, daß wir das Gefühl hatten, es werde sich niemals etwas ändern. Dann aber, kurz vor der Ernte, starb der Pendragon. Nimue behauptete, sie hätte im selben Moment einen Hasen in der Mittagssonne schreien hören, während Morgan, die ihren Vater verloren hatte, sich in ihrer Hütte einschloß und klagte wie ein Kind.

Uthers Leichnam wurde nach den uralten Riten verbrannt. Bedwin hätte es vorgezogen, dem Großkönig ein christliches Begräbnis zu geben, aber der Rest des Rates weigerte sich, ein derartiges Sakrileg zuzulassen, und so wurde sein aufgedunsener Leichnam auf dem Gipfel von Caer Maes auf einen Scheiterhaufen gebettet und den Flammen übergeben. Sein Schwert wurde von dem Schmied Ystrwth eingeschmolzen, und der geschmolzene Stahl in einen See gegossen, damit Gofannon, der Gott der Schmiede in der Anderwelt, das Schwert für Uthers wiedergeborene Seele neu schmieden konnte. Das brennend heiße Metall zischte, als es die Wasserfläche berührte, und der Dampf stieg auf wie eine dichte Wolke, während die Seher sich über den See beugten, um aus den verzerrten Formen, zu denen das Metall erstarrte, die Zukunft des Königreichs zu lesen. Sie hatten gute Nachrichten für uns, doch Bischof Bedwin schickte vorsichtshalber seine schnellsten Boten in den Süden nach Armorica, um Arthur zurückzurufen, während langsamere Abgesandte den Weg nach Norden, nach Siluria, antraten, um Gundleus mitzuteilen, das Königreich seines Stiefsohns bedürfe nunmehr seines offiziellen Schutzherrn.

Uthers Scheiterhaufen brannte drei Nächte lang. Erst dann ließ man die Flammen ersterben – ein Abschluß, der von einem mächtigen Unwetter beschleunigt wurde, das vom Westmeer hereingefegt kam. Dicke Wolken türmten sich am Himmel, Blitze zuckten über dem Land des Toten, und dichter Regen peitschte über breite Streifen reifenden Getreides hinweg. In Ynys Wydryn verkrochen wir uns in den Hütten, lauschten dem Trommeln des Regens und dem Dröhnen des Donners und sahen zu, wie das Wasser in Kaskaden von den Strohdächern rann. Während dieses Ungewitters brachte Bischof Bedwins Bote das große Drachenbanner des Reichs zu Mordred. Der Bote mußte wie wahnsinnig schreien, um die Aufmerksamkeit von irgend jemandem innerhalb der Palisade zu erregen, aber schließlich öffneten Hywel und ich das Tor. Sobald das Wetter vorüber war und der Wind sich gelegt hatte, pflanzten wir die Flagge zum Zeichen dafür, daß Mordred nunmehr König von Dumnonia war, vor Merlins Halle auf. Der Säugling war natürlich nicht der Großkönig, denn das war eine Ehre, die nur einem König gebührte, der von anderen Königen als der eine akzeptiert wurde, der über allen stand, und auch der Pendragon war Mordred nicht, denn dieser Titel ging nur an einen Großkönig, der seine Stellung in der Schlacht erobert hatte. Eigentlich war Mordred jetzt noch nicht einmal König von Dumnonia, sondern würde es erst dann sein, wenn er nach Caer Cadarn gebracht und dort mit Schwert und Zuruf über dem Krönungsstein zum König proklamiert worden war; da ihm jedoch das Banner zustand, wehte der rote Drache vor Merlins Halle.

Das Banner war ein Rechteck aus weißem Leinen, so breit und so hoch wie der Schaft eines Kriegerspeers. Es wurde ausgespreizt durch Weidenzweige, die in seinen Säumen steckten, und war an einem langen Ulmenstecken befestigt, den eine goldene Drachenfigur krönte. Der Drache auf dem Banner war mit roten Wollfäden aufgestickt worden, die im Regen ihre Farbe verloren und den unteren Teil des Leinenrechtecks rosa gefärbt hatten. Dem Banner folgte innerhalb weniger Tage die Leibwache des Königs, einhundert Mann unter dem Befehl von Owain, dem Champion, dessen Aufgabe es war, Mordred von Dumnonia zu beschützen. Owain brachte den Vorschlag von Bischof Bedwin mit, Norwenna und Mordred sollten sich ins südlich gelegene Durnovaria begeben, ein Vorschlag, den Norwenna freudig akzeptierte, denn sie wollte ihren Sohn weit lieber in einer christlichen Gemeinschaft großziehen als in der eindeutig heidnischen Atmosphäre des Tor. Bevor die Reisevorbereitungen jedoch getroffen werden konnten, trafen schlechte Nachrichten aus dem Norden des Landes ein. Als Gorfyddyd von Powys vom Tod des Großkönigs hörte, hatte er seine Speerträger zu einem Überfall auf Gwent ausgeschickt, und nun brandschatzten und plünderten die Männer aus Powys bis tief in Tewdrics Land hinein und machten überall Gefangene. Agricola,

Tewdrics römischer Feldherr, wehrte sich, aber die verräterischen Sachsen, die sich zweifellos mit Gorfyddyd verbündet hatten, hatten selbst Kriegshorden nach Gwent entsandt, und plötzlich mußte unser ältester Verbündeter um die bloße Existenz seines Reiches kämpfen. Owain, der Norwenna und den Säugling nach Durnovaria begleiten sollte, zog mit seinen Kriegern statt dessen nach Norden, um König Tewdric zu helfen, und da Ligessac, der Mordreds Leibwache befehligte, behauptete, das Kind würde hinter Ynys Wydryns leicht zu verteidigender Landbrücke sicherer sein als in Caer Cadarn oder Durnovaria, blieb Norwenna widerstrebend auf dem Tor.

Mit angehaltenem Atem fragten wir uns, auf wessen Seite sich Gundleus von Siluria schlagen würde, und die Antwort erfolgte prompt: Er wollte für Tewdric gegen seinen alten Verbündeten Gorfyddyd kämpfen. An Norwenna schickte er eine Nachricht, in der er ihr mitteilte, daß seine Truppen über die Bergpässe marschieren würden, um Gorfyddyds Männer von hinten anzugreifen, und daß er, sobald die Kriegshorden von Powys besiegt seien, sofort nach Süden kommen werde, um seine Gemahlin und ihren königlichen Sohn zu beschützen.

Wir warteten auf Nachrichten und suchten die fernen Berge Tag und Nacht nach Leuchtfeuern ab, die uns vor Katastrophen oder dem Nahen des Feindes warnen würden, erlebten aber trotz der Unsicherheiten des Krieges eine glückliche Zeit. Die Sonne heilte das sturmzerfetzte Land und trocknete das Getreide, während Norwenna nun, da ihr Sohn König war, ein wenig zuversichtlicher wirkte, selbst wenn sie auf diesem heidnischen Tor festsaß. Mordred war ein finsteres Kind mit roten Haaren und störrischem Herzen, in jenen sanften Tagen jedoch wirkte er recht glücklich, wenn er mit seiner Mutter oder Ralla, seiner Amme, und deren dunkelhaarigem Sohn spielte. Rallas Ehemann, Gwlyddyn der Zimmermann, schnitzte Mordred ein paar Tiere: Enten, Schweine, Kühe und Hirsche, und der König spielte gern mit ihnen, obwohl er noch zu jung war, um zu wissen, was die Figuren darstellten. Norwenna war glücklich, wenn ihr Sohn glücklich war. Oft sah ich zu, wenn sie Mordred kitzelte, um ihn zum Lachen zu bringen, ihn in ihren Armen wiegte, wenn er sich weh getan hatte, und ihm ihre

Liebe zeigte. Sie nannte ihn ihren kleinen König, ihren ewig liebenden, geliebten Jungen, ihr Wunder, und Mordred erwiderte ihr Lachen und wärmte ihr unglückliches Herz. Wenn er nackt in der Sonne umherkrabbelte, konnten wir alle sehen, daß sein linker Fuß ein Klumpfuß und einwärts gewachsen war wie eine geballte Faust; davon abgesehen aber wurde er durch Rallas Milch und die Liebe seiner Mutter groß und stark. In der Steinkirche neben dem heiligen Dornbusch wurde er getauft.

Dann kamen Nachrichten über den Krieg, und alle waren sie gut. Fürst Gereint hatte eine sächsische Kriegshorde an Dumnonias Ostgrenze geschlagen, während Tewdric weiter nördlich eine andere Truppe sächsischer Marodeure vernichtet hatte. Agricola, der den Rest von Gwents Armee zusammen mit Owain von Dumnonia befehligte, hatte Gorfyddyds Invasoren in die Berge von Powys zurückgetrieben. Dann kam ein Bote von Gundleus, der berichtete, daß Gorfyddyd von Powys Frieden schließen wolle, und dieser Bote warf Norwenna als Beweis für den Sieg ihres Gemahls zwei erbeutete Powys-Schwerter vor die Füße. Und besser noch, der Mann erzählte, Gundleus von Siluria sei bereits auf dem Weg nach Süden, um seine Gemahlin und ihren geliebten Sohn abzuholen. Es werde Zeit, sagte Gundleus, daß Mordred auf Caer Cadarn zum König ausgerufen werde. Nichts hätte süßer in Norwennas Ohren klingen können, darum schenkte sie dem Boten in ihrer Freude einen schweren Goldarmreif, bevor sie ihn nach Süden schickte, damit er die Nachricht ihres Gemahls an Bedwin und den Rat überbringe. »Sagt Bedwin«, wies sie den Boten an, »daß wir Mordred noch vor der Ernte ernennen werden. Gott sei mit Euch!«

Während der Bote gen Süden ritt, begann Norwenna mit den Vorbereitungen für die Ernennungszeremonie auf Caer Cadarn. Sie befahl den Mönchen vom heiligen Dornbusch, sich als ihre Reisebegleitung bereit zu halten, verbot aber sowohl Morgan als auch Nimue strikt, an der Zeremonie teilzunehmen. Von diesem Tage an, erklärte sie, werde Dumnonia ein christliches Königreich sein, und seine heidnischen Hexen würden vom Thron ihres Sohnes möglichst weit ferngehalten werden. Gundleus' Sieg hatte Norwenna Selbstsicherheit verliehen und ermutigte sie, mit einer Autorität aufzutreten, die Uther ihr niemals zugestanden hätte.

Wir erwarteten, daß Morgan oder Nimue gegen ihren Ausschluß von der Ernennungszeremonie protestierten, doch beide Frauen nahmen das Verbot mit überraschender Gelassenheit hin. Morgan zuckte nur die schwarzen Schultern, trug aber an jenem Tag in der Abenddämmerung einen Bronzekessel in Merlins Gemächer und schloß sich dort mit Nimue ein. Norwenna, die den Obermönch vom heiligen Dornbusch mit seiner Gemahlin zur Abendmahlzeit auf den Tor eingeladen hatte, erklärte, die Hexen brauten Böses zusammen, woraufhin alle Anwesenden in der Halle lachten. Die Christen fühlten sich als Sieger.

Ich war mir nicht so sicher, ob sie gesiegt hatten. Nimue und Morgan konnten einander nicht leiden, und dennoch hatten sie sich zusammengesetzt. Ich vermutete, daß nur eine Angelegenheit von allerhöchster Bedeutung eine derartige Versöhnung zustande gebracht haben konnte. Aber Norwenna hegte keinerlei Zweifel. Uthers Tod und die Siege ihres Gemahls schenkten ihr eine wundervolle Freiheit. Bald würde sie den Tor verlassen und ihren rechtmäßigen Platz als Königinmutter an einem christlichen Hof einnehmen, wo ihr Sohn mit Jesu Bild vor Augen heranwachsen würde. Nie war sie so glücklich wie an jenem Abend, an dem sie die unbestrittene Herrscherin war: eine Christin im Herzen von Merlins heidnischer Burg.

Dann aber erschienen Morgan und Nimue.

Stille herrschte in der Halle, als die beiden Frauen auf Norwennas Sessel zugingen, wo sie mit geziemender Demut niederknieten. Der Obermönch, ein kleiner, fanatischer Mann mit borstigem Bart, der Gerber gewesen war, bevor er zum Christentum übertrat, und der noch immer nach dem Dung stank, den sein ehemaliges Handwerk erforderte, verlangte zu wissen, was sie wollten. Seine Gemahlin schützte sich vor dem Bösen, indem sie das Kreuz schlug, spie aber, um ganz sicherzugehen, zusätzlich aus.

Morgan antwortete dem Mönch durch ihre goldene Maske. Sie sprach mit ungewohnter Ehrerbietung, als sie erklärte, Gundleus' Bote habe gelogen. Sie und Nimue, fuhr Morgan fort, hätten in den Kessel geschaut und in seiner Wasserfläche die Wahrheit gespiegelt gesehen. Es habe im Norden weder einen Sieg noch eine Niederlage gegeben, und Morgan warnte, daß der Feind Ynys

Wydryn näher sei, als wir alle ahnten, wir sollten uns bereitmachen, den Tor beim ersten Morgenlicht zu verlassen, um im Innern des südlichen Dumnonia Zuflucht zu suchen. Morgan sprach ruhig und betont, und als sie endete, verneigte sie sich vor der Königin. Dann beugte sie sich ungeschickt vor, um den Saum von Norwennas blauem Gewand zu küssen.

Hastig riß ihr Norwenna den Stoff aus den Händen. Sie hatte sich die schlimme Weissagung schweigend angehört; nun aber begann sie plötzlich zu weinen, und mit den Tränen kam eine Aufwallung von Zorn. »Du bist nichts weiter als eine verkrüppelte Hexe!« schrie sie Morgan entgegen. »Du willst nur, daß dein Bastard von Bruder König wird. Das wird nicht geschehen! Hast du gehört? Es wird niemals geschehen! Mein Sohn ist König!«

»Herrin…«, versuchte Nimue zu begütigen, wurde aber sofort unterbrochen.

»Du bist nichts!« wandte sich Norwenna wütend an Nimue. »Du bist nichts als ein hysterisches, boshaftes Kind des Teufels. Du hast mein Kind mit einem Fluch belegt! Das weiß ich genau! Er wurde nur verkrüppelt geboren, weil du bei seiner Geburt anwesend warst. O Gott! Mein Kind!« Sie schrie und weinte und schlug mit der Faust auf den Tisch, während sie ihren Haß auf Nimue und Morgan hinausschrie. »Geht jetzt! Alle beide! Geht!« In der Halle wurde es still, als Nimue und Morgan in die Nacht hinausgingen.

Am folgenden Morgen schien es, als hätte Norwenna recht gehabt, denn auf den nördlichen Bergen loderten keine Leuchtfeuer. Es war sogar der schönste Tag jenes wunderschönen Sommers. Das Land wurde schwer, als die Ernte näher rückte, die träge Hitze hüllte die Berge in einen Dunstschleier, und der Himmel war nahezu wolkenlos. Mohn und Kornblumen blühten in dem Dornengestrüpp am Fuß des Tor, und weiße Schmetterlinge segelten auf den warmen Luftströmen, die unsere grün gemusterten Hänge heraufzogen. Ohne auf die Schönheit des Tages zu achten, sprach Norwenna mit den zu Besuch weilenden Mönchen ihre Morgengebete. Dann entschied sie, daß sie vom Tor herabsteigen und die Ankunft ihres Gemahls in den Pilgergemächern im Schrein des Heiligen Dornbuschs erwarten wolle. »Ich habe schon zu lange unter den Gottlosen gelebt«, verkündete sie gerade voll Überheblichkeit, als ein Wächter auf der Ostmauer einen Warnruf ausstieß.

»Reiter!« rief der Mann. »Reiter!«

Norwenna lief zum Zaun, wo viele Neugierige zusammenkamen, um zuzusehen, wie eine Schar bewaffneter Reiter die Landbrücke überquerte, die von der Römerstraße zu den grünen Hügeln von Ynys Wydryn führte. Ligessac, Befehlshaber von Mordreds Leibwache, schien zu wissen, wer da kam, denn er ließ seinen Männern ausrichten, sie sollten die Reiter durch den Erdwall hereinlassen. Die Reiter sprengten durch das Tor im Wall und kamen mit ihrem leuchtendbunten Banner auf uns zu, das den roten Fuchskopf zeigte. Es war Gundleus persönlich, und Norwenna lachte vor Glück, weil ihr Gemahl als Sieger aus dem Krieg zurückkehrte und die Morgendämmerung eines neuen christlichen Königsreichs auf seiner Speerspitze glänzte. »Seht ihr?« wandte sie sich an Morgan. »Seht ihr? Euer Kessel hat gelogen. Es gibt doch einen Sieg!«

Mordred begann bei all der Unruhe zu weinen, und Norwenna befahl schroff, den Kleinen seiner Amme Ralla zu übergeben; dann verlangte sie, daß ihr schönster Umhang geholt und ihr ein Goldreif ins Haar gesetzt werde. So stand sie vor der Tür von Merlins Halle und erwartete ihren König.

Ligessac öffnete das Landtor des Tor. Druidans zusammengewürfelte Wache nahm in einer windschiefen Reihe Aufstellung, während der arme, verrückte Pellinore in seinem Käfig laut heulend nach Neuigkeiten verlangte. Nimue hastete zu Merlins Gemächern hinüber, während ich loslief, um Hywel zu holen, Merlins Verwalter, der den König bestimmt willkommen heißen wollte.

Die zwanzig silurischen Reiter saßen am Fuß des Tor ab. Da sie aus dem Krieg kamen, trugen sie Lanzen, Schilde und Schwerter. Der einbeinige Hywel, der sich mit seinem eigenen Schwert gürtete, krauste die Stirn, als er sah, daß der Druide Tanaburs zur Gruppe der Silurier gehörte. »Ich dachte, Gundleus hätte dem alten Glauben abgeschworen«, sagte der Steuereinnehmer.

»Ich dachte, er hätte Ladwys abgeschworen!« kicherte Gudovan, der Schreiber; dann reckte er das Kinn in Richtung der Reiter, die sich anschickten, den steilen, schmalen Pfad des Tor zu erklimmen. »Seht ihr?« sagte Gudovan, und tatsächlich, unter den Männern in ihren Lederrüstungen befand sich auch eine Frau. Sie war zwar wie ein Mann gekleidet, doch ihre langen schwarze Haare flatterten frei. Sie trug ein Schwert, doch keinen Schild, und Gudovan lachte, als er sie sah. »Unsere kleine Königin wird sich schwertun, diesen Satansbraten auszustechen.«

»Wer ist Satan?« wollte ich wissen, aber Gudovan versetzte mir eine Kopfnuß, weil ich seine Zeit mit dummen Fragen verschwendete.

Hywel runzelte noch immer die Stirn, und seine Hand umklammerte den Schwertgriff, während die silurischen Krieger sich den letzten steilen Treppen näherten, die zu dem Tor führten, an dem unsere buntgemischten Wachen in zwei krummen und schiefen Reihen warteten. Dann weckte irgendein Instinkt, der noch immer so scharf war wie zu seinen Kriegerzeiten, Hywels Befürchtungen. »Ligessac!« brüllte er. »Schließt das Tor! Schließt es! Macht schon!«

Statt dessen zog Ligessac sein Schwert. Dann wandte er sich um und legte die Hand ans Ohr, als hätte er Hywel nicht recht verstanden.

»Schließt das Tor!« brüllt Hywel. Einer von Ligessacs Männern machte Miene, den Befehl zu befolgen, doch Ligessac rief den Mann zur Ordnung und starrte statt dessen Norwenna an, um auf ihren Befehl zu warten.

Norwenna wandte sich mißbilligend an Hywel. »Der da kommt, ist mein Gemahl«, erklärte sie, »und kein Feind.« Dann sah sie wieder Ligessac an. »Laßt das Tor offen«, befahl sie majestätisch, und Ligessac verneigte sich gehorsam.

Hywel fluchte; dann kletterte er ungeschickt von der Brustwehr herab und hinkte auf seiner Krücke zu Morgans Hütte, während ich nur auf dieses leere, sonnenbeschienene Tor hinabstarrte und mich fragte, was wohl geschehen werde. Hywel hatte in der Sommerluft Ärger gewittert, aber wie, das sollte ich nie erfahren.

Gundleus erreichte das offene Tor. Er spie auf die Schwelle; dann lächelte er Norwenna an, die ihn ein paar Schritte entfernt erwartete. Sie hob die rundlichen Arme, um ihren Herrn zu begrüßen, der stark verschwitzt und atemlos war, und das war kein Wunder, denn er hatte den steilen Tor in voller Kriegsausrüstung erklommen. Er trug einen ledernen Brustharnisch, gepolsterte Beinschienen, Stiefel, einen von einem Fuchsschwanz gekrönten Eisenhelm und um die Schultern einen dicken roten Mantel. Sein Schild mit dem Fuchskopf hing an seiner linken Seite, das Schwert steckte an seiner Hüfte, und in der Rechten trug er einen schweren Kampfspeer. Ligessac kniete nieder und bot dem König den Griff seines eigenen Schwertes, und Gundleus trat vor, um den Knauf der Waffe mit einer lederbehandschuhten Hand zu berühren.

Hywel war in Morgans Hütte verschwunden, nun aber kam Sebile mit Mordred in den Armen daraus hervorgerannt. Sebile? Nicht Ralla? Das verwirrte mich, und auch Norwenna muß verwirrt gewesen sein, als die sächsische Sklavin herbeigelaufen kam und sich mit dem kleinen, in sein kostbares Gewand aus goldenem Tuch gehüllten Mordred neben sie stellte. Aber Norwenna blieb keine Zeit, Fragen an Sebile zu stellen, denn nun kam Gundleus auf sie zu. »Ich entbiete Euch mein Schwert, geliebte Königin!« sagte er mit laut schallender Stimme, und Norwenna lächelte glücklich – vielleicht, weil sie bisher weder Tanaburs noch Ladwys entdeckt hatte, die mit Gundleus' Kriegern durch Merlins weit geöffnetes Tor hereinkamen.

Gundleus rammte seinen Speer in den Erdboden und zog sein Schwert; doch statt es Norwenna mit dem Griff nach vorn darzubieten, hielt er ihr die scharfe Spitze der Klinge vors Gesicht. Norwenna, die nicht recht wußte, was sie tun sollte, streckte zögernd die Hand aus, um die glänzende Spitze zu berühren. »Ich freue mich über Eure Rückkehr, mein geliebter Lord«, sagte sie pflichtschuldigst und sank, wie es der Brauch verlangte, zu seinen Füßen auf die Knie.

»Küßt dieses Schwert, welches das Königreich Eures Sohnes verteidigen wird«, verlangte Gundleus, und Norwenna beugte sich ungeschickt vor, um ihre schmalen Lippen auf den dargebotenen Stahl zu pressen.

Sie küßte das Schwert, wie es ihr befohlen worden war, und im selben Moment, da ihre Lippen den grauen Stahl berührten, stieß Gundleus zu. Er lachte, als er seine Gemahlin tötete, er lachte, als er das Schwert an ihrem Kinn vorbei in ihre Halsgrube rammte, und lachte immer noch, als er die lange Klinge gegen den erstickten

Widerstand ihres sich aufbäumenden Körpers nach unten zog. Norwenna hatte keine Zeit zu schreien, hatte auch keine Stimme mehr zum Schreien. Die Schneide riß ihr die Kehle auf und wurde ihr mitten ins Herz gestoßen. Gundleus grunzte, als er zustieß. Er hatte sich den schweren Kampfschild über die Schultern gehängt, so daß er den Griff der Waffe mit beiden behandschuhten Händen umklammern konnte, um sie tief hineinzurammen und die Klinge dabei zu drehen. Blut klebte an seinem Schwert, Blut glänzte auf dem Gras, Blut befleckte den blauen Umhang der sterbenden Königin, und noch mehr Blut schoß hervor, als Gundleus die lange Klinge gewaltsam herausriß. Ohne den Halt des Schwertes sank Norwennas Leichnam seitlich zusammen, zitterte sekundenlang und lag dann still.

Sebile ließ das Kind fallen und ergriff laut schreiend die Flucht. Mordred weinte laut protestierend, doch Gundleus brachte den Kleinen mit seinem Schwert schnell zum Schweigen. Nur einmal stieß er mit der blutroten Klinge zu, und schon war das goldene Tuch mit Scharlachrot getränkt. So viel Blut von einem so kleinen Kind!

Das alles war so schnell geschehen! Gudovan, der neben mir stand, starrte noch ungläubig auf die Szene, während Ladwys, eine hochgewachsene Schönheit mit langen Haaren, dunklen Augen und scharfgeschnittenem, hartem Gesicht, laut und glücklich über den Sieg ihres Geliebten lachte. Tanaburs hatte ein Auge geschlossen, eine Hand gen Himmel erhoben, hüpfte auf einem Bein herum – Zeichen dafür, daß er sich in heiliger Zwiesprache mit den Göttern befand – und murmelte schicksalsschwere Beschwörungen, während Gundleus' Männer sich mit gezückten Speeren über das ganze Gelände verteilten, um dieses Schicksal eilends herbeizuführen. Ligessac hatte sich den Reihen der Silurier angeschlossen und half den Lanzenträgern, die eigenen Männer abzuschlachten. Einige Dumnonier versuchten sich zu wehren, aber sie waren aufgestellt worden, um Gundleus zu ehren, nicht um sich gegen ihn zu wehren, und so machten die Silurier kurzen Prozeß mit Mordreds Leibwache und noch kürzeren mit Druidans jämmerlichem Häuflein Soldaten. Zum allerersten Mal in meinem Erwachsenenleben sah ich Männer auf Speerspitzen sterben, hörte ich die furchtbaren

Schreie, die ein Mann ausstößt, wenn seine Seele mit dem Speer in die Anderwelt geschickt wird.

Ein paar Sekunden lang war ich hilflos vor panischer Angst. Norwenna und Mordred waren tot, der ganze Tor schrie, und der Feind stürmte auf Merlins Halle und Merlins Turm zu. Neben dem Turm tauchten Morgan und Hywel auf, doch während Hywel mit dem Schwert in der Hand vorwärts hinkte, floh Morgan den Weg zum Meerestor hinab, gefolgt von einer Schar Frauen, Kindern und Sklaven, einer entsetzten Menschenmasse, die Gundleus bereitwillig entfliehen zu lassen schien. Ralla, Sebile und jene von Druidans mißgestalteten Wachen, denen es gelungen war, den grimmigen silurischen Kriegern zu entkommen, liefen mit ihnen. Pellinore, den dieses Grauen begeisterte, hüpfte nackt und kichernd in seinem Käfig auf und ab.

Ich sprang von der Brustwehr und rannte zur Halle. Nicht etwa, weil ich tapfer war, sondern ganz einfach, weil ich Nimue liebte und mich vergewissern wollte, daß sie in Sicherheit war, bevor ich selbst vom Tor floh. Ligessacs Wachen waren tot, und Gundleus' Krieger begannen bereits die Hütten zu plündern, als ich durch die Tür hineinstürzte und auf Merlins Gemächer zulief. Doch ehe ich die kleine schwarze Innentür erreichen konnte, stolperte ich über einen Lanzenschaft. Ich stürzte schwer; dann packte mich eine kleine Hand am Kragen und zerrte mich mit erstaunlicher Kraft zu meinem alten Versteck hinter den Körben mit den festlichen Tuchbahnen. »Du kannst ihr nicht helfen, Dummkopf«, hörte ich Druidans Stimme an meinem Ohr. »Und nun sei still!«

Kaum war ich in Sicherheit, da kamen Gundleus und Tanaburs in die Halle, und nun konnte ich nur noch zusehen, wie der König, sein Druide und drei behelmte Männer auf Merlins Tür zumarschierten; ich wußte, was geschehen würde, und konnte nichts dagegen tun, denn Druidan hielt mir mit seiner kleinen Hand ganz fest den Mund zu, damit ich nicht aufschreien konnte. Ich bezweifelte, daß Druidan sich in der Halle versteckt hatte, um Nimue zu retten. Vermutlich war er gekommen, um so viel Gold mitzunehmen, wie nur möglich, bevor er mit den anderen Männern floh, doch die Tatsache, daß er hier war, hatte mir zumindest das Leben gerettet. Nimue allerdings rettete sie vor gar nichts.

Tanaburs trat den Geisterzaun beiseite und stieß die Tür auf. Gefolgt von seinen Speerträgern, schlüpfte Gundleus hinein.

Ich hörte Nimue schreien. Ich weiß nicht, ob sie Tricks benutzte, um Merlins Gemächer zu verteidigen, oder ob sie schon alle Hoffnung hatte fahren lassen. Ich weiß nur, daß Stolz und Pflichtbewußtsein sie veranlaßt hatten zu bleiben, um die Geheimnisse ihres Meisters zu schützen, und daß sie für diesen Stolz nunmehr bezahlen mußte. Ich hörte Gundleus lachen. Dann hörte ich kaum etwas bis auf den Lärm, den die Silurier machten, als sie Merlins Kästen, Ballen und Körbe durchwühlten. Nimue wimmerte, Gundleus ließ einen Triumphruf hören, und dann stieß sie auf einmal einen grauenvollen Schmerzensschrei aus. »Das wird dich lehren, auf meinen Schild zu speien, Mädchen«, sagte Gundleus, während Nimue hilflos schluchzte.

»Inzwischen ist sie von allen vergewaltigt worden«, flüsterte mir Druidan mit boshafter Genugtuung ins Ohr. Immer mehr von Gundleus' Bewaffneten stürmten durch die Halle, um in Merlins Gemächer einzudringen. Mit seinem Speer bohrte Druidan ein Loch in die Wand aus Lehm und Flechtwerk und befahl mir, hindurchzukriechen und ihm den Hügel hinab zu folgen, aber solange Nimue noch lebte, wollte ich nicht von der Stelle weichen. »Bald werden sie auch diese Körbe durchsuchen«, warnte mich der Zwerg, aber noch immer wollte ich nicht auf ihn hören. »Dummkopf«, sagte Druidan, zwängte sich durch das Loch und huschte zu dem dunklen Winkel zwischen einer nahen Hütte und einem Hühnerstall hinüber.

Ligessac war meine Rettung. Nicht, weil er mich sah, sondern weil er den Siluriern versicherte, in den Körben, hinter denen ich mich versteckte, seien nur Tafeltücher. »Die Schätze sind alle da drinnen«, erklärte er seinen neuen Verbündeten, und ich duckte mich tiefer und wagte mich nicht zu rühren, während seine siegreichen Soldaten Merlins Gemächer plünderten. Die Götter allein wissen, was sie alles fanden: Häute von toten Menschen, alte Knochen, neue Talismane und uralte Donnerkeile, aber nur sehr wenige wirkliche Schätze. Und die Götter allein wissen, was sie Nimue antaten, denn das wollte sie mir niemals sagen, obwohl das gar nicht nötig war. Sie taten, was alle Soldaten den Frauen ihrer besiegten Feinde antun, und als sie mit ihr fertig waren, ließen sie sie blutend und halb wahnsinnig zurück.

Und überließen sie dem Tod, denn als sie die Schatzkammern durchwühlten und feststellen mußten, daß sie mit verstaubtem Trödel und nur sehr wenig Gold gefüllt waren, holten sie sich eine Fackel aus der Halle und warfen sie zwischen die aufgerissenen Körbe. Dicke Rauchwolken quollen aus der Tür. Eine weitere brennende Fackel wurde zwischen die Körbe geworfen, hinter denen ich mich versteckte. Dann zogen sich Gundleus' Krieger aus der Halle zurück. Einige trugen Gold, ein paar hatten silberne Schmuckstücke gefunden, die meisten aber flohen mit leeren Händen. Als der letzte Mann verschwunden war, bedeckte ich meinen Mund mit einem Zipfel meines Kollers, lief durch den erstickenden Rauch zu Merlins Tür und fand Nimue unmittelbar dahinter. »Komm schnell!« rief ich ihr verzweifelt zu. Die Luft füllte sich immer mehr mit Rauch, während die Flammen lodernd an den Behältern emporschlugen, wo in Panik Katzen schrien und Fledermäuse flatterten.

Nimue rührte sich nicht. Sie lag auf dem Bauch, die Hände vors Gesicht geschlagen, nackt, und ihre Schenkel waren mit Blut bedeckt. Sie weinte.

Ich lief zu der Tür, die zu Merlins Turm führte, weil ich dachte, es gebe da vielleicht eine Fluchtmöglichkeit; doch als ich die Tür aufstieß, fand ich keinerlei Öffnung in den Wänden. Außerdem entdeckte ich, daß der Turm, weit entfernt davon, eine Schatzkammer zu sein, so gut wie leer war. Ich fand nur den nackten Erdboden, vier Holzwände und ein offenes Dach. Das Gemach war zum Himmel hin offen. In halber Höhe des offenen Runds, an zwei Balken aufgehängt und über eine kräftige Leiter zu erreichen, entdeckte ich eine hölzerne Plattform, die aber sehr schnell von dem dichten Rauch verhüllt wurde. Der Turm war eine Traumkammer, ein leerer Ort, in dem das Flüstern der Götter an Merlins Ohr dringen konnte. Ich starrte kurz zu der Traumplattform hinauf, dann quoll hinter mir immer mehr Rauch herein und stieg in dem kaminartigen Traumturm empor. Ich eilte zu Nimue zurück, riß ihren schwarzen Umhang von der zerwühlten Bettstatt und wikkelte sie wie ein krankes Tier in den Wollstoff. Ich packte die Ecken des Umhangs, kämpfte mich mit dem leichten Körper im Bündel in die Halle hinaus und nahm Kurs auf die entfernte Tür. Das Feuer wütete jetzt mit der Gier von Flammen, die sich an trockenem Holz gütlich tun. Meine Augen tränten, und meine Lunge brannte von dem Rauch, der in der Nähe der Haupttür am dichtesten war; also zog ich Nimues leblosen Körper über den Boden zu dem Fluchtloch, das Druidan in die Wand gebohrt hatte. Mein Herz hämmerte vor Angst, als ich hindurchspähte, doch ich konnte keinen Feind entdecken. Mit Fußtritten vergrößerte ich das Loch, bog das Weidengeflecht nach außen und brach ganze Platten des Lehmputzes heraus; dann zwängte ich mich hindurch und zerrte Nimue hinter mir her. Sie stieß hilflose Protestlaute aus, als ich sie durch die primitive Öffnung zog, aber die frische Luft schien sie so weit zu beleben, daß sie schließlich versuchte, sich selbst zu helfen, und so sah ich, als sie die Hände vom Gesicht nahm, warum ihr letzter Schrei so gräßlich geklungen hatte. Gundleus hatte ihr ein Auge ausgerissen. Die Höhle war eine blutgefüllte Grube, die sie sofort wieder mit einer blutverschmierten Hand bedeckte. Da sie, nachdem sie sich durch das Loch gekämpft hatte, völlig nackt war, löste ich ihren Umhang von dem zersplitterten Weidengeflecht und legte ihn ihr um die Schultern. Anschließend packte ich ihre freie Hand und lief mit ihr auf die nächst liegende Hütte zu.

Einer von Gundleus' Männern entdeckte uns; dann erkannte auch Gundleus Nimue und rief, die Hexe solle gepackt und lebendig in die Flammen zurückgeworfen werden. Jagdgeschrei ertönte, lautes Gebrüll wie der Lärm von Jägern, die einen verletzten Keiler zu Tode jagen. Sie hätten uns sicher gefangen, wenn nicht einige andere Flüchtlinge bereits eine Öffnung in die Palisade auf der Südseite des Tor gerissen hätten. Als ich auf die neue Öffnung zulief, entdeckte ich Hywel, den guten Hywel, der mit seiner Krücke tot in der Lücke lag, den Kopf halb vom Hals getrennt, das Schwert noch in der Hand. Ich griff mir das Schwert und schleifte Nimue mit. Wir erreichten den steilen Südhang und stürzten uns hinab. Auf dem nassen Gras rutschten wir sofort aus und glitten laut schreiend darauf hinab. Nimue war halb blind und fast rasend vor Schmerzen, während ich hysterisch vor Angst war; dennoch hielt ich Hywels Kampfschwert umklammert und schaffte es auch irgendwie, Nimue am Fuß des Tor auf die Beine zu stellen und mit ihr weiterzustolpern, an der heiligen Quelle vorbei, am Obstgarten der Christen vorbei, durch einen Erlenhain und immer weiter hinab bis dahin, wo Hywel, wie ich wußte, neben einer Fischerhütte seinen Moorkahn vertäut hatte. Ich warf Nimue in das kleine Boot aus gebündelten Schilfhalmen, durchschlug die Fangleine mit meinem neuen Schwert und stieß das Boot vom Holzsteg ab, nur um sogleich festzustellen, daß ich keine Stakstange hatte, um das schwerfällige Wasserfahrzeug in das verschlungene Labyrinth von Kanälen und Teichen zu manövrieren, die den Sumpf durchzogen. Statt dessen benutzte ich mein Schwert. Hywels Klinge war zwar eine erbärmliche Stake, aber sie war alles, was ich hatte, bis der erste unserer Verfolger das verschilfte Ufer erreicht hatte und, da er wegen des zähen Moorschlamms nicht hinauswaten konnte, seinen Speer nach uns schleuderte.

Pfeifend sauste der Speer auf uns zu. Sekundenlag vermochte ich mich nicht zu rühren und starrte wie gebannt auf die schwere Waffe mit der glänzenden Speerspitze, die durch die Luft geflogen kam; aber sie verfehlte uns und blieb in dem aus Schilfrohr bestehenden Dollbord des Kahns stecken. Ich packte den federnden Eschenstab und benutzte ihn sogleich als Stake, um das Boot mit starken, schnellen Stößen in die Wasserwege hinauszusteuern. Dort waren wir sicher. Einige von Gundleus' Männern rannten einen hölzernen Uferweg entlang, der parallel zu unserem Kurs verlief, aber ich drehte bald von ihnen ab. Andere sprangen in Coracles und benutzten ihre Speere als Paddel, aber kein Coracle konnte es mit einem Moorkahn an Geschwindigkeit aufnehmen, und so ließen wir sie weit hinter uns. Ligessac schoß uns einen Pfeil hinterher, aber wir waren schon außer Reichweite, und sein Geschoß fiel lautlos ins dunkle Wasser. Hinter unseren enttäuschten Verfolgern, hoch oben auf dem grünen Tor, leckten die Flammen gierig an Hütten, Halle und Turm, und in den blauen Sommerhimmel reckten sich graue, kräuselnde Rauchsäulen.

»Zwei Wunden.« Zum erstenmal, seit ich sie aus den Flammen gerettet hatte, sprach Nimue mit mir.

»Was?« Ich wandte mich zu ihr um. Sie kauerte im Bug, den

mageren Körper in den dunklen Umhang gewickelt, eine Hand über die leere Augenhöhle gelegt.

»Ich habe zwei Wunden der Weisheit erlitten, Derfel«, sagte sie in einem Ton, der von irrwitzigem Staunen sprach. »Die Wunde des Körpers und die Wunde des Stolzes. Nun muß ich nur noch den Wahnsinn erleiden, dann werde ich so weise sein wie Merlin.« Sie wollte lächeln, in ihrer Stimme lag jedoch eine wilde Hysterie, bei der ich mich fragte, ob sie nicht jetzt schon im Banne des Wahnsinns stand.

»Mordred ist tot«, berichtete ich ihr, »Norwenna und Hywel auch. Der Tor brennt.« Unsere ganze Welt wurde zerstört, doch Nimue wirkte seltsam unbewegt von der Katastrophe. Im Gegenteil, sie schien fast freudig erregt zu sein, weil sie zwei der drei Weisheitsproben bestanden hatte.

Ich stakte an einer Reihe von Weidenreusen vorbei und steuerte dann in Lissa's Mere hinein, einen großen, schwarzen See am Südende des Sumpflandes. Mein Ziel war Ermids Halle, ein Weiler aus Holzhütten, in der Ermid, Häuptling eines einheimischen Stammes, seinen Hof hatte. Ich wußte, daß Ermid nicht zu Hause sein würde, denn er war mit Owain nach Norden marschiert, doch seine Leute würden uns helfen, und ich wußte auch, daß wir mit unserem Boot den Hof erreichen würden, lange bevor Gundleus' schnellste Reiter um das langgestreckte, dicht mit Schilf bewachsene, morastige Seeufer herumgaloppieren konnten. Sie würden fast bis zum Fosse Way reiten müssen, der großen Römerstraße, die östlich am Tor vorbeiführte, bevor sie um den östlichen Zipfel des Sees biegen und auf Ermids Halle zuhalten konnten, aber bis dahin würden wir längst nach Süden weitergezogen sein. Vor mir auf dem See entdeckte ich weitere Boote und nahm an, daß es die Flüchtlinge aus dem Tor waren, die von Ynys Wydryns Fischern in Sicherheit gebracht wurden.

Ich erklärte Nimue, daß ich Ermids Halle zu erreichen versuchen und dann so lange weiter nach Süden fahren wolle, bis die Nacht hereinbrach oder wir auf Freunde trafen. »Gut«, gab sie stumpf zurück, aber ich war mir nicht ganz sicher, ob sie etwas von dem verstanden hatte, was ich sagte. »Gut, Derfel«, ergänzte sie. »Jetzt weiß ich, warum mich die Götter hießen, dir zu vertrauen.«

»Du vertraust mir«, entgegnete ich bitter und stieß den Speer in den schlammigen Grund des Sees, um das Boot vorwärtszutreiben, »weil ich dich liebe und dir das Macht über mich verleiht.«

»Gut«, sagte sie abermals, dann schwieg sie, bis unser Schilfboot in den baumumstandenen Anlegeplatz unterhalb von Ermids Palisade hineinglitt, wo ich, als ich das Boot tiefer in den Schatten am Bach lenkte, die anderen Flüchtlinge vom Tor entdeckte. Morgan war da, zusammen mit Sebile, und Ralla saß, ihr Baby sicher in den Armen, weinend neben Gwlyddyn, ihrem Gemahl. Lunete, das irische Mädchen, war da und lief weinend ans Wasser hinunter, um Nimue zu helfen. Ich berichtete Morgan von Hywels Tod, und sie erwiderte, sie habe gesehen, wie Guendoloen, Merlins Gemahlin, von einem Silurier niedergemetzelt wurde. Gudovan war in Sicherheit, doch niemand wußte, was aus dem armen Pellinore oder aus Druidan geworden war. Keiner von Norwennas Leibwachen hatte überlebt, nur eine Handvoll von Druidans elenden Soldaten hatten sich in die zweifelhafte Sicherheit von Ermids Halle retten können, dazu drei von Norwennas weinenden Hofdamen und ein Dutzend von Merlins verängstigten Findelkindern.

»Wir müssen bald weiter«, erklärte ich Morgan. »Sie sind hinter Nimue her.« Nimue wurde gerade von Ermids Dienerinnen verbunden und eingekleidet.

»Nicht hinter Nimue sind sie her, Dummkopf«, fuhr Morgan mich an, »sondern hinter Mordred.«

»Aber Mordred ist tot!« protestierte ich, doch Morgan antwortete nicht, sondern wandte sich um und riß Ralla das Baby aus den Armen. Als sie das grobe braune Tuch vom Körper des Kindes zurückschlug, sah ich den Klumpfuß.

»Hast du geglaubt, du Dummkopf«, sagte Morgan zu mir, »ich hätte zugelassen, daß unser König ermordet wird?«

Ich starrte Ralla und Gwlyddyn an und fragte mich, wie sie es hatten zulassen können, daß ihr eigener Sohn ermordet wurde. Es war Gwlyddyn, der meine stumme Frage beantwortete. »Er ist der König«, erklärte er schlicht und zeigte auf Mordred, »während unser Sohn nur das Kind eines Zimmermanns war.«

»Und bald«, setzte Morgan zornig hinzu, »wird Gundleus entdecken, daß das Kind, das er getötet hat, zwei gesunde Füße besitzt.

Dann wird er mit jedem Mann, der ihm zur Verfügung steht, nach uns suchen. Wir gehen nach Süden.« In Ermids Halle gab es nicht genügend Sicherheit. Der Häuptling war mit seinen Männern in den Krieg gezogen und hatte nur eine Handvoll Diener und Kinder im Dorf zurückgelassen.

Kurz vor Mittag brachen wir auf, in die grünen Wälder südlich von Ermids Ansiedlung. Einer von Ermids Jägern führte uns über schmale Pfade und geheime Wege. Wir waren dreißig, zumeist Frauen und Kinder, mit nur einem halben Dutzend waffenfähiger Männer, und auch von denen hatte nur Gwlyddyn je in der Schlacht einen Mann getötet. Die paar Narren von Druidans Truppe, die überlebt hatten, waren zu nichts zu gebrauchen, und ich hatte noch nie im Zorn gekämpft. Dennoch bildete ich jetzt, mit Hywels nacktem Schwert in meinem Gürtelstrick und dem schweren Silurierspeer in der Rechten, die Nachhut.

Langsam zogen wir unter Eichen und Haselsträuchern dahin. Von Ermids Halle bis nach Caer Cadarn waren es nicht mehr als vier Stunden zu Fuß, obwohl wir vermutlich weit länger brauchen würden, denn wir marschierten heimlich, auf gewundenen Pfaden, und wurden durch die Kinder aufgehalten. Morgan hatte zwar nicht gesagt, daß sie nach Caer Cadarn wollte, aber ich ahnte, daß die königliche Zuflucht ihr Ziel war, denn dort würden wir vermutlich Soldaten aus Dumnonia finden. Leider würde Gundleus wohl dieselbe Schlußfolgerung ziehen, und er war nicht weniger verzweifelt als wir. Morgan, die scharfsinnig erkannt hatte, wie schlecht die Welt war, argwöhnte, daß der silurische König diesen Krieg schon seit dem Hohen Rat geplant und nur Uthers Tod abgewartet hatte, um mit Gorfyddyd diesen Überfall zu unternehmen. Wir waren allesamt getäuscht worden. Da wir Gundleus für einen Freund hielten, hatte niemand mehr seine Grenzen bewacht, und nun zielte Gundleus auf nichts Geringeres als den Thron von Dumnonia selbst. Aber um diesen Thron zu erringen, erklärte uns Morgan, brauche er mehr als nur eine Truppe von zwanzig Reitern, daher würden seine Speerkämpfer schon jetzt mit Sicherheit versuchen, ihren König im Eilmarsch auf der langen Römerstraße einzuholen, die an Dumnonias Nordküste begann. Die Silurier waren in unserem Land, doch bevor sich Gundleus des Sieges sicher sein konnte, mußte er Mordred umbringen. Also mußte er uns finden, denn sonst würde sein ganzer wagemutiger Plan fehlschlagen.

Der dichte Wald dämpfte unsere Schritte. Hier und da flatterte eine Taube durchs hohe Laub, und manchmal hämmerte ein Specht an einem nahen Baum. Einmal hörten wir lautes Getöse und Getrampel im Gebüsch, und wir alle erstarrten, weil wir fürchteten, es sei ein silurischer Reiter, aber es war nur ein Keiler mit riesigen Hauern, der auf die Lichtung getrabt kam, einen kurzen Blick auf uns warf und sich wieder davonmachte. Mordred schrie und verweigerte Rallas Brust. Auch einige der kleineren Kinder weinten vor Angst und Müdigkeit, verstummten aber, als Morgan drohte, sie alle in Stinkkröten zu verwandeln.

Nimue hinkte vor mir her. Ich wußte, daß sie Schmerzen litt, aber sie klagte kein einziges Mal. Manchmal weinte sie lautlos vor sich hin und wollte sich durch nichts, was Lunete sagte, trösten lassen. Lunete war ein schlankes, dunkelhaariges Mädchen, im selben Alter wie Nimue und ihr vom Aussehen her ziemlich ähnlich, aber es mangelte ihr an Nimues Kenntnissen und übersinnlichen Fähigkeiten. Wenn Nimue einen Bach sah, wußte sie sofort, ob Wassergeister darin wohnten, während Lunete lediglich einen guten Platz zum Wäschewaschen sah. Nach einer Weile fiel Lunete ein wenig zurück und gesellte sich zu mir. »Was wird nun aus uns werden, Derfel?« fragte sie mich.

»Ich weiß es nicht.«

»Wird Merlin kommen?«

»Das hoffe ich«, antwortete ich ihr, »vielleicht kommt ja sogar Arthur.« Ich sagte es mit heißer, doch zweifelnder Hoffnung, denn was wir jetzt brauchten, war ein Wunder. Wir schienen in einem Mittagsalptraum gefangen zu sein, denn als wir nach zweistündigem Marsch gezwungen waren, den Wald zu verlassen, um einen tiefen, mäandernden Wasserlauf zu durchqueren, der sich durch saftige Weiden voll bunter Blumen wand, entdeckten wir in der Ferne, am östlichen Horizont, weitere Rauchsäulen. Allerdings war nicht zu erkennen, ob diese Feuer von silurischen Marodeuren oder von Sachsen gelegt worden waren, die unsere Schwäche ausnutzten.

Eine Viertelmeile östlich von uns brach ein Hirsch aus dem Wald.

»Runter!« zischte der Jäger, und wir alle sanken am Waldrand ins Gras. Ralla preßte Mordred fest an ihre Brust, um ihn zum Schweigen zu bringen. Er rächte sich, indem er sie so heftig biß, daß ihr das Blut bis zur Taille tröpfelte, doch weder er noch sie gaben den geringsten Laut von sich, als der Reiter, der den Hirsch aufgescheucht hatte, am Saum des Gehölzes erschien. Der Reiter befand sich ebenfalls östlich von uns, aber weit näher als die Rauchsäulen – so nah, daß ich den Fuchskopf auf seinem runden Schild erkennen konnte. Er trug einen langen Speer und ein Horn, in das er stieß, nachdem er lange in unsere Richtung gespäht hatte. Wir alle fürchteten, dieses Signal bedeute, daß der Reiter uns gesehen hatte und daß jeden Moment ein ganzes Rudel silurischer Reiter auftauchen würde; doch als der Mann sein Pferd unter die Bäume zurücklenkte, vermuteten wir, der Hornstoß bedeute, er habe keine Spur von uns entdeckt. In der Ferne antwortete ein anderes Horn. Dann herrschte Stille.

Wir warteten – lange Minuten. Bienen summten durch die Weiden am Bach. Wir beobachteten den Waldrand, fürchteten, noch mehr Reiter zu sehen, aber kein Feind tauchte dort auf, und nach einer Weile flüsterte unser Führer uns zu, daß wir zum Wasser hinabkriechen, es überqueren und bis zu den Bäumen am anderen Ufer emporrobben sollten.

Es war ein langer, beschwerlicher Weg, vor allem für Morgan mit ihrem verkrüppelten linken Bein, aber als wir durch den Bach platschten, hatten wir wenigstens Gelegenheit, ein bißchen Wasser zu trinken. Als wir den gegenüberliegenden Wald erreicht hatten, waren unsere Kleider triefend naß, aber wir konnten mit dem erleichterten Gefühl weitermarschieren, die Feinde wahrscheinlich hinter uns gelassen zu haben. Leider jedoch nicht unsere Befürchtungen. »Werden sie uns zu Sklaven machen?« fragte mich Lunete. Wie viele von uns war Lunete ursprünglich für Dumnonias Sklavenmarkt gefangen worden, und nur Merlins Einspruch hatte ihr die Freiheit bewahrt. Jetzt fürchtete sie, daß sie durch den Verlust von Merlins Schutz zu einem schlimmen Schicksal verdammt sei.

»Das glaube ich nicht«, antwortete ich. »Es sei denn, Gundleus oder die Sachsen nehmen uns gefangen. Dich würden sie zur Sklavin machen, aber mich würden sie vermutlich töten.« Ich fand mich sehr tapfer, als ich das sagte.

Als Lunete tröstend ihren Arm unter den meinen schob, fühlte ich mich geschmeichelt. Sie war ein hübsches Mädchen, hatte mich bisher jedoch mit Geringschätzung gestraft und die Gesellschaft der wilden Fischerjungen von Ynys Wydryn vorgezogen. »Ich wünschte, Merlin käme zurück«, seufzte sie. »Ich möchte den Tor nicht verlassen.«

»Da oben ist jetzt nichts mehr übrig«, erwiderte ich. »Wir werden uns einen neuen Platz zum Leben suchen müssen. Oder zurückkehren und, wenn wir können, den Tor wiederaufbauen.« Aber nur, dachte ich, wenn Dumnonia überlebt. Vielleicht lag das Königreich ja gerade jetzt, an diesem rauchverseuchten Nachmittag, im Sterben. Ich fragte mich, wie ich so blind sein konnte, nicht vorauszusehen, welche Schrecken Uthers Tod mit sich bringen würde. Ein Königreich braucht einen König, denn ohne König ist es nichts als ein leeres Land, das die Speere von Eroberern herausfordert.

Mitte des Nachmittags überquerten wir einen breiteren Wasserlauf, der fast schon ein Fluß war und so tief, daß mir das Wasser beim Waten bis an die Brust reichte. Am anderen Ufer angekommen, rieb ich Hywels Schwert trocken, so gut es ging. Es war eine schöne Klinge, geschmiedet von den berühmten Meistern von Gwent und verziert mit spiralförmigen, ineinandergreifenden Mustern. Die Stahlklinge war kerzengerade und reichte mir, wenn ich den Arm lang ausstreckte, von der Kehle bis zu den Fingerspitzen. Das Querstück bestand aus dickem Eisen mit schlichten, runden Kreuzblumen, während der Griff aus Apfelholz bestand, das mit der Angel vernietet und dann mit langen, schmalen Lederriemen umwickelt worden war, die man mit Öl geglättet hatte. Der Knauf war eine runde, mit Silberdraht umhüllte Kugel, die immer wieder hervorlugte, bis ich den Draht schließlich entfernte und zu einem primitiven Armreifen für Lunete umformte.

Südlich des Flusses lag wiederum eine große Weide, auf der Ochsen weideten, die herbeigetrabt kamen, um unseren langen Zug zu beäugen. Vielleicht waren es ihre Bewegungen, die die Gefahr auslösten, denn kaum hatten wir den Wald hinter der Weide betreten, da hörte ich lauten Hufschlag hinter uns. Sofort schickte ich eine Warnung nach vorn; dann fuhr ich, Schwert und Speer in den Händen, herum, um den Weg hinter uns im Auge zu behalten.

An dieser Stelle hingen die Äste tief herab – so tief, daß der Pfad zu Pferd nicht benutzt werden konnte. Wer immer unsere Verfolger waren – sie würden ihre Tiere zurücklassen und uns zu Fuß verfolgen müssen. Wir hatten die ausgetreteneren Wege des Waldes gemieden und nur verborgene Trampelpfade benutzt, die sich zwischen den Bäumen hindurchwanden. Sie waren so schmal, daß unsere Verfolger sich, genau wie wir, nur im Gänsemarsch vorwärtsbewegen konnten. Ich fürchtete, es seien silurische Späher, die Gundleus seiner kleinen Streitmacht weit vorausgeschickt hatte. Wer sonst würde sich dafür interessieren, was die Ochsen am Flußufer veranlaßt hatte, sich an diesem trägen Nachmittag neugierig zu erheben?

Neben mir tauchte Gwlyddyn auf und nahm mir den schweren Speer aus der Hand. Er lauschte auf die fernen Schritte; dann nickte er zufrieden. »Nur zwei«, stellte er gelassen fest. »Sie haben ihre Pferde zurückgelassen und folgen uns zu Fuß. Ich nehme den ersten, du hältst den zweiten auf, bis ich ihn töten kann.« Er klang außergewöhnlich ruhig und half mir dadurch, meine Angst zu bezwingen. »Und vergiß nicht, Derfel«, setzte er hinzu, »die haben genausoviel Angst wie wir.« Er schob mich in den Schatten und kauerte sich auf der anderen Seite des Pfades hinter die hochragenden Wurzeln einer umgestürzten Buche. »Runter mit dir!« zischte er mir zu. »Versteck dich!«

Ich duckte mich, und plötzlich stieg wieder das Entsetzen in mir hoch. Meine Hände schwitzten, mein rechtes Bein zuckte, meine Kehle war trocken, ich wollte mich übergeben, und meine Eingeweide wurden flüssig. Hywel war mir ein guter Lehrmeister gewesen, aber noch nie hatte ich einem Mann gegenübergestanden, der mich töten wollte. Ich hörte, wie die Männer näher kamen, konnte sie aber nicht sehen, und mein vorherrschender Impuls war, kehrtzumachen und hinter den Frauen herzulaufen. Aber ich blieb. Ich hatte keine Wahl. Seit meiner Kindheit hatte ich Erzählungen von Kriegern gehört, und immer wieder hatte man mir eingeprägt, daß ein Mann niemals kehrtmacht und davonläuft. Ein Mann kämpft für seinen Herrn, ein Mann stellt sich dem Feind, und ein Mann ergreift niemals die Flucht. Jetzt lag mein Herr an Rallas Brust, und ich erwartete seine Feinde, aber wie sehr wünschte ich mir, ein Kind zu sein und einfach weglaufen zu können! Angenommen, es waren mehr als nur zwei feindliche Speerkämpfer? Und selbst wenn es tatsächlich nur zwei waren, handelte es sich bestimmt um erfahrene Krieger, geübt und abgehärtet und rücksichtslos beim Töten.

»Ruhig, Junge, ruhig«, mahnte Gwlyddyn leise. Er hatte an Uthers Schlachten teilgenommen. Er hatte gegen die Sachsen gekämpft und den Speer gegen die Männer aus Powys erhoben. Nun, tief in seinem Heimatland, hockte er mit einem halben Grinsen im Gesicht und meinem Langspeer in den kräftigen braunen Händen geduckt im dichten Wurzelgestrüpp. »Jetzt nehme ich Rache für mein Kind«, erklärte er mir grimmig, »und die Götter sind auf unserer Seite.«

Ich kauerte, flankiert von Farnen, hinter den Brombeersträuchern. Meine feuchten Kleider hingen schwer und unbequem an mir herab. Ich starrte auf die Bäume, die ganz mit Moos bewachsen waren und ein dichtes Blätterkleid trugen. Als ein Specht in der Nähe zu klopfen begann, zuckte ich entsetzt zusammen. Mein Versteck war besser als Gwlyddyns, aber ich fühlte mich dennoch ungeschützt, vor allem in dem Moment, als unsere beiden Verfolger zwölf Schritt entfernt vor meinem grünen Versteck auftauchten.

Es waren zwei wendige junge Speerkämpfer mit Lederharnischen, aufgeschnallten Beinschienen und langen, rotbraunen Mänteln, die sie über die Schultern zurückgeschlagen hatten. Ihre langen Bärte waren geflochten, und ihr dunkles Haar wurde von Lederriemen zusammengehalten. Beide trugen lange Speere, und der zweite hatte auch noch ein Schwert im Gürtel, das er allerdings noch nicht gezogen hatte. Ich hielt den Atem an.

Der vordere Mann hob die Hand, und beide hielten inne, um eine Weile zu lauschen, bevor sie weitergingen. Das Gesicht des uns am nächsten stehenden Mannes trug Narben aus einem alten Kampf, und sein Mund stand offen, so daß ich die Lücken zwischen seinen gelblichen Zähnen sehen konnte. Er wirkte unendlich hart, erfahren und einschüchternd, und ich wurde fast völlig überwältigt von dem schrecklichen Wunsch zu fliehen. Doch dann begann die Narbe in meiner linken Handfläche zu pochen, die Narbe, die mir

Nimue beigebracht hatte, und dieses warme Pochen löste einen Anflug von Heldenmut in mir aus.

»Das war nur ein Hirsch«, sagte der zweite Mann geringschätzig. Die beiden näherten sich jetzt mit leisen Schritten, setzten die Füße vorsichtig und prüften die Blätter vor ihnen auf die leiseste Andeutung von Bewegung.

»Es war ein Baby«, beharrte der erste Mann. Er war seinem Gefährten zwei Schritte voraus und sah in meinen angsterfüllten Augen noch größer und grimmiger aus als der andere. »Die Basterde sind verschwunden«, sagte der zweite Mann, und als ich sah, wie ihm der Schweiß vom Gesicht tropfte, als ich bemerkte, daß er seinen Eschenspeerschaft immer wieder fester packte, da wußte ich plötzlich, er war nervös. In Gedanken murmelte ich immer wieder Bels Namen vor mich hin, flehte den Gott um Mut an, flehte ihn an, einen Mann aus mir zu machen. Der Feind war jetzt sechs Schritt von uns entfernt und näherte sich immer weiter; rings um uns lag still und warm der grüne Wald, und ich konnte die beiden Männer riechen, konnte ihr Leder und den Geruch ihrer Pferde wahrnehmen, während mir der Schweiß in die Augen rann und ich vor Angst fast zu wimmern begonnen hätte. Dann aber sprang Gwlyddyn aus dem Hinterhalt hervor und brach beim Vorwärtsstürmen in ein mächtiges Kriegsgeschrei aus.

Ich folgte ihm, plötzlich von aller Angst befreit, und zum ersten Mal ergriff die rasende, gottgegebene Schlachtenfreude von mir Besitz. Später, viel später erkannte ich, daß Freude und Angst ein und dasselbe sind, daß sich das eine bei Ausbruch des Kampfes in das andere verwandelt, aber an jenem Sommernachmittag kam diese Hochstimmung unvermittelt über mich. Mögen Gott und seine Engel mir verzeihen, aber an jenem Tag entdeckte ich die Freude, die eine Schlacht auslöst, und noch lange danach ersehnte ich sie wie ein Dürstender das Wasser. Nicht weniger laut schreiend als Gwlyddyn, stürzte ich vorwärts, aber die Raserei hatte mich nicht so sehr gepackt, daß ich ihm blindlings folgte. Vielmehr hielt ich mich auf der rechten Seite des schmalen Pfades, so daß ich an ihm vorbeilaufen konnte, während er den ersten Silurier erschlug.

Der Mann versuchte Gwlyddyns Speer zu parieren, aber der Zimmermann hatte den tief kreisenden Schlag des Eschenstabes erwartet, hob die eigene Waffe höher und stieß zu. Es ging alles so schnell. Eben noch war der Silurier eine bedrohliche Gestalt in Kriegsrüstung, im nächsten Moment keuchte und zuckte er, während Gwlyddyn ihm die schwere Speerspitze durch den Lederpanzer tief in die Brust rammte. Aber da war ich schon an ihm vorbei und schwang unter gellendem Geschrei Hywels Schwert. In diesem Moment empfand ich keinerlei Angst, vielleicht weil die Seele des toten Hywel aus der Anderwelt zurückgekommen war, um in mich einzudringen, denn plötzlich wußte ich genau, was ich tun mußte, und mein Kriegsgeschrei war ein Triumphgeheul.

Der zweite Mann hatte jedoch einen Herzschlag länger Zeit gehabt als sein sterbender Gefährte und sofort die geduckte Haltung eines Speerkämpfers eingenommen, aus der er sich mit tödlicher Wucht vorwärtszuschnellen vermochte. Ich sprang ihn an, und als der Speer in einem grellen, sonnenbeschienenen Bogen aus blitzendem Stahl auf mich zugeschossen kam, wich ich ihm mit einer leichten Drehung aus und parierte mit meiner Klinge – nicht so heftig, daß ich die Kontrolle über das Schwert verlor, sondern gerade genug, um die Waffe des Feindes rechts an mir vorbeizulenken, während ich mein Schwert herumwirbeln ließ. »Es kommt immer nur aufs Handgelenk an, Junge, immer nur aufs Handgelenk«, hörte ich Hywel sagen und schrie seinen Namen hinaus, als ich das Schwert seitlich auf den Hals des Siluriers hinabsausen ließ.

Es geschah alles so schnell, so furchtbar schnell! Das Handgelenk lenkt das Schwert, aber der Arm verleiht ihm Kraft, und mein Arm besaß an jenem Nachmittag Hywels gefährliche Kraft. Mein Stahl bohrte sich so tief in den Hals des Siluriers wie eine Axt in fauliges Holz. Anfangs dachte ich – so grün war ich –, er sei nicht tot, und zog das Schwert heraus, um noch einmal zuzuschlagen. Beim zweiten Hieb jedoch merkte ich, wie das Blut aufspritzte und der Mann zur Seite fiel; ich hörte seinen rasselnden Atem und sah, wie er im Sterben versuchte, zu einem zweiten Stoß mit dem Speer auszuholen. Dann aber gurgelte das Leben in seiner Kehle, wieder ergoß sich ein Schwall Blut über seine ledergepanzerte Brust, und er sackte auf dem welken Laubteppich zusammen.

Und ich stand da und zitterte. Auf einmal hätte ich am liebsten geweint. Ich hatte keine Ahnung, was ich getan hatte. Ich fühlte mich nicht wie ein Sieger, sondern war eher schuldbewußt. Und so stand ich da, verstört und regungslos, während mein Schwert noch in der Kehle des Toten steckte, auf dem sich bereits die ersten Fliegen niederließen. Ich vermochte mich nicht zu rühren.

Hoch oben im Laub schrie ein Vogel, dann spürte ich Gwlyddyns starken Arm auf meinen Schultern, und mir strömten die Tränen übers Gesicht. »Du bist ein guter Mann, Derfel«, lobte mich Gwlyddyn, und ich wandte mich zu ihm um und umarmte ihn wie ein Kind seinen Vater. »Gut gemacht«, sagte er immer wieder, »gut gemacht.« Er tätschelte mich ungeschickt, bis es mir endlich gelang, die Tränen wegzuschniefen.

»Tut mir leid«, hörte ich mich sagen.

»Leid?« Er lachte. »Wieso denn? Hywel hat immer gesagt, daß du der Beste bist, den er je ausgebildet hat, und ich hätte ihm glauben sollen. Du bist schnell. Und nun komm, wir müssen nachsehen, was wir erobert haben.«

Ich nahm mir die Schwertscheide meines Opfers, die aus Leder, verstärkt mit Weidenzweigen, bestand, und stellte fest, daß Hywels Schwert einigermaßen hineinpaßte. Dann durchsuchten wir die beiden Toten nach der geringen Beute, die sie bei sich trugen: einen unreifen Apfel, eine alte, abgewetzte Münze, zwei Mäntel, die Waffen, ein paar Lederriemen und ein Messer mit Beingriff. Gwlyddyn erwog, zurückzugehen und die beiden Pferde zu holen, entschied dann aber, daß uns keine Zeit dazu blieb. Mir war es gleichgültig. Meine Sicht mochte durch Tränen beeinträchtigt sein, aber ich war am Leben, ich hatte einen Mann getötet und meinen König verteidigt, und auf einmal war ich überglücklich, während Gwlyddyn mich zu den verängstigten Flüchtlingen zurückführte und zum Zeichen, daß ich gut gekämpft hatte, meinen Arm emporhielt.

»Ihr habt viel zuviel Lärm gemacht, ihr beiden«, fauchte Morgan. »Nicht lange, und wir werden halb Siluria auf den Fersen haben. Also los jetzt! Bewegt euch!«

Nimue schien sich für meinen Sieg nicht zu interessieren, aber Lunete wollte alles darüber wissen. Bei der Beschreibung der Feinde und des Kampfes übertrieb ich schamlos, und Lunetes Bewunderung spornte mich zu weiteren Übertreibungen an. Sie hatte ihren

Arm wieder unter den meinen geschoben, und ich betrachtete ihr Gesicht mit den dunklen Augen und fragte mich, warum mir noch nie aufgefallen war, wie schön sie war. Genau wie Nimue hatte sie ein dreieckiges Gesicht, doch während aus Nimues Antlitz skeptisches Wissen sprach, strahlte Lunetes eine erregende Wärme aus, und ihre Nähe verlieh mit neues Selbstvertrauen. So zogen wir durch den langen Nachmittag, bis wir uns endlich nach Osten den Bergen zuwandten, unter denen Caer Cadarn wie ein Vorreiter emporragte.

Eine Stunde später machten wir am Rand des Caer Cadarn gegenüberliegenden Waldes halt. Es war schon spät, aber es war Hochsommer, und die Sonne stand noch hoch am Himmel. Ihr schönes, sanftes Licht übergoß die westlichen Wälle von Caer Cadarn mit grünem Leuchten. Wir waren noch eine Meile von der Burg entfernt, aber schon nah genug, um die gelben Palisaden oben auf den Wällen zu sehen, nah genug, um zu sehen, daß keine Wachen auf den Wällen standen und kein Rauch aus der kleinen Siedlung im Inneren aufstieg.

Ebensowenig war irgendein Feind in Sicht. Deswegen beschloß Morgan, die Ebene zu überqueren und über den westlichen Pfad zur königlichen Burg aufzusteigen. Gwlyddyn meinte, wir sollten bis zur Abenddämmerung im Wald ausharren oder die nahe Ortschaft Lindinis aufsuchen, doch Gwlyddyn war nur Zimmermann, während Morgan eine hochgeborene Lady war, also unterwarf er sich ihren Wünschen.

Als wir auf das Weideland hinauskamen, warfen wir lange Schatten voraus. Das Gras war von Hirschen oder Kühen abgeweidet worden, war aber dennoch unter den Füßen weich und üppig. Nimue, die noch immer in einer schmerzgequälten Trance zu verharren schien, schlüpfte aus ihren geborgten Schuhen und ging barfuß weiter. Über uns segelte ein Falke in der Luft; dann sprang, von unserem plötzlichen Auftauchen aufgeschreckt, ein Hase aus einer grünen Grube hervor und jagte mit flinken Sprüngen davon.

Wir folgten einem Pfad, der von Kornblumen, Margariten und Hartriegel gesäumt war. Der Wald hinter uns wirkte, von den schrägen Strahlen der im Westen untergehenden Sonne verschattet, finster und schwarz. Wir waren müde und zerlumpt, aber das Ende des Marsches war in Sicht, und einige von uns wirkten tatsächlich fröhlich. Wir brachten Mordred an seinen Geburtsort, brachten ihn zu Dumnonias Königshügel zurück, doch bevor wir auch nur den halben Weg zu jener wunderbaren grünen Zuflucht zurückgelegt hatten, tauchten hinter uns die Feinde auf.

Gundleus' Kriegshorde war gekommen. Nicht nur die Reiter, die am Morgen nach Ynys Wydryn geritten waren, sondern auch seine Speerkämpfer. Gundleus mußte die ganze Zeit gewußt haben, wohin wir wollten, und war daher mit all seinen überlebenden Reitern sowie über einhundert Speerkämpfern zu diesem heiligen Ort der Könige von Dumnonia gezogen. Und selbst wenn er sich nicht gezwungen gesehen hätte, den jungen König zu verfolgen, wäre Gundleus dennoch nach Caer Cadarn gekommen, denn er wollte nichts Geringeres als die Krone von Dumnonia, und Caer Cadarn war der Ort, wo dem Herrscher diese Krone aufs Haupt gesetzt wurde. Wer Caer Cadarn besitzt, der besitzt Dumnonia, besagte ein altes Sprichwort, und wer Dumnonia besitzt, besitzt Britannien.

Die silurischen Reiter sprengten vor die Speerkämpfer. Nur wenige Minuten noch, dann hatten sie uns erreicht, und mir war klar, daß keiner von uns, nicht mal die schnellsten Läufer, die langgestreckten Hänge der Festung erreichen konnte, bevor diese Reiter uns mit scharfem Stahl und langen Speeren umzingelt hatten. Als ich mich zu Nimue gesellte, sah ich, daß ihr schmales Gesicht eingefallen und müde und ihr verbliebenes Auge geschwollen und mit Tränen gefüllt war. »Nimue?« sagte ich leise.

»Schon gut, Derfel.« Sie schien verärgert darüber, daß ich mich ihrer annehmen wollte.

Sie ist wahnsinnig, sagte ich mir. Von allen, die diesen schrecklichen Tag überlebt hatten, hatte sie das gräßlichste Erlebnis durchgemacht, und das hatte sie an einen Ort getrieben, an den ich ihr nicht folgen und den ich nicht begreifen konnte. »Ich liebe dich wirklich«, sagte ich, weil ich ihre Seele mit Zärtlichkeit berühren wollte.

»Mich? Nicht Lunete?« gab Nimue gereizt zurück. Dabei sah sie nicht mich an, sondern blickte nach vorn, zur Burg, während ich mich zu den immer näher kommenden Reitern umwandte, die sich wie bei einer Treibjagd zu einer langen Linie formiert hatten. Ihre

Mäntel waren über die Hinterteile ihrer Pferde gebreitet, ihre Schwertscheiden hingen neben den Stiefeln, und die Sonne glitzerte auf den Speerspitzen und beleuchtete das Fuchskopfbanner. Unmittelbar unter diesem Banner ritt Gundleus mit dem von einem Fuchsschwanz gekrönten Helm auf dem Kopf. An seiner Seite ritt Ladwys mit dem Schwert in der Hand, während Tanaburs mit flatterndem Gewand auf einem Grauschimmel neben dem König ritt. Ich werde sterben, dachte ich, sterben am selben Tag, an dem ich zum Mann geworden bin. Diese Erkenntnis erschien mir sehr grausam.

»Lauft!« rief Morgan unvermittelt. »Lauft!« Ich dachte, Panik hätte sie ergriffen, und wollte ihr nicht gehorchen, weil ich es für edler hielt, standzuhalten und wie ein Mann zu sterben, statt von hinten als flüchtender Feigling niedergemacht zu werden. Dann sah ich, daß sie keineswegs in Panik geraten und daß Caer Cadarn doch nicht verlassen war, denn die Tore hatten sich geöffnet und ein unablässiger Strom von Männern kam den Pfad heruntergelaufen und -geritten. Die Reiter waren gekleidet wie Gundleus' Reiter, nur trugen diese Männer Mordreds Drachenemblem auf ihren Waffen.

Wir liefen. Ich zog Nimue am Arm hinter mir her, während eine Handvoll dumnonischer Reiter auf uns zugejagt kam. Es waren etwa zwölf, nicht sehr viele, aber immerhin genug, um die Attacke der Silurier aufzuhalten, während hinter den Reitern eine Gruppe dumnonischer Speerkämpfer vorrückte.

»Fünfzig Speere«, stellte Gwlyddyn fest. Er hatte die Rettungsmannschaft genau gezählt. »Wir können sie mit diesen fünfzig nicht schlagen«, ergänzte er grimmig, »aber wir könnten es bis in die Sicherheit der Burg schaffen.«

Gundleus hatte inzwischen dieselben Berechnungen angestellt und führte seine Reiter nunmehr in einem weiten Bogen, durch den sie hinter die herannahenden dumnonischen Speerkämpfer gelangen würden. Er wollte uns den Rückzug abschneiden, denn sobald er seine Feinde an einem Punkt zusammengetrieben hatte, konnte er uns allesamt abschlachten, ganz gleich, ob wir siebzig zählten oder sieben. Gundleus' Mannen waren in der Überzahl, und die Dumnonier hatten dadurch, daß sie aus der Festung hervorbrachen, den Vorteil der größeren Höhe aufgegeben.

Die dumnonischen Reiter donnerten an uns vorbei, wobei die Hufe ihrer Pferde aus der grünen Weide dicke Erdklumpen rissen. Das waren nicht etwa Arthurs berühmte Reiter, die wie Donnerschläge über ihre Feinde herfielen, sondern leichtbewaffnete Kundschafter, die normalerweise absaßen, bevor sie sich auf einen Kampf einließen. Jetzt aber ritten sie nach vorn und stellen sich schützend zwischen uns und die silurischen Speerkämpfer. Gleich darauf trafen unsere eigenen Speerkämpfer ein und bildeten mit ihren Schilden einen Schutzwall. Dieser Schildwall verlieh uns allen neue Zuversicht, eine Zuversicht, die an Verwegenheit grenzte, als wir sahen, wer diese Rettungstruppe anführte. Es war Owain, der mächtige Owain, Champion des Königs und größter Krieger von ganz Britannien. Wir alle hatten gedacht, daß Owain weit oben in Norden sei und mit den Männern von Gwent in den Bergen von Powys kämpfe. Aber nun war er hier, auf Caer Cadarn.

Offen gestanden war Gundleus jedoch noch immer im Vorteil. Wir waren zwölf Reiter, fünfzig Speerkämpfer und dreißig erschöpfte Flüchtlinge, alle auf einer Ebene versammelt, auf der Gundleus annähernd zwanzigmal so viele Reiter und doppelt so viele Speerkämpfer um sich geschart hatte.

Die Sonne schien noch immer hell. Es würde zwei Stunden dauern, bis es dämmerte, und vier, bevor es dunkel war, und das gab Gundleus mehr als ausreichend Zeit, uns alle abzuschlachten, obwohl er es zunächst noch mit Worten versuchte. Er ritt auf uns zu, eine prächtige Erscheinung auf einem schweißschäumenden Roß. Den Schild hatte er zum Zeichen des Waffenstillstands umgekehrt in der Hand. »Männer von Dumnonia«, rief er laut, »gebt mir das Kind, und ich ziehe ab!« Niemand antwortete ihm. Owain hatte sich in der Mitte unseres Schildwalls versteckt, so daß sich Gundleus, weil er keinen Befehlshaber ausmachen konnte, an uns alle wenden mußte. »Es ist ein verkrüppeltes Kind!« rief der silurische König, »von den Göttern verflucht. Glaubt ihr, es könnte einem Land zum Wohle gereichen, von einem verkrüppelten König regiert zu werden? Wollt ihr, daß eure Ernte auf dem Halm verdorrt? Wollt ihr, daß eure Kinder krank zur Welt kommen? Wollt ihr, daß eure Rinder an der Viehseuche sterben? Wollt ihr, daß Sachsen die

Herren in diesem Land werden? Was kann ein verkrüppelter König schon anderes bringen als Unglück?«

Noch immer antwortete ihm niemand, obwohl es in unseren hastig zusammengestellten Reihen weiß Gott genug Männer gegeben haben muß, die befürchteten, daß Gundleus die Wahrheit sprach.

Der silurische König nahm den Helm von seinem langen Haar und lächelte über unsere Not. »Ich werde euch alle am Leben lassen«, versicherte er, »wenn ihr mir das Kind aushändigt.« Er wartete auf eine Antwort, die nicht kam. »Wer führt euch an?« fragte er schließlich.

»Ich!« Endlich schob sich Owain durch die Reihen, um seinen Platz vor unserem Schildwall einzunehmen.

»Owain!« Gundleus hatte ihn erkannt, und ich glaubte, einen Funken Angst in seinen Augen aufflackern zu sehen. Er hatte ebenfalls nicht gewußt, daß Owain ins Herz von Dumnonia zurückgekehrt war. Trotzdem war sich Gundleus immer noch des Sieges gewiß, obwohl ihm klargewesen sein muß, daß ihn dieser Sieg, da Owain bei uns war, weit mehr kosten würde, als er gedacht hatte. »Lord Owain«, sagte Gundleus und gab Dumnonias Champion damit den ihm zustehenden Titel, »Sohn des Eilynon und Enkel des Culwas. Ich grüße Euch!« Damit hob Gundleus seine Speerspitze zur Sonne empor. »Ihr habt einen Sohn, Lord Owain.«

»Viele Männer haben Söhne«, antwortete Owain unbekümmert. »Was kümmert Euch das?«

»Wollt Ihr, daß Euer Sohn ohne Vater aufwächst?« fragte ihn Gundleus. »Wollt Ihr, daß Eure Ländereien verwüstet werden? Euer Heim niedergebrannt wird? Wollt Ihr, daß Eure Gemahlin zum Spielzeug meiner Männer wird?«

»Meine Gemahlin«, gab Owain zurück, »könnte es mit all Euren Männern aufnehmen, und mit Euch selber obendrein. Ihr wollt Spielzeug, Gundleus? Kehrt zu Eurer Hure zurück« – er reckte das Kinn in Richtung Ladwys – »und wenn Ihr Eure Hure nicht mit Euren Männern teilen wollt, kann Dumnonia für Siluria noch ein paar einsame Mutterschafe erübrigen.« Owains Trotz munterte uns auf. Er wirkte unüberwindlich, wie er mit seinem schweren Speer, dem Langschwert und dem eisenbeschlagenen Schild dastand. Er kämpfte immer barhäuptig, verschmähte den Helm, und auf seine mächtigen, muskelbepackten Arme waren Dumnonias Drache und sein eigenes Symbol, ein Eber mit langen Hauern, tätowiert.

»Gebt mir das Kind!« Gundleus ignorierte die Beleidigungen, denn er wußte, daß sie lediglich dem Trotz entsprangen, den man von einem Mann vor der Schlacht erwartete. »Gebt mir den verkrüppelten König!«

»Gebt mir Eure Hure, Gundleus«, entgegnete Owain. »Ihr seid nicht Manns genug für sie. Gebt sie mir, und Ihr dürft in Frieden abziehen.«

Gundleus spie aus. »Die Barden werden von Eurem Tod singen, Owain. Das Lied von der Sauhatz.«

Owain stieß seinen riesigen Speer mit dem Ende nach unten in den Boden. »Hier steht die Sau, Gundleus ap Meilyr, König von Siluria«, rief er, »und hier wird die Sau entweder sterben oder auf Euren Leichnam pissen. Macht Euch bereit!«

Gundleus lächelte, zuckte die Achseln und wendete sein Pferd. Gleichzeitig drehte er seinen Schild herum, damit wir wußten, daß uns ein Kampf erwartete.

Es war meine erste Schlacht.

Die dumnonischen Reiter formierten sich hinter unserer Speerreihe, um die Frauen und Kinder zu beschützen, solange es ging. Wir übrigen bildeten eine Kampfreihe und sahen zu, wie unsere Feinde das gleiche taten. Auch Ligessac, der Verräter, befand sich unter den Siluriern. Tanaburs vollzog die Riten, indem er auf einem Bein, eine Hand erhoben, ein Auge geschlossen, vor Gundleus' Schildwall, der langsam über die Wiese vorrückte, herumhüpfte. Erst als Tanaburs seinen Schutzzauber beendet hatte, begannen die Silurier uns mit Beleidigungen zu überschütten. Sie warnten uns vor dem bevorstehenden Massaker und prahlten damit, wie viele von uns sie töten würden. Aber mir fiel auf, wie langsam sie vorrückten und daß sie, als sie nur noch fünfzig Schritt entfernt waren, ganz stehenblieben. Einige unserer Männer lachten höhnisch über diese Furchtsamkeit, aber Owain befahl uns grollend, ruhig zu sein.

Die Kampfreihen starrten einander an. Niemand rührte sich.

Es erfordert außergewöhnlich großen Mut, eine dichte Reihe von Schilden und Speeren zu attackieren. Deswegen trinken so viele

Männer vor der Schlacht ausgiebig Met. Ich habe erlebt, wie ganze Armeen stundenlang zögerten, während sie Mut zum Angriff sammelten, und je älter der Krieger, desto mehr Mut braucht er. Junge Kämpfer greifen an und sterben, die älteren Männer aber wissen, wie furchtbar ein feindlicher Schildwall sein kann. Ich hatte keinen Schild, wurde jedoch von den Schilden meiner Nachbarn gedeckt, und deren Schilde berührten wiederum andere, und so ging das unsere ganze, eher kurze Reihe entlang, so daß jeder Mann, der gegen uns vorrückte, auf eine feste, von rasiermesserscharfen Speeren starrende Mauer aus lederbezogenem Holz traf.

Die Silurier begannen mit den Speerschäften auf ihre Schilde zu schlagen. Dieser Lärm sollte uns beunruhigen, und das tat er auch, obwohl sich kein einziger auf unserer Seite seine Furcht anmerken ließ. Wir rückten nur enger zusammen und warteten auf den Angriff. »Zuerst werden Scheinangriffe erfolgen, Junge«, warnte mich mein Nachbar, und kaum hatte er das gesagt, als auch schon eine Gruppe Silurier laut brüllend aus ihrer Reihe hervorbrach und die langen Speere mitten ins Zentrum unserer Verteidigung schleuderte. Unsere Männer duckten sich, die Langspeere trafen dröhnend auf unsere Schilde, und plötzlich bewegte sich die ganze silurische Reihe vorwärts, aber Owain befahl unserer Reihe sofort, standzuhalten und ebenfalls vorzurücken, und diese wohlüberlegte Bewegung stoppte den drohenden feindlichen Angriff. Jene von unseren Männern, deren Schilde durch die Speere des Feindes zu schwer geworden waren, rissen die Waffen heraus. Dann wurde der Schildwall wieder fest geschlossen.

»Langsam zurück!« befahl Owain. Er wollte versuchen, sich ganz allmählich über die halbe Meile Grasland bis zum Caer Cadarn zurückzuziehen, und hoffte, daß die Silurier nicht den Mut aufbrachten, uns anzugreifen, während wir diesen jämmerlich langsamen Rückzug durchführten. Um uns mehr Zeit zu verschaffen, trat Owain vor unsere Reihe und forderte Gundleus mit lauter Stimme auf, Mann gegen Mann mit ihm zu kämpfen. »Seid Ihr ein Weib, Gundleus?« rief der Champion unseres Königs. »Habt Ihr den Mut verloren? Oder nicht genug Met? Kehrt an Eure Stickerei zurück! Greift wieder zu Eurer Spindel!«

Wir schoben uns rückwärts, rückwärts, rückwärts; dann ließ uns ein unvermittelter Vorstoß des Feindes innehalten, und als die Speere geschleudert wurden, duckten wir uns hinter unsere Schilde. Einer zischte über meinen Kopf hinweg – es klang wie ein plötzlicher Windstoß –, aber der Angriff war eine Finte und sollte uns nur in Panik versetzen. Ligessac schoß Pfeile ab, aber er mußte betrunken sein, denn seine Pfeile flogen hoch über uns hinweg.

Owain wurde zur Zielscheibe von einem Dutzend Speeren, aber die meisten gingen fehl, und die anderen fegte er verächtlich mit Speer oder Schild hinweg, bevor er seinen Spott über die Schleuderer ergoß. »Wer hat euch das Speerschleudern gelehrt? Eure Mütter?« Er spie in Richtung der Feinde aus. »Kommt, Gundleus! Kämpft mit mir! Zeigt Euren Kerlen, daß Ihr ein König seid und keine Memme!«

Um Owains Hohnreden zu übertönen, schlugen die Silurier mit den Speerschäften auf ihre Schilde. Owain kehrte ihnen verächtlich den Rücken und kam langsam auf unseren Schildwall zu. »Zurück!« rief er uns leise zu. »Zurück!«

Dann warfen zwei Silurier Schilde und Waffen zu Boden und rissen sich die Kleider vom Leib, um nackt zu kämpfen. Mein Nachbar spie aus. »Jetzt gibt's Ärger«, warnte er mich grimmig.

Die nackten Männer waren vermutlich betrunken oder aber so stark von den Göttern berauscht, daß sie fest davon überzeugt waren, keine feindliche Klinge könne sie verletzen. Ich hatte schon von solchen Männern gehört und wußte, daß ihr selbstmörderisches Beispiel gewöhnlich das Signal für einen echten Angriff ist. Ich packte mein Schwert und versuchte zu schwören, daß ich tapfer sterben werde, am liebsten aber hätte ich geweint, weil dies alles so furchtbar traurig war. Erst heute war ich zum Mann geworden, und schon sollte ich sterben!

Ich würde zu Uther und Hywel in die Anderwelt einziehen und schattendunkle Jahre lang warten, bis meine Seele einen anderen menschlichen Körper fand, in dem sie auf diese grüne Welt zurückkehren konnte.

Die beiden Männer lösten ihr Haar, nahmen Speere und Schwerter auf und begannen vor der silurischen Kampfreihe zu tanzen. Laut heulend steigerten sie sich in den Schlachtenwahn hinein, diesen Zustand wilder Ekstase, der einen Mann zu Heldentaten antreibt. Gundleus, der unter seinem Banner auf seinem Schlachtroß saß, sah den beiden, die am ganzen Körper mit kunstvollen blauen Tätowierungen bedeckt waren, lächelnd zu. Die Kinder hinter uns weinten, und unsere Frauen riefen die Götter an, während die Männer, die ständig tanzend näher kamen, in der Abendsonne Schwerter und Speere wirbeln ließen. Männer wie diese brauchten weder Schilde noch Kleider, noch Rüstungen. Ihr einziger Schutz waren die Götter, ihr einziger Lohn der Ruhm, und wenn es ihnen gelang, Owain zu töten, würden die Barden noch jahrelang von ihrem Sieg singen. Sie rückten zu beiden Seiten unseres Champions vor, der seinen Speer zückte, um ihren aberwitzigen Angriff abzuwehren, der zugleich den Augenblick kennzeichnete, da die gesamte Feindmacht zum Angriff überging.

Da jedoch ertönte das Horn.

Das Horn hatte einen klaren, kalten Ton, wie ich ihn noch nie zuvor gehört hatte. Er war von einer Reinheit, einer kalten, harten Reinheit, die mit nichts auf der Welt zu vergleichen war. Er ertönte einmal, er ertönte zweimal, und der zweite Hornstoß genügte, um sogar die nackten Männer innehalten zu lassen. Sie wandten sich gen Osten, von wo der Ton gekommen war.

Auch ich spähte hinüber.

Und war geblendet. Mir war, als sei an diesem sterbenden Tag eine neue, strahlende Sonne aufgegangen. Das Licht schnitt über die Weiden, blendete uns, verwirrte uns, doch dann wanderte das Licht weiter, und ich sah, daß es sich nur um die Reflexion der echten Sonne handelte, zurückgeworfen von einem Schild, der so blank poliert wie ein kostbarer Spiegel war.

Und dieser Schild wurde von einem Mann getragen, wie ich noch nie zuvor einen gesehen hatte: von einem prächtigen Mann, von einem Mann, der hoch auf seinem riesigen Roß saß und von anderen, ähnlichen Männern begleitet wurde; von einer Horde wundervoller Männer, federgeschmückter Männer, gewappneter Männer, Männer, die den Träumen der Götter entsprungen sein mußten, um auf diese mörderische Wiese zu kommen, und über den Federbüschen auf den Köpfen dieser Männer wehte ein Banner, das ich inniger lieben lernen sollte als jedes andere Banner auf Gottes weiter Erde – das Banner des Bären.

Das Horn erklang zum drittenmal, und plötzlich wußte ich, daß ich am Leben bleiben würde. Ich weinte vor Freude, und all unsere Speerkämpfer weinten und schrien zugleich, und die Erde erbebte vom Hufschlag der Pferde dieser göttergleichen Männer, die zu unserer Rettung herandonnerten.

Denn nun war – endlich – Arthur gekommen.

ZWEITER TEIL

Die Prinzessin

Igraine ist unglücklich. Sie will, daß ich ihr Geschichten von Arthurs Kinderzeit erzähle. Sie hat von einem Schwert in einem Stein gehört und will, daß ich darüber schreibe. Arthur sei von einem Geist mit einer Königin gezeugt worden, behauptet sie, und in der Nacht seiner Geburt sei der Himmel mit Donner erfüllt gewesen. Vielleicht hat sie ja recht, vielleicht war der Himmel in jener Nacht tatsächlich voll Lärm, doch alle, die ich dazu befragte, hatten die Nacht durchgeschlafen, und was Stein und Schwert betrifft – nun, es gab einen Stein, und es gab ein Schwert, aber die kommen erst viel später in der Geschichte vor. Das Schwert hieß Caledfwlch, was »harter Blitz« bedeutet, aber Igraine nennt es lieber Excalibur, also werde auch ich es so nennen, denn Arthur war es stets gleichgültig, welchen Namen seine Langschwerter trugen. Auch seine Kindheit kümmerte ihn wohl nicht viel, denn ich persönlich habe ihn niemals davon sprechen hören. Als ich ihn einmal nach seinen Kinderjahren fragte, wollte er mir nicht antworten. »Was bedeutet dem Adler das Ei?« fragte er mich statt dessen; dann sagte er, er sei geboren worden, habe gelebt und sei Soldat geworden, mehr brauche ich von ihm nicht zu wissen.

Meiner so überaus hübschen und großzügigen Gönnerin Igraine zuliebe werde ich hier jedoch das wenige niederschreiben, das ich in Erfahrung bringen konnte. Obwohl Uther es in Glevum geleugnet hatte, war Arthur tatsächlich der Sohn des Großkönigs. Allerdings konnte er aus dieser Vaterschaft keinen besonderen Nutzen ziehen, denn Uther zeugte so viele Bastarde wie ein Kater Katzenjunge. Arthurs Mutter hieß Igraine, genau wie meine hochgeschätzte Königin. Sie stammte aus Caer Gei in Gwynedd und soll die Tochter von Cunedda, König von Gwynedd und Großkönig vor

Uther gewesen sein, obwohl Igraine selbst keine Prinzessin war, denn ihre Mutter war nicht Cuneddas Gemahlin, sondern mit einem Häuptling von Henis Wyren verheiratet. Über Igraine von Gwynedd, die starb, als er sich an der Schwelle zum Mannesalter befand, sagte Arthur nichts weiter, als daß sie die wundervollste, klügste und schönste Mutter gewesen sei, die sich ein Junge wünschen könne, obwohl Cei, der Igraine gut gekannt hatte, behauptete, ihre Schönheit sei durch ihren boshaften Verstand beeinträchtigt worden. Cei ist der Sohn Ectors ap Ednywain, des Häuptlings von Caer Gei, der Igraine und ihre vier illegitimen Kinder in seinem Haus aufnahm, als Uther sie verstieß. Das geschah im selben Jahr, da Arthur geboren wurde, und Igraine hat ihrem Sohn das niemals verziehen. Arthur sei ein Kind zuviel gewesen, pflegte sie zu sagen, und irgendwie schien sie zu glauben, daß sie, wäre Arthur nicht geboren worden, ewig als Uthers Geliebte regiert hätte.

Arthur war das vierte von Igraines Kindern, das das Säuglingsalter überlebte. Die anderen drei waren Mädchen, und Uther gefiel es offenbar, wenn seine Bastarde Mädchen waren, weil sie später höchstwahrscheinlich weniger Ansprüche an seine Vaterschaft stellen würden. Cei und Arthur wuchsen gemeinsam heran, und Cei sagt – wenn auch niemals in Arthurs Hörweite –, daß sie beide, er und Arthur, furchtbare Angst vor Igraine hatten. Arthur, erzählte er mir, sei ein pflichtbewußter, fleißiger Junge gewesen, der in jeder Unterrichtsstunde, die ihnen erteilt wurde, sei es nun Lesen oder Schwertkampf, der Beste sein wollte. Aber es gelang ihm nie, seine Mutter zufriedenzustellen, obwohl Arthur sie stets angebetet und verteidigt hatte und untröstlich gewesen war, als sie an einem Fieber starb. Damals war Arthur dreizehn, und Ector, sein Ziehvater, wandte sich mit der Bitte an Uther, Igraines vier verarmten Waisen zu helfen. Uther holte sie nach Caer Cadarn – vermutlich glaubte er, die drei Töchter als nützliche Wurfsteine im Spiel der dynastischen Ehen einsetzen zu können. Morgans Vermählung mit einem Prinzen von Kernow blieb dank des Brandes ein kurzes Zwischenspiel, aber Morgause heiratete König Lot von Lothian, und Anna wurde mit König Budic ap Camran im überseeischen Broceliande vermählt. Die beiden letzteren Ehen waren keine wichtigen Verbindungen, denn beide Könige waren zu weit entfernt, um im Kriegsfall rechtzeitig Verstärkungen nach Dumnonia zu schikken, doch beide erfüllten ihren bescheidenen Zweck. Da dem Knaben Arthur diese Nützlichkeit versagt war, ging er an Uthers Königshof und lernte den Umgang mit Schwert und Speer. Dort lernte er auch Merlin kennen, doch keiner von beiden sprach viel von dem, was in jenen Monaten vorgefallen war, bevor Arthur, der jede Hoffnung fahren ließ, jemals von Uther anerkannt zu werden, seiner Schwester Anna nach Broceliande folgte. Dort, im Hexenkessel Galliens, wuchs er zu einem hervorragenden Soldaten heran, und Anna, die sich der Tatsache, wie wertvoll ein Krieger als Bruder sein konnte, durchaus bewußt war, hielt Uther über seine Taten auf dem laufenden. Deswegen holte Uther Arthur wieder nach Britannien zurück – zu jenem Feldzug, der mit dem Tod seines Sohnes Mordred endete. Der Rest ist Euch bekannt.

Und nun, da ich Igraine alles mitgeteilt habe, was ich über Arthurs Kindheit weiß, wird sie diesen Bericht zweifellos mit den Legenden anreichern, die sich das gemeine Volk jetzt von Arthur erzählt. Igraine entführt mir diese Pergamente eins nach dem anderen, um sie von Dafydd ap Gruffud, dem Schreiber, welcher der sächsischen Zunge mächtig ist, in die britannische Sprache übersetzen zu lassen, doch weder er noch Igraine werden es vermutlich lassen können, meinen Text nach ihren eigenen Vorstellungen auszuschmücken. Manchmal wünschte ich mir den Mut, diese Erzählung in britannischer Sprache niederzuschreiben, doch Bischof Sansum, den Gott von allen Heiligen am höchsten schätzt, betrachtet meine Schriften noch immer mit Argwohn. Zuweilen versucht er, mich an dieser Arbeit zu hindern, oder er befiehlt Satans Teufelchen, sie mir mit Streichen zu erschweren. Eines Tages entdeckte ich, daß all meine Gänsekiele verschwunden waren, ein anderes Mal fand ich Urin im Tintenhorn, aber Igraine ersetzt mir alles, und wenn Sansum nicht lesen und die sächsische Zunge beherrschen lernt, kann er seinen Verdacht, meine Schriften seien in Wirklichkeit gar kein sächsisches Evangelium, nicht untermauern.

Igraine drängt mich, mehr und schneller zu schreiben, und fleht mich an, die Wahrheit über Arthur zu berichten; dann aber beschwert sie sich wiederum, wenn diese Wahrheit nicht den Märchen entspricht, die sie in der Küche des Caer oder in ihren Frauengemächern hört. Sie verlangt Verwandlungen und Ungeheuer, aber ich kann nicht erfinden, was ich nicht erlebt habe. Gewiß, ich habe – Gott vergebe mir – einige Dinge verändert, doch nichts, was wirklich wichtig gewesen wäre. Als Arthur uns in der Schlacht vor Caer Cadarn rettete, war mir schon lange, bevor er wirklich auftauchte, klar, daß er kommen würde, denn Owain und seine Männer hatten die ganze Zeit gewußt, daß sich Arthur und seine Reiter, die alle soeben aus Broceliande eingetroffen waren, in den Wäldern nördlich von Caer Cadarn versteckten, und sie wußten auch, daß Gundleus sich mit seiner Kriegshorde näherte. Gundleus' Fehler war, auf dem Tor Feuer zu legen, denn die Rauchwolke war ein Warnzeichen für das gesamte südliche Land gewesen. Owains berittene Späher hatten Gundleus' Krieger bereits seit den Mittagsstunden beobachtet. Nachdem er Agricola geholfen hatte, Gorfyddyds Invasion zurückzuschlagen, war Owain sofort nach Süden geeilt, um Arthur zu begrüßen – nicht etwa aus Freundschaft, sondern um dabeizusein, wenn ein rivalisierender Kriegsherr im Königreich auftauchte. Und das war unsere Rettung gewesen. Dennoch hätte die Schlacht niemals so stattfinden können, wie ich sie beschrieben habe. Hätte Owain nicht gewußt, daß Arthur in der Nähe war, hätte er den Säugling Mordred seinem schnellsten Reiter anvertraut und ihn losgeschickt, um das Kind in Sicherheit zu bringen, selbst wenn das bedeutet hätte, daß wir anderen Gundleus' Speeren zum Opfer fielen. Diese Wahrheit hätte ich natürlich aufschreiben können, aber die Barden lehrten mich, wie man eine Erzählung so gestaltet, daß die Zuhörer auf den Teil warten, den sie hören wollen, und ich finde, daß die Erzählung besser wirkt, wenn man die Nachricht von Arthurs Eintreffen bis zur allerletzten Minute hinauszögert. Eine Geschichte nach eigenem Gutdünken zu gestalten ist eine läßliche Sünde, obwohl Sansum sie mir, weiß Gott, niemals verzeihen würde.

Hier in Dinnewrac ist noch immer Winter, und es ist bitterkalt. Nachdem wir Bruder Aron jedoch erfroren in seiner Zelle gefunden haben, hat König Brochvael Sansum befohlen, unsere Feuer anzuzünden. Diesem Befehl widersetzte sich der Heilige, bis der König uns von seinem Caer Feuerholz schickte, und so haben wir nun endlich Feuer, wenn auch nicht viele, und ganz gewiß keine großen.

Immerhin, auch ein kleines Feuer erleichtert das Schreiben, und der heilige Sansum, er sei gesegnet, hat sich in letzter Zeit als etwas weniger lästig erwiesen. Zwei Novizen haben sich unserer kleinen Herde angeschlossen, Knaben noch vor dem Stimmbruch, und Sansum hat die Aufgabe übernommen, sie in der Lehre unseres heiligsten Heilands zu unterweisen. So eingehend kümmert sich der Heilige um ihre unsterblichen Seelen, daß er sogar darauf besteht, die Knaben müßten seine Schlafzelle teilen, und ihre Gesellschaft scheint einen zufriedeneren Menschen aus ihm gemacht zu haben. Dafür sei Gott gedankt, dafür und für das Geschenk des Feuers – und für meine Kraft, mit dieser Erzählung von Arthur fortzufahren, von Arthur, dem »König, der niemals war«, dem Feind Gottes und unserem Herrn der Schlachten.

Ich werde euch nicht mit den Einzelheiten jener Schlacht vor dem Caer Cadarn langweilen. Obwohl es im Grunde gar keine Schlacht war, sondern eine ungeordnete Flucht, und nur eine Handvoll Silurier entkamen. Einer von denen, die fliehen konnten, war Ligessac, der Verräter. Die meisten Männer des Gundleus aber wurden gefangengenommen. Zwanzig Feinde fielen, darunter die beiden nackten Kämpfer. Owain streckte sie mit seinem Kriegsspeer nieder. Gundleus, Ladwys und Tanaburs wurden lebend gefangen. Ich persönlich tötete niemanden. Nicht einmal eine Scharte trug meine Schwertschneide davon.

Auch an das Scharmützel erinnerte ich mich nicht genau, denn ich konnte immer nur Arthur anstarren.

Er saß auf Llamrei, seiner Stute, einem riesigen schwarzen Streitroß mit zottigem Fesselhaar und flachen Hufeisen, die mit Lederriemen unter die Hufe gebunden waren. Arthurs Männer ritten alle so große Pferde, denen man die Nüstern zu geblähten Öffnungen aufgeschlitzt hatte, damit sie besser atmen konnten. Noch unheimlicher wirkten diese Tiere durch die außergewöhnlichen Schilde aus versteiftem Leder, die ihre Brustregion vor Speerstößen schützen sollten. Diese Schilde waren so dick und hinderlich, daß die Pferde nach der Schlacht nicht die Köpfe zum Grasen senken konnten, daher befahl Arthur einem seiner Pferdeknechte, Llamrei die Montur abzunehmen, damit sie sich am Gras gütlich tun konnte. Jedes einzelne Pferd benötigte zwei Knechte: Der eine mußte sich um Lederschutz, Schabracken und Sattel kümmern, der andere das Pferd am Zügel herumführen, während ein dritter Bediensteter Schwert und Schild des Recken trug. Arthur besaß einen langen, schweren Speer namens Rhongomyniad, einen Schild, der Wynebgwrthucher hieß, aus Weidenbrettern bestand und mit gehämmertem Silber überzogen war, das poliert wurde, bis es spiegelte. An seiner Hüfte hingen das Messer namens Carnwenhau und das berühmte Schwert Excalibur in seiner schwarzen Scheide, die kreuzweise mit Golddraht bespannt war.

Sein Gesicht vermochte ich anfangs nicht zu sehen, denn sein Kopf steckte in einem Helm mit breitem Wangenschutz, der seine Züge verbarg. Der Helm, mit einem Schlitz für die Augen und einem dunklen Loch für den Mund, war aus poliertem, mit einem wirbelnden Silbermuster geschmücktem Eisen gearbeitet und trug eine Helmzier aus weißen Gänsefedern. Es lag etwas Tödliches in diesem bleichen Helm; er wirkte wie ein furchteinflößender Totenschädel, der den Eindruck machte, als wäre sein Träger ein lebender Leichnam. Sein Mantel, den er mit größter Sorgfalt pflegte, war genauso schneeweiß wie seine Helmzier und hing von seinen Schultern herab, um sein langes Schuppenpanzerhemd vor der Sonne zu schützen. Bis dahin hatte ich noch nie einen Schuppenpanzer gesehen, doch Hywel hatte mir davon erzählt, und als ich Arthur darin sah, erwachte in mir der heiße Wunsch, auch so ein Panzerhemd zu besitzen. Es war römisch und bestand aus Hunderten winziger Eisenplättchen, kaum größer als ein Daumenabdruck, die in überlappenden Reihen auf ein knielanges Lederhemd genäht waren. Die Plättchen waren oben, wo sie zwei Löcher für den Nähfaden hatten, breit, liefen nach unten spitz zu und überlappten sich so, daß eine Speerspitze stets auf mindestens zwei Schichten Eisen traf, bevor sie auf das Leder darunter stieß. Wenn Arthur sich bewegte, klirrte die steife Rüstung, und es war nicht nur Eisen, was da klirrte, denn seine Schmiede hatten am Hals eine Reihe goldener Plättchen eingefügt und über die ganze Fläche des polierten Eisens Silberplättchen verteilt, so daß der ganze Waffenrock zu schimmern schien. Um zu verhindern, daß das Eisen rostete, mußte die Rüstung Tag für Tag stundenlang geputzt werden, und da nach jeder Schlacht einige

Plättchen fehlten, mußte ein Schmied immer wieder neue anfertigen. Aber nur wenige Schmiede verstanden sich auf die Herstellung eines solchen Panzerhemdes, und nur sehr wenige Männer konnten es sich leisten, ein solches zu bezahlen. Arthur hatte das seine einem fränkischen Häuptling abgenommen, den er in Armorica getötet hatte. Außer Helm, Mantel und Schuppenhemd trug er Lederstiefel, Lederhandschuhe und einen Ledergurt, an dem Excalibur in seiner kreuzweise verzierten Scheide hing, die ihren Träger angeblich vor allem Schaden schützte.

Auf mich, der ich von seiner Ankunft geblendet war, wirkte er wie ein weißer, schimmernder Gott, der auf die Erde herabgestiegen war. Ich konnte den Blick nicht von ihm wenden.

Als er Owain umarmte, hörte ich die beiden Männer lachen. Owain war ein hochgewachsener Mann, aber Arthur stand ihm an Größe nicht nach, obwohl er bei weitem nicht so kräftig gebaut war wie der Champion. Owain bestand nur aus Muskeln und Masse, während Arthur schlank und drahtig war. Owain versetzte Arthur einen Schlag auf den Rücken, den Arthur freundschaftlich erwiderte, dann gingen die beiden Männer, einer den Arm um die Schultern des anderen gelegt, zu Ralla hinüber, die Mordred hielt.

Arthur fiel vor seinem König auf die Knie, streckte die behandschuhte Rechte aus und hob mit einer für einen Mann in dieser steifen, schweren Rüstung erstaunlichen Behutsamkeit den Saum des Gewandes, das der Säugling trug. Er schob den mit Scharnieren befestigten Wangenschutz des Helms zurück und küßte den Stoff des Gewandes. Mordred reagierte darauf, indem er zu schreien und zu strampeln begann.

Arthur erhob sich und streckte die Arme nach Morgan aus. Sie war älter als ihr Bruder, der erst fünf- oder sechsundzwanzig Jahre alt war, doch als er sie in die Arme nahm, begann sie hinter ihrer Goldmaske, die bei der Umarmung leicht gegen Arthurs Helm stieß, bitterlich zu weinen. Er hielt sie fest an sich gedrückt und tätschelte ihr den Rücken. »Liebste Morgan«, hörte ich ihn sagen, »meine liebe, süße Morgan!«

Mir war nie richtig klargeworden, wie einsam Morgan war, bis ich sah, wie sie in den Armen ihres Bruders in Tränen ausbrach.

Behutsam löste er sich aus ihrem Griff, dann nahm er sich mit beiden behandschuhten Händen den silbergrauen Helm vom Kopf. »Ich habe ein Geschenk für dich«, erklärte er Morgan, »das heißt, falls Hygwydd es nicht gestohlen hat. He, Hygwydd, wo steckst du?«

Hygwydd, der Schildknappe, kam herbeigelaufen, um den Helm mit dem weißen Federbusch in Empfang zu nehmen, während er Arthur einen Schmuck aus Bärenfängen übergab, die, in Gold gefaßt, an einer goldenen Kette hingen. Liebevoll streifte Arthur sie seiner Schwester über den Kopf. »Nur das Schönste für meine bezaubernde Schwester«, sagte er dabei. Dann wollte er wissen, wer Ralla sei, und als er vom Tod ihres Sohnes hörte, verriet seine Miene einen so großen Schmerz und ein so tiefes Mitgefühl, daß Ralla in Tränen ausbrach. Arthur schloß sie spontan in die Arme und zerdrückte dabei fast den königlichen Säugling an seiner schuppengepanzerten Brust. Anschließend wurde ihm Gwlyddyn vorgestellt. Er erzählte Arthur, wie ich den Silurier getötet hatte, um Mordred zu schützen. Da wandte sich Arthur auch an mich, um mir zu danken.

Dabei sah ich ihm zum erstenmal voll ins Gesicht.

Es war ein durch und durch freundliches Gesicht. Das war jedenfalls mein erster Eindruck. Aber nein, so wünscht sich Igraine diesen Augenblick. In Wirklichkeit sah ich auf den ersten Blick nur Schweiß, Unmengen von Schweiß. Man schwitzt eben unmäßig, wenn man an einem heißen Sommertag eine Eisenrüstung trägt. Nach dem Schweiß fiel mir jedoch gleich auf, wie freundlich er dreinblickte. Zu Arthur faßte man auf den ersten Blick Vertrauen. Deswegen gefiel er den Frauen ja auch so – nicht weil er so gut aussah, denn er war nicht übermäßig ansehnlich, sondern weil er jedem mit aufrichtigem Interesse und offensichtlichem Wohlwollen entgegentrat. Er hatte ein starkes, knochiges Gesicht, aus dem Begeisterung sprach, und einen dichten Schopf dunkelbrauner Haare, die, als ich ihn zum erstenmal sah, durch die Lederfütterung seines Helmes schweißnaß an seinem Kopf klebten. Seine Augen waren braun, die Nase war lang, das glattrasierte Kinn kräftig, aber am auffallendsten war sein Mund, der außergewöhnlich groß war und perfekte Zähne aufwies. Er war sehr stolz auf seine Zähne und reinigte sie täglich mit Salz, wenn er welches auftreiben konnte, sonst aber wenigstens mit Wasser. Es war ein großes und starkes Gesicht, aber was mich am tiefsten beeindruckte, das war der verschmitzte Humor in seinen Augen. Arthur strahlte Fröhlichkeit aus. Aus seinem Antlitz sprach eine Lebensfreude, die jeden sofort in den Bann zog. Damals und auch später fiel mir immer wieder auf, daß Männer und Frauen in Arthurs Gegenwart munterer wurden. Alle wurden optimistischer, es wurde mehr gelacht, und wenn er ging, senkte sich Trübsal auf die Menschen herab. Arthur war nicht etwa geistreich, er war kein Geschichtenerzähler, er war einfach Arthur, ein guter Mensch mit ansteckendem Selbstbewußtsein, starkem Willen und eisenharter Entschlossenheit. Diese Härte merkte man ihm nicht sofort an, auch Arthur suchte sie zu ignorieren, aber sie war da. Eine Unzahl von Gräbern auf vielen Schlachtfeldern zeugen davon.

»Gwlyddyn berichtet mir, daß du ein Sachse bist«, hänselte er mich.

»Herr«, war alles, was ich herausbrachte, als ich vor ihm auf die Knie sank.

Er beugte sich herab und hob mich bei den Schultern auf. Sein Griff war fest. »Ich bin kein König, Derfel«, sagte er, »du brauchst nicht vor mir in die Knie zu gehen. Viel eher müßte ich vor dir niederknien, weil du dein Leben aufs Spiel gesetzt hast, um unseren König zu schützen.« Er lächelte. »Dafür danke ich dir.« Er verstand es, einem das Gefühl zu verleihen, daß ihm kein anderer auf der Welt so viel bedeutete wie man selbst, und ich war ihm schon jetzt verfallen. »Wie alt bist du?« fragte er mich.

»Fünfzehn, glaube ich.«

»Aber groß genug, um zwanzig zu sein.« Wieder lächelte er. »Wer hat dich das Kämpfen gelehrt?«

»Hywel«, antwortete ich, »Merlins Verwalter.«

»Aha! Der beste Lehrer! Er hat auch mich einiges gelehrt. Und wie geht es dem guten Hywel?« Er fragte es so eifrig, daß ich weder die Worte noch den Mut fand, ihm zu antworten.

»Er ist tot«, antwortete Morgan an meiner Stelle. »Gundleus hat ihn erschlagen.« Durch den Mundschlitz ihrer Maske spie sie in Richtung auf den gefangenen König, der in einigen Schritten Entfernung festgehalten wurde.

»Hywel – tot?« Diese Frage richtete Arthur an mich und sah mich dabei durchdringend an. Doch als ich nickte und die Tränen zu schlucken versuchte, nahm Arthur mich sofort in die Arme. »Du bist ein tapferer Mann, Derfel«, versicherte er mir, »und ich schulde dir eine Belohnung für die Rettung unseres Königs. Was wünschst du dir?«

»Ich möchte Krieger werden, Lord«, antwortete ich.

Arthur lächelte und trat einen Schritt zurück. »Du bist vom Glück gesegnet, Derfel, denn du bist jetzt schon das, was du dir wünschst. Lord Owain?« Damit wandte er sich an den bulligen, tätowierten Champion. »Könnt Ihr diesen guten sächsischen Krieger brauchen?«

»Das kann ich«, stimmte ihm Owain sofort zu.

»Dann gehört er Euch«, sagte Arthur, aber er mußte meine Enttäuschung gespürt haben, denn er wandte sich noch einmal um und legte mir die Hand auf die Schulter. »Im Moment, Derfel«, sagte er dabei leise, »suche ich Reiter, keine Speerkämpfer. Nimm dir Owain jetzt zum Herrn, denn es gibt keinen Besseren, der dir das Kriegshandwerk beibringen kann.« Mit seiner behandschuhten Hand packte er kurz meine Schulter, dann wandte er sich ab und winkte die beiden Wachen, die neben Gundleus standen, beiseite. Inzwischen hatte sich eine dichte Menge um den gefangenen König versammelt, der unter den Bannern seiner Besieger stand. Auf der Wiese, auf der Arthur nunmehr Gundleus gegenüberstand, mischten sich Arthurs Reiter, die mit Eisenhelmen und eisenbeschlagenem Leder gerüstet und mit Leinen- oder Wollumhängen bekleidet waren, unter Owains Speerkämpfer und die Flüchtlinge vom Tor.

Gundleus straffte sich. Er hatte keine Waffen, aber er ließ sich weder den Stolz nehmen, noch zuckte er zusammen, als Arthur näher kam.

Arthur ging schweigend weiter, bis er nur noch zwei Schritt von dem gefangenen König entfernt war. Die Menge hielt den Atem an. Gundleus stand im Schatten von Arthurs Standarte, die einen schwarzen Bären auf weißem Feld zeigte. Der Bär flatterte zwischen Mordreds zurückerobertem Drachenbanner und Owains Eberstandarte, während Gundleus' Fuchsbanner, von den Siegern bespien, bepißt und zertrampelt, zu Füßen seines Besitzers lag. Gundleus'

Augen weiteten sich ein wenig, als Arthur Excalibur aus der Scheide zog. Der Stahl der Klinge, nicht weniger blank poliert als Arthurs Schuppenpanzer, Helm und Schild, schimmerte bläulich.

Wir alle warteten auf den tödlichen Streich; statt dessen jedoch kniete Arthur nieder und streckte Gundleus Excaliburs Griff entgegen. »Lord König«, sagte er demütig, und die Menge, die Gundleus' Tod erwartet hatte, keuchte erschrocken auf.

Gundleus zögerte einen Herzschlag lang. Dann streckte er die Hand aus, um den Knauf des Schwertes zu berühren. Er sagte kein Wort. Vielleicht war er zu verblüfft, um etwas äußern zu können.

Arthur erhob sich und schob sein Schwert in die Scheide zurück. »Ich habe geschworen, meinen König zu beschützen«, erklärte er, »nicht aber, Könige zu töten. Was mit Euch geschehen soll, Gundleus ap Meilyr, das zu entscheiden steht mir nicht zu. Bis die Entscheidung gefallen ist, werdet Ihr in Gefangenschaft gehalten werden.«

»Und wer fällt diese Entscheidung?« wollte Gundleus wissen. Arthur zögerte, da er es offensichtlich nicht wußte. Viele unserer Krieger verlangten lautstark Gundleus' Tod, Morgan drängte ihren Bruder, Norwenna zu rächen, während Nimue kreischend verlangte, man solle den gefangenen König ihrer Rache ausliefern. Aber Arthur schüttelte den Kopf. Sehr viel später erklärte er mir, Gundleus sei ein Cousin von Gorfyddyd, König von Powys, und sein Tod daher keine Frage der Rache, sondern der Politik. »Ich wollte Frieden schließen, und aus Rache entsteht nur selten Frieden«, gestand er mir, »aber vermutlich hätte ich ihn doch töten sollen. Obwohl das nicht viel verändert hätte.« In diesem Moment jedoch, als er im Licht der untergehenden Sonne am Fuß von Caer Cadarn vor Gundleus stand, erklärte er nur, Gundleus' Schicksal liege in der Hand des Rates von Dumnonia.

»Und was ist mit Ladwys?« fragte Gundleus und deutete auf die hochgewachsene, bleiche Frau, die mit angstverzerrtem Gesicht hinter ihm stand. »Ich verlange, daß man ihr gestattet, bei mir zu bleiben«, ergänzte er.

»Die Hure gehört mir!« erklärte Owain grollend. Ladwys schüttelte den Kopf und schob sich näher an Gundleus heran.

»Sie ist meine Gemahlin!« protestierte Gundleus, an Arthur gewandt, und bestätigte damit das alte Gerücht, er habe seine niedriggeborene Buhle tatsächlich geheiratet. Was aber zugleich bedeutete, daß seine Vermählung mit Norwenna ungültig war, obwohl diese Sünde in Anbetracht dessen, was er ihr sonst noch angetan hatte, wahrhaftig kaum ins Gewicht fallen konnte.

»Gemahlin oder nicht«, widersprach Owain, »sie gehört mir.« Er spürte Arthurs Zögern. »Wenigstens bis der Rat anders entscheidet«, setzte er hinzu, bewußt auf Arthurs Bezugnahme auf jene höhere Autorität hinweisend.

Owains Forderung schien Arthur zu beunruhigen, aber sein Status in Dumnonia war immer noch recht unsicher. Er war zwar zu Mordreds Protektor und einem Kriegsherrn des Königreichs ernannt worden, hatte damit jedoch keine Owain überlegene Autorität erlangt. Wir alle hatten erlebt, wie Arthur nach dem Scharmützel mit den Siluriern die Führung ergriffen hatte, aber indem Owain Ladwys als Sklavin für sich beanspruchte, hatte er Arthur daran erinnert, daß sie, was ihre Macht betraf, einander ebenbürtig waren. Es war ein peinlicher Augenblick, bis Arthur Ladwys der Einheit von Dumnonia opferte. »Owain hat entschieden«, sagte er zu Gundleus; dann wandte er sich ab, damit er nicht Zeuge der Wirkung seiner Worte auf das Liebespaar werden mußte. Ladwys schrie ihren Protest lautstark hinaus, verstummte aber, als einer von Owains Männern sie davonschleppte.

Tanaburs lachte über Ladwys' Verzweiflung. Da er ein Druide war, würde ihm niemand etwas antun. Er war kein Gefangener und konnte sich ungehindert entfernen, obwohl er den Ort ohne Nahrung, Segen und Gesellschaft verlassen mußte. Ermutigt vom Verlauf dieses Tages, konnte ich ihn jedoch nicht laufen lassen, ohne ein Wörtchen mit ihm zu reden. Ich folgte ihm über die Wiese, die mit den Toten der Silurier bedeckt war. »Tanaburs!« rief ich ihm nach.

Der Druide wandte sich um und sah, wie ich mein Schwert zog. »Vorsicht, Junge«, sagte er und warnte mich mit einem Zeichen seines mondgekrönten Stabes.

Ich hätte Angst empfinden müssen, war aber von einem ganz neuen Kriegerstolz erfüllt, als ich dicht auf ihn zutrat und mit der Spitze meines Schwertes mitten in seine struppigen Barthaare zielte.

Als ihn der Stahl berührte, zuckte sein Kopf zurück, so daß die gelben Knochen in seinen Haaren klapperten. Sein altes Gesicht war zerfurcht und fleckig, die Augen gerötet, die Nase schief. »Ich sollte Euch umbringen«, sagte ich.

Er lachte. »Dann wird dich der Fluch Britanniens verfolgen. Nie wird deine Seele die Anderwelt erreichen, ungekannte und ungezählte Qualen wirst du erleiden, und ich werde deren Auslöser sein.« Damit spie er mich an und versuchte, die Schwertklinge aus seinem Bart zu entfernen, ich aber packte den Griff nur um so fester, und als er erkannte, wie stark ich war, zeigte seine Miene plötzlich Besorgnis.

Ein paar neugierige Zuschauer waren mir gefolgt, und einige von ihnen warnten mich vor dem grausigen Geschick, das mich erwartete, wenn ich einen Druiden tötete. Ich hatte gar nicht die Absicht, den Alten umzubringen. Ich wollte ihm nur einen Schrecken einjagen. »Vor ungefähr zehn Jahren«, begann ich, »seid Ihr auf Madogs Pachtgut gekommen.« Madog war der Mann, der meine Mutter als Sklavin gehalten und dessen Hof der junge Gundleus überfallen hatte.

Tanaburs nickte; er erinnerte sich also an den Überfall. »Das stimmt. Ein guter Tag. Wir haben viel Gold erbeutet«, sagte er, »und viele Sklaven.«

»Und Ihr habt eine Todesgrube angelegt«, ergänzte ich.

»Na und?« Er zuckte die Achseln; dann grinste er mich höhnisch an. »Wir mußten den Göttern für diesen glücklichen Tag danken.«

Ich lächelte und kitzelte seine magere Kehle mit meiner Schwertspitze. »Aber ich habe überlebt, Druide. Ich habe überlebt!«

Es dauerte einige Sekunden, bis Tanaburs begriff, was ich soeben gesagt hatte. Dann erbleichte er und begann zu zittern, denn ihm war klar, daß ich allein in ganz Britannien die Macht besaß, ihn zu töten. Er hatte mich den Göttern geopfert, hatte sich jedoch nicht vergewissert, daß sein Opfer tot war, und wegen dieser Fahrlässigkeit hatten die Götter die Macht über sein Leben in meine Hände gelegt. Angstvoll schrie er auf, denn er war überzeugt, daß meine Klinge seine Kehle durchbohren werde. Statt dessen zog ich den Stahl aus seinem zerzausten Bart zurück und lachte ihn aus, während er kehrtmachte und über die Wiese davonstolperte. Er hatte es eilig, mir zu entkommen. Kurz bevor er den Wald erreichte, in den sich eine Handvoll silurischer Überlebender geflüchtet hatte, wandte er sich jedoch noch einmal um und zeigte mit seiner knochigen Hand auf mich. »Deine Mutter lebt, Junge!« schrie er laut. »Sie lebt!« Dann war er verschwunden.

Ich blieb offenen Mundes, mit dem Schwert in der herabhängenden Hand, zurück. Nicht etwa, daß ich von irgendeinem Gefühl überwältigt wurde: Ich konnte mich kaum an meine Mutter erinnern, und schon gar nicht daran, daß wir einander geliebt hätten – aber allein der Gedanke, daß sie noch lebte, erschütterte meine Welt nicht weniger heftig als die Zerstörung von Merlins Halle am Vormittag. Dann schüttelte ich den Kopf. Wie kam es, daß Tanaburs sich an eine einzige von so vielen Sklavinnen erinnerte? Bestimmt war seine Behauptung falsch, einfach nur Worte, um mich zu beunruhigen, weiter nichts. Also steckte ich mein Schwert in die Scheide und machte mich langsam auf den Rückweg zur Burg.

Gundleus wurde in einem Gemach neben der großen Halle von Caer Cadarn unter Arrest gestellt. An diesem Abend gab es eine Art Festmahl, nur daß die Fleischportionen, weil sich so viele Menschen in der Burg aufhielten, recht klein geraten und viel zu hastig gekocht worden waren. Ein großer Teil der Nacht verging mit der Begrüßung alter Freunde und dem Austausch der neuesten Informationen über Britannien und Armorica, denn viele von Arthurs Anhängern stammten ursprünglich aus Dumnonia oder einem anderen britischen Königreich. Von all den Namen, die Arthurs Männer trugen, schwirrte mir bald der Kopf, denn es gehörten mehr als siebzig Berittene zu seiner Truppe, und außerdem gab es Pferdeknechte, Knappen, Frauen und ein ganzes Rudel Kinder. Mit der Zeit sollten mir die Namen von Arthurs Kriegern geläufig werden, in jener Nacht aber bedeuteten sie mir nichts: Dagonet, Aglaval, Cei, Lanval, die Brüder Balan und Balin, Gawain und Agravain, Blaise, Illtyd, Eiddilig, Bedwyr. Leicht merken konnte ich mir Morfans, denn er war der häßlichste Mann, den ich jemals gesehen hatte – so häßlich, daß er schon wieder stolz auf sein verunstaltetes Aussehen war, auf seinen Kropf, die Hasenscharte und das mißgebildete Kinn. Außerdem fiel mir Sagramor auf, denn er war schwarz, und schwarze Männer hatte ich noch nie gesehen, ja nicht einmal an ihre

Existenz geglaubt. Er war hochgewachsen, mager und mürrisch-lakonisch, doch wenn man ihn überreden konnte, in seinem Englisch mit dem grauenhaften Akzent eine Geschichte zu erzählen, konnte er eine ganze Halle in seinen Bann schlagen.

Und auch Ailleann fiel mir natürlich auf. Sie war schlank, schwarzhaarig, ein paar Jahre älter als Arthur, mit einem schmalen, ernsten und sanften Gesicht, das ihr den Ausdruck großer Weisheit verlieh. An jenem Abend war sie fürstlich herausgeputzt. Ihr Gewand war aus Leinen, das man mit Eisenerde rostrot gefärbt hatte. Es wurde von einer schweren Silberkette zusammengehalten und hatte lange, weite Ärmel, die am Saum mit Otterpelz besetzt waren. Sie trug einen glänzenden Torques aus schwerem Gold um den Hals, goldene Armreifen an den Handgelenken und eine emaillierte Brosche mit Arthurs Bärensymbol an der Brust. Sie bewegte sich graziös, sprach wenig und beobachtete Arthur fürsorglich. Ich dachte, sie müsse eine Königin oder mindestens eine Prinzessin sein, nur daß sie wie eine gemeine Dienerin Schüsseln mit Speisen und Krüge voll Met hereintrug.

»Ailleann ist eine Sklavin, Junge«, erklärte mir Morfans der Häßliche. Er hockte mir auf dem Fußboden der Halle gegenüber und hatte gesehen, wie aufmerksam ich die hochgewachsene Frau beobachtete, während sie sich aus dem Lichtschein der Feuer in die flackernden Schatten der Halle zurückzog.

»Wessen Sklavin?« wollte ich wissen.

»Was meinst du wohl?« gab er zurück und schob sich eine Schweinerippe in den Mund und benutzte seine zwei verbliebenen Zähne, um das saftige Fleisch vom Knochen zu ziehen. »Arthurs«, antwortete er, nachdem er den Knochen einem der zahlreichen Hunde in der Halle zugeworfen hatte. »Und sie ist natürlich nicht nur seine Sklavin, sondern auch seine Geliebte.« Er rülpste und trank aus einem Methorn. »König Budic, sein Schwager, hat sie ihm geschenkt. Das war vor langer Zeit. Sie ist ein gutes Stück älter als Arthur, und Budic hat bestimmt nicht gedacht, daß er sie lange behalten würde, aber wenn Arthur einmal Zuneigung zu einem Menschen gefaßt hat, dann scheint das für die Ewigkeit zu sein. Das da drüben sind seine Zwillingssöhne.« Mit seinem fettglänzenden Bart wies er zum Hintergrund der Halle, wo zwei mürrische Knaben von ungefähr neun Jahren mit ihren Essensschalen auf dem Boden hockten.

»Arthurs Söhne?« fragte ich.

»Was denn sonst«, antwortete Morfans verächtlich. »Amhar und Loholt heißen sie, und ihr Vater vergöttert sie. Nichts ist gut genug für diese kleinen Bastarde, und genau das sind sie, Junge – Bastarde. Echte Taugenichtse von Bastarden.« Aus seinem Ton sprach unverhohlener Haß. »Ich sage dir, Junge, Arthur ap Uther ist ein großartiger Mann. Er ist der beste Soldat, den ich jemals kennengelernt habe, der großzügigste Mensch und der gerechteste Lord, aber wenn es um den Nachwuchs geht – das könnt' ich besser mit 'ner Sau als Mutter.«

Wieder blickte ich zu Ailleann hinüber. »Sind die beiden vermählt?«

Morfans lachte. »Natürlich nicht! Aber vergiß nicht, sie hat ihn während der letzten zehn Jahre glücklich gemacht. Doch es ist nur eine Frage der Zeit, bis er sie fortschickt, genau wie sein Vater seine Mutter fortgeschickt hat. Arthur wird eine Frau von fürstlichem Geblüt ehelichen, und die wird nicht halb so sanftmütig sein wie Ailleann, aber so ist das nun mal mit Männern wie Arthur: Sie müssen sich gut vermählen. Nicht so wie du und ich, mein Junge. Wir können heiraten, wen wir wollen, solange das Mädchen nicht königlicher Abstammung ist. Hör dir das an!« Er grinste, weil in der Nacht draußen vor der Halle eine Frau zu schreien begann.

Owain hatte die Halle verlassen und erteilte Ladwys augenscheinlich eine Lektion im Hinblick auf ihre neuen Pflichten. Arthur zuckte bei dem Geschrei zusammen, und Ailleann hob den eleganten Kopf und warf ihm stirnrunzelnd einen Blick zu, aber der einzige andere Mensch in der Halle, der von Ladwys' Not Notiz zu nehmen schien, war Nimue. Ihr bandagiertes Gesicht wirkte eingefallen und traurig, bei dem Schrei aber begann sie zu lächeln, weil sie daran dachte, welch tiefen Schmerz er Gundleus zufügen würde. Es war kein Funken Vergebung in Nimue, nicht der geringste. Sie hatte Arthur und Owain schon um Erlaubnis gebeten, Gundleus persönlich töten zu dürfen. Man hatte ihr die Bitte abgeschlagen, aber solange Nimue lebte, würde Gundleus wissen, was Angst ist.

Am folgenden Tag führte Arthur einen Trupp Reiter nach Ynys

Wydryn, und als er am Abend zurückkehrte, berichtete er, daß Merlins Halle in Schutt und Asche gelegt worden sei. Außerdem brachten die Reiter den armen, wahnsinnigen Pellinore und den empörten Druidan mit, der sich in einem Brunnen der Mönche vom Heiligen Dornbusch versteckt hatte. Arthur erklärte, er werde Merlins Halle wiederaufbauen, doch keiner von uns wußte, wie er das ohne Geld und eine Armee von Arbeitern anstellen wollte. Gwlyddyn wurde offiziell zu Mordreds königlichem Baumeister ernannt und erhielt Befehl, unverzüglich mit dem Fällen der Bäume für den Wiederaufbau zu beginnen. Pellinore wurde in einen leeren, aus Stein erbauten Lagerraum gesperrt, der zur römischen Villa in Lindinis gehörte, jenem Dorf, in dem die Frauen, Kinder und die Sklaven von Arthurs Männern Unterkunft fanden. Arthur organisierte alles. Er war ein ruheloser Mensch, der es haßte, untätig zu sein, und in jenen ersten Tagen nach Gundleus' Gefangennahme arbeitete er vom Morgengrauen bis lange nach Einbruch der Abenddämmerung. Den größten Teil der Zeit verbrachte er mit der Versorgung seiner Gefolgsleute; er mußte ihnen königliches Land zuweisen und Häuser für ihre Familien aufbauen lassen, und das alles, ohne die Menschen zu benachteiligen, die bereits in Lindinis lebten. Die Villa, die Uther gehört hatte, beanspruchte Arthur für sich selbst. Keine Arbeit war ihm zu gering, und eines Vormittags sah ich ihn sogar, wie er sich mit einer großen Bleiplatte abmühte. »Komm, hilf mir mal, Derfel!« rief er mir zu. Es schmeichelte mir, daß er meinen Namen behalten hatte, und ich eilte hinüber, um ihm beim Tragen der unhandlichen Last behilflich zu sein. »Ziemlich selten, dieses Zeug«, sagte er fröhlich. Sein Oberkörper war nackt, und seine Haut war von dem Blei verfärbt, das er in Streifen schneiden und zum Auskleiden der steinernen Rinne benutzen wollte, durch die früher einmal Wasser von einer Quelle ins Innere der Villa geleitet worden war. »Die Römer haben das ganze Blei mitgenommen, als sie abzogen«, erklärte er mir, »deswegen funktionierten die Wasserleitungen nicht. Wir müssen die Minen wieder in Gang setzen.« Er ließ sein Ende der Bleiplatte fallen und trocknete sich die Stirn. »Die Minen wieder in Gang setzen, die Brücken wiederaufbauen, die Furten pflastern, die Schleusen ausbaggern und eine Möglichkeit finden, die Sais zum Rückzug in ihre Heimat zu bewegen. Das reicht wohl als Lebensaufgabe für einen Mann, meinst du nicht?«

»Jawohl, Lord«, antwortete ich verunsichert und fragte mich, warum ein Kriegsherr sich mit der Reparatur von Wasserleitungen abgab. Ein wenig später am Tag sollte der Rat zusammentreten, und ich hatte gedacht, Arthur hätte genug mit den Vorbereitungen dafür zu tun, aber er schien sich weit mehr für das Blei zu interessieren als für die Staatsgeschäfte.

»Ich weiß nicht, ob man Blei zersägt oder mit einem Messer schneidet«, erklärte er kleinlaut. »Dabei müßte ich es wissen. Ich werde Gwlyddyn fragen. Der scheint immer alles zu wissen. Wußtest du, daß man Baumstämme umgekehrt aufstellt, wenn man sie als Säulen benutzt?«

»Nein, Lord.«

»Dadurch verhindert man, daß die Feuchtigkeit aufsteigt, und schützt das Holz vor dem Verfaulen. Das weiß ich von Gwlyddyn. Ich mag diese Art von Wissen. Ein gutes, praktisches Wissen von der Art, die die Welt zusammenhält.« Grinsend sah er mich an. »Also, wie gefällt dir Owain?« fragte er dann.

»Er ist gut zu mir, Lord«, antwortete ich, durch die Frage in Verlegenheit geraten. In Wirklichkeit hatte ich immer noch ein wenig Angst vor Owain, obwohl er sich mir gegenüber nie unfreundlich zeigte.

»Das möchte ich ihm auch geraten haben«, sagte Arthur. »Jeder Führer ist auf seinen guten Ruf angewiesen, und der hängt weitgehend davon ab, daß er gute Männer in seiner Truppe hat.«

»Aber ich würde viel lieber Euch dienen, Lord«, stieß ich mit jugendlicher Tapferkeit hervor.

Er lächelte. »Das wirst du auch, Derfel, das wirst du. Zu gegebener Zeit. Wenn du deine Probezeit als Kämpfer bei Owain bestanden hast.« Seine Bemerkung klang eher beiläufig, später jedoch fragte ich mich, ob er wohl vorhergesehen hatte, was geschehen sollte. Letztlich bestand ich Owains Probezeit, aber sie war unendlich schwer, und möglicherweise wollte Arthur, daß ich diese Lektion lernte, bevor er mich in seine Truppe aufnahm. Er beugte sich wieder über die Bleiplatte, richtete sich aber sofort auf, als lautes Geheul durch das schäbige Bauwerk tönte. Es war Pellinore, der gegen seine Gefangenschaft protestierte. »Owain findet, wir sollten den armen Pell auf die Toteninsel schicken«, sagte Arthur und meinte damit jene Insel, auf welche die gewalttätigen Wahnsinnigen verbannt wurden. »Was meinst du?«

Ich war so verblüfft über diese Frage, daß ich erst einmal gar nichts sagte. Dann erklärte ich stammelnd, daß Merlin Pellinore liebe, daß Merlin ihn unter den Lebenden behalten wolle und daß ich fände, man müsse Merlins Wunsch respektieren. Arthur hörte mir ernsthaft zu und schien mir für meinen Rat sogar dankbar zu sein. Natürlich brauchte er ihn nicht, sondern wollte mir nur das Gefühl geben, geschätzt zu werden. »Dann soll Pellinore hierbleiben, Junge«, sagte er. »Und nun greif dir das andere Ende. Hebt – an!«

Am folgenden Tag wurde es leer in Lindinis. Morgan und Nimue kehrten nach Ynys Wydryn zurück, wo sie den Tor wiederaufbauen wollten. Nimue wehrte meinen Abschiedsgruß ab; ihr Auge schmerzte noch, sie war verbittert und verlangte nichts anderes mehr vom Leben als die Rache an Gundleus, und die versagte man ihr. Arthur zog mit seinen Reitern gen Norden, um Tewdrics Truppen an der Nordgrenze von Gwent zu verstärken, während ich bei Owain blieb, der sich in Caer Cadarns großer Halle niedergelassen hatte. Ich war zwar jetzt ein Krieger, da es in jenem Hochsommer jedoch wichtiger war, die Ernte einzubringen, als auf den Wällen der Burg Wache zu stehen, ließ ich tagelang Schwert, Helm, Schild und ledernen Brustharnisch, den ich von einem toten Silurier geerbt hatte, zu Hause und ging auf die Felder des Königs, um zusammen mit den Leibeigenen Roggen, Gerste und Weizen einzubringen. Es war Schwerstarbeit. Sie wurde mit einer kurzen Sichel verrichtet, die ständig an einem Wetzstein geschliffen werden mußte: einem Holzstab, der zunächst in Schweinefett getaucht und anschließend mit feinem Sand überzogen wurde, welcher der Sichelschneide die notwendige Schärfe verlieh. Nur wurde die Schneide nie scharf genug für mich, und obwohl ich in bester körperlicher Verfassung war, bekam ich von dem ständigen Bücken und Ausreißen Rückenschmerzen und Muskelkater. Auf dem Tor hatte ich nie so hart arbeiten müssen, aber schließlich hatte ich Merlins privilegierte Welt verlassen und gehörte nunmehr zu Owains Truppe.

Wir schichteten die Garben des geschnittenen Getreides auf den Feldern auf und karrten dann riesige Haufen Roggenstroh nach Caer Cadarn und Lindinis. Mit dem Stroh wurden Reetdächer repariert und Matratzen frisch gefüllt, so daß unsere Betten ein paar wundervolle Tage lang von Läusen und Flöhen verschont blieben, doch leider währte dieser Segen nicht lange. In dieser Zeit wuchs mir zum erstenmal ein Bart, eine dünne, goldblonde Zier, auf die ich übermäßig stolz war. Obwohl ich die Tage mit Knochenarbeit auf den Feldern verbrachte, mußte ich an jedem Abend noch zwei Stunden militärische Übungen über mich ergehen lassen. Hywel war mir ein guter Lehrmeister gewesen, aber Owain verlangte mehr von mir. »Dieser Silurier, den du getötet hast«, sagte Owain eines Abends zu mir, als ich nach einem Waffengang mit dem Fechtstock gegen einen Krieger namens Mapon schwitzend auf den Wällen von Caer Cadarn hockte, »ich wette einen Monatslohn gegen eine tote Maus, daß du ihn mit der Schwertschneide getötet hast.« Natürlich nahm ich die Wette nicht an, sondern bestätigte, daß ich das Schwert tatsächlich wie eine Axt benutzt hatte. Owain lachte; dann entließ er Mapon mit einem Wink. »Hywel hat allen beigebracht, mit der Schwertschneide zu kämpfen«, fuhr Owain fort. »Sieh dir Arthur an, wenn er das nächstemal kämpft. Swisch, swasch, wie ein Heumacher, der möglichst noch vor dem Regen fertig werden will.« Er zog sein eigenes Schwert. »Die Spitze mußt du benutzen, Junge«, erklärte er mir. »Immer die Spitze. Damit tötest du viel schneller.« Er machte einen Ausfall gegen mich, der mich zwang, hastig zu parieren. »Wenn du die Schneide des Schwertes benutzt«, fuhr er fort, »dann heißt das, daß du dich auf freiem Feld befindest. Der Schildwall ist durchbrochen, und wenn es dein Schildwall ist, der durchbrochen wurde, bist du ein toter Mann, da kannst du als Schwertkämpfer so gut sein, wie du willst. Doch wenn der Schildwall hält, bedeutet das, daß ihr Schulter an Schulter steht und du keinen Platz hast, dein Schwert zu schwingen; du kannst nur zustoßen.« Wieder machte er einen Ausfall, und ich mußte parieren. »Warum, glaubst du, haben die Römer kurze Schwerter?« fragte er mich.

»Keine Ahnung, Lord.«

»Weil man mit einem Kurzschwert besser zustoßen kann als mit einem langen, deswegen«, sagte er. »Ich will dich hier nicht überreden, dir ein anderes Schwert zuzulegen, aber vergiß nie, daß du zustoßen mußt. Die Spitze gewinnt immer – immer!« Er wandte sich ab, nur um sofort wieder herumzuwirbeln und mit dem Schwert zuzustoßen, doch irgendwie gelang es mir, seine Klinge mit dem schwerfälligen Fechtstock beiseite zu schlagen. Owain grinste. »Du bist schnell«, lobte er mich, »und das ist gut. Du wirst es schaffen, Junge, solange du nüchtern bleibst.« Er steckte sein Schwert in die Scheide und richtete den Blick gen Osten. Er hielt nach den fernen Rauchfahnen Ausschau, die auf Überfälle von feindlichen Truppen schließen ließen, aber auch für die Sachsen war jetzt Erntezeit, und ihre Soldaten hatten Besseres zu tun, als über feindliche Grenzen vorzudringen. »Was hältst du von Arthur, Junge?« fragte Owain mich urplötzlich.

»Ich mag ihn«, antwortete ich hilflos, da mich seine Frage nicht weniger verlegen machte als Arthurs Frage nach Owain.

Owain wandte den schweren, zottigen Kopf, der so sehr an seinen alten Freund Uther erinnerte, langsam zu mir um. »O ja, man kann ihn wirklich mögen«, räumte er widerwillig ein. »Ich habe Arthur immer gemocht. Alle mögen Arthur, aber die Götter wissen, ob irgend jemand ihn versteht. Außer Merlin. Glaubst du, daß Merlin noch am Leben ist?«

»Ich weiß es«, gab ich heftig zurück, obwohl ich das wirklich nicht wissen konnte.

»Gut«, sagte Owain. Da ich vom Tor kam, nahm Owain an, daß ich mit Magie vertraut sei und Dinge wissen müsse, die anderen Menschen verborgen waren. Außerdem hatte sich unter seinen Kriegern die Nachricht verbreitet, daß ich der Todesgrube eines Druiden entkommen war, und das machte mich in ihren Augen sowohl zu einem vom Glück begünstigten als auch zu einem glückbringenden Mann. »Ich mag Merlin«, fuhr Owain fort, »obwohl er Arthur dieses Schwert gegeben hat.«

»Caledfwlch?« fragte ich zurück, Excaliburs richtigen Namen benutzend.

»Das wußtest du nicht?« fragte Owain verwundert. Er hatte die Überraschung in meinem Ton bemerkt, aber das war kein Wunder, denn Merlin hatte mir gegenüber niemals ein so großzügiges Geschenk erwähnt. Gewiß, er hatte manchmal von Arthur erzählt, den er während der kurzen Zeit kennengelernt hatte, die Arthur an Uthers Hof verbrachte, hatte dabei jedoch stets einen liebevoll-geringschätzigen Ton angeschlagen, so als handelte es sich um einen etwas schwerfälligen, doch willigen Schüler, der sich später weit besser entwickelt hatte, als Merlin erwarten konnte; die Tatsache aber, daß er Arthur das berühmte Schwert geschenkt hatte, ließ darauf schließen, daß Merlin eine weit höhere Meinung von ihm hegte, als er nach außen hin erkennen ließ.

»Caledfwlch«, erklärte mir Owain, »wurde von Gofannon in der Anderwelt geschmiedet.« Gofannon war der Gott der Schmiedekunst. »Merlin hat es in Irland gefunden«, fuhr Owain fort, »wo das Schwert Cadalcholg hieß. Bei einem Traumwettbewerb hat er es einem Druiden abgewonnen. Die irischen Druiden sagen, wenn der Mann, der Cadalcholg trägt, in einer verzweifelten Lage ist, kann er das Schwert in den Erdboden stoßen, und Gofannon wird die Anderwelt verlassen und ihm zu Hilfe eilen.« Er schüttelte den Kopf – nicht etwa ungläubig, sondern staunend. »Warum wohl hat Merlin Arthur ein solches Geschenk gemacht?«

»Warum nicht?« entgegnete ich vorsichtig, denn ich spürte, daß Neid in Owains Frage lag.

»Weil Arthur nicht an die Götter glaubt«, antwortete Owain, »deswegen. Er glaubt nicht mal an diesen Schlappschwanz von Gott, den die Christen anbeten. Soweit ich feststellen konnte, glaubt Arthur an gar nichts, höchstens an seine riesigen Schlachtrösser, und die Götter allein wissen, welchem irdischen Nutzen die dienen.«

»Sie wirken einschüchternd«, wandte ich ein, weil ich Arthur verteidigen wollte.

»O ja, einschüchternd«, stimmte Owain zu. »Aber nur, wenn man niemals zuvor eins gesehen hat. Dafür sind sie langsam, brauchen doppelt oder dreimal so viel Futter wie ein richtiges Pferd, zwei Pferdeknechte, ihre Hufe spalten sich wie warme Butter, wenn man ihnen nicht diese schweren Eisen an die Füße schnallt, und einen Schildwall angreifen wollen sie auch nicht.«

»Nein?«

»Das will kein Pferd«, bestätigte Owain verächtlich. »Wenn man standhält, wird jedes Pferd auf der Welt vor einer Reihe starrer

Speere scheuen. Pferde sind nichts wert im Krieg, Junge. Sie können höchstens die Kundschafter sehr schnell sehr weit tragen.«

»Aber warum ...«, begann ich.

»Weil es bei einer Schlacht darum geht, Junge«, kam Owain meiner Frage zuvor, »den Schildwall des Feindes zu durchbrechen. Alles andere ist einfach, und Arthurs Pferde können ganze Schlachtreihen in die Flucht schlagen, aber die Zeit wird kommen, da der Feind standhält, und dann mögen die Götter diesen Pferden helfen. Und mögen die Götter auch Arthur helfen, wenn er jemals von seinem riesigen Haufen Pferdefleisch fällt und in seiner Fischrüstung zu Fuß zu kämpfen versucht. Das einzige Metall, das ein Krieger braucht, ist sein Schwert und das Stück Eisen an der Spitze seines Speers, alles andere ist nichts als Ballast, Junge, nutzloser Ballast.« Er starrte in den Festungshof hinab, wo sich Ladwys an den Gitterzaun um Gundleus' Kerker klammerte. »Arthur wird nicht lange hierbleiben«, verkündete er zuversichtlich. »Eine Niederlage, und er segelt nach Armorica zurück, wo sich die Leute von seinen großen Rössern, der Fischrüstung und dem prunkvollen Schwert beeindrucken lassen.« Er spie aus, und mir wurde klar, daß es trotz Owains ausdrücklich bekundeter Zuneigung zu Arthur noch etwas anderes gab, etwas, das tiefer ging als bloße Eifersucht. Owain wußte, daß er einen Rivalen hatte, wartete aber vorerst einmal ab, und Arthur tat es ihm vermutlich gleich. Diese gegenseitige Abneigung machte mir Sorgen, denn ich mochte beide Männer. Owain lächelte über Ladwys' Kummer. »Sie ist ein treues Miststück, das muß man ihr lassen«, sagte der bullige Mann, »aber ich werde sie schon noch kleinkriegen. Ist das deine Frau?« Damit nickte er zu Lunete hinüber, die einen Ledereimer voll Wasser zu den Hütten der Krieger trug.

»Ja«, bekannte ich und errötete. Lunete war, wie mein jüngst sprießender Bart, ein Zeichen von Männlichkeit, und beide trug ich noch etwas unbeholfen. Lunete hatte sich entschieden, bei mir zu bleiben, statt mit Nimue zu dem zurückzukehren, was von Ynys Wydryn übriggeblieben war. Diese Entscheidung hatte Lunete allein getroffen, und ich fühlte mich im Hinblick auf unsere Beziehung immer noch unsicher, obwohl Lunete, was unser Zusammenleben betraf, von keinerlei Zweifeln geplagt zu werden schien. Sie hatte einen Winkel der Hütte mit Beschlag belegt, ihn ausgefegt, mit ein paar Weidenhürden abgegrenzt und sprach inzwischen offen über unsere gemeinsame Zukunft. Ich hatte gedacht, sie würde bei Nimue bleiben wollen, doch seit ihrer Vergewaltigung war Nimue still und in sich gekehrt. Ja, richtig feindselig war sie geworden und redete mit keinem, es sei denn, um ein Gespräch abzuwehren. Morgan kümmerte sich um ihr Auge, und derselbe Goldschmied, der Morgans Maske geschaffen hatte, erbot sich, eine Goldkugel anzufertigen, die ihr den verlorenen Augapfel ersetzen sollte. Genau wie wir anderen fürchtete sich Lunete inzwischen ein wenig vor dieser neuen, bitteren, bissigen Nimue.

»Ein hübsches Mädchen«, sagte Owain widerwillig über Lunete, »aber die Mädchen leben nur aus einem einzigen Grund mit Kriegern zusammen, Junge: Sie wollen reich werden. Also sieh zu, daß du sie bei Laune hältst, sonst wird sie dir, so wahr ich hier stehe, das Leben schwermachen.« Er wühlte in den Taschen seiner Jacke und zog einen schmalen Goldring hervor. »Den gibst du ihr«, befahl er mir.

Ich stammelte meinen Dank. Man erwartete von Soldatenführern, daß sie ihren Gefolgsleuten Geschenke machten, ein solcher Ring aber war eine wahrhaft großzügige Gabe, denn ich hatte bisher noch keinen Kampf als Owains Gefolgsmann bestanden. Lunete freute sich über den Ring, den sie, zusammen mit einem Silberdraht vom Knauf meines Schwertes, als Grundstein für ihren persönlichen Schatz betrachtete. Sie ritzte ein Kreuz in die abgenutzte Fläche des Rings – nicht etwa, weil sie Christin war, sondern weil das Kreuz ihn zum Liebesring und zum Beweis dafür machte, daß sie vom Mädchen zur Frau geworden war. Auch manche Männer trugen Liebesringe, aber ich sehnte mich nach den schlichten Eisenringen, die sich siegreiche Krieger aus den Speerspitzen ihrer unterlegenen Feinde schmiedeten. Owain trug eine ganze Reihe solcher Ringe im Bart, und viele weitere schmückten seine Finger. Arthur dagegen trug, wie ich festgestellt hatte, keinen einzigen.

Sobald die Ernte von den Feldern rings um Caer Cadarn eingebracht worden war, marschierten wir durch ganz Dumnonia, um den königlichen Anteil einzutreiben. Wir besuchten Vasallenkönige und Häuptlinge und wurden ständig von einem Schreiber aus Mordreds Schatzamt begleitet, der die Höhe der Steuern ausrechnete. Die Vorstellung, daß Mordred jetzt König war und wir nicht mehr Uthers Schatzkammern füllten, war seltsam, aber sogar ein Kindkönig brauchte Geld, um sowohl Arthurs Reiter als auch die vielen anderen Soldaten zu bezahlen, die Dumnonias Grenzen sicherten. Einige von Owains Männern wurden ausgeschickt, um die ständigen Wachmannschaften in Gereints Grenzfestung in Durocobrivis zu verstärken, während wir anderen für eine Weile zu Steuereinnehmern wurden.

Ich staunte, daß Owain, der doch für seine Liebe zum Kriegshandwerk berühmt war, weder mit nach Durocobrivis zog noch nach Gwent zurückkehrte, sondern sich an der alltäglichen Aufgabe der Steuerberechnung beteiligte. Mir selbst kam diese Arbeit knechtisch vor, aber ich war nichts als ein flaumbärtiger Knabe, dem Owains Gedankengänge ein Rätsel waren.

Steuern waren für Owain offenbar wichtiger als alle Sachsen. Steuern waren, wie ich noch lernen sollte, die beste Quelle des Reichtums für Männer, die nicht arbeiten wollten, und die Steuersaison nach Uthers Tod war für Owain *die* Gelegenheit. Um die Abgaben niedrig zu halten, meldete er von Hof zu Hof eine sehr schlechte Ernte, während er seine eigene Börse mit den Bestechungsgeldern füllte, die er für seine falschen Berichte erhielt. Seltsamerweise äußerte er sich recht offen über diese Geschäfte. »Bei Uther wäre ich nicht damit durchgekommen«, erklärte er mir eines Tages, als wir entlang der Südküste auf die römische Stadt Isca zumarschierten. Von dem verstorbenen König sprach er voll Zuneigung. »Uther war ein gerissener alter Bastard und hatte immer eine recht genaue Ahnung von dem, was ihm zustand. Aber was weiß Mordred schon?« Er blickte nach links. Wir überquerten eine weite, kahle Heidelandschaft auf einem großen Hügel und sahen im Süden das Glitzern des leeren Meeres. Dort blies der Wind so kräftig, daß die grauen Wogen weiß gefleckt waren. Weit hinten im Osten, wo ein langer, geschwungener Kiesstrand endete, lag eine mächtige Halbinsel, an der die Wogen vom Wind zu Schaum gepeitscht wurden. Die Halbinsel war fast eine Insel, die mit dem Festland nur durch einen schmalen Damm aus Steinen und Kies verbunden war. »Weiß du, was das ist?« fragte mich Owain und deutete mit dem Kinn hinüber.

»Nein, Lord.«

»Die Toteninsel«, sagte er und spie aus, um das Unglück abzuwenden, während ich innehielt und zu diesem furchtbaren Ort, der Heimstatt dumnonischer Alpträume, hinüberstarrte. Diese Landzunge war die Insel der Wahnsinnigen, jener Ort, an den Pellinore und all die anderen wahnsinnigen und gewalttätigen Seelen gehörten, die im selben Moment, da sie den schwerbewachten Damm betraten, für tot galten. Die Insel stand unter dem Schutz von Crom Dubh, dem finsteren, verkrüppelten Gott, und es gab Leute, die behaupteten, am Ende der Insel liege Cruachans Höhle, das Tor zur Anderwelt. Angstgelähmt starrte ich hinüber, bis mir Owain die Hand auf die Schulter legte. »Du brauchst dir keine Gedanken über die Toteninsel zu machen, Junge«, versicherte er mir. »Du hast einen wachen Kopf auf den Schultern.« Damit ging er weiter nach Westen. »Wo werden wir heute übernachten?« rief er Lwellwyn zu, dem Schatzamtsschreiber, dessen Maultier die gefälschten Berichte dieses Jahres trug.

»Bei Fürst Cadwy von Isca«, antwortete Lwellwyn.

»Ach ja, Cadwy! Ich mag Cadwy. Was haben wir dem häßlichen Gauner voriges Jahr abgeluchst?«

Lwellwyn brauchte nicht seine Kerbhölzer zu Rate zu ziehen, sondern zählte sofort die Häute, Felle, Sklaven, die Menge der Metallbarren, getrockneten Fische, die Menge an Salz und gemahlenem Getreide auf. »Zumeist hat er jedoch in Gold bezahlt«, ergänzte er.

»Er gefällt mir immer besser!« verkündete Owain. »Worauf werden wir uns einigen, Lwellwyn?«

Lwellwyn schätzte den Betrag auf die Hälfte dessen, was Cadwy im vergangenen Jahr bezahlt hatte, und das war genau der Betrag, auf den man sich vor der Abendmahlzeit in Fürst Cadwys Halle einigte. Es war ein großartiges Anwesen, von den Römern erbaut, mit einem Säulenportikus, der ein langgestrecktes, bewaldetes Tal bis zur Mündung des Exe-Flusses überblickte. Cadwy war ein Fürst der Dumnonii, des Stammes, der unserem Land den Namen gegeben hatte, und als Fürst gehörte Cadwy zum zweithöchsten Rang des Königreichs. Könige gehörten zum höchsten Rang, danach kamen Fürsten wie Gereint und Cadwy oder Vasallenkönige wie Melwas von den Belgern, und schließlich Häuptlinge wie Merlin, obwohl Merlin von Avalon außerdem Druide war und dadurch außerhalb der Rangleiter stand. Cadwy, der sowohl Fürst als auch Häuptling war, regierte einen weitverzweigten Stamm, der alles Land zwischen Isca und der Grenze zu Kernow besiedelte. Es hatte eine Zeit gegeben, da waren alle Stämme Britanniens voneinander abgegrenzt, und ein Mann der Catuvellauner hätte ganz anders ausgesehen als ein Mann der Belger, aber die Römer hatten uns alle ziemlich gleich gemacht. Nur einige Stämme, wie etwa der von Cadwy, hatten sich ihre unverwechselbare Erscheinung bewahrt. Die Männer seines Stammes, die sich den anderen Briten für überlegen hielten, tätowierten sich zum Zeichen ihrer Erhabenheit das Gesicht mit den Symbolen ihres Stammes und ihrer Sippe. Jedes Tal hatte seine eigene Sippe, gewöhnlich nicht mehr als ein Dutzend Familien. Die Rivalität zwischen den Sippen war stark, aber nichts im Vergleich zur Rivalität zwischen Fürst Cadwys Stamm und dem übrigen Britannien. Die Hauptstadt des Stammes war Isca, eine römische Stadt mit festen Mauern und Steinhäusern, die denen in Glevum in nichts nachstanden. Cadwy jedoch zog es vor, außerhalb der Stadt auf seinem eigenen Anwesen zu residieren. Die meisten Stadtbewohner lebten nach römischer Art und verzichteten auf Tätowierungen, außerhalb der Wälle jedoch, in den Tälern von Cadwys Land, auf denen die Hand der Römer niemals besonders schwer gelastet hatte, trug jeder Mann, jede Frau und jedes Kind die blauen Tätowierungen auf den Wangen. Darüber hinaus war es zwar ein sehr reiches Land, aber Fürst Cadwy hatte es sich in den Kopf gesetzt, es noch reicher zu machen.

»In letzter Zeit mal auf dem Moor gewesen?« fragte er Owain an jenem Abend. Es war eine warme, angenehme Nacht, und die Abendmahlzeit war auf dem offenen Portikus serviert worden, der auf Cadwys Ländereien hinausging.

»Noch nie«, antwortete Owain.

Cadwy stieß einen grunzenden Laut aus. Ich hatte ihn bei Uthers Hohem Rat gesehen, hier aber hatte ich zum erstenmal Gelegenheit, den Mann, dessen Aufgabe es war, Dumnonia vor Überfällen aus

Kernow oder dem fernen Irland zu schützen, näher zu betrachten. Der Fürst war ein kleiner, kahlköpfiger Mann mittleren Alters, schwer gebaut, mit Stammeszeichen auf Wangen, Armen und Beinen. Er trug britische Kleidung, liebte aber seine römische Villa mit ihren gepflasterten Böden, den Säulen und dem kanalisierten Wasser, das in Steinrinnen durch den mittleren Hof und bis auf den Portikus hinauslief, wo es ein kleines Fußwaschbecken bildete, bevor es über einen Marmordamm in den Bach weiter unten im Tal floß. Cadwy, fand ich, führte ein schönes Leben. Er fuhr reiche Ernten ein, seine Schafe und Kühe waren fett und seine zahlreichen Frauen zufrieden. Außerdem war er weit von der sächsischen Bedrohung entfernt. Dennoch war er unzufrieden. »Auf dem Moor gibt's viel Geld zu holen«, vertraute er Owain an. »Zinn.«

»Zinn?« Owains Ton war verächtlich.

Cadwy nickte feierlich. Er war ziemlich betrunken, aber das waren die anderen Männer an dem niedrigen Tisch, auf dem die Mahlzeit serviert worden war, ebenfalls. Sie alle waren Krieger, Cadwys und Owains Männer. Da ich der Jüngste war, mußte ich als Schildknappe hinter Owains Liegestatt stehen. »Zinn«, wiederholte Cadwy, »und vielleicht Gold. Jedenfalls eine Menge Zinn.« Dies war ein ganz persönliches Gespräch, denn das Mahl war fast vorüber, und Cadwy hatte Sklavenmädchen für die Krieger bereitgestellt. Außer von mir und Cadwys Schildknappen, einem trägen Burschen, der mit schlaffem Mund und stumpfen Augen den Kapriolen der Sklavenmädchen zusah, wurden die beiden Führer von niemandem beachtet. Ich hörte Owain und Cadwy zu, verhielt mich aber so still und reglos, daß sie mich höchstwahrscheinlich vergaßen. »Ihr selbst mögt ja nicht viel von Zinn halten«, sagte Cadwy zu Owain, »aber eine Menge Leute sind sehr daran interessiert. Ohne Zinn kann man keine Bronze herstellen, und in Armorica wird ein extrem hoher Preis für das Zeug gezahlt, von unserem Norden ganz zu schweigen.« Er machte eine wegwerfende Geste in Richtung des übrigen Dumnonia und ließ einen mächtigen Rülpser hören, der ihn selbst zu verwundern schien. Nachdem er seinen Magen mit einem großen Schluck Wein beruhigt hatte, runzelte er die Stirn, als könnte er sich nicht mehr erinnern, wovon gerade die Rede gewesen war. »Zinn«, sagte er schließlich, als es ihm wieder einfiel.

»Erzählt mir mehr davon«, forderte Owain ihn auf. Er beobachtete einen seiner Männer, der ein Sklavenmädchen nackt ausgezogen hatte und nun damit beschäftigt war, ihren Bauch mit Butter zu beschmieren.

»Es ist nicht mein Zinn«, erklärte Cadwy nachdrücklich.

»Irgend jemandem muß es ja gehören«, entgegnete Owain. »Soll ich Lwellwyn fragen? Der Bastard ist clever, wenn es um Geld und Eigentum geht.« Klatschend schlug sein Mann mit der Hand auf den Bauch des Mädchens, so daß die Butter über den ganzen Tisch spritzte, woraufhin brüllendes Gelächter aufbrandete. Das Mädchen maulte, aber der Mann befahl ihr, den Mund zu halten, und begann sogleich, auch den Rest ihres Körpers mit Butter und Schweinefett zu übergießen.

»Tatsache ist«, sagte Cadwy betont, um Owains Aufmerksamkeit von dem nackten Mädchen abzulenken, »daß Uther ein Rudel Männer aus Kernow ins Land gelassen hat, um in den alten römischen Minen zu arbeiten, denn von unseren Leuten besaß keiner die nötigen Fähigkeiten dazu. Diese Bastarde sollten ihren Pachtzins an Euer Schatzamt liefern, aber die Hunde schicken das Zinn, stellt Euch das vor, nach Kernow. Das weiß ich mit Sicherheit.«

Auf einmal spitzte Owain die Ohren. »Kernow?«

»Verdient sich dumm und dämlich an unserem Land. An unserem Land!« wiederholte Cadwy zutiefst empört.

Kernow war ein eigenständiges Königreich, ein geheimnisvolles Land am äußersten Ende der westlichen Halbinsel, das nie von den Römern beherrscht worden war. Die Leute dort hatten fast immer in Frieden mit uns gelebt, nur hier und da war König Mark aus dem Bett seiner jeweiligen Frau gekrochen, um eine Angriffsgruppe über den Tamar-Fluß zu schicken. »Was haben Männer aus Kernow hier zu suchen?« fragte Owain in einem Ton, der nicht weniger empört war als der seines Gastgebers.

»Hab' ich Euch doch gesagt. Unser Geld stehlen. Und nicht nur das. Mir fehlen auch gute Rinder, Schafe und sogar ein paar Sklaven. Diese Minenarbeiter werden recht überheblich und zahlen nicht so, wie sie sollten. Aber das wird man nie beweisen können.

Niemals. Nicht mal Euer cleverer Lwellwyn kann in ein Loch im Moor spähen und mir sagen, wieviel Zinn es in einem Jahr hergeben wird.« Cadwy scheuchte einen Nachtfalter davon; dann schüttelte er bedrückt den Kopf. »Die glauben, sie stehen über dem Gesetz. Das ist das Problem. Nur weil Uther ihr Schirmherr war, glauben sie, sie stehen über dem Gesetz.«

Owain zuckte die Achseln. Seine Aufmerksamkeit galt wieder dem buttertriefenden Sklavenmädchen, das nun von einem halben Dutzend betrunkener Männer über die untere Terrasse gejagt wurde. Ihr fettbeschmierter Körper war nur schwer zu fassen, und einige der zuschauenden Männer brachen angesichts dieser grotesken Jagd in brüllendes Gelächter aus. Mir fiel es schwer, nicht zu kichern. Owain richtete den Blick wieder auf Cadwy. »Dann zieht doch da rauf und legt ein paar von diesen Bastarden um, Lord Fürst«, sagte er, als sei das die einfachste Lösung der Welt.

»Kann ich nicht«, erwiderte Cadwy.

»Und warum nicht?«

»Weil Uther ihnen Schutz gewährt hat. Wenn ich sie angreife, werden sie sich beim Rat und bei König Mark beschweren, und ich werde ihnen *sarhaed* zahlen müssen.« *Sarhaed* war der gesetzlich festgelegte Blutpreis für einen Mann. Der *sarhaed* für einen König war unbezahlbar, der für einen Sklaven extrem gering, aber ein guter Minenarbeiter brachte vermutlich einen so hohen Preis, daß es selbst einen so wohlhabenden Fürsten wie Cadwy schmerzen mußte.

»Und wie wollen die feststellen, wer sie überfallen hat?« fragte Owain verächtlich.

Statt einer Antwort tippte sich Cadwy an die Wange. Die blauen Tätowierungen, meinte er damit, würden seine Männer verraten.

Owain nickte. Das gebutterte Mädchen war endlich eingefangen und wurde nun inmitten einiger Büsche, die auf der unteren Terrasse standen, von seinen Häschern umringt. Owain zerbröselte ein Stück Brot, dann hob er den Kopf und sah Cadwy an. »Und?«

»Und«, sagte Cadwy listig, »wenn ich einen Haufen Männer finden könnte, die diese Bastarde ein bißchen aufmischen, wäre mir sehr damit geholfen. Dann würden sie mich nämlich um Schutz bitten, versteht Ihr? Und mein Preis wird dann das Zinn sein, das sie an König Mark schicken. Und Euer Preis...« – er hielt inne, um sich zu vergewissern, daß Owain über diese Andeutung nicht schockiert war – »wäre die Hälfte dessen, was das Zinn einbringt.«

»Wieviel?« erkundigte sich Owain rasch. Die beiden Männer unterhielten sich so leise, daß ich mich voll konzentrieren mußte, um bei dem lärmenden Lachen und Brüllen der Krieger etwas verstehen zu können.

»Fünfzig Goldstücke pro Jahr. So wie das hier«, sagte Cadwy, entnahm einem Beutel einen Goldbarren von der Größe eines Schwertgriffs und schob ihn über den Tisch.

»So viel?« Selbst Owain war baß erstaunt.

»Ziemlich ergiebiger Boden, das Moor«, erklärte Cadwy grimmig. »Ziemlich ergiebig.«

Owain blickte auf Cadwys Tal hinaus, wo das Spiegelbild des Mondes auf dem fernen Fluß flach und silbrig wie eine Schwertklinge lag. »Wie viele Minenarbeiter leben dort?« fragte er den Fürsten schließlich.

»In der nächst gelegenen Siedlung«, erklärte Cadwy, »gibt es siebzig bis achtzig Männer. Und außerdem natürlich eine gewisse Anzahl Sklaven und Frauen.«

»Wie viele Siedlungen?«

»Drei, aber die beiden anderen liegen ein Stück entfernt. Mich interessiert nur diese eine.«

»Wir sind nur zwanzig«, gab Owain zu bedenken.

»Bei Nacht«, erwiderte Cadwy. »Und außerdem sind sie noch nie überfallen worden und werden keine Wachen aufstellen.«

Owain trank Wein aus seinem Horn. »Siebzig Goldstücke«, erklärte er dann energisch, »nicht fünfzig.«

Fürst Cadwy dachte einen Augenblick nach und nickte dann zum Zeichen des Einverständnisses.

Owain grinste. »Warum nicht, eh?« sagte er. Damit griff er nach dem Goldbarren und fuhr dann schnell wie eine Natter herum und sah zu mir empor. Ich verzog keine Miene und wandte den Blick nicht von einem nackten Mädchen, das sich um einen von Cadwys tätowierten Kriegern wand. »Schläfst du, Derfel?« fuhr Owain mich an.

Ich zuckte zusammen, als hätte er mich erschreckt. »Lord?«

fragte ich und tat so, als wäre ich mit meinen Gedanken in den letzten Minuten ganz woanders gewesen.

»Guter Junge«, lobte mich Owain, überzeugt, daß ich nichts gehört hatte. »Möchtest du vielleicht eins von diesen Mädchen?«

Ich errötete. »Nein, Lord.«

Owain lachte. »Er hat sich gerade erst eine hübsche, kleine Irin genommen«, erzählte er Cadwy, »und der will er treu bleiben. Aber er wird schon noch lernen. Wenn du in die Anderwelt gehst, Junge...« – damit wandte er sich wieder an mich – »wirst du nicht *einen* Kampf bereuen, bei dem du keinen Mann getötet hast, dafür aber jede einzelne Frau, die du dir hast entgehen lassen.« Er sagte es freundlich. Während der ersten Tage meines Dienstes bei ihm hatte ich Angst vor ihm gehabt, aus irgendeinem Grund aber schien Owain mich zu mögen und behandelte mich gut. Jetzt wandte er sich wieder Cadwy zu. »Morgen nacht«, sagte er leise. »Morgen nacht.«

Ich war von Merlins Tor zu Owains Truppe gekommen, und das war, als hätte ich einen Sprung von dieser in eine andere Welt getan. Ich blickte zum Mond hinauf und dachte daran, wie Gundleus' langhaarige Männer die Wachen auf dem Tor massakriert hatten; dann dachte ich an die Leute im Moor, denen in der folgenden Nacht das gleiche bevorstand, und wußte, daß ich nichts dagegen tun konnte, obwohl mir klar war, daß man sie aufhalten müßte. Aber das Schicksal ist, wie Merlin uns immer eingepaukt hat, unerbittlich. Das Leben ist nichts als ein Witz der Götter, pflegte Merlin gern zu behaupten, und Gerechtigkeit gibt es nicht. Du mußt lernen zu lachen, hatte er mir einmal erklärt, sonst wirst du dich zu Tode weinen.

Wir hatten unsere Schilde mit dem Pech der Bootsbauer beschmiert, damit sie so aussahen wie die schwarzen Schilde von Oengus Mac Airems irischen Stoßtruppen, die mit ihren spitzschnabeligen Langbooten Dumnonias Nordküste heimsuchten. Ein Einheimischer mit tätowierten Wangen führte uns den ganzen Nachmittag lang durch tiefe, üppige Täler, die allmählich zu der großen, öden Hochmoorlandschaft hinaufführten, die gelegentlich durch eine Lücke in den dichten, großen Bäumen zu sehen war. Es waren prächtige Wälder, voller Wild und durchströmt von flinken, kalten Bächen, die vom Hochmoor zur See eilten.

Gegen Abend erreichten wir den Rand des Moors und stiegen nach Einbruch der Dunkelheit auf einem Ziegenpfad die Hügel empor. Es war ein geheimnisvoller Ort. Hier hatte das Alte Volk gelebt und in den Tälern seine heiligen Steinkreise zurückgelassen. Die Berggipfel krönten wirr durcheinanderliegende graue Felsbrokken, und in den Niederungen erstreckten sich trügerische Sümpfe, durch die uns unser ortskundiger Führer sicher geleitete.

Owain hatte uns erklärt, die Moorbewohner hätten sich gegen König Mordred erhoben und ihre Religion lehre sie, die Männer mit den schwarzen Schilden zu fürchten. Das war eine gute Erklärung, und ich hätte sie wohl auch geglaubt, hätte ich am Abend zuvor nicht sein Gespräch mit Fürst Cadwy belauscht. Außerdem hatte uns Owain Gold versprochen, wenn wir unsere Sache gut machten, und uns eingeschärft, daß dieser Überfall unbedingt ein Geheimnis bleiben müsse, da der Rat uns nicht den Auftrag erteilt habe, derartige Bestrafungen auszuführen. Auf dem Weg zum Moor waren wir tief in den dichten Wäldern auf einen alten Schrein gestoßen, der in einem Eichenhain stand, und dort hatte Owain jeden einzelnen von uns vor den moosüberwachsenen Schädeln in den Nischen der Schreinwände den heiligen Todeseid der Geheimhaltung schwören lassen. Diese uralten, verborgenen Schreine gab es überall in Britannien – was bewies, wie weit verbreitet der Druidenkult vor der Ankunft der Römer gewesen war. Die Landbevölkerung suchte die Schreine auch heute noch auf, um die Hilfe der Götter zu erflehen. An jenem Nachmittag nun hatten wir unter den großen, mit Flechten behangenen Eichen vor den Schädeln gekniet und den Griff von Owains Schwert berührt, und jene Männer, die in die Geheimnisse des Mithras eingeweiht waren, hatten Owains Kuß empfangen. Anschließend zogen wir, von den Göttern gesegnet und aufs Töten eingeschworen, der Nacht entgegen.

Der Ort, zu dem wir dann gelangten, war finster und schmutzig. Große Schmelzfeuer spien Funken und Rauch gen Himmel. Zwischen den Feuern und rings um die klaffenden schwarzen Löcher, die erkennen ließen, wo die Männer sich in die Erde gegraben hatten, lagen die Hütten. Die riesigen Holzkohlehalden glichen schwarzen Bergen, und es herrschte ein Geruch im Tal, der mir gänzlich unbekannt war. Für meine erhitzte Phantasie wirkte dieses hoch gelegene Dorf eher wie Arawns Reich, die Anderwelt, denn wie eine menschliche Siedlung.

Hunde bellten, als wir näher kamen, doch in der Siedlung nahm niemand davon Notiz. Es gab keinen Zaun, nicht mal einen Erdwall, der das Dorf schützte. Dicht neben einigen Reihen von Karren waren Ponys angebunden, die zu wiehern begannen, als wir uns vorsichtig ins Tal hinabschlichen, aber noch immer trat niemand aus den niedrigen Hütten, um nach der Ursache der Unruhe zu forschen. Die Hütten bestanden aus kreisrunden Steinmauern mit Grassodendach, im Mittelpunkt der Ansiedlung lagen jedoch zwei alte römische Gebäude: rechteckig, hoch und fest.

»Jeder mindestens zwei Mann«, zischte Owain uns zu und wollte damit sagen, daß jeder von uns zwei Männer töten müsse. »Und damit meine ich nicht Sklaven oder Weiber. Bewegt euch schnell, tötet schnell und achtet immer auf Rückendeckung. Und bleibt zusammen!«

Wir teilten uns in zwei Gruppen. Ich ging mit Owain, dessen Bart im Licht des Feuers funkelte, das sich in seinen eisernen Kriegerringen spiegelte. Die Hunde bellten, die Pferde wieherten, dann krähte schließlich noch ein Hahn, und endlich kam ein Mann aus einer Hütte gekrochen, um nachzusehen, was die Tiere so beunruhigte. Doch da war es längst zu spät: Das Töten hatte bereits begonnen.

Ich habe viele solcher Massaker gesehen. In den sächsischen Dörfern hätten wir erst die Hütten niedergebrannt, bevor wir mit dem Abschlachten begannen, da aber diese primitiven Behausungen aus Stein und Gras nicht brennen wollten, mußten wir mit Speeren und Schwertern hineinstürmen. Wir zogen brennende Holzscheite aus einem nahe gelegenen Feuer und schleuderten sie, bevor wir eindrangen, in die Hütten, damit wir drinnen Licht zum Töten hatten, und manchmal waren die Flammen schon genug, um die Bewohner herauszutreiben, wo die wartenden Schwerter hinabsausten wie Fleischerbeile. Wenn das Feuer die Familie nicht vertrieb, befahl Owain uns, zu zweit hineinzugehen, während die anderen draußen Wache standen. Ich sah meinem Einsatz voll Angst entgegen, aber ich wußte, daß auch ich das meine tun mußte.

Ich wagte es nicht, mich dem Befehl zu widersetzen. Ich war mit einem Eid an dieses blutige Werk gebunden, und eine Weigerung wäre mein Todesurteil gewesen.

Das Schreien begann. Die ersten paar Hütten waren kein großes Problem, denn die Bewohner schliefen oder wachten gerade auf, doch als wir tiefer ins Dorf vordrangen, wurde der Widerstand heftiger. Zwei Männer griffen uns mit Äxten an und wurden von unseren Speerkämpfern mit verächtlicher Leichtigkeit niedergemacht. Frauen flohen mit Kindern auf dem Arm. Ein Hund, der Owain ansprang, starb winselnd mit gebrochenem Rückgrat. Ich beobachtete, wie eine Frau mit einem Säugling auf dem einen Arm und einem blutenden Kind an der anderen Hand davonlief, und mußte plötzlich an Tanaburs' Abschiedsgruß denken, als er mir zurief, daß meine Mutter noch lebe. Erschauernd wurde mir klar, daß der alte Druide mich mit einem Fluch belegt haben mußte, als ich sein Leben bedrohte, und obwohl mein Glück diesen Fluch in Schach hielt, spürte ich doch, wie er mich übelwollend umkreiste wie ein verborgener, dunkler Feind. Ich berührte die Narbe in meiner linken Hand und betete zu Bel, daß Tanaburs' Fluch zunichte gemacht werde.

»Derfel! Licat! Die Hütte da drüben!« rief Owain, und als guter Soldat gehorchte ich seinen Befehlen. Ich ließ den Schild fallen, schleuderte einen Feuerbrand durch die Tür und duckte mich durch den niedrigen Eingang. Kinder schrien, als ich auftauchte, und ein halbnackter Mann sprang mich mit einem Messer an, so daß ich einen verzweifelten Satz zur Seite machen mußte. Als ich mich mit meinem Speer auf ihn stürzte, stolperte ich über ein kleines Mädchen. Die Klinge glitt von den Rippen des Mannes ab, und wenn Licat ihn nicht getötet hätte, wäre er sofort über mir gewesen und hätte mir das Messer in die Kehle gestoßen. Der Mann krümmte sich und hielt sich den Bauch; dann keuchte er auf, weil Licat die Speerspitze herausriß und sein eigenes Messer zog, um mit dem Töten der schreienden Kinder zu beginnen. Mit blutiger Speerspitze schlüpfte ich wieder hinaus, um Owain zu berichten, daß nur ein einzelner Mann in der Hütte gewesen sei.

»Los, kommt!« schrie Owain. »Demetia! Demetia!« Das war unser Schlachtruf in jener Nacht: der Name von Oengus Mac

Airems irischem Königreich westlich von Siluria. Inzwischen waren die Hütten alle leer, und wir begannen die Minenarbeiter in den finsteren Ecken und Winkeln der Siedlung zu jagen. Überall rannten Flüchtende umher, einige Männer blieben jedoch zurück und versuchten sich gegen uns zu wehren. Eine tapfere Gruppe bildete sogar eine improvisierte Schlachtreihe und griff uns mit Speeren, Hacken und Beilen an, doch Owains Männer begegneten dem ungeübten Angriff mit schrecklicher Routine, fingen den Schwung der Attacke mit ihren schwarzen Schilden auf und machten die Angreifer mit Speeren und Schwertern nieder. Einer dieser routinierten Männer war ich. Möge Gott mir vergeben, aber in jener Nacht tötete ich meinen zweiten Mann, und womöglich sogar einen dritten. Dem ersten stieß ich den Speer in den Hals, dem zweiten in den Unterleib. Mein Schwert benutzte ich diesmal nicht, denn ich fand, daß Hywels Klinge für diesen Nachtangriff nicht geeignet sei.

Es endete sehr schnell. Urplötzlich war die Siedlung leer bis auf die Toten, die Sterbenden und ein paar Männer, Frauen und Kinder, die versuchten, sich zu verstecken. Wir töteten alle, die wir fanden. Wir töteten ihre Tiere, wir verbrannten die Karren, mit denen sie die Holzkohle aus den Tälern heraufholten, wir schlugen die Grasdächer ihrer Hütten ein, wir zertrampelten ihre Gemüsegärten, und dann durchsuchten wir die Siedlung nach Schätzen. Von oben kamen ein paar Pfeile herab, die aber keinen von uns trafen.

In der Hütte des Häuptlings fanden wir einen Behälter mit römischen Münzen, Goldbarren und Silberbarren. Es war die größte Hütte, über sechs Meter im Durchmesser, und in der Hütte fiel das Licht unserer Feuerbrände auf den toten Häuptling, der mit gelblichem Gesicht und aufgeschlitztem Bauch dalag. Eine seiner Frauen und zwei seiner Kinder lagen tot in seinem Blut. Ein drittes Kind, ein Mädchen, lag unter einem blutgetränkten Fell, und ich glaubte zu sehen, daß ihre Hand zuckte, als einer unserer Männer über sie stolperte; aber ich tat so, als wäre sie tot, und ließ sie in Ruhe. Ein anderes Kind schrie in der Nacht, als es in seinem Versteck gefunden und von einem Schwert in Stücke gehackt wurde.

Gott möge mir verzeihen, Gott und seine Engel mögen mir verzeihen, aber ich beichtete die Sünden dieser Nacht nur einem einzigen Menschen. Sie war kein Priester und besaß auch nicht die Macht, mir die christliche Absolution zu erteilen. Im Fegefeuer oder vielleicht auch in der Hölle werde ich diesen toten Kindern gewiß begegnen. Meine Seele wird ihren Vätern und Müttern als Spielball dienen, und diese Strafe habe ich verdient.

Aber hatte ich denn eine Wahl? Ich war jung; ich wollte leben; ich hatte einen Eid geleistet; ich folgte meinem Anführer. Ich tötete keinen Menschen, der mich nicht angriff, aber was gilt das angesichts jener Sünden? Meine Kameraden schienen das nicht für eine Sünde zu halten: Sie töteten nur Angehörige eines anderen Stammes, ja, eines anderen Volkes, und das genügte ihnen als Rechtfertigung. Ich aber war auf dem Tor aufgewachsen, wo Menschen aller Rassen und aller Stämme zusammenlebten, und obwohl Merlin selbst ein Stammeshäuptling war und jeden, der sich Brite nennen durfte, hitzig in Schutz nahm, lehrte er niemals Haß auf andere Stämme. Seine Lehren hatten mich untauglich für das gedankenlose Abschlachten von Fremden gemacht, die umgebracht wurden, nur weil sie Fremde waren.

Aber dennoch, ob nun untauglich oder nicht, ich habe getötet, und Gott möge mir dies vergeben, wie auch die vielen anderen Sünden, die viel zu zahlreich sind, um sie alle aufzulisten.

Vor Tagesanbruch rückten wir ab. Das Tal lag rauchgeschwängert, blutgetränkt und schaurig da. Das Moor stank nach dem Gemetzel, und eine unheimliche Stille hatte sich herabgesenkt. Owain schenkte mir einen Goldbarren, zwei Silberbarren und eine Handvoll Münzen, und ich – Gott möge mir vergeben – behielt den Henkerslohn.

Der Herbst bringt Schlachten, denn während des Frühlings und Sommers tragen zahllose Schiffe immer neue Sachsen an unsere Ostküste, und diese Neuankömmlinge versuchen sich im Herbst dann eigenes Land zu verschaffen. Es ist das letzte Aufflammen des Krieges, bevor der Winter das Land umschließt.

In diesem Herbst des Jahres, in dem Uther gestorben war, kämpfte ich zum erstenmal gegen die Sachsen. Kaum waren wir vom Eintreiben der Steuern im Westen zurückgekehrt, da hörten wir von sächsischen Raubüberfällen im Osten. Owain unterstellte uns dem Kommando seines Hauptmanns Griffid ap Annan und schickte uns Melwas, dem König der Belger und Vasall Dumnonias, zu Hilfe. Melwas' Aufgabe war es, unsere Südküste gegen eindringende Sais zu verteidigen. In den Sachsen war in jenem grimmen Jahr von Uthers Totenfeuer neue Angriffslust erwacht, Owain blieb auf Caer Cadarn zurück, denn im Rat von Dumnonia herrschte heftiger Streit über die Frage, wer für Mordreds Erziehung zuständig sei. Bischof Bedwin verlangte, der König müsse in seinem Haushalt aufwachsen, aber die Nicht-Christen, die die Mehrheit im Rat bildeten, wollten ebensowenig, daß Mordred zum Christen erzogen wurde, wie Bedwin und seine Anhänger wollten, daß der Königsknabe als Heide aufwuchs. Owain, der behauptete, alle Götter gleichermaßen zu verehren, machte einen Kompromißvorschlag, indem er sich selbst zur Verfügung stellte. »Obwohl es wirklich keine Rolle spielt, an welchen Gott ein König glaubt«, erklärte er uns, bevor wir abmarschierten, »denn ein Herrscher sollte kämpfen lernen, nicht beten.« Also überließen wir ihn seiner Sache, während wir auszogen, um Sachsen zu töten.

Griffid ap Annan, unser Hauptmann, war ein hagerer, finsterer Mann, der vermutete, Owain wolle im Grunde nur verhindern, daß Mordred bei Arthur aufwuchs. »Nicht, daß Owain gegen Arthur ist«, setzte er eilfertig hinzu, »doch wenn der König Arthur gehört, dann gehört ihm Dumnonia auch.«

»Ist das so schlimm?«

»Für dich und mich, Junge, wäre es besser, wenn das Land Owain gehört.« Zur Verdeutlichung seiner Worte fingerte Griffid an den Goldtorques an seinem Hals herum. Alle nannten mich Junge oder Kleiner, aber nur, weil ich der Jüngste in der Truppe und im richtigen Kampf gegen andere Krieger noch nicht erfahren genug war. Außerdem glaubten sie, daß es ihnen Glück bringe, wenn ich in ihren Reihen kämpfte, weil ich der Todesgrube eines Druiden entkommen war. Wie alle Soldaten waren auch Owains Männer sehr abergläubisch. Jedes Zeichen wurde besprochen und erwogen, jeder Mann trug eine Hasenpfote oder einen Blitzstein mit sich herum, jeder Handgriff wurde ritualisiert, damit niemand den rechten Stiefel vor dem linken anzog oder im eigenen Schatten Speerspitzen schliff. Es gab auch eine Handvoll Christen in unseren Reihen, und ich hätte erwartet, daß sie nicht in ständiger Furcht vor Göttern, Geistern und Gespenstern lebten, doch sie erwiesen sich als nicht weniger abergläubisch als wir anderen.

König Melwas' Hauptstadt Venta war eine arme, kleine Grenzsiedlung. Die Werkstätten dort hatten schon lange geschlossen, und die Mauern ihrer großen römischen Gebäude trugen dicke Brandspuren aus jenen Zeiten, da die Stadt von Sachsen geplündert worden war. König Melwas fürchtete, daß seine Stadt abermals überfallen würde. Die Sachsen, erklärte er, hätten einen neuen Führer, der äußerst versessen auf Land und in der Schlacht furchterregend sei. »Warum ist Owain nicht gekommen?« fragte er pikiert. »Oder Arthur? Sie wollen mich zugrunde gehen lassen, nicht wahr?« Er war ein dicker, argwöhnischer Mann mit dem schlechtesten Atem, den ich je bei einem Menschen erlebt habe. Melwas war König eines Stammes, nicht eines Landes, und daher zweitrangig, obwohl jeder, der ihn zu Gesicht bekam, eher vermutet hätte, daß er ein Leibeigener wäre, und zwar ein äußerst mürrischer obendrein. »Ihr seid aber nicht sehr zahlreich«, beschwerte er sich bei Griffid. »Gut, daß ich das Aufgebot erhöht habe.«

Das Aufgebot war Melwas' Landwehr, in der jeder gesunde Mann seines Stammes dienen mußte, obwohl eine ganze Anzahl von ihnen sich schon davor gedrückt und die meisten der reicheren Stammesangehörigen stellvertretend Sklaven geschickt hatten. Dennoch war es Melwas gelungen, eine Streitmacht von über dreihundert Mann zusammenzustellen, in der jeder seine Lebensmittel und Waffen selbst mitbringen mußte. Einige aus diesem Aufgebot waren ehemalige Krieger und kamen mit prächtigen Kampfspeeren und sorgfältig gepflegten Schilden, die meisten aber besaßen keinerlei Ausrüstung, und einigen standen nur Fechtstöcke oder geschliffene Hacken als Waffen zur Verfügung. Die Streitmacht wurde von einer Menge Frauen und Kinder begleitet, die nicht allein zu Hause bleiben wollten, solange ein Einfall der Sachsen drohte.

Melwas bestand darauf, mit seinen eigenen Kriegern in Venta zu bleiben, um die verfallenden Mauern der Stadt zu verteidigen. Das bedeutete, daß Griffid die Landwehr gegen den Feind führen mußte. Da Melwas keine Ahnung hatte, wo sich die Sachsen gegenwärtig aufhielten, drang Griffid blindlings in die tiefen Wälder östlich von Venta vor. Wir waren eher ein ungeordneter Haufen als ein Kriegsheer – schon der Anblick eines Hirsches löste jeweils eine wilde, kreischende Verfolgungsjagd aus, die jeden Feind im Umkreis von einem Dutzend Meilen alarmiert hätte, und diese Jagd endete unfehlbar damit, daß die Truppe weit in den Wäldern verteilt war. Auf diese Weise verloren wir nahezu fünfzig Mann, entweder weil sie auf ihrer sorglosen Jagd in die Hände der Sachsen fielen oder weil sie sich schlicht verirrten und kurzerhand beschlossen, nach Hause zurückzukehren.

In diesen Wäldern hielten sich eine Menge Sachsen auf, auch wenn wir anfangs keine sahen. Gelegentlich entdeckten wir noch warme Lagerfeuer, und einmal stießen wir auf eine kleine belgische Ansiedlung, die überfallen und niedergebrannt worden war. Die Männer und die Alten waren noch dort, allesamt tot, die Jungen und die Frauen hatte man als Sklaven mitgenommen. Der Gestank der Toten dämpfte den Übermut der verbliebenen Landwehr. Als Griffid weiter nach Osten vordrang, blieben die Männer doch lieber dicht beieinander.

Auf die erste Kriegshorde der Sachsen stießen wir in einem breiten Flußtal, wo eine Gruppe der Eindringlinge damit beschäftigt war, eine Siedlung zu bauen. Als wir eintrafen, hatten sie bereits eine halbe Holzpalisade errichtet und die Holzpfeiler der Haupthalle aufgestellt, sobald wir jedoch am Waldrand auftauchten, ließen sie ihre Werkzeuge fallen und griffen zu den Speeren. Obwohl wir ihnen drei zu eins überlegen waren, konnte Griffid uns nicht dazu bewegen, ihre festgefügte, mit scharfen Speeren gespickte Schildreihe anzugreifen. Wir jüngeren Männer waren zwar kampflustig, und einige von uns tänzelten wie die Idioten vor den Sachsen herum, aber wir waren zu wenige, um ihre Reihe zu durchbrechen, und die Sachsen ignorierten unsere Herausforderungen, während die übrigen von Griffids Männern Met tranken und unseren Eifer verfluchten. Mir selbst, der ich unbedingt einen Kriegerring aus sächsischem Eisen erringen wollte, erschien es Wahnsinn, daß wir nicht angriffen, aber ich hatte noch nie das Blutvergießen erlebt, das beim Aufeinanderprall zweier Schildwälle entsteht, und ahnte noch nicht, wie schwer es ist, Männer zu veranlassen, sich diesem grausigen Vernichtungswerk auszusetzen. Griffid machte ein paar halbherzige Versuche, seine Männer anzuspornen, gab sich dann aber damit zufrieden, Met zu trinken und Beleidigungen hinüberzurufen. So lagen wir dem Feind drei Stunden oder länger gegenüber, ohne mehr als ein paar Schritte vorzurücken.

Griffids Furchtsamkeit gab mir wenigstens Gelegenheit, die Sachsen zu beobachten, die in Wahrheit gar nicht so anders aussahen als wir. Ihre Haare waren heller, ihre Augen blaßblau, ihre Haut war rosiger als die unsere, und sie schienen eine Menge Felle an ihrer Kleidung zu tragen; davon abgesehen kleideten sie sich wie wir, und der einzige Unterschied bei der Bewaffnung war, daß die meisten Sachsen ein Messer mit langer Klinge mitführten, das im Nahkampf gefährlich werden konnte, und daß viele von ihnen riesige, breite Streitäxte trugen, mit denen sie einen Schild mit einem Schlag zu spalten vermochten. Einige unserer eigenen Männer waren so beeindruckt von diesen Äxten, daß sie sich selbst ähnliche Waffen zulegten, doch Owain lehnte sie, genau wie Arthur, als viel zu schwerfällig ab. Mit einer Axt könne man nicht parieren, pflegte Owain zu sagen, und eine Waffe, mit der man zwar angreifen, sich aber nicht verteidigen kann, taugte in seinen Augen nichts. Die sächsischen Priester waren allerdings ganz anders als unsere eigenen heiligen Männer, denn diese fremden Hexenmeister trugen Tierfelle und verklebten sich die Haare mit Kuhdung, so daß sie wie Stacheln vom Kopf abstanden. An jenem Tag im Flußtal opferte einer dieser Sais-Priester eine Ziege, um zu entdecken, ob sie gegen uns kämpfen sollten oder nicht. Zuerst brach der Priester dem Tier ein Hinterbein, dann stach er es in den Hals und ließ es, das gebrochene Bein nachschleifend, davonlaufen. Blutend und schreiend schleppte es sich an der sächsischen Kampfreihe entlang, dann begann es auf uns zuzuhinken, bevor es im Gras zusammenbrach. Das war offenbar ein schlechtes Zeichen, denn der Widerstand der sächsischen Schildreihe erlahmte. Der Gegner zog sich durch die halbfertige Siedlung, über eine Furt und bis unter die Bäume zurück. Frauen, Kinder, Sklaven und Vieh nahmen sie mit. Wir nannten es einen Sieg, verspeisten die Ziege und rissen ihre Palisade ein. Beute gab es keine.

Inzwischen war unsere Landwehr hungrig geworden, denn die Männer hatten, wie das so üblich ist, ihren gesamten Proviant schon in den ersten Tagen verbraucht und hatten nun außer den Haselnüssen, die sie von den Bäumen im Wald zupften, nichts mehr zu essen. Dieser Mangel an Lebensmitteln bedeutete, daß uns nichts anderes übrigblieb als der Rückzug. Die hungrige Landwehr, die möglichst schnell nach Hause zurückkehren wollte, marschierte voraus, während wir Krieger langsamer folgten. Griffid war mürrisch, denn er kehrte ohne Gold oder Sklaven zurück, obwohl er im Grunde nicht weniger erreicht hatte als die meisten anderen Kriegshorden, die in den umstrittenen Gebieten umherstreiften. Doch als wir schon fast in vertrautem Gelände waren, entdeckten wir einen sächsischen Kriegstrupp, der uns entgegenkam. Er mußte einem Teil unserer heimwärtsziehenden Landwehr begegnet sein, denn die Männer waren schwer beladen mit erbeuteten Waffen und Frauen.

Diese Begegnung kam für beide Seiten überraschend. Da ich am Ende von Griffids Kolonne ging, hörte ich nur den Beginn des Kampfes, der sich entspann, als unsere Vorhut aus dem Schutz der Bäume auftauchte und sah, wie etwa sechs Sachsen einen Bach überquerten. Unsere Männer griffen sofort an, dann eilten von beiden Seiten Speerkämpfer hinzu, um in den unerwarteten Kampf einzugreifen. Es gab keinen Schildwall, nur ein blutiges Gerangel quer über einen seichten Bach hinweg, und wieder einmal verspürte ich, genau wie an jenem Tag, wo ich im Wald südlich von Ynys Wydryn meinen ersten Gegner tötete, die Begeisterung der Schlacht. Es war, wie ich feststellte, das gleiche Gefühl, das Nimue offenbar überkam, wenn die Götter sie erfüllten: Als hätte man Flügel, hatte sie zu mir gesagt, die einen in Glanz und Glorie hoch hinauftrugen, und genau das war es, was ich an jenem Herbsttag empfand. Meinem ersten Sachsen begegnete ich in schnellem Lauf, den Speer auf ihn gerichtet, und als ich die Angst in seinen Augen sah, wußte ich, daß er ein toter Mann war. Da der Speer in seinem Bauch steckenblieb, zog ich Hywels Schwert, das ich inzwischen Hywelbane getauft hatte, und erledigte ihn mit einem seitlichen

Hieb. Dann watete ich in den Bach und tötete noch zwei Sachsen. Ich kreischte wie ein böser Geist, lud die Sachsen in ihrer eigenen Sprache ein, näher zu kommen und den Tod zu schmecken, bis ein riesiger Krieger meiner Aufforderung Folge leistete und mich mit einer dieser schweren Äxte angriff, die so furchteinflößend wirkten. Allerdings hat so eine Axt zuviel Eigengewicht. Sobald man sie schwingt, kann man sie nicht zurückhalten, und so brachte ich den riesigen Mann mit einem geraden Schwertstoß zu Fall, der Owains Herz erwärmt hätte. Allein von diesem Axtmann erbeutete ich drei Goldtorques, vier Spangen und ein juwelenbesetztes Messer und nahm mir auch noch das Blatt seiner Axt, um mir daraus die ersten Kampfringe zu schmieden.

Als die Sachsen flohen, ließen sie acht Tote und ebenso viele Verwundete zurück. Ich selbst hatte nicht weniger als vier Feinde getötet, ein Heldenstück, das meinen Kameraden nicht entging. Ich sonnte mich in ihrer Bewunderung, obwohl mir später, als ich älter und weiser war, natürlich klar wurde, daß ich die überdurchschnittliche Tötungsquote jenes Tages nur meiner jugendlichen Torheit zu verdanken hatte. Die Jugend handelt oft übereilt, während die Weisheit eher bedächtig vorgeht. Wir verloren drei Mann, darunter Licat, der mir auf dem Moor das Leben gerettet hatte. Ich holte mir meinen Speer zurück, sammelte von den Männern, die ich im Bach getötet hatte, zwei weitere Silbertorques ein und sah dann zu, wie die feindlichen Verwundeten in die Anderwelt befördert wurden, wo sie unseren toten Kämpfern als Sklaven dienen würden. Unter den Bäumen versteckt fanden wir sechs britische Gefangene. Es waren Frauen, die unserer Landwehr in den Kampf gefolgt und dann von diesen Sachsen gefangengenommen worden waren. Eine dieser Frauen entdeckte den einzigen feindlichen Krieger, der sich am Bachrand unter ein paar Brombeersträuchern versteckt hatte. Sie schrie ihn an und versuchte ihn mit einem Messer zu erstechen, aber er rettete sich flink in den Bach hinein, wo ich ihn erwischte. Er war ein bartloser Jüngling, ungefähr in meinem Alter, und zitterte vor Angst. »Wie heißt du?« fragte ich ihn und legte ihm meine blutige Speerspitze an die Kehle.

Er lag lang ausgestreckt im Wasser. »Wlenca«, antwortete er, und dann erzählte er mir, daß er erst vor ein paar Wochen nach

Britannien gekommen sei. Doch als ich ihn fragte, woher er komme, konnte er mir nur antworten, von zu Hause. Seine Sprache glich nicht ganz der meinen, aber die Unterschiede waren gering, und ich konnte ihn ganz gut verstehen. Der König seines Volkes, erklärte er mir, sei ein großer Führer namens Cerdic, der an der Südküste von Britannien Land zu nehmen beabsichtige. Um seine neue Kolonie einzurichten, habe Cerdic, sagte er, gegen Aesc kämpfen müssen, einen Sachsenkönig, der jetzt die kentischen Länder regiere. Da wurde mir zum erstenmal klar, daß sich die Sachsen, genau wie wir Briten, auch untereinander bekämpften. Wie es schien, hatte Cerdic seinen Krieg gegen Aesc gewonnen und versuchte nun nach Dumnonia vorzustoßen.

Die Frau, die Wlenca entdeckt hatte, hockte in der Nähe und zischte ihm wütende Drohungen zu, eine andere Frau jedoch erklärte, daß Wlenca sich an den Vergewaltigungen, die auf ihre Gefangennahme folgten, nicht beteiligt habe. Erleichtert, daß er nun doch mit ein wenig Beute nach Hause kam, ließ Griffid Wlenca am Leben bleiben. Der Sachse wurde nackt ausgezogen, der Aufsicht einer Frau unterstellt und nach Westen in die Sklaverei mitgenommen.

Das war die letzte Expedition des Jahres, und obwohl wir sie zu einem großen Sieg erklärten, verblaßte sie doch neben Arthurs Erfolgen. Er hatte nicht nur Aelles Sachsen aus dem nördlichen Gwent vertrieben, sondern anschließend die Streitkräfte aus Powys besiegt und dabei König Gorfyddyd seines Schildarms beraubt. Der feindliche König war entkommen, aber es war dennoch ein großer Sieg, und ganz Gwent und Dumnonia hallten wider von den Lobgesängen auf Arthur. Owain war alles andere als glücklich.

Lunete dagegen war überglücklich. Ich hatte ihr so viel Gold und Silber gebracht, daß sie im Winter einen Bärenfellmantel tragen und sich eine eigene Sklavin leisten konnte, ein Kind aus Kernow, das Lunete in Owains Haus gesehen und gekauft hatte. Die Kleine arbeitete von morgens bis abends, um bei Nacht in ihrem Winkel der Hütte, die wir nun unser Heim nannten, bitterlich zu weinen. Wenn die Ärmste zu sehr weinte, wurde sie von Lunete geschlagen, und wenn ich sie verteidigen wollte, wurde ich von Lunete geschlagen. Owains Männer waren alle aus den überfüllten Kriegerquartieren von Caer Cadarn in die bequemere Siedlung Lindinis umgezogen, wo Lunete und ich innerhalb der niedrigen, von den Römern errichteten Erdwälle eine Hütte mit Strohdach und Wänden aus Lehm und Weidengeflecht bewohnten. Caer Cadarn war sechs Meilen entfernt und nur bewohnt, wenn ein Feind zu nahe rückte oder wenn ein großes königliches Ereignis gefeiert wurde. In jenem Winter erlebten wir ein solches Ereignis – am Tag von Mordreds erstem Geburtstag, als Dumnonias Probleme zufällig den kritischen Punkt erreichten. Aber vielleicht war es gar kein Zufall, denn Mordreds Leben stand unter schlechten Vorzeichen, und seine Proklamation konnte nur eine Tragödie zur Folge haben.

Die Zeremonie fand unmittelbar nach der Wintersonnenwende statt. Da Mordred zum König ausgerufen werden sollte, versammelten sich zu diesem Fest alle bedeutenden Männer von Dumnonia auf Caer Cadarn. Nimue kam einen Tag früher und besuchte uns in unserer Hütte, die Lunete zur Feier der Wintersonnenwende mit Stechpalmzweigen und Efeu geschmückt hatte. Nimue trat über die Schwelle der Hütte, die mit Zeichen zur Abwehr böser Geister bedeckt war, dann setzte sie sich ans Feuer und schob die Kapuze ihres Umhangs zurück.

Ich lächelte, denn sie hatte ein goldenes Auge. »Es gefällt mir«, sagte ich.

»Es ist hohl«, gab sie zurück und klopfte sich bestürzenderweise mit dem Fingernagel auf das Auge. Als Lunete die Sklavin anschrie, weil sie die Suppe aus Gerstensprossen anbrennen hatte lassen, zuckte Nimue bei diesem Wutausbruch zusammen. »Du bist nicht glücklich«, stellte sie fest.

»Bin ich doch«, behauptete ich, denn die Jugend gesteht nicht gern Fehler ein.

Nimue sah sich in dem unaufgeräumten, rauchgeschwärzten Innenraum unserer Hütte um, als wittere sie die Atmosphäre. »Lunete ist nicht gut für dich«, sagte sie dann ruhig, während sie eine halbe Eierschale vom schmutzbedeckten Boden aufhob und zerdrückte, damit sich darin kein böser Geist verstecken konnte. »Dein Kopf ist in den Wolken, Derfel«, fuhr sie fort, während sie die Schalenreste ins Feuer warf. »Lunete dagegen ist erdgebunden. Sie will reich werden, und du willst Ehre erwerben. Das paßt nicht zusammen.« Sie zuckte die Achseln, als wäre das Ganze nicht so wichtig; dann berichtete sie mir das Neueste von Ynys Wydryn. Merlin war nicht zurückgekehrt, und niemand wußte, wo er war, aber Arthur hatte Geld geschickt, das er dem besiegten König Gorfyddyd abgenommen hatte, damit der Tor wiederaufgebaut werden konnte, und Gwlyddyn beaufsichtigte den Bau einer neuen und noch großartigeren Halle. Pellinore lebte noch, genau wie Druidan und Gudovan, der Schreiber. Norwenna, erzählte Nimue mir, sei im Schrein des heiligen Dornbuschs beigesetzt worden, wo sie als Heilige verehrt werde.

»Was ist ein Heiliger?« wollte ich wissen.

»Ein toter Christ«, antwortete sie geringschätzig. »Am besten wären sie alle Heilige.«

»Und wie geht es dir?« fragte ich sie.

»Ich lebe noch«, antwortete sie tonlos.

»Bist du glücklich?«

»Du stellst immer so dämliche Fragen. Wenn ich glücklich sein wollte, Derfel, wäre ich jetzt hier bei dir, würde dir Brot backen und dein Bettzeug sauberhalten.«

»Und warum tust du's dann nicht?«

Sie spie ins Feuer, um meine Dummheit zu bannen. »Gundleus lebt immer noch«, sagte sie kurz und bündig, das Thema wechselnd.

»Als Gefanger in Corinium«, wandte ich ein, als ob sie nicht selbst genau wüßte, wo sich ihr Erzfeind befand.

»Ich habe seinen Namen auf einem Stein begraben«, sagte sie und warf mir einen goldäugigen Blick zu. »Er hat mich geschwängert, als er mich vergewaltigte, aber ich habe das widerliche Ding mit Mutterkorn umgebracht.« Mutterkorn, eine schwarze Fäule, die an Roggen wuchs, wurde von den Frauen für Abtreibungen benutzt. Auch Merlin benutzte sie, um sich in den Traumzustand zu versetzen und mit den Göttern zu sprechen. Ich selbst hatte das nur einmal probiert, war aber danach tagelang krank gewesen.

Lunete bestand darauf, Nimue all ihre neuen Schätze zu zeigen: Dreifuß, Kessel und Sieb, die Juwelen und den Umhang, das feine Leinenhemd und den ramponierten Silberkrug mit dem nackten römischen Reiter, der einen Hirsch um die Wölbung herumjagte.

Nimue machte einen mißlungenen Versuch, Interesse zu heucheln; dann bat sie mich, sie nach Caer Cadarn zu begleiten, wo sie die Nacht verbringen wollte. »Lunete ist töricht«, informierte sie mich. Wir schlenderten am Ufer eines Baches entlang, der in den Cam-Fluß mündete. Trockene braune Blätter raschelten unter unseren Füßen. Es hatte inzwischen gefroren, und der Tag war bitterkalt. Nimue wirkte zorniger denn je und gerade deshalb um so schöner. Tragödien standen Nimue gut, und da sie das wußte, suchte sie sie. »Du machst dir allmählich einen Namen«, sagte sie mit einem Blick auf die schlichten, eisernen Kriegerringe an meiner Linken. An der Rechten trug ich keine Ringe, damit ich Schwert und Speer sicherer packen konnte, doch meine Linke war jetzt mit vier Eisenringen geschmückt.

»Glück«, erklärte ich die Existenz der Ringe.

»Nein, nein, nicht Glück.« Sie hob ihre Linke, damit ich die Narbe sehen konnte. »Wenn du kämpfst, Derfel, kämpfe ich mit dir. Du wirst ein großer Krieger werden, und das wirst du wohl auch müssen.«

»Wirklich?«

Sie erschauerte. Der Himmel war grau, grau wie ein unpoliertes Schwert, obwohl am westlichen Horizont zitronengelbe Lichtstreifen zu sehen waren. Die Bäume waren winterlich kahl, das Gras traurig-schwarz, und der Rauch der Feuer in den Siedlungen klebte am Boden, als fürchte er den eisigen, leeren Himmel. »Weißt du, warum Merlin Ynys Wydryn verlassen hat?« fragte sie mich auf einmal, eine Frage, die mich überraschte.

»Um das geheime Wissen von Britannien zu suchen«, antwortete ich, das heißt, ich wiederholte, was sie dem Hohen Rat in Glevum gesagt hatte.

»Aber warum jetzt? Warum nicht vor zehn Jahren?« fragte mich Nimue, um ihre Frage gleich darauf selbst zu beantworten. »Er ist jetzt fortgegangen, Derfel, weil wir schlechten Zeiten entgegengehen. Alles, was gut ist, wird schlecht werden, alles, was schlecht ist, wird noch schlechter werden. Alle, die in Britannien wohnen, sammeln ihre Kräfte, weil sie wissen, daß der große Kampf bevorsteht. Manchmal glaube ich, die Götter spielen mit uns. Sie werfen alle Wurfsteine zugleich, um zu sehen, wie das Spiel endet. Die Sachsen werden immer stärker, und bald werden sie uns in hellen Scharen angreifen, nicht nur in Kriegshorden. Die Christen ...« – sie spie in den Bach, um Böses abzuwenden – »sagen, daß bald fünfhundert Winter vergangen sind, seit ihr armseliger Gott geboren wurde, und behaupten, das bedeute, die Zeit ihres Triumphes sei gekommen.« Abermals spie sie aus. »Und was ist mit uns Briten? Wir bekämpfen uns gegenseitig, wir bestehlen uns, wir bauen neue Festhallen, wenn wir Schwerter und Speere schmieden sollten. Wir werden auf die Probe gestellt werden, Derfel. Merlin sammelt all seine Kraft, denn wenn die Könige uns nicht zu retten vermögen, muß Merlin die Götter dazu bewegen, uns zu Hilfe zu kommen.« Sie trat an einen kleinen Tümpel am Bach und starrte in das schwarze Wasser, das in jener trägen Stille dalag, die kurz vor dem Vereisen kommt. Das Wasser in den Rinderhufspuren am Rand des Tümpels war bereits gefroren.

»Was ist mit Arthur?« fragte ich. »Wird er uns nicht retten?«

Sie schenkte mir die Andeutung eines Lächelns. »Arthur ist für Merlin, was du für mich bist, Derfel. Arthur ist Merlins Schwert, aber keiner von uns kann euch kontrollieren. Wir verleihen euch Macht ...« – sie streckte ihre vernarbte Linke aus und berührte den blanken Knauf meines Schwertgriffs – »und dann lassen wir euch gehen. Wir vertrauen darauf, daß ihr das Richtige tun werdet.«

»Mir kannst du vertrauen«, behauptete ich.

Sie seufzte, wie immer, wenn ich eine solche Behauptung aufstellte. Dann schüttelte sie den Kopf. »Wenn Britannien auf die Probe gestellt wird, Derfel – und das wird es –, wird keiner von uns wissen, als wie stark sich unser Schwert erweisen wird.« Damit wandte sie sich ab und blickte zu den Wällen von Caer Cadarn hinüber, auf denen die bunten Banner der Lords und Häuptlinge flatterten, die gekommen waren, um am folgenden Tag Mordreds Ausrufung zum König beizuwohnen. »Toren«, sagte sie verbittert. »Toren.«

Arthur kam am nächsten Tag. Er traf kurz nach Tagesanbruch aus Ynys Wydryn ein, begleitet von Morgan und nur zweien seiner Krieger. Die drei Männer ritten ihre großen Schlachtrösser, trugen aber weder Rüstung noch Schilde, sondern nur Speer und Schwert. Nicht einmal sein Banner brachte Arthur mit. Er wirkte sehr gelassen, fast so, als wäre diese Zeremonie von keinerlei Interesse für ihn, als wäre er nur neugierig. Agricola, Tewdrics römischer Feldherr, war stellvertretend für seinen Lord gekommen, da dieser an einem Fieber litt, und auch Agricola schien sich nicht für die Zeremonie zu interessieren. Alle anderen auf Caer Cadarn waren jedoch nervös, weil sie fürchteten, die Zeichen des Tages könnten sich als schlecht erweisen. Fürst Cadwy von Isca mit seinen blau tätowierten Wangen war da. Fürst Gereint, der Lord der Steine, war von der sächsischen Grenze, König Melwas aus dem verfallenden Venta gekommen. Alle Edlen Dumnonias, über einhundert Mann, warteten in der Burg. Während der Nacht hatte es Schneeregen gegeben, so daß der Boden von Caer Cadarn schlammig und rutschig war. Das erste Tageslicht brachte jedoch einen kräftigen Westwind, und als Owain mit dem königlichen Kind aus der Halle trat, schien tatsächlich die Sonne auf die Hügel herab, die Caer Cadarns östliche Zufahrtswege umringten.

Morgan hatte den Zeitpunkt für die Zeremonie festgelegt und sich dabei nach den Vorzeichen von Feuer, Wasser und Erde gerichtet. Wie vorauszusehen, sollte sie am Morgen stattfinden, denn aus Handlungen, die bei sinkender Sonne ausgeführt werden, kann nichts Gutes entstehen. Die Menge mußte warten, bis Morgan entschied, daß der genaue Zeitpunkt unmittelbar bevorstand; erst dann konnte mit den Ritualen im Steinkreis auf Caer Cadarns Gipfel begonnen werden. Die Steine dieses Kreises waren nicht groß, keiner größer als ein gebücktes Kind. Genau in der Mitte, wo Morgan hantierte, um in der blassen Sonne ihre Berechnungen anzustellen, lag der Krönungsstein Dumnonias: ein flacher grauer Felsblock, von Tausenden anderen nicht zu unterscheiden, und dennoch hatten wir gelernt, daß der Gott Bel auf diesem Stein seinen menschlichen Sohn Beli Mawr, den Vorfahren aller dumnonischen Könige, gesalbt hatte. Sobald Morgan mit ihren Berechnungen fertig war, wurde Balise in die Mitte des Kreises geführt. Balise war ein uralter Druide, der in den Wäldern westlich des Caer Cadarn lebte und angesichts von Merlins Abwesenheit überredet worden war, den Segen der Götter herabzubeschwören. Er war eine gebeugte, völlig verlauste Kreatur, in Ziegenfelle und Lumpen gehüllt und so verdreckt, daß man kaum erkennen konnte, wo sein

Bart endete und die Lumpen begannen, doch wie ich gehört hatte, war es Balise gewesen, der Merlin einen Großteil seiner Kenntnisse vermittelt hatte. Der Alte hob seinen Stab der wäßrigen Sonne entgegen, murmelte ein paar Gebete und spie dann in Sonnenlaufrichtung im Kreis, bevor er von einem schrecklichen Hustenanfall überwältigt wurde. Stolpernd kehrte er zu seinem Sessel am Rand des Kreises zurück, wo er keuchend sitzenblieb, während seine Begleiterin, eine alte Frau, die äußerlich kaum von Balise zu unterscheiden war, ihm mit schwächlichen Händen den Rücken massierte.

Bischof Bedwin sprach ein Gebet an den Christengott, dann wurde der königliche Säugling außen um den Steinkreis herumgetragen. Damit wurde Mordred, der in Pelze gewickelt auf einem Kriegsschild lag, allen Kriegern, Häuptlingen und Fürsten präsentiert, die, wenn das Kind an ihnen vorbeikam, niederknieten und ihm huldigten. Ein erwachsener König wäre um den Kreis herumgeschritten, so aber wurde Mordred von zwei dumnonischen Kriegern getragen, während Owain, der Champion des Königs, mit gezogenem Langschwert hinter dem Kind einherschritt. Mordred wurde entgegen der Sonnenlaufrichtung getragen, das einzige Mal im Leben eines Königs, daß er gegen die natürliche Ordnung verstieß, doch diese unglückbringende Richtung war absichtlich gewählt worden, um zu zeigen, daß ein König, der von den Göttern abstammte, hoch über derlei unbedeutenden Regeln wie jener stand, daß man stets mit der Sonne im Kreis laufen müsse.

Der Schild mit Mordred wurde auf den Mittelstein gelegt, wo dem jungen König Geschenke dargebracht wurden. Ein Kind legte einen Laib Brot vor ihn hin – Symbol für seine Pflicht, sein Volk zu ernähren –, dann brachte ihm ein zweites Kind eine Geißel – zum Zeichen dafür, daß er sein Land beherrschen müsse –, und schließlich wurde ihm ein Schwert zu Füßen gelegt, das seine Rolle als Verteidiger Dumnonias symbolisierte. Mordred selbst schrie die ganze Zeit und strampelte so heftig, daß er sich fast selbst aus dem Schild gekippt hätte. Durch das Strampeln entblößte er seinen verkrüppelten Fuß, und das, fand ich, war vermutlich ein schlechtes Zeichen, aber die Anwesenden ignorierten den Klumpfuß, während die Großen des Reichs einer nach dem anderen hinzutraten und ihre

Geschenke niederlegten. Gold und Silber brachten sie ihrem König, Edelsteine, Münzen, Jett und Bernstein. Arthur schenkte dem Kind die goldene Statue eines Falken, eine Gabe, bei deren Anblick die Zuschauer den Atem anhielten, so schön war sie; Agricola aber brachte das kostbarste Geschenk: Er legte dem Kind die Kriegsausrüstung König Gorfyddyds von Powys zu Füßen. Arthur hatte die goldbesetzte Rüstung erobert, nachdem er Grofyddyd aus seinem Lager aufgestört hatte, und sie König Tewdric geschenkt, der diesen Schatz nun durch die Hände seines Feldherrn an Dumnonia zurückgab.

Schließlich wurde das quengelnde Kind vom Stein gehoben und seiner neuen Amme übergeben, einer Sklavin aus Owains Haushalt. Nun kam Owains großer Moment. Die anderen großen Männer waren zum Schutz gegen die Kälte in Umhänge und Pelze gehüllt, aber als Owain vortrat, trug er nichts weiter als eine Hose und seine Stiefel. Brust und Arme, beides tätowiert, waren so nackt wie sein Schwert, das er feierlich auf den Krönungsstein legte. Dann schritt er gemessen und mit verächtlicher Miene rings um den Kreis der Steine herum und spie vor allen Anwesenden aus. Es war eine Herausforderung. Sollte irgendeiner der Anwesenden der Ansicht sein, daß Mordred nicht König werden dürfe, brauchte er nur einen Schritt vorzutreten und das blanke Schwert vom Stein zu nehmen. Dann mußte er gegen Owain kämpfen. Überheblich stolzierte Owain einher, höhnte und suchte eine Herausforderung zu provozieren, doch niemand rührte sich. Erst als Owain den Kreis der Zuschauer zweimal umrundet hatte, kehrte er zum Stein zurück, um das Schwert wieder an sich zu nehmen.

Woraufhin alle in Jubel ausbrachen, denn nun hatte Dumnonia wieder einen König. Die Krieger rings auf den Wällen schlugen mit den Speerschäften auf ihre Schilde.

Ein letztes Ritual stand uns noch bevor. Bischof Bedwin hatte versucht, es zu verbieten, aber der Rat hatte ihn überstimmt. Ich sah, wie Arthur stillschweigend davonging, alle anderen jedoch, selbst Bischof Bedwin, blieben stehen, als ein nackter, verängstigter Gefangener zum Königsstein geführt wurde. Es war Wlenca, der Sachse, den ich gefangengenommen hatte. Ich glaube kaum, daß er wußte, was hier geschah, aber er muß das Schlimmste befürchtet haben.

Morgan versuchte Balise aufzurufen, aber der alte Druide war viel zu schwach, um die ihm zustehende Rolle zu übernehmen, daher trat Morgan selbst auf den zitternden Wlenca zu. Als dem Sachsen die Fesseln abgenommen wurden, hätte er versuchen können zu fliehen, obwohl es durch die bewaffnete Menge, die ihn umringte, kein Entkommen gab. Jedenfalls stand er reglos da, als Morgan sich ihm langsam näherte. Vielleicht lähmten ihn der Anblick ihrer Goldmaske und ihr hinkender Gang. Er rührte sich nicht, bis sie ihre verunstaltete, behandschuhte Hand in eine Schale getaucht hatte und ihn nach kurzer Überlegung am oberen Bauch berührte. Bei der Berührung zuckte Wlenca erschrocken zusammen, hielt aber sofort wieder still. Morgan hatte ihre Hand in eine Schale mit frischem Ziegenblut getaucht, das nun als feuchtes grellrotes Zeichen auf Wlencas magerem, bleichem Bauch prangte.

Morgan schritt davon. Die Zuschauer verhielten sich ganz still und schwiegen ängstlich, denn dies war ein ehrfurchtgebietender Augenblick der Wahrheit. Gleich würden die Götter zu Dumnonia sprechen.

Owain betrat den Kreis. Er hatte sein Schwert abgelegt und trug statt dessen seinen schwarzgeschäfteten Kriegsspeer. Sein Blick war auf den verängstigten Sachsen gerichtet, der zu seinen eigenen Göttern zu beten schien, doch die besaßen auf Caer Cadarn keine Macht.

Owain bewegte sich gemessen. Sekundenlang nur nahm er den Blick von Wlencas Gesicht, nur eben so lange, bis er die Spitze seines Speers direkt auf die markierte Stelle auf dem Bauch des Sachsen gerichtet hatte; dann sah er dem Gefangenen wieder in die Augen. Beide Männer verhielten sich reglos. In Wlencas Augen standen Tränen, und mit einem winzigen Kopfschütteln flehte er stumm um Erbarmen. Owain jedoch ignorierte diese Geste und wartete, bis Wlenca wieder vollkommen stillhielt. Die Speerspitze wies jetzt direkt auf das Blutzeichen, und keiner der beiden Männer regte sich. Nur der Wind zerrte an ihren Haaren und blähte die feuchten Umhänge der Zuschauer.

Owain stieß zu. Mit einem einzigen, kraftvollen Stoß trieb er den Speer tief in Wlencas Körper; dann zog er die Klinge wieder heraus und lief mit kurzen Schritten rückwärts, um den blutenden Sachsen im Königskreis allein zu lassen.

Wlenca schrie. Es war eine gräßliche Wunde, absichtlich so gerissen, daß sie einen langsamen, schmerzvollen Tod herbeiführte, denn von den Todesqualen des Sterbenden konnten geübte Seher wie Balise oder Morgan die Zukunft des Reiches ablesen. Balise, aus seiner Teilnahmslosigkeit gerissen, sah zu, wie der Sachse, der sich mit einer Hand den Bauch hielt und sich vor grauenhaften Schmerzen krümmte, umhertaumelte. Nimue beugte sich eifrig vor, denn sie wurde zum erstenmal Zeugin dieser mächtigsten aller Weissagungen und wollte ihre Geheimnisse kennenlernen. Ich selbst zog, wie ich gestehen muß, eine angewiderte Grimasse, aber nicht aus Abscheu vor der Zeremonie, sondern weil ich Wlenca gern gehabt hatte und mir sein breites, blauäugiges Gesicht eine Vorstellung gegeben hatte, wie ich vermutlich selbst aussah. Ich tröstete mich mit dem Bewußtsein, daß er in der Anderwelt, aufgrund dieses Opfers, einen Platz unter den Kriegern erhalten würde, wo er und ich uns eines Tages wieder begegnen würden.

Wlencas Schreie waren zu einem verzweifelten Keuchen geworden. Sein Gesicht war aschfahl; er zitterte, hielt sich aber irgendwie aufrecht und wankte nach Osten. Als er den Steinkreis erreichte, hatte es kurz den Anschein, als würde er zusammenbrechen; dann bäumte er sich unter einem gräßlichen Schmerzanfall auf und krümmte sich sofort wieder zusammen. Aus der Wunde spritzte Blut, als er in einem weiten Kreis herumwirbelte und ein paar Schritte nach Norden stolperte. Bis er – endlich – zusammenbrach. Er verkrampfte sich vor Qual, und jeder Krampf schien für Balise und Morgan eine Bedeutung zu haben. Morgan trat vor, um ihn aus der Nähe zu beobachten, während er bebte, zuckte und sich vor Schmerzen wand. Sekundenlang zitterten seine Beine; dann lösten sich seine Eingeweide, er warf den Kopf zurück, und ein rasselnder Laut entrang sich seiner Kehle. Ein dicker Blutstrahl ergoß sich fast bis vor Morgans Füße, und der Sachse starb.

Irgend etwas an Morgans Haltung sagte uns, daß die Zeichen schlecht standen, und ihre finstere Stimmung teilte sich der Menge mit, die auf die gefürchtete Erklärung wartete. Morgan kehrte zu Balise zurück und beugte sich zu dem Alten hinab, der ein heiseres, respektloses Gekicher von sich gab. Nimue war hinübergegangen, um die Blutspur und anschließend den Leichnam zu untersuchen; dann gesellte sie sich zu Morgan und Balise, während die Zuschauer weiter warteten. Und warteten.

Endlich kehrte Morgan zu dem Leichnam zurück. Sie richtete ihre Worte an Owain, den Champion des Königs, der neben dem Kindkönig stand, doch alle Zuschauer beugten sich gespannt vor, um sich ihre Worte nicht entgehen zu lassen. »König Mordred«, sagte sie, »wird sich eines langen Lebens erfreuen. Er wird ein Schlachtenführer werden, und er wird den Sieg kennenlernen.«

Ein Seufzer lief durch die Zuschauer. Man konnte diese Weissagung durchaus günstig auslegen, obwohl vermutlich alle wußten, wieviel ungesagt blieb. Ein paar der Anwesenden erinnerten sich wohl auch an Uthers Proklamation, als die Blutspur und die qualvollen Windungen des Sterbenden ihm wahrheitsgemäß eine glorreiche Regierungszeit geweissagt hatten. Selbst ohne Glorie gab Wlencas Tod Anlaß zu ein wenig Hoffnung.

Mit diesem Tod endete Mordreds Ausrufung zum König. Die arme Norwenna, die unter dem heiligen Dornbusch von Ynys Wydryn begraben lag, hätte alles ganz anders gemacht; aber selbst wenn sich tausend Bischöfe und eine Myriade von Heiligen versammelt hätten, um Mordred auf den Thron zu beten, wären die Vorzeichen dieselben gewesen. Denn Mordred, unser König, war verkrüppelt, und weder Druide noch Bischof konnte daran etwas ändern.

Am Nachmittag kam Tristan von Kernow. Wir saßen in der großen Halle bei Mordreds Festmahl, einem Ereignis, dem jeglicher Frohsinn abging, doch nach Tristans Eintreffen wurde es noch trübseliger. Niemand bemerkte seine Ankunft, bis er an das große Feuer in der Mitte trat und die Flammen sich in seinem ledernen Brustharnisch und dem Eisenhelm spiegelten. Da der Prinz als Freund Dumnonias bekannt war, begrüßte ihn Bischof Bedwin entsprechend. Als Antwort zog Tristan jedoch sein Schwert. Diese Geste erregte sofort Aufmerksamkeit, denn eine Festhalle durfte niemals mit einer Waffe betreten werden, und schon gar nicht eine Halle, in der die Proklamation eines Königs gefeiert wurde. Einige Männer in der Halle waren betrunken, aber selbst diese verstummten, als sie sich dem jungen, dunkelhaarigen Prinzen zuwandten.

Bedwin versuchte das gezogene Schwert zu ignorieren. »Ihr seid zur Proklamation gekommen, Lord Prinz? Vermutlich wurdet Ihr aufgehalten. Das Reisen im Winter ist so beschwerlich. Kommt her, setzt Euch! Vielleicht neben Agricola von Gwent? Es ist noch genügend Wildbret vorhanden.«

»Ich komme mit einer Beschwerde«, gab Tristan laut hörbar zurück. Er hatte seine sechs Leibwachen draußen vor der Tür gelassen, wo ein eisiger Schneeregen über die Hügelkuppen fegte. Die Wachen waren grimmige Männer in nasser Rüstung und triefenden Umhängen, Männer, die ihre Schilde richtig herum trugen und deren Speerspitzen auf Hochglanz geschliffen worden waren.

»Mit einer Beschwerde?« wiederholte Bedwin, als wäre schon der Gedanke daran bemerkenswert. »Aber doch nicht an diesem freudigen Tag!«

Einige Krieger in der Halle reagierten mit herausfordernden Rufen. Sie waren betrunken genug, um Lust auf einen Streit zu haben, aber Tristan ignorierte sie. »Wer spricht für Dumnonia?« fragte er.

Einen Moment schienen alle zu zögern. Owain, Arthur, Gereint und Bedwin waren allesamt bevollmächtigt, aber keiner hatte den Vorrang. Fürst Gereint, der sich nie in den Vordergrund drängte, zuckte die Achseln, Owain starrte Tristan wütend an, während Arthur sich respektvoll an Bedwin wandte, der äußerst zurückhaltend entgegnete, daß er als oberster Berater des Reiches genausogut wie jeder andere für König Mordred sprechen könne.

»Dann sagt König Mordred«, verlangte Tristan, »daß zwischen meinem und seinem Land Blut stehen wird, bis ich Gerechtigkeit erlange.«

Bedwin wirkte beunruhigt und machte flatternde, beruhigende Gesten mit den Händen, während er überlegte, was er darauf antworten sollte. Ihm wollte nichts einfallen, und schließlich übernahm Owain die Antwort. »Sagt, was Ihr zu sagen habt«, forderte er kurz und bündig.

»Einige Leute vom Volk meines Vaters«, sagte Tristan daraufhin, »standen unter dem Schutz von Großkönig Uther. Auf Uthers Bitte kamen sie in dieses Land, um in den Minen zu arbeiten und friedlich mit ihren Nachbarn zusammenzuleben. Im vergangenen Sommer aber kamen ebenjene Nachbarn zu ihren Minen, und mit ihnen Schwert, Feuerbrand und Massaker. Sagt Eurem König, daß es achtundfünfzig Tote gab, und deren *sarhaed* wird den Wert ihres Lebens und das Leben des Mannes betragen, der den Befehl gab, sie zu töten. Sonst werden wir mit unseren Schwertern und Schilden kommen, um den Preis persönlich einzutreiben.«

Owain brüllte vor Lachen. »Das kleine Kernow? Wir zittern vor Angst!«

Alle Krieger in der Runde johlten. Kernow war ein kleines Land und kein Gegner für die dumnonische Streitmacht. Bischof Bedwin versuchte dem Getöse Einhalt zu gebieten, aber die Halle war voll prahlend-trunkener Männer, die sich nicht beruhigen wollten, bis Owain selbst Ruhe verlangte. »Ich, mein Prinz«, sagte Owain, »habe gehört, daß es Oengus Mac Airems Schwarzschild-Iren waren, die das Moor überfallen haben.«

Tristan spie aus. »Wenn das stimmt«, entgegnete er, »dann hätten sie übers Land fliegen müssen, denn niemand hat sie vorbeiziehen sehen, und nicht mal so viel wie ein Ei haben sie einem Dumnonier gestohlen.«

»Aber nur, weil sie Dumnonia fürchten, Kernow dagegen nicht«, behauptete Owain, und wieder brach brüllendes Hohngelächter in der Halle aus.

Arthur wartete, bis wieder Ruhe herrschte. »Fällt Euch außer Oengus Mac Airem noch irgendein anderer Mann ein, der Eure Leute überfallen haben könnte?« erkundigte er sich höflich.

Tristan ließ den Blick in die Runde schweifen und musterte die Männer, die auf dem Hallenboden hockten. Als er Fürst Cadwys Kahlkopf entdeckte, zeigte er mit dem Schwert auf ihn. »Fragt ihn! Oder noch besser...« er hob die Stimme, um die Hohnrufe zu übertönen – »fragt die Zeugin, die draußen wartet.« Cadwy war aufgesprungen und verlangte lautstark, sein Schwert holen zu dürfen, während seine tätowierten Speerkämpfer ganz Kernow mit einem Massaker drohten.

Arthur schlug mit der Hand auf den Tisch des Königs. Auf das Geräusch, das durch die ganze Halle dröhnte, folgte augenblickliches Schweigen. Agricola von Gwent, der neben Arthur saß, schlug die Augen nieder, denn dieser Streit ging ihn nichts an; doch ich bezweifle, daß seinem wachen Verstand auch nur eine winzige Nuance der Auseinandersetzung entging. »Jeder Mann, der heute abend Blut vergießt«, erklärte Arthur, »ist mein Feind.« Dann wartete er, bis Cadwy und seine Männer sich beruhigten, und wandte sich wieder an Tristan. »Lord, bringt Eure Zeugin herein.«

»Soll das hier ein Gerichtshof sein?« fragte Owain.

»Die Zeugin soll hereinkommen«, wiederholte Arthur.

»Aber dies ist ein Festmahl!« protestierte Owain.

»Die Zeugin soll hereinkommen, laßt sie doch hereinkommen!« Bischof Bedwin wollte die unangenehme Angelegenheit hinter sich bringen und fand, daß dies am schnellsten geschähe, wenn er sich Arthur anschloß. Die Männer hinten in der Halle drängten näher, um sich nichts von diesem Drama entgehen zu lassen, brachen aber in Lachen aus, als Tristans Zeugin endlich erschien: ein Kind, höchstens neun Jahre alt, ein Mädchen, das ruhig und aufrecht vortrat und sich neben ihren Prinzen stellte, der ihr den Arm um die Schultern legte. »Sarlinna ferch Edain«, verkündete er den Namen des Kindes. Dann tätschelte er der Kleinen beruhigend die Schultern. »Sprich nur.«

Sarlinna leckte sich die Lippen. Sie wandte sich direkt an Arthur – vielleicht, weil er das freundlichste Gesicht von all den Männern hatte, die an der Hohen Tafel saßen. »Mein Vater wurde getötet, meine Mutter wurde getötet, meine Geschwister wurden getötet...« Sie sagte es so monoton, als hätte sie es auswendig gelernt, obwohl kein Anwesender die Wahrheit ihrer Worte bezweifelte. »Meine kleine Schwester wurde getötet«, fuhr sie fort, »und mein Kätzchen wurde getötet...« – hier kam die allererste Träne – »und ich hab' alles genau gesehen.«

Arthur schüttelte mitfühlend den Kopf. Agricola von Gwent fuhr sich mit der Hand über das kurzgeschorene graue Haar; dann blickte er zu den rußgeschwärzten Dachbalken hinauf. Owain lehnte sich in seinem Sessel zurück und trank aus seinem Hornbecher, während Bischof Bedwin eine bestürzte Miene zog. »Hast du die Mörder wirklich gesehen?« fragte er das kleine Mädchen.

»Ja, Lord.« Nachdem sie nun keinen Text mehr sprechen

konnte, den sie vorbereitet und geübt hatte, war Sarlinna sehr viel ängstlicher.

»Aber es war Nacht, mein Kind«, wandte Bischof Bedwin ein. »Hat der Überfall nicht bei Nacht stattgefunden, Lord Prinz?« wandte er sich an Tristan. Alle Lords von Dumnonia hatten von dem Überfall auf dem Moor gehört, aber sie hatten Owains Behauptung geglaubt, das Massaker sei das Werk von Oengus' Schwarzschild-Iren gewesen. »Wieso konnte das Kind bei Nacht sehen?« wollte Bedwin wissen.

Tristan ermutigte die Kleine, indem er ihr die Schulter tätschelte. »Erzähl dem Lord Bischof, was geschehen ist«, forderte er sie auf.

»Die Männer haben Feuer in unsere Hütten geworfen, Lord«, berichtete Sarlinna mit leiser Stimme.

»Nicht genug Feuer«, grollte ein Mann, der im Schatten saß, und die ganze Halle lachte.

»Wieso hast du überlebt, Sarlinna?« fragte Arthur sie freundlich, nachdem sich das Gelächter gelegt hatte.

»Ich hab' mich versteckt, Lord. Unter einem Fell.«

Arthur lächelte. »Das hast du gut gemacht. Aber hast du auch den Mann gesehen, der deine Mutter und deinen Vater getötet hat?« Er hielt inne. »Und dein Kätzchen?«

Sie nickte. In ihren Augen schimmerten Tränen. »Ich hab' ihn gesehen, Lord«, bestätigte sie leise.

»Dann erzähl uns von ihm«, verlangte Arthur.

Sarlinna, die ein kurzes graues Hemdkleid und einen schwarzwollenen Umhang trug, hob ihre dünnen Ärmchen und schob die Kleiderärmel zurück, so daß man ihre bleiche Haut sah. »Auf den Armen des Mannes waren Bilder, Lord, Bilder von einem Drachen. Und von einem Eber. Hier.« Sie zeigte ihm, wo auf ihren Armen die Tätowierungen gewesen wären, und sah dabei Owain an. »Und in seinem Bart hatte er Ringe«, ergänzte sie und verstummte. Aber sie brauchte nichts mehr zu sagen, denn nur ein einziger Krieger trug Ringe im Bart. Außerdem hatte jeder Anwesende Owains Arme gesehen, als er am Morgen den Speer in Wlencas Körper gestoßen hatte, und alle wußten, daß auf diese Arme Dumnonias Drache und sein eigenes Wahrzeichen, der Eber mit den langen Hauern, tätowiert waren.

Es wurde still. Ein Holzscheit knackte im Feuer und schickte ein Rauchwölkchen in die Dachsparren hinauf. Ein Windstoß trieb trommelnden Schneeregen auf das Strohdach und ließ die Binsenfackeln flackern, die überall in der Halle verteilt waren. Agricola untersuchte den silbernen Ständer seines Trinkhorns, als hätte er so etwas noch nie gesehen. Irgendwo in der Halle rülpste ein Mann, und dieses Geräusch schien Owain zu veranlassen, den schweren, zottigen Schädel zu drehen und dem Kind ins Gesicht zu starren. »Sie lügt«, behauptete er rauh, »und Kinder, die lügen, sollten blutig geprügelt werden.«

Sarlinna begann zu weinen und barg ihr Gesicht in den nassen Falten von Tristans Mantel. Bischof Bedwin runzelte die Stirn. »Es trifft doch zu, Owain, daß Ihr Fürst Cadwy im Spätsommer einen Besuch abgestattet habt, nicht wahr?«

»Na und?« fuhr Owain auf. »Na und?« brüllte er abermals, diesmal als Herausforderung an die ganze Versammlung. »Hier sind meine Krieger!« Er deutete auf uns, die wir auf der rechten Seite der Halle zusammensaßen. »Fragt sie doch! Fragt sie! Dieses Kind lügt! Bei meinem Eid, Lord, sie lügt!«

Auf einmal herrschte Aufruhr in der Halle, und viele Männer spien Tristan trotzig an. Sarlinna weinte so heftig, daß der Prinz sich bückte, sie auf seine Arme hob und sie tröstete, während Bedwin bemüht war, die Situation wieder unter Kontrolle zu bekommen. »Wenn Owain auf seinen Eid schwört«, rief der Bischof, »dann lügt das Kind.« Grollend stimmten ihm die Krieger zu.

Mir fiel auf, daß Arthur mich beobachtete. Ich blickte auf meine Holzschale mit Wildbret.

Bischof Bedwin wünschte, er hätte das Kind nicht in die Halle holen lassen. Er fuhr sich mit den Fingern durch den Bart; dann schüttelte er mißmutig den Kopf. »Das Wort eines Kindes hat vor dem Gesetz kein Gewicht«, erklärte er vorwurfsvoll. »Ein Kind gehört nicht zu den Sprechenden.« Die Sprechenden waren die neun Zeugen, deren Wort vor dem Gesetz als wahr galten: ein Lord, ein Druide, ein Priester, ein Vater, der von seinen Kindern spricht, ein Beamter, ein Schenker, der von seinen Geschenken spricht, eine Jungfer, die von ihrer Jungfräulichkeit spricht, ein Hirte, der von seinen Tieren spricht, und ein Verurteilter, der die letzten Worte spricht. Nirgendwo auf dieser Liste wurde ein Kind erwähnt, das von dem Massaker an seiner Familie spricht. »Lord Owain«, wandte sich Bischof Bedwin an Tristan, »ist ein Sprechender.«

Tristan war bleich, aber er gab nicht nach. »Ich glaube dem Kind«, erklärte er. »Morgen nach Sonnenaufgang werde ich mir Dumnonias Antwort holen. Und wenn diese Antwort Kernow nicht Gerechtigkeit widerfahren läßt, wird mein Vater die Gerechtigkeit selbst in die Hand nehmen.«

»Was ist los mit Eurem Vater?« höhnte Owain. »Hat wohl das Interesse an seiner letzten Frau verloren, eh? Und will sich statt dessen in der Schlacht besiegen lassen, was?«

Von Gelächter begleitet, verließ Tristan die Halle – einem Gelächter, das lauter wurde, als sich die Männer vorzustellen versuchten, wie das winzige Kernow dem mächtigen Dumnonia den Krieg erklärte. Ich selbst stimmte nicht in das Gelächter ein, sondern aß mein Fleisch und redete mir ein, daß ich etwas essen müsse, wenn ich mich während meiner Wachrunde warm halten wollte, die nach Ende des Festmahls begann. Und da ich auch keinen Met trank, war ich noch immer nüchtern, als ich mir Mantel, Speer, Schwert und Helm holte und mich zum Nordwall begab. Der Schneeregen hatte aufgehört, die dahinjagenden Wolken gaben einen strahlenden Halbmond frei, der inmitten des Sternenschimmers dahinsegelte, obwohl sich im Westen über dem Severn-Meer schon wieder neue Wolken auftürmten. Mich fröstelte, während ich auf dem Wall auf und ab ging.

Wo mich Arthur antraf.

Ich hatte gewußt, daß er kommen würde. Ich hatte gewollt, daß er käme, und dennoch empfand ich Furcht vor ihm, als ich zusah, wie er den Burghof überquerte und die kurze Holztreppe erklomm, die zu dem niedrigen Wall aus Erde und Steinen hinaufführte. Anfangs sagte er nichts, sondern lehnte sich nur an die Holzpfähle und starrte auf die fernen Feuer, die Ynys Wydryn beleuchteten. Er trug seinen weißen Mantel, den er gerafft hatte, damit der Saum nicht durch den Morast schleifte. Die Zipfel hatte er oberhalb seiner kreuzweise verzierten Schwertscheide um die Taille geknotet. »Ich werde dich nicht fragen«, sagte er endlich, seinem Atem nachschauend, der in der Nachtluft ein Wölkchen bildete, »was auf dem Moor geschehen ist, denn ich will keinen Mann, vor allem keinen Mann, den ich mag, dazu auffordern, einen Todesschwur zu brechen.«

»Ja, Lord«, gab ich zurück und fragte mich, woher er wußte, daß wir uns in jener finsteren Nacht mit einem Todeseid gebunden hatten.

»Dann wollen wir lieber ein bißchen spazierengehen.« Lächelnd sah er mich an und deutete auf die Wälle. »Ein Wachtposten, der in Bewegung bleibt, hält sich warm«, sagte er. »Wie ich hörte, bist du ein guter Soldat geworden.«

»Ich gebe mir Mühe, Lord.«

»Und offenbar mit Erfolg. Gut gemacht.« Er verstummte, weil wir an einem meiner Kameraden vorüberkamen, der zusammengekauert an der Pfahlwand hockte. Als ich an seinem Platz vorbeiging, las ich in seiner Miene die Besorgnis, ich könnte Owains Truppe verraten. Arthur schob sich die Kapuze aus dem Gesicht. Er hatte einen weitausholenden, energischen Gang, und ich mußte mich sputen, wenn ich mit ihm Schritt halten wollte. »Was, meinst du, ist die Aufgabe eines Sodaten, Derfel?« fragte er mich in seiner vertraulichen Art, durch die man das Gefühl bekam, daß er sich für nichts auf der Welt so sehr interessiere wie für seinen Gesprächspartner.

»Schlachten zu schlagen, Lord«, antwortete ich.

Er schüttelte den Kopf. »Schlachten zu schlagen, Derfel«, korrigierte er mich, »für Menschen, die nicht selbst kämpfen können. Das habe ich in Armorica gelernt. Diese elende Welt ist voll schwacher Menschen, machtloser Menschen, hungernder Menschen, trauriger Menschen, kranker Menschen, armer Menschen, und es ist das Leichteste von der Welt, die Schwachen zu verachten, vor allem, wenn man selbst Soldat ist. Wenn man ein Krieger ist und die Tochter eines Mannes begehrt, wird man sie sich einfach nehmen; begehrt man sein Land, wird man es sich ganz einfach nehmen; schließlich ist man ja Soldat und hat einen Speer und ein Schwert, während der andere nur ein armer, schwacher Mann ist, mit einem zerbrochenen Pflug und einem kranken Ochsen, was also sollte einen hindern?« Er erwartete keine Antwort auf seine Frage, sondern ging schweigend weiter. Wir hatten das westliche Tor erreicht. Die Stufen aus gespaltenen Baumstämmen, die auf die Plattform über dem Tor führten, waren schon wieder weiß vor Rauhreif. Seite an Seite stiegen wir sie empor. »In Wirklichkeit, Derfel«, fuhr Arthur fort, als wir die Plattform erreicht hatten, »sind wir Soldaten, weil uns der Schwache zu Soldaten macht. Er baut das Getreide an, von dem wir leben, er gerbt das Leder, das uns schützt, er fällt die Eschenbäume, aus denen unsere Speerschäfte geschnitzt werden. Wir schulden ihm unseren Dienst.«

»Ja, Lord«, sagte ich und starrte mit ihm aufs weite, flache Land hinaus. Es war nicht so kalt wie in der Nacht, als Mordred geboren wurde, aber es war dennoch bitterkalt, und der Wind machte es noch schlimmer.

»Alles hat einen Sinn«, sagte Arthur, »auch der Soldatenberuf.« Dabei lächelte er mich an, als wollte er sich für seinen tiefen Ernst entschuldigen. Aber das war nicht nötig, denn ich sog seine Worte gierig auf. Ich hatte davon geträumt, Soldat zu werden, weil Krieger einen hohen Status besaßen und weil ich es immer für erstrebenswerter gehalten hatte, einen Speer zu tragen als einen Rechen; hinausgedacht über diesen selbstsüchtigen Wunsch hatte ich jedoch nie. Arthur dagegen hatte weit darüber hinausgedacht und brachte eine klare Vorstellung, wohin sein Schwert und sein Speer ihn führen sollten, nach Dumnonia mit.

»Wir haben die Chance« – beim Sprechen lehnte sich Arthur an die hohe Brustwehr – »ein Dumnonia zu schaffen, in dem wir unserem Volk dienen können. Wir können den Menschen kein Glück schenken, und ich weiß nicht, wie ich ihnen eine gute Ernte garantieren soll, durch die sie reich werden; aber ich weiß, daß wir ihnen Sicherheit bieten können. Ein Mann, der sich sicher fühlt, ein Mann, der weiß, daß seine Kinder aufwachsen werden, ohne als Sklaven entführt zu werden, und daß der Brautpreis seiner Tochter nicht aufgrund der Vergewaltigung durch einen Soldaten ruiniert wird, ein solcher Mann wird weitaus wahrscheinlicher glücklich als ein Mann, der ständig die Gefahr eines Krieges vor Augen hat. Ist das richtig?«

»Ja, Lord«, gab ich zurück.

Vor Kälte rieb er sich die behandschuhten Hände. Meine Hände waren mit Lumpen umwickelt, so daß es mir schwerfiel, den Speer richtig zu fassen, vor allem, weil ich außerdem bestrebt war, sie unter meinem Mantel warm zu halten. Hinter uns in der Festhalle brandete rauhes Männergelächter auf. Das Essen war so schlecht gewesen wie bei jedem Festmahl im Winter, aber es hatte viel Met und Wein gegeben. Arthur war jedoch genauso nüchtern wie ich. Während er westwärts zu den sich auftürmenden Wolken hinübersah, betrachtete ich sein Profil. Der Mond überschattete seine hohlen Wangen, so daß sein Gesicht noch knochiger wirkte als sonst. »Ich hasse den Krieg«, sagte Arthur plötzlich.

»Wirklich?« Ich war erstaunt, aber ich war schließlich noch jung genug, den Krieg zu genießen.

»Selbstverständlich!« Er lächelte mir zu. »Zufällig bin ich gut in diesem Handwerk, du möglicherweise auch, und gerade das bedeutet, daß wir das weise einsetzen müssen. Weißt du, was im letzten Herbst in Gwent geschehen ist?«

»Ihr habt Gorfyddyd verwundet«, antwortete ich eifrig. »Ihr habt ihm den Arm abgeschlagen.«

»Das stimmt«, sage er fast so, als überraschte ihn das. »In bergigem Gelände sind meine Pferde kaum zu gebrauchen, in waldigem überhaupt nicht, deswegen bin ich mit ihnen nordwärts ins flache Farmland von Powys gezogen. Da Gorfyddyd versuchte, Tewdrics Wälle niederzureißen, begann ich Gorfyddyds Heuschober und Getreidespeicher niederzubrennen. Wir brandschatzten, wir töteten. Wir machten unsere Sache gut – nicht weil wir das wollten, sondern weil es getan werden mußte. Und es klappte. Ich lockte Gorfyddyd von Tewdrics Wällen fort und weit ins Bauernland hinaus, wo meine Pferde ihn vernichten konnten. Was sie auch taten. Bei Tagesanbruch griffen wir an; er wehrte sich gut, doch er verlor die Schlacht mitsamt seinem linken Arm, und das, Derfel, beendete das Töten. Es hatte seinen Zweck erfüllt, verstehst du? Der Zweck des Tötens war es, Powys davon zu überzeugen, daß es besser sei, mit Dumnonia im Frieden zu leben als im Krieg. Und nun wird endlich Frieden herrschen.«

»Wirklich?« fragte ich ein wenig zweifelnd. Die meisten von uns waren der Ansicht, die Frühlingsschmelze könne nur einen neuen Angriff von Powys' erbittertem König Gorfyddyd bringen.

»Gorfyddyds Sohn ist ein vernünftiger Mann«, sagte Arthur. »Sein Name ist Cuneglas, und er will Frieden. Wir müssen Prinz

Cuneglas Zeit geben, damit er seinen Vater überzeugen kann, daß er noch mehr verlieren wird als seinen Arm, wenn er wieder gegen uns in den Krieg zieht. Sobald Gorfyddyd überzeugt ist, daß Frieden besser ist als Krieg, wird er einen Rat einberufen, und wir werden alle hingehen und viel Lärm machen, und am Ende, Derfel, werde ich Gorfyddyds Tochter Ceinwyn heiraten.« Er warf mir einen kurzen und leicht verlegenen Blick zu. »*Seren* wird sie genannt, der Stern! Der Stern von Powys. Wie es heißt, soll sie sehr schön sein.« Diese Vorstellung erfreute ihn offenbar, was mich ein wenig verwunderte, aber damals hatte ich noch nicht entdeckt, wie eitel Arthur war. »Hoffen wir, daß sie so schön ist wie ein Stern«, fuhr er fort, »aber ob sie nun schön ist oder nicht, ich werde sie heiraten, und wir werden Frieden mit Siluria schießen, und dann werden die Sachsen einem geeinten Britannien gegenüberstehen. Powys, Gwent, Dumnonia und Siluria – alle vereint, alle zusammen gegen denselben Feind, und alle miteinander in Frieden lebend.«

Ich lachte – nicht über ihn, sondern mit ihm, denn seine ehrgeizige Prophezeiung hatte so sachlich geklungen. »Woher wollt Ihr das wissen?« fragte ich ihn.

»Weil Cuneglas die Friedensbedingungen vorgelegt hat natürlich, und das darfst du keinem Menschen erzählen, Derfel, sonst könnte es vielleicht nicht gutgehen. Sogar sein Vater weiß noch nichts davon. Also ist es vorerst noch dein und mein Geheimnis. Verstanden?«

»Ja, Lord«, antwortete ich und fühlte mich unendlich privilegiert, daß man mir ein so wichtiges Geheimnis verriet, aber genau das hatte Arthur natürlich beabsichtigt. Er wußte stets, wie man Menschen manipulieren kann, und vor allem verstand er sich darauf, junge, idealistische Männer zu manipulieren.

»Aber was nützt uns der Frieden«, fragte mich Arthur, »wenn wir uns gegenseitig bekämpfen? Unsere Aufgabe ist es, Mordred ein reiches, friedliches Königreich zu übergeben, und darum müssen wir es zu einem guten und gerechten Königreich machen.« Jetzt sah er mich an, und seine tiefe, weiche Stimme hatte einen sehr ernsten Tonfall angenommen. »Wir können keinen Frieden halten, wenn wir unsere Verträge brechen, und der Vertrag, der den Männern aus Kernow erlaubte, unsere Zinnminen auszubeuten, war ein guter Vertrag. Ich bezweifle nicht, daß sie uns betrogen haben, alle Menschen betrügen, wenn es darum geht, Königen etwas von ihrem Geld zu geben, aber war das ein Grund, sie zu töten und ihre Kinder und die Kätzchen ihrer Kinder? Daher, Derfel, werden wir im nächsten Frühling Krieg haben statt Frieden, es sei denn, wir machen auf der Stelle Schluß mit diesem Unsinn. König Mark wird uns angreifen. Er wird nicht siegen, aber sein Stolz wird verlangen, daß seine Männer viele unserer Bauern töten, und wir werden eine Kriegshorde nach Kernow schicken müssen, und das Gelände dort ist für den Kampf schlecht geeignet, sehr schlecht, aber letztlich werden wir siegen. Dem Stolz wird Genüge getan sein, aber zu welchem Preis? Dreihundert tote Bauern? Wie viele tote Rinder? Und wenn Gorfyddyd sieht, daß wir an unserer Westgrenze Krieg führen, wird er versucht sein, unsere Schwäche auszunutzen und uns im Norden anzugreifen. Wir können Frieden schließen, Derfel, aber nur, wenn wir stark genug sind, Krieg zu führen. Wenn wir schwach wirken, werden unsere Feinde wie die Falken auf uns herabstoßen. Und wie viele Sachsen werden uns im nächsten Jahr gegenüberstehen? Können wir wirklich Männer entbehren, damit sie den Tamar überschreiten, um in Kernow ein paar Bauern zu töten?«

»Lord«, begann ich, drauf und dran, die Wahrheit zu beichten, aber Arthur hieß mich schweigen. Die Krieger in der Halle brüllten den Kriegsgesang von Beli Mawr, stampften mit den Füßen auf die Erde, während sie das große Schlachten ausriefen und sich zweifellos auf weiteres Schlachten in Kernow freuten.

»Du darfst kein Wort über das verlieren, was auf dem Moor geschehen ist«, ermahnte mich Arthur. »Eide sind heilig, sogar für diejenigen unter uns, die sich fragen, ob irgendein Gott sich die Mühe macht, für ihre Einhaltung zu sorgen. Nehmen wir einfach mal an, Derfel, daß Tristans kleines Mädchen die Wahrheit gesagt hat. Was würde das bedeuten?«

Ich starrte in die frostige Nacht hinaus. »Krieg mit Kernow«, antwortete ich tonlos.

»Nein«, widersprach Arthur. »Es bedeutet, daß morgen früh, wenn Tristan wiederkommt, irgend jemand für die Wahrheit kämpfen muß. Die Götter, so sagt man, bevorzugen bei solchen Begegnungen immer den Ehrlichen.«

Ich wußte, was er sagen wollte, und schüttelte den Kopf. »Tristan wird Owain nicht herausfordern«, behauptete ich.

»Nicht wenn er so vernünftig ist, wie er zu sein scheint«, stimmte Arthur mir zu. »Selbst den Göttern würde es schwerfallen, dafür zu sorgen, daß Tristan Owains Schwert besiegt. Wenn wir also Frieden wollen, und wenn wir all die guten Dinge wollen, die auf den Frieden folgen werden, muß ein anderer Tristans Champion sein. Meinst du nicht auch?«

Ich starrte ihn an, entsetzt über das, was er da meiner Meinung nach sagte. »Ihr?« fragte ich schließlich.

Er zuckte unter seinem weißen Mantel die Achseln. »Ich wüßte nicht, wer es sonst tun sollte«, antwortete er freundlich. »Aber eins könntest du für mich tun.«

»Alles, Lord«, sagte ich eilfertig, »alles.« Ich glaube, ich hätte in diesem Moment sogar versprochen, für ihn gegen Owain zu kämpfen.

»Ein Mann, der in den Kampf zieht, Derfel«, sagte Arthur bedächtig, »sollte wissen, daß er für die richtige Sache kämpft. Vielleicht haben die Schwarzschild-Iren ihre Schilde durch das Land getragen, ohne von jemandem gesehen zu werden. Vielleicht haben ihre Druiden ihnen auch Flügel verliehen. Aber vielleicht werden die Götter, falls sie sich dafür interessieren, morgen auch denken, daß ich für eine gute Sache kämpfe. Was meinst du?«

Er stellte diese Frage so beiläufig, als erkundigte er sich nach dem Wetter. Völlig überwältigt von ihm starrte ich ihn an und wünschte mir verzweifelt, ihm diesen Waffengang mit dem besten Schwertkämpfer von Dumnonia ersparen zu können.

»Nun?« fragte er.

»Die Götter ...«, begann ich, dann aber fiel mir das Sprechen schwer, denn Owain war gut zu mir gewesen. Owain war kein ehrlicher Mensch, aber ich konnte die ehrlichen Menschen, die ich bisher kennengelernt hatte, an den Fingern abzählen. Und trotz seiner Gaunerei mochte ich ihn. Doch dieser ehrliche Mann hier bedeutete mir mehr. Also hielt ich inne, um zu erwägen, ob ich mit meinen Worten irgendeinen Eid brechen würde, und entschied dann, daß das nicht der Fall war. »Die Götter werden Euch unterstützen, Lord«, sagte ich schließlich.

Er lächelte traurig. »Ich danke dir, Derfel.«

»Aber warum?« stieß ich hervor.

Er seufzte und blickte wieder auf das mondbeschienene Land hinaus. »Als Uther starb«, sagte er nach einer langen Pause, »wurde das Land ins Chaos gestürzt. Das geschieht immer mit einem Land ohne König, und wir haben im Moment keinen König. Wir haben Mordred, gewiß, aber er ist ein Kind, doch irgend jemand muß die Macht in der Hand halten, bis er großjährig ist. Ein Mann muß die Macht halten, Derfel, nicht drei oder vier oder zehn – einer! Ich wünschte, es wäre anders. Von ganzem Herzen wünschte ich, die Dinge würden bleiben, wie sie sind, das kannst du mir glauben. Ich würde lieber mit Owain als meinem geliebten Freund alt werden, aber das kann leider nicht sein. Die Macht muß für Mordred gehalten werden, und sie muß richtig und gerecht gehalten und ihm intakt übergeben werden, und das bedeutet, daß wir uns nicht ständig Streit unter den Männern leisten können, welche die Macht des Königs für sich selbst haben wollen. Ein einziger Mann muß sich dazu hergeben, ein König zu sein, der kein König ist, und dieser Mann muß die gesamte Macht des Reichs abgeben, sobald Mordred großjährig wird. Und genau das ist die Aufgabe eines Soldaten, erinnerst du dich? Sie schlagen die Schlachten für Menschen, die zu schwach sind, um selber zu kämpfen. »Und« – er lächelte – »sie nehmen sich, was sie wollen, und morgen will ich etwas von Owain: Ich will seine Ehre, und ich werde sie mir nehmen.« Er zuckte die Achseln. »Morgen kämpfe ich für Mordred und für das kleine Mädchen. Und du, Derfel« – er stieß mir einen Finger in die Rippen – »wirst ihr ein neues Kätzchen suchen.« Er stampfte mit den Füßen, um die Kälte zu vertreiben; dann spähte er nach Westen hinüber. »Was meinst du, werden diese Wolken morgen früh vielleicht Regen oder Schnee bringen?« fragte er mich.

»Ich weiß es nicht, Lord.«

»Hoffen wir's. Übrigens, ich habe gehört, daß du dich mit dem armen Sachsen unterhalten hast, den sie getötet haben, um die Zukunft zu weissagen. Bitte, erzähl mir alles, was er dir gesagt hat. Je mehr wir von unseren Feinden wissen, desto besser für uns.«

Er begleitete mich zu meinem Posten zurück und hörte sich an, was ich über Cerdic, den neuen Sachsenführer an der Südküste, zu sagen hatte. Dann ging er zu Bett. Er schien sich keine Sorgen darüber zu machen, was am folgenden Morgen geschehen würde, ich aber hatte große Angst um ihn. Ich erinnerte mich nur zu genau, wie Owain den vereinten Angriff der beiden Tewdric-Champions zurückgeschlagen hatte, und versuchte ein Gebet zu den Sternen emporzuschicken, auf denen die Götter wohnen, aber ich konnte sie nicht sehen, weil meine Augen zu naß waren.

Die Nacht war lang und bitterkalt. Aber ich wünschte, der Morgen würde niemals kommen.

Arthurs Wunsch ging in Erfüllung, denn bei Morgengrauen begann es zu nieseln. Daraus wurde sehr schnell ein Wintersturm mit hartem, prasselndem Regen, der in grauen Schleiern auf das lange, breite Tal zwischen Caer Cadarn und Ynys Wydryn niederging. Die Gräben flossen über; Wasser ergoß sich von den Wällen und sammelte sich unter den Traufen der großen Halle zu tiefen Pfützen. Aus den Löchern der nassen Strohdächer stieg Rauch auf, und die Schildwachen hoben unter ihren triefenden Umhängen fröstelnd die Schultern.

Tristan, der die Nacht in dem kleinen Dorf unmittelbar östlich von Caer Cadarn verbracht hatte, kämpfte sich den morastigen Weg zur Burg hinauf. Begleitet wurde er von seinen sechs Kriegern und der kleinen Waise, die jedesmal im tiefen Schlamm ausrutschten, wenn sie auf den Grasbüscheln zu beiden Seiten des Pfades keinen Halt fanden. Das Tor stand offen, und kein Wachtposten regte sich, um den Prinzen von Kernow aufzuhalten, als er durch den Morast des Burghofs zur Tür der großen Halle stapfte.

Wo ihn niemand erwartete. Der Innenraum der Halle war ein feuchtes Durcheinander aus Männern, die den Rausch der vergangenen Nacht ausschliefen, weggeworfenen Essensresten, nach Nahrung stöbernden Hunden, durchweichter grauer Asche und auf den Binsenbündeln am Boden trocknendem Erbrochenen. Mit einem Tritt weckte Tristan einen der schlafenden Männer und schickte ihn auf die Suche nach Bischof Bedwin oder einer anderen Autoritätsperson. »Falls«, rief er dem Mann dann noch nach, »in diesem Land überhaupt noch jemand Autorität besitzt.«

Zum Schutz vor dem strömenden Regen fest in seinen Mantel

gehüllt, suchte sich Bedwin rutschend und stolpernd einen Weg durch den Schlamm. »Mein Lord Prinz«, keuchte er, als er sich aus dem Unwetter in den zweifelhaften Schutz der Halle rettete, »ich bitte um Entschuldigung. Ich hatte Euch nicht so früh erwartet. Unfreundliches Wetter, findet Ihr nicht?«

Tristan schwieg.

Bedwin fühlte sich durch das Schweigen seines Gastes beunruhigt. »Ein wenig Brot vielleicht? Und warmen Wein? Bestimmt wird irgendwo schon Haferbrei gekocht.« Er sah sich nach jemandem um, den er in die Küchen hinüberschicken konnte, aber die schlafenden Männer lagen schnarchend und bewegungsunfähig da. »Nun, kleines Mädchen?« Bedwin zuckte zusammen, weil ihn der Kopf schmerzte, als er sich zu Sarlinna hinunterbeugte. »Du bist doch sicher hungrig, nicht wahr?«

»Wir suchen Gerechtigkeit, nicht etwas zu essen«, sagte Tristan scharf.

»Aber ja. Gewiß. Gewiß.« Bedwin schob sich die Kapuze vom weißen, tonsurierten Haar und kratzte sich den Bart, um einer störenden Laus das Handwerk zu legen. »Gerechtigkeit«, wiederholte er unbestimmt; dann nickte er nachdrücklich. »Ich habe über die Sache nachgedacht, Lord Prinz, o ja, das habe ich, und bin zu dem Schluß gekommen, daß Krieg in keinem Fall wünschenswert ist. Meint Ihr nicht auch?« Er wartete, doch Tristans Miene verriet keinerlei Reaktion. »Eine so schreckliche Verschwendung«, fuhr Bedwin fort. »Und während ich meinen Lord Owain keines Unrechts für schuldig befinden kann, muß ich gestehen, daß wir unsere Pflicht, Eure Landsleute auf dem Moor zu beschützen, nicht erfüllt haben. Nein. Da haben wir leider Gottes versagt, und werden daher, Lord Prinz, wenn es Eurem Vater gefällt, *sarhaed* bezahlen, wenn auch ...« – hier kicherte Bedwin – »nicht auch noch für das Kätzchen.«

Tristan verzog das Gesicht. »Und was ist mit dem Mann, der das Töten befohlen hat?«

Bedwin zuckte die Achseln. »Welchem Mann? Ich weiß von keinem solchen Mann.«

»Owain«, sagte Tristan. »Der mit Sicherheit Gold von Cadwy genommen hat.«

Bedwin schüttelte den Kopf. »Nein. Nein. Nein. Das kann nicht sein. Nein. Auf mein Wort, Lord Prinz, ich weiß von keines Mannes Schuld.« Er warf Tristan einen flehenden Blick zu. »Mein Lord Prinz, es würde mich zutiefst schmerzen, unsere Länder in einen Krieg verstrickt zu sehen. Ich habe angeboten, was ich anbieten kann, und werde für Eure Toten Gebete sprechen lassen, aber den Unschuldseid eines Mannes kann ich nicht widerrufen.«

»Aber ich«, sagte Arthur. Er hatte hinter dem Wandschirm, der die Küche am hinteren Ende der Halle abtrennte, gewartet. Ich war an seiner Seite, als er die Halle betrat. Sein weißer Umhang schimmerte im feuchten Dämmerlicht.

Blinzelnd wandte Bedwin sich ihm zu. »Lord Arthur?«

Arthur trat zwischen die sich regenden, stöhnenden Leiber. »Wenn der Mann, der Kernows Minenarbeiter getötet hat, nicht bestraft wird, Bedwin, tötet er möglicherweise weiter. Meint Ihr nicht auch?«

Bedwin zuckte die Achseln, breitete die Hände aus, zuckte abermals die Achseln. Tristan runzelte die Stirn, da ihm nicht ganz klar war, worauf Arthur mit seinen Worten hinauswollte.

An einem Mittelpfeiler der Halle blieb Arthur stehen. »Und warum sollte das Reich *sarhaed* bezahlen, wenn das Reich für das Töten nicht verantwortlich ist?« fragte er. »Warum sollte die Schatzkammer meines Lord Mordred für die Untat eines anderen geleert werden?«

Mit einer Geste bat Bedwin Arthur zu schweigen. »Aber wir kennen den Mörder nicht!« behauptete er.

»Dann müssen wir seine Identität feststellen«, gab Arthur ruhig zurück.

»Das können wir nicht!« protestierte Bedwin verärgert. »Das Kind gehört nicht zu den Sprechenden! Und Lord Owain, falls er der Mann sein sollte, von dem Ihr redet, hat auf seinen Eid geschworen, daß er unschuldig ist. Er ist ein Sprechender, warum also die Farce einer Verhandlung aufführen? Sein Wort genügt.«

»Vor einem Gericht der Worte, ja«, sagte Arthur, »aber es gibt auch ein Gericht des Schwertes, und bei meinem Schwert, Bedwin...« – hier hielt er inne, um Excaliburs blitzende Klinge ans Dämmerlicht zu ziehen – »behaupte ich, daß Owain, Champion von Dumnonia, unseren Cousins aus Kernow Schaden zugefügt hat und daß er und kein anderer den Preis dafür bezahlen wird.« Damit stieß er Excaliburs Spitze durch die verdreckten Binsen in den Boden. Zitternd blieb das Schwert dort stecken. Einen Moment lang fragte ich mich, ob die Götter der Anderwelt plötzlich auftauchen würden, um Arthur zu helfen, aber es waren nur die Geräusche von Wind und Regen und erwachenden Männern, die nach Luft schnappten, zu hören.

Auch Bedwin verschlug es den Atem. Einige Sekunden lang war er sprachlos. »Ihr ...«, brachte er schließlich heraus, fand aber kein weiteres Wort.

Tristan, dessen hübsches Gesicht im schwachen Licht bleich schimmerte, schüttelte den Kopf. »Falls jemand vor dem Gericht des Schwertes kämpfen muß«, wandte er sich an Arthur, »so laßt es mich sein.«

Arthur lächelte. »Ich habe zuerst darum gebeten, Tristan«, gab er leichthin zurück.

»Nein!« Bedwin hatte die Sprache wiedergefunden. »Das darf nicht sein!«

Arthur deutete auf sein Schwert. »Möchtet Ihr es herausziehen, Bedwin?«

»Nein!« Bedwin war ganz verzweifelt, denn er sah den Tod des Mannes voraus, der die größte Hoffnung des Reiches war, aber bevor er ein weiteres Wort äußern konnte, kam Owain zur Hallentür hereingestürzt. Sein langes Haar und sein dichter Bart waren naß, seine nackte Brust glänzte vom Regen.

Er sah von Bedwin zu Tristan, zu Arthur und dann auf das Schwert im Boden. Er schien verwirrt zu sein. »Seid Ihr wahnsinnig?« fragte er Arthur.

»Mein Schwert«, erwiderte Arthur sanft, »behauptet, daß Ihr in der Streitsache zwischen Kernow und Dumnonia schuldig seid.«

»Er ist wahnsinnig«, sagte Owain zu seinen Kriegern, die sich hinter ihm scharten. Der Champion hatte gerötete Augen und war müde. Er hatte in der vergangenen Nacht lange getrunken und anschließend schlecht geschlafen, doch die Herausforderung schien ihm frische Energien zu verleihen. Er spie in Richtung Arthurs aus. »Ich kehre jetzt zu der silurischen Hure ins Bett zurück«, erklärte er, »und wenn ich aufwache, wünsche ich, daß sich das hier als Traum erweist.«

»Ihr seid ein Feigling, ein Mörder und ein Lügner«, sagte Arthur gelassen, als Owain sich abwandte, und wieder verschlug es allen Männern in der Halle den Atem.

Owain wandte sich in die Halle zurück. »Welpe«, sagte er zu Arthur. Dann trat er auf Excalibur zu und stieß die Klinge um. Damit hatte er die Herausforderung angenommen. »Dann wird Euer Tod, Welpe, Teil meines Traumes sein. Draußen.« Mit dem Kopf deutete er in den Regen hinaus. Der Kampf konnte nicht in der Halle stattfinden, weil diese sonst mit einem furchtbaren Fluch belegt worden wäre. Also mußten die Männer draußen im Winterregen kämpfen.

Inzwischen regte es sich überall in der Burg. Viele Leute, die aus Lindinis gekommen waren, hatten die Nacht auf Caer Cadarn verbracht, daher wimmelte der Burghof von Menschen, die geweckt wurden, damit sie sich den Kampf ansehen konnten. Lunete war da, Nimue und Morgan; ja, ganz Caer Cadarn eilte herbei, um Zeuge des Kampfes zu werden, der, wie die Tradition es verlangte, innerhalb des Steinkreises stattfand. Zwischen Bedwin und Fürst Gereint stand Agricola, einen roten Umhang über der prächtigen römischen Rüstung, während König Melwas, einen Kanten Brot in der Hand, mit großen Augen inmitten seiner Wachen stand. Tristan stand auf der anderen Seite des Kreises, wo auch ich mir einen Platz gesucht hatte. Owain, der mich dort entdeckte, vermutete, daß ich ihn verraten hatte, und brüllte mir zu, daß ich Arthur in die Anderwelt folgen würde. Arthur aber verkündete, mein Leben stehe unter seinem Schutz.

»Er hat den Eid gebrochen!« rief Owain und zeigte auf mich.

»Auf meinen Eid«, entgegnete Arthur, »das hat er nicht getan.« Er nahm seinen weißen Mantel ab und legte ihn, sorgfältig zusammengefaltet, auf einen der Steine. Er trug Hose, Stiefel und ein dünnes Lederkoller über seinem Wams aus Wolle. Owain trat mit nackter Brust an. Seine Hose war kreuzweise mit Lederstreifen umwickelt, und er trug schwere, genagelte Stiefel. Arthur setzte sich auf den Stein und zog seine Stiefel aus: Er zog es vor, barfuß zu kämpfen.

»Dies alles wäre wirklich nicht nötig«, sagte Tristan zu ihm.

»Leider doch«, gab Arthur zurück; dann stand er auf und zog Excalibur aus der Scheide.

»Aha, Ihr greift zum Zauberschwert, Arthur«, höhnte Owain. »Ihr habt wohl Angst, mit einer sterblichen Waffe zu kämpfen, eh?«

Arthur schob Excalibur in die Scheide zurück und legte das Schwert auf seinen Umhang. »Derfel«, wandte er sich an mich, »ist das Hywels Schwert?«

»Ja, Lord.«

»Würdest du es mir leihen?« fragte er mich. »Ich verspreche, daß ich es dir zurückgeben werde.«

»Bitte, versucht Euer Versprechen zu halten, Lord«, sagte ich, während ich Hywelbane aus der Scheide zog und es ihm mit dem Griff nach vorn reichte. Er nahm das Schwert und bat mich, in die Halle zu laufen und eine Handvoll sandige Asche zu holen, die er, als ich zurückkam, in das geölte Leder des Griffs massierte.

Dann wandte er sich an Owain. »Falls Ihr, Lord Owain«, sagte er höflich, »lieber kämpfen wollt, wenn Ihr ausgeruht seid, werde ich warten.«

»Welpe!« zischte Owain erbost. »Seid Ihr sicher, daß Ihr nicht Eure Fischrüstung anlegen wollt?«

»Die rostet im Regen«, erwiderte Arthur ruhig und gelassen.

»Ein Schönwettersoldat«, höhnte Owain und ließ sein Langschwert mit zwei Probehieben durch die Luft sausen. In der Schildreihe kämpfte Owain lieber mit dem Kurzschwert, war aber mit jeglicher Klingenlänge ein Mann, den man fürchten mußte. »Ich bin bereit, Welpe!« rief er.

Ich stand bei Tristan und seinen Männern, während Bedwin einen letzten, vergeblichen Versuch unternahm, den Kampf zu verhindern. Niemand bezweifelte den Ausgang. Arthur war ein hochgewachsener Mann, aber schlank im Vergleich zu Owains muskelbepacktem bulligen Körper, und noch nie hatte jemand miterlebt, wie Owain im Kampf besiegt wurde. Dennoch wirkte Arthur erstaunlich gelassen, als er seinen Platz am westlichen Rand des Kreises einnahm und sich Owain zuwandte, der ihm ein wenig erhöht im Osten gegenüberstand.

»Unterwerft Ihr Euch dem Spruch des Schwertgerichts?« fragte Bedwin die Männer. Beide nickten.

»Dann möge Gott Euch segnen und der Wahrheit zum Sieg verhelfen«, sagte Bedwin und schlug das Kreuz. Danach verließ er mit bedrückter Miene den Kreis.

Wie erwartet, stürmte Owain sofort auf Arthur zu, aber auf halbem Weg, direkt neben dem Krönungsstein, rutschte er im Schlamm aus, und unversehens griff Arthur an. Ich hatte gedacht, Arthur würde bedächtig kämpfen und alle Schwertkünste anwenden, die Hywel ihn gelehrt hatte. An jenem Morgen jedoch sah ich, während der Regen aus dem Winterhimmel herabströmte, zum erstenmal, wie Arthur sich in der Schlacht verwandelte. Er wurde zum Dämon. Seine Energie war ausschließlich auf ein Ziel gerichtet, den Tod, und er stürzte sich mit wilden, schnellen Hieben auf Owain, die den wuchtigen Mann immer weiter zurücktrieben. Die Schwerter klangen hart und rauh. Arthur spuckte Owain an, verfluchte ihn, reizte ihn, schlug dabei immer wieder mit der Schwertschneide zu und gab Owain keine Chance, sich von einer Parade zu erholen.

Owain kämpfte gut. Kein anderer Mann hätte diesen mörderischen Eröffnungsangriff lebend überstanden. Mit seinen Stiefeln glitt er im Schlamm immer wieder aus, und mehr als einmal mußte er Arthurs Attacken kniend abwehren, doch immer wieder gelang es ihm, Fuß zu fassen, selbst als er immer weiter zurückgetrieben wurde. Als Owain zum viertenmal ausrutschte, begriff ich, warum Arthur so zuversichtlich gewesen war. Er hatte sich gewünscht, daß der Regen den Boden schlüpfrig machte, und er wußte wohl auch, daß Owain nach dem Gelage der vergangenen Nacht aufgedunsen und erschöpft sein würde. Dennoch konnte er Owains hartnäckige Abwehr nicht durchdringen, auch wenn es ihm gelang, den Champion bis an die Stelle zurückzutreiben, an der Wlencas Blut noch immer als dunkler Fleck im Morast zu erkennen war.

Und dort, neben dem Blut des Sachsen, hatte Owain plötzlich Glück. Diesmal rutschte Arthur aus, und obwohl er sich sofort wieder aufrichtete, war dieser Fehltritt alles, was Owain brauchte. Blitzschnell stieß er zu. Arthur parierte, doch Owains Schwert drang durch das Lederkoller und ließ das erste Blut dieses Kampfes aus Arthurs Mitte fließen. Noch einmal parierte Arthur, und noch einmal, während er vor den starken, schnellen Ausfällen zurückwich, die einen Ochsen bis ins Herz aufgeschlitzt hätten. Owains Männer brüllten anfeuernd, als der Champion sich, den Sieg witternd, mit seinem ganzen Gewicht auf Arthur zu stürzen versuchte, um den leichteren Gegner in den Morast zu werfen, aber Arthur war auf das Manöver gefaßt gewesen, wich leichtfüßig auf den Krönungsstein aus und setzte mit seinem Schwert sofort zu einem Rückhandschlag an, der Owains Hinterkopf aufschlitzte. Die Wunde blutete, wie alle Kopfhautverletzungen, mehr als reichlich. Das Blut tränkte Owains Haare und rann über seinen breiten Rücken, wo es vom Regen verwässert wurde. Seine Männer wurden still.

Arthur sprang vom Stein, ging abermals zum Angriff über, und schon war Owain wieder in der Defensive. Beide Männer keuchten schwer, beide waren von oben bis unten mit Schlamm und Blut bespritzt, und beide waren zu müde, um den anderen noch mit Beleidigungen zu überschütten. Ihre Haare hingen in langen, tropfnassen Strähnen herab, während Arthur sein Schwert im selben schnellen Rhythmus links und rechts herabsausen ließ, mit dem er den Kampf eröffnet hatte. Er war so schnell, daß Owain nichts anderes tun konnte, als die Schläge zu parieren. Ich mußte an Owains verächtliche Beschreibung von Arthurs Kampfstil denken: Er schlage zu wie ein Heumacher, hatte Owain behauptet, der es eilig habe, einem Unwetter zuvorzukommen. Einmal, nur ein einziges Mal, fuhr Arthur mit seiner Klinge an Owains Deckung vorbei, aber der Hieb wurde halb abgewehrt, seiner halben Wucht beraubt, und das Schwert wurde von den eisernen Kriegerringen in Owains Bart aufgehalten. Owain schlug die Klinge beiseite und versuchte Arthur mit dem Gewicht seines Körpers zu Boden zu zwingen. Beide fielen, und einen Augenblick lang hatte es den Anschein, als hätte Owain Arthur unter sich begraben, doch irgendwie konnte sich Arthur befreien und rappelte sich wieder auf.

Arthur wartete, bis Owain ebenfalls aufstand. Beide Männer atmeten schwer und beobachteten einander ein paar Sekunden lang, um die eigenen Chancen einzuschätzen. Dann ging Arthur wieder zum Angriff über. Immer wieder schwang er sein Schwert, genau wie zuvor, und immer wieder parierte Owain die wilden Hiebe, bis Arthur zum zweitenmal ausrutschte. Beim Fallen schrie er angstvoll auf, und sein Ruf wurde von Owains triumphierendem Siegesgebrüll beantwortet, der zum Todesstreich weit ausholte. In diesem Moment entdeckte Owain jedoch, daß Arthur gar nicht ausgerutscht war, sondern den Fall nur vorgetäuscht hatte, damit Owain seine Deckung öffnete, und nun war es Arthur, der kraftvoll zustieß. Es war sein erster Ausfall in diesem Kampf, und gleichzeitig auch sein letzter. Owain stand mit dem Rücken zu mir, und ich hatte mir die Augen halb zugehalten, damit ich Arthurs Tod nicht mit ansehen mußte. Statt dessen sah ich nun direkt vor mir Hywelbanes blanke Spitze durch Owains nassen, blutüberströmten Rücken dringen. Mit seinem Stoß hatte Arthur den Körper des Champions glatt durchbohrt. Owain schien zu erstarren, sein Schwertarm plötzlich kraftlos. Dann glitt ihm das Schwert aus den erlahmten Fingern und fiel in den Morast.

Eine Sekunde, einen Herzschlag lang ließ Arthur Hywelbane in Owains Bauch stecken, um es dann mit einem Ruck, der jeden Muskel in seinem Körper beanspruchte, zu drehen und herauszuziehen. Er schrie, als er den Stahl aus Owain zog, er schrie, als die Klinge die saugende Kraft des Fleisches brach und durch Eingeweide, Muskeln, Haut und Fleisch schnitt, und er schrie immer noch, als er das Schwert ans graue Tageslicht zog. Die Kraft, die nötig war, um den Stahl aus Owains schwerem Körper zu ziehen, ließ das Schwert in hohem Bogen nach hinten schwingen, so daß der ganze weite, schlammzerwühlte Kreis mit Blut bespritzt wurde.

Während Owain, ungläubiges Staunen auf dem Gesicht, mit heraushängenden Gedärmen in den Schlamm stürzte.

Dann sauste Hywelbane ein einziges Mal herab, um den Hals des Champions zu durchtrennen.

Danach herrschte Stille auf Caer Cadarn.

Arthur trat von dem Leichnam zurück. Dann drehte er sich in Sonnenlaufrichtung und sah jedem einzelnen Mann im Kreis ins Gesicht. Arthurs Miene war hart wie Stein. Nicht die geringste Andeutung von Güte gab es darin. Es war das Gesicht eines triumphierenden Streiters: ein schreckliches Gesicht, dessen mächtiges

Kinn in einer Maske des Hasses festgefroren war, so daß diejenigen unter uns, die Arthur nur als gewissenhaften, nachdenklichen Menschen kannten, über die Veränderung, die mit ihm vorgegangen war, entsetzt waren. »Will einer der hier Anwesenden«, rief er mit lauter Stimme, »diesen Richtspruch anfechten?«

Niemand meldete sich. Der Regen tropfte von den Mänteln und verwässerte Owains Blut, als Arthur den Speerkämpfern des gefallenen Champions gegenübertrat. »Dies ist eure Chance, euren Lord zu rächen«, rief er ihnen entgegen. »Wenn nicht, gehört ihr mir!« Da niemand seinem Blick standhielt, wandte er sich ab, trat über den gefallenen Kriegsherrn hinweg und blieb vor Tristan stehen. »Akzeptiert Kernow dieses Urteil, Lord Prinz?«

Mit blassem Gesicht nickte Tristan. »Ja, Lord.«

»Der *sarhaed*« bestimmte Arthur, »wird aus Owains Besitz gezahlt.« Damit wandte er sich erneut an die Krieger. »Wer hat jetzt den Befehl über Owains Männer?«

Ein wenig unsicher trat Griffid ap Annan vor. »Ich, mein Lord.«

»Ihr werdet in einer Stunde vor mir erscheinen, um Eure Befehle entgegenzunehmen. Und sollte einer von Euren Männern Derfel, meinen Kameraden, anrühren, werdet ihr alle in einem Feuerloch verbrennen.« Statt seinem Blick standzuhalten, schlugen sie allesamt die Augen nieder.

Mit einer Handvoll Schlamm reinigte Arthur das Schwert von Blut und händigte es mir aus. »Trockne es sorgfältig, Derfel.«

»Ja, mein Lord.«

»Und ich danke dir. Es ist ein gutes Schwert.« Unvermittelt schloß er die Augen. »So helfe mir Gott«, sagte er, »aber ich habe diesen Kampf genossen. Nun gut...« – er öffnete die Augen wieder – »ich habe meinen Teil getan. Was ist mit dir?«

»Mit mir?« Offenen Mundes starrte ich ihn an.

»Ein Kätzchen«, sagte er geduldig. »Für Sarlinna.«

»Ich hab' schon eins, mein Lord«, sagte ich.

»Dann hol es her«, befahl er mir. »Und komm zum Frühstück in die Halle. Hast du eine Frau?«

»Ja, mein Lord.«

»Sag ihr, daß wir morgen aufbrechen. Sobald der Rat seine Geschäfte erledigt hat.«

Ich starrte ihn an und wagte meinem Glück kaum zu trauen. »Ihr meint...«, begann ich.

»Ich meine«, unterbrach er mich ungeduldig, »daß du von nun an mir dienen wirst.«

»Ja, mein Lord!« gab ich zurück. »O ja, mein Lord!«

Er griff nach seinem Schwert, seinem Mantel und seinen Stiefeln, dann nahm er Sarlinnas Hand und entfernte sich von dem Rivalen, den er getötet hatte.

Und ich hatte meinen Lord gefunden.

Lunete wollte nicht mit nach Norden, nach Corinium, wo Arthur mit seinen Männern überwinterte. Sie wollte ihre Freunde nicht verlassen, und außerdem, setzte sie nachträglich hinzu, sei sie schwanger. Ich quittierte diese Ankündigung mit ungläubigem Schweigen.

»Hast du gehört?« fuhr sie mich an. »Schwanger! Ich kann nicht mitkommen. Und warum sollten wir auch weg? Wir waren doch glücklich hier. Owain war ein guter Lord, aber dann mußtest du ja alles verderben. Warum gehst du also nicht allein?« Sie hockte am Feuer unserer Hütte und versuchte, möglichst viel von der schwachen Wärme der Flammen aufzufangen. »Ich hasse dich«, sagte sie und versuchte vergeblich, unseren Liebesring von ihrem Finger zu ziehen.

»Schwanger?« fragte ich entsetzt.

»Aber vielleicht nicht von dir!« kreischte Lunete. Dann gab sie den Versuch auf, den Ring von ihrem geschwollenen Finger zu ziehen, und warf statt dessen ein Holzscheit nach mir. Unsere Sklavin im Hintergrund der Hütte heulte unglücklich auf, und Lunete warf auch nach ihr ein Holzscheit.

»Aber ich muß«, wandte ich ein. »Ich muß mit Arthur gehen.«

»Und mich verlassen?« schrie sie. »Willst du eine Hure aus mir machen? Ist es das?« Wieder schleuderte sie ein Stück Holz in meine Richtung, und ich kehrte ihr kurzerhand den Rücken. Es war der Tag nach Arthurs Kampf gegen Owain, und wir waren alle nach

Lindinis zurückgekehrt, wo der Kronrat von Dumnonia in Arthurs Villa zusammentrat, die daher von Bittstellern samt Angehörigen und Freunden umringt war. Diese ungeduldigen Menschen warteten am vorderen Tor der Villa. Hinter dem Haus, wo früher einmal der Garten der Villa gewesen war, lag eine Ansammlung von Rüstkammern und Vorratsspeichern. Dort erwartete mich Owains alte Kriegshorde. Die Männer hatten den Ort ihres Hinterhalts gut gewählt, denn mehrere Steineichen verbargen uns vor Blicken aus den Gebäuden. Als ich den Pfad entlangschritt, schrie Lunete immer noch hinter mir her und nannte mich einen Verräter und Feigling. »Sie hat dich erkannt, Sachse«, sagte Griffid ap Annan und spie vor mir aus.

Seine Männer versperrten mir den Weg. Es waren zwölf Speerkämpfer, allesamt alte Kameraden, nun aber alle mit unnachsichtig feindseligen Mienen. Arthur mochte mein Leben unter seinen Schutz gestellt haben, aber da wir vor Blicken aus den Fenstern der Villa verborgen waren, würde niemand erfahren, wie es kam, daß ich tot im Morast liegenblieb.

»Du hast deinen Eid gebrochen«, warf Griffid mir vor.

»Das ist nicht wahr!« widersprach ich.

Minac, ein alter Krieger, an dessen Hals und Handgelenken Gold hing, das Owain ihm geschenkt hatte, richtete seinen Speer auf mich. »Nur keine Angst wegen deines Mädchens«, sagte er boshaft. »Bei uns gibt's viele, die wissen, wie man sich einer jungen Witwe annimmt.«

Ich zog Hywelbane. Hinter mir waren die Frauen aus ihren Hütten gekommen, um zuzusehen, wie ihre Männer den Tod ihres Lords rächten. Lunete stand mitten unter ihnen und verhöhnte mich mit den anderen.

»Wir haben einen neuen Eid geleistet«, sagte Minac, »und im Gegensatz zu dir pflegen wir unsere Eide zu halten.« Er und Griffid kamen den Pfad Seite an Seite herauf. Die anderen Speerkämpfer drängten sich hinter ihren Führern, während hinter mir die Frauen näher rückten. Einige von ihnen legten die unvermeidlichen Rocken und Spindeln beiseite und warfen Steine nach mir, um mich in Griffids Speer hineinzutreiben. Ich zückte Hywelbane, dessen Schneide noch von Arthurs Kampf gegen Owain schartig war, und sprach ein Gebet an die Götter, auf daß sie mir einen guten Tod schenken möchten.

»He, Sachse«, höhnte Griffid, die schlimmste Beleidigung, die ihm einfallen wollte. Er näherte sich mir äußerst vorsichtig, denn er wußte, wie gut ich mit dem Schwert umgehen konnte. »Sächsischer Verräter«, sagte er und fuhr zurück, als zwischen uns ein schwerer Stein auf den schlammigen Pfad klatschte. Er spähte an mir vorbei, und ich sah, daß seine Miene plötzlich Angst zeigte. Seine Speerspitze senkte sich.

»Dieser Stein«, zischte Nimues Stimme hinter mir, »trägt eure Namen. Griffid ap Annan, Mapon ap Ellchyd, Minac ap Caddan...« Einen nach dem anderen nannte sie Namen und Abkunft der Speerkämpfer, und jedesmal, wenn sie einen Namen aussprach, spie sie auf den Fluchstein, den sie uns in den Weg geworfen hatte. Die Speere senkten sich.

Ich trat beiseite, um Nimue vorbeizulassen. Sie war in einen schwarzen Kapuzenumhang gekleidet, der tiefe Schatten auf ihr Gesicht warf, aus dem ihr Goldauge feindselig hervorblitzte. Sie stellte sich neben mich. Dann jedoch wandte sie sich plötzlich um und deutete mit einem Stab, an dem ein Mistelzweig befestigt war, auf die Frauen, die zuvor die Steine geworfen hatten. »Wollt ihr, daß eure Kinder zu Ratten werden?« rief Nimue den Zuschauerinnen drohend zu. »Wollt ihr, daß eure Milch vertrocknet und euer Urin wie Feuer brennt? Geht! Sofort!« Die Frauen packten ihre Kinder und rannten davon, um sich in ihren Hütten zu verstecken.

Da Griffid wußte, daß Nimue Merlins Geliebte war und über echte Druidenmacht verfügte, begann er voll Angst vor ihrem Fluch zu zittern. »Bitte«, flehte er, als Nimue sich zurückwandte, um ihn zu konfrontieren.

Sie schritt an seiner gesenkten Speerspitze vorbei und schlug ihn mit ihrem Stab hart auf die Wange. »Nieder!« befahl sie. »Ihr alle! Nieder! Flach auf den Boden! Aufs Gesicht! Flach!« Diesmal schlug sie Minac. »Runter mit euch!«

Auf dem Bauch lagen die Männer im Morast, während sie einem nach dem anderen den Fuß auf den Rücken setzte. Ihr Fuß war leicht, ihr Fluch aber wog schwer. »Euer Tod liegt in meiner Hand«, erklärte sie ihnen, »euer Leben gehört mir. Ich werde eure Seelen als

Spielsteine benutzen. An jedem Morgen, da ihr lebend erwacht, werdet ihr mir für meine Gnade danken, und an jedem Abend werdet ihr beten, daß mir eure dreckigen Gesichter nicht in meinen Träumen erscheinen werden. Griffid ap Annan: Du schwörst Derfel die Treue. Du küßt sein Schwert. Auf die Knie, Hund! Auf die Knie!«

Diese Männer schuldeten mir keine Treue, protestierte ich, aber Nimue wandte sich zornig zu mir um und befahl mir, das Schwert auszustrecken. Und dann kamen meine alten Kameraden, Schlamm und Schrecken im Gesicht, einer nach dem anderen auf den Knien herbeigerutscht, um Hywelbanes Spitze zu küsse. Dieser Eid verlieh mir keine Herrschaft über die Männer, machte es ihnen aber unmöglich, mich anzugreifen, ohne ihre Seelen zu gefährden, denn Nimue hatte ihnen erklärt, daß ihre Seelen, falls sie den Eid brächen, auf ewig in die finstere Anderwelt verbannt und nie wieder neue Körper auf dieser grünen sonnenbeschienenen Erde finden würden. Einer der Speerkämpfer, ein Christ, trotzte Nimue, indem er sagte, der Eid bedeute ihm nichts, aber sein Mut versagte, als sie ihr Goldauge aus der Höhle nahm, es auf ihn richtete und dabei einen Fluch ausstieß. Sofort fiel er in abgrundtiefem Entsetzen auf die Knie und küßte wie die anderen mein Schwert. Sobald alle den Eid geleistet hatten, befahl Nimue ihnen, sich wieder flach hinzulegen. Sie setzte das Goldauge in die Augenhöhle zurück. Dann ließen wir sie im Morast liegen.

Als wir außer Sichtweite waren, lachte Nimue. »Das hat mir Spaß gemacht« sagte sie, und dabei lag in ihrer Stimme ein Aufblitzen des alten, kindlichen Mutwillens. »Richtig Spaß gemacht! Ich hasse die Männer so sehr, Derfel.«

»Alle?«

»Männer in Leder, Männer mit Speeren.« Sie erschauerte. »Dich nicht. Aber alle anderen hasse ich.« Sie wandte sich um und spie hinter uns auf den Pfad. »Wie sehr müssen die Götter über diese kleinen, einherstolzierenden Männer lachen!« Sie schob ihre Kapuze zurück, um mich anzusehen. »Möchtest du, daß Lunete mit dir nach Corinium geht?«

»Ich habe geschworen, sie zu beschützen«, antwortete ich unglücklich, »außerdem hat sie mir gesagt, daß sie schwanger ist.«

»Soll das heißen, daß du ihre Begleitung wünschst?«

»Ja«, antwortete ich und meinte nein.

»Ich halte dich zwar für töricht«, sagte Nimue, »aber Lunete wird tun, was ich ihr befehle. Dennoch sage ich dir, Derfel, wenn du sie jetzt nicht verläßt, wird sie dich verlassen, sobald es ihr paßt.« Sie legte ihre Hand auf meinen Arm, damit ich stehenblieb. Wir waren in die Nähe des Eingangs zur Villa gekommen, wo die Bittsteller darauf warteten, zu Arthur vorgelassen zu werden. »Wußtest du«, fragte mich Nimue mit gesenkter Stimme, »daß Arthur erwägt, Gundleus freizulassen?«

»Nein!« Die Neuigkeit schockierte mich.

»Es stimmt. Er glaubt, daß Gundleus jetzt Frieden halten wird, und er meint, es wäre das beste, wenn Gundleus in Siluria herrscht. Ohne Tewdrics Einverständnis wird Arthur ihn allerdings nicht freilassen, deswegen wird er es vorläufig noch nicht tun, aber wenn er es tut, Derfel, werde ich Gundleus umbringen.« Sie sprach mit der schrecklichen Schlichtheit aller Wahrheiten, und mir fiel auf, daß diese wilde Grausamkeit ihr eine Schönheit verlieh, die ihr die Natur versagt hatte. Über das nasse, kalte Land blickte sie zum fernen Hügel von Caer Cadarn hinüber. »Arthur«, sagte sie, »träumt vom Frieden, aber es wird niemals Frieden geben. Niemals! Britannien ist ein Hexenkessel, Derfel, und Arthur wird ihn zum Horror aufrühren.«

»Du irrst dich«, behauptete ich loyal.

Nimue spottete meiner Überzeugung mit einer Grimasse; dann machte sie ohne ein weiteres Wort kehrt und schritt den Pfad zu den Hütten der Krieger zurück.

Ich drängte mich durch die Bittsteller in die Villa. Als ich eintrat, schenkte mir Arhtur einen flüchtigen Blick, winkte mir einen kurzen Willkommensgruß zu und richtete seine Aufmerksamkeit dann wieder auf einen Mann, der sich darüber beklagte, daß sein Nachbar die Grenzsteine verrückt habe. Neben Arthur saßen Bedwin und Gereint am Tisch, während Agricola und Prinz Tristan wie Schildwachen an der Seite standen. Einige Ratgeber und Beamte des Königreichs saßen auf dem Fußboden, der ungewohnterweise warm war, und zwar dank der Römer, die darunter einen Hohlraum gelassen hatten, der mit warmer, rauchiger Luft aus einem

Ofen gefüllt wurde. Durch einen Spalt in den Bodenfliesen stiegen Dampfwölkchen in den weiten Raum empor.

Einer nach dem anderen wurden die Bittsteller vorgelassen, damit Recht gesprochen werden konnte. Nahezu alle Fälle hätten vor dem Gericht von Lindinis entschieden werden können, das nur etwa einhundert Schritt von der Villa entfernt war, da aber viele Menschen, vor allem die heidnische Landbevölkerung, überzeugt waren, daß ein Urteilsspruch des Kronrats bindender sei als der Spruch eines von den Römern eingesetzten Gerichts, schoben sie ihren Groll und ihre Fehden auf, bis der Kronrat in bequemer Reichweite tagte. Arthur, der das Kleinkind Mordred vertrat, verhandelte geduldig mit ihnen, war aber erleichtert, als endlich das eigentliche Problem des Tages in Angriff genommen werden konnte. Und das hieß, die losen Enden nach dem Kampf des vergangenen Tages zu entwirren. Owains Krieger wurden Fürst Gereint unterstellt – mit Arthurs Empfehlung, sie auf verschiedene Truppen zu verteilen. Einer von Gereints Hauptleuten, ein Mann namens Llywarch, wurde an Owains Stelle zum neuen Befehlshaber von Mordreds Leibwache ernannt, anschließend wurde einem Beamten die Aufgabe übertragen, Owains Vermögen zu schätzen und Kernow den Anteil zu überstellen, der dem Land als *sarhaed* zustand. Mir fiel auf, wie schroff Arthur dieses Problem behandelte, wobei er es jedoch nicht versäumte, jedem einzelnen Anwesenden Gelegenheit zu geben, seine Meinung vorzutragen. Derartige Anhörungen konnten zu endlosen Diskussionen führen, doch Arthur besaß glücklicherweise die Gabe, komplizierte Probleme sofort zu verstehen und Kompromisse vorzuschlagen, die alle zufriedenstellten. Überdies bemerkte ich, daß Gereint und Bedwin Arthur bereitwillig den ersten Platz zugestanden. Bedwin hatte all seine Hoffnungen für Dumnonias Zukunft auf Arthurs Schwert gesetzt und war daher Arthurs eifrigster Befürworter, während Gereint, Uthers Neffe, zwar ein Gegner hätte sein können, doch weil der Fürst die Ambitionen seines Onkels nicht teilte, war er es zufrieden, daß Arthur die Verantwortung für die Regierung übernehmen wollte. Dumnonia hatte einen neuen Champion, Arthur ap Uther, und die Erleichterung im Raum war mit Händen greifbar.

Fürst Cadwy von Isca wurde dazu verurteilt, zu dem *sarhaed* beizutragen, der Kernow zustand. Er protestierte zwar gegen diese Entscheidung, duckte sich aber vor Arthurs Zorn und versprach kleinlaut, ein Viertel von Kernows Preis zu übernehmen. Arthur, vermutete ich, hätte wohl lieber eine härtere Strafe verhängt, aber aufgrund meines Eides durfte ich kein Wort über Cadwys Rolle bei dem Überfall auf dem Moor verlieren, und da es keine weiteren Beweise für seine Beteiligung gab, entging Cadwy einem strengeren Urteil. Mit einem Kopfnicken akzeptierte Prinz Tristan Arthurs Entscheidung.

Das nächste Problem dieses Tages war die Zukunft unseres Königs. Bisher hatte Mordred in Owains Haushalt gelebt, nun aber brauchte er ein neues Heim. Bedwin schlug einen Mann namens Nabur vor, einen Magistraten in Durnovaria. Ein anderes Ratsmitglied legte umgehend Protest ein, weil dieser Nabur ein Christenmensch war.

Um einen erbitterten Streit gleich im Keim zu ersticken, klopfte Arthur heftig auf den Tisch. »Ist Nabur anwesend?« fragte er.

Im Hintergrund des Saales erhob sich ein hochgewachsener Mann. »Ich bin Nabur.« Er war glattrasiert und trug eine römische Toga. »Nabur ap Lwyd«, stellte er sich vor. Er war ein junger Mann mit schmalem, ernstem Gesicht und zurückweichendem Haaransatz, der ihm das Aussehen eines Bischofs oder Druiden verlieh.

»Habt Ihr Kinder, Nabur?« erkundigte sich Arthur.

»Drei, die noch leben, Lord. Zwei Knaben und ein Mädchen. Das Mädchen ist im Alter unseres Lord Mordred.«

»Gibt es in Durnovaria einen Druiden oder Barden?«

Nabur nickte. »Derella, den Barden, Lord.«

Arthur besprach sich kurz mit Bedwin. Der Bischof nickte, dann wandte sich Arthur lächelnd an Nabur. »Würdet Ihr den König in Pflege nehmen?«

»Mit Freuden, mein Lord.«

»Ihr dürft ihn in Eurer Religion unterweisen, Nabur ap Lwyd, aber nur, wenn Derella anwesend ist, und wenn der Knabe fünf Jahre alt ist, muß Derella Erzieher des Knaben werden. Aus der Schatzkammer werdet Ihr die Hälfte der Zuwendung für einen König erhalten. Unser Lord Mordred muß jederzeit von zwanzig

Leibwachen umgeben sein. Der Preis seines Lebens sind Eure eigene und die Seelen Eurer gesamten Familie. Seid Ihr einverstanden?«

Als er vernahm, daß seine Frau und seine Kinder sterben würden, wenn er es zuließ, daß Mordred umgebracht wurde, erbleichte Nabur, nickte aber dennoch zustimmend. Und kein Wunder: Die Tatsache, daß er Erzieher des Königs war, sicherte Nabur einen Platz im Zentrum von Dumnonias Macht. »Ich bin einverstanden, mein Lord«, antwortete er.

Das letzte Problem des Rates war das Schicksal von Ladwys, Gundleus' Gemahlin und Geliebter und Owains Sklavin. Sie wurde in den Saal gebracht, wo sie trotzig vor Arthur stehenblieb. »Noch heute«, richtete Arthur das Wort an sie, »werde ich gen Norden nach Corinium reiten, wo Euer Gemahl gefangengehalten wird. Wünscht Ihr, mit uns zu kommen?«

»Damit Ihr mich noch tiefer demütigen könnt?« gab Ladwys zurück. Denn Owain hatte es trotz seiner Brutalität nicht geschafft, ihren Willen zu brechen.

Arthur quittierte ihren feindseligen Ton mit einem Stirnrunzeln. »Damit Ihr mit ihm zusammensein könnt, Lady«, erwiderte er freundlich. »Die Gefangenschaft Eures Gemahls ist nicht sehr hart, er wohnt in einem Haus wie diesem, wird aber, das gebe ich zu, streng bewacht. Doch Ihr dürft mit ihm in Zurückgezogenheit und Frieden zusammenleben – falls Ihr das wollt.«

Ladwys' Augen füllten sich mit Tränen. »Es könnte sein, daß er mich nicht mehr will. Ich wurde geschändet.«

Arthur zuckte die Achseln. »Ich kann nicht für Gundleus sprechen. Ich will nur, daß Ihr Euch entscheidet. Wenn Ihr lieber hierbleiben wollt, so sei es. Owains Tod bedeutet, daß Ihr frei seid.«

Sie schien sich über Arthurs Großzügigkeit zu wundern, aber schließlich nickte sie doch. »Ich werde mitkommen, mein Lord.«

»Gut.« Arthur erhob sich und trug seinen Sessel zur Seitenwand des Saals, wo er Ladwys höflich zum Sitzen einlud. Dann wandte er sich an die versammelten Ratgeber, Speerkämpfer und Häuptlinge. »Ich habe eine einzige Aussage zu machen, nur eine einzige, aber Ihr alle müßt diese einzige Aussage verstehen und sie Euren Männern, Euren Familien, Euren Stämmen und Euren Clans weitergeben. Unser König ist Mordred, kein anderer als Mordred, und darum ist es Mordred, dem wir unsere Treue und den Dienst unserer Schwerter schulden. Aber während der nächsten Jahre wird das Königreich – wie alle Königreiche – Feinden trotzen müssen, und wie immer wird es einen Bedarf an starken Entscheidungen geben, und wenn diese Entscheidungen getroffen werden, wird es unter Euch Männer geben, die sich zuflüstern, daß ich die Macht des Königs an mich reißen will. Ihr werdet sogar so weit gehen, daß Ihr glaubt, ich selbst erstrebe die Königsmacht. Also werde ich jetzt und hier, vor unseren Freunden aus Gwent und Kernow ...« – hier machte Arthur ein höfliche Geste in Richtung Agricola und Tristan – »jenen Eid, den Ihr für den heiligsten haltet, schwören, daß ich die Macht, die Ihr mir verleiht, nur zu einem einzigen Zweck gebrauchen werde, und dieser Zweck ist es, dafür zu sorgen, daß Mordred dieses Königreich von mir übernehmen kann, sobald er großjährig ist. Das schwöre ich.« Er verstummte.

Leichte Unruhe regte sich im Raum. Bis zu diesem Moment hatte niemand begriffen, wie schnell und geschickt Arthur die Macht in Dumnonia ergriffen hatte. Die Tatsache, daß er mit Bedwin und Fürst Gereint an einem Tisch saß, legte nahe, daß diese drei Männer einander an Macht gleichkamen. Mit seiner Ansprache hatte Arthur jedoch verkündet, daß es nur einen gab, der den Befehl hatte, und Bedwin und Gereint unterstützten durch ihr Schweigen Arthurs Machtanspruch. Weder Bedwin noch Gereint wurden ihrer Macht enthoben, aber von nun an würden sie sie nach Arthurs Willen ausüben, und Arthur wollte, daß Bedwin weiterhin über Streitigkeiten innerhalb des Königreichs entschied und Gereint die sächsische Grenze bewachte, während er selbst nach Norden ziehen würde, um die Streitkräfte von Powys in Schach zu halten. Ich wußte, und Bedwin wußte es möglicherweise auch, daß Arthur große Hoffnungen auf einen Frieden mit Gorfyddyds Reich setzte, daß er jedoch, solange dieser Frieden noch nicht geschlossen war, in Kriegsbereitschaft bleiben würde.

An jenem Nachmittag machte sich eine große Gruppe gen Norden auf. Arthur mit seinen beiden Kriegern und seinem Knappen Hygwydd ritt mit Agricola und dessen Männern voraus. Morgan, Ladwys und Lunete fuhren in einem Karren mit, während ich mit Nimue zu Fuß ging. Lunete war kleinlaut, überwältigt von Nimues

Zorn. Die Nacht verbrachten wir auf dem Tor, wo ich entdeckte, welch gute Arbeit Gwlyddyn leistete. Die neue Palisade war fertig, und auf den Fundamenten des alten Turms ragte bereits ein neuer empor. Ralla war schwanger. Pellinore erkannte mich nicht. Er schritt in seinem neuen Käfig umher, als müßte er Wache halten, und erteilte unsichtbaren Speerkämpfern Befehle. Druidan warf mehr als ein Auge auf Ladwys. Gudovan, der Schreiber, zeigte mir Hywels Grabstätte nördlich des Tores; dann führte er Arthur zum Schrein des Heiligen Dornbuschs, wo die heilige Norwenna gleich neben dem Wunderbaum beerdigt worden war.

Am nächsten Morgen verabschiedete ich mich von Morgan und Nimue. Der Himmel war wieder blau, der Wind war kalt, und ich zog mit Arthur gen Norden.

Im Frühling wurde mein Sohn geboren. Drei Tage später war er tot. Noch tagelang sah ich das kleine, runzlig-rote Gesichtchen vor mir, und bei der Erinnerung kamen mir die Tränen. Er hatte gesund ausgesehen. Dennoch war er, als er in seinen Windeln an der Küchenwand hing, damit Hunde und Schweine nicht an ihn herankonnten, einfach gestorben. Lunete weinte genauso wie ich, aber sie gab mir die Schuld am Tod des Kindes, denn sie behauptete, die Luft in Corinium sei verseucht, obwohl sie selbst sich in der Stadt wohl fühlte. Sie mochte die sauberen römischen Gebäude und ihr kleines Backsteinhaus, das an einer gepflasterten Straße stand, und hatte sich seltsamerweise mit Ailleann, Arthurs Geliebter, und mit Aileanns Zwillingssöhnen Amhar und Loholt angefreundet. Ich hatte nichts gegen Ailleann, aber die Knaben waren die reinste Pest. Arthur war ihnen gegenüber mehr als nachsichtig, möglicherweise, weil er Schuldgefühle hatte, da sie, genau wie er, nicht als seine rechtmäßigen und erbberechtigten Söhne geboren waren, sondern als Bastarde, die sich in dieser harten Welt allein durchschlagen mußten. Soweit ich sah, wurden sie niemals gemaßregelt – bis auf einmal, als ich sie ertappte, wie sie mit einem Messer in den Augen eines Welpen herumstocherten, und ihnen eine kräftige Ohrfeige versetzte. Der Welpe war geblendet, und ich tat das einzig Barmherzige und schenkte ihm einen schnellen Tod. Arthur hatte Verständnis für mich, sagte aber, es stehe mir nicht zu, seine Söhne zu schlagen. Seine Krieger applaudierten mir, und ich glaube, auch Ailleann billigte mein Verhalten.

Sie war eine schwermütige Frau. Sie wußte, daß ihre Tage als Arthurs Gefährtin gezählt waren, denn ihr Mann war praktisch der Herrscher von Britanniens größtem Königreich geworden und würde sich eine Braut suchen müssen, die seine Macht untermauern konnte. Wie ich wußte, war diese Braut Ceinwyn, Stern und Prinzessin von Powys, und ich vermutete, daß Ailleann es ebenfalls wußte. Sie wäre gern nach Benoic zurückgekehrt, doch Arthur wollte nicht, daß seine kostbaren Söhne das Land verließen. Ailleann wußte genau, daß Arthur sie niemals darben lassen würde, aber er würde auch seine königliche Gemahlin nicht beschämen, indem er sich in der Nähe eine Geliebte hielt. Als der Frühling die Bäume mit Blättern schmückte und Blüten über das Land verstreute, verstärkte sich ihre Schwermut.

Im Frühling griffen die Sachsen an, doch Arthur zog nicht in den Krieg. König Melwas verteidigte die Südgrenze von seiner Hauptstadt Venta aus, während Fürst Gereints Kriegshorden von Durocobrivis auszogen, um die sächsische Landwehr des gefürchteten König Aelle zu bekämpfen. Da Gereints Aufgabe schwieriger war, schickte Arthur ihm zur Verstärkung Sagramor mit dreißig Reitern, und Sagramors Eingreifen neigte die Waagschalen zu unseren Gunsten. Aelles Sachsen, hörten wir, waren der Überzeugung, daß Sagramor mit seinem schwarzen Gesicht ein Ungeheuer sei, vom Reich der Finsternis ausgesandt, und sie verfügten weder über Hexenmeister noch über genügend Schwerter, die es mit ihm aufnehmen konnten. Der Numidier trieb Aelles Männer so weit zurück, daß er eine neue Grenzlinie ziehen konnte, die einen vollen Tagesmarsch hinter der alten lag. Er markierte diese neue Grenzlinie mit einer Reihe abgeschlagener Sachsenköpfe. Er plünderte bis tief nach Lloegyr hinein und führte seine Reiter einmal sogar bis nach London, einer Stadt, die im römischen Britannien die größte gewesen war, nun aber hinter eingestürzten Mauern dahinmoderte. Die überlebenden Briten dort, berichtete uns Sagramor, seien verängstigt und hätten ihn gebeten, den labilen Frieden, den sie mit ihren sächsischen Oberherren geschlossen hätten, nicht zu gefährden.

Von Merlin hörten wir kein Wort.

In Gwent wartete man darauf, daß Gorfyddyd von Powys angriff, aber die Attacke blieb aus. Statt dessen ritt ein Bote aus Gorfyddyds Hauptstadt Caer Sws nach Süden, und zwei Wochen später ritt Arthur nach Norden, um sich mit dem feindlichen König zu treffen. Ich war einer der zwölf Krieger, die ihn begleiteten. Wir marschierten mit Schwertern, doch ohne Schilde und Kriegsspeere. Wir kamen in friedlicher Absicht, eine Tatsache, die Arthur freudig erregte. Wir hatten Gundleus von Siluria mitgenommen und marschierten zunächst in östlicher Richtung auf Tewdrics Hauptstadt Burrium zu, eine ummauerte Römerstadt mit zahllosen Rüstkammern und erfüllt vom stinkenden Rauch der Waffenschmieden; von dort aus zogen wir in Begleitung von Tewdric und seinem Anhang nach Norden. Da Agricola Gwents Grenze zum Gebiet der Sachsen verteidigte, nahm Tewdric, genau wie Arthur, nur eine Handvoll Männer mit, dazu allerdings drei Priester, darunter Sansum, den zornigen, kleinen, schwarztonsurierten Priester, den Nimue spöttisch Lughtigern, den Mäuselord, getauft hatte.

Wir waren eine bunte Gesellschaft. König Tewdrics Männer trugen über ihren römischen Uniformen rote Mäntel, während Arthur seine Krieger mit neuen grünen Mänteln ausgestattet hatte. Wir marschierten unter vier verschiedenen Bannern: Mordreds dumnonischem Drachen, Arthurs Bär, Gundleus' Fuchs und Tewdrics Stier. Gundleus wurde von Ladwys begleitet, der einzigen Frau in unserer Gruppe. Sie war wieder glücklich, und Gundleus schien sich zu freuen, sie an seiner Seite zu haben. Er war zwar immer noch unser Gefangener, trug aber wieder ein Schwert und ritt auf dem Ehrenplatz neben Arthur und Tewdric. Tewdric hegte nach wie vor Mißtrauen gegen Gundleus, doch Arthur behandelte ihn wie einen alten Freund. Schließlich gehörte Gundleus zu seinem Plan, den sich gegenseitig bekämpfenden Briten Frieden zu bringen: einen Frieden, der es Arthur ermöglichen sollte, die ganze Kraft seiner Schwerter und Speere gegen die Sachsen einzusetzen.

An der Grenze von Powys wurden wir von einer Wachabordnung empfangen, die zu unseren Ehren gekommen war. Binsen wurden auf den Weg gelegt, und ein Barde sang von Arthurs Sieg über die Sachsen im Tal des Weißen Pferdes. König Gorfyddyd war zu dieser Begrüßung nicht mitgekommen, sondern hatte Leodegan ausgesandt, den König von Henis Wyren, dessen Land von den Iren erobert worden war und der nun an Gorfyddyds Hof im Exil lebte. Leodegan war ausgewählt worden, weil sein Rang uns ehren sollte, obwohl er selbst ein weithin bekannter Dummkopf war. Er war ein außerordentlich großer und sehr dünner Mann mit langem Hals, strähnigen dunklen Haaren und einem schlaffen, feuchten Mund. Er konnte niemals stillhalten, sondern ruckte und zuckte, zwinkerte und kratzte sich ununterbrochen. »Der König wäre ja gekommen«, erklärte er uns, »jawohl, bestimmt, aber er kann nicht kommen. Versteht Ihr? Dennoch herzliche Grüße von Gorfyddyd!« Neidisch beobachtete er, wie Tewdric den Barden mit Gold entlohnte. Leodegan war, wie wir später erfuhren, ein verarmter König und verbrachte den größten Teil seiner Zeit damit, sich für die enormen Verluste zu entschädigen, die ihm Diwrnach, der irische Eroberer, zugefügt hatte, als er sein Land in Besitz nahm. »Wollen wir aufbrechen? Es gibt Unterkünfte in…« Leodegan hielt inne. »Meine Güte, jetzt hab' ich's vergessen, aber der Befehlshaber der Wache weiß, wo. Wo ist er? Da drüben. Wie heißt er noch? Na, macht nichts, wir werden schon hinkommen.«

Nun gesellten sich noch die Adlerstandarte von Powys und Leodegans Hirschbanner zu unseren Flaggen. Wir folgten einer römischen Straße, die sich speergerade durch gutes Land zog, dasselbe Land, das Arthur im vergangenen Herbst verwüstet hatte, aber nur Leodegan war taktlos genug, diesen Feldzug zu erwähnen. »Ihr seid natürlich schon mal hiergewesen«, rief er zu Arthur hinauf. Da Leodegan kein Pferd hatte, mußte er zu Fuß neben der Gruppe der Könige einhermarschieren.

Arthur runzelte die Stirn. »Ich bin mir nicht sicher, ob ich dieses Land kenne«, gab er diplomatisch zurück.

»Aber ja doch, sicher. Seht Ihr? Der verbrannte Bauernhof? Euer Werk!« Strahlend blickte Leodegan zu Arthur empor. »Man hat Euch unterschätzt, nicht wahr? Das hab' ich Gorfyddyd auch gesagt, direkt ins Gesicht. Der junge Arthur ist gut, hab' ich gesagt, aber Gorfyddyd kann einfach nicht auf einen vernünftigen Rat hören. Ein Kämpfer, ja; ein Denker, nein. Der Sohn ist besser, glaube ich. Cuneglas ist ganz eindeutig besser. Ich hatte ja gehofft, der junge Cuneglas würde eine meiner Töchter heiraten, aber Gorfyddyd will nichts davon wissen. Na, macht nichts.« Er stolperte über ein Grasbüschel. Genau wie der Fosse Way bei Ynys Wydryn, hatte auch diese Straße an beiden Seiten Abflußgräben, damit das Regenwasser ablaufen konnte, aber die Jahre hatten die Gräben aufgefüllt und die Steine der Straße mit Erdreich bedeckt, so daß sie jetzt dicht mit Unkraut und Gras bewachsen waren. Leodegan fuhr fort, alle Orte aufzuzeigen, die Arthur verwüstet hatte, gab es aber nach einer Weile auf, eine Reaktion provozieren zu wollen, und fiel zurück. Er gesellte sich zur Wachmannschaft, die hinter Tewdrics drei Priestern marschierte. Leodegan versuchte sich mit Agravain zu unterhalten, dem Befehlshaber von Arthurs Wache, doch Agravain war schlechter Laune, darum beschloß Leodegan letztlich, daß ich der aufgeschlossenste von Arthurs Gefolge sei, und fragte mich neugierig über Dumnonias Edelleute aus. Er wollte unbedingt wissen, wer vermählt war und wer nicht. »Also, Fürst Gereint, wie ist es mit dem? Ist er? Oder ist er nicht?«

»Ja, Lord«, antwortete ich.

»Und ist sie gesund?«

»Soweit ich weiß, ja, Lord.«

»Dann König Melwas. Hat er eine Königin?«

»Sie ist verstorben, Lord.«

»Ah!« Seine Miene hellte sich auf. »Ich habe nämlich Töchter, versteht Ihr?« erklärte er mir tiefernst. »Zwei Töchter, und Töchter müssen sich verehelichen, nicht wahr? Unverheiratete Töchter nützen weder Mann noch Tier. Ehrlich gesagt, eine von meinen beiden Lieblingen wird bald heiraten. Guinevere ist versprochen. Sie wird sich mit Valerin vermählen. Habt Ihr schon von Valerin gehört?«

»Nein, Lord.«

»Ein guter Mann, ein guter Mann, ein guter Mann, aber kein ...« Er unterbrach sich, suchte nach dem richtigen Wort. »Kein Reichtum! Kein richtiges Land, versteht Ihr? Ein Stückchen kümmerlichen Boden im Westen, glaube ich, aber nicht so viel Geld, daß es sich zu zählen lohnte. Keine Pachteinnahmen, kein Gold, und ohne Pachteinnahmen oder Gold kommt man nicht weit. Und Guinevere ist eine Prinzessin! Dann ist da noch Gwenhwyvach, ihre Schwester, aber die hat überhaupt keine Vermählungsaussichten, überhaupt keine! Sie lebt ausschließlich aus meinem Beutel, und der ist, weiß Gott, schmal genug. Aber Melwas hat ein leeres Bett, nicht wahr? Das ist ein Gedanke! Obwohl es schade ist um Cuneglas.«

»Wieso, Lord?«

»Weil er keins von meinen Mädchen ehelichen will!« sagte Leodegan empört. »Ich hatte seinem Vater diesen Vorschlag gemacht. Eine solide Allianz, hab' ich gesagt, aneinandergrenzende Königreiche, ein ideales Arrangement! Aber nein. Cuneglas hat ein Auge auf Helledd von Elmet, und Arthur wird sich, wie wir hören, mit Ceinwyn vermählen.«

»Davon weiß ich nichts, Lord«, behauptete ich unschuldig.

»Ceinwyn ist ein hübsches Mädchen. O ja! Aber das ist meine Guinevere auch, nur daß sie Valerin ehelichen soll. Du meine Güte! Welch eine Verschwendung! Keine Pachteinnahmen, kein Gold, kein Geld, nichts außer ein paar abgesoffenen Weiden und einer Handvoll elender Kühe. Das wird ihr bestimmt nicht gefallen! Sie schätzt ihren Komfort, meine Guinevere, aber Valerin weiß nicht mal, was Komfort ist! Lebt in einer Schweinehütte, soweit ich das beurteilen kann. Immerhin ist er ein Häuptling. Allerdings, je tiefer man nach Powys reinkommt, desto mehr Männer schimpfen sich Häuptling.« Er seufzte. »Dabei ist sie eine Prinzessin! Ich dachte, daß einer von Cadwallons Söhnen in Gwynedd sich mit ihr vermählen würde, aber Cadwallon ist ein seltsamer Bursche. Hat mich nie so recht gemocht. Hat mir auch nicht geholfen, als die Iren kamen.«

Er verstummte und dachte über diese gröbliche Ungerechtigkeit nach. Wir waren inzwischen so weit nach Norden vorgedrungen, daß uns Land und Leute fremd waren. In Dumnonia waren wir von Gwent, Siluria, Kernow und den Sachsen umgeben, hier aber sprachen die Männer über Gwynedd und Elmet, Lleyn und Ynys Mon. Lleyn war einst Henis Wyren gewesen, Leodegans Reich, zu dem auch Ynys Mon, die Insel Mona, gehört hatte. Beide wurden jetzt von Diwrnach regiert, einem der irischen Lords »Hinter dem Meer«, die sich in Britannien Königreiche zusammenstahlen. Leodegan, sinnierte ich, mußte für einen grimmigen Mann wie Diwrnach, der für seine Grausamkeit berühmt war, leichte Beute gewesen sein. Selbst in Dumnonia hatten wir gehört, daß der Ire die Schilde seiner Kriegshorde mit dem Blut der Männer bemalte, die sie in der Schlacht getötet hatten. Es sei besser, gegen die Sachsen zu kämpfen, sagten die Männer, als gegen Diwrnych zu Felde zu ziehen.

Aber wir zogen gen Caer Sws, um Frieden zu schließen, und nicht, um Krieg zu beginnen. Caer Sws erwies sich als kleine, schlammige Stadt, die um ein trostloses römisches Fort herumgebaut war. Sie lag in einem weiten Sohlental an einer tiefen Furt über den Severn, der hier Hfren hieß. Das eigentliche Zentrum von Powys war Caer Dolforwyn, ein schöner Hügel mit einem Krönungsstein auf dem Gipfel, doch wie Caer Cadarn verfügte Caer Dolforwyn weder über genügend Wasser noch über genügend Platz, um einen königlichen Gerichtshof, Schatzkammer, Rüstkammern, Küchen und Speicherhäuser aufzunehmen, daher saß die Regierung von Powys, wiederum vergleichbar mit Dumnonia, wo die Alltagsgeschäfte von Lindinis aus geregelt wurden, in Caer Sws, und nur in Zeiten der Gefahr oder an hohen königlichen Festtagen verlegte sich Gorfyddyds Hof flußabwärts auf Caer Dolforwyns alles beherrschenden Gipfel.

Caer Sws' römische Bauwerke waren alle so gut wie verschwunden, doch Gorfyddyds Festhalle war auf einem der alten Steinfundamente errichtet worden. Er hatte die Halle durch zwei neue Seitenflügel ergänzen lassen, die speziell für Tewdric und Arthur erbaut worden waren. Gorfyddyd empfing uns in seiner Halle. Der König von Powys war ein säuerlicher Mann, dessen linker Ärmel dank Excalibur leer herabhing. Er war im mittleren Alter, kräftig gebaut und hatte ein argwöhnisches Gesicht mit kleinen Augen, in denen keine Spur von Herzlichkeit lag, als er Tewdric umarmte und einen widerwilligen Willkommensgruß brummte. Als Arthur, der ja kein König war, vor ihm niederkniete, verstummte er mürrisch. Seine Häuptlinge und Krieger hatten lange, geflochtene Schnauzbärte und trugen schwere Mäntel, triefend vom Regen, der den ganzen Tag über gefallen war. In der Halle roch es nach nassen Hunden. Frauen waren keine anwesend, bis auf zwei Sklavinnen, die Krüge herumtrugen, aus denen Gorfyddyd immer wieder Hörner voll Met schöpfte. Später sollten wir erfahren, daß er in den langen Wochen, nachdem er seinen Arm durch Excalibur verlor, mit dem Trinken begonnen hatte, Wochen, in denen er fieberte und jedermann an seiner Genesung zweifelte. Der Met war dick und stark gebraut, und seiner Wirkung war es letztlich zu verdanken, daß die Sorge um Powys von dem verbitterten und verwirrten Gorfyddyd auf die Schultern seines Sohnes Cuneglas, Edling von Powys, übertragen wurde.

Cuneglas war ein junger Mann mit rundem, klugem Gesicht und langen, dunklen Schnurrbartspitzen. Er lachte gern, wirkte entspannt und war immer freundlich. Er und Arthur waren verwandte Seelen, soviel stand fest. Drei Tage lang jagten sie Rotwild in den Bergen, um des Abends zu tafeln und dem Gesang der Barden zu lauschen. In Powys gab es nur wenige Christen, aber sobald Cuneglas erfuhr, daß Tewdric Christ war, verwandelte er einen Speicher in eine Kirche und forderte die Priester auf, darin zu predigen. Ja, er lauschte sogar persönlich einer dieser Predigten, obwohl er anschließend den Kopf schüttelte und erklärte, er ziehe seine eigenen Götter vor. König Gorfyddyd bezeichnete die Kirche als Unsinn, untersagte es seinem Sohn jedoch nicht, Tewdrics Religion zu dulden. Allerdings sorgte Gorfyddyd dafür, daß sein Druide die provisorische Kirche mit einem Ring von Zaubersprüchen umgab. »Gorfyddyd ist nicht restlos davon überzeugt, daß wir wirklich Frieden halten wollen«, warnte uns Arthur am zweiten Abend, »aber Cuneglas hat ihm die Zweifel ausgeredet. Also bleibt um Gottes willen nüchtern, laßt eure Schwerter in den Scheiden und fordert keinen Streit heraus. Ein einziger Funke hier, und Gorfyddyd wird uns sofort rauswerfen und wieder mit dem Krieg beginnen.«

Am vierten Tag kam der Kronrat von Powys in der großen Halle zusammen. Der Hauptpunkt des Tages war es, Frieden zu schaffen, und das war trotz Gorfyddyds Bedenken schnell getan. Der König von Powys hing in seinem Sessel und sah zu, wie sein Sohn den Beschluß verkündete. Powys, Gwent und Dumnonia, erklärte Cuneglas, seien von nun an Verbündete, einer vom Blut des anderen, und ein Angriff auf eins der drei Länder würde als Angriff auf alle drei betrachtet werden. Gorfyddyd nickte zustimmend, wenn auch ohne Begeisterung. Und besser noch, fuhr Cuneglas fort, sobald seine eigene Vermählung mit Helledd von Elmet vollzogen sei, würde auch Elmet dem Bündnis beitreten, so daß den Sachsen eine vereinte Front britischer Königreiche gegenüberstehe. Dieses Bündnis war der große Vorteil, den Gorfyddyd aus dem Frieden mit Dumnonia zog: die Gelegenheit, gegen die Sachsen Krieg zu führen; und Gorfyddyds Preis für diesen Frieden war, daß Powys als Führer des Krieges anerkannt wurde. »Er will Großkönig werden«, erklärte uns Agravain grollend, der hinten bei uns in der Halle saß. Darüber hinaus verlangte Gorfyddyd, daß sein Cousin Gundleus von Siluria wiedereingesetzt werde. Tewdric, der mehr als alle anderen unter den silurischen Raubzügen gelitten hatte, sah es nicht gern, daß Gundleus wieder auf seinen Thron gesetzt werden sollte, und wir Dumnonier waren nicht bereit, ihm den Mord an Norwenna zu verzeihen, während ich persönlich den Mann für das haßte, was er Nimue angetan hatte. Da Arthur uns jedoch überzeugt hatte, daß Gundleus' Freilassung ein geringer Preis für den Frieden sei, wurde der hinterhältige Gundleus tatsächlich wiedereingesetzt.

Gorfyddyd mochte gegen den Friedensschluß gewesen sein, aber er hatte sich offensichtlich von dessen Vorteilen überzeugen lassen, denn er war sogar bereit, den höchsten möglichen Preis für den erfolgreichen Abschluß zu zahlen: Er war bereit, Arthur seine Tochter Ceinwyn, den Stern von Powys, zur Gemahlin zu geben. Gorfyddyd war ein störrischer Mann, argwöhnisch und hart, aber er liebte seine siebzehnjährige Tochter und überschüttete sie mit den letzten Resten von Zuneigung und Liebe, die in seiner Seele zu finden waren. Die Tatsache, daß er willens war, sie mit Arthur zu vermählen, der weder König war noch den Titel Prinz tragen durfte, war Beweis für Gorfyddyds Überzeugung, daß seine Krieger nicht länger gegen andere Briten kämpfen dürften. Darüber hinaus bewies die Verlobung, daß Gorfyddyd Arthur, genau wie sein Sohn Cuneglas, letztlich als die eigentliche Macht in Dumnonia anerkannte. Und so wurden Ceinwyn und Arthur bei dem großen Festmahl, das der Ratssitzung folgte, einander offiziell versprochen.

Die Verlobungszeremonie galt als so wichtig, daß die ganze Versammlung von Caer Sws in die glückverheißendere Festhalle auf dem Gipfel von Caer Dolforwyn umzog, der nach Dolforwyn benannt war, einer Wiese am Fuß des Hügels, deren Name passenderweise Jungfrauenwiese bedeutete. Wir erreichten die Stätte bei Sonnenuntergang, als die Hügelkuppe schon in dem Rauch der großen Feuer gehüllt war, über denen Hirsche und Schweine gebraten wurden. Tief unter uns wand sich der silbrige Severn durchs Tal, während sich im Norden die großen Bergketten dunkel in Richtung Gwynedd hinzogen. Es hieß, daß man von Caer Dolforwyns Gipfel an klaren Tagen bis nach Cadair Idris sehen könne, an jenem Abend aber war der Horizont von fernen Regenschleiern verhangen. Am Fuß des Hügels standen riesige Eichen, aus denen zwei rote Milane stiegen, während die Sonne die westlichen Wolken scharlachrot färbte. Wir alle waren uns einig, daß der Anblick der beiden Vögel, die so spät in den sterbenden Tag hineinflogen, ein wundervolles Vorzeichen sei. Im Innenraum der Halle sangen die Barden das Lied von Hafren, der menschlichen Jungfrau, die Dolforwyn den Namen gegeben hatte und die in eine Göttin verwandelt wurde, als ihre Stiefmutter versuchte, sie in dem Fluß am Fuß des Hügels zu ertränken. Sie sangen, bis die Sonne untergegangen war.

Damit die Mondgöttin das Paar segnen konnte, fand die Verlobungsfeier am Abend statt. Arthur bereitete sich als erster darauf vor und verließ die Halle für eine ganze Stunde, bevor er in all seiner Pracht zurückkehrte. Der Schuppenpanzer mit seinen Gold- und Silberplättchen funkelte, und die Gänsefedern auf seinem hohen, silbergetriebenen Totenkopfhelm streiften die Dachbalken der Halle, als er den Mittelgang heraufgeschritten kam. Sein silberüberzogener Schild gleißte im Licht, während sein weißer Mantel hinter ihm über den Boden strich. In der Festhalle trugen die Männer sonst keine Waffen, aber an jenem Abend hatte sich Arthur mit Excalibur gegürtet und trat an die Hohe Tafel wie ein Eroberer, der Frieden schließt. Und selbst Gorfyddyd von Powys hielt den Atem an, als sein ehemaliger Feind auf das Podium zuschritt. Bis jetzt war Arthur als Friedensstifter aufgetreten, an jenem Abend aber wünschte er seinen zukünftigen Schwiegervater an seine Macht zu erinnern.

Nur wenige Augenblicke später betrat auch Ceinwyn die Halle. Sie hatte sich seit unserer Ankunft in Caer Sws in den Frauengemächern aufgehalten, und dieses Versteckspiel verstärkte die gespannten Erwartungen all jener von uns, die Gorfyddyds Tochter noch nie gesehen hatten. Ich muß gestehen, daß die meisten von uns damit rechneten, von diesem Stern von Powys enttäuscht zu sein, aber sie glänzte wahrhaftig heller als jeder Stern. Als sie mit ihren Damen in die Halle kam, raubte ihr Anblick den versammelten Männern den Atem. Vor allem mir. Sie war so hellhäutig, wie es sonst eher bei den Sachsen vorkommt, aber bei Ceinwyn hatte sich diese Hellhäutigkeit in eine bleiche, zarte Lieblichkeit verwandelt. Sie wirkte sehr jung, mit scheuem Blick, hübschem Gesicht und zurückhaltendem Benehmen. Gekleidet war sie in ein Gewand aus Leinen, das mit Bienenwachs gelb gefärbt und an Halsausschnitt und Saum mit weißen Sternen bestickt worden war. Ihr Haar war golden und schien so hell zu schimmern wie Arthurs Rüstung. Sie war so schlank, daß Agravain, der neben mir auf dem Boden der Festhalle saß, zu mir sagte, sie tauge nicht zum Kinderkriegen. »Jedes normale Kind wird sterben, wenn es sich durch diese Hüften kämpft«, erklärte er säuerlich. Dennoch hatte ich Mitleid mit Ailleann, die sicher gehofft hatte, daß Arthurs Gemahlin nichts weiter als eine dynastische Notwendigkeit wäre.

Der Mond segelte hoch über Caer Dolforwyns Gipfel dahin, als Ceinwyn gemessen und scheu auf Arthur zuschritt. In den Händen trug sie ein Halfter, ein Geschenk, das sie ihrem zukünftigen Gemahl zum Zeichen dafür brachte, daß sie aus der Gewalt ihres Vaters in die seine übergehen werde. Als sie es Arthur überreichte, fingerte er ungeschickt daran herum und hätte das Halfter fast fallen lassen, und das war eindeutig ein schlechtes Zeichen, aber alle, selbst Gorfyddyd, gingen lachend über den kleinen Zwischenfall hinweg. Dann wurden die beiden von Iorweth, dem Druiden von Powys, einander offiziell versprochen. Die Fackeln flackerten, als ihre Hände mit einer Kette aus verknotetem Gras verbunden wurden. Arthurs Gesicht war hinter dem silbergrauen Helm versteckt, doch Ceinwyn, die süße Ceinwyn, war ganz und gar von Freude erfüllt. Der Druide gab ihnen seinen Segen und beschwor Gwydion, den Gott des Lichts, und Aranrhod, die silberne Göttin der Morgendämmerung, als persönliche Schutzgötter der beiden und bat sie, ganz Britannien mit ihrem Frieden zu segnen. Ein Harfner spielte, Männer applaudierten, und Ceinwyn, die bezaubernde, silberne Ceinwyn, weinte und lachte vor lauter Freude in ihrer Seele. An jenem Abend verlor ich mein Herz an Ceinwyn. Genau wie viele andere Männer auch. Sie wirkte so glücklich, und das war kein Wunder, denn durch Arthur entging sie dem Alptraum aller Prinzessinnen, der darin besteht, aus Liebe zu ihrem Land heiraten zu müssen statt aus wahrer Herzensliebe. Wenn es gilt, eine Grenze zu sichern oder ein Bündnis zu schließen, wird eine Prinzessin zu jedem stinkenden, schlaffbäuchigen alten Bock gelegt, aber Ceinwyn hatte Arthur gefunden und sah in seiner Jugend und Liebenswürdigkeit zweifellos das Ende ihrer Befürchtungen.

Auf dem Höhepunkt der Zeremonie traf Leodegan in der Halle ein, der exilierte König von Henis Wyren. Er war seit unserer Ankunft nicht mehr bei uns gewesen, sondern hatte sich in sein eigenes Haus nördlich von Caer Sws begeben. Nun stand er, begierig auf das große Bankett, das einer Verlobungsfeier jedesmal folgte, im Hintergrund der Halle und beteiligte sich an dem Beifall, der die Übergabe von Arthurs Gold und Silber begleitete. Darüber hinaus hatte Arthur von Dumnonias Kronrat Erlaubnis erhalten, Gorfyddyds Kriegsrüstung zurückzubringen, die er im Jahr zuvor erobert hatte, doch dieser Schatz war dem König im stillen übergeben worden, damit kein Anwesender an Powys' Niederlage erinnert wurde.

Sobald die Geschenke überreicht waren, setzte Arthur den Helm ab und nahm neben Ceinwyn Platz. Er sprach mit ihr, beugte sich zu ihr hinüber, wie er es immer tat, so daß sie zweifellos das Gefühl hatte, für ihn der wichtigste Mensch der Welt zu sein, ein Gefühl, auf das sie wahrhaftig ein Recht hatte. Viele von uns in der Halle waren neidisch auf eine Liebe, die so perfekt zu sein schien, und selbst Gorfyddyd, der wohl verbittert darüber war, seine Tochter an einen Mann zu verlieren, der ihn besiegt und in der Schlacht verstümmelt hatte, schien sich über Ceinwyns Glück zu freuen.

Und doch geschah es ausgerechnet an jenem glücklichen Abend, als der Friede endlich geschlossen war, daß Arthur Britannien der Vernichtung anheimgab.

Damals wußte das noch niemand. Auf die Übergabe der Verlobungsgeschenke folgten Sang und Trank. Wir sahen Gauklern zu, wir lauschten Gorfyddyds königlichem Barden und brüllten unsere eigenen Lieder. Einer unserer Männer vergaß Arthurs Ermahnung und begann Streit mit einem powysischen Krieger. Die beiden Betrunkenen wurden nach draußen gezerrt und mit Wasser übergossen, und eine halbe Stunde später lagen sie einander in den Armen und schworen sich ewige Freundschaft. Und irgendwann in diesen Stunden, als die Flammen hochschlugen und der Met reichlich floß, sah ich, daß Arthur angestrengt in den Hintergrund der Halle spähte, und da ich neugierig war, wollte ich sehen, was seine Aufmerksamkeit erregt hatte.

Als ich mich umwandte, entdeckte ich eine junge Frau, die mit Kopf und Schultern über die Menge hinausragte und eine herausfordernde, trotzige Miene zur Schau trug. Wenn du mich beherrschen kannst, schien ihr Ausdruck zu sagen, kannst du alles beherrschen, was diese schlechte Welt dir bringen mag. Noch heute sehe ich sie vor mir, wie sie da stand, umringt von ihren Jagdhunden, denen die gleiche schmale, sehnige Gestalt eigen war, die gleiche lange Nase und die gleichen Jägeraugen wie ihrer Herrin. Grüne Augen hatte sie, mit einer Art grausamer Tiefe darin. Es war kein weiches Gesicht, genau wie auch ihr Körper nicht weich war. Sie war eine Frau mit kraftvollen Zügen und hohen Wangenknochen, und das ergab ein gutes Gesicht, ein ansehnliches Gesicht, aber es war hart, furchtbar hart. Schön wirkte sie vor allem durch ihr Haar und ihre Haltung, denn sie hielt sich so gerade wie ein Speer, und die Haare fielen ihr wie eine Kaskade von roten Locken um die Schultern. Das rote Haar machte ihre Erscheinung weicher, während ihr Lachen die Männer einfing, wie man Lachse in Weidenreusen fängt. Es hat viele schönere Frauen gegeben, und Tausende, die besser waren, doch seit Anbeginn der Welt hat es bestimmt nicht viele Frauen gegeben, die so unvergeßlich waren wie Guinevere, älteste Tochter von Leodegan, dem exilierten König von Henis Wyren.

Und es wäre besser gewesen, pflegte Merlin zu uns zu sagen, wenn sie gleich bei der Geburt ertränkt worden wäre.

Am folgenden Tag ging die königliche Gesellschaft auf die Jagd. Guineveres Hunde stellten einen Spießbock, einen Junghirsch ohne Geweih, doch wenn man hörte, wie Arthur die Hunde lobte, hätte man meinen können, sie hätten den wilden Hirsch von Dyfed persönlich gejagt.

Die Barden singen von Liebe, und Männer wie Frauen sehnen sich danach, doch niemand weiß, was Liebe ist, bis sie zuschlägt wie ein Speer aus dem Dunkeln. Arthur konnte den Blick nicht von Guinevere wenden, obwohl er es, das wissen die Götter, immer wieder versuchte. In den Tagen nach der Verlobungsfeier, die wir in Caer Sws verbrachten, ging und redete er mit Ceinwyn, aber er konnte es nicht abwarten, Guinevere wiederzusehen, und sie, die genau wußte, welch ein Spiel sie trieb, ließ ihn zappeln. Valerin, ihr Verlobter, war ebenfalls bei Hof, also spazierte sie Arm in Arm mit ihm herum, lachte und plauderte, um ganz plötzlich einen kurzen Seitenblick zu Arthur hinüberzuwerfen, für den dann auf einmal die Welt stehenzubleiben schien. Er verzehrte sich nach Guinevere.

Wäre alles anders verlaufen, wenn Bedwin dabeigewesen wäre? Ich glaube kaum. Nicht einmal Merlin hätte den Lauf der Dinge aufhalten können. Genauso hätte man versuchen können, den Regen in die Wolken zurückzuschicken, oder einem Fluß befehlen wollen, zur Quelle hinaufzufließen.

Am zweiten Abend nach dem Fest kam Guinevere nach Einbruch der Dunkelheit in unsere Halle, und ich, der ich draußen Wache stand, hörte mit an, wie sie drinnen lachten und flüsterten. Die ganze Nacht redeten sie, und möglicherweise taten sie auch noch mehr als nur reden, davon weiß ich nichts, aber reden taten sie, und das weiß ich genau, denn ich stand draußen vor der Tür und konnte nicht anders als sie belauschen. Manchmal redeten sie so leise, daß ich nichts verstand, dann wieder hörte ich Arthur erklären und schmeicheln, gut zureden, bitten und drängen. Sie müssen von Liebe gesprochen haben, aber das konnte ich nicht hören, statt dessen hörte ich Arthur von Britannien und von dem Traum sprechen, der ihn veranlaßt hatte, übers Meer von Armorica herüberzukommen. Er sprach von den Sachsen und daß sie eine Plage seien, mit der man aufräumen müsse, wenn das Land jemals glücklich werden sollte. Er sprach vom Krieg und von der schrecklichen Freude, die er empfand, wenn er mit einem geharnischten Pferd in die Schlacht ritt. Er sprach, wie er auf den eiskalten Wällen von Caer Cadarn mit mir gesprochen hatte, schilderte ein Land in tiefem Frieden, in dem das gemeine Volk sich nicht vor Speerkämpfern fürchten mußte, die bei Tagesanbruch auftauchten. Er sprach leidenschaftlich, eindringlich, und Guinevere lauschte ihm bereitwillig und versicherte ihm, sein Traum sei begeisternd. Arthur spann eine Zukunft aus seinem Traum, und Guinevere war eng mit diesem Faden verwoben. Die arme Ceinwyn, sie hatte nur ihre Schönheit und ihre Jugend, während Guinevere die Einsamkeit in Arthurs Seele erkannte und ihm versprach, sie zu heilen. Sie verließ ihn vor Morgengrauen, eine dunkle Gestalt, die über den Burghof von Caer Sws dahinhuschte, eine Gestalt mit einer Mondsichel im Lockenhaar.

Am Tag darauf promenierte Arthur reumütig mit Ceinwyn und ihrem Bruder. Guinevere trug an jenem Tag einen schweren neuen Goldtorques, und einige von uns empfanden Mitleid mit Ceinwyn, aber Ceinwyn war nur ein Kind, während Guinevere eine Frau und Arthur hilflos war.

Sie war wahnsinnig, diese Liebe. So wahnsinnig wie Pellinore. Wahnsinnig genug, um Arthur auf die Toteninsel zu verbannen. Nichts anderes galt Arthur mehr etwas: Britannien, die Sachsen, das neue Bündnis – die ganze große, sorgfältig ausgewogene Friedensstruktur, auf die er seit seiner Rückkehr aus Armorica hingewirkt hatte, trieb jetzt wegen einer bettelarmen, rothaarigen Prinzessin Ohneland wild wirbelnd in den Untergang. Er wußte, was er tat, konnte aber genausowenig etwas dagegen tun, wie man die Sonne am Aufgehen hindern kann. Er war besessen, dachte an sie, sprach von ihr, träumte von ihr, konnte nicht ohne sie leben; und dennoch hielt er, wenn auch voll Qualen, irgendwie den Schein seines Verlöbnisses mit Ceinwyn aufrecht. Die Vermählungsarrangements wurden besprochen. Als Anerkennung für Tewdrics Beitrag zum Friedensvertrag sollte die Eheschließung in Glevum stattfinden, und Arthur sollte dorthin vorausreisen, um in Ruhe seine Vorbereitungen zu treffen. Der Bund konnte erst geschlossen werden, wenn der Mond zunahm. Vorläufig nahm er immer noch ab, und niemand würde es riskieren, unter einem so schlechten Zeichen zu heiraten, aber in zwei Wochen standen die Zeichen weitaus besser, und dann würde Ceinwyn mit Blumen im Haar nach Süden ziehen.

Doch Arthur trug Guineveres Haar um den Hals. Es war ein dünnes rotes Zöpfchen, das er unter dem Kragen versteckte. Ich sah es, als ich ihm eines Morgens Wasser brachte. Er stand mit nacktem Oberkörper da, schliff sein Rasiermesser an einem Wetzstein und zuckte die Achseln, als er merkte, daß mir die geflochtene Haarsträhne auffiel. »Glaubst du etwa, daß rotes Haar Unglück bringt, Derfel?« fragte er mich, als er meine Miene sah.

»Das sagen jedenfalls alle, Lord.«

»Aber haben alle recht?« fragte er den Bronzespiegel. »Wenn du eine Schwertklinge härten willst, Derfel, tauchst du sie nicht in Wasser, sondern in den Urin eines rothaarigen Knaben. Also muß das Glück bringen, nicht wahr? Und was, wenn rotes Haar wirklich Unglück brächte?« Er hielt inne, spuckte auf den Stein und zog die Messerklinge darauf hin und her. »Unsere Aufgabe ist es, Derfel, Dinge zu verändern, nicht, sie bestehen zu lassen. Warum lassen wir rote Haare nicht einfach Glück bringen?«

»Ihr könnt alles, Lord«, gab ich voll unglücklicher Loyalität zurück.

Er seufzte. »Ich hoffe nur, daß du recht hast, Derfel. Ich hoffe es.« Er blickte in den Bronzespiegel und zuckte zusammen, als er das Messer an die Wange setzte. »Friede ist mehr als eine Vermählung, Derfel. Es muß einfach so sein! Wegen einer Braut beginnt man keinen Krieg. Wenn der Friede so begehrenswert ist, und das ist er, läßt man nicht von ihm ab, weil eine Vermählung nicht stattfindet – oder?«

»Ich weiß es nicht, Lord«, antwortete ich. Ich wußte nur, daß mein Lord in Gedanken Argumente auswendig lernte und sie so lange wiederholte, bis er selber an sie glaubte. Er war wahnsinnig vor Liebe, so wahnsinnig, daß Norden Süden war und Hitze Kälte. Diesen Arthur hatte ich zuvor nur einmal gesehen: ein Mann voll Leidenschaft und, ich wage es auszusprechen, Selbstsucht. Arthur war zu schnell emporgestiegen. Gewiß, er war mit königlichem Blut in den Adern geboren, da er von seinem Vater jedoch nicht anerkannt worden war, führte er all seine Erfolge auf sich selbst zurück. Darauf war er stolz, und ebendiese Erfolge überzeugten ihn, daß er alles besser wußte als andere, Merlin vielleicht ausgenommen, und da dieses Wissen so oft genau das war, was sich die anderen Menschen wünschten, galten seine selbstsüchtigen Ambitionen fast immer als edel und weitblickend. In Caer Sws liefen seine Ambitionen jedoch den Wünschen der anderen entgegen.

Ich überließ ihn seiner Rasur und ging hinaus in den Sonnenschein, wo Agravain seine Saufeder schärfte. »Nun?« fragte er mich.

»Er wird Ceinwyn nicht heiraten«, berichtete ich ihm. Wir waren außer Hörweite der Halle, aber selbst wenn wir nicht so weit weg gewesen wären, hätte Arthur uns nicht gehört. Er sang.

Agravain spie aus. »Er wird die heiraten, die man ihm zu heiraten befiehlt«, sagte er. Dann rammte er den Speerschaft in den Boden und kehrte in Tewdrics Quartiere zurück.

Ob Gorfyddyd und Cuneglas wußten, was geschah, vermochte ich nicht zu sagen, denn sie standen nicht wie wir in ständigem Kontakt mit Arthur. Falls Gorfyddyd etwas argwöhnte, dachte er vermutlich, es spiele keine große Rolle. Zweifellos glaubte er – falls er überhaupt etwas glaubte –, daß Arthur Guinevere zur Geliebten und Ceinwyn zur Gemahlin nehmen würde. Es waren natürlich keine sehr feinen Manieren, in der Woche der Verlobung eine derartige Abmachung zu treffen, aber um feine Manieren hatte sich Gorfyddyd von Powys noch nie gekümmert. Er selbst hatte ebenfalls keine Manieren und wußte so gut wie alle Könige, daß Gemahlinnen dazu da waren, Dynastien zu schaffen, und Geliebte fürs Vergnügen. Seine eigene Gemahlin war längst gestorben, daher hielt ihm eine Reihe von jungen Sklavinnen das Bett warm, und die verarmte Guinevere würde in seinen Augen nie sehr weit über einer Sklavin rangieren und bildete daher keine Gefahr für seine geliebte Tochter. Cuneglas war scharfsinniger als sein Vater, und ich bin sicher, daß er Ärger witterte, aber er hatte all seine Kraft in diesen neuen Frieden investiert und muß gehofft haben, daß Arthurs Leidenschaft für Guinevere vorübergehen werde wie ein Sommergewitter. Aber vielleicht argwöhnten Gorfyddyd und Cuneglas auch nichts, denn sie schickten Guinevere nicht aus Caer Sws fort, obwohl nur die Götter wissen, ob sie damit etwas erreicht hätten. Agravain meinte, der Wahnsinn werde sich wieder legen. Wie er mir sagte, war Arthur schon einmal so vollkommen besessen gewesen. »Damals war es ein Mädchen in Ynys Trebes«, erzählte er mir. »Ich weiß nicht mehr, wie sie hieß. Mell? Messa? Na ja, so ähnlich. Hübsches kleines Ding. Richtig vernarrt war Arthur in sie, lief ihr nach wie ein Hund dem Leichenkarren. Aber damals war er noch jung, so jung, daß ihr Vater meinte, es werde nie etwas aus ihm werden; also schickte er seine Mella-Messa nach Broceliande und verheiratete sie mit einem Beamten, der fünfzig Jahre älter war als sie. Sie starb im Kindbett, aber bis dahin hatte Arthur sie überwunden. Solche Dinge geschehen eben, Derfel. Warte nur ab, Tewdric wird Arthur schon wieder Verstand einhämmern.«

Tewdric schloß sich den ganzen Vormittag mit Arthur ein, und ich dachte schon, es sei ihm vielleicht gelungen, meinem Lord den Kopf zurechtzurücken, denn Arthur wirkte den ganzen Tag recht kleinlaut. Er wagte Guinevere kein einziges Mal anzusehen, sondern zwang sich, zu Ceinwyn besonders liebenswürdig zu sein, und hörte sich am Abend – vermutlich, um Tewdric eine Freude zu machen – zusammen mit Ceinwyn in der kleinen, improvisierten Kirche eine Predigt von Sansum an. Ich hatte den Eindruck, die Predigt des Mäuselords habe Arthur gefallen, denn anschließend lud er Sansum in seine Halle ein und zog sich sehr lange mit dem Priester zurück.

Am nächsten Morgen erschien Arthur mit entschlossenem, finsterem Gesicht und verkündete, daß wir alle noch am selben Vormittag aufbrechen würden. Ja, sogar noch zur selben Stunde. Da wir eigentlich erst in zwei Tagen abreisen sollten, müssen Gorfyddyd, Cuneglas und Ceinwyn überrascht gewesen sein, doch Arthur überzeugte sie, daß er mehr Zeit für die Vorbereitungen zur Vermählung brauche, und Gorfyddyd akzeptierte diese Erklärung durchaus gelassen. Cuneglas nahm vermutlich an, Arthur breche so zeitig auf, um sich Guineveres Verlockungen zu entziehen; also erhob er keinen Protest, sondern befahl, für unsere Reise Brot, Käse, Honig und Met einzupacken. Ceinwyn, die liebliche Ceinwyn, verabschiedete sich von allen Reisenden und begann damit bei uns, der Leibwache. Wir waren alle in sie verliebt und nahmen Arthur seinen Liebeswahn übel, obwohl wir nur sehr wenig mit unserem Groll anfangen konnten. Ceinwyn überreichte jedem von uns ein kleines Geschenk aus Gold, und jeder von uns versuchte ihr Geschenk abzulehnen, doch sie bestand energisch darauf. Mir schenkte sie eine Brosche mit einem verschlungenen Muster, die ich ihr zurückzugeben versuchte; aber sie lächelte nur und schloß meine Finger um das Gold. »Bitte, tragt Sorge um Euren Lord«, bat sie mich ernst.

»Und um Euch, Lady«, antwortete ich glühend.

Sie lächelte und ging weiter zu Arthur, um ihm einen Blütenzweig zu geben, der ihm eine schnelle und sichere Reise bringen sollte. Arthur befestigte die Blüten an seinem Schwertgehenk und küßte seiner Verlobten die Hand. Dann bestieg er Llamreis breiten Rükken. Cuneglas wollte uns einen Trupp Reiter als Begleitung mitgeben, aber Arthur verzichtete auf diese Ehre. »Laßt uns losreiten, Lord Prinz«, bat er, »damit ich um so schneller alles für unser Glück vorbereiten kann.«

Ceinwyn war erfreut über Arthurs Worte, der stets höfliche Cuneglas befahl, die Tore zu öffnen, und Arthur galoppierte wie ein Mann, der eine schwere Prüfung hinter sich hat, auf Llamrei wie wahnsinnig zum Tor von Caer Sws hinaus und durch die tiefe Furt des Severn. Als wir Leibwachen ihm zu Fuß folgten, entdeckten wir am anderen Ufer des Flusses einen Blütenzweig auf der Erde. Agravain hob ihn verstohlen auf, damit Ceinwyn ihn nicht später fand.

Sansum kam mit uns. Seine Anwesenheit wurde nicht weiter erklärt, doch Agravain vermutete, daß Tewdric dem Priester befohlen hatte, Arthur von seinem Wahnsinn abzubringen, diesem Wahnsinn, um dessen Einhalt wir alle beteten, aber wir befanden uns im Irrtum. Der Wahnsinn war vom allerersten Moment an unheilbar gewesen, als Arthur in Gorfyddyds Halle zur Tür hinübergespäht und Guineveres rote Haare gesehen hatte. Sagramor pflegte uns eine uralte Geschichte von einer Schlacht in der alten Welt zu erzählen, einer Schlacht um eine große Stadt mit Türmen, Palästen und Tempeln, und das ganze Elend begann nur wegen einer Frau, und wegen dieser Frau mußten zehntausend bronzegepanzerte Krieger im Staub ihr Leben aushauchen.

So überholt schien mir diese Geschichte allerdings doch nicht zu sein.

Denn nur zwei Stunden nachdem wir Caer Sws verlassen hatten, trafen wir in einem einsamen Waldstück, wo es keine Bauernhöfe gab, sondern nur steile Hügel, flinke Bäche und dicke, schwere Bäume, auf Leodegan von Henis Wyren, der an unserem Weg wartete. Wortlos führte er uns einen Pfad entlang und zwischen den Wurzeln riesiger Eichen hindurch auf eine Lichtung, wo Biber ein Flüßchen mit einem Damm zu einem Weiher aufgestaut hatten. Im

Wald wucherten Bingelkraut und Lilien, während die letzten Glokkenblumen in den Schatten aufleuchteten. Die Sonne schien auf die Wiese herab, auf der Primeln, Aaronstab und Hundsveilchen blühten und auf der, strahlender als alle Blumen, Guinevere in einem Gewand aus cremefarbenem Leinen wartete. Sie hatte sich Schlüsselblumen ins rote Haar geflochten; außerdem trug sie Arthurs goldenen Torques, silberne Armreifen und einen Umhang aus lila eingefärbter Wolle. Sie bot einen Anblick, der wohl einem jeden Mann den Atem verschlug. Agravain fluchte leise vor sich hin.

Arthur sprang sofort vom Pferd und eilte zu Guinevere hinüber. Er riß sie in seine Arme, und wir hörten sie lachen, als er sie herumwirbelte. »Meine Blumen!« rief sie und hob die Hand an den Kopf. Da setzte Arthur sie behutsam ab und kniete nieder, um den Saum ihres Gewandes zu küssen.

Dann erhob er sich und wandte sich um. »Sansum!«

»Lord?«

»Ihr könnt uns jetzt trauen.«

Sansum weigerte sich. Er verschränkte die Arme über seiner schmutzigen schwarzen Kutte und hob das verstockte Mausgesicht. »Ihr seid versprochen, Lord«, wandte er ein wenig unsicher ein.

Ich fand, daß Sansum sich anständig verhielt, in Wirklichkeit aber war alles arrangiert worden. Sansum war nicht auf Tewdrics, sondern auf Arthurs Wunsch mit uns gekommen, und als der Priester nun plötzlich seine Meinung änderte, wurde Arthurs Miene zornig. »Wir waren uns einig!« protestierte Arthur, und als Sansum nur stumm den tonsurierten Kopf schüttelte, legte er die Hand an Excaliburs Griff. »Ich könnte euch den Schädel von den Schultern schlagen, Priester!«

»Märtyrer werden stets von Tyrannen geschaffen, Lord«, entgegnete Sansum. Damit fiel er inmitten der blühenden Wiese auf die Knie und senkte den Kopf, um den schmutzstarrenden Nacken zu entblößen. »Ich komme zu Dir, Herr«, heulte er ins Gras hinein. »Dein Diener! Ich kommte in Deine Herrlichkeit, gelobt seist Du! Ich sehe die Tore des Himmels offen! Ich sehe die Engel, die mich erwarten! Empfange mich, Herr Jesus, an Deinem gebenedeiten Busen! Ich komme! Ich komme!«

»Seid still und steht auf«, befahl Arthur müde.

Mit verschlagenem Blick sah Sansum blinzelnd zu Arthur empor. »Ihr werdet mir nicht die Freuden des Himmels schenken, Lord?«

»Gestern abend«, sagte Arthur, »habt Ihr zugesagt, mich zu vermählen. Warum weigert Ihr Euch jetzt?«

Sansum zuckte die Achseln. »Ich habe mit meinem Gewissen gerungen, Lord.«

Arthur begriff und seufzte ergeben. »Wie hoch ist Euer Preis, Priester?«

»Ich will Bischof werden«, antwortete Sansum eilig und rappelte sich auf.

»Ich dachte, ihr hättet einen Papst, der die Bischöfe ernennt«, wandte Arthur ein. »Heißt er nicht Simplicius?«

»Der reich gesegnete und heilige Simplicius, möge er in Gesundheit leben«, bestätigte Sansum. »Aber gebt mir eine Kirche, Herr, und einen Thron in dieser Kirche, und die Menschen werden mich Bischof nennen.«

»Eine Kirche und einen Sessel?« fragte Arthur. »Weiter nichts?«

»Und die Ernennung zu König Mordreds Kaplan. Die muß ich haben! Sein einziger und persönlicher Kaplan, versteht Ihr? Mit einer Vergütung aus dem Reichssäckel, die es mir ermöglicht, einen eigenen Majordomus, einen Torwächter, einen Koch und einen Kerzenpfleger zu halten.« Er klopfte sich die Grashalme von der schwarzen Kutte. »Und eine Wäscherin«, setzte er hastig hinzu.

»Ist das alles?« fragte Arthur sarkastisch.

»Und einen Platz im Kronrat von Dumnonia«, sagte Sansum, als wäre das eine Bagatelle. »Das ist alles.«

»Gewährt«, entschied Arthur obenhin. »Also, was müssen wir jetzt tun, damit wir vermählt werden?«

Während die Verhandlungen zu Ende geführt wurden, beobachtete ich Guinevere. Sie trug einen triumphierenden Ausdruck auf dem Gesicht, und das war kein Wunder, denn sie heiratete weit über die Hoffnungen ihres armen Vaters hinaus. Ihr Vater wartete mit schlaffem, zitterndem Mund in höchster Angst, Sansum könne sich weigern, die Zeremonie abzuhalten. Hinter Leodegan stand ein kleines, rundliches Mädchen, das sich offenbar um Guineveres vier angeleinte Jagdhunde und das spärliche Gepäck zu kümmern hatte, das die exilierte Königsfamilie mitgebracht hatte. Das rundliche

Mädchen war, wie sich herausstellte, Gwenhwyvach, Guineveres jüngere Schwester. Es gab zwar noch einen Bruder, aber der hatte sich längst in ein Kloster an der wilden Küste von Strath Clota zurückgezogen, wo seltsame, christliche Eremiten darin wetteiferten, sich die Haare wachsen zu lassen, sich von Beeren kümmerlich zu ernähren und den Seehunden das Heil zu predigen.

Es ging wenig zeremoniell zu bei dieser Vermählung. Arthur und Guinevere stellten sich unter Arthurs Banner, während Sansum die Arme ausbreitete und in griechischer Sprache einige Gebete sprach. Dann zog Leodegan sein Schwert und berührte den Rücken seiner Tochter mit der Klinge, bevor er die Waffe zum Zeichen, daß Guinevere aus der Gewalt ihres Vaters in die Gewalt ihres Gemahls übergegangen war, Arthur aushändigte. Dann schöpfte Sansum ein wenig Wasser aus dem Bach und sprengte es über Arthur und Guinevere, wobei er behauptete, sie dadurch von Sünden reinzuwaschen und in die Familie der Heiligen Kirche aufzunehmen, die ihre Vereinigung somit als ewig und unauflöslich, als geheiligt vor Gott und der Zeugung von Kindern gewidmet anerkannte. Anschließend starrte er jedem von uns Wachen ins Gesicht und verlangte, wir sollten erkären, Zeuge dieser feierlichen Zeremonie gewesen zu sein. Gehorsam gaben wir diese Erklärung ab, und Arthur war so glücklich, daß er das Zögern in unseren Stimmen nicht wahrnahm. Guinevere dagegen entging es nicht. Guinevere entging nie etwas. »So«, erklärte Sansum, als das armselige Ritual abgeschlossen war, »nun seid Ihr vermählt, mein Lord.«

Guinevere lachte. Arthur küßte sie. Sie war ebenso groß wie er, möglicherweise um einen Fingerbreit größer, und ich muß gestehen, daß sie ein prächtiges Paar abgaben. Mehr als prächtig, denn Guinevere war einfach hinreißend. Ceinwyn war schön, Guinevere jedoch ließ die Sonne neben sich verblassen. Wir waren wie gelähmt. Wir konnten nichts tun, um dem Vollzug dieser Wahnvorstellung unseres Lords Einhalt zu tun, aber die Hast, in der dies alles geschah, wirkte auf uns nicht nur unanständig, sondern auch hinterhältig. Arthur war, wie wir wußten, ein Mann, der sich von Impulsen und Begeisterung leiten ließ, aber das Tempo, das er diesmal vorlegte, hatte uns den Atem verschlagen. Leodegan dagegen jubelte, erklärte seiner jüngeren Tochter albern plappernd, daß die Familienfinanzen sich nunmehr erholen und daß Arthurs Krieger den irischen Usurpator Diwrnach im Handumdrehen aus Henis Wyren vertreiben würden. Arthur, der diese Prahlerei hörte, wandte sich hastig zu ihm um. »Ich möchte bezweifeln, daß das möglich ist, Vater«, sagte er.

»Möglich? Selbstverständlich ist das möglich!« fiel Guinevere ihm ins Wort. »Ihr solltet es als Morgengabe für mich ansehen, Lord, meinem geliebten Vater sein Königreich zurückzuerobern.«

Agravain spie mißbilligend aus. Guinevere geruhte die Geste zu ignorieren, schritt an der Reihe der Wachen entlang und überreichte jedem von uns eine Schlüsselblume aus dem Kranz, den sie im Haar getragen hatte. Dann eilten wir wie Verbrecher, die vor der Gerechtigkeit fliehen, gen Süden, um das Königreich Powys hinter uns zu lassen, bevor uns Gorfyddyds Rache ereilte.

Das Schicksal, hatte Merlin immer gesagt, ist unerbittlich. So vieles folgte aus der überstürzten Zeremonie auf der Blumenwiese der Lichtung am Bach. So viele mußten sterben. So schweres Herzeleid gab es, so viel Blut und so viele Tränen, daß sie einen breiten Fluß hätten füllen können; mit der Zeit jedoch glätteten sich die Wirbel, neue Flüsse kamen hinzu, und die Tränen gingen in einem so großen, weiten Meer unter, daß manche Menschen vergaßen, wie es eigentlich begonnen hatte. Die ruhmreiche Zeit begann wirklich, aber was hätte geschehen können, geschah nicht, und von allen, denen durch diesen Augenblick im Sonnenschein Schmerz zugefügt wurde, mußte Arthur am schwersten leiden.

An jenem Tag aber war er glücklich. Wir eilten nach Hause.

Die Nachricht von der Vermählung hallte in Britannien wider, als würde der Speer eines Gottes gegen einen Schild geschlagen. Anfangs wirkte der Klang lähmend, und in dieser stillen Zeit, in der die Menschen versuchten, die Folgen abzuwägen, traf eine Abordnung aus Powys ein. Ein Mitglied dieser Abordnung war Valerin, jener Häuptling, der Guinevere versprochen gewesen war. Er forderte Arthur zum Kampf heraus, doch Arthur wies ihn zurück, und als Valerin sein Schwert ziehen wollte, mußten wir Wachen ihn aus Lindinis hinaustreiben. Valerin war ein hochgewachsener, kraftvoller Mann mit schwarzen Haaren und schwarzem Bart, tiefligenden Augen und einer gebrochenen Nase. Sein Schmerz war furchtbar, sein Zorn schlimmer, und sein Versuch, sich zu rächen, war vereitelt worden.

Anführer der Delegation aus Powys war Iorweth, der Druide, der von Cuneglas geschickt worden war, nicht von Gorfyddyd. Gorfyddyd war berauscht von Met und Wut, während sein Sohn immer noch hoffte, den Frieden aus dieser Katastrophe retten zu können. Iorweth, der Druide, ein ernster, sehr vernünftiger Mann, diskutierte lange mit Arthur. Die Eheschließung, sagte der Druide, sei ungültig, weil sie durch einen christlichen Priester vollzogen worden sei und die Götter Britanniens die neue Religion nicht anerkannten. »Nehmt Guinevere zur Geliebten«, drängte Iorweth Arthur, »und Ceinwyn zur Gemahlin.«

»Meine Gemahlin ist Guinevere.« Wir alle hörten, wie Arthur das laut verkündete.

Bischof Bedwin unterstützte Iorweth, aber auch Bedwin vermochte Arthur nicht umzustimmen. Nicht einmal die Aussicht auf Krieg konnte Arthur umstimmen. Iorweth deutete diese Möglichkeit an: Dumnonia habe Powys beleidigt, sagte er, und diese Beleidigung müsse mit Blut abgewaschen werden, falls Arthur seine Meinung nicht ändere. Tewdric von Gwent hatte Bischof Conrad geschickt, damit er um Frieden bitte und Arthur anflehe, Guinevere zu entsagen und Ceinwyn zu heiraten, und Conrad drohte sogar damit, daß Tewdric einen Separatfrieden mit Powys schließen könne. »Mein Lord König will nicht gegen Dumnonia kämpfen«, hörte ich Conrad Bedwin versichern, als die beiden Bischöfe auf der Terrasse vor der Villa in Lindinis auf und ab wandelten, »aber er will auch nicht für diese Hure aus Henis Wyren kämpfen.«

»Hure?« fragte Bedwin beunruhigt und von dem harten Wort schockiert.

»Nun ja, vielleicht nicht«, räumte Conrad ein. »Aber eins sage ich Euch, mein Bruder, Guinevere hat noch nie die Peitsche zu spüren gekriegt. Noch nie!«

Über diese Nachlässigkeit Leodegans schüttelte Bedwin den Kopf; dann entfernten sich die beiden Herren aus meiner Hörweite. Am Tag darauf brachen sowohl Bischof Conrad als auch die Powys-Delegation nach Hause auf. Sie nahmen keine guten Nachrichten mit.

Arthur hingegen war überzeugt, daß die Zeit seines persönlichen Glücks gekommen sei. Es würde keinen Krieg geben, behauptete er, denn Gorfyddyd habe bereits einen Arm verloren und würde nicht auch noch den anderen aufs Spiel setzen. Cuneglas' Vernunft, erklärte Arthur, würde den Frieden sichern. Eine Zeitlang, sagte er, werde es zwar Groll und Mißtrauen geben, aber das werde vorübergehen. Er glaubte, sein Glück müsse die ganze Welt umfangen.

Arbeiter wurden angeheuert, um die Villa in Lindinis auszubauen und zu reparieren, damit sie ein Palast wurde, der einer Prinzessin würdig war. Arthur sandte sogar einen Boten zu Ban von Benoic und bat seinen ehemaligen Lord, ihm Maurer und Gipser zu schicken, die sich auf die Restaurierung römischer Gebäude verstanden. Er wünschte sich einen Obstgarten, einen Blumengarten, einen Fischteich, er wünschte sich ein Bad mit heißem Wasser, er wünschte sich einen Innenhof, in dem Harfner spielen sollten. Arthur wünschte sich einen Himmel auf Erden für seine junge Frau, doch andere Männer sannen nur noch auf Rache. In diesem Sommer hörten wir, daß Tewdric von Gwent mit Cuneglas zusammengekommen war und einen Friedensvertrag geschlossen hatte, und Teil dieses Vertrages war die Zusicherung, daß Powys' Heere ungehindert über die römischen Straßen marschieren durften, die Gwent durchzogen. All diese Straßen führten nach Dumnonia.

Aber der Sommer verging, und kein Angriff erfolgte. Sagramor hielt Aelles Sachsen in Schach, während Arthur einen Liebessommer verbrachte. Da ich zu seiner Wache gehörte, war ich tagein, tagaus mit ihm zusammen. Ich hätte zwar Schwert, Schild und Speer tragen müssen, aber oft genug war ich mit Weinflaschen und Körben voll Leckerbissen beladen, denn Guinevere liebte es, auf abgelegenen Lichtungen und an verborgenen Bächen zu speisen, und wir Speerkämpfer wurden dann abgestellt, Silbergeschirr, Trinkhörner, Köstlichkeiten und Wein zu der verabredeten Stelle zu schaffen. Sie hatte eine ausgewählte Schar von Hofdamen um sich versammelt, und, so helfe mir Gott, Lunete gehörte auch dazu. Lunete hatte sich bitter beschwert, daß sie ihr Backsteinhaus in Corinium verlassen mußte, aber es dauerte nur wenige Tage, bis sie entschied, daß ihr bei Guinevere eine weitaus bessere Zukunft winke. Lunete war wunderschön, und da Guinevere erklärt hatte, sie wolle nur von schönen Menschen und hübschen Dingen umgeben sein, kleidete sie sich und ihre Damen in feinstes Linnen, geschmückt mit Gold, Silber, Jett und Bernstein, und bezahlte Harfner, Sänger, Tänzer und Poeten, um ihre Damen zu unterhalten. In den Wäldern wurden Spiele veranstaltet, bei denen man einander jagte, sich versteckte und Pfänder zahlte, wenn man die ausgeklügelten Regeln brach, die sich Guinevere ausdachte. Das Geld für diese Spiele wurde, genau wie das Geld für die Villa in Lindinis, von Leodegan zur Verfügung gestellt, der zum Schatzmeister von Arthurs Haus bestellt worden war. Leodegan schwor, das Geld stamme aus rückständigen Pachtgeldern, und es ist möglich, daß Arthur seinem Schwiegervater glaubte; aber wir anderen hörten immer wieder finstere Gerüchte darüber, daß Gold aus Mordreds Schatzkammer verschwinde und durch Leodegans wertlose Zahlungsversprechen ersetzt werde. Arthur schien das nicht zu kümmern. Dieser Sommer war sein Vorgeschmack auf ein Britannien im Frieden. Doch für uns andere war es eine Illusion.

Amhar und Loholt wurden nach Lindinis geholt, doch ihre Mutter Ailleann durfte nicht mitkommen. Die Zwillinge wurden Guinevere vorgestellt, und ich glaube, Arthur hoffte, sie würden mit ihm in dem säulengeschmückten Palast wohnen können, der um den Kern der alten Villa herum entstand. Guinevere beschäftigte sich einen einzigen Tag mit den Zwillingen; dann sagte sie, die Knaben seien unleidlich. Sie seien nicht amüsant. Sie seien genausowenig hübsch wie ihre Schwester Gwenhwyvach, und da sie weder hübsch noch amüsant waren, paßten sie nicht in Guineveres Leben. Außerdem, sagte sie, gehörten die Zwillinge in Arthurs früheres Leben, und damit sei es nun vorbei. Sie wollte sie nicht, aber sie wollte diese Entscheidung nicht öffentlich verkünden. Ganz leicht berührte sie Arthurs Wange. »Wenn wir Kinder wollen, mein Prinz, werden wir sie uns selber machen.«

Guinevere nannte Arthur immer Prinz. Anfangs widersprach Arthur, er sei kein Prinz, doch Guinevere protestierte, er sei Uthers Sohn und daher von königlichem Geblüt. Um sie bei Laune zu halten, gestattete er ihr, ihn mit diesem Titel anzureden, aber schon bald erhielten wir alle Befehl, ihn ebenfalls zu benutzen. Guinevere befahl, wir folgten.

Bisher war es niemandem gelungen, Arthur wegen Amhar und Loholt zur Rede zu stellen und die Oberhand zu behalten, aber Guinevere gelang dieses Kunststück, und so wurden die Zwillinge zu ihrer Mutter nach Corinium zurückgeschickt. Die Ernte war schlecht in jenem Jahr, denn das Getreide war durch späten Regen verkümmert, der es schwärzte und faulen ließ. Da gerüchteweise verlautete, die Ernte der Sachsen sei besser gewesen, weil der Regen ihr Land verschont habe, führte Arthur eine Kriegshorde ostwärts über Durocobrivis hinaus, um die sächsischen Getreidevorräte zu plündern. Ich glaube, er war froh, den Gesängen und Tänzen entrinnen zu können, und wir waren froh, daß er wieder unser Heerführer war und daß wir Speere tragen durften statt Festgewänder. Es war ein erfolgreicher Feldzug, der Dumnonia eine reiche Beute an Getreide, Gold und sächsischen Sklaven einbrachte. Leodegan, inzwischen Mitglied des dumnonischen Kronrats, wurde die Aufgabe übertragen, überall im Reich freie Kornrationen zu verteilen, aber es liefen erschreckende Gerüchte um, daß er statt dessen große Mengen davon verkauft habe und das aus diesen Verkäufen stammende Gold seinen Weg in die neue Villa gefunden hätte, die Leodegan sich am Bachufer genau gegenüber von Guineveres frisch verputztem Palast errichtete.

Jeder Wahnsinn muß irgendwann enden. Dieses Ende bestimmen die Götter, nicht die Menschen. Arthur war den ganzen Sommer lang rasend vor Liebe gewesen, und es war – trotz unserer niedrigen Dienste – ein guter Sommer gewesen, denn Arthur im Glück war ein bezaubernder, großzügiger Lord. Doch als der Herbst Wind, Regen und goldenes Laub durchs Land trieb, schien er aus seinem Sommertraum zu erwachen. Er war zwar immer noch verliebt – ich glaube nicht, daß seine Liebe zu Guinevere jemals aufhörte –, in diesem Herbst wurde ihm jedoch bewußt, wieviel Schaden er Britannien zugefügt hatte. Statt Frieden herrschte nur ein feindseliger Waffenstillstand, und der konnte, das wußte er, nicht lange dauern.

Wir fällten Eschenbäume, um Speerschäfte zu schnitzen, und die Hütten der Schmiede hallten wider vom Klang der Hämmer auf dem Amboß. Sagramor wurde von der sächsischen Front zurückgerufen, damit er näher am Herzen des Königreichs war. Arthur schickte einen Boten zu König Gorfyddyd – mit der Botschaft, daß er sich der Kränkung, die er dem König und seiner Tochter zugefügt habe, bewußt sei und daß er sich dafür entschuldige, trotzdem aber eindringlichst darum bitte, dennoch Frieden in Britannien zu halten. An Ceinwyn schickte er ein Halsband aus Perlen und Gold, aber Gorfyddyd schickte das Halsband zurück – drapiert um das abgeschlagene Haupt des Boten. Wie wir hörten, hatte Gorfyddyd aufgehört zu trinken und die Herrschaft über sein Königreich von seinem Sohn Cuneglas zurückgefordert. Diese Nachrichten bestätigten, daß es keinen Frieden geben würde, bis das Unrecht, das Ceinwyn angetan wurde, durch die Langspeere von Powys gerächt worden war.

Von überall her brachten Reisende schicksalsschwere Nachrichten. Die Lords »Hinter dem Meer« schickten neue irische Krieger in ihre küstennahen Königreiche. Die Franken zogen Kriegshorden an der Grenze von Armorica zusammen. Powys speicherte seine Ernte, und die Landwehr wurde ausgebildet, mit dem Speer zu kämpfen, statt das Getreide mit Sicheln zu schneiden. Da sich Cuneglas mit Helledd von Elmet vermählt hatte, trafen ständig Männer aus jenem nördlichen Land ein, um die Reihen der Armee von Powys zu verstärken. Gundleus, der wieder auf dem Thron von Siluria saß, schmiedete in den tiefen Tälern seines Reiches Schwerter und Speere. Und im Osten landeten immer mehr sächsische Boote an den von ihnen eroberten Küsten.

Arthur legte seine Schuppenrüstung an – das dritte Mal erst, seit ich ihn bei seiner Ankunft in Britannien gesehen hatte –, dann ritt er mit vierzig seiner gepanzerten Reiter in ganz Dumnonia umher. Er wollte dem Reich seine Macht vorführen und erreichen, daß die Reisenden, die ihre Ware über die Grenzen des Reichs hinaustrugen, überall von seiner Kampfkraft berichteten. Dann kehrte er nach Lindinis zurück, wo Hygwydd, sein Knappe, den neuen Rost von den Schuppen seiner Rüstung scheuerte.

Die erste Niederlage erfolgte im Herbst. Da König Melwas' Männer in Venta von einer Seuche dezimiert worden waren, konnte Cerdic, der neue Sachsenführer, die belgischen Kriegshorden besiegen und einen großen Teil fruchtbares Flußland erobern. König

Melwas flehte um Verstärkung, doch Arthur wußte, daß Cerdic das geringste seiner Probleme war. Da im ganzen von den Sachsen eroberten Lloegyr sowie in den britischen Königreichen im Norden die Kriegstrommeln dröhnten, konnte man keine Speere für Melwas erübrigen. Nachdem Cerdic mit seinen neuen Eroberungen vollauf beschäftigt war und für Dumnonia daher keine Gefahr zu sein schien, wollte Arthur den Sachsen vorerst einmal in Ruhe lassen. »Wir werden dem Frieden eine Chance geben«, erklärte Arthur dem Kronrat.

Aber es gab keinen Frieden.

Im Spätherbst, wenn die meisten Heere daran denken, ihre Waffen zu ölen, um sie während der kalten Monate zu verstauen, setzte sich die Streitmacht von Powys in Marsch. Und es herrschte Krieg in Britannien.

DRITTER TEIL

Merlins Rückkehr

Igraine spricht mit mir über die Liebe. Es ist Frühling hier in Dinnewrac, und die Sonne füllt das Kloster mit ein wenig Wärme. Auf den Südhängen springen Lämmer, nur hat ein Wolf gestern drei von ihnen gerissen und eine Blutspur hinterlassen, die an unserem Tor vorbeiführt. An dieses Tor kommen die Bettler, um etwas zu essen zu erbitten, und strecken, wenn Igraine zu Besuch kommt, ihre verkrümmten Hände aus. Einer der Bettler stahl den raubgierigen Raben den von Würmern wimmelnden Kadaver des einen Lammes, und als Igraine an diesem Vormittag erschien, saß er am Wegrand und kaute daran herum.

Ob Guinevere wirklich schön gewesen sei, fragte sie mich. Nein, antwortete ich, aber viele Frauen würde ihre Schönheit hingeben, wenn sie so aussehen könnten wie Guinevere. Igraine wollte natürlich wissen, ob sie selbst schön sei, und ich versicherte ihr, das sei sie, aber sie erklärte, die Spiegel auf dem Caer ihres Gemahls seien sehr alt und verbeult, deshalb sei nur schwer etwas darin zu erkennen. »Wäre es nicht wundervoll«, sagte sie, »wenn wir uns so sehen könnten, wie wir wirklich sind?«

»Gott sieht uns so«, gab ich zurück, »und einzig Gott.«

Sie krauste die Nase. »Ich hasse es, wenn Ihr mir predigt, Derfel. Es paßt nicht zu Euch. Wenn Guinevere nicht schön war, warum hat sich Arthur dann in sie verliebt?«

»Liebe ist nicht nur den Schönen vorbehalten«, mahnte ich sie tadelnd.

»Habe ich das gesagt?« fragte Igraine entrüstet. »Aber Ihr habt gesagt, daß Arthur sich vom ersten Moment an von Guinevere angezogen fühlte. Wenn es also nicht ihre Schönheit war, was war es dann?«

»Ihr bloßer Anblick«, antwortete ich, »ließ sein Blut in Wallung geraten.«

Das gefiel Igraine. Sie lächelte. »Sie war also doch schön?«

»Sie war eine Herausforderung für ihn«, berichtigte ich, »und er dachte, er wäre kein ganzer Mann, wenn es ihm nicht gelänge, sie zu erobern. Aber vielleicht haben die Götter mit uns auch ihr Spiel getrieben.« Ich zuckte die Achseln; mir fielen keine weiteren Gründe ein. »Und außerdem«, sagte ich, »habe ich damit nicht sagen wollen, daß sie nicht schön war, sondern daß sie mehr als schön war. Sie war die wundervollste Frau, die ich jemals gesehen habe.«

»Mich eingeschlossen?« wollte meine Königin sofort wissen.

»Nun ja«, antwortete ich, »meine Augen sind alt und trübe.«

Sie lachte über diese Ausrede. »Hat Guinevere Arthur geliebt?« fragte sie mich.

»Sie liebte das Bild, das sie sich von ihm machte«, berichtigte ich. »Sie liebte den Gedanken, daß er der Champion von Dumnonia war, und sie liebte ihn so, wie er war, als sie ihn zum erstenmal sah. Er war in seine Rüstung gekleidet, Arthur, der Große, der Strahlende, der Kriegsherr, das am meisten gefürchtete Schwert von ganz Britannien und Armorica.«

Igraine ließ die mit Quasten geschmückte Schnur ihres weißen Gewandes durch ihre Hände gleiten und schwieg eine Weile nachdenklich. »Glaubt Ihr, daß ich Brochvaels Blut auch in Wallung bringe?« fragte sie sehnsüchtig.

»Allnächtlich«, gab ich zurück.

»Ach, Derfel!« Sie seufzte und glitt von der Fensterbank, um zur Tür hinüberzuschlendern, von der aus sie in unsere kleine Halle hinabblicken konnte. »Habt Ihr auch jemals so sehr geliebt?«

»Ja«, mußte ich zugeben.

»Und wen?« wollte sie augenblicklich wissen.

»Ach, laßt nur«, gab ich zurück.

»Ich lasse nicht! Ich bestehe darauf. War es Nimue?« fragte sie.

»Es war nicht Nimue«, erklärte ich energisch. »Mit Nimue, das war etwas anderes. Ich habe sie geliebt, aber ich war nicht rasend vor Verlangen nach ihr. Ich fand nur, daß sie unendlich ...« – ich hielt inne, suchte nach dem richtigen Wort und fand es nicht –

»wundervoll war«, beendete ich meinen Satz ein wenig lahm und wandte den Blick ab, damit Igraine meine Tränen nicht sah.

Sie wartete eine Weile. »Wen habt Ihr aber dann geliebt – Lunete?«

»Nein! Nein!«

»Aber wen denn?« drängte sie.

»Diese Geschichte wird schon noch kommen«, versicherte ich ihr. »Falls ich so lange lebe.«

»Selbstverständlich werdet Ihr leben! Wir werden Euch spezielle Speisen vom Caer herschicken.«

»Welche mein Lord Sansum«, entgegnete ich, denn ich wollte nicht, daß ihre Mühen umsonst waren, »mir sofort abnehmen wird, weil ein niedrigerer Bruder ihrer nicht würdig ist.«

»Dann kommt und wohnt bei uns auf dem Caer«, bat sie eifrig. »Bitte!«

Ich lächelte. »Das würde ich nur allzugern tun, Lady, aber leider habe ich gelobt, hierzubleiben.«

»Armer Derfel.« Langsam kehrte sie ans Fenster zurück und beobachtete Bruder Maelgwyn beim Umgraben. Unser überlebender Novize, Bruder Tudwal, leistete ihm dabei Gesellschaft. Der andere Novize war gegen Ende des Winters an einem Fieber gestorben, aber Tudwal lebt noch und teilt noch immer die Zelle des Heiligen. Der Heilige will, daß der Knabe lesen und schreiben lernt, vor allem, glaube ich, damit er endlich herausfinden kann, ob ich wirklich die Bibel ins Sächsische übertrage; aber der Knabe ist nicht sehr intelligent und scheint sich besser zum Umgraben als zum Lesen zu eignen. Es wird Zeit, daß wir ein paar richtige Gelehrte hier in Dinnewrac bekommen, denn dieser schwächliche Frühling hat bei uns wieder einmal die üblichen zänkischen Auseinandersetzungen über das Datum des Osterfestes ausgelöst, und wir werden nicht in Frieden leben können, bis diese Streitfrage geklärt ist. »Hat Sansum Arthur und Guinevere wirklich getraut?« unterbrach Igraine meine düsteren Gedanken.

»O ja«, antwortete ich, »das hat er wirklich.«

»Und das geschah nicht in einer großen Kirche? Mit Trompetengeschmetter?«

»Es geschah auf einer Lichtung am Ufer eines Flüßchens«, erklärte ich, »wo Frösche quakten und hinter einem Biberdamm Weidenkätzchen aufgetürmt waren.«

»Wir wurden in einer Festhalle vermählt«, sagte Igraine, »und der Rauch drang mir in die Augen, bis sie tränten.« Sie zuckte die Achseln. »Also, was habt Ihr im letzten Teil verändert?« fragte sie mich dann vorwurfsvoll. »Wie und wo habt Ihr die Geschichte verdreht?«

Ich schüttelte den Kopf. »Gar nicht.«

»Und bei Mordreds Ausrufung zum König«, fragte sie ein wenig enttäuscht, »wurde das Schwert auf den Stein gelegt, ja? Nicht hineingestoßen? Seid Ihr sicher?«

»Es wurde flach auf den Stein gelegt. Das schwöre ich ...« – flugs schlug ich das Kreuz – »auf Christi Blut, meine Lady.«

Sie zuckte die Achseln. »Dafydd ap Gruffud wird die Erzählung so übersetzen, wie ich es wünsche, und mir gefällt nun mal die Version, in der das Schwert *im* Stein steckt. Es freut mich, daß Ihr mit Cuneglas freundlich umgegangen seid.«

»Er war ein guter Mann«, sagte ich. Und außerdem war er der Großvater von Igraines Gemahl.

»War Ceinwyn wirklich so schön?« fragte Igraine.

Ich nickte. »Das war sie, wirklich. Sie hatte blaue Augen.«

»Blaue Augen!« Bei der Erwähnung eines so typisch sächsischen Merkmals erschauerte Igraine. »Was ist aus der Brosche geworden, die sie Euch geschenkt hat?«

»Ich wünschte, ich wüßte es«, log ich. Die Brosche befindet sich in meiner Zelle, so gut versteckt, daß sogar Sansum sie bei seinen gründlichen Durchsuchungen nicht findet. Der Heilige, den Gott zweifellos über alle Lebenden und Toten erheben wird, verbietet uns den Besitz wertvoller Dinge. Unser gesamter Besitz muß ihm zur Aufbewahrung anvertraut werden, so lautet die Regel, und so habe ich ihm zwar alles ausgehändigt, sogar Hywelbane, Ceinwyns Brosche jedoch, Gott möge mir vergeben, zurückbehalten. Der Zahn der Zeit hat das Gold abgeschliffen, aber ich sehe immer noch Ceinwyn vor mir, wenn ich die Brosche im Dunkeln aus ihrem Versteck hole und das Mondlicht ihr kompliziertes Muster aus verschlungenen Linien aufglänzen läßt. Manchmal, nein, jedesmal berühre ich sie mit den Lippen. Was für ein törichter alter Mann ich doch geworden bin! Vielleicht werde ich Igraine die Brosche schenken, denn ich bin sicher, daß sie sie zu schätzen wissen wird, vorerst aber werde ich sie noch behalten, denn das Gold ist für mich wie ein Sonnenstrahl an diesem kalten grauen Ort. Gewiß, wenn Igraine diese Zeilen liest, wird sie wissen, daß die Brosche noch existiert, doch wenn sie wirklich so gutherzig ist, wie ich glaube, wird sie gewiß gestatten, daß ich sie als kleine Erinnerung an ein sündiges Leben behalte.

»Ich mag Guinevere nicht«, erklärte sie.

»Dann habe ich versagt«, gab ich zurück.

»Ihr schildert sie sehr hart«, sagte Igraine.

Ich schwieg eine Weile und lauschte dem Blöken der Schafe. »Sie konnte wunderbar freundlich sein«, erzählte ich nach einer kurzen Pause. »Sie wußte, wie man die Traurigen fröhlich macht, nur mit dem Alltäglichen hatte sie keine Geduld. Sie träumte von einer Welt, in der es weder Krüppel noch Langweiler, noch Häßliches gab, und wollte diesen Traum wahrmachen, indem sie alle Unbequemlichkeiten verbannte. Arthur hatte ebenfalls einen Wunschtraum, nur daß der seine den Krüppeln Hilfe bot, und er wollte seine Wunschwelt ebenfalls verwirklichen.«

»Er wünschte sich Camelot«, sagte Igraine verträumt.

»Wir nannten es Caer Cadarn«, berichtigte ich streng.

»Ihr wollt mir immer die Freude verderben, Derfel«, beschwerte sich Igraine verstimmt, obwohl sie mir niemals wirklich böse war. »Ich wünsche mir das Camelot der Dichter: grünes Gras, hohe Türme, Damen in vornehmen Gewändern und Ritter, die ihnen Blumen vor die Füße streuen. Ich wünsche mir Minnesänger und fröhliches Lachen! War es denn nie so?«

»Ein wenig«, antwortete ich, »nur an die blumenbestreuten Wege kann ich mich nicht erinnern. Ich erinnere mich, daß die Krieger hinkend aus der Schlacht heimkehrten, obwohl einige von ihnen auch weinend gekrochen kamen, während sie ihre Gedärme im Staub hinter sich herzogen.«

»Schluß!« befahl Igraine. »Warum nennen die Barden es dann Camelot?« Sie fragte es herausfordernd.

»Weil Poeten schon immer töricht waren«, antwortete ich. »Denn warum wären sie sonst Poeten?«

»Nein, nein, Derfel! Was war so außergewöhnlich an Camelot? Erzählt es mir!«

»Es war außergewöhnlich«, gab ich zurück, »weil Arthur dem Land Gerechtigkeit brachte.«

Igraine runzelte die Stirn. »Ist das alles?«

»Es ist mehr, Kindchen«, sagte ich, »als sich die meisten Herrscher auch nur erträumen, geschweige denn selber zu schaffen vermögen.«

Achselzuckend tat sie dieses Thema ab. »War Guinevere klug?« wollte sie wissen.

»Sehr.«

Igraine spielte mit dem Kreuz, das sie an einer Kette um den Hals trug. »Erzählt mir von Lancelot.«

»Wartet ab!«

»Und wann kommt Merlin?«

»Bald.«

»Ist der heilige Sansum sehr gemein zu Euch?«

»Dem Heiligen ist das Schicksal unserer unsterblichen Seelen anvertraut. Er tut, was er tun muß.«

»Aber ist er wirklich auf die Knie gefallen und hat laut schreiend um das Märtyrertum gefleht, bevor er Arthur mit Guinevere vermählte?«

»Ja«, antwortete ich und mußte bei der Erinnerung daran unwillkürlich lächeln.

Igraine lachte. »Ich werde Brochvael bitten, den Mäuselord zu einem richtigen Märtyrer zu machen«, versprach sie, »dann könnt Ihr den Befehl über Dinnewrac übernehmen. Würde Euch das gefallen, Bruder Derfel?«

»Es würde mir gefallen, wenn ich ein bißchen Ruhe hätte, um mit meiner Erzählung fortzufahren«, tadelte ich sie.

»Und was kommt jetzt?« erkundigte Igraine sich neugierig.

Jetzt kommt Armorica. Das Land jenseits des Meeres. Das wunderschöne Ynys Trebes, und mit ihm König Ban, Lancelot, Galahad und Merlin. Liebster Gott, was für Männer waren das, was für Tage haben wir dort erlebt, was für Kämpfe haben wir ausgefochten, was für Träume sind zerbrochen! In Armorica.

Als wir später, sehr viel später an jene Zeiten zurückdachten, nannten wir sie die »schlimmen Jahre«, sprachen aber kaum darüber. Arthur haßte es, an jene frühen Tage in Dumnonia erinnert zu werden, als seine leidenschaftliche Liebe zu Guinevere das Land ins Chaos stürzte. Seine Verlobung mit Ceinwyn war wie eine kunstvolle Spange gewesen, die ein zartes Gewand aus Sommerfäden zusammenhält, und als diese Spange verlorenging, zerfiel das ganze Gewand. Daran gab sich Arthur die Schuld, und deswegen mochte er nicht über die schlimmen Jahre reden.

Tewdric wollte eine Zeitlang für keine der beiden Seiten kämpfen. Er machte Arthur für den gebrochenen Frieden verantwortlich, und zur Strafe erlaubte er Gorfyddyd und Gundleus, ihre Kriegshorden auf dem Weg nach Dumnonia durch Gwent zu führen. Die Sachsen drangen von Osten her vor, die Iren attackierten vom Westmeer aus, und als wären das nicht schon genug Feinde, rebellierte Fürst Cadwy von Isca gegen Arthurs Herrschaft. Tewdric versuchte sich aus allem herauszuhalten, aber als Aelles Sachsen Tewdrics Grenzen überschritten, waren die einzigen Freunde, an die er sich um Hilfe wenden konnte, die Dumnonier, und so sah er sich letztlich gezwungen, auf Arthurs Seite am Krieg teilzunehmen. Inzwischen aber hatten die Speerkämpfer von Powys und Siluria seine Straßen benutzt, um die Berge nördlich von Ynys Wydryn zu besetzen, und als Tewdric sich für Dumnonia entschied, eroberten sie auch noch Glevum.

In jenen Jahren wurde ich erwachsen. Ich verlor die Übersicht über die Anzahl der Männer, die ich tötete, und der Kriegerringe, die ich schmiedete. Ich erhielt einen Zunamen, Cadarn, das heißt »der Mächtige«. Derfel Cadarn, eiskalt in der Schlacht, mit einem furchtbar schnellen Schwert. Einmal forderte mich Arthur auf, mich seinen Reitern anzuschließen, ich aber zog es vor, auf festem Boden und damit Speerkämpfer zu bleiben. Während ich Arthur in jener Zeit beobachtete, begann ich allmählich zu begreifen, warum er ein so großartiger Soldat war. Es lag nicht nur an seiner Tapferkeit, obwohl er wahrhaftig tapfer war, sondern an der Art, wie er seine Feinde überlistete. Unsere Heere waren schwerfällige Instrumente – sie marschierten langsam und reagierten träge, wenn es galt, während des Marsches die Richtung zu ändern. Arthur aber stellte eine kleine Truppe von Männern zusammen, die jederzeit flink die Stellung zu wechseln vermochten. Er führte diese Männer, die teils zu Fuß, teils beritten waren, auf langen Gewaltmärschen im Bogen um die feindlichen Flanken, damit sie unversehens immer dort auftauchten, wo man sie am wenigsten erwartete. Am liebsten griffen wir bei Morgengrauen an, wenn die Feinde noch von den Saufgelagen der Nacht benommen waren, oder wir lockten sie mit Scheinrückzügen aus ihrer Deckung und warfen uns dann auf ihre ungeschützten Flanken. Als wir nach einem Jahr die Streitkräfte von Gorfyddyd und Gundleus durch diese Taktik endlich aus Glevum und Nord-Dumnonia vertrieben hatten, ernannte Arthur mich zum Hauptmann, und ich begann, meine eigenen Gefolgsleute mit Gold zu beschenken. Zwei Jahre später wurde mir sogar die höchste Auszeichnung eines Kriegers zuteil: die Aufforderung, zum Feind überzulaufen. Ausgerechnet Ligessac, der verräterische Befehlshaber von Mordreds Leibwache, kam im Tempel des Mithras, wo sein Leben geschützt war, auf mich zu und bot mir ein Vermögen an, wenn ich, wie er, in Gundleus' Dienste treten würde. Ich lehnte ab. Gott sei's gedankt, war ich Arthur stets treu ergeben.

Auch Sagramor war loyal, und er war es, der mich in den Mithraskult einweihte. Mithras ist ein Gott, den die Römer nach Britannien gebracht hatten, und unser Klima muß ihm wohl gefallen, denn er besitzt noch immer Macht. Da er ein Soldatengott ist, dürfen Frauen in seine Mysterien nicht eingeweiht werden. Meine Initiation fand gegen Ende des Winters statt, in jener Zeit, da Soldaten über viel freie Zeit verfügen. Es geschah in den Bergen. Sagramor ging mit mir allein in ein so tiefes Tal, daß der morgendliche Reif sogar am Spätnachmittag noch weiß an den Gräsern glitzerte. Vor einem Höhleneingang blieben wir stehen. Sagramor befahl mir, die Waffen abzulegen und mich splitternackt auszuziehen. Zitternd vor Kälte, stand ich da, während der Numidier mir mit einem dicken Tuch die Augen verband und mir einschärfte, von nun an müsse ich jedem Befehl Folge leisten, denn wenn ich nur einmal, nur ein einziges Mal zusammenzuckte oder spräche, würde ich zu meinen Kleidern und Waffen zurückgebracht und sofort wieder davongeschickt werden.

Die Initiation ist ein Angriff auf sämtliche Sinne, und um sie zu überstehen, darf man immer nur eins tun: gehorchen. Deswegen ist Mithras bei Soldaten so beliebt. Die Schlacht ist ebenfalls ein Angriff auf die Sinne, und dieser Angriff löst Angst aus, während Gehorsam der dünne Faden ist, der aus dem Chaos der Angst ins Überleben führt. Im Laufe der Zeit habe ich viele Männer in den Mithraskult eingeweiht und lernte alle Tricks in- und auswendig kennen. Als ich bei jenem ersten Mal die Höhle betrat, hatte ich jedoch keine Ahnung, was mir bevorstand. Nach meinem ersten Schritt in die Höhle des Gottes drehte mich Sagramor oder vielleicht auch ein anderer Mann immer wieder in Sonnenlaufrichtung um meine Achse – so schnell und so heftig, daß mir der Kopf schwirrte. Dann mußte ich vorwärts gehen. Rauch nahm mir den Atem, aber ich blieb nicht stehen, sondern folgte der abwärtsführenden Neigung des Felsbodens. Eine Stimme rief mir zu, stehenzubleiben, eine andere befahl mir, mich umzudrehen, eine dritte, niederzuknien. Irgendeine Substanz wurde mir vor den Mund gehalten, und mich ekelte vor dem Gestank nach menschlichen Exkrementen, von dem mir übel wurde. »Iß!« fuhr mich eine Stimme an, und fast hätte ich ausgespien, bis mir klar wurde, daß ich nur auf getrocknetem Fisch herumkaute. Ich trank eine widerliche Flüssigkeit, von der mir schwindlig wurde – vermutlich der Saft des Stechapfels, versetzt mit Alraune oder Fliegenpilz, denn obwohl mir die Augen fest verbunden waren, hatte ich Visionen von grell leuchtenden Kreaturen, die mit gerippten Schwingen geflogen kamen, um sich mit scharfen Schnäbeln an meinem Fleisch gütlich zu tun. Flammen berührten meine Haut und versengten die Haare an meinen Beinen und Armen. Abermals wurde mir befohlen, vorwärtszugehen, dann wieder, stehenzubleiben; dann hörte ich, wie Holzscheite auf ein Feuer gelegt wurden, und spürte, wie eine starke Hitze unmittelbar vor mir aufstieg. Das Feuer brüllte, die Flammen rösteten meine nackte Haut und meine Männlichkeit; dann befahl mir eine Stimme, vorwärts- und in das Feuer hineinzutreten, und ich gehorchte. Als mein Fuß in eisigem Wasser versank, schrie ich fast auf vor schrecklicher Angst, ich wäre in ein Bad aus geschmolzenem Metall geraten.

Eine Schwertspitze wurde auf meine Männlichkeit gesetzt und dort festgehalten, und man befahl mir, einen Schritt vorzutreten, doch als ich das tat, war die Schwertspitze verschwunden. Alles Tricks, natürlich, aber die Kräuter und Pilze in dem Getränk waren stark genug, um diese Tricks in Wunder zu verwandeln, und als ich dem qualvollen Pfad in das heiße, rauchige, hallende Gemach im Herzen der Zeremonie gefolgt war, befand ich mich in einer Trance aus Entsetzen und Verzückung. Ich wurde zu einem Stein von der Höhe eines Tisches geführt, wo man mir ein Messer in die rechte Hand drückte, während meine Linke flach auf einen nackten Bauch gedrückt wurde. »Unter deiner Hand liegt ein Kind, du widerliche Kröte«, sagte die Stimme, und eine Hand führte meine Rechte, bis die Klinge sich über der Kehle des Kindes befand, »ein unschuldiges Kind, das niemandem etwas angetan hat«, sagte die Stimme, »ein Kind, das nichts verdient hat, als zu leben, und du wirst es töten. Stich zu!« Das Kind schrie laut auf, als ich mit dem Messer zustieß, und ich spürte, wie warmes Blut über meine Hand und mein Handgelenk sprudelte. Der vom Herzschlag pulsierende Bauch unter meiner Linken verkrampfte sich ein letztes Mal; dann lag er still. In der Nähe loderte ein Feuer, der Rauch stieg mir erstickend in die Nase.

Ich mußte niederknien und eine warme, eklige Flüssigkeit trinken, die mir in der Kehle stockte und meinen Magen säuerte. Erst dann, als ich das ganze Horn voll Stierblut geleert hatte, wurde mir die Augenbinde abgenommen, und ich sah, daß ich ein Lamm mit glattrasiertem Bauch getötet hatte. Freunde und Feinde umdrängten mich, um mir zu gratulieren, denn damit war ich in den Dienst des Soldatengottes getreten. Ich war Mitglied eines Geheimbundes geworden, der über die ganze römische Welt und sogar über ihre Grenzen hinaus verbreitet war, eines Bundes von Männern, die sich in der Schlacht bewiesen hatten – nicht einfach nur als Soldaten, sondern als wahre Krieger. In diesen Bund aufgenommen zu werden galt als große Ehre, denn jedes einzelne Mitglied des Kults konnte die Aufnahme eines anderen Mannes verhindern. So mancher Mann befehligte Heere und wurde niemals auserwählt; andere wiederum stiegen in der Armee nie auf und wurden dennoch hochgeehrte Mitglieder.

Nun, da ich zu den Auserwählten gehörte, wurden mir meine Kleider und Waffen gebracht. Ich zog mich an, dann verriet man mir die Geheimworte des Kultes, durch die ich in der Schlacht meine Kameraden zu erkennen vermochte. Sollte ich feststellen, daß ich gegen einen Mithrasbruder kämpfte, war ich verpflichtet, ihm einen schnellen und gnädigen Tod zu bereiten, und sollte ein solcher Mann mein Gefangener werden, mußte ich ihm Ehre erweisen. Als die Formalitäten beendet waren, begaben wir uns in eine weitere riesige Höhle, die von qualmenden Fackeln und einem riesigen Feuer erleuchtet war, über dem ein Stier gebraten wurde. Der hohe Rang der Männer, die an diesem Festmahl teilnahmen, bedeutete eine große Ehre für mich. Die meisten neu Aufgenommenen mußten sich mit ihren eigenen Kameraden begnügen, für Derfel Cadarn aber waren die Mächtigen beider Seiten in die Winterhöhle gekommen. Agricola von Gwent war da, zusammen mit zweien seiner Feinde aus Siluria, Ligessac und einem Speerkämpfer namens Nasiens, der Gundleus' Champion war. Ein Dutzend von Arthurs Kriegern waren anwesend, einige von meinen eigenen Männern und sogar Bischof Bedwin, Arthurs Ratgeber, der in seinem verrosteten Brustharnisch, dem Schwertgurt und dem Kriegermantel äußerst ungewohnt aussah. »Ich war auch einmal ein Krieger«, erklärte er seine Anwesenheit. »Ich wurde aufgenommen – ja, wann? Vor dreißig Jahren? Auf jeden Fall natürlich lange bevor ich zum Christen wurde.«

»Und das alles hier ...« – weit ausholend zeigte ich auf die Höhle, wo der Kopf des Stiers auf einen aus Speeren gebauten Dreifuß gehievt worden war, damit das Blut auf den Höhlenboden tropfte – »verstößt das nicht gegen Eure Religion?«

Bedwin zuckte die Achseln. »Natürlich tut es das«, antwortete er, »aber mir würde die Kameradschaft fehlen.« Dann beugte er sich zu mir vor und senkte seine Stimme zu einem verschwörerischen Flüstern. »Ihr werdet doch hoffentlich Bischof Sansum nicht sagen, daß ich hier war – oder?« Bei dem Gedanken, dem zornigen Sansum, der in dem kriegsgebeutelten Dumnonia umhersummte wie eine Arbeitsbiene, jemals etwas anzuvertrauen, mußte ich lachen. Er war ständig damit beschäftigt, seine Feinde zu verfluchen, und hatte keinen einzigen Freund. »Der junge Master Sansum«, fuhr Bedwin fort, den Mund voll Rindfleisch, den Bart vom blutigen Fleischsaft tropfend, »will mich unbedingt verdrängen, und ich glaube, das wird ihm gelingen.«

»Wirklich?« Ich war entgeistert.

»Weil er es so fanatisch will«, erklärte Bedwin, »und weil er so hart daran arbeitet. Großer Gott, wie dieser Mann arbeitet! Wißt Ihr, was ich erst jüngst entdeckt habe? Er kann nicht lesen! Kein einziges Wort! Um jedoch ein höherer Kirchenmann zu werden, muß man ganz einfach lesen können. Was also tut unser guter Sansum? Er läßt sich von einem Sklaven vorlesen und lernt alles auswendig!« Um sicherzugehen, daß ich Sansums außerordentliches Gedächtnis zu würdigen wußte, versetzte Bedwin mir einen Rippenstoß. »Lernt alles auswendig! Psalmen, Gebete, Liturgie, die Schriften der Kirchenväter – alles auswendig! Du meine Güte!« Er schüttelte den Kopf. »Ihr seid kein Christ, nicht wahr?«

»Nein.«

»Ihr solltet darüber nachdenken. Wir bieten zwar nicht allzu viele irdische Freuden, doch unser Leben nach dem Tod ist wahrhaft erstrebenswert. Leider habe ich Uther niemals dazu überreden können, bei Arthur ist aber noch nicht alle Hoffnung verloren.«

Ich warf einen Blick in die Runde. »Arthur ist nicht da«, sagte ich und war enttäuscht, daß mein Lord nicht zu der Bruderschaft gehörte.

»Er wurde aufgenommen«, sagte Bedwin.

»Aber er glaubt nicht an die Götter«, wandte ich ein, Owains Behauptung wiederholend.

Bedwin schüttelte den Kopf. »Arthur glaubt. Wie könnte ein Mensch nicht an Gott oder die Götter glauben? Meint Ihr vielleicht, Arthur glaubt, wir hätten uns selbst erschaffen? Nein, Derfel Cadarn, Arthur ist nicht dumm. Arthur glaubt, aber er hält seine Überzeugungen geheim. Auf diese Art denken die Christen, er sei einer der ihren – oder könnte es sein –, und die Heiden glauben genau dasselbe, und beide dienen ihm um so bereitwilliger. Und vergeßt eins nicht, Derfel: Merlin liebt Arthur, und Merlin, das versichere ich Euch, liebt keine Ungläubigen.«

»Merlin fehlt mir.«

»Merlin fehlt uns allen«, gab Bedwin ruhig zurück, »aber wir dürfen Trost aus seiner Abwesenheit ziehen, denn wenn Britannien die Vernichtung drohte, wäre er jetzt nicht anderswo. Merlin wird kommen, sobald er gebraucht wird.«

»Glaubt Ihr denn, daß er jetzt nicht gebraucht wird?«

Mit dem Ärmel seines Gewandes wischte sich Bedwin über den Bart; dann trank er einen Schluck Wein. »Manche behaupten«, antwortete er mit gesenkter Stimme, »daß wir ohne Arthur besser dran wären. Daß es ohne Arthur Frieden gäbe. Aber wenn es Arthur nicht gäbe – wer würde dann Mordred beschützen? Ich vielleicht?« Bei dieser Vorstellung lächelte er. »Gereint? Der ist ein guter Mann, es gibt nur wenige, die besser wären, aber er kann sich nicht entscheiden, und über Dumnonia will er auch nicht herrschen. Daher heißt es Arthur oder niemand, Derfel. Oder vielmehr, es heißt Arthur oder Gorfyddyd. Und dieser Krieg ist noch nicht verloren. Unsere Feinde fürchten Arthur – solange er lebt, ist Dumnonia sicher. Nein, ich glaube nicht, daß Merlin jetzt schon gebraucht wird.«

Gegen Ende des Festmahls kam Ligessac, der Verräter, zu mir. Er war ebenfalls Christ und sah keinen Widerspruch zwischen dem Glauben, zu dem er sich öffentlich bekannte, und Mithras' geheimen Ritualen. Er wollte mit mir sprechen. Obwohl er ein Mithrasbruder war, verhielt ich mich ihm gegenüber kalt, er aber ignorierte meine Feindseligkeit und zog mich am Ellbogen in einen finsteren Winkel der Höhle. »Arthur wird verlieren. Das ist Euch klar, nicht wahr?« begann er.

»Nein.«

Ligessac grub eine Fleischfaser zwischen den Resten seiner Zähne hervor. »Es werden weitere Truppen aus Elmet in den Krieg eingreifen«, sagte er. »Powys, Elmet und Siluria ...« – er zählte die Namen an den Fingern ab – »vereint gegen Gwent und Dumnonia. Der nächste Pendragon wird Gorfyddyd sein. Zuerst verjagen wir die Sachsen aus dem Land östlich von Ratae, dann kommen wir nach Süden und vernichten Dumnonia. Zwei Jahre?«

»Das Festmahl ist Euch zu Kopf gestiegen, Ligessac«, sagte ich.

»Und mein Lord wird für die Dienste eines Mannes, wie Ihr es seid, gut bezahlen.« Ligessac überbrachte ganz eindeutig eine Botschaft. »Mein Lord König Gundleus ist sehr großzügig, Derfel. Äußerst großzügig.«

»Sagt Eurem Lord König«, erwiderte ich, »daß Nimue von Ynys Wydryn seinen Schädel als Trinkschale benutzen wird und daß ich ihn ihr besorgen werde.« Damit ging ich davon.

In jenem Frühjahr flammte der Krieg wieder auf, anfangs allerdings weniger verheerend. Arthur hatte Oengus Mac Airem, den irischen König von Demetia, dafür bezahlt, daß er die westlichen Gebiete von Powys und Siluria überfiel und damit die Feinde von unseren nördlichen Grenzen abzog. Arthur selbst führte eine Kriegshorde an, die den Westen Dumnonias befreien sollte, wo Cadwy seine Stammesgebiete zum unabhängigen Königreich erklärt hatte, doch während er sich dort aufhielt, unternahmen Aelles Sachsen einen mächtigen Angriff auf Gereints Land. Wie wir später erfuhren, hatte Gorfyddyd die Sachsen bezahlt wie wir die Iren, doch Powys' Geld war vermutlich besser angelegt, denn die Sachsen kamen in so großen Scharen, daß Arthur aus dem Westen herbeigeeilt kam. Den Oberbefehl über den Kampf gegen Cadwys tätowierte Stammeskrieger hatte er Cei, seinem Kindheitsfreund, anvertraut.

Genau zu diesem Zeitpunkt, als Aelles Sachsen Durocobrivis einzunehmen drohten und Gwents Streitmacht gegen Powys und die nördlichen Sachsen zugleich kämpfen mußte, während Cadwys noch nicht niedergeschlagene Rebellion von König Mark von Kernow unterstützt wurde – genau zu diesem Zeitpunkt geschah es, daß Ban von Benoic seinen Hilferuf sandte.

Wir alle wußten, daß König Ban Arthur nur unter der Bedingung gestattet hatte, nach Dumnonia zu kommen, daß er sofort nach Armorica zurückkehren würde, falls Benoic in Not geriete. Und nun, erklärte Bans Bote, befinde sich Benoic in großer Gefahr, und König Ban bestehe darauf, daß Arthur seinen Schwur erfülle und nach Benoic zurückkehre.

Die Nachricht erreichte uns in Durocobrivis. Der Ort war früher einmal eine blühende römische Siedlung gewesen, mit luxuriösen Bädern, einem Gerichtsgebäude aus Marmor und einem wunderschönen Marktplatz; doch inzwischen war er nichts weiter als eine verarmte Festung, die die Grenze vor den Sachsen im Osten bewachte. Sämtliche Häuser außerhalb des aus Erde errichteten Stadtwalls waren von Aelles Angriffstruppen niedergebrannt und nie wiederaufgebaut worden, während viele der großen römischen Gebäude innerhalb der Wälle zu Ruinen zerfallen waren. Bans Bote erreichte uns in den Überresten der gewölbten Halle eines römischen Bades. Da es Nacht war, brannte in der Grube des alten Tauchbades ein Feuer. Der Rauch stieg ins hohe Dachgewölbe hinauf, wo sich der Wind fing und den Rauch zu einem kleinen Fenster hinausblies. Wir saßen im Kreis auf dem kalten Fußboden und nahmen gerade unsere Abendmahlzeit ein, als Arthur Bans Boten in die Mitte des Kreises führte, wo er eine grobe Landkarte von Dumnonia in die Erde ritzte und dann rote und weiße Mosaiksteinchen plazierte, um uns zu zeigen, wo unsere Feinde und unsere Freunde standen. Die roten Steinchen von Dumnonia wurden überall von den weißen bedrängt. Wir hatten an jenem Tag schon gekämpft, und Arthur hatte eine Speerwunde über dem rechten Wangenknochen davongetragen – keine sehr gefährliche, aber immerhin so tief, daß seine Wange blutverkrustet war. Er hatte ohne Helm gekämpft, weil er behauptete, ohne die hindernde Wehr wesentlich besser sehen zu können, doch hätte der Sachse einen Zoll höher zugestoßen, hätte er seinen Stahl direkt durch Arthurs Hirn gerammt. Er hatte, wie er es normalerweise tat, zu Fuß gekämpft, weil er seine schweren Rösser für die wirklich verzweifelten Schlachten aufsparen wollte. Ein halbes Dutzend seiner Reiter zog zu Pferd in die Schlacht, aber die meisten seiner teuren und kostbaren Schlachtrösser hatte er tief in Dumnonia zurückgelassen, wo sie vor feindlichen Überfällen sicher waren. Nachdem Arthur an jenem Tag verwundet worden war, hatten unsere wenigen Reiter die sächsischen Linien in alle Winde auseinandergetrieben, ihren Häuptling getötet und die Überlebenden nach Osten zurückgejagt, doch Arthurs knappes Entkommen hatte uns alle beunruhigt. König Bans Bote, ein Häuptling namens Bleiddig, verstärkte unsere gedrückte Stimmung noch.

»Seht Ihr ein«, sagte Arthur zu Bleiddig, »warum ich jetzt nicht fortkann?« Damit deutete er auf die roten und weißen Steinchen.

»Ein Schwur ist ein Schwur«, gab Bleiddig unhöflich zurück.

»Wenn der Prinz Dumnonia verläßt«, mischte sich Fürst Gereint in das Gespräch, »wird Dumnonia untergehen.« Gereint war ein schwerfälliger, beschränkter Mann, aber aufrichtig und loyal. Als Uthers Neffe hatte er Anspruch auf Dumnonias Thron, machte diesen Anspruch aber niemals geltend und hielt immer getreulich zu Arthur, seinem illegitimen Cousin.

»Eher sollte Dumnonia fallen denn Benoic«, erwiderte Bleiddig, ohne auf das zornige Gemurmel zu achten, das seinen Worten folgte.

»Ich habe geschworen, Mordred zu verteidigen«, gab Arthur zu bedenken.

»Ihr habt geschworen, Benoic zu verteidigen«, erwiderte Bleiddig, Arthurs Bedenken von sich weisend. »Nehmt das Kind mit.«

»Ich muß Mordred sein Königreich übergeben«, beharrte Arthur. »Wenn er geht, verliert das Reich seinen König und damit sein Herz. Mordred bleibt hier.«

»Und durch wen droht er sein Reich zu verlieren?« fragte Bleiddig voll Zorn. Der Häuptling aus Benoic war ein großer, kräftiger Mann, Owain nicht unähnlich, und mit einem großen Teil von Owains brutaler Kraft begabt. »Durch Euch!« Damit deutete er verächtlich auf Arthur. »Hättet Ihr Ceinwyn geheiratet, gäbe es jetzt keinen Krieg! Hättet Ihr Ceinwyn geheiratet, würden jetzt nicht nur Dumnonia, sondern auch Gwent und Powys Truppen aussenden, um meinem König zu Hilfe zu eilen!«

Männer schimpften, und Schwerter wurden gezogen, doch Arthur forderte laut rufend Schweigen. Ein Tropfen Blut lief aus seiner Gesichtswunde und rann über seine schmale, hohe Wange. »Wie lange dauert es«, wollte er von Bleiddig wissen, »bis Benoic fällt?«

Bleiddig runzelte die Stirn. Es war klar, daß er die Antwort nicht wußte; dennoch nannte er sechs Monate bis zu einem Jahr. Die Franken, sagte er, hätten frische Armeen an die Ostgrenze seines Landes gebracht, und Ban sei nicht in der Lage, sie alle abzuwehren. Bans eigenes Heer, angeführt von seinem Champion Bors, halte die nördliche Grenze, während die Männer, die Arthur unter dem Oberbefehl seines Cousins Culhwch zurückgelassen hatte, die Südgrenze verteidigten.

Arthur starrte auf seine Landkarte aus roten und weißen Steinchen. »Drei Monate«, sagte er, »dann werde ich kommen. Wenn ich kann! Drei Monate. Inzwischen aber, Bleiddig, werde ich Euch eine Kriegshorde guter Kämpfer mitgeben.«

Bleiddig machte Einwände und sagte, Arthurs Schwur verlange sein sofortiges Erscheinen auf dem Kriegsschauplatz in Armorica.

Arthur ließ sich jedoch nicht beeinflussen. In drei Monaten, sagte er, oder gar nicht. Bleiddig mußte diesen Kompromiß akzeptieren.

Arthur gab mir ein Zeichen, daß ich ihn auf einem Spaziergang unter der Kolonnade des kleinen Innenhofs neben der Halle begleiten solle. In diesem Hof standen Fässer, die wie eine Latrine stanken, aber er schien den Geruch nicht zu bemerken. Als er begann: »Gott weiß, Derfel«, wußte ich sofort, daß er unter unerträglichem Druck stand, weil er überhaupt einen Gott erwähnte, und mir fiel auch auf, daß er den christlichen Singular benutzte, obwohl er sich sofort verbesserte. »Die Götter wissen, daß ich Euch nicht verlieren will, aber ich brauche einen Mann, der sich nicht fürchtet, einen Schildwall zu durchbrechen. Ich muß Euch aussenden.« Seit Arthur mich zum Hauptmann ernannt hatte, redete er mich mit »Ihr« an.

»Lord Prinz...«, setzte ich an.

»Nennt mich nicht Prinz«, unterbrach er mich zornig. »Ich bin kein Prinz. Und widersprecht mir nicht. Im Augenblick widersprechen mir alle. Jeder scheint zu wissen, wie dieser Krieg zu gewinnen ist, nur ich nicht. Melwas verlangt nach Ersatztruppen, Tewdric braucht mich im Norden, Cei sagt, daß er weitere einhundert Speerkämpfer braucht, und jetzt ruft auch noch Ban nach mir! Wenn er mehr Geld auf seine Armee und weniger auf seine Poeten verschwendet hätte, wäre er jetzt nicht in dieser Notlage!«

»Poeten?«

»Ynys Trebes ist ein Hort der Poeten«, erläuterte er erbittert. Ynys Trebes war König Bans Insel-Hauptstadt. »Poeten! Speerkämpfer brauchen wir, keine Dichter!« Er hielt inne und lehnte sich an eine Säule. Er wirkte so erschöpft, wie ich ihn niemals zuvor erlebt hatte. »Wenn wir nicht endlich mit diesen Kriegen aufhören«, sagte er, »kann ich überhaupt nichts erreichen. Wenn ich nur mit Cuneglas verhandeln könnte, von Angesicht zu Angesicht, gäbe es vielleicht einen Funken Hoffnung.«

»Nicht, solange Gorfyddyd lebt«, entgegnete ich.

»Nicht, solange Gorfyddyd lebt«, bestätigte er. Dann verstummte er, und ich wußte, daß er an Ceinwyn und Guinevere dachte. Das Mondlicht, das durch einen Spalt im Dach der Kolonnade fiel, übergoß sein knochiges Gesicht mit Silber. Als er die

Augen schloß, wußte ich, daß er sich selbst die Schuld an diesem Krieg zuschrieb, doch was geschehen war, konnte nicht rückgängig gemacht werden. Ein neuer Friede mußte geschlossen werden, und es gab nur einen einzigen Mann, der Britannien diesen Frieden aufzwingen konnte: Arthur. Er öffnete die Augen und zog eine Grimasse. »Was riecht hier so?« fragte er mich, als er den Gestank endlich bemerkte.

»Die Leute bleichen hier ihre Tuche, Lord«, erklärte ich ihm und deutete auf die mit Urin und gewaschenem Hühnerkot gefüllten Fässer, deren Inhalt benutzt wurde, um kostbare weiße Tuche herzustellen, wie Arthur sie für seine Mäntel bevorzugte.

Normalerweise hätte Arthur einen solchen Beweis für Gewerbetätigkeit in einer so heruntergekommenen Stadt wie Durocobrivis begrüßt, an jenem Abend quittierte er den Gestank nur mit einem Achselzucken und berührte das frische Blutrinnsal auf seiner Wange. »Eine Narbe mehr«, sagte er wehmütig. »Bald werde ich ebenso viele haben wie Ihr, Derfel.«

»Ihr solltet Euren Helm tragen, Lord«, mahnte ich ihn.

»Dann kann ich weder nach rechts noch nach links sehen«, gab er abwinkend zurück. Er stieß sich von der Säule ab und bedeutete mir, mit ihm unter den Arkaden spazierenzugehen. »Hört zu, Derfel. Der Kampf gegen die Franken ist nicht anders als der Kampf gegen die Sachsen. Sie sind allesamt Germanen, und die Franken haben nichts Besonderes an sich, höchstens vielleicht, daß sie außer den üblichen Waffen Wurfspeere tragen. Laßt also beim ersten Angriff den Kopf unten, aber von da an heißt es nur, Schildwall gegen Schildwall. Sie sind erbitterte Kämpfer, aber sie trinken viel zuviel, daher kann man normalerweise schneller denken als sie. Deswegen schicke ich Euch. Ihr seid zwar jung, aber Ihr könnt denken, und das ist mehr, als die meisten unserer Soldaten können. Die glauben, es reicht schon, wenn man sich betrinkt und einfach drauflosdrischt, aber auf die Art kann man keinen Krieg gewinnen.« Er hielt inne und versuchte ein Gähnen zu unterdrücken. »Verzeihung. Und nach allem, was ich weiß, Derfel, ist Benoic nicht in Gefahr. Ban ist ein sehr gefühlsbetonter Mensch...« – er sagte es verächtlich – »und gerät leicht in Panik, doch wenn er Ynys Trebes verlieren sollte, würde es ihm das Herz brechen, und diese Schuld möchte ich nicht auch noch auf mich laden. Culhwch könnt Ihr vertrauen, er ist gut. Bors ist tüchtig.«

»Aber ein Verräter«, sagte Sagramor aus den Schatten neben den Bleichfässern. Er war aus der Halle gekommen, um über Arthur zu wachen.

»Unfair«, sagte Arthur.

»Er ist ein Verräter«, wiederholte Sagramor mit seinem harten Akzent, »weil er Lancelots Mann ist.«

Arthur zuckte die Achseln. »Lancelot kann schwierig sein«, räumte er ein. »Er ist Bans Erbe und setzt gern seinen Kopf durch, aber das mache ich schließlich auch.« Lächelnd warf er mir einen kurzen Blick zu. »Ihr könnt schreiben, nicht wahr?«

»Ja, Lord«, antwortete ich. Wir waren an Sagramor vorbeigegangen, der in den Schatten stehenblieb, ohne Arthur aus den Augen zu lassen. Katzen strichen an uns vorbei, Fledermäuse segelten um den rauchumwehten Giebel der großen Halle. Ich versuchte mir diesen stinkenden Ort mit Römern bevölkert und von Öllampen erleuchtet vorzustellen, aber das kam mir allzu unwahrscheinlich vor.

»Ihr müßt mir schreiben und alles berichten, was geschieht«, sagte Arthur, »damit ich mich nicht nur auf Bans Phantasie verlassen muß. Wie geht's Eurer Frau?«

»Meiner Frau?« Ich war verblüfft über diese Frage und dachte erst, Arthur meine Canna, eine sächsische Sklavin, die gegenwärtig meine Gefährtin war und mich in ihrem Dialekt unterrichtete, der ein wenig von dem heimatlichen Sächsisch meiner Mutter abwich, doch dann wurde mir klar, daß Arthur von Lunete sprach. »Ich höre nichts mehr von ihr, Lord.«

»Und Ihr fragt nicht nach ihr, eh?« Er musterte mich mit belustigtem Grinsen, dann seufzte er. Lunete war bei Guinevere, die ihrerseits ins ferne Durnovaria gegangen war, um Uthers alten Winterpalast mit Beschlag zu belegen. Guinevere hatte ihren hübschen neuen Palast beim Caer Cadarn nicht verlassen wollen, aber Arthur hatte darauf bestanden, daß sie tiefer ins Land hinein zog, wo sie vor feindlichen Überfällen sicherer war. »Sansum hat mir berichtet, daß Guinevere und ihre Hofdamen allesamt Isis anbeten«, sagte Arthur.

»Wen?« fragte ich.

»Genau.« Er lächelte. »Isis ist eine fremde Göttin, Derfel, die ihre eigenen Mysterien hat. Es hängt mit dem Mond zusammen, glaube ich. Jedenfalls hat Sansum mir das gesagt. Ich glaube, er weiß es selbst nicht so genau, behauptet aber dennoch, dieser Kult müsse ausgemerzt werden. Die Mysterien der Isis seien unaussprechlich, erklärt er, doch wenn ich ihn frage, was sich da abspielt, weiß er keine Antwort. Oder will keine wissen. Habt Ihr irgendwas gehört?«

»Nein, Lord.«

»Aber«, fuhr Arthur sehr betont fort, »wenn Guinevere bei Isis Trost findet, kann der Kult nicht ganz so schlimm sein. Ich mache mir Sorgen um sie. Ich habe ihr so vieles versprochen, und nun gebe ich ihr nichts. Ich möchte ihren Vater wieder auf seinen Thron setzen, und das werden wir, das werden wir, aber das alles wird weit mehr Zeit in Anspruch nehmen, als wir dachten.«

»Wollt Ihr gegen Diwrnach kämpfen?« fragte ich ihn entsetzt.

»Er ist auch nur ein Mensch, Derfel, und kann getötet werden. Und eines Tages werden wir das tun.« Er machte kehrt und ging wieder zur Halle zurück. »Ihr werdet nach Süden marschieren. Mehr als sechzig Mann kann ich Euch nicht mitgeben – das ist, weiß Gott, längst nicht genug, falls Ban tatsächlich in Bedrängnis ist –, aber führt sie übers Meer, Derfel, und unterstellt Euch Culhwchs Befehl. Könntet Ihr durch Durnovaria reisen? Und mir Nachricht von meiner geliebten Guinevere senden?«

»Ja, Lord«, versicherte ich.

»Ich werde Euch ein Geschenk für sie mitgeben. Vielleicht diese juwelenbesetzte Halskette, die der Sachsenführer trug. Meint Ihr, die würde ihr gefallen?« fragte er mich besorgt.

»Sie würde jeder Dame gefallen«, antwortete ich. Der Schmuck war eine sächsische Arbeit, grob und schwer, und dennoch sehr schön. Es handelte sich um eine Halskette aus Goldplättchen, die wie Sonnenstrahlen angeordnet und mit Edelsteinen besetzt waren.

»Gut! Bringt sie für mich nach Durnovaria, Derfel, und anschließend zieht Ihr aus, um Bans Königreich Benoic zu retten.«

»Wenn ich kann«, antwortete ich grimmig.

»Wenn Ihr könnt«, wiederholte Arthur. »Um mein Gewissen zu

entlasten.« Die letzten Worte setzte er sehr leise hinzu; dann trat er mit seinem gestiefelten Fuß eine Fliesenscherbe beiseite und scheuchte damit eine Katze auf, die einen Buckel machte und uns erbost anfauchte. »Vor drei Jahren«, sagte er bedrückt, »erschien mir alles so unendlich einfach.«

Dann aber kam Guinevere.

Am folgenden Tag zog ich mit sechzig Mann nach Süden.

»Hat er Euch geschickt, um mir nachzuspionieren?« erkundigte sich Guinevere lächelnd.

»Nein, Lady.«

»Der liebe Derfel«, spöttelte sie, »meinem geliebten Gemahl so ähnlich.«

Das überraschte mich. »Bin ich das wirklich?«

»Ja, Derfel, das seid Ihr. Nur daß er sehr viel klüger ist. Gefällt es Euch hier?« Sie deutete auf den Innenhof.

»Es ist wunderschön«, beteuerte ich. Die Villa in Durnovaria war natürlich römisch, auch wenn sie Uther früher einmal als Winterpalast gedient hatte. Als er sie bewohnte, war sie mit Sicherheit nicht wunderschön, doch Guinevere hatte dem Gebäude etwas von seiner ehemaligen Eleganz zurückgegeben. Der Innenhof war von einer Kolonnade wie der in Durocobrivis umgeben, doch hier waren alle Dachziegel an ihrem Platz und alle Säulen weiß getüncht. Die inneren Wände der Kolonnade waren mit Guineveres Muster – Hirsche unter Halbmonden – bemalt. Der Hirsch war das Symbol ihres Vaters, der Halbmond ihr persönlicher Beitrag dazu, und das fortlaufende Muster sah wirklich wunderhübsch aus. In den Blumenbeeten, durch die sich kleine, geflieste Kanäle zogen, wuchsen weiße Rosen. Zwei Jagdfalken hockten auf ihren Stangen, und als wir um den römischen Rundgang schritten, zuckten ihre Köpfe unter der Falkenhaube. Überall im Innenhof standen Statuen, allesamt – Männer wie Frauen – nackt, während unter der Kolonnade blumenbekränzte Bronzeköpfe auf Sockeln thronten. Um den Hals eines dieser Bronzeköpfe hing die Kette, die ich ihr von Arthur überbracht hatte. Guinevere hatte ein paar Sekunden mit seinem Geschenk gespielt und dann die Stirn gerunzelt. »Eine primitive Arbeit, nicht wahr?« hatte sie mich gefragt.

»Prinz Arthur findet sie wunderschön, Lady, und Eurer Schönheit würdig.«

»Der liebe Arthur«, hatte sie obenhin gesagt, sich den häßlichen Bronzekopf eines finster dreinblickenden Mannes ausgesucht und ihm die Kette um den Hals gelegt. »Das macht ihn schöner«, behauptete sie. »Ich werde ihn Gorfyddyd nennen. Er sieht aus wie Gorfyddyd, meint Ihr nicht auch?«

»Ganz recht, Lady«, stimmte ich zu. Die Büste hatte in der Tat etwas von Gorfyddyds mürrischem, unglücklichem Gesicht.

»Gorfyddyd ist eine Bestie«, sagte Guinevere. »Er hat versucht, mir meine Jungfernschaft zu rauben.«

»Ach, wirklich?« brachte ich mühsam heraus, als ich mich vom Schock dieser Enthüllung erholt hatte.

»Doch der Versuch ist fehlgeschlagen«, ergänzte sie energisch. »Er war betrunken. Er hat mich von oben bis unten beschleimt. Richtig gestunken habe ich nach seinem Schleim, bis hierher.« Sie berührte ihre Brüste. Sie trug ein schlichtes weißes Leinengewand, das ihr in glatten Falten von den Schultern bis auf die Füße fiel. Das Leinen mußte atemberaubend teuer gewesen sein, denn der Stoff war so aufreizend dünn, daß ich, wenn ich sie anstarrte – was ich tunlichst zu vermeiden suchte –, unter dem Gewand ihren nackten Körper zu erkennen vermochte. An ihrem Hals hing ein aus Gold geschmiedetes Abbild des mondgekrönten Hirsches, ihre Ohrringe waren in Gold gefaßte Bernsteintropfen, und an ihrer linken Hand trug sie einen Ring, der mit Arthurs Bären und dem Kreuz der Liebenden verziert war. »Schleim, Schleim«, sagte sie genußvoll, »und als er fertig war, oder vielmehr, als er aufhörte, einen Anfang zu versuchen, und tränenreich schniefte, er wolle mich zu seiner Königin und zur reichsten Königin von Britannien machen, ging ich zu Iorweth und holte mir von ihm einen Zauber gegen einen unerwünschten Verehrer. Daß es sich um den König handelte, sagte ich dem Druiden natürlich nicht, obwohl es vermutlich keine Rolle gespielt hätte, weil Iorweth alles tut, wenn man ihm nur ein Lächeln schenkt; er machte mir also den Zauber, und ich vergrub ihn. Dann brachte ich meinen Vater dazu, Gorfyddyd mitzuteilen, ich hätte einen Todeszauber gegen die Tochter eines Mannes vergraben, der versucht habe, mich zu vergewaltigen. Gorfyddyd wußte natürlich genau, wen ich meinte, und weil er diese törichte kleine Ceinwyn vergöttert, ließ er mich von da an in Ruhe.« Sie lachte. »Männer sind ja so furchtbar dumm!«

»Prinz Arthur nicht«, widersprach ich energisch, wohlweislich den Titel benutzend, auf dem Guinevere bestand.

»Was Schmuck betrifft, ist er ein Dummkopf«, erklärte sie spitz. Dann fragte sie mich, ob Arthur mich geschickt hätte, um hinter ihr herzuspionieren.

Gemeinsam wandelten wir um die Kolonnade. Wir waren allein. Ein Krieger namens Lanval, Befehlshaber der Leibwache der Prinzessin, hatte seine Männer innerhalb des Innenhofs plazieren wollen, aber Guinevere hatte darauf bestanden, daß sie verschwanden. »Sollen sie doch über uns tuscheln«, sagte sie fröhlich zu mir. Dann jedoch verfinsterte sich ihr Gesicht. »Manchmal habe ich das Gefühl, daß Lanval mir nachspionieren soll.«

»Lanval hat nur die Aufgabe, Euch zu beschützen, Lady«, widersprach ich ihr. »Denn von Eurer Sicherheit hängt Prinz Arthurs Glück ab, und von seinem Glück ein ganzes Königreich.«

»Das klingt hübsch, Derfel. Das gefällt mir.« Sie sagte es ein wenig spöttisch. Wir gingen weiter. Aus einer Schale Wasser, in der Rosenblätter schwammen, wehte ein süßer Duft in die Kolonnade, die willkommenen Schutz vor der brennenden Sonne bot. »Möchtet Ihr Lunete sehen?« wandte sich Guinevere unvermittelt an mich.

»Ich bezweifle, daß sie mich sehen will.«

»Vermutlich nicht. Aber Ihr seid nicht mit ihr vermählt, nicht wahr?«

»Nein, Lady, wir haben uns nie vermählt.«

»Dann spielt es keine Rolle, nicht wahr?« fragte sie mich, obwohl sie dabei nicht erwähnte, was keine Rolle spielte. »Ich wollte mit Euch sprechen, Derfel«, erklärte Guinevere ernst.

»Ihr schmeichelt mir, Lady«, gab ich zurück.

»Eure Worte werden immer hübscher!« Sie klatschte in die Hände; dann krauste sie die Nase. »Sagt mir, Derfel, wascht Ihr Euch eigentlich nie?«

Ich errötete. »Doch, Lady.«

»Ihr stinkt nach Leder und Blut und Schweiß und Staub. Das kann ein recht angenehmer Duft sein, aber nicht heute. Es ist zu heiß. Möchtet Ihr, daß meine Damen Euch ein Bad bereiten? Wir tun das hier auf Römerart, mit viel Schweiß und Kratzerei. Es ist überaus ermüdend.«

Absichtlich wich ich einen Schritt vor ihr zurück. »Ich werde mir einen Bach suchen, Lady.«

»Aber ich wollte Euch wirklich sprechen«, betonte sie. Wieder trat sie neben mich und hängte sich sogar bei mir ein. »Erzählt mir von Nimue.«

»Nimue?« Ihre Bitte überraschte mich.

»Kann sie wirklich zaubern?« fragte Guinevere mich eifrig. Die Prinzessin war so groß wie ich, so daß ihr Gesicht, ihr schönes Gesicht mit den hohen Wangenknochen, sich unmittelbar vor dem meinen befand. Guineveres Nähe wirkte so überwältigend wie die schwere Verwirrung der Sinne, die der Trank des Mithras bewirkt hatte. Ihr rotes Haar duftete nach Parfum, und ihre beunruhigend grünen Augen waren mit einer Farbe umrandet, die aus Lampenruß gemischt wurde und dazu diente, sie größer erscheinen zu lassen. »Kann sie zaubern?« fragte mich Guinevere abermals.

»Ich glaube schon.«

»Ihr glaubt!« Enttäuscht trat sie von mir zurück. »Ihr glaubt es nur?«

Die Narbe in meiner linken Hand pochte, und ich wußte nicht, was ich antworten sollte.

Guinevere lachte. »Sagt mir die Wahrheit, Derfel. Ich *muß* es wissen!« Wieder hängte sie sich bei mir ein und führte mich weiter durch die schattige Kolonnade. »Dieser schreckliche Bischof Sansum versucht uns alle zu Christen zu machen, aber ich werde das nicht dulden! Ständig will er, daß wir uns schuldig fühlen, und ich erkläre ihm immer wieder, daß es nichts gibt, weswegen ich mich schuldig fühlen müßte, aber die Christen gewinnen immer mehr Macht. Sogar hier bauen sie eine neue Kirche! Oder nein, sie tun etwas viel Schlimmeres. Kommt mit!« Impulsiv wandte sie sich um und klatschte in die Hände. Als mehrere Sklavinnen in den Hof gelaufen kamen, befahl ihnen Guinevere, ihren Umhang und ihre Hunde zu holen. »Ich werde Euch etwas zeigen, Derfel, damit Ihr selbst sehen könnt, was dieser erbärmliche kleine Bischof unserem Königreich antut.«

Sie verhüllte ihr dünnes Leinenkleid mit einem mauvefarbenen Wollumhang. Dann ergriff sie die Leinen zweier Jagdhunde, die hechelnd und mit lang zwischen den scharfen Zähnen heraushängenden Zungen neben ihr warteten. Die Tore der Villa wurden aufgestoßen, dann schritten wir, gefolgt von zwei Sklaven und vier Mann von Lanvals Leibwache, die hastig neben uns Posten bezogen, die Hauptstraße entlang, die bequem mit breiten Steinen gepflastert und mit Gossen versehen war, die das Regenwasser zum Fluß am Ostrand der Stadt führten. Die nach vorn offenen Geschäfte quollen über von Waren: Es gab Schuhe, eine Schlachterei, Salz, Töpferwaren. Manche Häuser waren zerfallen, die meisten aber befanden sich in gutem Zustand, vermutlich deswegen, weil der Aufenthalt von Mordred und Guinevere der Stadt neuen Wohlstand gebracht hatte. Selbstverständlich gab es auch Bettler, die auf Beinstümpfen näher rückten und sich den Speeren der Leibwache aussetzten, nur um ein paar Kupfermünzen zu ergattern, die Guineveres Sklaven verteilten. Guinevere selbst schritt, das rote Haar frei der Sonne ausgesetzt, den Berg hinab, ohne auf die Unruhe zu achten, die ihre Gegenwart auslöste. »Seht Ihr das Haus?« Guinevere deutete auf ein hübsches, zweistöckiges Gebäude an der Nordseite der Straße. »Dort wohnt Nabur, und dort furzt und kotzt unser kleiner König.« Sie schüttelte sich. »Mordred ist ein besonders unangenehmes Kind. Er hinkt und hört niemals auf zu schreien. Da! Könnt Ihr ihn hören?« In der Tat hörte ich ein Kleinkind weinen, obwohl ich nicht sagen konnte, ob es sich dabei um Mordred handelte. »Und nun kommt hier entlang«, befahl Guinevere und drängte sich durch eine kleine Menschengruppe, die sie von einer Seitenstraße aus anstarrte. Dann stieg sie über einen Trümmerhaufen, der unmittelbar neben Naburs hübschem Häuschen lag.

Als ich ihr folgte, entdeckte ich, daß wir zu einem Bauplatz gekommen waren, oder vielmehr zu einem Platz, auf dem ein Bauwerk abgerissen wurde, damit auf dessen Ruinen ein neues errichtet werden konnte. Das Bauwerk, das zerstört wurde, war ein römischer Tempel gewesen. »Hier haben die Menschen Merkur verehrt«, erklärte Guinevere, »doch jetzt soll hier ein Schrein für einen toten Zimmermann errichtet werden. Aber wie soll ein toter

Zimmermann uns gute Ernten bringen? Sagt mir das!« Die letzten Worte, die vorgeblich an mich gerichtet waren, wurden laut genug gesprochen, um das Dutzend Christen, die an ihrer neuen Kirche arbeiteten, zu beunruhigen. Einige von ihnen mauerten, andere bearbeiteten Türpfosten, wieder andere rissen die alten Mauern ein, um daraus Material für das neue Gebäude zu gewinnen. »Wenn ihr schon einen Stall für euren Zimmermann braucht«, sagte Guinevere mit laut tönender Stimme, »warum übernehmt ihr nicht einfach das alte Gebäude? Diese Frage habe ich Sansum gestellt, aber er hat geantwortet, es müsse alles ganz neu gemacht werden, damit seine kostbaren Christen nicht die Luft atmen müßten, die einst von Heiden geatmet wurde. Ein absolut unsinniger Glaube, wenn das Alte, das voller Schönheit war, abgerissen und an seiner Statt ein scheußliches, neues Gebäude aus schlecht behauenem Stein und ohne jede Eleganz errichtet wird!« Sie spie in den Staub, um das Böse abzuwenden. »Eine Kapelle für Mordred werde das, sagt er! Ist das zu glauben? Er ist fest entschlossen, den Knaben zu einem winselnden Christen zu machen, und diese Scheußlichkeit hier ist der Ort, an dem er dies zu tun gedenkt.«

»Verehrte Lady!« Bischof Sansum kam hinter einer der neuen Mauern hervor, die in der Tat schlecht errichtet waren, wollte man sie mit dem kunstvollen Gemäuer der alten Tempelruinen vergleichen. Sansum war in ein schwarzes Gewand gekleidet, das vom Steinstaub genauso grau war wie sein steif tonsuriertes Haar. »Ihr erweist uns eine große Ehre durch Eure Anwesenheit, Lady«, verkündete er, während er sich vor Guinevere verneigte.

»Ich erweise dir keine Ehre, du Wurm! Ich bin gekommen, um Derfel die Verwüstungen zu zeigen, die du anrichtest. Wie könnt ihr nur in so was beten?« Sie deutete auf die halbfertige Kirche. »Genausogut könntet ihr auch einen Kuhstall nehmen.«

»Da unser geliebter Herr in einem Stall geboren wurde, bin ich hoch erfreut, daß unsere bescheidene Kirche Euch an einen Stall erinnert.« Wieder verneigte er sich vor ihr. Einige seiner Arbeiter versammelten sich am anderen Ende des neuen Bauwerks und stimmten eins ihrer frommen Lieder an, um so die Gefahren der schädlichen Gegenwart von Heiden abzuwehren.

»Das klingt tatsächlich wie im Kuhstall«, erwiderte Guinevere scharf und drängte sich an dem Priester vorbei. Sie marschierte über den mit Steinbrocken übersäten Boden zu einer Holzhütte, die neben der Mauer von Naburs Haus stand. Sie ließ die Hunde von der Leine, damit sie frei herumlaufen konnten. »Wo ist die Statue, Sansum?« rief sie über die Schulter zurück und trat gegen die Tür, so daß sie aufflog.

»Nun ja, gnädigste Lady, ich habe versucht, sie für Euch zu retten, doch Gott der Herr hat befohlen, sie einzuschmelzen. Für die Armen, versteht Ihr?«

Wütend fuhr sie zu dem Bischof herum. »Bronze! Was sollen die Armen mit Bronze anfangen? Können sie die etwa essen?« Sie sah mich an. »Eine Statue des Merkur, Derfel, so hoch wie ein ausgewachsener Mann und wundervoll gearbeitet. Wundervoll! Römische Arbeit, nicht britische, und jetzt ist sie fort, eingeschmolzen in einem Christenofen, weil ihr...« – wieder starrte sie Sansum voller Verachtung an – »Schönheit nicht vertragen könnt. Ihr habt alle Angst davor. Ihr seid wie Würmer, die einen Baum zu Fall bringen; ihr habt keine Ahnung, was ihr tut.« Gebückt trat sie durch die Tür der Hütte, die offensichtlich jene Wertgegenstände enthielt, die Sansum in den Ruinen des Tempels gefunden hatte. Mit einer kleinen Steinstatuette in der Hand kam sie wieder hervor und warf sie ihren Wachen zu. »Es ist nicht viel«, sagte sie, »aber wenigstens ist sie sicher vor einem Zimmermannswurm, der in einem Viehschuppen geboren wurde.«

Sansum, der trotz aller Beleidigungen immer noch lächelte, fragte mich, wie die Kämpfe im Norden stünden. »Ganz allmählich gewinnen wir«, antwortete ich.

»Sagt meinem Lord, dem Prinzen Arthur, daß ich für ihn bete.«

»Bete lieber für seine Feinde, du Kröte«, fiel Guinevere ihm ins Wort, »dann werden wir vielleicht schneller gewinnen.« Sie beobachtete ihre beiden Hunde, die an die neuen Kirchenwände pißten. »Letzten Monat ist Cadwy in unsere Richtung vorgestoßen«, erklärte sie mir, »und uns bedrohlich nahe gekommen.«

»Gottlob wurden wir verschont«, ergänzte Bischof Sansum fromm.

»Ohne dein Zutun, du erbärmlicher Wurm«, fauchte Guinevere. »Die Christen haben Fersengeld gegeben. Haben die Röcke geschürzt und sind nach Osten gerannt. Wir anderen sind geblieben, und Lanval hat Cadwy, den Göttern sei Dank, schließlich abgewehrt.« Sie spie in Richtung auf die neue Kirche. »Mit der Zeit«, behauptete sie, »werden wir uns von unseren Feinden befreien, und wenn das geschieht, Derfel, werde ich diesen Kuhstall abreißen und einen Tempel errichten lassen, der eines echten Gottes würdig ist.«

»Für Isis?« erkundigte sich Sansum verschlagen.

»Vorsicht!« warnte ihn Guinevere. »Denn meine Göttin regiert die Nacht, du Kröte, und könnte sich zu ihrer Belustigung deine Seele holen. Obwohl nur die Götter wissen, was man mit deiner elenden Seele überhaupt anfangen sollte. Kommt, Derfel.«

Die beiden Jagdhunde wurden gerufen, dann kehrten wir auf den Hügel zurück. Guinevere zitterte vor Wut. »Seht Ihr, was er uns antut? Reißt alles ein, was alt ist! Und warum? Damit er uns seinen billigen kleinen Aberglauben aufzwingen kann. Warum läßt er die alten Götter nicht in Ruhe? Wenn diese Narren einen Zimmermann anbeten wollen – von mir aus. Was kümmert's uns? Je mehr Götter, desto besser, finde ich. Warum andere Götter beleidigen, nur um den eigenen zu erheben? Das ist doch unsinnig.«

»Wer ist Isis?« fragte ich sie, als wir durch das Tor ihrer Villa gingen.

Sie warf mir einen belustigten Blick zu. »Ist das eine Frage meines lieben Gemahls, die ich da höre?«

»Ja«, gestand ich.

Sie lachte. »Gut gemacht, Derfel. Die Wahrheit ist immer äußerst erstaunlich. Also ist Arthur wegen meiner Göttin besorgt?«

»Er ist besorgt«, widersprach ich, »weil Sansum ihn mit Geschichten von Mysterien beunruhigt.«

Sie nahm ihren Umhang ab und ließ ihn auf die Fliesen des Innenhofs fallen, wo ihn eine Sklavin aufheben würde. »Berichtet Arthur«, sagte sie, »daß er sich keine Sorgen zu machen braucht. Zweifelt er an meiner Zuneigung?«

»Er betet Euch an«, erwiderte ich taktvoll.

»Und ich ihn.« Sie schenkte mir ein kurzes Lächeln. »Sagt ihm das, Derfel«, setzte sie dann voll Herzlichkeit hinzu.

»Das werde ich, Lady.«

»Und sagt ihm, daß er sich wegen Isis ebenfalls keine Gedanken zu machen braucht.« Impulsiv ergriff sie meine Hand. »Kommt«, forderte sie mich auf – genau wie vorhin, als sie mich zu dem neuen Christenschrein führte. Diesmal jedoch zog sie mich, über die schmalen Wasserkanäle springend, durch den Innenhof zu einer kleinen Tür im hinteren Teil der Arkaden. »Das hier...« – sie ließ meine Hand los, um die Tür aufzustoßen – »ist der Schrein der Isis, der meinen geliebten Lord so sehr beunruhigt.«

Ich zögerte. »Dürfen Männer eintreten?«

»Bei Tag, ja. Bei Nacht? Nein.« Sie schlüpfte durch die Tür und schob einen dicken, wollenen Vorhang beiseite, der unmittelbar hinter der Tür hing. Als ich ihr durch den Vorhang folgte, stand ich in einem schwarzen, völlig abgedunkelten Raum. »Bleibt, wo Ihr seid!« warnte sie mich, und anfangs dachte ich, daß ich einer Vorschrift der Isis folgte, doch als sich meine Augen an die Finsternis gewöhnten, entdeckte ich, daß sie mich geheißen hatte stehenzubleiben, damit ich nicht in ein Wasserbecken fiel, das in den Boden eingelassen war. Das einzige Licht im Schrein drang rings um die Säume des Türvorhangs herein, doch während ich wartete, bemerkte ich einen grauen Lichtschimmer, der am anderen Ende in den Raum fiel. Dann sah ich, wie Guinevere die zahlreichen Wandbehänge einen nach dem anderen herunternahm. Jeder hing an einem Stab, der von Klammern gehalten wurde, und jeder war so dicht gewebt, daß kein Licht durch den Stoff hereindringen konnte. Hinter den Wandbehängen, die jetzt zusammengerafft auf dem Boden lagen, kamen Fensterläden zum Vorschein, die Guinevere aufstieß, um blendende Lichtfluten hereinzulassen.

»So«, sagte sie, neben dem großen Bogenfenster stehend, »das sind die Mysterien!« Sie machte sich über Sansums Ängste lustig, in Wirklichkeit aber war der Raum tatsächlich ein Mysterium, denn er war ganz und gar in Schwarz gehalten. Der Boden bestand aus schwarzem Stein, die Wände und die gewölbte Decke waren mit Pech bestrichen. In der Mitte des schwarzen Fußbodens lag das seichte Becken voll schwarzem Wasser, und dahinter, zwischen dem Becken und dem eben geöffneten Fenster, stand ein niedriger schwarzer Thronsessel aus Stein. »Also, was sagt Ihr dazu, Derfel?« wollte Guinevere von mir wissen.

»Ich sehe keine Göttin.« Suchend sah ich mich nach einer Statue der Isis um.

»Sie kommt mit dem Mond«, erklärte Guinevere, und ich versuchte mir vorzustellen, wie das Licht des Vollmonds durch das Fenster hereinfiel und das Wasser des Beckens und die schwarzen Wände zum Schimmern brachte. »Erzählt mir von Nimue«, befahl Guinevere, »dann werde ich Euch von Isis erzählen.«

»Nimue ist Merlins Priesterin«, antwortete ich. Meine Stimme hallte hohl von den schwarz gestrichenen Wänden zurück, »und sie lernt seine Geheimnisse.«

»Welche Geheimnisse?«

»Die Geheimnisse der alten Götter, Lady.«

Sie krauste die Stirn. »Aber wie findet er diese Geheimnisse? Ich dachte, die alten Druiden schrieben nie etwas auf. Es war ihnen verboten, etwas niederzuschreiben, nicht wahr?«

»Das stimmt, Lady, aber Merlin sucht dennoch nach ihrem Wissen.«

Guinevere nickte. »Ich weiß, daß wir einiges Wissen verloren haben. Und Merlin wird es wiederfinden? Gut! Das könnte diese widerliche Kröte Sansum erledigen.« Sie war vor das breite Fenster getreten und blickte über die Ziegel- und Strohdächer Durnovarias, die südlichen Verteidigungswälle und die Grashügel des Amphitheaters auf die großen Erdwälle von Mai Dun, die am Horizont aufragten. Weiße Wolken ballten sich am blauen Himmel, aber was mir den Atem stocken ließ, war das Sonnenlicht, das jetzt so durch Guineveres weißes Leinengewand fiel, daß die Lady meines Lords, die Prinzessin von Henis Wyren, auch nackt hätte vor mir stehen können und ich in diesen paar Augenblicken, während mir das Blut in den Ohren dröhnte, Eifersucht auf meinen Lord empfand. War sich Guinevere der verräterischen Sonnenstrahlen bewußt? Ich glaube nicht, aber ich kann mich täuschen. Sie kehrte mir den Rücken zu, aber auf einmal drehte sie sich halb herum, damit sie mich ansehen konnte. »Ist Lunete eine Zauberin?«

»Nein, Lady«, antwortete ich.

»Aber sie hat bei Nimue gelernt, nicht wahr?«

»Nein«, gab ich zurück. »Sie durfte Merlins Gemächer niemals betreten. Es interessierte sie auch nicht.«

»Aber Ihr wart in Merlins Gemächern?«

»Nur zweimal«, antwortete ich ihr. Ich konnte ihre Brüste sehen und senkte absichtlich den Blick auf das schwarze Wasserbecken, aber das spiegelte auch wieder nur ihre Schönheit und verlieh ihrem langen, geschmeidigen Körper den erotischen Schimmer dunkler Mysterien. Lastendes Schweigen überfiel uns, und als ich über ihre letzten Fragen nachdachte, wurde mir klar, daß Lunete vermutlich behauptet hatte, einige Kenntnis von Merlins Magie zu besitzen, und ich ihr diesen Spaß zweifellos verdorben hatte. »Vielleicht«, sagte ich hilflos, »weiß Lunete mehr, als sie mir jemals mitgeteilt hat.«

Guinevere zuckte die Achseln und wandte sich ab. Mein Blick wanderte wieder zu ihr empor. »Aber Nimue, sagt Ihr, ist weitaus bewanderter als Lunete, wie?« fragte sie mich.

»Unendlich, Lady.«

»Ich habe Nimue zweimal befohlen, zu mir zu kommen«, sagte Guinevere scharf, »und sie hat sich zweimal geweigert. Was soll ich tun, damit sie kommt?«

»Wenn man will, daß Nimue etwas tut, sollte man es ihr verbieten«, antwortete ich.

Wieder herrschte Schweigen im Raum. Die Geräusche der Stadt waren ziemlich laut: die Rufe der Marktschreier auf dem Marktplatz, das Rattern von Karrenrädern auf den Steinen, Hundegebell, Töpfeklappern in einer nahen Küche. Im Gemach selbst aber war alles still. »Eines Tages«, brach Guinevere unser Schweigen, »werde ich Isis dort oben ...« – sie zeigte zu den Wällen von Mai Dun hinüber, die den südlichen Himmel füllten – »einen Tempel bauen. Ist das ein heiliger Ort?«

»Sehr sogar.«

»Gut.« Jetzt wandte sie sich zu mir um. Die Sonne glänzte in ihrem roten Haar und leuchtete auf ihrer glatten Haut unter dem weißen Leinenstoff. »Ich will keine kindischen Spielchen treiben, Derfel, indem ich versuche, Nimue zu übertreffen. Ich möchte, daß sie herkommt. Ich brauche eine mächtige Priesterin. Wenn ich diesen Wurm Sansum bekämpfen will, brauche ich eine Freundin der alten Götter. Ich brauche Nimue, Derfel, deswegen sagt mir um der Liebe willen, die Ihr für Arthur empfindet, welche Botschaft sie bewegen könnte herzukommen. Sagt mir das, und ich werde Euch sagen, warum ich Isis verehre.«

Ich zögerte und überlegte, womit man Nimue möglicherweise herlocken könnte. »Erklärt ihr«, sagte ich schließlich, »daß Arthur ihr Gundleus geben wird, wenn sie Eurem Befehl folgt. Aber sorgt dafür, daß er es auch wirklich tut.«

»Ich danke Euch, Derfel.« Sie lächelte mir zu. Dann setzte sie sich auf den schwarzen, blankpolierten Thron. »Isis«, erklärte sie mir, »ist eine Göttin der Frauen, und der Thron ist ihr Symbol. Auf einem Königsthron mag wohl ein Mann sitzen, Isis aber kann bestimmen, wer dieser Mann ist. Deswegen verehre ich sie.«

Ich witterte einen Hauch von Hochverrat in ihren Worten. »Der Thron dieses Königreichs, Lady«, sagte ich und wiederholte damit, was Arthur immer wieder behauptete, »gehört Mordred.«

Guinevere quittierte meine Kundgebung mit höhnischem Lachen. »Mordred sitzt nicht mal auf einem Pißpott gut! Mordred ist ein Krüppel! Mordred ist ein schlecht erzogenes Kind, das schon jetzt die Macht wittert, wie ein Eber hinter einer läufigen Sau herschnobert.« Ihre Stimme klang wie ein Peitschenhieb und war voll Verachtung. »Und seit wann, Derfel, wird ein Thron vom Vater auf den Sohn vererbt? In den alten Zeiten war das anders! Da übernahm der beste Mann des Stammes die Macht, und so sollte es auch heute noch sein.« Sie schloß die Augen, als bereue sie plötzlich ihren Ausbruch. »Ihr seid doch ein Freund meines Gemahls, nicht wahr?« fragte sie mich nach einer Weile, als sie die Augen wieder geöffnet hatte.

»Ihr wißt, daß ich das bin, Lady.«

»Dann sind wir beide, Ihr und ich, Derfel, ebenfalls Freunde. Wir sind eins, weil wir beide Arthur lieben, und glaubt Ihr wirklich, mein Freund Derfel Cadarn, daß Mordred ein besserer König wäre als Arthur?«

Ich zögerte, denn sie verlangte verräterische Äußerungen von mir, aber sie forderte mich auch auf, an einem heiligen Ort die Wahrheit zu sprechen, also antwortete ich ihr ehrlich. »Nein, Lady. Prinz Arthur wäre ein besserer König.«

»Gut.« Wieder schenkte sie mir ein Lächeln. »Dann sagt Arthur, daß ihm aus meiner Verehrung für Isis kein Schaden, wohl aber sehr viel Gutes erwachsen kann. Sagt ihm, daß ich hier für seine Zukunft bete und daß ihm nichts, was in diesem Raum geschieht, zum Nachteil gereichen kann. Ist das deutlich genug?«

»Ich werde es ihm ausrichten, Lady.«

Sie sah mich lange durchdringend an. Ich stand kerzengerade wie ein Soldat, mein Mantel berührte den schwarzen Boden, Hywelbane hing an meiner Seite, und mein Vollbart wurde im Sonnenlicht des Schreins zu Gold. »Werden wir diesen Krieg gewinnen?« fragte mich Guinevere nach einer Weile.

»Ja, Lady.«

Sie lächelte über meine Zuversicht. »Dann sagt mir, warum.«

»Weil Gwent wie ein Fels im Norden steht«, antwortete ich, »weil die Sachsen untereinander genauso verfeindet sind wie wir und sich daher nie gegen uns verbünden werden. Weil Gundleus von Siluria Angst vor einer weiteren Niederlage hat. Weil Cadwy eine Schnecke ist, die wir zertreten werden, sobald wir Zeit dazu haben. Weil Gorfyddyd sich aufs Kämpfen versteht, aber nicht auf die Führung von Truppen. Vor allem aber, Lady, weil wir Prinz Arthur haben.«

»Gut«, sagte sie abermals; dann stellte sie sich wieder so hin, daß die Sonne durch ihr feines weißes Leinengewand schimmerte. »Ihr müßt jetzt gehen, Derfel. Ihr habt genug gesehen.« Prompt errötete ich, und sie lachte. »Und sucht Euch einen Bach!« rief sie mir nach, als ich durch den Vorhang zur Tür strebte. »Ihr stinkt wie ein Sachse!«

Ich suchte mir einen Bach und wusch mich. Dann führte ich meine Männer gen Süden, zum Meer.

Ich habe nichts übrig für das Meer. Es ist kalt und heimtückisch, und seine grauen Hügel rollen endlos aus dem fernen Westen heran, wo die Sonne täglich stirbt. Irgendwo hinter diesem leeren Horizont, erfuhr ich von den Seeleuten, liegt das märchenhafte Land Lyonesse, doch da noch niemand es gesehen hat, oder vielmehr, da niemand aus Lyonesse zurückgekehrt ist, wurde es zur ersehnten Zuflucht aller armen Seefahrer: ein Land irdischer Freuden, in dem es keinen Krieg gibt, keine Hungersnot und vor allem keine Schiffe, mit denen man das graue, unruhige Meer mit seinen windgepeitschten Schaumkronen überqueren muß, die immer wieder die graugrünen Hänge hinabschießen, von denen unsere kleinen Holzboote so unbarmherzig umhergeworfen wurden. Die Küste Dumnonias wirkte so grün! Ich hatte nicht gewußt, wie sehr ich dieses Land liebte – bis ich es zum erstenmal verließ.

Meine Männer waren in drei Schiffe verfrachtet worden, die alle von Sklaven gerudert wurden; aber sobald wir auf offener See waren, konnten die Riemen eingezogen werden, da ein kräftiger Wind aufkam und die zerlumpten Segel füllte. Viele Männer wurden seekrank. Sie waren jung, zum größten Teil jünger als ich, denn der Krieg ist im Grunde ein Knabenspiel, aber einige waren auch älter. Cavan, mein stellvertretender Hauptmann, war schon fast vierzig und hatte einen grauen Bart, und sein Gesicht war voller Narben. Er war ein harter, grimmiger Ire, der in Uthers Dienste getreten war und es nun keineswegs seltsam fand, von einem Mann, der halb so alt war wie er selbst, Befehle entgegenzunehmen. Er nannte mich Lord, weil er annahm, da ich vom Tor komme, müsse ich Merlins Erbe oder wenigstens ein hochgeborenes Kind sein, das der Magier mit einer sächsischen Sklavin gezeugt hatte. Arthur hatte mir Cavan, glaube ich, für den Fall mitgegeben, daß meine Autorität nicht größer war als die Anzahl meiner Lebensjahre, aber ich kann aufrichtig behaupten, daß ich niemals Schwierigkeiten hatte, mich meinen Männern gegenüber zu behaupten. Man sagt den Soldaten, was sie tun sollen, tut es selbst und bestraft sie, wenn sie versagen; andernfalls belohnt man sie großzügig und schenkt ihnen den Sieg. Meine Speerkämpfer waren allesamt Freiwillige und gingen entweder mit nach Benoic, weil sie mir dienen wollten oder – was sehr viel wahrscheinlicher war – weil sie glaubten, im Süden jenseits des Meeres weit größere Beute und Ehre ernten zu können als zu Hause. Wir reisten ohne Frauen, Pferde oder Bedienstete. Ich hatte Canna die Freiheit geschenkt und sie auf den Tor geschickt, weil ich hoffte, daß Nimue sich ihrer annehmen würde, doch ich bezweifelte, daß ich meine kleine Sächsin jemals wiedersehen würde. Mit Sicherheit würde sie sehr schnell einen Ehemann finden, während ich den Landstrich Armorica, das Reich Benoic und die sagenhafte Schönheit von Ynys Trebes sehen würde.

Bleiddig, der Häuptling und Abgesandte König Bans, reiste mit uns. Er schimpfte über mein geringes Alter. Nachdem ihm Cavan jedoch grimmig erklärte, daß ich vermutlich mehr Männer getötet hätte als Bleiddig selbst, entschloß sich Bleiddig, seine Bedenken für sich zu behalten. Allerdings beschwerte er sich noch immer darüber, daß wir bei weitem zu wenige seien. Die Franken, erklärte er, seien versessen auf Land, gut bewaffnet und sehr zahlreich. Zweihundert Mann, behauptete er nun, könnten möglicherweise ausschlaggebend sein, sechzig aber auf keinen Fall.

Am ersten Abend ankerten wir in der Bucht einer Insel. Draußen vor der Bucht donnerte das Meer, während an Land eine Bande zerlumpter Männer laut schreiend Drohungen ausstieß und gelegentlich ein paar schwächliche Pfeile abschoß, die weit von unseren drei Schiffen entfernt ins Wasser klatschten. Unser Schiffsführer fürchtete, daß es ein Unwetter geben würde, und opferte ein Zicklein, das für diesen Zweck mitgeführt worden war. Er besprengte den Bug seines Schiffes mit dem Blut des sterbenden Tieres, und tatsächlich hatte der Sturm sich gegen Morgen beruhigt. Allerdings hatte sich statt dessen ein dicker, grauer Nebel über das Wasser gelegt. Da keiner der Schiffsführer in diesem Nebel hinaussegeln wollte, warteten wir einen ganzen Tag und eine ganze Nacht, um dann unter klarem Himmel südwärts zu rudern. Es wurde ein langer Tag. Wir umschifften ein paar furchterregende, von den Gerippen gestrandeter Schiffe gekrönte Felsen, dann glitten wir an einem warmen Abend mit sanftem Wind und steigender Flut, die beide unsere müden Ruderer unterstützten, in einen breiten Strom, wo wir unter den glückbringenden Schwingen einer Schwanenschar heil und sicher anlegten. Da in der Nähe eine Festung lag, kamen Bewaffnete ans Flußufer herunter, um uns zum Kampf herauszufordern, aber Bleiddig rief ihnen zu, wir seien Freunde. Die Männer riefen uns auf britisch Willkommensgrüße zu. Die untergehende Sonne vergoldete die Wirbel und Strudel des Stroms. Überall roch es nach Fisch, Salz und Teer. Neben einigen auf den Strand gezogenen Fischerbooten hingen auf großen Gestellen schwarze Netze, unter den Salzpfannen loderten Feuer, Hunde liefen in den kleinen Wellen hin und her und bellten uns an, und aus den nahen Hütten kam eine Horde Kinder herbei, um zuzusehen, wie wir platschend an Land wateten.

Meinen Schild mit Arthurs Bärensymbol verkehrt herum vor mir tragend, ging ich voraus, und als ich die mit Strandgut übersäte Flutlinie überquert hatte, stieß ich meinen Speer in den Sand und bat Bel, meinen Schutzgott, und Manawydan, den Meeresgott, daß sie mich eines Tages von Armorica zurückbringen möchten: an die Seite meines Lords, zu Arthur in mein geliebtes Britannien zurück.

Dann zogen wir in den Krieg.

Ich habe Männer sagen hören, daß keine Stadt, nicht einmal Rom oder Jerusalem, so schön sei wie Ynys Trebes, und es mag sein, daß diese Männer die Wahrheit sagten, denn obwohl ich die anderen Städte niemals besuchen konnte, sah ich doch Ynys Trebes, und es war in der Tat ein Ort der Wunder, eine wunderbare Stadt, die schönste Stadt, die ich je gesehen habe. Sie war auf einer steilen Felseninsel errichtet worden, die in einer weiten, flachen Bucht lag. Die Bucht mochte von Schaumkronen zerwühlt und von heulenden Stürmen heimgesucht werden, aber in Ynys Trebes war alles still und ruhig. Im Sommer flimmerte die Bucht vor Hitze, während Benoics Hauptstadt stets angenehm kühl wirkte. Guinevere wäre von Ynys Trebes begeistert gewesen, denn hier wurde alles Alte hoch geschätzt, und nichts Häßliches durfte die Schönheit der Stadt beeinträchtigen.

Natürlich waren die Römer in Ynys Trebes gewesen, aber sie hatten es nicht befestigt, sondern nur ein paar Villen auf dem Gipfel errichtet. Diese Villen gab es immer noch. König Ban und Königin Elaine hatten sie miteinander verbunden und ausgebaut, indem sie römische Gebäude auf dem Festland nach weiteren Säulen und Podesten, Mosaiken und Statuen absuchen ließen, so daß der Felsen nunmehr von einem luftigen, lichterfüllten Palast gekrönt wurde, dessen weiße Leinenvorhänge sich in jedem Windhauch, der vom glitzernden Meer herüberkam, anmutig blähten. Am einfachsten erreichte man die Insel per Boot, obwohl es auch eine Art Damm gab, der bei Flut allerdings überspült wurde und bei Ebbe wegen der

Treibsandlöcher gefährlich war. Der Damm war zwar durch Weidenruten markiert, aber die starken Gezeiten spülten die Markierungen immer wieder davon, und nur ein Tor würde es wagen, ihn zu betreten, ohne sich der Dienste eines einheimischen Führers zu versichern, der ihn durch den saugenden Treibsand und die unsicheren Siele geleitete. Bei Ebbe ragte Ynys Trebes aus einer geriffelten, von Wasserrinnen und -tümpeln durchsetzten, weiten Sandfläche empor, während die Stadt bei Flut, wenn der Wind kräftig aus Westen blies, wie ein riesiges Schiff wirkte, das sich unerschrocken durch die aufgewühlte See kämpfte.

Unterhalb des Palastes lag ein Gewirr von kleineren Gebäuden, die sich wie Vogelnester an die steilen Granithänge klammerten. Da gab es Tempel, Läden, Kirchen und Wohnhäuser, alle weiß getüncht, alle aus Stein, alle verziert mit Bildhauerarbeiten und Dekorationsstücken, die in Bans hohem Palast nicht gebraucht wurden, und alle lagen sie an der mit Steinen gepflasterten Straße, die sich in Stufen um den steilen Felsen zum Königsschloß emporwand. An der Ostseite der Insel gab es eine schmale Steinpier, an der Boote festmachen konnten. Da ein bequemes Anlegen aber nur bei ganz ruhigem Wetter möglich war, hatten unsere Schiffe uns an einem sicheren Anlegeplatz einen Tagesmarsch weiter im Westen an Land gesetzt. Hinter der Pier lag ein kleiner Hafen, der im Grunde nichts weiter war als ein von Sandbänken geschützter Gezeitenteich. Bei Ebbe war dieser Teich vom Meer abgeschnitten, während er bei Flut, sobald der Wind aus Norden kam, keinen sicheren Schutz mehr bieten konnte. Abgesehen von den Stellen, an denen der Granitfelsen selbst zu steil zum Klettern war, zog sich um die ganze Insel eine Steinmauer, welche die Außenwelt fernhalten sollte. Denn außerhalb von Ynys Trebes herrschten Aufruhr, feindliche Franken, Blut, Armut und Krankheit, während innerhalb der Mauern Gelehrsamkeit, Musik, Poesie und Schönheit wohnten.

Ich selbst gehörte nicht in König Bans geliebte Inselstadt. Meine Aufgabe war es, Ynys Trebes auf dem Festland von Benoic zu verteidigen, wo die Franken tief in das Ackerland vordrangen, das für die luxuriöse Hauptstadt lebenswichtig war; da aber Bleiddig darauf bestand, daß ich dem König vorgestellt werden sollte, wurde ich über den Damm geführt, durch das Stadttor, das mit einem in

Stein gehauenen Wassergeist geschmückt war, der einen Dreizack schwang, und dann die steile Straße empor, die zu dem hoch gelegenen Palast führte. Meine Männer waren auf dem Festland geblieben, aber ich wünschte, ich hätte sie mitgebracht, damit auch sie die Wunder dieser Stadt bestaunen konnten: die mit Friesen geschmückten Tore, die steilen Steintreppen, die zwischen den Tempeln und Geschäften auf und ab führten, die Häuser mit den Balkons, auf denen Blumenurnen und Statuen standen, und die Quellen, die reines Süßwasser in Marmortröge spien, an denen sich jeder den Eimer füllen oder sich niederbeugen konnte, um einen Schluck zu trinken. Bleiddig, der als mein Führer fungierte, bemerkte grollend, wieviel gutes Geld die Stadt hier verschwende, das besser auf die Verteidigungsanlagen an Land verwendet worden wäre, ich aber war von Ehrfurcht ergriffen. Dies, sagte ich mir, ist ein Ort, für den es sich zu kämpfen lohnt.

Bleiddig führte mich durch das letzte, mit einem Wassergeist verzierte Tor in den Palasthof. Die efeubewachsenen Gebäude des Palastes umstanden den Hof auf drei Seiten, während die vierte von einer Reihe weiß getünchter Torbogen begrenzt wurde, die einen weiten Blick aufs Meer gewährten. An jeder Tür standen Palastwachen in weißen Mänteln, mit blankgeputzten Speerschäften und glänzenden Speerspitzen. »Die taugen zu gar nichts«, flüsterte Bleiddig mir verstohlen zu. »Könnten nicht mal einen Welpen besiegen, aber sie sehen wirklich hübsch aus.«

Am Portal des Palastes empfing uns ein Höfling in weißer Toga, der uns durch einen Raum nach dem anderen führte, die alle mit kostbaren Schätzen gefüllt waren. Da gab es Alabasterstatuen und Goldschalen, und ein Gemach war ganz mit Metallspiegeln ausgekleidet, in denen ich mich voll Entsetzen ins Unendliche gespiegelt sah: ein bärtiger, verdreckter Soldat mit rostrotem Mantel, der in den unebenen Verkleinerungen der Spiegel immer zwergenhafter wirkte. Im nächsten Raum, der weiß gestrichen und vom Duft vieler Blumen erfüllt war, saß ein Mädchen und spielte Harfe. Sie trug eine kurze Tunika und sonst nichts. Als wir vorübergingen, lächelte sie uns zu, spielte aber weiter. Ihre Brüste waren golden von der Sonne, ihre Haare kurz geschnitten, ihr Lächeln war unbeschwert. »Sieht aus wie im Hurenhaus«, vertraute mir Bleiddig mit heiserem

Flüstern an, »und bei den Göttern, ich wünschte, es wäre eins. Dann wäre es wenigstens zu etwas zu gebrauchen.«

Der Höfling mit der Toga stieß die letzte Doppeltür mit Bronzegriffen auf und geleitete uns unter Verneigungen in ein großes Gemach, das auf das glitzernde Meer hinausging. »Lord König...« – damit verbeugte er sich vor der einzigen Person im Raum – »Häuptling Bleiddig und Derfel, ein Hauptmann aus Dumnonia.«

Ein hochgewachsener, hagerer Mann mit Sorgenfalten im Gesicht und schütteren weißen Haaren erhob sich von einem Tisch, an dem er gesessen und etwas geschrieben hatte. Eine leichte Brise ließ das Blatt rascheln, und er hantierte ungeduldig, bis er alle vier Ecken des Pergaments mit Tintenhörnern und Schlangensteinen beschwert hatte. »Ach ja, Bleiddig!« sagte der König, während er uns entgegenkam. »Wie ich sehe, seid Ihr zurück. Gut, gut. Manche Leute kommen nie zurück. Weil die Schiffe es nicht schaffen. Darüber sollten wir nachdenken. Wären größere Schiffe die Lösung – was meint Ihr? Oder bauen wir sie falsch? Ich bin mir nicht sicher, ob wir genügend Kenntnisse im Schiffsbau haben, obwohl unsere Fischer es beschwören, aber von denen kommen auch einige nicht mehr zurück. Ein Problem.« In der Mitte des Raumes blieb König Ban stehen, um sich die Schläfe zu kratzen, wobei er sich noch mehr Tinte in die dünnen Haare schmierte. »Eine spontane Lösung drängt sich mir im Moment nicht auf«, verkündete er schließlich. Dann sah er mich an. »Ferkel, nicht wahr?«

»Derfel, Lord König«, berichtigte ich und sank auf ein Knie.

»Derfel!« Verwundert wiederholte er meinen Namen. »Derfel! Laßt mich nachdenken! Derfel. Ich glaube, wenn dieser Name überhaupt eine Bedeutung hat, so bedeutet er ›einem Druiden gehörig‹. Gehört Ihr einem Druiden, Derfel?«

»Ich wurde von Merlin großgezogen, Lord.«

»Ach, wirklich? In der Tat! Sieh an! Das ist doch was. Wie ich sehe, müssen wir uns unterhalten. Wie geht es meinem lieben Merlin?«

»Er wurde seit fünf Jahren nicht mehr gesehen, Lord.«

»Dann ist er also unsichtbar! Ha! Ich hatte immer vermutet, daß dies zu seinen Tricks gehören könnte. Äußerst nützlich. Ich muß meine Gelehrten bitten, den Fall zu untersuchen. Erhebt Euch, erhebt Euch doch! Ich kann es nicht leiden, wenn Menschen vor mir knien. Ich bin kein Gott, wenigstens glaube ich, daß ich keiner bin.« Als ich stand, musterte mich der König und schien enttäuscht zu sein. »Ihr seht aus wie ein Franke«, stellte er verwundert fest.

»Ich bin Dumnonier, Lord König«, erklärte ich stolz.

»Aber sicher doch, und ein Dumnonier, der, wie ich hoffe, unserem lieben Arthur vorauseilt, ja?« erkundigte er sich erwartungsvoll.

Ich hatte diesen Moment gefürchtet. »Nein, Lord«, antwortete ich. »Arthur wird von zahlreichen Feinden belagert und kämpft um die Existenz unseres Königreichs. Deswegen hat er mich und ein paar Männer geschickt – alle, die wir entbehren können –, aber ich soll ihm schreiben und mitteilen, ob hier noch mehr gebraucht werden.«

»In der Tat brauchen wir mehr, in der Tat«, sagte Ban so energisch, wie es seine dünne, hohe Stimme erlaubte. »Meine Güte, ja! Also Ihr habt ein paar Männer mitgebracht, wie? Wie viele sind das, bitte, genau?«

»Sechzig, Lord.«

Unvermittelt setzte sich König Ban auf einen Holzstuhl mit Elfenbeinintarsien. »Sechzig! Ich hatte auf dreihundert gehofft! Und auf Arthur persönlich. Ihr scheint mir sehr jung zu sein für einen Hauptmann, der Männer befehligt«, sagte er zweifelnd. Dann hellte sich seine Miene plötzlich auf. »Habe ich da recht gehört? Habt Ihr gesagt, daß Ihr schreiben könnt?«

»Ja, Lord.«

»Und lesen?«

»In der Tat, Lord König.«

»Seht Ihr, Bleiddig!« rief der König triumphierend und sprang vom Stuhl auf. »Manche Krieger können lesen und schreiben! Und es macht sie nicht unmännlich. Es reduziert sie nicht auf den niederen Status von Schreibern, Weibern, Königen oder Poeten, wie Ihr so gern glauben möchtet. Ha! Ein des Lesens und Schreibens kundiger Krieger! Verfaßt Ihr vielleicht zufällig auch Gedichte?« fragte er mich.

»Nein, Lord.«

»Wie schade. Wir sind hier eine Gemeinschaft von Dichtern. Wir sind eine Bruderschaft! Wir nennen uns *fili*, und die Poesie ist unsere strenge Meisterin. Es ist, könnte man sagen, unsere heilige Aufgabe. Wäre es möglich, daß Ihr Euch inspirieren laßt? Kommt mit mir, mein gelehrter Derfel.« Arthurs Abwesenheit schien vergessen. Ban trippelte aufgeregt durch den Raum, während er mir winkte, ihm durch eine zweite große Doppeltür und durch einen weiteren kleinen Raum zu folgen, in dem eine zweite Harfenistin – halbnackt wie die erste und ebenso schön – über die Saiten strich, und schließlich in eine große Bibliothek.

Ich hatte noch nie eine richtige Bibliothek gesehen, und König Ban, der selig war, mir diesen Raum vorführen zu können, beobachtete verstohlen meine Reaktion. Ich stand offenen Mundes da, und das war kein Wunder, denn hier waren Schriftrollen um Schriftrollen, mit Bändern verschnürt, in maßgefertigten, vorn offenen Behältern gelagert, die aufeinandergestapelt waren wie die Zellen einer Bienenwabe. Es mußten Hunderte von Zellen sein, jede mit ihrem eigenen Pergament und jede sorgfältig mit Tinte beschriftet. »Welche Sprachen sprecht Ihr, Derfel?« wollte Ban von mir wissen.

»Sächsisch, Lord, und Britisch.«

»Ah.« Das klang enttäuscht. »Nur primitive Sprachen. Ich dagegen besitze Kenntnisse in Latein, Griechisch, Britisch natürlich und ein wenig Arabisch. Pater Celwin dort spricht zehnmal so viele Sprachen. Nicht wahr, Celwin?«

Der König wandte sich an die einzige Person in der Bibliothek, einen alten, weißbärtigen Priester mit einem grotesken Buckel und einer schwarzen Mönchskapuze. Der Priester hob bestätigend eine hagere Hand, blickte aber nicht von den Handschriften auf, die, mit Gewichten beschwert, auf dem Tisch vor ihm lagen. Zuerst dachte ich, der Priester hätte sich einen Pelzschal um den hinteren Teil seiner Kapuze geschlungen, dann aber sah ich, daß es eine graue Katze war, die den Kopf hob, mich musterte, ausgiebig gähnte und sich wieder schlafen legte. König Ban ignorierte die Unhöflichkeit des Priesters und führte mich an den Reihen der Schriftrollen entlang, während er mir ausführlich von all den Schätzen erzählte, die er gesammelt hatte. »Was wir hier haben«, erläuterte er voll Stolz, »ist alles, was die Römer hinterließen, und alles, was meine Freunde mir liebenswürdigerweise übersandt haben. Da manche Manuskripte zu alt sind, um mehr als einmal entrollt zu werden, kopieren wir sie. Laßt mich mal sehen – was haben wir hier? Ach ja, eins der zwölf Theaterstücke des Aristophanes. Ich besitze sie natürlich alle. Das hier ist ›Die Babylonier‹. Eine Komödie auf griechisch, junger Mann.«

»Und überhaupt nicht komisch«, rief der Priester von seinem Platz herüber.

»Und überaus unterhaltend«, sagte König Ban, ohne die Unhöflichkeit des Priesters zu beachten, an die er offensichtlich gewöhnt war. »Vielleicht sollten die *fili* ein Theater bauen und das Stück aufführen«, setzte er hinzu. »Ah ja, das hier wird Euch Freude machen. Die *Ars Poetica* von Horaz. Ich habe sie eigenhändig kopiert.«

»Kein Wunder, daß sie unleserlich ist«, warf Pater Celwin ein.

»Ich lasse alle *fili* die Maximen des Horaz studieren«, erklärte mir der König.

»Deswegen sind sie auch so fürchterliche Dichter«, rief der Priester, ohne von seinen Papieren aufzublicken.

»Ah ja, Tertullian!« Der König holte eine Schriftrolle aus ihrem Behälter und blies den Staub von dem Pergament. »Eine Kopie seines *Apologeticus*!«

»Alles Schund«, sagte Celwin. »Verschwendung kostbarer Tinte.«

»Die Eloquenz in Person!« schwärmte Ban. »Ich bin kein Christ, Derfel, aber einige christliche Schriften enthalten viel vernünftige Moral.«

»Alles andere als das«, widersprach der Priester.

»Aha, aber das hier ist ein Werk, das Ihr mit Sicherheit kennt«, sagte der König und zog eine weitere Schriftrolle aus ihrem Behälter. »Die *Meditationen* von Marcus Aurelius. Ein unvergleichlicher Leitfaden, mein lieber Derfel, der aufzeigt, wie ein Mann sein Leben gestalten sollte.«

»Platitüden in schlechtem Griechisch, verfaßt von einem römischen Langweiler«, grollte der Priester.

»Vermutlich das größte Buch, das jemals geschrieben wurde«, sagte der König verträumt, während er Marcus Aurelius zurücklegte und ein anderes Werk hervorzog. »Das hier ist eine Kuriosität, eine echte. Die große Abhandlung des Aristarchus von Samos. Die werdet Ihr doch sicher kennen!«

»Nein, Lord«, mußte ich gestehen.

»Nun ja, sie steht vielleicht nicht auf jedermanns Bücherliste«, räumte der König bedauernd ein, »aber es ist eine recht drollige Lektüre. Aristarchus behauptet nämlich – bitte, lacht nicht! –, daß sich die Erde um die Sonne dreht, und nicht die Sonne um die Erde.« Er unterstrich diese abwegige Möglichkeit mit ausholenden Gesten seiner langen Arme. »Er denkt genau verkehrt herum, versteht Ihr?«

»Klingt durchaus logisch für mich«, behauptete Celwin, der noch immer nicht von seiner Arbeit aufblickte.

»Und Silius Italicus!« Der König deutete auf eine ganze Gruppe von Bienenwabenzellen voller Handschriften. »Der liebe Silius Italicus! Ich besitze alle achtzehn Bände seiner Geschichte des Zweiten Punischen Krieges. Alle natürlich in Versen. Welch ein Schatz!«

»Der zweite aufgeblähte Krieg«, gackerte der Priester.

»Das ist meine Bibliothek«, sagte Ban stolz, als er mich hinausführte, »die Zierde von Ynys Trebes! Das und unsere Poeten. Tut mir leid, daß wir Euch gestört haben, Pater!«

»Läßt sich ein Kamel von einem Grashüpfer stören?« gab Pater Celwin zurück. Dann schloß sich die Tür hinter uns, und ich folgte dem König an der barbusigen Harfenistin vorbei dorthin zurück, wo Bleiddig wartete.

»Pater Celwin erforscht die Flügelspanne der Engel«, verkündete Ban voll Stolz. »Sollte ich ihn vielleicht auch nach der Unsichtbarkeit fragen? Er scheint wirklich alles zu wissen. Aber seht Ihr nun, Derfel, warum es so wichtig ist, daß Ynys Trebes nicht in die Hand der Feinde fällt? In diesem kleinen Palast, mein lieber Derfel, lagert die Weisheit unserer ganzen Welt, aus Ruinen gerettet und in ehrfürchtigen Gewahrsam genommen. Ich möchte wissen, was das ist, ein Kamel. Wißt Ihr zufällig, was ein Kamel ist, Bleiddig?«

»Eine Kohlensorte, Lord. Die Schmiede brauchen sie, um Stahl zu fertigen.«

»Ach ja, wirklich? Interessant! Aber Kohle würde sich doch nicht von einem Grashüpfer stören lassen – oder? Diese Möglichkeit würde sich wohl kaum ergeben. Also warum sie in Erwägung ziehen? Ein wenig verwirrend. Ich muß unbedingt Pater Celwin fragen, sobald er in der Stimmung ist, sich fragen zu lassen, was nicht sehr oft geschieht. Doch nun zu Euch, junger Mann. Ich weiß zwar, daß Ihr gekommen seid, um mein Königreich zu retten, und daß Ihr ungeduldig auf diese Aufgabe wartet, aber zunächst muß ich Euch bitten, zur Abendmahlzeit zu bleiben. Meine Söhne sind nämlich hier, beide Krieger! Ich hatte zwar gehofft, daß sie ihr Leben der Dichtkunst und der Gelehrsamkeit widmen, aber die Zeiten verlangen Krieger, nicht wahr? Immerhin schätzt mein geliebter Lancelot die *fili* ebensosehr wie ich, also besteht noch Hoffnung für unsere Zukunft.« Er hielt inne, krauste die Nase und schenkte mir ein freundliches Lächeln. »Ihr werdet, glaube ich, recht gern ein Bad nehmen.«

»Werde ich das?«

»Aber ja«, verkündete Ban energisch. »Leanor wird Euch zu Eurem Gemach begleiten, Euch das Bad bereiten und Euch mit Kleidung versorgen.« Er klatschte in die Hände, und die erste Harfenistin erschien. Es handelte sich offensichtlich um Leanor.

Ich befand mich in einem Palast am Meer, der voll Licht und Schönheit war, erfüllt von Musik, der Dichtkunst geweiht und verzaubert von Bewohnern, die, wie mir schien, aus einem anderen Zeitalter und einer anderen Welt stammten.

Und dann begegnete ich Lancelot.

»Ihr seid ja fast noch ein Kind«, sagte Lancelot zu mir.

»Das ist richtig, Lord«, gab ich zurück. Ich aß gerade Hummer, der in zerlassener Butter schwamm. Weder vorher noch nachher habe ich, wie ich glaube, jemals etwas so Köstliches gegessen.

»Arthur beleidigt uns, indem er uns ein Kind schickt«, stieß Lancelot nach.

»Das ist nicht richtig, Lord«, sagte ich, während mir die Butter in den Bart tropfte.

»Wollt Ihr mich der Lüge zeihen?« fragte mich Prinz Lancelot, Kronprinz von Benoic.

Ich sah ihn lächelnd an. »Ich zeihe Euch eines Irrtums, Lord Prinz.«

»Sechzig Mann?« höhnte er. »Ist das alles, was Arthur aufbringen kann?«

»Ja, Lord«, antwortete ich.

»Sechzig Mann, befehligt von einem Kind«, sagte Lancelot verächtlich. Er war höchstens ein bis zwei Jahre älter als ich, wirkte jedoch so gelangweilt von der Welt wie ein weit älterer Mann. Er war auf eine aufdringliche Weise schön, hochgewachsen und gut gebaut, mit einem schmalen, dunkeläugigen Gesicht, das in seiner Männlichkeit so überwältigend war wie Guineveres in seiner Weiblichkeit, aber es lag etwas beunruhigend Schlangenhaftes in Lancelots unnahbarer Erscheinung. Er hatte schwarze Haare, die er zu geölten Locken frisiert und mit goldenen Kämmen festgesteckt hatte; Schnurrbart und Kinnbart waren sauber getrimmt und geölt, bis sie glänzten, und er benutzte ein Parfum, das nach Lavendel duftete. Er war der bestaussehende Mann, der mir begegnet war – und schlimmer noch, er wußte es –, und ich verabscheute ihn vom ersten Augenblick an. Wir begegneten uns in Bans Festhalle, die ganz anders war als alle Festhallen, die ich bisher besucht hatte. Diese prunkte mit Marmorsäulen, weißen Vorhängen, die den Seeblick verschleierten, und glatt verputzten Wänden, die mit Göttern, Göttinnen und Fabeltieren bemalt waren. Diener und Wachen säumten die Wände dieses wunderschönen Saales, der von unzähligen kleinen Bronzeschalen voller Öl, in denen Dochte schwammen, beleuchtet wurde, während dicke Bienenwachskerzen auf dem langgestreckten Tisch brannten, dessen weißes Tafeltuch ich ebenso großzügig mit Butter betropfte wie die ungewohnte Toga, die mir König Ban zu diesem Festmahl aufgedrängt hatte.

Ich liebte die Speisen und haßte die Gesellschaft. Pater Celwin war anwesend, und ich hätte es begrüßt, wenn ich mich mit ihm unterhalten hätte können, aber er machte sich über einen der drei Dichter an der Tafel lustig, die alle zu König Bans geliebter Gruppe der *fili* gehörten, während ich zu Prinz Lancelot ans andere Ende des Tisches verbannt worden war. Königin Elaine, die neben ihrem Gemahl, dem König, saß, verteidigte die Dichter gegen Celwins spitze Bemerkungen, die weitaus amüsanter zu sein schienen als Prinz Lancelots giftige Konversation. »Arthur beleidigt uns«, behauptete Lancelot zum wiederholten Male.

»Es tut mir leid, daß Ihr das glaubt, Lord«, sagte ich.

»Streitet Ihr Euch eigentlich nie, Knabe?« wollte er von mir wissen.

Ich blickte in seine glanzlosen, harten Augen. »Ich finde, daß es für einen Krieger nicht ratsam ist, sich bei einem Festmahl zu streiten, Lord Prinz«, entgegnete ich.

»Dann seid Ihr also ein furchtsames Kind«, höhnte er.

Ich seufzte; dann senkte ich die Stimme. »Sucht Ihr tatsächlich Streit, Lord Prinz?« fragte ich ihn, denn meine Geduld neigte sich dem Ende zu. »Wenn ja, dann nennt mich ein einziges Mal noch Kind, und ich werde euch den Kopf von den Schultern reißen.« Dabei lächelte ich freundlich.

»Kind«, sagte er nach kurzem Zögern.

Ich warf ihm einen verwunderten Blick zu, denn ich fragte mich, ob er ein Spiel trieb, dessen Regeln ich nicht erraten konnte, doch wenn er das tat, war es ihm tödlich ernst damit. »Zehnmal das Schwarze Schwert«, sagte ich.

»Was?« Er runzelte die Stirn, weil er die Mithrasformel nicht kannte, die bedeutete, daß er nicht mein Bruder war. »Seid Ihr wahnsinnig geworden?« fragte er, und dann, nach einer Pause: »Seid Ihr nicht nur ein furchtsames, sondern auch ein wahnsinniges Kind?«

Da schlug ich ihn. Ich hätte mich beherrschen sollen, aber mein Unbehagen und mein Zorn waren stärker als alle Vorsicht. Mit dem Ellbogen versetzte ich ihm einen Rückwärtsstoß, daß ihm das Blut aus der Nase schoß, die Lippe aufplatzte und er rücklings vom Stuhl kippte. Am Boden liegend, versuchte er mich mit dem umgestürzten Stuhl zu treffen, aber ich war zu schnell und zu nah bei ihm, so daß er nicht viel Kraft in den Schlag legen konnte. Flink trat ich den Stuhl beiseite, riß Lancelot hoch und rammte ihn rücklings gegen eine Säule, knallte seinen Kopf gegen den Marmor und stieß ihm das Knie zwischen die Beine. Er krümmte sich. Seine Mutter schrie laut auf, während König Ban und seine Dichtergäste mich offenen Mundes anstarrten. Ein aufgeregter Wachsoldat mit weißem Mantel setzte mir seinen Speer an die Kehle. »Nehmt das weg«, befahl ich ihm, »oder Ihr seid ein toter Mann.« Er zog die Speerspitze zurück.

»Was bin ich, Lord Prinz?« fragte ich Lancelot.

»Ein Kind«, antwortete er.

Ich preßte ihm meinen Unterarm gegen den Hals, so daß er fast erstickte. Er wehrte sich, vermochte mich aber nicht zurückzustoßen. »Was bin ich, Lord?« fragte ich abermals.

»Ein Kind«, krächzte er.

Eine Hand berührte meinen Arm, und ich drehte mich um. Vor mir stand ein blonder Mann in meinem Alter, der mir zulächelte. Da er am anderen Ende der Tafel gesessen hatte, vermutete ich, daß er zu den Poeten gehörte, aber diese Annahme war falsch. »Das, was Ihr soeben getan habt, wollte ich schon immer einmal tun«, sagte der junge Mann, »aber wenn Ihr erreichen wollt, daß mein Bruder Euch nicht mehr beleidigt, müßt Ihr ihn töten, und dann verlangt die Familienehre, daß ich Euch töte, und das möchte ich eigentlich nicht.«

Ich nahm den Arm von Lancelots Kehle. Ein paar Sekunden blieb er dort stehen und rang nach Atem. Dann schüttelte er den Kopf, spuckte mich an und kehrte an die Tafel zurück. Seine Nase blutete, seine Lippen schwollen an, und das sorgfältig geölte Haar hing ihm in traurigen Strähnen vom Kopf. Sein Bruder schien unseren Kampf amüsant zu finden. »Ich bin Galahad«, erklärte er, »und bin stolz darauf, Derfel Cadarn kennenzulernen.«

Ich dankte ihm. Dann zwang ich mich, zu König Ban hinüberzugehen, und kniete trotz seiner ausdrücklichen Abneigung gegen respektvolle Gesten vor ihm nieder. »Ich bitte um Vergebung für die Beleidigung Eures Hauses, Lord König«, sagte ich, »und unterwerfe mich Eurer Bestrafung.«

»Bestrafung?« wiederholte Ban verwundert. »Seid nicht so töricht. Das ist nur der Wein. Zuviel Wein. Wir sollten unseren Wein verwässern, wie es die Römer taten, nicht wahr, Pater Celwin?«

»Das wäre lächerlich«, antwortete der alte Priester.

»Keine Bestrafung, Derfel«, entschied Ban. »Und bitte, erhebt Euch; ich kann es nicht leiden, wenn man mich anbetet. Worin bestand Eure Beleidigung denn? Ihr seid im Streit lediglich ein bißchen hitzig geworden, und was kann das schon schaden? Ich mag Auseinandersetzungen, nicht wahr, Pater Celwin? Ein Mahl ohne Streitgespräche ist wie ein Tag ohne Poesie...« – hier ignorierte der König die bissige Bemerkung des Priesters, wie gesegnet ein solcher Tag sein würde – »und mein Sohn Lancelot ist ein ungestümer Mensch. Er hat das Herz eines Kriegers und die Seele eines Poeten, und das ist, fürchte ich, eine äußerst brisante Mixtur. Bleibt und eßt.« Ban war ein überaus großzügiger Monarch, doch mir fiel auf, daß Königin Elaine über seine Entscheidung alles andere als erfreut war. Sie hatte graue Haare, ihr Antlitz jedoch war faltenlos und strahlte einen Liebreiz und eine Gelassenheit aus, die zu Ynys Trebes' heiterer Schönheit paßte. In diesem Augenblick sah mich die Königin jedoch mit strenger Mißbilligung an.

»Haben alle dumnonischen Krieger so schlechte Manieren?« fragte sie niemanden im besonderen mit ätzender Stimme.

»Wollt Ihr, daß alle Krieger Höflinge sind?« gab Celwin grob zurück. »Wollt Ihr Eure kostbaren Poeten aussenden, damit sie die Franken töten? Und ich meine nicht, indem sie ihnen ihre Verse vortragen, obwohl auch das nicht ohne Wirkung bleiben würde.« Grinsend sah er die Königin an, und die drei Dichter erschauerten. Celwin mußte das Verbot von allem Häßlichen in Ynys Trebes irgendwie umgangen haben, denn ohne die Kapuze, die er in der Bibliothek getragen hatte, schien er ein erstaunlich ungestalter Mensch zu sein, mit einem scharfen Auge, einer verschimmelten Klappe über dem anderen, einem sauer verzogenen Mund, fettigen Haarsträhnen, die hinter seiner Tonsur herabhingen, einem verdreckten Bart, der fast ganz das grobe Holzkreuz verbarg, das ihm auf die hohle Brust hing, und einem schiefen Körper, der zu einem enormen Buckel verwachsen war. Die graue Katze, die in der Bibliothek über seinen Nacken drapiert war, lag jetzt zusammengerollt auf seinem Schoß und tat sich an den Resten des Hummers gütlich.

»Kommt mit zu meinem Ende der Tafel«, forderte mich Galahad auf, »und meßt Euch keine Schuld an dem Streit zu.«

»Aber das tue ich«, gab ich zurück. »Es war meine Schuld. Ich hätte mich beherrschen sollen.«

»Mein Bruder«, erklärte Galahad, nachdem für mich ein Platz geschaffen worden war, »vielmehr mein Halbbruder liebt es, Menschen zu provozieren. Das ist sein Sport, aber die meisten wagen es nicht, sich zu wehren, weil er der Edling ist, und das bedeutet, daß er eines Tages die Macht über Tod und Leben haben wird. Aber Ihr habt genau richtig gehandelt.«

»Nein, nein. Es war falsch!«

»Ich will nicht streiten. Aber ich werde Euch heute nacht aufs Festland bringen.«

»Heute nacht?« Ich war überrascht.

»Mein Bruder ist ein sehr schlechter Verlierer«, sagte Galahad leise. »Wollt Ihr ein Messer zwischen die Rippen, während Ihr schlaft? An Eurer Stelle, Derfel Cadarn, würde ich mich zu meinen Männern auf dem Festland gesellen und ruhig in ihrer Mitte schlafen.«

Ich blickte zum anderen Ende der Tafel, wo der schöne dunkle Lancelot von seiner Mutter getröstet wurde, die ihm mit einer in Wein getauchten Serviette das Blut vom Gesicht tupfte. »Halbbruder?« fragte ich Galahad.

»Ich bin der Sohn der Geliebten des Königs, nicht der seiner Gemahlin.« Galahad beugte sich zu mir hinüber und erklärte mit gedämpfter Stimme: »Aber mein Vater ist gut zu mir und besteht darauf, daß ich Prinz genannt werde.«

König Ban stritt sich im Augenblick mit Pater Celwin über irgendeinen obskuren Punkt der christlichen Theologie. Ban debattierte mit höflicher Begeisterung, während Celwin mit Beleidigungen um sich warf, und beide Herren genossen das Ganze sehr. »Euer Vater sagte mir, Ihr und Lancelot seid beide Krieger«, wandte ich mich an Galahad.

»Beide?« Galahad lachte. »Mein lieber Bruder engagiert Dichter und Barden, die ihn in ihren Liedern als größten Krieger Armoricas verherrlichen, aber der Tag muß noch kommen, da ich ihn in einer Schildreihe sehe.«

»Und ich«, entgegnete ich säuerlich, »muß kämpfen, um sein Erbe zu sichern.«

»Das Reich ist verloren«, erklärte Galahad unbekümmert. »Vater hat das ganze Geld für Bauten und Manuskripte ausgegeben statt für Soldaten, und da wir hier in Ynys Trebes viel zu weit von unserem Volk entfernt sind, fliehen die Leute lieber nach Broceliande, statt bei uns Hilfe zu suchen. Die Franken siegen überall. Eure Aufgabe, Derfel, ist es, am Leben zu bleiben und heil und sicher nach Hause zurückzukehren.«

Seine Aufrichtigkeit bewirkte, daß ich ihn mit neuem Interesse betrachtete. Er hatte ein breiteres, weniger scharf definiertes Gesicht als sein Bruder, aber ein weit offeneres – die Art Gesicht, die man in einer Schildreihe gern an seiner rechten Seite sieht. Die rechte Seite war diejenige, die vom Schild des Nebenmannes geschützt wurde, daher war es wichtig, daß man sich mit diesem Mann gut verstand. Und Galahad, das spürte ich gleich, konnte man wirklich gern haben. »Wollt Ihr sagen, daß wir nicht gegen die Franken kämpfen sollten?« fragte ich ihn leise.

»Ich will sagen, daß der Kampf verloren ist. Aber ja, Ihr seid durch Euren Eid, den Ihr Arthur geleistet habt, zu diesem Kampf verpflichtet, und jeder Moment, den Ynys Trebes noch besteht, ist ein Moment des Lichts in einer dunklen Welt. Ich versuche Vater zu überreden, seine Bibliothek nach Britannien zu senden, aber er würde sich, wie ich glaube, lieber das Herz herausreißen lassen. Sobald es aber soweit ist, wird er sie mit Sicherheit verschiffen lassen. Und nun...« – er stieß seinen vergoldeten Stuhl zurück – »müssen wir aufbrechen. Bevor«, setzte er leise hinzu, »die *fili* zu rezitieren beginnen. Es sei denn, natürlich, Ihr hättet eine Schwäche für endlose Verse über den Glanz des Mondlichts auf den Schilfufern.«

Ich erhob mich und klopfte mit einem der speziellen Eßmesser auf den Tisch, die König Ban seinen Gästen zur Verfügung stellte. Ebendiese Gäste musterten mich jetzt mißtrauisch. »Ich muß um Vergebung bitten«, sagte ich, »nicht nur Euch alle, sondern vor allem meinen Lord Lancelot. Ein so großer Krieger wie er verdient einen besseren Tischgenossen. Und nun entschuldigt mich, ich muß schlafen.«

Lancelot reagierte nicht. König Ban lächelte, Königin Elaine zog eine angewiderte Miene, und Galahad führte mich eilig zunächst dorthin, wo meine Kleider und Waffen lagen, und dann zu der mit Fackeln beleuchteten Pier hinab, wo ein Boot wartete, um uns aufs Festland zu bringen. Galahad, noch immer in seiner Toga, trug einen Sack, den er aufs Deck des kleinen Bootes hievte. Dabei vernahm ich das Klirren von Metall. »Was ist das?« wollte ich wissen.

»Meine Waffen und meine Rüstung«, antwortete er. Dabei löste er die Fangleine und sprang an Bord. »Ich komme mit Euch.«

Unter dunklen Segeln löste sich das Boot von der Pier. Am Bug kräuselte sich das Wasser und floß sanft plätschernd am Rumpf des Bootes entlang, als wir in die Bucht hineinglitten. Galahad legte die Toga ab und warf sie dem Bootsführer zu, um sich sodann für den Kampf zu rüsten, während ich zu dem Palast auf dem Felsen zurückblickte. Er hing am Himmel wie ein Sternenschiff, das durch die Wolken segelt, oder vielleicht wie ein Stern, der auf die Erde herabgekommen ist, ein Ort der Träume, ein Refugium, in dem ein gerechter König und eine wunderschöne Königin regierten, in dem Dichter sangen und alte Männer die Spannweite von Engelsflügeln errechnen konnten. Es war so wunderschön, dieses Ynys Trebes, so unvergleichlich wunderschön.

Und, falls wir es nicht retten konnten, dem Untergang geweiht.

Zwei Jahre lang führten wir Krieg. Zwei Jahre gegen eine große Übermacht. Zwei Jahre der Pracht und der Hinterlist. Zwei Jahre der Schlachten und der Festmähler, der zerbrochenen Schwerter und der zerschmetterten Schilde, der Siege und der Katastrophen, und während all dieser Monate, bei all diesen schweißnassen Kämpfen, da tapfere Männer an ihrem eigenen Lebensblut erstickten und ganz gewöhnliche Männer Taten vollbrachten, die sie nie für möglich gehalten hatten, bekam ich Lancelot kein einziges Mal zu Gesicht. Dennoch feierten die Dichter ihn als den Helden von Benoic, den vollkommensten Krieger, den Kämpfer aller Kämpfer. Daß Benoic gehalten wurde, sagten die Dichter, sei Lancelots Kampfkraft zu verdanken – nicht der meinen, nicht Galahads, nicht Culhwchs, sondern Lancelots. Aber Lancelot verbrachte den Krieg im Bett und befahl seiner Mutter, ihm Wein und Honig zu bringen.

Nein, falsch, nicht nur im Bett. Gelegentlich war Lancelot bei einem Gefecht anwesend, doch immer eine Meile hinter der Kampflinie, so daß er als erster mit der Siegesbotschaft nach Ynys Trebes zurückeilen konnte. Er wußte, wie er einen Mantel zerreißen, einer Schwertschneide Scharten beibringen, seine geölten Haare zerzausen und sich selbst sogar mit Schnitten im Gesicht verletzen mußte, damit er wie ein Held aussah, wenn er keuchend und hinkend nach Hause zurückkehrte. Dann ließ seine Mutter von den *fili* ein neues Lied komponieren, damit die Händler und Seeleute dieses Lied nach Britannien bringen konnten und selbst die Bewohner im fernen Rheged, nördlich von Elmet, glaubten, daß Lancelot der neue Arthur sei. Die Sachsen fürchteten ihn, und Arthur übersandte ihm als Geschenk ein besticktes Schwertgehenk mit einer reich verzierten Schnalle.

»Glaubt Ihr, daß das Leben fair sein sollte?« fragte mich Culhwch, als ich mich über das Geschenk beschwerte.

»Nein, Lord«, antwortete ich.

»Dann verschwendet Euren Atem nicht auf Lancelot«, sagte Culhwch. Er war der Befehlshaber der Reiter, die Arthur in Armorica zurückgelassen hatte, als er nach Britannien zog, und Arthurs Cousin, obwohl er keine Ähnlichkeit mit meinem Lord hatte. Culhwch war ein gedrungenes, langarmiges Rauhbein mit wildem Bart, das vom Leben nichts verlangte als eine reichlich bemessene Menge an Feinden, Bier und Frauen. Arthur hatte ihn zum Anführer von dreißig Männern und Pferden ernannt, doch da die Pferde alle tot waren und die Hälfte der Männer nicht mehr lebte, kämpfte Culhwch inzwischen zu Fuß. Ich vereinigte meine Truppe mit der seinen und unterstellte mich damit seinem Befehl. Er konnte es gar nicht erwarten, daß der Krieg in Benoic endlich beendet wurde, damit er wieder an Arthurs Seite kämpfen konnte. Er verehrte und bewunderte Arthur.

Wir führten einen seltsamen Krieg. Als Arthur in Armorica war, hatten die Franken noch einige Meilen weiter östlich gestanden, wo das Gelände eben und baumlos und daher für seine schweren Reiter ideal geeignet war. Nun aber war der Feind tief in die Wälder vorgedrungen, welche die Hügel in Benoics Mitte bedeckten. Genau wie Tewdric von Gwent hatte sich König Ban auf seine Befestigungen verlassen, doch während das Gelände in Gwent für schwere Festungen und hohe Mauern ideal war, boten die Wälder und Hügel von Benoic dem Feind zu viele Pfade, auf denen sie an den Hügelfestungen, die von Bans entmutigten Soldaten besetzt waren, ungesehen vorbeischleichen konnten. Unsere Aufgabe war es, diesen Streitkräften neue Hoffnung zu geben, und das taten wir, indem wir Arthurs persönliche Taktik der Gewaltmärsche und Überraschungsangriffe anwandten. Die bewaldeten Hügel von Benoic waren wie geschaffen für Schlachten dieser Art, und unsere Männer waren unvergleichlich. Nur wenige Freuden sind mit dem Kampf zu vergleichen, der auf einen gut gewählten Hinterhalt folgt, wenn die feindlichen Truppen weit auseinandergezogen sind und ihre Schwerter in der Scheide stecken. Ich verzierte Hywelbanes lange Klinge mit neuen Narben.

Die Franken fürchteten uns. Sie nannten uns Waldwölfe, und wir übernahmen diese Beleidigung und machten sie zu unserem Symbol. Wir trugen graue Wolfsruten als Helmzier. Wir heulten sogar, um ihnen Angst einzujagen, hinderten sie Nacht um Nacht am Schlafen, schlichen tagelang hinter ihnen her und lockten sie in den Hinterhalt, wann es uns paßte, und nicht, wenn sie dazu bereit waren. Aber der Feinde waren so viele, und wir waren so wenige, und Monat um Monat verringerte sich unsere Zahl.

Galahad kämpfte mit uns. Er war ein großartiger Krieger, aber er war auch ein Gelehrter, der sich in die Bibliothek seines Vaters vertieft hatte. Abends erzählte er uns von alten Göttern, neuen Religionen, fremden Ländern und großen Männern. Ich erinnere mich an eine Nacht, als wir in der Ruine einer Villa kampierten. Eine Woche zuvor noch hatte es dort ein blühendes Gemeinwesen gegeben, mit einer eigenen Walkmühle, einer Töpferei und einer Meierei, aber die Franken waren dort gewesen, und nun gab es nur noch rauchende, blutbespritzte Trümmer, eingestürzte Mauern und eine Quelle, die von den Leichen der Frauen und Kinder vergiftet war. Da die Waldpfade von unseren Posten bewacht wurden, konnten wir uns den Luxus eines Feuers leisten, über dem wir ein paar Hasen und ein Zicklein brieten. Wir tranken Wasser und taten, als wäre es Wein.

»Falerner«, sagte Galahad verträumt und hielt seinen Tonbecher zu den Sternen empor, als wäre es ein goldener Pokal.

»Wer ist denn das?« erkundigte sich Culhwch.

»Falerner, mein lieber Culhwch, ist ein Wein, ein überaus angenehmer römischer Wein.«

»Ich mag keinen Wein«, verkündete Culhwch und gähnte ausgiebig. »Weibergetränk. Aber sächsisches Ale! Das ist was für Männer!« Innerhalb weniger Minuten war er eingeschlafen.

Galahad fand keinen Schlaf. Das Feuer war heruntergebrannt,

während die Sterne über uns hell und klar funkelten. Einmal fiel eine Sternschnuppe. Sie schnitt ihren weißen Pfad durch den Himmel, und Galahad schlug das Kreuz, denn er war Christ, und für ihn war eine Sternschnuppe ein Zeichen dafür, daß ein Dämon aus dem Paradies stürzte. »Einstmals war es auf Erden«, sagte er.

»Was?« fragte ich ihn erstaunt.

»Das Paradies.« Er streckte sich im Gras aus und bettete den Kopf auf seine Arme. »Das himmlische Paradies.«

»Meinst du Ynys Trebes?«

»Nein, nein, Derfel. Ich meine, daß Gott uns, als er uns Menschen schuf, ein Paradies schenkte, in dem wir leben durften, und mir scheint, daß wir dieses Paradies seit jener Zeit Zoll um Zoll verloren haben. Und bald wird es ganz verloren sein. Die Finsternis senkt sich herab.« Eine Weile blieb er stumm; dann richtete er sich auf, weil seine Gedanken ihm neue Kraft verliehen hatten. »Stell dir doch mal vor«, sagte er, »vor kaum hundert Jahren war in diesem Land alles friedlich. Die Menschen bauten große Häuser. Wir können nicht so bauen wie sie. Ich weiß, daß Vater einen schönen Palast geschaffen hat, aber der besteht nur aus den Ruinen der alten Paläste, die er zusammengeschustert und mit Steinen geflickt hat. Wir können nicht bauen wie die Römer. Weder so hoch noch so schön. Wir können keine Straßen bauen, wir können keine Kanäle bauen, wir können keine Aquädukte bauen.« Ich wußte nicht mal, was ein Aquädukt war, verhielt mich aber still, da Culhwch neben mir zufrieden schnarchte. »Ganze Städte haben die Römer gebaut«, fuhr Galahad fort, »so riesengroß, Derfel, daß man einen ganzen Vormittag brauchen würde, um von einem Ende der Stadt zum anderen zu wandern, und bei jedem Schritt würde man auf ebenmäßig behauene Steine treten. In jenen Tagen konnte man wochenlang marschieren und hätte sich immer noch auf römischem Territorium befunden, wo man dem römischen Gesetz unterworfen wäre und die römische Sprache hören würde. Und sieh es dir jetzt an.« Er deutete in die Nacht hinaus. »Nichts als Dunkelheit. Und sie breitet sich aus, Derfel. Die Finsternis kriecht nach Armorica hinein. Benoic wird fallen, und nach Benoic Broceliande, und nach Broceliande Britannien. Keine Gesetze mehr, keine Bücher mehr, keine Musik mehr, keine Rechtsprechung mehr, nur widerwärtige Männer, die um rauchende Feuer hocken und überlegen, wen sie am nächsten Tag töten wollen.«

»Nicht, solange Arthur lebt«, wandte ich trotzig ein.

»Ein Mann allein gegen die Finsternis?« fragte Galahad skeptisch.

»War euer Christus nicht auch ein Mann allein gegen die Finsternis?« entgegnete ich.

Galahad überlegte einen Moment und starrte ins Feuer, das Schatten auf sein kraftvolles Gesicht warf. »Christus«, sagte er schließlich, »war unsere letzte Chance. Er lehrte uns, einander zu lieben, einander Gutes zu tun, den Armen Almosen zu geben, die Hungrigen zu speisen, die Nackten zu kleiden. Deswegen haben die Menschen ihn getötet.« Er wandte sich um und sah mich an. »Ich glaube, Christus wußte, was kommen würde, und hat uns deswegen verheißen, wenn wir so lebten wie er, würden wir eines Tages zu ihm ins Paradies gelangen. Nicht auf der Erde, Derfel, sondern im Himmel. Dort oben ...« – er deutete zu den Sternen hinauf – »weil er wußte, daß es mit der Erde zu Ende ging. Wir leben in den letzten Tagen. Selbst deine Götter sind geflohen und haben uns im Stich gelassen. Ist es nicht das, was du mir sagst? Daß dein Merlin fremde Lande durchstreift, um Hinweise auf die alten Götter zu finden, aber was werden ihm diese Hinweise nützen? Eure Religion ist vor langer Zeit gestorben, als die Römer Ynys Mon verwüsteten, und alles, was euch bleibt, sind unzusammenhängende Bruchstücke. Eure Götter sind verschwunden.«

»Nein!« widersprach ich, weil ich an Nimue dachte, die ihre Gegenwart spürte, obwohl die Götter für mich schon immer fern und schattenhaft gewesen waren. Bel war für mich wie Merlin, nur weiter weg und unbeschreiblich groß und weitaus geheimnisvoller. Bel, meinte ich, müsse irgendwo im fernen Norden leben, während Manawydan im Westen leben mußte, wo die Wasser endlos abstürzten.

»Die alten Götter gibt es nicht mehr«, behauptete Galahad abermals. »Sie haben uns verlassen, weil wir ihrer nicht würdig waren.«

»Arthur ist ihrer würdig«, erklärte ich trotzig, »und du auch.«

Er schüttelte den Kopf. »Ich bin ein Sünder, Derfel, so niedrig, daß ich mich winde wie ein Wurm.«

Ich lachte über seinen bekümmerten Tonfall. »Unsinn!« sagte ich.

»Ich töte, ich empfinde Begierde und Neid.« Er war aufrichtig betrübt, aber schließlich war Galahad, wie Arthur, ein Mann, der ständig seine eigene Seele erforschte und sie mangelhaft fand, und ich habe noch nie einen derartigen Menschen getroffen, der lange glücklich sein konnte.

»Du tötest nur die Männer, die dich töten wollen«, sagte ich zu seiner Verteidigung.

»Und, Gott helfe mir, es bereitet mir Vergnügen.« Abermals bekreuzigte er sich.

»Gut«, sagte ich. »Und was ist so schlimm daran?«

»Es ist stärker als die Vernunft.«

»Aber du bist vernünftig«, behauptete ich.

»Aber ich empfinde Begierde, Derfel, und wie sehr! Da ist ein Mädchen in Ynys Trebes, eine der Harfenistinnen meines Vaters.« Niedergeschlagen schüttelte er den Kopf.

»Aber du hast deine Begierde unter Kontrolle«, wandte ich ein. »Also kannst du stolz darauf sein.«

»Ich bin stolz darauf, aber Stolz ist eine weitere Sünde.«

Ich schüttelte den Kopf, weil es so hoffnungslos war, mit ihm zu diskutieren. »Und der Neid?« leitete ich auf die letzte seiner drei Sünden hin. »Wen beneidest du?«

»Lancelot.«

»Lancelot?« Ich war verblüfft.

»Weil er der Edling ist, und nicht ich. Weil er sich nimmt, was er begehrt, wann er es begehrt, und es niemals zu bereuen scheint. Die Harfenistin? Er hat sie sich genommen. Sie schrie, sie wehrte sich, aber niemand wagte ihr zu helfen, weil er Lancelot war.«

»Nicht einmal du?«

»Ich hätte ihn getötet, aber ich war nicht in der Stadt.«

»Hat dein Vater ihm nicht Einhalt geboten?«

»Mein Vater war mit seinen Büchern beschäftigt. Er hat vermutlich gedacht, die Schreie des Mädchens seien Möwen im Seewind oder zwei seiner *fili,* die sich über eine Metapher streiten.«

Ich spie ins Feuer. »Lancelot ist ein Wurm«, sagte ich.

»Nein«, widersprach Galahad, »er ist ganz einfach Lancelot. Er bekommt, was er will, und er verbringt seine Zeit damit, eifrig zu planen, wie er es bekommen könnte. Er kann überaus liebenswürdig sein, sehr überzeugend, und er könnte sogar ein großartiger König werden.«

»Niemals«, gab ich entschieden zurück.

»Wirklich! Wenn er die Macht begehrt, und das tut er, und sie dann bekommt, vielleicht wäre seine Machtgier dann befriedigt. Er möchte unbedingt beliebt sein.«

»Dann fängt er es aber sehr seltsam an«, sagte ich und dachte daran, wie Lancelot mich an der Tafel seines Vaters provoziert hatte.

»Er wußte von Anfang an, daß du ihn nicht leiden können würdest, deswegen hat er dich herausgefordert. Wenn er sich dich zum Feind macht, kann er sich vormachen, daß du ihn deswegen nicht leiden kannst. Aber zu Menschen, die ihn nicht bedrohen, kann er wirklich sehr freundlich sein. Er könnte ein großartiger König werden.«

»Er ist schwach«, sagte ich verächtlich.

Galahad lächelte. »Starker Derfel. Derfel, der niemals Zweifelnde. Du mußt uns alle für schwach halten.«

»Nein«, sagte ich, »aber ich denke, daß wir alle müde sind und morgen wieder Franken töten müssen. Deswegen werde ich jetzt schlafen.«

Am folgenden Tag töteten wir tatsächlich Franken und ruhten uns anschließend in einer von Bans Hügelfestungen aus, bevor wir mit versorgten Wunden und frisch geschliffenen Schwertern in die Wälder zurückkehrten. Aber Woche um Woche, Monat um Monat fanden die Kämpfe dichter an Ynys Trebes statt. König Ban schickte seinem Nachbarn Budic von Broceliande die Botschaft, er möge bitte Truppen schicken, doch Budic mußte seine eigene Grenze sichern und lehnte es ab, Männer für eine verlorene Sache abzustellen. Ban wandte sich flehend an Arthur, doch Arthur kam nicht selbst, sondern schickte nur eine kleine Schiffsladung von Männern. Er war zu sehr damit beschäftigt, gegen die Sachsen zu kämpfen. Wir erhielten zwar Nachrichten aus Britannien, doch diese Nachrichten kamen selten und waren oft vage, immerhin aber hörten wir, daß neue Sachsenhorden die mittleren Lande zu kolonisieren versuchten und Dumnonias Grenzen stark bedrängten. Gorfyddyd, der eine so große Bedrohung gewesen war, als ich Britannien verließ, war in letzter Zeit dank einer schrecklichen Seuche, die sein Land heimgesucht hatte, ruhiger geworden. Reisende berichteten uns, daß Gorfyddyd selbst ebenfalls erkrankt sei, und viele meinten, er werde das neue Jahr nicht mehr erleben. Dieselbe Krankheit, an der Gorfyddyd litt, hatte Ceinwyns Verlobten, einen Prinzen aus Rheged, dahingerafft. Ich hatte nicht einmal gewußt, daß sie wieder verlobt war, und ich muß gestehen, ich empfand eine egoistische Genugtuung darüber, daß der tote Prinz von Rheged den Stern von Powys nun doch nicht heiraten konnte. Von Guinevere, Nimue und Merlin hörte ich nichts.

Bans Königreich brach zusammen. Im letzten Jahr gab es keine Männer mehr, um die Ernte einzufahren, und in jenem Winter hockten wir in einer Festung am südlichen Rand des Reichs, wo wir uns von Wild, Wurzeln, Beeren und Wildgeflügel ernährten. Hin und wieder stießen wir immer noch auf fränkisches Territorium vor, glichen inzwischen aber den Wespen, die einen Stier zu Tode stechen wollen, denn die Franken waren überall. Ihre Äxte hallten durch den Winterforst, als sie Land für Höfe rodeten, während ihre neu errichteten Palisaden aus hellen, gespaltenen Baumstämmen im Licht der bleichen Wintersonne schimmerten.

Anfang des darauffolgenden Frühlings zogen wir uns vor einem Heer fränkischer Krieger zurück. Sie marschierten unter dem Schlag von Trommeln und unter Bannern, auf deren Stangen Stierhörner befestigt waren. Als ich einen Schildwall von über zweihundert Mann sah, wußte ich, daß unsere fünfzig Überlebenden ihn niemals durchbrechen konnten, und so zogen wir uns, Culhwch und Galahad zu meinen Seiten, sofort zurück. Die Franken johlten und sandten uns einen Hagel ihrer leichten Wurfspeere nach.

Das Königreich Benoic war inzwischen menschenleer. Die meisten waren ins Königreich Broceliande geflohen, das ihnen Land im Austausch gegen Kriegsdienst versprach. Die alten römischen Siedlungen lagen verlassen, ihre Felder waren von Quecken überwuchert. Wir Dumnonier marschierten, die Speere nachziehend, gen Norden, um die letzte Festung von Bans Königreich zu verteidigen: Ynys Trebes selbst.

In der Inselstadt wimmelte es von Flüchtlingen. Jedes Haus beherbergte zwanzig Personen. Kinder weinten, und Familien stritten. Fischerboote trugen einige der Flüchtlinge westwärts nach Broceliande oder nordwärts nach Britannien, aber es gab nie genügend Boote, und als die fränkischen Heere an der unserer Insel gegenüberliegenden Küste auftauchten, befahl Ban, die verbleibenden Boote in Ynys Trebes' armseligem kleinen Hafen vor Anker liegen zu lassen. Er wollte, daß sie zur Stelle waren, um im Fall einer Belagerung die Garnison zu versorgen, aber Schiffsführer sind ein störrisches Volk, und als ihnen befohlen wurde, zu bleiben, holten viele statt dessen den Anker ein und liefen ohne Fracht nach Norden aus. Nur eine Handvoll Schiffe blieben.

Lancelot wurde zum Befehlshaber der Stadt ernannt, und die Frauen jubelten ihm zu, wenn er über die spiralförmige Hauptstraße der Stadt stolzierte. Nun würde alles gut werden, glaubten die Einwohner, denn nun hatte der beste aller Soldaten den Oberbefehl übernommen. Er nahm den Jubel höflich entgegen und hielt Ansprachen, in denen er versicherte, aus den Schädeln toter Franken einen neuen Damm für Ynys Trebes zu bauen. Was die äußere Erscheinung betraf, so wurde der Prinz seiner Heldenrolle tatsächlich gerecht, denn er trug einen Schuppenpanzer, dessen Metallplättchen blendend weiß emailliert waren, so daß die Rüstung im Licht der Frühlingssonne glänzte. Die Rüstung habe Agamemnon gehört, behauptete Lancelot, einem Helden der Antike, Galahad dagegen versicherte mir, es sei eine römische Arbeit. Lancelots Stiefel waren aus rotem Leder, sein Mantel war dunkelblau, und an seiner Hüfte hing an dem bestickten Schwertgehenk, das Arthur ihm geschenkt hatte, sein Schwert Tanlladwyr, »Strahlender Töter«. Sein Helm war schwarz und von den ausgebreiteten Schwingen eines Seeadlers gekrönt. »Damit er schnell davonfliegen kann«, bemerkte Cavan, mein kritischer Ire, ironisch.

Lancelot berief einen Kriegsrat ein, der in dem hohen, luftigen Raum neben Bans Bibliothek zusammentrat. Es herrschte Ebbe, und das Meer hatte sich von den Sandbänken der Bucht zurückgezogen, wo sich die Franken in mehreren Gruppen einen sicheren Weg zur Stadt hinüber zu suchen begannen. Galahad hatte überall in der Bucht falsche Markierungen setzen lassen, um den Feind in den Treibsand oder auf die festen Sandbänke zu locken, die als erste abgeschnitten werden würden, wenn die Flut zurückkehrte und die Bucht überschwemmte. Mit dem Rücken zu den Feinden erklärte uns Lancelot seine Strategie. Sein Vater saß an seiner einen Seite, seine Mutter an der anderen, und beide bestätigten zufrieden nikkend die Weisheiten, die ihr Sohn von sich gab.

Die Verteidigung von Ynys Trebes sei ganz einfach, verkündete Lancelot. Wir müßten nur die Mauern der Insel halten. Sonst nichts. Die Franken besäßen nur wenige Boote, und da sie nicht fliegen könnten, müßten sie zu Fuß nach Ynys Trebes gelangen, aber das sei ein Marsch, den sie nur bei Ebbe antreten könnten, und nur falls sie einen sicheren Weg übers Watt gefunden hätten. Wenn sie die Stadt erreichten, wären sie müde und nicht mehr in der Lage, die Steinmauern zu erklimmen. »Haltet die Mauern«, sagte Lancelot, »und wir werden sicher sein. Versorgt werden können wir durch Boote. Ynys Trebes wird niemals fallen!«

»Sehr richtig!« sagte König Ban, vom Optimismus seines Sohnes angesteckt.

»Wieviel haben wir noch zu essen?« Es war Culhwch, der grollend diese Frage stellte.

Lancelot warf ihm einen mitleidigen Blick zu. »Das Meer«, erklärte er, »ist voller Fische. Das sind diese glänzenden Dinger, Lord Culhwch, mit Flossen und Schwänzen. Man kann sie essen.«

»Das wußte ich nicht«, gab Culhwch mit steinerner Miene zurück, »ich war zu sehr damit beschäftigt, Franken zu töten.«

Leises Lachen lief durch die Reihen der Krieger, die zu der Besprechung geladen waren. Ungefähr zwölf von ihnen hatten, genau wie wir, auf dem Festland gekämpft, die übrigen aber waren Freunde von Prinz Lancelot und erst vor kurzem anläßlich dieser Belagerung zu Hauptleuten befördert worden. Bors, Lancelots Cousin, war Benoics Champion und befehligte die Palastgarde. Wenigstens er hatte einige Kämpfe hinter sich und einen gewissen Ruf als Krieger errungen, obwohl er nun, da er in seiner römischen Uniform und mit dem schwarzen Haar, das er wie sein Cousin Lancelot mit Öl flach an den Schädel geklebt hatte, eher ein wenig lahm wirkte.

»Wie viele Speere haben wir?« erkundigte ich mich.

Bis dahin hatte mich Lancelot ignoriert, aber ich wußte, daß er unseren Zusammenstoß von vor zwei Jahren nicht vergessen hatte. Dennoch lächelte er über meine Frage. »Wir haben vierhundertzwanzig Mann unter Waffen, und jeder von ihnen besitzt einen Speer. Könnt Ihr Euch die Antwort ausrechnen?«

Ich erwiderte sein öliges Lächeln. »Speere brechen, Lord Prinz, und Männer, die die Mauern verteidigen, werfen Speere wie bei der Jagd. Wenn unsere vierhundertzwanzig Speere geworfen sind – was sollen wir dann werfen?«

»Poeten«, knurrte Culhwch – zum Glück so leise, daß Ban es nicht hörte.

»Es gibt Ersatzspeere«, antwortete Lancelot hochnäsig, »und überdies können wir die Speere benutzen, die von den Franken zu uns herübergeworfen werden.«

»Poeten, eindeutig«, sagte Culhwch.

»Ihr habt etwas gesagt, Lord Culhwch?« fragte Lancelot.

»Nur gerülpst, Lord Prinz. Aber solange ich Eure geschätzte Aufmerksamkeit besitze – haben wir Bogenschützen?«

»Ein paar.«

»Viele?«

»Zehn.«

»Die Götter mögen uns helfen«, sagte Culhwch und rutschte in seinem Sessel nach unten. Er haßte Sessel.

Nun meldete sich Elaine zu Wort und erinnerte uns daran, daß die Insel Frauen, Kinder und die größten Dichter der Welt beherberge. »Die Sicherheit der *fili* liegt in euren Händen«, mahnte sie uns, »und ihr wißt, was ihnen zustoßen wird, wenn ihr versagt.« Ich versetzte Culhwch einen Tritt, damit er keine unpassende Bemerkung machte.

Ban erhob sich und deutete auf seine Bibliothek. »Siebentausendachthundertunddreiundvierzig Manuskripte liegen dort«, erklärte er feierlich, »die zusammengetragenen Schätze des menschlichen Wissens, und wenn die Stadt fällt, wird die Kultur mit ihr fallen.« Anschließend erzählte er uns die Geschichte eines antiken Helden, der ein Labyrinth betreten hatte, um ein Ungeheuer zu töten, und einen Wollfaden hinter sich herzog, durch den er den Rückweg aus der Finsternis fand. »Meine Bibliothek«, erklärte er schließlich als

Pointe seiner langen Erzählung, »ist dieser Faden. Verlieren wir ihn, meine Lords, verweilen wir in ewiger Finsternis. Deswegen bitte ich euch, flehe ich euch an: Kämpft!« Mit einem Lächeln hielt er inne. »Ich habe auch Hilfe angefordert. Schreiben sind nach Broceliande und an Arthur gegangen, und ich bin fest davon überzeugt, daß der Tag nicht mehr fern ist, da unser Horizont sich mit freundlichen Segeln füllt! Vergeß nicht, daß Arthur durch einen Eid verpflichtet ist, uns zu helfen!«

»Arthur«, unterbrach ihn Culhwch, »hat alle Hände voll mit den Sachsen zu tun.«

»Ein Eid ist ein Eid!« entgegnete Ban vorwurfsvoll.

Galahad erkundigte sich, ob wir selbst Ausfälle gegen die fränkischen Lager auf dem Festland zu führen gedächten. Wir könnten die Boote nehmen und östlich oder westlich ihrer Standorte landen, doch Lancelot hielt nichts von dieser Idee. »Wenn wir aus unseren Mauern hervorbrechen«, behauptete er, »gehen wir unter. So einfach ist das.«

»Keine Ausfälle?« fragte Culhwch verächtlich.

»Wenn wir die Mauern verlassen«, wiederholte Lancelot, »werden wir sterben. Euer Befehl ist eindeutig: Ihr bleibt innerhalb der Mauern!« Dann verkündete er, daß Benoics beste Krieger, einhundert Veteranen des Krieges auf dem Festland, das Haupttor bewachen würden. Wir fünfzig überlebende Dumnonier wurden der westlichen Mauer zugeteilt, während die Bürgerwehr der Stadt, verstärkt durch Flüchtlinge vom Festland, den Rest der Insel bewachen sollte. Lancelot selbst sollte mit einer Kompanie der weißbemantelten Palastwache die Reservetruppe bilden, die den Kampf vom Palast aus beobachten und überall dort eingreifen würde, wo Hilfe benötigt wurde.

»Genausogut könnte man die Feen um Hilfe bitten«, grollte Culhwch.

»Schon wieder ein Rülpser?« fragte Lancelot.

»Das kommt von dem vielen Fisch, den ich essen muß, Lord Prinz«, antwortete Culhwch.

König Ban forderte uns auf, seine Bibliothek zu besichtigen, bevor wir gingen; möglicherweise wollte er uns mit dem hohen Wert der Manuskripte beeindrucken, die wir verteidigen sollten.

Die meisten der Männer, die an diesem Kriegsrat teilgenommen hatten, drängten sich hinein und bestaunten offenen Mundes die Fächer voller Schriftrollen, um anschließend die barbusige Harfenistin anzustarren, die im Vorzimmer der Bibliothek spielte. Galahad und ich verweilten ein wenig länger zwischen den Büchern, wo der bucklige Pater Celwin noch immer über seinen uralten Tisch gebeugt saß und versuchte, seine graue Katze daran zu hindern, mit seinem Gänsekiel zu spielen. »Arbeitet Ihr noch immer an der Flügelspanne der Engel, Pater?« fragte ich ihn.

»Irgend jemand muß es tun«, gab er zurück. Dann wandte er sich um und starrte mich finster mit seinem einen Auge an. »Wer seid Ihr?«

»Derfel, Pater, Derfel aus Dumnonia. Wir haben uns vor zwei Jahren kennengelernt. Ich bin überrascht, daß Ihr noch immer hier seid.«

»Eure Überraschung interessiert mich nicht, Derfel aus Dumnonia. Außerdem war ich für eine Weile verreist. Nach Rom. Dreckige Stadt. Ich dachte, die Vandalen hätten da aufgeräumt, aber es wimmelt dort noch immer von Priestern mit ihren fetten, kleinen Ganymeds. Deswegen bin ich zurückgekommen. Bans Harfenistinnen sind weitaus hübscher als die Lustknaben der Römer.« Damit warf er mir einen nicht unfreundlichen Blick zu. »Macht Ihr Euch Sorgen um meine Sicherheit, Derfel aus Dumnonia?«

Das konnte ich kaum verneinen, obwohl ich versucht war, es zu tun. »Es ist meine Aufgabe, Menschenleben zu beschützen«, erklärte ich eher hochtrabend. »Auch das Eure, Pater.«

»Dann gebe ich mein Leben in Eure Hände, Derfel aus Dumnonia«, sagte er. Damit wandte er sein häßliches Gesicht wieder dem Tisch zu und schob die Katze aus der Nähe seines Federkiels. »Ich vertraue mein Leben Eurem Gewissen an, Derfel aus Dumnonia, und nun geht hin und kämpft und laßt mich allein, damit ich etwas Nützliches tun kann.«

Ich hatte den Priester noch nach Rom fragen wollen, aber er winkte meine Fragen ab, also begab ich mich in den Speicher an der westlichen Mauer, der uns für den Rest der Belagerung als Unterkunft dienen sollte. Galahad, der sich inzwischen als Ehren-Dumnonier betrachtete, war bei uns, und gemeinsam versuchten wir, die

Franken zu zählen, die nach einem weiteren Versuch, den Pfad durch das Watt zu finden, vor der kommenden Flut zurückwichen. Die Barden, die von Ynys Trebes' Belagerung singen, behaupten, der Feind sei zahlreicher gewesen als die Sandkörner in der Bucht. Nun, ganz so viele waren es nicht, doch ihre Zahl war immerhin furchteinflößend. Alle fränkischen Kriegshorden im westlichen Gallien hatten sich zusammengetan, um Ynys Trebes, das Juwel Armoricas, zu erobern, in dem, wie gemunkelt wurde, die Schätze des gefallenen römischen Reiches aufgehäuft waren. Nach Galahads Schätzung standen uns dreitausend Franken gegenüber, ich schätzte sie eher auf zweitausend, während Lancelot steif und fest behauptete, es seien zehntausend. Doch jede dieser Schätzungen stand für eine enorme Menge.

Die ersten Attacken brachten den Franken nichts als Unglück. Sie fanden einen Weg durch den Sand, griffen das Haupttor an und wurden blutig zurückgeschlagen. Am Tag darauf griffen sie dann unseren Teil der Mauer an und erhielten ebenfalls eine Abfuhr, nur daß sie diesmal zu lange verweilten, so daß ein Teil ihrer Truppen durch das steigende Wasser abgeschnitten wurde. Einige, die zum Festland zurückzuwaten versuchten, ertranken, andere, die sich auf den immer schmaler werdenden Streifen Sand vor unseren Mauern retteten, wurden bei einem Ausfall unserer Speerkämpfer abgeschlachtet, der von Bleiddig geführt wurde, dem Häuptling, der mich nach Benoic geholt hatte und jetzt Befehlshaber von Benoics Veteranen war. Bleiddigs Ausfall lief Lancelots Befehl, innerhalb der Stadtmauern zu bleiben, direkt zuwider, aber es gab so viele Tote, daß Lancelot vorgab, den Angriff selbst angeordnet zu haben. Später, nach Bleiddigs Tod, behauptete er sogar, den Ausfall persönlich angeführt zu haben. Die *fili* dichteten ein Lied darüber, wie Lancelot einen Damm aus toten Franken über die Bucht gebaut habe, in Wirklichkeit aber blieb der Prinz im Palast, während Bleiddig angriff. Noch tagelang danach trieben die Leichen der Frankenkrieger, von den Gezeiten getragen, um die Insel herum: fette Beute für die Möwen.

Nun begannen die Franken einen eigenen Damm zu bauen. Sie fällten Hunderte von Bäumen, legten sie auf den Sand und beschwerten die Stämme dann mit dicken Steinen, die von Sklaven ans

Wasser getragen wurden. Der Tidenhub in der weiten Bucht von Ynys Trebes war gewaltig, manchmal bis zu vierzig Fuß, daher wurde der Damm von den Strömungen zerrissen, so daß das Watt bei Ebbe mit Stämmen übersät war, aber die Franken schafften immer neue Bäume und Steine heran und verstopften damit die Lücken. Sie hatten Tausende von Sklaven gefangen und scherten sich nicht darum, wie viele beim Bau der neuen Straße umkamen. Unsere wenigen Boote fuhren immer noch zum Fischen hinaus, während andere von Broceliande Getreide heranschafften, aber die Franken ließen ihre eigenen Boote vom Festland auslaufen, und nachdem zwei unserer Fischerboote gekapert und die Besatzungen buchstäblich ausgeweidet worden waren, blieben unsere Schiffsführer zu Hause. Die Dichter, die oben auf dem Felsen mit ihren Speeren posierten, lebten von den reichen Vorräten des Palastes, während wir Krieger die Rankenfußkrebse von den Felsen kratzten, Miesmuscheln und Scheidenmuscheln aßen oder uns die Ratten kochten, die wir in unserem mit Fellen, Salz und Fässern voll Nägeln gefüllten Speicher fingen. Verhungern mußten wir nicht. Am Fuß des Felsens hatten wir Weidenreusen ausgelegt, die an den meisten Tagen ein paar kleine Fische einbrachten, obwohl die Franken bei Ebbe Stoßtrupps herüberschickten, um die Reusen zu zerstören.

Bei Flut ruderten die Boote der Franken rund um die Insel, um auch jene Reusen herauszuziehen, die weiter entfernt gelegt worden waren. Die Bucht war so flach, daß die Feinde die Reusen sehen und mit ihren Speeren aufbrechen konnten. Einmal strandete ein Boot bei der Rückfahrt zum Festland und blieb, als das Wasser ablief, eine Viertelmeile von der Stadt entfernt liegen. Culhwch befahl einen Ausfall, woraufhin dreißig von uns an einigen Fischernetzen hinunterkletterten, die von der Mauerkrone herabhingen. Als wir uns näherten, ergriffen die zwölf Besatzungsmitglieder des Bootes die Flucht. Wir fanden in dem verlassenen Kahn ein Faß Salzfisch und zwei trockene Brotlaibe, die wir im Triumph nach Hause trugen. Als die Flut stieg, holten wir das Boot in die Stadt und machten es unter unserer Mauer fest. Lancelot beobachtete unseren Ungehorsam zwar, tadelte uns aber nicht. Königin Elaine ließ jedoch anfragen, was für Vorräte wir auf dem Schiff gefunden hätten.

Wir schickten ein paar getrocknete Fische hinauf, aber die Gabe wurde zweifellos als Beleidigung empfunden. Lancelot beschuldigte uns, das Boot nur gekapert zu haben, um Ynys Trebes verlassen zu können, und befahl uns, den Kahn in den kleinen Hafen der Insel zu bringen. Als Antwort darauf stieg ich den Berg bis zum Palast hinauf und verlangte, er möge den Vorwurf der Feigheit mit seinem Schwert untermauern. Über den ganzen Palasthof schrie ich meine Herausforderung, aber der Prinz und seine Poeten wagten sich nicht hinter den verschlossenen Türen hervor. Ich spie auf die Schwelle und machte mich wieder davon.

Je verzweifelter die Lage wurde, desto glücklicher wurde Galahad. Zum Teil entsprang sein Glück der Gegenwart von Leanor, der Harfenistin, die mich vor zwei Jahren willkommen geheißen hatte, dem Mädchen, das zu begehren Galahad mir gestanden hatte, dem Mädchen, das von Lancelot vergewaltigt worden war. Sie hauste mit Galahad in einer Ecke des Speichergewölbes. Wir alle hatten Frauen. Irgend etwas an unserer hoffnungslosen Lage ließ uns jedes normale Verhalten vergessen, so daß wir möglichst viel Leben in die wenigen Stunden bis zu unserem zu erwartenden Tod zu zwängen versuchten. Die Frauen standen mit uns Wache und schleuderten Steine, sobald die Franken unsere zerbrechlichen Fischreusen zu zerstören versuchten. Speere hatten wir schon lange nicht mehr, nur jene, die wir selbst nach Benoic mitgebracht hatten und die wir für den Hauptangriff aufsparten. Unsere Handvoll Bogenschützen hatten keine Pfeile mehr außer jenen, die die Franken in die Stadt schossen, und dieser Vorrat wuchs allmählich, als der Damm der feindlichen Franken nur noch einen kurzen Bogenschuß vom Stadttor entfernt war. Am Ende ihrer Dammstraße errichteten die Franken ein Holzgerüst, hinter dem die Bogenschützen Aufstellung nahmen, um die Verteidiger des Tors mit Pfeilen einzudecken. Die Franken machten keinen Versuch, den Damm ganz bis zur Stadt zu bauen, denn diese neue Straße sollte nur dazu dienen, sie trockenen Fußes bis dorthin zu führen, wo sie mit dem Angriff beginnen konnten. Uns war klar, daß dieser Angriff bald erfolgen würde.

Es war Frühsommer, als der Damm fertig war. Der Mond war voll und brachte eine riesige Flut mit sich. Für den größten Teil der

Zeit lag der Damm unter Wasser, aber bei Ebbe erstreckte sich die Sandfläche in weitem Kreis um Ynys Trebes, und die Franken, die von Tag zu Tag besser lernten, mit dem Watt umzugehen, umzingelten uns immer wirksamer. Das Dröhnen ihrer Trommeln wurde für uns zur unaufhörlichen Begleitmusik, und ihre Drohungen klangen uns ständig in den Ohren. Einmal fand ein großes Fest statt, das für ihre Stämme von großer Bedeutung war; an jenem Tag entzündeten sie, statt uns anzugreifen, am Strand riesige Feuer und trieben eine lange Reihe von Sklaven zum Endpunkt ihrer Dammstraße, wo sie die Gefangenen einen nach dem anderen enthaupteten. Die Sklaven waren Briten, und einige von ihnen hatten Verwandte in der Stadt, die von den Mauern aus zusahen. Das barbarische Abschlachten brachte einige der Verteidiger von Ynys Trebes dazu, in einem eitlen Versuch, die zum Tode verurteilten Frauen und Kinder zu retten, zum Tor hinauszustürzen. Auf diesen Ausfall hatten die Franken gewartet. Sie bildeten einen Schildwall auf dem Sand. Aber die vor Zorn und Hunger halb wahnsinnigen Männer von Ynys Trebes ließen sich nicht zurückhalten. Auch Bleiddig gehörte zu den Angreifern. Er starb, niedergemacht von einem fränkischen Speer. Wir Dumnonier sahen zu, wie eine Handvoll Überlebender in die Stadt zurückzufliehen versuchte. Wir hätten nichts tun können – außer unsere Leichen den anderen hinzuzufügen. Bleiddigs Leichnam wurde geschunden, ausgeweidet und dann am Ende des Dammes gepfählt, so daß wir gezwungen waren, ihn bis zur nächsten Flut anzusehen. Irgendwie jedoch blieb der Leichnam, obwohl er überspült wurde, auf seinem Pfahl, so daß im nächsten Morgengrauen die Möwen seinen salzgewaschenen Körper zerrissen.

»Wir hätten mit Bleiddig angreifen sollen«, sagte Galahad bitter zu mir.

»Nein.«

»Lieber wie ein Mann vor einem Schildwall sterben, als hier langsam zu verhungern.«

»Du wirst schon noch Gelegenheit haben, gegen den Schildwall zu kämpfen«, versicherte ich ihm. Aber auch ich tat, was ich konnte, um meine Leute auf die Niederlage vorzubereiten. Wir verbarrikadierten die Gassen, die zu unserem Sektor führten, damit wir die Franken, sollten sie in die Inselstadt eindringen, aufhalten konnten, während unsere Frauen auf einem schmalen Felspfad zu entkommen versuchten, der sich um die Flanke des Granitfelsens bis zu einem winzigen Einschnitt an der Nordwestküste der Insel wand, wo wir unser gekapertes Boot versteckt hatten. Da dieser Einschnitt alles andere als ein Hafen war, schützten wir unser Schiff, indem wir es so weit mit Steinen füllten, daß die Flut es zweimal am Tag überschwemmte. Unter Wasser war der empfindliche Bootsrumpf sicher davor, von Wind und Wellen gegen die felsigen Seiten des Einschnitts geworfen zu werden. Da ich vermutete, daß der Feind bei Ebbe angreifen würde, hatten zwei unserer Verwundeten Befehl, die Steine, sobald der Angriff begann, aus dem Boot zu holen, so daß es mit der steigenden Flut schwimmen konnte. Die Idee, mit diesem Boot zu fliehen, entsprang der schieren Verzweiflung, verlieh unseren Leuten jedoch neuen Mut.

Keine Schiffe kamen, um uns zu retten. Eines Morgens wurde im Norden ein großes Segel gesichtet, und sofort ging das Gerücht in der ganzen Stadt um, Arthur persönlich werde kommen, aber das Segel entfernte sich allmählich wieder und verschwand im Sommerdunst. Wir waren allein. Des Abends sangen wir Lieder und erzählten Geschichten, während wir bei Tag zusahen, wie die fränkischen Kriegshorden sich auf dem Festland sammelten.

Diese Horden begannen ihren Angriff an einem Sommernachmittag, als die Ebbe einsetzte. Sie kamen in einem riesigen Schwarm ledergerüsteter Männer mit Eisenhelmen und Holzschilden, die sie hoch über sich hielten. Sie kamen über den Damm, sprangen am Ende herunter und erklommen den sanften Sandhang, der zum Stadttor führte. Die ersten Angreifer brachten einen riesigen Baumstamm als Rammbock mit, dessen Ende sie im Feuer gehärtet und mit Leder umwickelt hatten, während die Männer hinter ihnen lange Leitern mitführten. Eine Horde ging voraus und warf ihre Leitern gegen unsere Mauern. »Laßt sie klettern!« rief Culhwch unseren Soldaten zu. Er wartete, bis sich fünf Mann auf einer Leiter befanden, um dann einen riesigen Stein genau zwischen die beiden Holme zu werfen. Die Franken schrien, als sie von den Sprossen geschleudert wurden. Ein Pfeil prallte an Culhwchs Helm ab, während er einen weiteren Stein schleuderte. Immer mehr Pfeile fielen klappernd auf unsere Mauer oder zischten über unsere Köpfe hinweg, während ein Hagel leichter Wurfspeere sinnlos gegen das Mauerwerk prasselte. Die Franken waren eine wirbelnde, dunkle Masse am Fuß der Mauer, in die wir Felsbrocken und Abwasser schleuderten. Cavan gelang es, eine ganze Leiter heraufzuziehen, die wir sofort zerbrachen, um die Angreifer mit den Stücken zu überschütten. Vier unserer Frauen kämpften sich mit einer kannelierten Säule, die sie sich aus einem Hauseingang in der Stadt geholt hatten, auf die Brustwehr herauf, woraufhin wir den Brocken über die Mauer hievten und die gräßlichen Schreie der Männer genossen, die von ihm zerschmettert wurden.

»So sieht es aus, wenn die Finsternis kommt!« schrie Galahad mir zu. Er triumphierte, weil er den letzten Kampf bestritt und dem Tod ins Auge spie. Er wartete, bis ein Franke die oberste Sprosse einer Leiter erreichte, dann hieb er so mächtig mit dem Schwert zu, daß der Kopf des Mannes wie ein Ball hinuntersprang und in den Sand fiel, während der Körper des Toten sich noch an die Leiter klammerte und die Franken hinter ihm behinderte, die dann leichte Ziele für unsere Steine wurden. Inzwischen demolierten wir die Speichermauer, um uns mit weiteren Wurfgeschossen zu versorgen, und schienen unseren Kampf sogar zu gewinnen, denn immer weniger Franken wagten es, die Leitern emporzuklettern. Statt dessen zogen sie sich vom Fuß der Mauern zurück, und wir johlten höhnisch und riefen ihnen zu, sie hätten sich von Weibern in die Flucht schlagen lassen, doch sollten sie es wagen, abermals anzugreifen, würden sie es mit unseren Kriegern zu tun bekommen. Ob sie unsere Worte verstanden, weiß ich nicht, aber sie blieben zurück, offensichtlich aus Angst vor unseren Verteidigungstaktiken. Der Hauptangriff tobte noch immer am großen Tor, wo das Dröhnen des Rammbocks dem Klang einer gigantischen Trommel glich und die ganze Bucht erschütterte.

Die Sonne verlängerte die Schatten der westlichen Landspitze der Bucht weit über den Sand, während hohe, rosige Wolken Streifen über den Himmel malten. Möwen flogen zu ihren Nestern zurück. Unsere beiden Verwundeten waren vorausgegangen, um unser Boot von den Steinen zu befreien – ich hoffte, daß die Franken noch nicht so weit um die Insel herumgekommen waren, um das Boot zu entdecken –, aber ich glaubte nicht, daß wir es noch benötigten.

Der Abend brach herein, und das Wasser stieg. Die Flut würde die Angreifer schon bald zunächst auf den Damm und dann in ihre Lager zurücktreiben, und wir konnten einen wundervollen Sieg feiern.

Dann aber hörten wir das Schlachtgeschrei jubelnder Männer jenseits des Stadttores; und als wir sahen, wie die von uns besiegten Franken von unserem Teil der Mauer wegliefen, um sich dem fernen Angriff anzuschließen, wußten wir, daß die Stadt verloren war. Als wir später mit den Überlebenden sprachen, hörten wir, daß es den Franken gelungen war, die Steinpier des Hafens zu erklimmen und so relativ mühelos in die Stadt einzudringen.

Kurz darauf begann das Schreien.

Mit zwanzig Mann stiegen Galahad und ich über unsere nächstgelegene Barrikade. Frauen kamen uns entgegengerannt, doch als sie uns sahen, gerieten sie in Panik und versuchten den Granitfelsen zu erklimmen. Culhwch blieb zurück, um unsere Mauer zu verteidigen und unseren Rückzug zum Boot zu schützen, während sich die ersten Rauchwolken der eroberten Stadt in den Abendhimmel kräuselten.

Wir rannten an den Verteidigern des Haupttors vorbei, liefen eine lange Steintreppe hinab und mußten mit ansehen, daß die Feinde in die Stadt eindrangen wie Ratten in einen Getreidespeicher. Überall rückten ihre Stierhornstandarten von der Pier aus vor, und ihre Trommeln dröhnten, während die Frauen, die in den Häusern der Stadt in der Falle saßen, vor Angst schrien. Draußen, zur Linken, auf der anderen Seite des Hafens, wo nur wenige Angreifer Fuß gefaßt hatten, tauchte plötzlich eine Gruppe weißgekleideter Speerkämpfer auf. Es war Bors, Lancelots Cousin und Befehlshaber der Palastgarde. Er schien einen Gegenangriff starten zu wollen, und ich dachte schon, er werde eine Wende herbeiführen und den Angreifern den Weg abschneiden; statt aber an der Pier anzugreifen, führte Bors seine Männer zu der Meerestreppe, wo eine Flotte kleiner Boote wartete, die sie alle in Sicherheit bringen sollte. Ich sah, wie Prinz Lancelot, seine Mutter an der Hand und hinter sich eine Schar in Panik geratener Höflinge, inmitten seiner Leibwachen hinabeilte. Die *fili* verließen die untergehende Stadt.

Galahad machte zwei Feinde nieder, welche die Treppe erklimmen wollten. Dann sah ich, daß die Straße hinter uns voll Franken mit dunklen Umhängen war. »Zurück!« rief ich und zerrte Galahad aus der Gasse.

»Ich will kämpfen!« Er wollte sich von mir losreißen und wandte sich den nächsten zwei Männern entgegen, die die schmale Treppe emporgestürmt kamen.

»Leb weiter, du Tor!« Ich stieß ihn hinter mich, fintete mit dem Speer nach links, um die Waffe anschließend sofort zu heben und sie dem Franken ins Gesicht zu stoßen. Ich ließ den Schaft los, parierte den Speerstoß des zweiten Mannes mit meinem Schild und zog gleichzeitig Hywelbane, um einen tiefen Stoß unter dem Schildrand anzubringen, so daß der Mann schreiend auf die Stufen sank, während das Blut unter seinen Händen hervorquoll, mit denen er sich den Unterleib hielt. »Du weißt, wie du uns sicher durch die Stadt bringst!« rief ich Galahad zu. Als ich ihn von den vom Schlachtenwahn ergriffenen Feinden zurückriß, die die Treppe heraufstürmten, hatte ich meinen Speer steckenlassen müssen. Am Ende der Treppe lag ein Töpferladen, dessen Waren trotz der Belagerung noch immer auf Schragentischen unter einer Markise ausgestellt waren. Ich kippte einen Tisch voller Krüge und Vasen in den Weg der Angreifer, dann riß ich die Markise herunter und schleuderte sie ihnen ins Gesicht. »Lauf uns voraus!« schrie ich. In Ynys Trebes gab es Gassen und Gärten, die nur die Einwohner kannten, und wenn wir dem Feind entkommen wollten, waren wir auf diese geheimen Pfade angewiesen.

Die Invasoren waren inzwischen durch das Haupttor vorgedrungen, um uns von Culhwch und seinen Männern abzuschneiden. Galahad führte uns weiter bergauf, wandte sich nach links in einen kurzen Tunnel, der unter einem Tempel hindurchführte, und dann durch einen Garten und über eine Mauer, die zu einer Regenzisterne gehörte. Unter uns wand sich die Stadt im Griff des Schrekkens. Um sich für ihre Toten zu rächen, die auf dem Sand gestorben waren, brachen die siegreichen Franken überall Türen auf. Kinder schrien und wurden mit dem Schwert zum Schweigen gebracht. Ich beobachtete einen fränkischen Krieger, einen Riesen mit Hörnern auf dem Helm, der mit seiner Axt vier in die Enge getriebene Verteidiger niedermachte. Immer mehr Rauch stieg aus den Häusern auf. Die Stadt war zwar aus Stein erbaut, aber es gab genügend Möbel, Bootspech und Holzdächer, um ein infernalisches Feuer zu nähren. Draußen auf dem Meer, wo die steigende Flut über die Sandbänke wirbelte, sah ich Lancelots Flügelhelm in einem der drei Fluchtschiffe glänzen, während der elegante Palast über mir im rosigen Licht der untergehenden Sonne seinen letzten Augenblicken entgegensah. Die Abendbrise zupfte an dem grauen Rauch und blähte graziös den weißen Vorhang eines schattigen Palastfensters.

»Hierher!« schrie Galahad und wies auf einen schmalen Pfad. »Mir nach, zu unserem Boot!« Unsere Männer liefen um ihr Leben. »Komm, Derfel!« rief er mir zu.

Aber ich rührte mich nicht. Ich starrte wie gebannt den steilen Felshügel empor.

»Nun komm schon, Derfel!« drängte Galahad.

Aber ich hörte eine Stimme im Kopf. Es war die Stimme eines alten Mannes, eine trockene, ironische, eher unfreundliche Stimme, und ihr Klang hinderte mich an der Flucht.

»Nun komm schon, Derfel!« schrie Galahad.

»Ich gebe mein Leben in Eure Hände«, hatte der Alte einmal gesagt, und plötzlich hörte ich ihn im Geiste zu mir sprechen. »Ich vertraue mein Leben Eurem Gewissen an, Derfel aus Dumnonia.«

»Wie komme ich zum Palast?« rief ich Galahad zu.

»Palast?«

»Wie?« schrie ich zornig.

»Hier entlang!« sagte er. »Hier entlang.«

Und wir kletterten.

Die Barden singen von Liebe, sie feiern das Töten, sie preisen Könige und schmeicheln Königinnen, wäre ich jedoch ein Dichter, ich würde das Hohelied der Freundschaft anstimmen.

Was Freunde betrifft, so war ich vom Glück begünstigt. Arthur war einer davon, aber unter all meinen Freunden gab es nicht einen, der Galahad gleichkam. Es gab Zeiten, da verstanden wir einander ohne Worte, und andere, da kamen die Worte stundenlang nur so aus uns herausgeströmt. Wir teilten alles, bis auf die Frauen. Ich kann nicht mehr zählen, wie oft wir Schulter an Schulter im Schildwall gestanden haben, ich kann nicht mehr zählen, wie oft wir uns den letzten Bissen Brot geteilt haben. Viele Männer hielten uns für Brüder, und so fühlten wir uns auch.

An jenem Abend, als die Stadt unter uns in Schutt und Asche gelegt wurde, begriff Galahad, daß ich nicht zu dem wartenden Boot mitkommen konnte. Er wußte, daß ich mich im Griff irgendeines Zwanges befand, einer Botschaft der Götter, die mich trieb, verzweifelt zu dem stillen Palast emporzuklettern, der Ynys Trebes krönte. Rings um uns kam der Schrecken bergaufwärts gestiegen, wir aber blieben ihm voraus, rannten verzweifelt über ein Kirchendach, sprangen in eine Gasse hinab, wo wir uns durch eine dichte Menge von Flüchtlingen drängten, die glaubten, in der Kirche Freistatt finden zu können, dann eine Flucht Steinstufen empor und auf die Hauptstraße hinaus, die Ynys Trebes wie eine Spirale umwand. Franken kamen auf uns zugelaufen, wollten die ersten sein, die in Bans Palast eindrangen, aber wir kamen ihnen mit einer kläglichen Handvoll Menschen zuvor, die dem Schlachten in der unteren Stadt entronnen waren und nun, auch der letzten Hoffnung beraubt, Zuflucht im Palast suchen wollten.

Die Wachen waren aus dem Palasthof verschwunden. Die Tore standen offen, und drinnen, wo Frauen kauerten und Kinder weinten, wartete die kostbare Einrichtung auf die Eroberer. Die Vorhänge wehten im Wind.

Ich eilte durch die eleganten Gemächer, durch den Spiegelsaal, an Leanors verlassener Harfe vorbei und in den großen Raum, wo Ban mich beim erstenmal empfangen hatte. Der König befand sich noch immer dort, trug noch immer seine Toga, saß noch immer, den Gänsekiel in der Hand, an seinem Tisch. »Es ist zu spät«, sagte er, als ich mit gezogenem Schwert hereinstürzte. »Arthur hat mich im Stich gelassen.«

In den Korridoren des Palastes ertönten Schreie. Der Blick aus dem Bogenfenster wurde von dichtem Rauch beeinträchtigt.

»Komm mit uns, Vater!« bat Galahad.

»Ich habe zu tun«, entgegnete Ban verdrossen. Er tauchte seine

Feder ins Tintenhorn und begann zu schreiben. »Siehst du denn nicht, daß ich beschäftigt bin?«

Ich stieß die Tür auf, die zur Bibliothek führte, durchquerte das leere Vorzimmer und öffnete die Tür der Bibliothek. Der bucklige Priester stand vor einem der Regale mit Schriftrollen. Der polierte Holzboden war mit Manuskripten übersät. »Euer Leben gehört mir!« schrie ich zornig, voll Groll darüber, daß ein so häßlicher alter Mann mir diese Verantwortung aufgebürdet hatte, wo es in der Stadt doch so viele andere Leben zu retten galt. »Also kommt mit! Sofort!« Der Priester ignorierte mich. Hastig zog er ein Pergament nach dem anderen aus den Regalen, riß Schleifen und Siegel ab und warf einen Blick auf die ersten Zeilen, um sie sofort zu Boden zu werfen und eine andere Rolle herauszuholen. »Nun kommt schon!« fuhr ich ihn an.

»Wartet!« antwortete Celwin, der schon wieder ein Pergament herauszog, wegwarf und nach dem nächsten griff. »Noch nicht!«

Ein lautes Krachen hallte durch den Palast, Jubelrufe brandeten auf und wurden von Angstschreien übertönt. Galahad stand an der äußeren Tür zur Bibliothek und flehte seinen Vater an, mit uns zu kommen, aber Ban winkte seinen Sohn davon, als wären ihm dessen Worte lästig. Dann wurde die Tür aufgestoßen, und drei schwitzende Frankenkrieger kamen hereingestürzt. Galahad lief ihnen entgegen, konnte das Leben seines Vaters aber nicht mehr retten, und Ban machte nicht einmal den Versuch, sich zu wehren. Der erste Franke versetzte ihm einen Schwerthieb, aber ich glaube, der König von Benoic war schon an gebrochenem Herzen gestorben, bevor ihn die Klinge des Feindes berührte. Als der Franke dem König den Kopf abschlagen wollte, starb er durch Galahads Speer, während ich mich mit Hywelbane auf den zweiten Mann stürzte und seinen verletzten Körper herumschwang, um den dritten aufzuhalten. Der Atem des sterbenden Franken stank genauso nach Ale wie der Atem eines Sachsen. Draußen vor der Tür war Rauch zu sehen. Galahad stand jetzt neben mir und tötete mit seinem Speer den dritten Mann, doch draußen liefen immer mehr Franken durch den Korridor. Ich riß mein Schwert aus dem Toten und wich ins Vorzimmer zurück. »Nun kommt schon, alter Narr!« schrie ich dem starrköpfigen Priester über die Schulter hinweg zu.

»Alt ja, Derfel, aber ein Narr? Niemals.« Der Priester lachte, und irgend etwas an diesem säuerlichen Lachen veranlaßte mich herumzufahren; und da sah ich, fast wie im Traum, daß der Buckel verschwand, während der Priester seinen langen Körper zu voller Größe aufrichtete. Er ist ja gar nicht häßlich, dachte ich. Ganz im Gegenteil, er war wundervoll und majestätisch und so von Weisheit erfüllt, daß ich mich, obwohl ich mich an einem Ort des Todes befand, der nach Blut stank und von den Schreien der Sterbenden widerhallte, sicherer fühlte, als ich mich je im Leben gefühlt hatte. Er lachte mich noch immer aus, hocherfreut, mich so lange an der Nase herumgeführt zu haben.

»Merlin!« stieß ich hervor, und ich muß gestehen, daß mir die Tränen in die Augen traten.

»Gib mir noch fünf Minuten«, verlangte er, »versuch sie so lange aufzuhalten.« Er kramte immer noch in den Schriftrollen, riß ihnen die Siegel ab und warf sie nach einem flüchtigen Blick zu Boden. Die Augenklappe, die nur Teil seiner Tarnung gewesen war, hatte er abgenommen. »Versuch sie aufzuhalten«, wiederholte er und eilte an ein anderes Regal voll noch nicht überprüfter Handschriften. »Du bist gut im Töten, habe ich gehört. Also sei jetzt bitte besonders gut.«

Galahad schob die Harfe und den Schemel der Harfenistin in die äußere Türöffnung, und dann verteidigten wir beiden den Durchgang mit Speer, Schwert und Schild. »Wußtest du, daß er hier ist?« fragte ich Galahad.

»Wer?« Galahad rammte seinen Speer in einen runden Frankenschild und riß ihn zurück.

»Merlin.«

»Merlin ist hier?« Galahad war aufrichtig erstaunt. »Ich hatte keine Ahnung.«

Ein schreiender Franke mit lockigem Haar und Blut im Bart ging mit seinem Speer auf mich los. Ich packte die Waffe unmittelbar hinter der Spitze und benutzte sie, um ihn in mein Schwert zu ziehen. Ein weiterer Speer wurde an mir vorbeigeworfen und bohrte sich mit seiner Stahlspitze in den Oberbalken der Tür hinter mir. Ein Mann blieb mit den Füßen in den kakophonisch aufschreienden Harfensaiten hängen und stolperte vornüber, bis Galahad ihm einen Tritt ins Gesicht versetzte. Mit dem Rand meines Schildes verpaßte ich dem Mann einen Schlag in den Nacken, um gleich darauf einen Schwerthieb zu parieren. Überall im Palast waren Schreie zu hören, alle Gänge füllten sich mit beißendem Rauch, aber die angreifenden Männer verloren das Interesse an der Beute, die sie in der Bibliothek vermuteten, und plünderten lieber anderswo im Palast auf dem Berg, wo ihnen kein Widerstand geleistet wurde.

»Merlin ist hier?« fragte mich Galahad ungläubig.

»Sieh doch selbst.«

Galahad wandte sich um und starrte zu der hochgewachsenen Gestalt hinüber, die Bans zum Untergang verdammte Bibliothek so verzweifelt durchwühlte. »Das ist Merlin?«

»Ja.«

»Woher wußtest du, daß er hier ist?«

»Ich wußte es nicht«, antwortete ich. »Na, komm nur her, du Bastard!« Das galt einem riesigen Franken mit ledernem Umhang, der eine Streitaxt mit zwei Schneiden trug und sich als Held beweisen wollte. Er stimmte seinen Kriegsgesang an, als er angriff, und sang noch immer, als er starb. Die Axt bohrte sich in den Boden neben Galahads Füßen, als der seinen Speer aus der Brust des Toten zog.

»Ich hab's! Ich hab's!« rief Merlin plötzlich hinter uns. »Silius Italicus, natürlich! Er hat nicht achtzehn Bücher über den Zweiten Punischen Krieg geschrieben, sondern nur siebzehn. Wie konnte ich nur so dumm sein! Du hast recht, Derfel, ich bin ein alter Narr! Ein gefährlicher Narr! Achtzehn Bücher über den zweiten aufgeblähten Krieg? Jedes kleine Kind weiß, daß es nie mehr als siebzehn waren! Ich hab's! Komm her, Derfel, vergeude nicht meine kostbare Zeit! Wir können hier nicht die ganze Nacht lang rumlungern!«

Wir eilten in die verwüstete Bibliothek zurück, wo ich den riesigen Arbeitstisch als provisorische Barriere gegen die Tür rammte, während Galahad die Läden der Westfenster aufstieß. Als ein neuer Schwarm Franken durch den Raum der Harfenistin hereingestürmt kam, riß sich Merlin das dicke Holzkreuz vom Hals und schleuderte den Eindringlingen, die vorübergehend von dem schweren Tisch aufgehalten wurden, diese eher unwirksame Waffe entgegen.

Als das Kreuz zu Boden fiel, war das Vorzimmer plötzlich von einer riesigen Stichflamme erfüllt. Ich dachte, daß das tödliche Feuer durch Zufall entstanden sei, daß die Wand des Raumes gerade dann eingestürzt war und die Flammen hereingelassen hatte, als das Kreuz aufschlug, aber Merlin behauptete, es sei sein Werk gewesen. »Das gräßliche Ding mußte doch zu etwas nütze sein«, sagte er von dem Kreuz, dann kicherte er über die schreienden, brennenden Feinde. »Laßt euch rösten, ihr Würmer, laßt euch rösten!« Eilig stopfte er die kostbare Schriftrolle ins Oberteil seines Gewandes. »Hast du nie Silius Italicus gelesen?« fragte er mich.

»Nie davon gehört, Lord«, gab ich zurück, während ich ihn zum offenen Fenster zog.

»Er hat epische Gedichte geschrieben, mein lieber Derfel, epische Gedichte.« Er widerstand meinem panischen Zerren und legte mir die Hand auf die Schulter. »Ich möchte dir einen Rat geben.« Sein Ton war ernst. »Meide die epischen Gedichte. Ich spreche aus Erfahrung.«

Auf einmal hätte ich am liebsten geweint wie ein Kind. Es war eine so große Erleichterung, wieder in seine weisen, listigen Augen zu blicken. Es war, als hätte ich meinen Vater wiedergefunden. »Ihr habt mir gefehlt, Lord«, stieß ich hervor.

»Nun werd nicht gleich sentimental!« fuhr Merlin mich an. Er eilte zum Fenster, während ein fränkischer Krieger schon durch die Flammen in der Türöffnung sprang und unter trotzigem Gebrüll über die lange Tischplatte schlidderte. Die Haare des Mannes rauchten, als er seinen Speer nach uns warf. Mit meinem Schild schlug ich die Speerspitze beiseite, stieß mit dem Schwert zu, versetzte dem Mann einen Tritt und stieß abermals zu. »Hierher!« schrie Galahad aus dem Garten unterm Fenster. Ich verabreichte dem sterbenden Franken einen letzten Hieb, dann sah ich, daß Merlin zu seinem Arbeitstisch zurückgekehrt war. »Schnell, Lord!« rief ich ihm zu.

»Die Katze!« erklärte Merlin. »Ich kann die Katze nicht zurücklassen. Sei nicht so hektisch!«

»O ihr Götter, Lord!« schrie ich ihn an, aber Merlin kroch schon unter den Tisch, um die verängstigte graue Katze hervorzuholen, die sich in seine Arme kuschelte, als er endlich über die Fensterbrüstung in einen von niedrigen Lorbeerhecken geschützten Kräutergarten kletterte. Die Sonne leuchtete im Westen, tauchte den Himmel in glühendes Rot und schickte ihre feurig-zitternde Spiegelung über das Wasser der Bucht. Wir stiegen über die Hecke und folgten Galahad eine Treppe hinab, die zu einer Gärtnerhütte führte, und von da aus auf einen gefährlichen Pfad, der an der Flanke des Granitfelsens entlanglief. Auf einer Seite des Pfades ragten die steilen Klippen empor, auf der anderen war nichts als Luft, aber Galahad kannte diesen Weg von Kindesbeinen an und führte uns sicher bis ans dunkle Wasser hinab.

Im Meer schwammen Leichen. Unser erobertes Boot war völlig überladen – es kam einem Wunder gleich, daß es überhaupt schwimmen konnte – und trieb schon eine Viertelmeile von der Insel entfernt. Die Ruderer arbeiteten schwer, um es trotz des Gewichts der Passagiere möglichst schnell in Sicherheit zu bringen. Ich legte die hohlen Hände an den Mund und schrie: »Culhwch!« Meine Stimme hallte von den Felsen wider und drang über das Meer, wo sie in der Unermeßlichkeit der Schreie und Klagen unterging, die Ynys Trebes' Untergang begleiteten.

»Laß sie fahren«, sagte Merlin gelassen und tastete uner dem schmutzigen Gewand herum, das er als Pater Celwin getragen hatte. »Halt mal.« Er drückte mir die Katze in die Arme, dann fingerte er unter seiner Kutte herum, bis er ein kleines, silbernes Horn fand, in das er ein einziges Mal stieß. Es gab einen wunderschönen Ton.

Fast unmittelbar darauf kreuzte um Ynys Trebes' Nordküste eine Jolle auf. Ein einziger Mann in langem Gewand bewegte das kleine Boot mit einem langen Ruder, das in einer Dolle am Heck auflag, vorwärts. Die Jolle hatte einen hochgezogenen, spitzen Bug und Platz für höchstens drei Passagiere. Auf dem Boden des Bootes stand eine Holztruhe, in deren Deckel Merlins Siegel mit dem gehörnten Gott Cernunnos eingebrannt war. »Ich hatte diese Vorbereitungen getroffen«, erklärte Merlin obenhin, »als deutlich wurde, daß der arme Ban keine Ahnung hatte, welch kostbare Handschriften er besaß. Ich dachte, daß ich mehr Zeit brauchen würde, und so war es ja auch. Die Manuskripte waren natürlich etikettiert, aber die *fili* brachten sie ständig durcheinander, versuchten gar, sie zu verbessern, wenn sie nicht gerade die Verse stahlen und als ihre eigenen ausgaben. Einer von diesen Elenden verbrachte sechs Monate damit, Catullus zu plagiieren, und legte ihn dann unter Plato ab. Guten Abend, mein lieber Caddwg!« begrüßte er den Bootsmann herzlich. »Alles in Ordnung?«

»Ja, nur daß die Welt untergeht«, gab Caddwg mißlaunig zurück.

»Aber du hast die Truhe.« Merlin deutete auf die versiegelte Kiste. »Alles andere ist unwichtig.«

Die elegante Jolle war früher einmal ein Palastboot gewesen, das benutzt wurde, um Passagiere vom Hafen zu den größeren Schiffen zu bringen, die weiter draußen ankern mußten. Merlin hatte es so eingerichtet, daß sie auf Abruf für ihn bereitstand. Jetzt stiegen wir ein und ließen uns auf dem Deck nieder, während der mürrische Caddwg das kleine Wasserfahrzeug auf das abendliche Meer hinausruderte. Ein einzelner Speer kam von oben herab, fiel aber neben uns ins Wasser. Davon abgesehen verlief unsere Flucht unbemerkt und ungestört. Merlin nahm mir die Katze ab und machte es sich zufrieden im Bug bequem, während Galahad und ich auf die sterbende Insel zurückblickten.

Rauch wallte bis aufs Wasser herab. Die Schreie der Todgeweihten hallten wie Klagelieder durch den vergehenden Tag. Wir sahen, daß die dunklen Schatten der fränkischen Speerkämpfer immer noch den Damm überquerten und am anderen Ende platschend ins Wasser sprangen, um auf die gefallene Stadt zuzuwaten. Die Sonne sank, und in der Bucht wurde es dunkler, so daß die Flammen im Palast heller leuchteten. Ein Vorhang fing Feuer und loderte kurz auf, bevor er zu hauchfeiner Asche zerfiel. Die Bibliothek brannte am heftigsten; Schriftrolle um Schriftrolle zerplatzte zu schnell züngelnden Flammen und verwandelte diesen Teil des Palastes in ein Inferno. Es war König Bans Totenfeuer, das die ganze Nacht hindurch brannte.

Galahad weinte. Er kniete auf dem Deck, den Speer in der Hand, und sah zu, wie sein Heim zu Staub zerfiel. Er bekreuzigte sich und sprach ein stilles Gebet, das die Seele seines Vaters zu jener Anderwelt tragen sollte, an die Ban glaubte. Das Meer war glücklicherweise ruhig. Es war rot und schwarz gefärbt, Blut und Tod, ein perfekter Spiegel der brennenden Stadt, wo unsere Feinde in leichenschänderischem Triumph tanzten. Zu unseren Lebzeiten wurde Ynys Trebes nicht wiederaufgebaut: Die Mauern zerfielen, das Unkraut wucherte, Meeresvögel nisteten in den Ruinen. Die fränkischen Fischer mieden die Insel, auf der so viele Menschen gestorben waren. Sie nannten sie auch nicht mehr Ynys Trebes, sondern gaben ihr einen neuen Namen in ihrer groben Sprache: Berg der Toten. Bei Nacht, behaupten ihre Seeleute, wenn die verlassene Insel schwarz aus dem obsidiandunklen Meer aufragt, kann man noch immer die Schreie der Frauen und das Wimmern der Kinder vernehmen.

Wir landeten an einem leeren Strand an der Westseite der Bucht. Wir ließen das Boot liegen und schleppten Merlins Truhe durch Stechginster und sturmzerzaustes Dorngebüsch bis auf den hohen Kamm der Landzunge. Als wir oben ankamen, brach die Nacht herein, und als ich mich umwandte, sah ich Ynys Trebes in der Dunkelheit glühen wie zerfallende Asche. Dann ging ich weiter, um meine Last heimzutragen und auf Arthurs Schultern zu legen. Ynys Trebes war tot.

Nach Britannien stachen wir von demselben Fluß aus in See, auf dem ich zu Bel und Manawydan gebetet hatte, mich sicher nach Hause zu geleiten. Auf dem Fluß fanden wir Culhwch, dessen überladenes Boot im Schlamm gestrandet war. Leanor war noch am Leben, ebenso die meisten unserer Männer. Ein einziges Schiff, das seetüchtig und für die Heimreise geeignet war, lag noch im Fluß. Sein Besitzer hatte in der Hoffnung gewartet, von verzweifelten Überlebenden einen dicken Gewinn einstreichen zu können, aber als Culhwch dem Mann sein Schwert an die Kehle setzte, erklärte er sich wohl oder übel bereit, uns gratis nach Hause zu bringen. Die anderen Menschen am Fluß waren bereits vor den Franken geflohen. Wir warteten eine schaurige Nacht lang, in der wir den Widerschein des brennenden Ynys Trebes auf dem Wasser sahen, und lichteten am anderen Morgen den Anker, um nordwärts zu segeln.

Merlin beobachtete, wie die Küste in der Ferne verschwand, und ich, der ich kaum daran zu glauben wagte, daß der Alte wirklich zu uns zurückgekommen war, beobachtete ihn. Er war ein hochgewachsener, knochiger Mann, vielleicht der größte, den ich kannte, mit langen weißen Haaren, die von seiner Tonsur aus nach hinten gestrichen waren und im Nacken von einem schwarzen Band zu einem Pferdeschwanz zusammengefaßt wurden. Als er vorgab, Celwin zu sein, hatte er die Haare offen getragen, jetzt aber, mit dem gewohnten Pferdeschwanz, sah er wieder aus wie der alte Merlin. Seine Haut hatte die Farbe von altem, poliertem Holz, seine Augen waren grün und seine Nase war ein scharfer, knochiger Schnabel. Bart und Schnurrbart hatte er zu dünnen Schnüren geflochten, die er sich, wenn er nachdachte, gern um die Finger wickelte. Niemand wußte, wie alt er war, aber ich habe mit Sicherheit keinen Menschen getroffen, der älter gewesen wäre, außer vielleicht den Druiden Balise, und auch keinen, der so alterslos wirkte wie Merlin. Er besaß noch alle seine Zähne, jeden einzelnen, und hatte sich die Beweglichkeit eines jungen Mannes bewahrt, obwohl er es liebte, so zu tun, als wäre er alt, gebrechlich und hilflos. Er kleidete sich in Schwarz, immer in Schwarz, nie in eine andere Farbe, und normalerweise trug er auch einen langen schwarzen Stab, nur jetzt, auf der Flucht aus Armorica, mußte er auf dieses Symbol seines Amtes verzichten.

Er war ein achtunggebietender Mann, nicht nur auf Grund seiner Größe, seines Rufs und der Vornehmheit seiner Erscheinung, sondern wegen seiner Ausstrahlung. Genau wie Arthur war ihm die Fähigkeit zu eigen, einen Raum vollständig zu beherrschen und eine Halle leer wirken zu lassen, sobald er hinausging. Doch während Arthur Großzügigkeit und Begeisterung ausstrahlte, wirkte Merlin stets beunruhigend. Wen er ansah, der hatte das Gefühl, er würde einem bis in den hintersten Winkel des Herzens sehen und, was die Sache verschlimmerte, das auch noch amüsant finden. Er war boshaft, ungeduldig, impulsiv und grenzenlos weise. Er setzte alles herab, machte einen jeden schlecht und liebte nur wenige Menschen von ganzem Herzen. Dazu zählten Arthur, Nimue und, wie ich glaube, auch ich, obwohl ich dessen niemals ganz sicher war, denn er war ein Mensch, der Täuschungen und Tarnungen liebte. »Du starrst mich an, Derfel!« warf er mir vom Bug des Bootes aus vor, wo er noch immer mit dem Rücken zu mir saß.

»Ich hoffe, Euch niemals wieder aus den Augen zu verlieren, Lord.«

»Du bist ein gefühlsduseliger Tor, Derfel!« Er drehte sich um und sah mich stirnrunzelnd an. »Ich hätte dich in Tanaburs' Grube zurückwerfen sollen. Trag diese Truhe in meine Kabine.«

Merlin hatte die Kabine des Schiffsführers beschlagnahmt, in der ich nun die Holztruhe verstaute. Merlin duckte sich unter der niedrigen Tür hindurch, hantierte mit den Kissen des Kapitäns, um es sich bequem zu machen, und ließ sich dann mit einem zufriedenen Seufzer nieder. Die graue Katze sprang ihm auf den Schoß, während er auf einem groben Tisch, der von Fischschuppen glitzerte, die ersten paar Zoll der dicken Handschrift entrollte, die er unter Lebensgefahr gerettet hatte.

»Was ist das?« wollte ich wissen.

»Das ist der einzig wahre Schatz, den Ban besaß«, erklärte mir Merlin. »Alles andere war zumeist griechischer und römischer Mist. Ein paar gute Sachen, nehme ich an, doch nicht sehr viele.«

»Also, was ist das nun?« fragte ich ihn abermals.

»Dies ist ein Manuskript, mein lieber Derfel«, antwortete er, als wäre es töricht von mir, eine derartige Frage zu stellen. Er blickte durch das Dachluk hinauf zu dem Segel, das sich in dem noch immer vom Rauch aus Ynys Trebes verunreinigten Wind blähte. »Ein guter Wind!« sagte er fröhlich. »Vielleicht sind wir am Abend schon zu Hause. Ich habe Britannien vermißt.« Er blickte wieder auf die Schriftrolle. »Und Nimue? Wie geht es der lieben Kleinen?« fragte er, während er schon die ersten Zeilen las.

»Als ich sie zum letztenmal sah«, antwortete ich verbittert, »war sie vergewaltigt worden und hatte ein Auge verloren.«

»So etwas passiert zuweilen«, sagte Merlin unbekümmert.

Seine Herzlosigkeit verschlug mir den Atem. Ich wartete ein wenig, dann fragte ich ihn, was denn so wichtig sei an dieser Schriftrolle.

Er seufzte. »Du bist ein aufdringlicher Mensch, Derfel. Na schön, ich werde dir den Gefallen tun.« Er ließ das Pergament los, das sich von selbst wieder aufrollte, und lehnte sich in die klammen, fadenscheinigen Kissen des Schiffseigners zurück. »Du weißt natürlich, wer Caleddin war.«

»Nein, Lord«, mußte ich zugeben.

Verzweifelt warf er die Hände hoch. »Schämst du dich deiner Unwissenheit denn gar nicht, Derfel? Caleddin war ein Druide der Ordovicii. Ein jämmerlicher Stamm, ich sollte das wissen. Eine meiner Frauen war eine Ordovizierin, und eine solche Kreatur genügt für ein ganzes Leben. Nie wieder!« Er erschauerte bei der Erinnerung, dann schielte er zu mir empor. »Es war Gundleus, der Nimue vergewaltigt hat, stimmt's?«

»Ja.« Ich fragte mich, woher er das wußte.

»Dummer Kerl! Dummer Kerl!« Das grausige Schicksal seiner Liebesgefährtin schien ihn eher zu belustigen als zu erzürnen. »Wie wird er leiden müssen! Ist Nimue zornig?«

»Sie ist rasend vor Wut.«

»Gut. Wut ist etwas sehr Nützliches, und die liebe Nimue hat eine Begabung dafür. Eines der Dinge, die ich an den Christen nicht ausstehen kann, ist ihre Bewunderung für die Demut. Stell dir vor, Demut zur Tugend hochzuloben! Demut! Kannst du dir einen Himmel voller Demütiger vorstellen? Grauenhafte Idee! Das Essen würde eiskalt werden, weil jeder die Schüsseln zuerst dem anderen reichen will. Demut taugt nichts, Derfel. Zorn und Selbstsucht, das sind die Eigenschaften, die die Welt in Gang halten.« Er lachte. »Aber zurück zu Caleddin. Für einen Ordovizier war er ein recht guter Druide, natürlich bei weitem nicht so gut wie ich, aber er hatte seine guten Tage. Dein Versuch, Lancelot umzubringen, hat mich übrigens sehr erfreut; schade, daß du's nicht zu Ende gebracht hast. Vermutlich ist er jetzt aus der Stadt geflohen, ja?«

»Sobald feststand, daß sie untergehen würde.«

»Die Ratten sind immer die ersten, die das untergehende Schiff verlassen, sagen die Seeleute. Armer Ban. Er war ein Narr, aber ein guter Narr.«

»Wußte er, wer Ihr seid?« fragte ich ihn.

»Selbstverständlich«, antwortete Merlin. »Es wäre ausgesprochen unhöflich von mir gewesen, meinen Gastgeber zu täuschen. Natürlich hat er es niemandem gesagt, sonst wäre ich die ganzeZeit von diesen gräßlichen Dichtern belagert worden, die von mir verlangt hätten, ich soll ihnen die Falten wegzaubern. Du hast ja keine Ahnung, Derfel, wie lästig so ein bißchen Magie werden kann. O ja,

Ban wußte, wer ich bin, und Caddwg ebenfalls. Er ist mein Diener. Der arme Hywel ist tot, nicht wahr?«

»Wenn Ihr das schon wißt«, gab ich zurück, »warum fragt Ihr noch?«

»Ich mache Konversation!« protestierte er. »Konversation gehört zu den Künsten der zivilisierten Welt, Derfel. Wir können nicht alle mit Schwert und Schild durchs Leben stapfen und kriegerisch grollen. Einige von uns versuchen ernsthaft, Würde zu bewahren.« Er schniefte.

»Und woher wißt Ihr, daß Hywel tot ist?« wollte ich wissen.

»Weil Bedwin es mir natürlich geschrieben hat, du Idiot.«

»Bedwin hat Euch all die Jahre geschrieben?« fragte ich verblüfft.

»Selbstverständlich! Er brauchte meinen Rat. Was glaubst du denn, was ich getan habe? Mich in Luft aufgelöst?«

»Das habt Ihr tatsächlich«, warf ich ihm vor.

»Unsinn! Ihr alle wußtet einfach nicht, wo ihr mich suchen solltet. Nicht etwa, daß Bedwin meine Ratschläge angenommen hätte. Was für einen Schlamassel dieser Mann angerichtet hat! Mordred lebt! Welch eine Torheit! Das Kind hätte bei der Geburt mit der eigenen Nabelschnur erdrosselt werden müssen, aber ich nehme an, daß Uther niemals damit einverstanden gewesen wäre. Der arme Uther. Er glaubte, daß Tugenden durch die Lenden eines Mannes vererbt werden! Welch ein Unsinn! Ein Kind ist wie ein Kalb – wenn es verkrüppelt ist, versetzt man ihm mit dem Knüppel einen Schlag vor den Kopf und läßt die Kuh noch einmal decken. Deswegen haben die Götter das Kinderzeugen so vergnüglich gemacht, weil so viele dieser kleinen Biester ersetzt werden müssen. Für die Frauen ist am Ende natürlich nicht viel Vergnügen dabei, aber irgend jemand muß eben leiden, und danken wir den Göttern, daß sie es sind und nicht wir.«

»Habt Ihr eigentlich Kinder?« fragte ich ihn und überlegte, warum ich bisher noch nie darauf gekommen war, ihm diese Frage zu stellen.

»Selbstverständlich! Was für eine seltsame Frage.« Er starrte mich an, als zweifelte er an meinem Verstand. »Ich habe keins von ihnen besonders gemocht, und zum Glück sind die meisten von ihnen gestorben; die übrigen habe ich verleugnet. Ein Sohn ist, glaube ich, sogar ein Christ.« Er erschauerte. »Ich ziehe die Kinder anderer Leute vor; die sind unendlich viel dankbarer. Aber wovon sprachen wir? Ach ja, Caleddin. Gräßlicher Kerl.« Finster schüttelte er den Kopf.

»Hat er das Manuskript angefertigt?« fragte ich ihn.

»Sei nicht albern, Derfel«, fuhr er mich ungeduldig an. »Druiden dürfen nichts niederschreiben, das verstößt gegen die Regeln. Das weißt du doch! Sobald man etwas aufschreibt, ist es festgelegt. Es wird zum Dogma. Die Menschen diskutieren darüber, werden überheblich, schlagen immer wieder in den Texten nach, produzieren neue Manuskripte, diskutieren von neuem, und bald darauf erschlagen sie einander. Wenn man niemals etwas aufschreibt, weiß keiner so genau, was man gesagt hat, und man kann seine Worte jederzeit ändern. Muß ich dir denn alles erklären?«

»Ihr könntet mir erklären, was in der Schriftrolle steht«, gab ich demütig zurück.

»Genau das tue ich ja gerade! Aber du unterbrichst mich ständig und wechselst das Thema! Seltsames Verhalten! Dabei bist du doch auf dem Tor aufgewachsen. Ich hätte dich öfter auspeitschen lassen sollen, dann hättest du jetzt vielleicht bessere Manieren. Wie ich hörte, baut Gwlyddyn meine Halle wieder auf?«

»Ja.«

»Ein guter, ehrlicher Mann, dieser Gwlyddyn. Ich werde vermutlich alles noch einmal selbst aufbauen müssen, aber er gibt sich Mühe.«

»Das Manuskript«, ermahnte ich ihn.

»Ich weiß! Ich weiß! Caleddin war Druide, das sagte ich schon. Und dazu ein Ordovizier. Schreckliche Wilde, diese Ordovizier. Wie dem auch sei, lenke deine Gedanken aufs Schwarze Jahr zurück und frage dich, woher Suetonius soviel über unsere Religion wußte. Du weißt doch, wer Suetonius war, oder?«

Diese Frage war eine Beleidigung, denn alle Briten kennen und schmähen den Namen Suetonius Paulinus, des von Nero eingesetzten Statthalters, der im Schwarzen Jahr – etwa vierhundert Jahre vor unserer Zeit – unsere uralte Religion buchstäblich vernichtete. Jeder Brite wuchs mit der schrecklichen Erzählung auf, wie Suetonius mit zwei Legionen das Druiden-Heiligtum auf Ynys Mon zerstörte. Ynys Mon war, wie Ynys Trebes, eine Insel, das höchste Heiligtum unserer Götter, aber es war den Römern irgendwie gelungen, die Meerenge zu überqueren und alle Druiden, Barden und Priesterinnen mit dem Schwert zu töten. Dann fällten sie alle Bäume des heiligen Hains und schändeten den heiligen See, so daß von unserer alten Religion nichts als ein Schatten blieb und unsere Druiden, wie Tanaburs und Iorweth, nichts als schwache Echos eines uralten Glanzes waren. »Ich weiß, wer Suetonius war«, antwortete ich Merlin.

»Es gab noch einen anderen Suetonius«, erklärte er mir belustigt. »Der war ein römischer Schriftsteller, und zwar ein recht guter. Ban besaß sein *De Viris Illustribus,* das hauptsächlich vom Leben der Dichter handelt. Besonderen Anstoß nahm Suetonius an Vergil. Es ist erstaunlich, was Poeten sich alles in ihr Bett holen; zumeist einander, natürlich. Schade, daß dieses Werk verbrannt ist, denn ein zweites habe ich nirgends zu sehen bekommen. Bans Schriftrolle ist vermutlich die allerletzte Kopie gewesen, und die ist jetzt zu Asche geworden. Vergil wird erleichtert sein. Wie dem auch sei, der springende Punkt ist, daß Suetonius Paulinus alles wissen wollte, was es über unsere Religion zu wissen gab, bevor er Ynys Mon überfiel. Da er sichergehen wollte, daß wir ihn nicht in eine Kröte oder einen Dichter verwandeln würden, suchte er sich einen Verräter. Das war der Druide Caleddin. Und Caleddin diktierte einem römischen Schreiber alles, was er wußte, damit dieser es in offenbar beklagenswertem Latein niederschrieb. Aber beklagenswert oder nicht, es ist das einzige Dokument unserer alten Religion; es enthält all ihre Geheimnisse, all ihre Rituale, all ihre Bedeutungen und all ihre Macht. Und das hier, mein Kind, ist es.« Er deutete auf die Schriftrolle und schaffte es, sie gleichzeitig vom Tisch zu fegen.

Ich holte das Manuskript unter der Koje des Schiffsführers hervor. »Und ich dachte«, sagte ich dann verärgert, »Ihr wärt ein Christ, der die Flügelspanne der Engel ausrechnen wollte.«

»Sei nicht pervers, Derfel! Jeder weiß, daß die Flügelspanne sich nach Größe und Gewicht des Engels richten muß.« Er entrollte die Handschrift wieder und betrachtete den Text. »Überall habe ich dieses Dokument gesucht. Sogar in Rom! Und all die Zeit hat dieser törichte alte Dummkopf Ban es als achtzehnten Band des Silius Italicus katalogisiert. Das beweist, daß er das Werk nie ganz gelesen hat, obwohl er ständig behauptete, es sei wundervoll. Allerdings glaube ich kaum, daß überhaupt jemand das ganze Werk gelesen hat. Wie könnte man auch!« Er schüttelte sich.

»Kein Wunder, daß Ihr über fünf Jahre danach suchen mußtet«, bemerkte ich und dachte daran, wie viele Menschen ihn während dieser Zeit gebraucht hätten.

»Unsinn. Von der Existenz dieser Schriftrolle habe ich erst vor einem Jahr erfahren. Bis dahin hab' ich nach anderen Dingen gesucht: dem Horn von Bran Galed, dem Dolch von Laufrodedd, der Wurfscheibe von Gwenddolau, dem Ring von Eluned. Die Kleinodien Britanniens, Derfel...« Er hielt inne, starrte auf die versiegelte Truhe und richtete den Blick dann wieder auf mich. »Diese Kleinodien sind die Schlüssel zur Macht, Derfel, aber ohne die Geheimnisse, die diese Handschrift birgt, sind sie nichts weiter als leblose Gegenstände.« Es lag eine tiefe Ehrerbietung in seinem Ton, und das war kein Wunder, denn die dreizehn Kleinodien waren die geheimnisvollsten und heiligsten Talismane Britanniens. Als wir eines Nachts in Benoic frierend im Dunkeln lagen und auf die Franken im Wald lauschten, hatte Galahad die Kleinodien verächtlich abgetan und bezweifelt, daß sie die langen Jahre der römischen Herrschaft überstanden haben könnten, doch Merlin hatte immer wieder betont, die alten Druiden hätten sie, als die Niederlage unmittelbar bevorstand, so tief verborgen, daß kein Römer sie jemals finden würde. Die Suche nach den dreizehn Talismanen war sein Lebenswerk, und er wollte den letzten, ehrfurchteinflößenden Moment miterleben, da sie eingesetzt werden würden. Und die Art, wie sie eingesetzt wurden, schien in der verschollenen Handschrift Caleddins niedergelegt zu sein.

»Und was sagt uns nun die Schriftrolle?« erkundigte ich mich neugierig.

»Woher soll ich das wissen? Du läßt mir ja keine Zeit zum Lesen. Warum läufst du nicht los und machst dich nützlich? Flickst ein Segel, oder was immer es ist, was Seeleute tun, wenn sie nicht gerade ertrinken.« Er wartete, bis ich zur Tür gelangt war. »Ach ja, noch eins«, setzte er dann geistesabwesend hinzu.

Als ich mich umwandte, studierte er schon wieder die ersten Zeilen der schweren Schriftrolle. »Ja, Lord?«

»Ich wollte dir danken, Derfel«, sagte er beiläufig. »Also, danke. Ich hatte immer gehofft, daß du dich eines Tages nützlich machen würdest.«

Ich dachte an das brennende Ynys Trebes und an Bans Tod. »Ich habe Arthur enttäuscht«, klagte ich bedrückt.

»Jeder enttäuscht Arthur. Er erwartet zuviel. Und nun lauf los!«

Ich hatte vermutet, daß Lancelot und seine Mutter Elaine nach Broceliande im Westen segeln würden, um sich dort den Flüchtlingsmassen anzuschließen, die von den Franken aus Bans Königreich vertriebenen worden waren; statt dessen segelten sie gen Norden, nach Britannien. Nach Dumnonia.

In Dumnonia angekommen, reisten sie nach Durnovaria. Sie erreichten es zwei volle Tage vor Merlin, Galahad und mir, so daß wir bei ihrer Ankunft nicht anwesend waren. Allerdings erfuhren wir umgehend alles darüber, denn die Stadt war erfüllt von bewundernden Berichten über die Flüchtlinge.

Benoics Königsfamilie mitsamt Gefolge war mit drei schnellen Schiffen gereist, die lange vor dem Fall der Insel mit Vorräten beladen worden waren und deren Laderäume von jenem Gold und Silber überquollen, das die Franken in Bans Palast zu finden gehofft hatten. Als die Gruppe um Königin Elaine Durnovaria erreichte, war dieser Schatz längst in einem sicheren Versteck untergebracht, so daß die Flüchtlinge nun allesamt zu Fuß in die Stadt kamen, manche von ihnen ohne Schuhe, alle zerlumpt und staubbedeckt, mit Meersalz verkrustet, mit blutbesudelten Kleidern und ramponierten Waffen, die sie in den kraftlosen Händen hielten. Elaine, Königin von Benoic, und Lancelot, nunmehr König eines verlorenen Königreichs, hinkten die Hauptstraße der Stadt entlang, um wie die Ärmsten der Armen vor Guineveres Palast zu betteln. Hinter ihnen kam eine bunte Gesellschaft von Wachen, Dichtern und Höflingen, die – wie Elaine mitleidheischend behauptete – einzigen Überlebenden des Massakers. »Wenn Arthur nur Wort gehalten hätte«, jammerte sie Guinevere vor, »wenn er nur die Hälfte dessen getan hätte, was er uns versprochen hat!«

»Mutter! Mutter!« Lancelot nahm sie in den Arm.

»Ich will nur noch sterben, mein Liebling«, erklärte Elaine, »genauso, wie es dir im Kampf fast ergangen wäre.«

Guinevere zeigte sich der Lage natürlich auf das prachtvollste gewachsen. Kleider wurden geholt, Badezuber gefüllt, Speisen gekocht, Wein eingeschenkt, Wunden verbunden, Berichte angehört, kostbare Geschenke gemacht und Arthur gerufen.

Die Berichte klangen wundervoll. Sie wurden in der ganzen Stadt wiederholt, und als wir in Durnovaria eintrafen, hatten sie auch den hintersten Winkel von Dumnonia erreicht und verbreiteten sich wie ein Lauffeuer über die Grenzen hinaus, um in zahllosen britischen und irischen Festhallen erzählt zu werden. Es war eine große Heldensage: wie Lancelot und Bors das Tor mit dem Wassergeist gehalten, wie sie den Sand mit den Leichen der Feinde bedeckt und die Möwen mit den Gedärmen der Franken gefüttert hatten. Die Franken, hieß es in den Erzählungen, hätten um Gnade gefleht, weil sie den blitzenden Tanlladwyr in Lancelots Hand fürchteten, dann aber seien dort, wo Lancelot sie nicht sehen konnte, einige andere Verteidiger zurückgewichen. Der Feind war in die Stadt eingedrungen, und während der Kampf bis dahin hart gewesen war, wurde er jetzt grauenhaft. Ein Feind nach dem anderen fiel, als eine Straße nach der anderen verteidigt wurde, aber nicht einmal alle Helden der Antike zusammen hätten das Vordringen der eisenbehelmten Feinde aufhalten könnten, die von der alles einschließenden See heraufgeströmt kamen wie Dämonen aus Manawydans Alpträumen. Die Helden mußten der Überzahl weichen, hinterließen jedoch zu Bergen getürmte Frankenleichen; immer mehr Feinde kamen, und immer weiter mußten sich die Helden zurückziehen – bis zur Terrasse des Schlosses, wo Ban, der gute König Ban stand und den Horizont nach Arthurs Schiffen absuchte. »Sie werden kommen«, habe Ban behauptet, »denn Arthur hat es mir versprochen.«

Der König, so hieß es, habe die Terrasse nicht verlassen wollen, denn falls Arthur komme und er nicht dort sei – was würden die Leute dazu sagen? Er bestand darauf, zu bleiben und Arthur zu begrüßen. Dann aber küßte er seine Frau, umarmte seinen Erben und wünschte ihnen guten Wind bis Britannien, bevor er den Blick wieder aufs Meer richtete, um nach der Rettung Ausschau zu halten, die niemals kam.

Es war eine große Saga, und als am Tag darauf festzustehen schien, daß keine Schiffe aus Armorica mehr eintreffen würden, wurde sie unmerklich verändert. Nun waren es Dumnonias Männer, die von Culhwch befehligten Krieger und Derfel, die den Feind nach Ynys Trebes hereingelassen hatten. »Sie haben gekämpft«, vesicherte Lancelot Guinevere, »aber sie konnten die Mauern nicht halten.«

Arthur, der gegen Cerdics Sachsen zu Felde gezogen war, unternahm einen Gewaltritt, um seine Gäste in Durnovaria willkommen zu heißen. Er traf ein, kurz bevor unsere armselige Gruppe unbemerkt die Straße emporzog, die vom Meer an den großen, grasbewachsenen Wällen von Mai Dun vorbeiführte. Einer der Wachtposten am Südtor der Stadt erkannte mich und ließ uns ein. »Ihr kommt gerade rechtzeitig«, sagte er.

»Wozu?«

»Arthur ist hier. Sie wollen die Geschichte von Ynys Trebes erzählen.«

»Ach ja?« Ich warf einen Blick über die Stadt zum Palast auf dem westlichen Hügel. »Das muß ich hören«, erklärte ich und führte meine Begleiter in die Stadt. Eilig strebten wir der zentralen Kreuzung zu, weil ich neugierig auf die Kapelle war, die Sansum für Mordred erbaut hatte. Zu meinem Erstaunen jedoch gab es weder eine Kapelle noch einen Tempel auf dem Grundstück, nur eine öde Fläche, auf der dichtes Unkraut wucherte. »Nimue«, sagte ich belustigt.

»Was?« fragte Merlin. Er trug seine Kapuze, damit ihn niemand erkannte.

»Ein aufgeblasener kleiner Mann«, antwortete ich, »wollte hier eine Kirche bauen. Guinevere rief Nimue zu Hilfe, damit sie ihn aufhalte.«

»Dann ist Guinevere nicht ganz ohne Verstand?« erkundigte sich Merlin.

»Hab' ich gesagt, daß sie das wäre?«

»Nein, mein lieber Derfel, das hast du nicht. Wollen wir weitergehen?« Wir stiegen den Hügel zum Palast hinauf. Es war Abend, und die Palastsklaven steckten überall im Innenhof Fackeln in Halterungen, in dem sich, ungeachtet des Schadens, den sie Guineveres Rosen und Wasserrinnen zufügte, eine dichte Menschenmenge versammelt hatte, um Lancelot und Arthur zu sehen. Niemand erkannte uns, als wir das Tor passierten. Merlin trug seine Kapuze, während Galahad und ich die Wangenstücke unserer Wolfsrutenhelme vor dem Gesicht geschlossen hatten. Zusammen mit Culhwch und einem Dutzend weiterer Männer drängten wir uns bis zu den Arkaden im Rücken der Menge durch.

Und dort vernahmen wir, während die Nacht hereinbrach, die Erzählung vom Fall der Insel Ynys Trebes.

Lancelot, Guinevere, Elaine, Arthur, Bors und Bedwin standen auf der Ostseite des Innenhofs, wo das Pflaster um einige Fuß höher lag als auf den anderen Seiten und eine natürliche Bühne bildete. Der Eindruck wurde von den hell brennenden Fackeln an der Wand unterhalb der Terrasse, von der eine Treppe zum Innenhof hinabführte, noch verstärkt. Ich sah mich suchend nach Nimue um, konnte sie aber nirgends entdecken, und auch der junge Bischof Sansum war nicht anwesend. Bischof Bedwin sprach ein Gebet, und die Christen unter den Zuschauern murmelten die Antworten, bekreuzigten sich und machten sich dann bereit, ein weiteres Mal der schrecklichen Geschichte vom Fall Ynys Trebes' zu lauschen. Erzählt wurde sie von Bors. Er stand oben an der Treppe und berichtete von Benoics Kampf, und die gespannten Zuhörer keuchten auf, wenn sie von den Schrecken hörten, und jubelten, wenn er eine von Lancelots Heldentaten näher ausführte. Einmal deutete Bors, von seinen Gefühlen übermannt, schweigend auf Lancelot, der den Jubel zu dämpfen versuchte, indem er beschwichtigend eine dick verbundene Hand hob und, als die Geste wirkungslos blieb, den Kopf schüttelte, als wäre der Jubel der Menge einfach zuviel für ihn. Elaine, ganz in Schwarz, stand weinend neben ihrem Sohn. Bors hielt sich nicht weiter bei Arthurs Versäumnis auf, die dem Untergang geweihte Garnison zu verstärken, sondern erklärte statt dessen, König Ban hätte, obwohl Lancelot wußte, daß Arthur in Britannien kämpfte, an unrealistischen Hoffnungen festgehalten. Arthur, der dennoch verletzt war, schüttelte den Kopf und schien den Tränen nahe zu sein, vor allem, als Bors die rührende Szene von

König Bans Abschied von Frau und Sohn schilderte. Ich selbst hatte ebenfalls Tränen in den Augen – nicht wegen der Lügen, die ich mir anhören mußte, sondern aus purer Freude darüber, Arthur endlich wiederzusehen. Er hatte sich nicht verändert. Das knochige Gesicht war immer noch kraftvoll, und seine Augen verrieten immer noch Menschenliebe.

Als Bedwin fragte, was aus den Männern von Dumnonia geworden sei, ließ sich Ban mit unverkennbarem Zögern die Geschichte unseres tragischen Todes aus der Nase ziehen. Die Zuhörer stöhnten, als sie erfuhren, daß wir es gewesen waren, die Männer aus Dumnonia, die die Stadtmauer aufgegeben hatten. Bors erhob eine behandschuhte Hand. »Sie haben tapfer gekämpft«, behauptete er, aber die Menschen ließen sich nicht trösten.

Merlin schien diesen Unsinn zu ignorieren und flüsterte stattdessen mit einem Mann ganz hinten in der Menge. Nun jedoch kam er herübergeschlurft und berührte meinen Ellbogen. »Ich muß mal pissen, mein lieber Junge«, sagte er mit Pater Celwins Stimme. »Alter Mann, schwache Blase. Kümmer du dich um diese Idioten. Ich bin bald zurück.«

»Eure Männer haben tapfer gekämpft«, rief Bors der Menge zu, »und wenn sie auch besiegt wurden, so sind sie doch wie Männer gestorben!«

»Und sind nun, wie Geister, aus der Anderwelt zurückgekehrt«, rief ich laut und schmetterte dabei meinen Schild gegen eine Säule, woraufhin eine kleine weiße Staubwolke aus pulverisiertem Kalk aufstob. Ich trat ins Licht einer Fackel. »Ihr seid ein Lügner, Bors!« schrie ich erbost.

Culhwch trat neben mich. »Ich sage ebenfalls, daß Ihr lügt!« grollte er.

»Und ich!« Damit trat Galahad zu uns.

Ich zog Hywelbane. Das Scharren des Stahls am hölzernen Hals der Scheide ließ die Menge zurückweichen, so daß ein Pfad durch die zertrampelten Rosen frei wurde, der bis zur Terrasse führte. Schlachtenmüde, staubbedeckt, in Helm und Wehr, schritten wir drei voran. Wir gingen im Gleichschritt, langsam und schwer, und weder Bors noch Lancelot wagte ein Wort zu sagen, als sie die Wolfsruten sahen, die unsere Helme zierten. In der Mitte des Gartens blieb ich stehen und rammte Hywelbane in die Erde eines Rosenbeets. »Mein Schwert sagt, Ihr lügt«, rief ich laut. »Derfel, Sohn einer Sklavin, erklärt, daß Lancelot ap Ban, König von Benoic, lügt!«

»Culhwch ap Galeid erklärt dasselbe!« Damit stieß Culhwch sein schartiges Schwert neben das meine.

»Und Galahad ap Ban, Prinz von Benoic, ebenfalls.« Galahad setzte sein Schwert daneben.

»Kein Franke hat unseren Teil der Mauer erklommen«, sagte ich und nahm den Helm ab, damit Lancelot mein Gesicht sehen konnte. »Kein Franke hat gewagt, unsere Mauer zu erklimmen, weil so viele Tote an ihrem Fuß lagen.«

»Und ich, Bruder...« – Galahad nahm ebenfalls den Helm ab – »war bis zur letzten Sekunde bei unserem Vater – nicht du!«

»Und Ihr, Lancelot«, rief ich, »trugt keinen Verband, als Ihr aus Ynys Trebes floht. Was ist geschehen? Habt Ihr Euch einen Splitter vom Schanzdeck Eures Fluchtschiffs in den Daumen gerissen?«

Es gab einen Aufruhr. Einige von Bors' Wachen, die an einer Seite des Innenhofs standen, zogen ihre Schwerter und riefen Beschimpfungen, aber Cavan drängte mit dem Rest unserer Männer mit erhobenen Speeren drohend durch das offene Tor herein. »Keiner von euch Bastarden hat die Stadt verteidigt«, rief Cavan. »Also kämpft wenigstens jetzt!«

Lanval, der Kapitän von Guineveres Palastgarde, rief seinen Bogenschützen zu, die Terrasse zu besetzen. Elaine war schneeweiß geworden, Lancelot und Bors standen neben ihr und schienen beide zu zittern. Bischof Bedwin rief etwas, aber es war Arthur, der die Ordnung wiederherstellte. Er zog Excalibur und schlug damit auf seinen Schild. Lancelot und Bors hatten sich in den Hintergrund der Terrasse zurückgezogen, aber Arthur winkte sie wieder nach vorn. Dann musterte er uns drei. Die Menge verstummte, und die Bogenschützen nahmen die Pfeile von den Sehnen. »In der Schlacht«, sagte Arthur leise, um die Aufmerksamkeit aller auf sich zu ziehen, »entsteht oft Verwirrung. Die Menschen können kaum alles sehen, was in einer Schlacht geschieht. Unsere Freunde von Ynys Trebes...« – dabei legte er Lancelot seinen Schwertarm um die Schultern – »irrten sich, aber es war ein entschuldbarer Irrtum. Ganz zweifellos hat ihnen ein armer, verwirrter Mensch von Eurem Tod berichtet, und sie haben ihm geglaubt; nun aber sehen sie sich zum Glück widerlegt. Doch keinesfalls beschämt! In Ynys Trebes gab es für alle genügend Ruhm zu erringen. Habe ich recht?«

Arthur richtete diese Frage an Lancelot, aber es war Bors, der antwortete. »Ich habe mich geirrt«, sagte er, »und ich bin froh darüber.«

»Ich ebenfalls«, setzte Lancelot mit tapferer, klarer Stimme hinzu.

»Na also!« sagte Arthur und sah uns drei lächelnd an. »Und nun, meine Freunde, nehmt Eure Waffen wieder an Euch. Wir werden hier keinerlei Feindschaft dulden! Schließlich seid Ihr alle Helden – Ihr alle!« Er wartete, doch keiner von uns dreien regte sich. Die Flammen der Fackeln glänzten auf unseren Helmen und berührten die Klingen unserer im Boden steckenden Schwerter, die zum Kampf um die Wahrheit herausforderten. »Ich befehle Euch, die Schwerter herauszuziehen«, sagte er. »Dies ist mein Haus. Ihr, Culhwch, und Ihr, Derfel, seid durch einen Eid an mich gebunden. Wollt ihr jetzt Euren Eid brechen?«

»Ich verteidige meine Ehre, Lord«, antwortete Culhwch.

»Eure Ehre ist in meinen Diensten«, fuhr Arthur ihn an, und der Stahl in seiner Stimme ließ mich erschauern. Er war ein liebenswürdiger Mann, und man vergaß nur allzu leicht, daß er bestimmt nicht nur durch Freundlichkeit zum Kriegsherrn geworden war. Er redete immer von Frieden und Versöhnung, in der Schlacht aber löste sich seine Seele von derartigen Gedanken und überließ sich ganz dem Töten. Nun drohte er uns mit Kampf, indem er die Hand an Excaliburs Heft legte. »Nehmt Eure Schwerter!« befahl er uns abermals. »Oder soll ich sie an Eurer Statt herausziehen?«

Da wir nicht gut gegen unseren eigenen Lord kämpfen konnten, gehorchten wir. Galahad folgte unserem Beispiel. Wir ärgerten uns über die Niederlage und fühlten uns betrogen, aber kaum hatte Arthur in seinem Haus den Frieden wiederhergestellt, begann er schon wieder zu lächeln. Mit ausgebreiteten Armen kam er die Treppe herab, und seine Freude darüber, uns wiederzusehen, war so unverkennbar, daß mein Groll sich sofort in nichts auflöste. Er umarmte seinen Cousin Culhwch, und als er anschließend mich an sich drückte, spürte ich die Tränen meines Lords an meiner Wange. »Derfel«, sagte er, »Derfel Cadarn. Seid Ihr es wirklich?«

»Kein anderer, Lord.«

»Ihr seht älter aus«, stellte er lächelnd fest.

»Ihr nicht.«

Er verzog das Gesicht. »Ich war nicht in Ynys Trebes. Ich wünschte, ich wäre dort gewesen.« Damit wandte er sich an Galahad. »Ich habe von Eurer Tapferkeit gehört, Lord Prinz, und begrüße Euch herzlich.«

»Aber bitte, Lord, beleidigt mich nicht, indem Ihr meinem Bruder glaubt«, gab Galahad verbittert zurück.

»Nein«, sagte Arthur. »Ich dulde keinen Streit. Wir sind alle Freunde. Darauf muß ich bestehen.« Er schob seinen Arm durch den meinen und führte uns alle drei die Stufen zur Terrasse empor, wo er von uns verlangte, Bors und Lancelot in die Arme zu schließen. »Es gibt schon genug Schwierigkeiten«, sagte er leise zu mir, als ich zurückblieb. »Auch ohne dies.«

Also trat ich vor und breitete die Arme aus. Lancelot zögerte, dann kam er mir entgegen. Seine geölten Haare dufteten nach Veilchen. »Kind!« flüsterte er mir ins Ohr, nachdem er mich auf die Wange geküßt hatte.

»Feigling!« flüsterte ich zurück. Dann lösten wir uns lächelnd voneinander.

Bischof Bedwin hatte Tränen in den Augen, als er mich umarmte. »Mein lieber Derfel!«

»Ich habe sogar noch bessere Neuigkeiten für Euch«, sagte ich leise. »Merlin ist hier.«

»Merlin?« Bedwin starrte mich an, als wage er meine Worte nicht zu glauben. »Merlin ist hier? Merlin!« Wie ein Lauffeuer verbreitete sich die Nachricht durch die Menge. Merlin war wieder da! Der große Merlin war zurückgekehrt. Die Christen bekreuzigten sich, aber selbst sie erkannten die Bedeutung dieser Neuigkeit. Merlin war nach Dumnonia zurückgekehrt, und plötzlich schienen die Sorgen des Königreichs nur noch halb so schwer.

»Und wo ist er?« wollte Arthur wissen.

»Er ist hinausgegangen«, antwortete ich verlegen und zeigte auf das Tor.

»Merlin!« rief Arthur. »Merlin!«

Aber er bekam keine Antwort. Wachen suchten nach ihm, fanden ihn aber nicht. Später sagten Wächter am Westtor, ein alter Priester mit Buckel, Augenklappe, grauer Katze und krankhaftem Husten habe die Stadt verlassen, darüber hinaus aber hätten sie keinen anderen weißbärtigen Weisen gesehen.

»Ihr habt eine furchtbare Schlacht hinter Euch, Derfel«, sagte Arthur zu mir, als wir in der Festhalle des Palastes saßen, wo uns ein Mahl aus Schweinefleisch, Brot und Met serviert wurde. »In harten Zeiten haben Männer seltsame Träume.«

»Nein, Lord«, beharrte ich, »Merlin war hier. Fragt nur Prinz Galahad.«

»Das werde ich«, versicherte er mir, »selbstverständlich werde ich das.« Damit wandte er sich ab, um zu der erhöhten Tafel hinüberzublicken, wo Guinevere einen Ellbogen aufstützte, um Lancelot zuzuhören. »Wir haben alle viel gelitten«, ergänzte er.

»Aber ich habe Euch enttäuscht, Lord«, gestand ich, »und das tut mir leid.«

»Nein, nein, Derfel – nein! Ich habe Ban enttäuscht. Aber was sollte ich tun? Es gibt so furchtbar viele Feinde.« Er verstummte und lächelte, als er hörte, wie Guineveres Lachen durch die Halle tönte. »Ich bin glücklich, daß wenigstens sie glücklich ist«, sagte er. Damit wandte er sich Culhwch zu, der darauf konzentriert war, ein ganzes Spanferkel zu vertilgen.

An jenem Abend war Lunete bei Hof. Sie hatte sich die Haare geflochten und zu zwei blumengeschmückten Schnecken aufgesteckt. Sie trug Torques, Broschen und Armreifen, und ihr Gewand aus rotgefärbtem Leinen wurde von einem Ledergürtel mit Silberschnalle gehalten. Sie lächelte mir zu, klopfte mir ein wenig Schmutz vom Ärmel und rümpfte die Nase über meine stinkenden Kleider. »Narben stehen dir gut, Derfel«, sagte sie und berührte dabei ganz leicht meine Wange, »aber du setzt dich zu vielen Gefahren aus.«

»Ich bin Krieger.«

»Nicht solche Gefahren. Ich meine, daß du dir Geschichten über Merlin ausdenkst. Du hast mich in Verlegenheit gebracht! Und lauthals zu verkünden, daß du der Sohn einer Sklavin bist! Hast du denn keinen Augenblick daran gedacht, wie sehr mich das verletzen könnte? Ich weiß, wir sind nicht mehr zusammen, aber die Leute wissen, daß wir zusammen waren, und was glaubst du wohl, was ich empfinde, wenn du sagst, daß du als Sklave geboren bist? Du solltest mehr an andere denken, Derfel, wirklich, das solltest du!« Wie ich sah, trug sie unseren Liebesring nicht mehr, aber das hatte ich nicht anders erwartet, denn sie hatte längst andere Männer gefunden, die es sich leisten konnten, großzügiger zu sein als ich. »Ich nehme an, daß Ynys Trebes dich ein bißchen um den Verstand gebracht hat«, fuhr sie fort. »Warum solltest du Lancelot sonst zum Kampf herausfordern? Ich weiß, daß du gut mit dem Schwert umgehen kannst, Derfel, aber er ist Lancelot und nicht irgendein einfacher Krieger.« Sie wandte sich um und blickte hinüber, wo der König neben Guinevere saß. »Ist er nicht wundervoll?« fragte sie mich.

»Unvergleichlich«, gab ich gereizt zurück.

»Und nicht vermählt, wie ich hörte?« fragte Lunete voll Koketterie.

Ich beugte mich zu ihrem Ohr hinunter. »Er liebt Knaben«, flüsterte ich.

Sie schlug mich auf den Arm. »Dummkopf! Jeder sieht, daß das nicht stimmt. Siehst du nicht, wie er Guinevere anhimmelt?« Nun brachte Lunete ihren Mund dicht an mein Ohr. »Sag's niemandem weiter«, flüsterte sie heiser, »sie ist schwanger.«

»Gut«, sagte ich.

»Gar nicht gut. Sie ist nicht glücklich. Sie will nicht kugelrund werden, weißt du. Und ich kann's ihr nicht verdenken, ich habe die Schwangerschaft gehaßt. Ach, da ist jemand, mit dem ich sprechen möchte. Ich freue mich immer über neue Gesichter bei Hof. Ach ja, und noch eins, Derfel.« Sie lächelte zuckersüß. »Nimm ein Bad, mein Lieber.« Sie durchquerte den Saal, um einen von Königin Elaines Poeten anzusprechen.

»Weg mit dem Alten, her mit dem Neuen?« Bischof Bedwin war neben mir aufgetaucht.

»Ich bin so alt, daß es mich wundert, daß sich Lunete überhaupt an mich erinnert«, antwortete ich verdrossen.

Bedwin lächelte und begleitete mich in den Innenhof, der sich inzwischen gänzlich geleert hatte. »Merlin war bei Euch«, sagte er – nicht als Frage, sondern als Feststellung.

»Ja, Lord.« Ich erzählte ihm, daß Merlin vorgegeben hatte, den Palast für nur wenige Momente verlassen zu wollen.

Bedwin schüttelte den Kopf. »Er liebt diese Spielchen«, sagte er verzweifelt. »Erzählt mir mehr.«

Ich berichtete ihm alles, was ich wußte. Vom Rauch der knisternden Fackeln umgeben, gingen wir auf der Terrasse auf und ab, während ich von Pater Celwin und Bans Bibliothek erzählte und ihm die wahre Geschichte der Belagerung sowie die Wahrheit über Lancelot berichtete. Ich schloß mit der Beschreibung von Caleddins Handschrift, die Merlin aus der untergehenden Stadt gerettet hatte. »Wie es heißt«, erklärte ich Bedwin, »enthält sie das geheime Wissen Britanniens.«

»Ich bete zu Gott, daß das zutrifft, möge Gott mir vergeben«, sagte Bedwin. »Irgend jemand muß uns helfen.«

»Steht es so schlecht?«

Bedwin zuckte die Achseln. Er wirkte alt und müde. Sein Haar war schütter geworden, sein Bart dünn und sein Gesicht hagerer, als ich es in Erinnerung hatte. »Ich nehme an, es könnte schlimmer sein«, räumte er ein, »aber besser wird es leider nie. Im Grunde hat sich nicht sehr viel geändert, seit Ihr uns verlassen habt, nur daß Aelle immer stärker wird, so stark, daß er es inzwischen sogar wagt, sich *Bretwalda* zu nennen.« *Bretwalda* war ein sächsischer Titel und bedeutete Herrscher Britanniens. »Er hat das ganze Land zwischen Durocobrivis und Corinium erobert«, berichtete Bedwin, »und hätte vermutlich auch die beiden Festungen selbst gestürmt, hätten wir nicht mit dem letzten Rest unseres Goldes Frieden erkauft. Und dann ist da Cerdic unten im Süden, und der erweist sich als noch bösartiger als Aelle.«

»Greift Aelle Powys denn nicht an?«

»Gorfyddyd hat ihn bezahlt, genau wie wir.«

»Ich dachte, Gorfyddyd sei krank!«

»Die Seuche ging vorüber, wie das mit Seuchen so ist. Er hat sich erholt, und nun führt er die Männer von Elmet zusammen mit den Truppen von Powys. Er ist erfolgreicher, als wir dachten«, gestand Bedwin offen ein, »vielleicht, weil ihn der Haß antreibt. Er trinkt nicht mehr soviel wie früher und hat geschworen, sich für seinen verlorenen Arm an Arthur zu rächen. Und schlimmer noch, Derfel, Gorfyddyd tut nun, was Arthur so gern getan hätte. Er eint die Stämme, aber leider eint er sie gegen uns und nicht gegen die Sachsen. Er bezahlt Gundleus' Silurier und die Schwarzschild-Iren dafür, daß sie unsere Küsten überfallen, und besticht König Mark, Cadwy zu helfen. Außerdem möchte ich behaupten, daß er im Augenblick Geld eintreibt, um Aelle dafür zu bezahlen, unseren Waffenstillstand zu brechen. Gorfyddyd steigt auf, während wir fallen. In Powys nennen sie Gorfyddyd jetzt schon den Großkönig. Und er hat Cuneglas als Erben, während wir unseren armen, kleinen, lahmen Mordred haben. Gorfyddyd stellt ein ganzes Heer zusammen, während wir Kriegshorden haben. Und sobald in diesem Jahr die Ernte eingebracht ist, Derfel, wird Gorfyddyd mit den Männern aus Elmet und Powys südwärts marschieren. Viele behaupten, es werde das größte Heer sein, das jemals in Britannien gesehen wurde, und es nimmt kaum wunder, daß es Leute gibt, die sagen...« – er senkte die Stimme – »wir sollten Frieden zu seinen Bedingungen schließen.«

»Und die wären?«

»Es gibt nur eine einzige Bedingung: Arthurs Tod. Gorfyddyd wird Arthur niemals vergeben, wie tief er Ceinwyn beleidigt hat. Könnt Ihr ihm das übelnehmen?« Bedwin zuckte die Achseln und ging einen Augenblick schweigend weiter. »Die größte Gefahr«, fuhr er dann fort, »besteht darin, daß Gorfyddyd, wenn er das Geld zusammenbringt, Aelle wieder in den Krieg hineinzieht. Wir können den Sachsen nichts mehr bezahlen – einfach, weil wir nichts mehr haben. Die Schatzkammern sind leer. Wer wird einem untergehenden Regime noch Steuern zahlen? Und wir können keine Speerkämpfer entbehren, die für uns die Steuern eintreiben.«

»Gleich hier...« – mit dem Kopf deutete ich zur Halle hinüber, aus der laut die Geräusche des Festmahls herüberdrangten – »gibt es eine Menge Gold. Allein Lunete trug genug davon«, setzte ich säuerlich hinzu.

»Von Prinzessin Guineveres Damen«, gab Bedwin verbittert zurück, »wird nicht erwartet, daß sie dem Krieg ihren Schmuck opfern. Und selbst wenn sie das täten, bezweifle ich, daß es genug wäre, um Aelle noch einmal zu bestechen. Und wenn er uns im Herbst angreift, Derfel, dann werden jene Männer, die Arthurs Leben verlangen, ihre Forderung nicht mehr flüstern, sondern laut von allen Mauern verkünden. Gewiß, Arthur könnte sich einfach davonmachen. Er könnte vermutlich nach Broceliande gehen, dann würde Gorfyddyd den jungen Mordred in seine Obhut nehmen, und wir wären nur noch ein von Powys aus regiertes Vasallenreich.«

Ich schritt schweigend weiter. Daß die Dinge so verzweifelt schlecht standen, hatte ich nicht gedacht.

Bedwin lächelte bedrückt. »Wie es scheint, mein junger Freund, seid Ihr vom Regen in die Traufe geraten. Es wird viel Arbeit für Euer Schwert geben, Derfel, und zwar schon bald. Ihr werdet sehen.«

»Ich hätte gern Zeit gehabt, Ynys Wydryn zu besuchen«, wandte ich ein.

»Um Merlin wiederzusehen?«

»Um Nimue wiederzusehen«, berichtigte ich.

Er machte halt. »Ihr habt es noch nicht gehört?«

Irgend etwas Eiskaltes berührte mein Herz. »Ich habe nichts gehört. Ich hatte eigentlich gedacht, sie hier in Durnovaria zu finden.«

»Sie war hier«, bestätigte Bedwin. »Prinzessin Guinevere hatte sie herbefohlen. Ich war eigentlich erstaunt, daß sie kam, aber sie kam. Ihr müßt wissen, Derfel, daß Guinevere und Bischof Sansum – erinnert Ihr Euch? Wie könnte man den vergessen! –, daß diese beiden miteinander im Streit liegen. Nimue war Guineveres Waffe. Gott weiß, was Merlin sich von Nimue erwartete, aber Sansum wollte es gar nicht erst erfahren. Er predigte gegen Nimue und verkündete, sie sei eine Hexe. Einige meiner Mitchristen sind, fürchte ich, nicht von Menschenliebe erfüllt, und Sansum predigte, daß man sie steinigen müßte.«

»Nein!« protestierte ich entsetzt.

»Nein, nein!« Er hob die Hand, um mich zu beruhigen. »Sie hat sich gewehrt, indem sie die Heiden vom Land ringsum in die Stadt holte. Die haben Sansums neue Kapelle geplündert, es kam zu Tumulten, und es gab ein Dutzend Tote, obwohl weder sie noch Sansum verletzt wurden. Die Wache des Königs geriet in Panik,weil sie ein Attentat auf Mordred vermuteten. Das war es natürlich nicht, aber nun konnte sie nichts mehr daran hindern, ihre Speere einzusetzen. Dann wurde Nimue von Nabur, dem Magistraten, der für den König verantwortlich ist, verhaftet und der Anstiftung zum Aufruhr schuldig gesprochen. Das war natürlich klar, er ist schließlich Christ. Bischof Sansum forderte ihren Tod, Prinzessin Guinevere verlangte, daß Nimue freigelassen werde, und während sich diese Streitereien hinzogen, schmachtete Nimue in Naburs Kerker.« Bedwin hielt inne. An seiner Miene erkannte ich, daß das Schlimmste noch kommen würde. »Sie wurde wahnsinnig, Derfel«, fuhr der Bischof schließlich fort. »Es war, als hätte man einen ungezähmten Falken eingesperrt, wißt Ihr, und sie lehnte sich gegen die Gitterstäbe auf. Sie wurde wahnsinnig, heulte und schrie. Niemand vermochte sie zu bändigen.«

Jetzt wußte ich, was kommen würde. Ich schüttelte den Kopf. »Nein«, sagte ich leise.

»Die Toteninsel«, sprach Bedwin die entsetzliche Wahrheit aus. »Was sollten sie sonst tun?«

»Nein!« protestierte ich abermals, denn Nimue war auf der Toteninsel verloren unter den Zerbrochenen, und ich vermochte den Gedanken an dieses Schicksal nicht zu ertragen. »Die dritte Wunde«, sagte ich leise.

»Wie bitte?« Bedwin legte die Hand hinters Ohr.

»Ach, nichts«, wehrte ich ab. »Lebt sie noch?«

»Wer weiß? Kein lebender Mensch geht freiwillig dorthin, und wenn doch, kann er nicht mehr zurück.«

»Aber dann muß Merlin dorthin gegangen sein!« rief ich erleichtert. Merlin hatte es zweifellos von dem Mann erfahren, der hinten im Innenhof mit ihm geflüstert hatte, und Merlin vollbrachte Dinge, die kein anderer Mensch vollbringen konnte. Die Toteninsel hatte für Merlin keinen Schrecken. Was sonst konnte der Grund dafür sein, daß er so unvermittelt verschwunden war? In ein, zwei Tagen, dachte ich, wird er nach Durnovaria zurückkehren und Nimue heil und gesund zurückbringen. Es konnte nicht anders sein.

»Betet zu Gott, daß es so ist«, sagte Bedwin. »Ihr zuliebe.«

»Was ist mit Sansum geschehen?« erkundigte ich mich rachsüchtig.

»Er wurde nicht offiziell bestraft«, antwortete Bedwin, »aber Guinevere überredete Arthur, ihm den Posten als Mordreds Kaplan zu entziehen. Dann starb der alte Bursche, der den Schrein vom heiligen Dornbusch auf Ynys Wydryn verwaltete, und ich konnte unseren jungen Bischof überreden, das Amt zu übernehmen. Er war nicht sehr glücklich darüber, doch da er wußte, daß er sich in Durnovaria zu viele Feinde gemacht hatte, akzeptierte er den Vorschlag.« Bedwin war eindeutig entzückt über Sansums tiefen Fall. »Seine Macht hier hat er verloren, und ich kann mir nicht vorstellen, daß er sie je zurückgewinnt. Das heißt, wenn er nicht sehr viel gerissener ist, als ich denke. Natürlich ist er auch einer von denjenigen, die flüsternd verlangen, Arthur zu opfern. Ein weiterer ist Nabur. In unserem Königreich gibt es jetzt eine Mordred-Partei, Derfel, und die fragt, warum wir kämpfen sollen, um Arthurs Leben zu retten.«

Ich trat um eine Pfütze Erbrochenes herum, die von einem betrunkenen Soldaten aus der Halle stammte. Der Mann stöhnte, blickte zu mir auf und würgte schon wieder. »Wer sonst könnte Dumnonia regieren?« fragte ich Bedwin, als wir außer Hörweite des Betrunkenen waren.

»Eine gute Frage, Derfel. Ja, wer? Gorfyddyd natürlich, oder sein Sohn Cuneglas. Manche flüstern auch Gereints Namen, aber der will nicht. Nabur hat sogar angedeutet, daß ich die Macht übernehmen könnte. Genaues hat er natürlich nicht gesagt, immer nur Andeutungen gemacht.« Bedwin lachte verächtlich. »Aber was könnte ich wohl gegen unsere Feinde ausrichten? Wir brauchen Arthur. Kein anderer hätte die Feinde, die uns umringen, so lange aufhalten können, Derfel. Aber die Leute verstehen das nicht. Sie geben ihm die Schuld an dem Chaos, doch wenn ein anderer an die Macht käme, würde das Chaos noch schlimmer werden. Wir sind ein Reich ohne richtigen König, darum wirft jeder ehrgeizige Lümmel ein gieriges Auge auf Mordreds Thron.«

Ich blieb neben der Bronzebüste stehen, die Gorfyddyd so sehr glich. »Wenn Arthur nur Ceinwyn geheiratet hätte...«, begann ich.

»Ja, Derfel, wenn«, fiel Bedwin mir ins Wort. »Wenn Mordreds Vater nicht gestorben wäre oder wenn Arthur Gorfyddyd getötet hätte, statt ihm nur den Arm abzuschlagen, wäre jetzt alles ganz anders. Die Geschichte besteht aus lauter Wenns. Und vielleicht habt Ihr recht. Wenn Arthur Ceinwyn geheiratet hätte, dann würde jetzt vielleicht Frieden herrschen und Aelles Schädel auf Caer Cadarn auf einer Speerspitze stecken. Aber wie lange, glaubt Ihr, hätte Gorfyddyd Arthurs Erfolg ertragen? Und vergeßt nicht, warum Gorfyddyd überhaupt erst mit der Vermählung einverstanden war.«

»Wegen des Friedens?«

»Meine Güte, nein! Gorfyddyd gestattete Ceinwyn nur, sich zu verloben, weil er glaubte, daß ihr Sohn, sein Enkel, statt Mordred Herrscher von Dumnonia werden würde. Ich dachte, das läge auf der Hand.«

»Für mich nicht«, gestand ich, denn als Arthur sich auf Caer Sws so blind verliebte, war ich nur ein Speerkämpfer seiner Wache gewesen und kein Hauptmann, der sich über die Beweggründe von Königen und Prinzen Gedanken machen mußte.

»Wir brauchen Arthur«, sagte Bedwin und schaute auf, um mir in die Augen zu sehen. »Und wenn Arthur Guinevere braucht, dann ist das eben so.« Er zuckte die Achseln und ging weiter. »Ich hätte Ceinwyn als seine Gemahlin vorgezogen, aber es war nicht meine Aufgabe, die Wahl zu treffen und das Brautbett zu bereiten. Nun wird das arme Ding Gundleus ehelichen.«

»Gundleus?« Ich sagte das so laut, daß es den betrunkenen Soldaten erschreckte, der sich stöhnend über sein Erbrochenes beugte. »Ceinwyn wird Gundleus heiraten?« fragte ich Bedwin ungläubig.

»Die Verlobungsfeier findet in zwei Wochen statt«, gab Bedwin gelassen zurück. »Beim Lugnasafest.« Lugnasa war das Sommerfest des Lichtgottes Lleullaw und war der Fruchtbarkeit geweiht, daher wurde jede Verlobung, die bei diesem Fest stattfand, als besonders glückverheißend betrachtet. »Vermählen werden sie sich im Spätherbst, nach dem Krieg.« Er hielt inne, weil ihm bewußt war, was er damit gesagt hatte: Gorfyddyd und Gundleus würden den Krieg gewinnen, und die Vermählungszeremonie würde Teil der Siegesfeiern sein. »Gorfyddyd hat geschworen, ihnen Arthurs Kopf als Hochzeitsgeschenk zu überreichen«, ergänzte Bedwin traurig.

»Aber Gundleus ist bereits vermählt!« protestierte ich und fragte mich zugleich, warum ich so empört war. Kam das, weil ich an Ceinwyns zarte Schönheit dachte? Ich trug ihre Brosche noch immer unter meinem Brustpanzer, aber ich redete mir ein, ich sei nicht ihretwegen empört, sondern nur, weil ich Gundleus so sehr haßte.

»Daß er mit Ladwys vermählt ist, hat Gundleus nicht daran gehindert, Norwenna zu heiraten«, gab Bedwin verächtlich zu bedenken. »Er wird Ladwys verstoßen, dreimal um den heiligen Felsen marschieren und den magischen Giftpilz küssen, oder was immer ihr Heiden heutzutage tut, um euch scheiden zu lassen. Übrigens ist er kein Christ mehr. Eine heidnische Scheidung, Ceinwyn heiraten, mit ihr einen Erben zeugen und dann, habt Ihr nicht gesehen, wieder in Ladwys' Bett zurück. Das scheint heutzutage die übliche Prozedur zu sein.« Er hielt inne und legte den Kopf schief, um auf das Gelächter zu lauschen, das in der Halle aufbrandete. »Obwohl wir«, fuhr er dann fort, »später einmal an diese Tage als die letzten des Goldenen Zeitalters zurückdenken werden.«

Irgend etwas in seinem Ton ließ mich sogar noch mutloser werden. »Sind wir zum Untergang verurteilt?« fragte ich ihn.

»Wenn Aelle den Waffenstillstand einhält, werden wir vielleicht noch ein weiteres Jahr durchhalten, aber nur, wenn wir Gorfyddyd besiegen. Und wenn nicht? Dann müssen wir beten, daß Merlin uns ein neues Leben bringt.« Er zuckte die Achseln, schien sich aber keine großen Hoffnungen zu machen.

Er war kein guter Christ, dieser Bischof Bedwin, aber er war ein sehr guter Mensch. Heute behauptet Sansum, die Tatsache, daß er gut war, würde nicht verhindern, daß seine Seele in der Hölle schmore. In jenem Sommer aber, als ich eben erst aus Benoic zurückgekommen war, schienen unsere Seelen alle zur Verdammnis verurteilt zu sein. Die Ernte hatte gerade erst begonnen, sobald sie jedoch eingefahren war, würde Gorfyddyd angreifen.

VIERTER TEIL

Die Toteninsel

Igraine wollte unbedingt Ceinwyns Brosche sehen. Sie hielt sie gegen das Fenster, drehte und wendete sie und betrachtete die verschlungenen Muster. Deutlich erkannte ich die Begierde in ihren Augen. »Ihr habt viele, die weit schöner sind«, mahnte ich sie behutsam.

»Aber keine, die eine solche Geschichte hat«, gab sie zurück und hielt die Brosche probeweise an ihren Busen.

»Meine Geschichte, liebste Königin«, sagte ich tadelnd, »nicht die Eure.«

Sie lächelte. »Aber wie habt Ihr doch geschrieben? Ich würde, wäre ich wirklich so gutherzig, wie Ihr glaubt, gewiß gestatten, daß Ihr sie behaltet.«

»Habe ich das geschrieben?«

»Weil Ihr wußtet, daß Ihr mich so dazu bringen könnt, sie Euch zurückzugeben. Ihr seid ein listiger alter Mann, Bruder Derfel.« Sie bot mir die Brosche auf ihrer Handfläche dar, schloß aber die Finger über dem Gold, bevor ich sie mir nehmen konnte. »Wird sie eines Tages mir gehören?«

»Euch allein, liebste Lady. Das verspreche ich Euch.«

Dennoch hielt sie sie weiter fest. »Und Ihr werdet nicht zulassen, daß Bischof Sansum sie sich nimmt?«

»Niemals!« versicherte ich ihr energisch.

Daraufhin ließ sie die Brosche in meine Hand fallen. »Habt Ihr sie wirklich unter Eurem Brustpanzer getragen?«

»Immer«, antwortete ich und verstaute die Brosche sicher unter meiner Kutte.

»Armes Ynys Trebes.« Sie saß wie immer an ihrem Platz auf meiner Fensterbank, von wo aus sie das Dinnewrac-Tal bis zum fernen Fluß, der vom Frühsommerregen angeschwollen war, überblicken konnte. Versuchte sie sich vorzustellen, wie die fränkischen Eindringlinge die Furt durchschritten und die Hänge heraufgeschwärmt kamen? »Was ist aus Leanor geworden?« wollte sie wissen. Diese Frage überraschte mich.

»Der Harfenistin? Sie ist gestorben.«

»Nein! Aber ich dachte, Ihr hättet erzählt, sie hätte aus Ynys Trebes fliehen können?«

Ich nickte. »Das stimmt, aber in ihrem ersten Winter in Britannien wurde sie krank und starb. Legte sich einfach hin und starb.«

»Und was ist mit Eurer Frau?«

»Mit meiner?«

»In Ynys Trebes. Ihr sagtet, Galahad habe Leanor gehabt, ihr anderen Männer aber hättet ebenfalls Frauen gehabt. Wer also war die Eure? Und was ist aus ihr geworden?«

»Ich weiß es nicht.«

»Ach, Derfel! Sie muß Euch doch etwas bedeutet haben!«

Ich seufzte. »Sie war die Tochter eines Fischers. Ihr Name war Pellcyn, aber alle nannten sie Puss. Ihr Ehemann war ertrunken – ein Jahr bevor ich sie kennenlernte. Sie hatte ein Baby, eine kleine Tochter, und als Culhwch unsere Überlebenden zum Boot hinunterführte, stürzte Puss vom Klippenpfad ab. Weil sie ihr Baby auf dem Arm hielt und sich nicht an den Felsen festhalten konnte. Es herrschte Chaos, und alle flohen in panischer Hast. Niemand trug die Schuld an ihrem Tod.« Obwohl Pellcyn, wie ich oft dachte, am Leben geblieben wäre, wenn ich bei ihr gewesen wäre. Sie war ein kräftiges Mädchen mit strahlenden Augen, das gern lachte und ein unstillbares Verlangen nach harter Arbeit hatte. Eine gute Frau. Hätte ich ihr jedoch das Leben gerettet, hätte Merlin sterben müssen. Das Schicksal ist unerbittlich.

Igraine muß denselben Gedanken gehabt haben. »Ich wünschte, ich hätte Merlin kennengelernt«, sagte sie sehnsüchtig.

»Ihr hättet ihm gefallen«, gab ich zurück. »Er mochte hübsche Frauen.«

»Aber das tat Lancelot doch auch, nicht wahr?« fragte sie schnell.

»Aber ja!«

»Keine Knaben?«

»Keine Knaben.«

Igraine lachte. An diesem Tag trug sie ein besticktes Kleid aus blaugefärbtem Leinen, das zu ihrer hellen Haut und ihren dunklen Haaren paßte. Zwei goldene Torques lagen um ihren Hals, und an ihrem schlanken Handgelenk klirrten zahllose Armreifen. Sie stank nach Kot, eine Tatsache, die ich diplomatisch ignorierte, denn mir war klar, daß sie einen Beutel mit dem ersten Stuhlgang eines Neugeborenen bei sich tragen mußte, ein uraltes Mittel gegen Unfruchtbarkeit. Arme Igraine. »Ihr habt Lancelot gehaßt?« fragte sie mich plötzlich anklagend.

»Von ganzem Herzen.«

»Das ist nicht fair!« Sie sprang von der Fensterbank und ging in meinem kleinen Kämmerchen auf und ab. »Die Lebensgeschichte eines Menschen sollte nicht von seinem Feind erzählt werden. Was wäre, wenn Nwylle die meine schriebe?«

»Wer ist Nwylle?«

»Ihr kennt sie nicht.« Sie runzelte die Stirn, und ich vermutete, daß Nwylle die Geliebte ihres Gemahls war. »Aber es ist nicht fair«, wiederholte sie, »denn jeder weiß, daß Lancelot der tapferste von Arthurs Kriegern war. Jeder!«

»Ich nicht.«

»Aber er *muß* doch tapfer gewesen sein!!«

Ich starrte zum Fenster hinaus. Ich versuchte, Lancelot Gerechtigkeit widerfahren zu lassen, versuchte, irgend etwas Gutes über meinen schlimmsten Feind zu sagen. »Er hätte tapfer sein können«, erklärte ich schließlich, »aber er wollte nicht. Zuweilen kämpfte er, normalerweise aber ging er jeder Schlacht aus dem Weg. Er fürchtete nämlich, Narben im Gesicht davonzutragen. Er war eitel und ungeheuer stolz auf sein gutes Aussehen. Er sammelte römische Spiegel. Der Spiegelsaal im Palast von Benoic war Lancelots Idee. Stundenlang konnte er dort sitzen und sich in allen Spiegelwänden bewundern.«

»Ich glaube nicht, daß er so schlecht war, wie Ihr ihn schildert«, protestierte Igraine.

»Ich glaube, er war noch schlechter«, widersprach ich. Es fällt mir nicht leicht, über Lancelot zu schreiben, denn die Erinnerung an ihn ist wie ein dunkler Fleck in meinem Leben. »Vor allem aber«, fuhr ich fort, »war er unehrlich. Er erzählte absichtlich Lügen, weil er die Wahrheit über sich selbst verbergen wollte, aber er verstand es auch, sich beliebt zu machen, wenn er das wollte. Mit seinem Charme konnte er die Fische aus dem Meer locken, meine Liebe.«

Nicht sehr glücklich über diese Beurteilung schniefte sie mißlaunig. Wenn Dafydd ap Gruffud diese Worte übersetzt, wird Lancelots Bild zweifellos aufpoliert werden, genau wie es dem eitlen Kerl gefallen hätte. Der strahlende Lancelot! Der aufrechte Lancelot! Der schöne, tänzelnde, lächelnde, geistreiche, elegante Lancelot! Er war der König ohne Land und der Lord der Lügen, aber wenn es nach Igraine geht, wird er für alle Zeit als Inbegriff des königlichen Kriegers dastehen.

Igraine blickte durch das Fenster dorthin, wo Sansum eine Schar Aussätziger vom Tor verscheuchte. Der Heilige bewarf sie mit Erdklumpen, schrie ihnen zu, sie sollten sich zum Teufel scheren, und rief unsere anderen Brüder zu Hilfe. Der Novize Tudwal, der uns anderen gegenüber täglich unverschämter wird, tanzte neben seinem Herrn und Meister einher und feuerte ihn an. Schließlich tauchten Igraines Leibwachen auf, die sich, wie gewöhnlich, bei der Küchentür herumtrieben, und befreiten mit ihren Speeren das Kloster von den kranken Bettlern. »Wollte Sansum Arthur wirklich opfern?« fragte Igraine.

»So hat es Bedwin mir jedenfalls berichtet.«

Igraine warf mir einen verschlagenen Blick zu. »Liebt Sansum Knaben, Derfel?«

»Der Heilige liebt alle Menschen, meine liebe Königin, selbst junge Frauen, die impertinente Fragen stellen.«

Sie lächelte pflichtschuldigst und verzog dann das Gesicht. »Ich bin überzeugt, daß er Frauen nicht mag. Warum sollte er sonst nicht wollen, daß einer von euch heiratet? Andere Mönche heiraten doch auch, nur hier heiratet keiner.«

»Der fromme und geliebte Sansum«, erklärte ich ihr, »ist der Meinung, daß Frauen uns von der Pflicht ablenken, Gott zu verehren. Genau wie Ihr mich von meiner Schreibarbeit ablenkt.«

Sie lachte; dann fiel ihr plötzlich ein Auftrag ein, und sie wurde ernst. »Es gibt da zwei Wörter in dem letzten Packen Pergamente, Derfel, die Dafydd nicht versteht. Könntet Ihr mir das Wort Ganymed erklären?«

»Sagt ihm, er soll sich bei jemand anders erkundigen.«

»Ich selbst werde mich bei jemand anders erkundigen«, erwiderte sie verärgert. »Und Kamel? Kohle ist es nicht, sagt er.«

»Ein Kamel ist ein mythisches Tier, Lady, mit Hörnern, Flügeln, Schuppen, gegabeltem Schwanz und flammendem Atem.«

»Das klingt nach Nwylle«, stellte Igraine fest.

»Aha! Die Evangelienschreiber am Werk! Meine beiden Evangelisten!« Mit Händen, die von den Erklumpen, die er nach den Aussätzigen geworfen hatte, völlig verdreckt waren, schob sich Sansum zu uns herein, um einen argwöhnischen Blick auf das in Arbeit befindliche Pergament zu werfen. Dann rümpfte er angewidert die Nase. »Rieche ich hier irgend etwas Fauliges?« fragte er.

Ich zog eine verlegene Miene. »Die Bohnen zum Frühstück, Lord Bischof«, antwortete ich ihm. »Bitte, verzeiht.«

»Ich frage mich, wie Ihr seine Nähe ertragen könnt«, wandte Sansum sich an Igraine. »Aber solltet Ihr nicht in der Kapelle sein, meine Lady? Und um ein Baby beten? War das nicht Euer Anliegen?«

»Das Eure ist es bestimmt nicht«, gab Igraine schnippisch zurück. »Wenn Ihr es unbedingt wissen wollt, mein Lord Bischof, wir haben über die Gleichnisse unseres Heilands gesprochen. Habt Ihr uns nicht einmal über das Kamel und das Nadelöhr gepredigt?«

Sansum knurrte etwas und versuchte, mir über die Schulter zu blicken. »Und was, übelriechender Bruder Derfel, ist das sächsische Wort für Kamel?«

»Nwylle«, antwortete ich.

Als Igraine laut auflachte, funkelte Sansum sie wütend an. »Meine Lady findet das Wort unseres gesegneten Herrn lächerlich?«

»Ich bin einfach froh, hier sein zu dürfen«, entgegnete Igraine demütig, »aber ich würde furchtbar gern erfahren, was ein Kamel ist.«

»Das weiß doch jeder!« sagte Sansum geringschätzig. »Ein Kamel ist ein Fisch, ein großer Fisch! Ähnlich dem Lachs«, setzte er geschickt hinzu, »den Euer Gemahl zuweilen die Güte hat, uns armen Mönchen zukommen zu lassen.«

»Mit dem nächsten Bündel Pergamente für Derfel«, versprach Igraine, »werde ich ihn bitten, Euch mehr davon zu schicken, und ich weiß, daß er die Häute bald schicken wird, denn dieses sächsische Evangelium liegt dem König sehr am Herzen.«

»Wirklich?« fragte Sansum mißtrauisch.

»Sehr, mein Lord Bischof«, versicherte Igraine energisch.

Sie ist ein kluges Mädchen, sehr klug und außerdem schön. König Brochvael ist ein Tor, wenn er sich neben seiner Königin eine Geliebte hält, aber die Männer sind, was Frauen betrifft, schon immer Toren gewesen. Oder wenigstens einige, und der größte von ihnen war vermutlich Arthur. Der geliebte Arthur, mein Lord, mein Geschenkgeber, der großzügigste aller Menschen, dessen Geschichte ich hier erzähle.

Es war seltsam, wieder zu Hause zu sein, vor allem, da ich gar kein Zuhause hatte. Ich besaß zwar ein paar goldene Torques und kleinere Schmuckstücke, die ich aber bis auf Ceinwyns Brosche verkauft hatte, damit meine Männer wenigstens während der ersten Tage nach ihrer Rückkehr in die Heimat etwas zu essen hatten. Meine übrigen Habseligkeiten waren alle in Ynys Trebes geblieben und nunmehr Teil der Beute irgendeines Franken. Ich war arm, heimatlos, hatte nichts mehr, was ich meinen Männern hätte schenken können, hatte nicht einmal eine Halle, in der ich sie bewirten konnte, aber das verziehen sie mir. Es waren gute Männer und auf meinen Dienst eingeschworen. Wie ich hatten sie, als Ynys Trebes fiel, alles zurücklassen müssen, was sie nicht tragen konnten. Wie ich waren sie arm, doch keiner von ihnen beschwerte sich. Cavan sagte schlicht, ein Soldat müsse seine Verluste wegstecken können wie seine Beute – leicht. Issa, ein Bauernjunge und außerordentlich guter Speerkämpfer, wollte mir einen schmalen Goldtorques zurückgeben, den ich ihm geschenkt hatte. Es sei nicht recht, behauptete er, daß ein Speerkämpfer einen Goldtorques trage, sein Hauptmann dagegen nichts. Da ich ihn aber nicht annehmen wollte, schenkte Issa ihn als Pfand seiner Liebe dem Mädchen, das er aus Benoic mitgebracht hatte und das ihm bereits am nächsten

Tag mit einem Wanderpriester und seiner Gruppe von Huren davonlief. Das ganze Land wimmelte von diesen reisenden Christen – Missionare nannten sie sich –, und fast alle hatten einen Troß Anhängerinnen bei sich, die ihnen angeblich bei den christlichen Ritualen helfen sollten, die aber, wie gemunkelt wurde, aller Wahrscheinlichkeit nach nur dazu da waren, Männer zu verführen und zu der neuen Religion zu bekehren.

Arthur übergab mir ein Anwesen gleich nördlich von Durnovaria: nicht für mich selbst, denn es gehörte einer Erbin namens Gyllad, einer Waise, aber Arthur ernannte mich zu ihrem Protektor – eine Position, die gewöhnlich darauf hinauslief, daß das Kind ruiniert, der Protektor aber reich wurde. Gyllad war erst knapp acht Jahre alt, aber wenn ich gewollt hätte, hätte ich sie entweder heiraten und anschließend ihren Besitz verkaufen oder sie mit einem Mann verheiraten können, der bereit war, außer dem Ackerland auch noch die Braut zu kaufen; statt dessen lebte ich, wie Arthur es beabsichtigt hatte, von Gyllads Pachteinnahmen und ließ sie unbehelligt heranwachsen. Dennoch erhoben ihre Verwandten Einwände gegen meine Ernennung. Noch in der Woche meiner Rückkehr aus Ynys Trebes, als ich erst seit zwei Tage auf Gyllads Hof war, erhob ein Onkel von ihr, ein Christ, bei Nabur, dem christlichen Magistraten in Durnovaria, Einspruch gegen meine Ernennung und behauptete, Gyllads Vater habe ihm vor seinem Tod die Vormundschaft versprochen. Mir gelang es nur, Arthurs Geschenk zu behalten, indem ich meine Speerkämpfer rings um das Gerichtsgebäude Aufstellung nehmen ließ. Sie erschienen in voller Kriegsrüstung und mit frisch geschärften Speerspitzen, und erst ihre Gegenwart veranlaßte den Onkel und seine Parteigänger dazu, die Klage nicht weiter zu verfolgen. Die Stadtwache wurde zwar gerufen, aber ein einziger Blick auf meine alten Kämpen genügte, um die Männer davon zu überzeugen, daß sie sich besser anderswo betätigen sollten. Nabur beschwerte sich zwar über heimkehrende Soldaten, die in einer friedlichen Stadt Schlägereien anzetteln wollten, doch als meine Gegner nicht vor Gericht erschienen, entschied er den Fall zu meinen Gusten. Später hörte ich, der Onkel habe Nabur bereits für ein gegenteiliges Urteil bezahlt, und es sei ihm nicht gelungen, sich das Geld von ihm zurückzuholen. Ich ernannte

Llystan, einen meiner Männer, der bei einer der Schlachten in Benoics Wäldern einen Fuß verloren hatte, zu Gyllads Verwalter, und sowohl er als auch die Erbin und ihr Besitz gediehen.

In der Woche darauf ließ Arthur mich zu sich kommen. Ich traf ihn in der Halle des Palastes an, wo er mit Guinevere das Mittagsmahl einnahm. Er befahl, ein Liegesofa und weitere Speisen für mich zu bringen. Im Innenhof draußen drängten sich die Bittsteller.

»Der arme Arthur«, bemerkte Guinevere, »da kommt er einmal nach Hause, und schon beklagt sich jedermann oder bittet um eine Herabsetzung der Pacht. Warum gehen sie nicht zu den Beamten?«

»Weil sie nicht reich genug sind, sie zu bestechen«, erklärte Arthur.

»Oder mächtig genug, um das Gerichtsgebäude mit Eisenhelmkriegern zu umstellen?« entgegnete Guinevere, lächelte aber dabei, um mir zu zeigen, daß sie diese Handlungsweise keineswegs mißbilligte. Natürlich nicht, denn sie war eine eingeschworene Feindin Naburs, des Anführers der Christenpartei im Reich.

»Eine spontane Hilfestellung meiner Männer«, behauptete ich milde, und Arthur lachte.

Es war eine fröhliche Mahlzeit. Ich war nur selten mit Arthur und Guinevere allein, wenn es sich jedoch ergab, fiel mir stets auf, wie glücklich sie ihn machte. Sie besaß einen beißenden Humor, der ihm persönlich fehlte, den er aber mochte. Sie setzte ihn sehr behutsam ein, weil sie wußte, daß es ihm so lieber war. Sie schmeichelte Arthur, war ihm aber auch eine gute Ratgeberin. Da Arthur immer sofort das Beste von einem Menschen dachte, brauchte er Guineveres Skepsis, um diesen Optimismus zu zügeln. Sie wirkte nicht älter als das letzte Mal, als ich ihr nahe gewesen war, obwohl in diesen hellgrünen Jägerinnenaugen jetzt vielleicht eine neue Klugheit stand. Für eine Schwangerschaft vermochte ich bei ihr keinerlei Anzeichen zu entdecken: Das hellgrüne Gewand lag flach über ihrem Bauch, und um ihre Taille hing wie ein loser Gürtel eine Schnur mit Goldquasten. Um den Hals trug sie ihr Zeichen, den mondgekrönten Hirsch, darüber die sächsische Kette mit den schweren Sonnenstrahlen, die Arthur ihr aus Durocobrivis geschickt hatte. Als ich sie ihr überreichte, hatte sie sich über die Halskette lustig gemacht, nun aber trug sie sie voll Stolz.

Die Gespräche bei jenem Mittagsmahl waren zumeist leichter Natur. Arthur wollte wissen, warum die Amseln und Drosseln im Sommer aufhörten zu singen, doch darauf wußten wir ebensowenig eine Antwort wie auf die Frage, wohin die Schwalben im Winter zogen, obwohl mir Merlin einmal erklärt hatte, sie zögen sich in eine große Höhle in der nördlichen Wildnis zurück, wo sie in riesigen Federhaufen bis in den Frühling hinein schliefen. Als Guinevere mich über Merlin auszufragen begann, versicherte ich ihr auf mein Leben, daß der Druide tatsächlich nach Britannien zurückgekehrt sei. »Er ist zur Toteninsel gegangen«, sagte ich.

»Er ist was?« fragte Arthur entsetzt.

Ich erklärte die Sache mit Nimue und vergaß auch nicht, mich bei Guinevere dafür zu bedanken, daß sie sich bemüht hatte, meine Freundin vor Sansums Rache zu retten.

»Die arme Nimue«, sagte Guinevere. »Aber sie ist ein recht wilder Mensch, nicht wahr? Ich mochte sie, aber ich glaube kaum, daß sie uns mochte. Wir sind ihr alle zu frivol! Und auch für Isis konnte ich sie nicht interessieren. Isis, erklärte sie mir, sei eine fremdländische Göttin, und dann spie sie aus wie ein Kätzchen und murmelte ein Stoßgebet an Manawydan.«

Da Arthur nicht reagierte, als Isis erwähnt wurde, vermutete ich, daß er seine Furcht vor der fremden Göttin verloren hatte. »Ich wünschte, ich hätte Nimue besser kennengelernt«, sagte er statt dessen.

»Das werdet Ihr«, gab ich zurück, »sobald Merlin sie von den Toten zurückgeholt hat.«

»Falls es ihm gelingt«, wandte Arthur zweifelnd ein. »Bisher ist noch keiner lebend von der Insel zurückgekehrt.«

»Nimue wird es schaffen«, beharrte ich.

»Sie ist ein außergewöhnlicher Mensch«, sagte Guinevere, »und wenn überhaupt jemand die Insel überleben kann, dann sie.«

»Mit Merlins Hilfe«, ergänzte ich.

Erst gegen Ende der Mahlzeit kam das Gespräch auf Ynys Trebes, und selbst dann hütete sich Arthur wohlweislich, den Namen Lancelot zu erwähnen. Statt dessen bedauerte er, kein Geschenk zu haben, mit dem er mich für meine Taten belohnen könne.

»Wieder zu Hause zu sein ist Belohnung genug, Lord Prinz«,

behauptete ich und benutzte dabei vorsichtshalber den Titel, den Guinevere bevorzugte.

»Ich kann Euch wenigstens den Titel Lord verleihen«, sagte Arthur. »Darum werdet Ihr von nun an Lord Derfel genannt.«

Ich lachte – nicht etwa, weil ich undankbar war, sondern weil mir eine Belohnung in Form eines Kriegsherrn-Titels viel zuviel für das zu sein schien, was ich erreicht hatte. Aber ich war auch stolz: Ein Mann wurde Lord genannt, weil er ein König, Fürst oder Häuptling war oder weil sein Schwert ihn berühmt gemacht hatte. Abergläubisch berührte ich Hywelbanes Griff, damit mein Glück nicht durch meinen Stolz beeinträchtigt würde. Guinevere lachte ebenfalls, aber sie lachte mich nicht aus, sondern vor Freude über meine Freude, und Arthur, der nichts lieber sah als andere Menschen, die glücklich waren, freute sich mit uns beiden. Er selbst war an jenem Tag ebenfalls glücklich, doch Arthurs Freude äußerte sich stiller als das Glück anderer Menschen. Damals, als er nach Britannien zurückgekehrt war, sah ich ihn niemals betrunken, niemals lärmend, sah ihn kein einziges Mal die Beherrschung verlieren, es sei denn auf dem Schlachtfeld. Er war ein eher stiller Mensch, eine Eigenschaft, die manche Menschen beunruhigend fanden, denn sie fürchteten, er könne in ihren Seelen lesen, aber ich glaube, daß diese Ruhe dem Wunsch entsprang, anders zu sein. Er wollte bewundert werden und liebte es, Bewunderung mit Großzügigkeit zu belohnen.

Der Lärm der wartenden Bittsteller schwoll an, und Arthur seufzte, wenn er an die viele Arbeit dachte, die vor ihm lag. Er schob den Wein zurück und warf mir einen entschuldigenden Blick zu. »Ihr habt es verdient, Euch auszuruhen, Lord«, sagte er, mir absichtlich mit dem neuen Titel schmeichelnd, »aber leider werde ich Euch schon sehr bald bitten müssen, mit Euren Speeren nordwärts zu ziehen.«

»Meine Speere sind die Euren, Lord Prinz«, antwortete ich pflichtschuldigst.

Mit dem Finger zog er einen Kreis auf der Marmortischplatte. »Wir sind rings von Feinden umgeben«, sagte er, »aber die wahre Gefahr liegt in Powys. Gorfyddyd sammelt ein so großes Heer, wie Britannien es noch niemals gesehen hat. Dieses Heer wird sehr bald in den Süden marschieren, und König Tewdric hat, wie ich fürchte, keine große Lust, gegen ihn zu Felde zu ziehen. Ich muß so viele Speere wie möglich nach Gwent schicken, damit Tewdrics Treue standhält. Cei kann Cadwy im Zaum halten, Melwas wird sein Bestes gegen Cerdic geben müssen, wir anderen aber werden alle nach Gwent ausrücken.«

»Was ist mit Aelle?« erkundigte sich Guinevere bedeutungsvoll.

»Der hält Frieden«, behauptete Arthur.

»Er gehorcht dem höchsten Preis«, sagte Guinevere, »und Gorfyddyd wird den Preis schon sehr bald in die Höhe treiben.«

Arthur zuckte die Achseln. »Ich kann nicht beide bekämpfen, Gorfyddyd und Aelle«, gab er leise zurück. »Wir werden dreihundert Speere brauchen, um Aelles Sachsen aufzuhalten – wohlgemerkt, nur aufhalten, nicht besiegen. Und diese dreihundert Speere würden uns in Gwent dann fehlen. Es würde unsere Niederlage bedeuten.«

»Was Gorfyddyd natürlich bekannt ist«, warf Guinevere ein.

»Also, meine Liebste, was soll ich tun?« fragte Arthur seine Gemahlin.

Doch Guinevere wußte auch keine bessere Antwort als Arthur, und dessen Antwort lautete, zu hoffen und zu beten, daß der labile Frieden mit Aelle halten werde. Der Sachsenkönig war mit einer Wagenladung Gold gekauft worden, mehr konnte nun aber nicht bezahlt werden, denn es gab kein Gold mehr im Königreich. »Wir müssen einfach hoffen, daß Gereint ihn so lange aufhalten kann«, sagte Arthur, »bis wir Gorfyddyd geschlagen haben.« Er schob sein Liegesofa vom Tisch zurück und lächelte mir zu. »Ruht Euch bis nach Lugnasa aus, Lord Derfel«, riet er mir, »denn sobald die Ernte eingebracht ist, dürft Ihr mit mir gen Norden marschieren.«

Er klatschte in die Hände, damit die Diener kamen, um die Reste der Mahlzeit abzuräumen und die wartenden Bittsteller einzulassen. Während die Diener flink ihrer Arbeit nachgingen, winkte mich Guinevere zu sich herüber. »Können wir miteinander reden?« fragte sie mich.

»Aber gern, Lady.«

Sie nahm die schwere Halskette ab und reichte sie einer Sklavin. Dann führte sie mich eine Steintreppe empor und durch eine Tür, die in einen Obstgarten führte, wo zwei ihrer großen Jagdhunde sie freudig begrüßten. Wespen summten um das Fallobst herum, und Guinevere befahl den Sklaven, die faulenden Früchte fortzuräumen, damit wir ungestört umherwandern konnten. Während ein Dutzend Sklaven die matschigen Früchte in ihre gerafften Gewänder sammelten, um dann, reichlich zerstochen, wieder davonzueilen und uns allein zu lassen, fütterte sie die Hunde mit den Resten des Hühnerfleischs vom Mittagstisch. Überall an den Mauern des Obstgartens waren Lauben aus Weidenzweigen aufgestellt worden, die für das große Fest Lugnasa mit Blumen dekoriert werden sollten. »Sieht hübsch aus ...« – Guinevere meinte den Obstgarten – »aber ich wünschte, ich wäre in Lindinis.«

»Nächstes Jahr, Lady«, tröstete ich sie.

»Es wird dort nur noch Ruinen geben«, gab sie scharf zurück. »Habt Ihr noch nichts davon gehör? Gundleus hat Lindinis überfallen. Caer Cadarn hat er nicht erobert, aber meinen neuen Palast hat er in Schutt und Asche gelegt. Das war vor einem Jahr.« Sie verzog das Gesicht. »Ich hoffe nur, daß Ceinwyn ihn todunglücklich macht, aber das ist höchst unwahrscheinlich. Sie ist ein fades kleines Ding.« Die durch das Blätterdach dringenden Sonnenstrahlen ließen ihr rotes Haar aufleuchten und akzentuierten ihr schönes Gesicht. »Manchmal wünsche ich mir, ich wäre ein Mann«, sagte sie zu meiner Überraschung.

»Tatsächlich?«

»Wißt Ihr eigentlich, wie furchtbar es ist, auf Nachrichten zu warten?« fragte sie leidenschaftlich. »In zwei oder drei Wochen werdet Ihr alle nach Norden ziehen, und ab diesem Zeitpunkt werden wir nur herumsitzen und warten. Warten und warten. Wir werden warten müssen, bis wir erfahren, ob Aelle nun wortbrüchig geworden ist, bis wir erfahren, wie groß Gorfyddyds Armee wirklich ist.« Sie hielt einen Moment inne. »Worauf wartet Gorfyddyd noch? Warum greift er jetzt nicht an?«

»Seine Landwehr muß die Ernte einbringen«, sagte ich. »Während der Ernte kommt alles andere zum Erliegen. Seine Männer wollen ihre Ernte in Sicherheit bringen, bevor sie kommen und die unsere rauben.«

»Können wir sie aufhalten?« fragte sie mich unvermittelt.

»Im Krieg, Lady«, gab ich zurück, »geht es nicht immer darum, was wir tun können, sondern was wir tun müssen. Wir müssen sie aufhalten.« Oder sterben, dachte ich grimmig.

Wir legten ein paar Schritte schweigend zurück, während sie die aufgeregten Hunde zu ihren Füßen verscheuchte. »Wißt Ihr, was die Leute über Arthur sagen?« fragte sie mich schließlich.

Ich nickte. »Daß es besser wäre, wenn er nach Broceliande fliehen und das Königreich Gorfyddyd überlassen würde. Der Krieg sei verloren, sagen sie.«

Sie sah mich an, überwältigte mich mit ihren riesigen Augen. In diesem Moment, als ich so nahe bei ihr stand, allein mit ihr in diesem sonnenwarmen Garten und von ihrem zarten Duft umgeben, begriff ich, warum Arthur den Frieden seines Königreichs für diese Frau aufs Spiel gesetzt hatte. »Aber Ihr werdet für Arthur kämpfen?« fragte sie mich.

»Bis zum Ende, Lady«, antwortete ich. »Und für Euch«, ergänzte ich unbeholfen.

Sie lächelte. »Ich danke Euch.« Wir bogen um eine Ecke und schritten auf die kleine Quelle zu, die einem Felsen in der Ecke der römischen Mauer entsprang. Das Bächlein bewässerte den Obstgarten, und irgend jemand hatte Votivbänder in die Spalten des moosbewachsenen Felsblocks gesteckt. Guinevere raffte den goldenen Saum ihres apfelgrünen Gewandes und stieg über das Rinnsal. »Es gibt eine Mordred-Partei im Reich«, berichtete sie mir und bestätigte damit, was Bischof Bedwin mir am Abend meiner Heimkehr mitgeteilt hatte. »Die meisten Mitglieder sind Christen, und alle beten, daß Arthur unterliegt. Würde er besiegt, müßten sie natürlich vor Gorfyddyd im Staub kriechen, aber das Kriechen ist für die Christen, wie ich bemerkt habe, etwas ganz Natürliches. Wenn ich ein Mann wäre, Derfel Cadarn, würden drei Köpfe unter meinem Schwert fallen: Sansums, Naburs und Mordreds.«

Ich zweifelte keine Sekunde an ihren Worten. »Wenn Nabur und Sansum die besten Männer sind, die die Mordred-Partei aufbieten kann, Lady«, wandte ich ein, »braucht Arthur sich keine Sorgen zu machen.«

»König Melwas ebenfalls, glaube ich«, sagte Guinevere, »und wer weiß, wer noch alles dazugehört! Fast jeder Wanderprediger im

Reich verbreitet diese Pestilenz und fragt ständig, warum die Männer für Arthur sterben sollen. Ich würde allen den Kopf abschlagen, doch Verräter geben sich nicht zu erkennen, Lord Derfel. Sie lauern im Dunkeln und schlagen zu, wenn man nicht aufpaßt. Und wenn Arthur Gorfyddyd besiegt, werden sie alle sein Loblied singen und so tun, als wären sie die ganze Zeit schon auf seiner Seite gewesen.« Sie spie aus, um das Böse abzuwenden, und warf mir einen scharfen Blick zu. »Erzählt mir von König Lancelot«, begehrte sie unvermittelt.

Ich hatte den Eindruck, daß wir endlich zum eigentlichen Grund für unseren Spaziergang unter den Apfel- und Birnbäumen gekommen waren. »Eigentlich kenne ich ihn nicht besonders gut«, antwortete ich ausweichend.

»Er hat gestern abend sehr nett von Euch gesprochen«, sagte sie.

»Hat er das?« erwiderte ich skeptisch. Wie ich wußte, wohnten Lancelot und seine Gefährten noch immer in Arthurs Haus. Ich hatte befürchtet, ihm dort zu begegnen, und war erleichtert gewesen, daß er nicht am Mittagsmahl teilgenommen hatte.

»Ihr seid ein großartiger Soldat, hat er gesagt«, fuhr Guinevere fort.

»Wie gut«, entgegnete ich verdrossen, »daß er zuweilen auch die Wahrheit sagen kann.« Ich vermutete, daß Lancelot seine Fahne nach einem neuen Wind zu richten begann und versucht hatte, Arthurs Gunst zu gewinnen, indem er einen Mann lobte, von dem er wußte, daß er Arthurs Freund war.

»Könnte es sein«, fragte Guinevere, »daß Krieger, die eine so schreckliche Niederlage erlitten haben wie Ihr in Ynys Trebes, danach jedesmal in Streit geraten?«

»Erlitten?« fragte ich rauh. »Ich habe gesehen, wie er Benoic verließ, Lady, aber ich kann mich nicht daran erinnern, daß er gelitten hatte. Genausowenig kann ich mich daran erinnern, daß seine rechte Hand bei seiner Flucht verbunden war.«

»Er ist kein Feigling«, behauptete sie hitzig. »Er trägt sehr viele Kriegerringe an der linken Hand, Lord Derfel.«

»Kriegerringe!« sagte ich verächtlich. Ich schob die Hand in meine Gürteltasche und holte eine ganze Faustvoll dieser Schmuckstücke heraus. Inzwischen besaß ich davon so viele, daß ich mir nicht mehr die Mühe machte, neue anzufertigen. Ich warf die Ringe ins Gras des

Obstgartens und erschreckte damit die Jagdhunde, die ihre Herrin unsicher ansahen. »Kriegerringe findet man überall, Lady.«

Guinevere starrte auf die verstreuten Ringe und trat einen davon beiseite. »Ich mag König Lancelot«, erklärte sie trotzig, mich vor weiteren abwertenden Bemerkungen warnend. »Und wir müssen uns um ihn kümmern. Arthur hat das Gefühl, daß wir Benoic im Stich gelassen haben, darum müßten wir wenigstens seine Überlebenden ehrenvoll behandeln. Ich möchte, daß Ihr freundlich zu Lancelot seid – mir zuliebe.«

»Ja, Lady«, sagte ich gehorsam.

»Wir müssen eine reiche Gemahlin für ihn finden«, fuhr Guinevere fort. »Er braucht Land und Männer, die er befehligen kann. Ich finde, Dumnonia sollte sich glücklich schätzen, daß er zu uns gekommen ist. Wir brauchen gute Soldaten.«

»Die brauchen wir in der Tat, Lady«, stimmte ich ihr zu.

Sie vernahm den Sarkasmus in meiner Stimme und verzog das Gesicht, verfolgte aber trotz meiner Feindseligkeit das Thema, das der eigentliche Grund dafür war, daß wir uns in diesem schattigen, privaten Obstgarten befanden. »König Lancelot«, sagte sie, »möchte zu den Dienern des Mithras gehören, und Arthur und ich möchten nicht, daß jemand sich gegen ihn ausspricht.«

In mir flammte Zorn darüber auf, daß man mit meiner Religion so leichtfertig umsprang. »Mithras, Lady«, antwortete ich eisig, »ist ein Kult für die Tapferen.«

»Sogar Ihr, Derfel Cadarn, braucht nicht unbedingt noch mehr Feinde«, erwiderte Guinevere nicht weniger kalt, damit ich wußte, daß sie zu meinen Feinden zählen würde, falls ich Lancelots Wunsch vereiteln sollte. Und dies, dachte ich, würde Guinevere auch jedem anderen Mann androhen, der es wagte, sich Lancelots Einweihung in die Mysterien des Mithras entgegenzustellen.

»Bis zum Winter wird ohnehin nichts geschehen«, erklärte ich, einer festen Zusage ausweichend.

»Aber sorgt dafür, daß es dann geschieht«, verlangte sie. Damit stieß sie die Hallentür auf. »Ich danke Euch, Lord Derfel.«

»Ich danke Euch, Lady«, erwiderte ich, und als ich die Stufen zur Halle hinablief, spürte ich eine neue Woge von Zorn in mir aufsteigen. Zehn Tage! dachte ich. Zehn Tage nur, und schon hat Lancelot

Guinevere zu seiner Verbündeten gemacht. Fluchend schwor ich, lieber ein elender Christ zu werden, als zuzulassen, daß Lancelot in der Höhle unter dem bluttriefenden Stierkopf tafelte. Ich hatte drei sächsische Schildwälle durchbrochen und Hywelbane bis ans Heft in die Feinde meines Landes gestoßen, bevor ich zum Mithrasdienst erwählt wurde, während Lancelot nichts weiter getan hatte, als zu prahlen und zu posieren.

Als ich die Halle betrat, saß Bedwin dort neben Arthur. Die beiden hörten Bittsteller an, doch Bedwin verließ die Estrade, um mich an einen ruhigen Platz neben der Außentür der Halle zu ziehen. »Wie ich hörte, seid Ihr jetzt ein Lord«, sagte er. »Ich gratuliere.«

»Ein Lord ohne Land«, entgegnete ich verbittert und noch immer wütend über Guineveres unverschämte Forderung.

»Land folgt auf Sieg«, erklärte mir Bedwin, »und Sieg folgt auf Schlacht, und Schlachten, Lord Derfel, werdet Ihr in diesem Jahr mehr als genug erleben.« Er hielt inne, weil die Hallentür aufgestoßen wurde und Lancelot mit seinem Gefolge hereinstolzierte. Bedwin verneigte sich vor ihm, während ich nur kurz nickte. Der König von Benoic schien überrascht zu sein, als er mich sah, ging aber schweigend zu Arthur hinüber, der einen dritten Sessel auf die Estrade stellen ließ. »Gehört Lancelot jetzt etwa auch zum Kronrat?« fragte ich Bedwin ärgerlich.

»Er ist ein König«, gab Bedwin geduldig zurück. »Ihr könnt nicht erwarten, daß er steht, während wir sitzen.«

Ich bemerkte, daß der König von Benoic noch immer den Verband an der Rechten trug. »Wie ich annehme, bedeutet die Verletzung des Königs, daß er nicht mit uns kommen wird«, sagte ich bissig. Fast hätte ich Bedwin sofort erzählt, daß Guinevere gefordert hatte, Lancelot zum Mithrasjünger zu machen, fand aber dann, daß diese Nachricht noch warten könne.

»Er wird nicht mit uns kommen«, bestätigte Bedwin. »Er soll als Befehlshaber von Durnovarias Garnison hierbleiben.«

»Als was?« fragte ich so laut und so zornig, daß Arthur sich in seinem Sessel umwandte, um zu sehen, was dieser Lärm zu bedeuten hatte.

»Wenn König Lancelots Männer Guinevere und Mordred beschützen«, erklärte Bedwin müde, »können Lanvals und Lywarchs Männer mit uns gegen Gorfyddyd kämpfen.« Er zögerte. Dann legte er mir eine zerbrechliche Hand auf den Arm. »Da ist noch etwas, was ich Euch mitteilen muß, Lord Derfel.« Seine Stimme war leise und sehr sanft. »Merlin war letzte Woche in Ynys Wydryn.«

»Mit Nimue?« fragte ich erfreut.

Er schüttelte den Kopf. »Er hat sie nicht geholt, Derfel. Er ist vielmehr nach Norden gegangen, aber warum oder wohin, das wissen wir nicht.«

Die Narbe in meiner linken Hand pochte. »Und Nimue?« fragte ich, die Antwort fürchtend.

»Ist noch auf der Insel. Falls sie noch lebt.« Er hielt inne. »Es tut mir leid.«

Ich starrte in die Halle voller Menschen. Hatte Merlin nichts von Nimues Schicksal gewußt? Oder hatte er es vorgezogen, sie bei den Toten zu lassen? Sosehr ich ihn auch liebte, bisweilen fand ich, daß Merlin der grausamste Mensch der Welt sein konnte. Wenn er auf Ynys Wydryn gewesen war, mußte er gewußt haben, wo Nimue gefangengehalten wurde, aber er hatte dennoch nichts unternommen. Er hatte sie bei den Toten gelassen. Auf einmal schrillten meine Ängste in mir wie die Schreie der sterbenden Kinder von Ynys Trebes. Ein paar eiskalte Sekunden lang vermochte ich weder zu sprechen noch mich zu regen. Dann sah ich Bischof Bedwin an. »Falls ich nicht wiederkomme, wird Galahad meine Männer nach Norden führen«, sagte ich.

»Derfel!« Er packte meinen Arm. »Niemand kommt von den Toten zurück. Niemand!«

»Spielt das eine Rolle?« fragte ich ihn. Denn wenn ganz Dumnonia verloren war – was war dann überhaupt noch wichtig? Aber Nimue war nicht tot, das wußte ich, weil die Narbe in meiner Hand pochte. Merlin mochte sie gleichgültig sein, mir aber nicht – mir war Nimue weitaus wichtiger als Gorfyddyd oder Aelle oder der jämmerliche Lancelot, der zu den Auserwählten des Mithras gehören wollte. Ich liebte Nimue, obwohl sie diese Liebe niemals erwidern würde; außerdem war ich ihr narbenverschworener Beschützer.

Und das bedeutete, daß ich hingehen mußte, wo Merlin nicht hingehen wollte: auf die Toteninsel.

Die Insel lag nur zehn Meilen südlich von Durnovaria, nicht mehr als ein gemächlicher Vormittagsmarsch, aber nach allem, was ich über sie wußte, hätte sie ebensogut hinter dem Mond liegen können.

Daß es sich nicht um eine Insel handelte, sondern um eine Halbinsel aus hartem, hellem Gestein, die am Ende einer langen, schmalen Landzunge lag, war mir bekannt. Die Römer hatten die Insel als Steinbruch benutzt, da wir aber lieber ihre Gebäude als Steinbruch benutzten, statt die Steine aus dem Fels der Erde zu schlagen, hatten wir die Steinbrüche aufgegeben und die Toteninsel menschenleer zurückgelassen. Sie wurde zum finsteren Gefängnis. Quer über den Damm der Landzunge wurden drei hohe Mauern gebaut, Wachen wurden aufgestellt und dann all jene auf die Insel geschickt, die wir bestrafen wollten. Mit der Zeit wurden aber auch andere hinübergeschickt: Männer und Frauen, die den Verstand verloren hatten und nicht in Frieden unter uns zu leben vermochten. Das waren die gewalttätigen Irren, die in einem Reich der Wahnsinnigen landeten, wo es keinen einzigen normalen Menschen gab und wo ihre von Dämonen verfolgten Seelen die Lebenden nicht gefährden konnten. Die Druiden behaupteten, die Insel sei das Reich Crom Dubhs, des dunklen, verkrüppelten Gottes, die Christen sagten, sie sei der Brückenkopf Satans auf Erden, beide waren sich jedoch einig darin, daß Männer und Frauen, die hinter die drei Mauern der Landzunge geschickt wurden, verlorene Seelen waren. Sie waren tot, obwohl ihre Körper noch lebten, und wenn ihre Körper starben, blieben die Dämonen und bösen Geister auf der Insel gefangen und konnten niemals zurückkehren und die Lebenden verfolgen. Familien brachten ihre Wahnsinnigen auf die Insel und überließen sie an der dritten Mauer den unbekannten Schrecken, die sie am Ende des Dammes erwarteten. Nachdem die Familie aufs Festland zurückgekehrt war, wurde ein Totenmahl für den verlorenen Verwandten ausgerichtet. Nicht alle Wahnsinnigen wurden auf die Insel geschickt. Einige von ihnen waren von den Göttern berührt worden und daher heilig, und manche Familien hielten ihre Irren hinter

Schloß und Riegel wie Merlin den armen Pellinore. Doch wenn die Götter, die die Wahnsinnigen berührt hatten, bösartig waren, mußten die gefangenen Seelen auf die Insel geschickt werden.

Das Meer schäumte weiß rings um die Insel. Auf ihrer seewärts gewandten Seite gab es auch bei ruhigem Wetter einen riesigen wirbelnden Mahlstrom über der Stelle, an der Cruachans Höhle in die Anderwelt führte. Vom Wasser über der Höhle spritzte wilde Gischt empor, und die Wellen tosten ohne Ende, um diesen gräßlichen, unsichtbaren Schlund zu kennzeichnen. Kein Fischer würde sich diesem Mahlstrom nähern, denn jedes Boot, das in diesen kreiselnden Wirbel hinabgezogen würde, wäre unausweichlich verloren. Es würde sinken, und seine Besatzung würde zu Schatten in der Anderwelt werden.

Die Sonne schien an dem Tag, als ich zur Insel ging. Ich trug Hywelbane, darüber hinaus jedoch kein Kriegsgerät, denn kein von Menschen gemachter Schild oder Brustpanzer konnte mich vor den Geistern und Schlangen der Insel schützen. Als Proviant hatte ich einen Schlauch Wasser und einen Beutel voll Haferkuchen mitgenommen, während mir Ceinwyns Brosche und ein Zweig Knoblauch, den ich mir an den grünen Umhang gesteckt hatte, als Talismane gegen die Dämonen der Insel dienten.

Ich kam an der Halle vorbei, in der die Totenfeiern abgehalten wurden. Dahinter war die Straße mit Totenschädeln von Menschen und Tieren gesäumt, um die Unbesonnenen zu warnen, daß sie sich dem Reich der toten Seelen näherten. Zu meiner Linken lag jetzt das Meer, zu meiner Rechten ein brackiges, dunkles Moor, wo keine Vögel sangen. Hinter dem Moor sah ich eine breite Kiesbank, die im Bogen von der Küste wegführte und zu jenem Damm wurde, der die Insel mit dem Festland verband. Um die Insel über die Kiesbank zu erreichen, mußte man einen Umweg von vielen Meilen machen, daher benutzten Reisende zumeist die schädelgesäumte Straße, die zu einem verfallenen Kai führte, von dem aus eine Fähre zum Strand übersetzte. Eine Gruppe von Wachhäusern aus Lehm und Weidengeflecht stand dicht am Kai. Weitere Wachtposten patrouillierten auf der Kiesbank.

Die Wachtposten am Kai waren alte Männer oder Kriegsversehrte, die mit ihren Familien in den Hütten wohnten. Als die

Männer mich kommen sahen, versperrten sie mir mit ihren rostigen Speeren den Weg.

»Mein Name ist Lord Derfel«, sagte ich, »und ich verlange, daß man mir den Weg freigibt.«

Der Wachkommandant, ein schäbiger Mann in uraltem, eisernem Brustharnisch und verschimmeltem Lederhelm, verneigte sich vor mir. »Ich bin nicht ermächtigt, Euch aufzuhalten, Lord Derfel«, erklärte er mir, »aber ich darf Euch nicht zurückkehren lassen.« Seine Männer, die es verblüffte, daß jemand freiwillig auf die Insel wollte, starrten mich offenen Mundes an.

»Dann werde ich weitergehen«, sagte ich, und die Speerkämpfer machten mir Platz, während der Wachkommandant ihnen zurief, das kleine Fährboot bereitzumachen. »Kommen viele hier vorbei?« erkundigte ich mich bei ihm.

»Einige«, antwortete er. »Manche sind lebensmüde, andere glauben, eine Insel voller Wahnsinniger regieren zu können. Nur wenige haben lange genug überlebt, um mich bitten zu können, sie wieder rauszulassen.«

»Und habt Ihr sie rausgelassen?« wollte ich wissen.

»Nein«, antwortete er knapp. Er beobachtete, wie aus einer Hütte Riemen geholt wurden. Dann musterte er mich stirnrunzelnd. »Seid Ihr sicher, Lord?« fragte er mich.

»Ich bin sicher.«

Er war neugierig, wagte mich aber nicht zu fragen, was ich hier wollte. Statt dessen half er mir die glitschigen Stufen am Kai hinab und in das mit Pech verstrichene Boot. »Die Ruderer werden Euch das erste Tor öffnen«, erklärte er mir und wies auf einen Punkt weiter hinten am Damm jenseits des schmalen Kanals. »Danach werdet Ihr zu einer zweiten Mauer kommen und dann, am Ende des Dammes, zu einer dritten. Diese Mauern haben keine Tore, es führen nur Treppen hinüber. Zwischen den Mauern werdet Ihr vermutlich keinen toten Seelen begegnen. Aber danach? Das können nur die Götter wissen. Wollt Ihr wirklich hinübergehen?«

»Wart Ihr selbst nie neugierig?« fragte ich ihn.

»Wir dürfen Lebensmittel und tote Seelen bis zur dritten Mauer bringen, und weiter wollte ich nie gehen«, antwortete er grimmig. »Ich will die Schwerterbrücke zur Anderwelt erst dann betreten, wenn meine Zeit gekommen ist, Lord.« Damit reckte er das Kinn zur Landzunge hinüber. »Hinter der Insel liegt Cruachans Höhle, Lord, und nur Toren oder Verzweifelte suchen den Tod vor ihrer Zeit.«

»Ich habe meine Gründe«, gab ich zurück, »und wir werden uns in der Welt der Lebenden wiedersehen.«

»Nicht, wenn Ihr das Wasser überquert, Lord.«

Ich starrte auf die grünen und weißen Hänge der Insel, die über den Mauern der Landzunge emporragten. »Ich war einst in einer Todesgrube und bin wieder herausgekrochen«, entgegnete ich dem Wachkommandanten. »Und ich werde auch hier wieder herauskriechen.« Ich suchte in meinem Geldbeutel und fand eine Münze, die ich ihm in die Hand drückte. »Über meine Rückkehr werden wir sprechen, wenn es soweit ist.«

»In dem Moment, da Ihr diesen Kanal überquert, Lord«, warnte er mich ein letztes Mal, »seid Ihr ein toter Mann.«

»Der Tod kann mich nicht holen, weil er nicht weiß, wie er das anstellen soll«, behauptete ich mit törichter Prahlerei und befahl den Ruderern, mich über den wirbelnden Kanal zu bringen. Schon ein paar Ruderschläge genügten, dann landete das Boot auf einem Schlammstreifen. Wir kletterten zum Tor in der ersten Mauer empor, wo die beiden Ruderer den Querbalken hoben, die Torflügel aufzogen und zurücktraten, um mich hindurchzulassen. Eine schwarze Schwelle markierte die Grenze zwischen dieser und der nächsten Welt. Sobald ich diesen geschwärzten Holzbalken überquert hatte, würde ich als toter Mann gelten. Sekundenlang ließen mich meine Ängste zögern; dann trat ich hinüber.

Hinter mir krachten die Torflügel zu. Ich erschauerte.

Ich wandte mich zurück, um die Innenseite der Hauptmauer zu betrachten. Sie war zehn Fuß hoch, eine Barriere aus glatten Steinen, die so präzise eingepaßt waren wie bei jeder römischen Arbeit und so perfekt gemauert, daß auf der ganzen weißen Fläche kein einziger Halt zu sehen war. Ein schauriger Zaun aus Totenschädeln krönte die Mauer, um die toten Seelen am Betreten der Welt der Lebenden zu hindern.

Ich schickte ein paar Stoßgebete zu den Göttern empor. Eins an Bel, meinen persönlichen Beschützer, ein anderes an Manawydan, den Meeresgott, der Nimue damals gerettet hatte. Dann ging ich weiter den Damm entlang, bis mir die zweite Mauer den Weg versperrte. Diese Mauer war ein grober Wall aus Steinen, die vom Meerwasser abgeschliffen waren, und auch sie war, genau wie die erste, von einem Zaun aus menschlichen Schädeln gekrönt. Ich stieg die Stufen auf der Rückseite der Mauer hinab. Im Westen, zu meiner Rechten, klatschten die schweren Wogen gegen den Kiesstreifen, während zu meiner Linken die seichte Bucht still unter der Sonne lag. Ein paar Fischerboote befuhren die Bucht, aber sie hielten gebührenden Abstand von der Insel. Vor mir lag die dritte Mauer. Nirgends konnte ich Menschen entdecken, die dort warteten. Über mir schossen die Möwen dahin. Ihre Schreie hallten verloren im Wind. An beiden Seiten des Dammes zogen sich Gezeitenlinien aus dunklem Seetang entlang.

Ich hatte Angst. Seit Arthur nach Britannien zurückgekehrt war, hatte ich in der Schlacht vor ungezählten Schildwällen und zahllosen Feinden gestanden, doch in keinem dieser Kämpfe, nicht einmal im brennenden Benoic, hatte ich eine so eiskalte Furcht empfunden wie die, die mein Herz jetzt umkrallte. Ich blieb stehen und wandte mich zurück, um zu Dumnonias sanften grünen Hügeln und dem kleinen Fischerdorf an der östlichen Bucht hinüberzusehen. Kehr um, dachte ich, kehr um! Nimue war jetzt schon ein ganzes Jahr hier, und ich bezweifelte, daß es viele Seelen gab, die auf der Toteninsel so lange durchhielten, es sei denn, sie wären nicht nur brutal, sondern auch mächtig. Und selbst wenn ich sie fand, würde sie wahnsinnig sein. Sie konnte die Insel nicht verlassen. Dies war ihr Reich, das Reich des Todes. Kehr um, sagte ich mir abermals, kehr um. Doch dann begann die Narbe in meiner linken Handfläche zu pochen, und ich redete mir ein, daß Nimue noch lebte.

Ein gackerndes Heulen ließ mich zusammenzucken. Als ich mich umdrehte, sah ich eine schwarze, zerlumpte Gestalt auf der Krone der letzten Mauer tanzen. Dann kletterte die Gestalt die Rückseite des Walls hinunter und verschwand. Ich betete zu den Göttern, sie mögen mir Kraft verleihen. Nimue hatte immer gewußt, daß sie die drei Wunden erleiden mußte, und die Narbe an meiner linken Hand war ihre Garantie dafür, daß ich ihr helfen würde, die schweren Prüfungen zu bestehen. Ich ging weiter.

Ich erklomm die dritte Mauer, die ebenfalls aus glattgeschliffenen grauen Steinen bestand, und entdeckte eine Anzahl grob gehauener Stufen, die auf der anderen Seite zur Insel hinabführten. Am Fuß dieser Treppe lagen ein paar leere Körbe: offensichtlich Behälter, in denen die Lebenden ihren toten Verwandten Brot und Pökelfleisch brachten. Die zerlumpte Gestalt war verschwunden. Ich war allein mit dem hochaufragenden Hügel über mir und einem wirren Dornengestrüpp zu beiden Seiten einer steinigen Straße, die zur Westflanke der Insel führte, wo ich am Fuß des großen Hügels eine Gruppe zerfallener Gebäude ausmachen konnte. Die Insel war riesig. Zu Fuß würde man zwei Stunden brauchen, um von der dritten Mauer dorthin zu gelangen, wo das Meer an die Südspitze der Insel schlug, und ebenso lange, um die Insel über den Grat des gigantischen Felsens hinweg von Westen nach Osten zu durchwandern.

Ich folgte der Straße. Der Wind raschelte im Seegras hinter dem Dornengestrüpp. Ein Vogel schrie mich an und stieg dann mit ausgebreiteten weißen Schwingen in den sonnigen Himmel empor. Die Straße machte einen Bogen, so daß ich jetzt direkt auf die alte Ortschaft zuwanderte. Es war ein römisches Dorf, aber nicht etwa so wie Glevum oder Durnovaria, sondern eine schäbige Ansammlung niedriger Steinhütten, in denen früher die Steinbruchsklaven gehaust hatten. Die Dächer der Hütten waren notdürftig mit Treibholz und trockenem Seetang gedeckt und boten selbst Toten nur unzulänglich Schutz. Die Angst vor dem, was ich in dem Dorf finden würde, ließ mich zögern. Dann rief mir plötzlich eine Stimme eine Warnung zu, ein Stein kam aus dem Gestrüpp am Hang links von mir geflogen und schlug krachend neben mir auf den Weg. Die Warnung lockte einen ganzen Schwarm zerlumpter Kreaturen aus den Hütten, die nachsehen wollten, wer sich der Siedlung näherte. Die Gruppe setzte sich aus Männern und Frauen zusammen, fast alle in Lumpen, doch manche trugen ihre Lumpen mit stolzer Würde und kamen mir entgegen, als wären sie die mächtigsten Monarchen der Welt. Auf die Haare hatten sie sich Kränze aus Seetang gedrückt. Ein paar der Männer trugen Speere, und fast alle hielten Steine in der Hand. Einige von ihnen waren nackt. Auch Kinder gab es unter ihnen, kleine, verwilderte, gefährliche Kreaturen. Einige der Erwachsenen zitterten unkontrollierbar, andere zuckten, und alle musterten mich mit glänzenden, gierigen Augen.

»Ein Schwert!« sagte ein riesiger Mann. »Ich will das Schwert! Ein Schwert!« Eilig kam er auf mich zugeschlurft, und seine Leute folgten ihm auf bloßen Füßen. Eine Frau warf einen Stein, und gleich darauf kreischten sie plötzlich alle laut vor Freude, weil sie wieder mal eine Seele ausrauben konnten.

Ich zog Hywelbane, aber kein einziger von ihnen, weder Mann noch Frau, noch Kind, ließ sich vom Anblick der langen Klinge abschrecken. Dann lief ich davon. Es konnte keine Schande sein, wenn ein Krieger vor den Toten floh. Ich lief die Straße entlang zurück, und ein Hagel von Steinen ging hinter meinen Fersen nieder. Dann sprang mich ein Hund an und verbiß sich in meinem grünen Mantel. Mit dem Schwert schlug ich den Hund von mir. Ich erreichte die Biegung der Straße, wo ich nach rechts rannte und mich durch Dornengestrüpp und Buschwerk zum Berghang vorarbeitete. Plötzlich ragte ein Wesen vor mir auf, ein nacktes Wesen mit dem Gesicht eines Mannes und dem behaarten, verdreckten Körper einer Bestie. Ein Auge dieses Wesens eiterte, und sein Maul war ein schwarzes Loch mit faulendem Zahnfleisch. Es stürzte sich auf mich, und seine ausgestreckten Hände wirkten durch die langen, gekrümmten Nägel wie Klauen. Hywelbane traf schnell und sicher. Ich schrie vor Entsetzen, fest überzeugt, einem Dämon der Insel gegenüberzustehen, doch mein Instinkt war noch genauso scharf wie meine Klinge, die den behaarten Arm des Wesens durchschnitten hatte und tief in seinen Schädel gedrungen war. Ich sprang über ihn hinweg und kletterte den Hang empor. Hinter mir wußte ich die ganze Horde ausgehungerter Seelen. Ein Stein traf mich im Rücken, ein anderer fiel auf den Felsboden neben mir, aber ich kletterte hastig über die Säulen und Plattformen der herausgebrochenen Steine, bis ich auf einen schmalen Pfad stieß, der sich, wie die Pfade auf Ynys Trebes, um die rauhe Flanke des Hügels wand.

Auf dem Pfad wandte ich mich zu meinen Verfolgern um. Sie zögerten, endlich von dem Schwert eingeschüchtert, das sie auf diesem schmalen Pfad erwartete, auf dem sie sich mir nur einzeln nähern konnten. Der große Mann grinste heimtückisch. »Netter Mann«, schmeichelte er, »komm herunter, netter Mann!« Dabei hielt er ein Möwenei hoch, um mich in Versuchung zu führen. »Komm essen!«

Ein altes Weib hob die Röcke und reckte mir ihre Lenden entgegen. »Komm zu mir, Geliebter! Komm zu mir, Liebling! Ich wußte, daß du kommen wirst!« Dann begann sie zu pissen. Ein Kind lachte und warf einen Stein.

Ich ließ sie zurück. Einige folgten mir den Pfad hinauf, nach einer Weile aber wurde es ihnen zu langweilig, und sie kehrten in ihr Geisterdorf zurück.

Der schmale Pfad lief zwischen Himmel und Meer dahin. Hier und da wurde er von einem alten Steinbruch unterbrochen, wo noch die Spuren der römischen Werkzeuge auf den Quadern zu erkennen waren, nach jedem Steinbruch aber wand sich der Pfad weiter durch Thymiangebüsch und Dornengestrüpp. Ich sah keine Menschenseele, bis mich plötzlich in einem kleinen Steinbruch eine Stimme ansprach. »Ihr seht nicht aus, als wärt Ihr wahnsinnig«, stellte die Stimme zweifelnd fest. Als ich mich mit erhobenem Schwert umdrehte, sah ich einen vornehmen Herrn in dunklem Mantel, der mich mit ernster Miene vom Eingang einer Höhle aus beobachtete. Er hob die Hand. »Aber bitte! Keine Waffen! Meine Name ist Malldynn, und ich grüße Euch, Fremdling, wenn Ihr in Frieden kommt. Wenn aber nicht, bitte ich Euch weiterzugehen.«

Ich wischte das Blut von Hywelbane und stieß es in die Scheide zurück. »Ich komme in Frieden«, sagte ich.

»Seid Ihr erst jüngst auf die Insel gekommen?« fragte er, während er vorsichtig näher kam. Er hatte ein angenehmes Gesicht mit tiefen Falten und traurigem Ausdruck, und sein Verhalten erinnerte mich an Bischof Bedwin.

»Ich bin zur Stunde erst eingetroffen«, antwortete ich.

»Und wurdet zweifellos von diesem Pöbel unten am Tor verfolgt. Ich entschuldige mich für sie, obwohl die Götter wissen, daß ich für diese Leichenfledderer nicht verantwortlich bin. Woche für Woche nehmen sie sich das Brot und lassen uns andere dafür bezahlen. Faszinierend, nicht wahr, wie sich sogar an diesem Ort der verlorenen Seelen Hierarchien herausbilden! Es gibt Herrschende hier. Es gibt die Starken und die Schwachen. Manche Menschen träumen von einem Paradies auf Erden, und die erste Bedingung für ein solches Paradies ist, wie ich hörte, daß wir uns der Gesetze entledigen; doch ich argwöhne, mein Freund, daß ein Ort ohne Gesetze weit eher dieser Insel gleichen würde als einem Paradies. Ich hatte noch nicht das Vergnügen, Euren Namen zu erfahren.«

»Derfel.«

»Derfel?« Nachdrücklich runzelte er die Stirn. »Ein Diener der Druiden?«

»Das war ich. Jetzt bin ich Krieger.«

»Irrtum, das seid Ihr nicht«, korrigierte er mich, »Ihr seid tot. Ihr seid auf die Toteninsel gekommen. Bitte, kommt doch und nehmt Platz. Es ist nicht viel, aber es ist mein Heim.« Er deutete in die Höhle hinein, wo zwei halbbehauene Steinquader als Tisch und Stuhl dienten. Ein altes Stück Tuch, möglicherweise vom Meer angespült, verbarg nur unzulänglich seinen Schlafraum, wo ich ein Lager aus getrocknetem Gras ausmachen konnte. Er bestand darauf, daß ich den kleineren Steinquader als Stuhl benutze. »Ich kann Euch einen Schluck Regenwasser anbieten«, erklärte er, »und einen Bissen fünf Tage altes Brot.«

Ich legte einen Haferkuchen auf den Tisch. Malldynn war offensichtlich hungrig, doch er widerstand dem Impuls, sich das Gebäck gierig zu greifen. Statt dessen zog er ein kleines Messer mit einer Klinge, die so oft geschärft worden war, daß sie eine wellenartige Schneide hatte, heraus und teilte den Kuchen damit in zwei Hälften. »Auf die Gefahr hin, undankbar zu wirken – aber Hafer hab' ich noch nie gemocht. Ich bevorzuge Fleisch, frisches Fleisch. Aber ich danke Euch dennoch, Derfel.« Er hatte sich mir gegenüber auf die Knie niedergelassen, aber sobald er den Haferkuchen gegessen und sich die Krümel zierlich von den Lippen getupft hatte, erhob er sich und lehnte sich an die Höhlenwand. »Meine Mutter hat auch immer Haferkuchen gebacken«, erzählte er, »aber ihre waren gröber. Ich vermute, daß der Hafer nicht richtig entspelzt worden war. Dieser hier war köstlich, und ich werde meine Meinung über Hafer wohl revidieren müssen. Ich danke Euch nochmals.« Er verneigte sich höflich.

»Ihr wirkt nicht wie ein Wahnsinniger«, stellte ich fest.

Er lächelte. Er war im mittleren Alter, hatte ein vornehmes Gesicht, intelligente Augen und einen weißen Bart, den er in Form zu halten versuchte. Seine Höhle hatte er mit einem Reiserbesen ausgefegt, der an der Wand lehnte. »Wer hierhergeschickt wird, ist nicht unbedingt wahnsinnig, Derfel«, erklärte er mir vorwurfsvoll. »Manche wollen geistig gesunde Menschen bestrafen und schicken sie ebenfalls hierher. Nun ja, ich habe Uther beleidigt.« Von Reue erfüllt, hielt er inne. »Ich war Berater«, fuhr er fort, »sogar ein hochgestellter Mann, aber als ich Uther erklärte, sein Sohn Mordred sei ein Dummkopf, landete ich hier. Dabei hatte ich recht. Mordred war ein Dummkopf, sogar mit zehn Jahren war er schon ein Dummkopf.«

»So lange seid Ihr schon hier?« fragte ich ihn verblüfft.

»Leider ja.«

»Wie habt Ihr überleben können?«

Bescheiden zuckte er die Achseln. »Die Leichenfledderer am Tor glauben, daß ich die Magie beherrsche. Ich habe ihnen gedroht, ihnen den Verstand zurückzugeben, wenn sie mich belästigen, deswegen geben sie sich die größte Mühe, mich bei Laune zu halten. Glaubt mir, als Wahnsinnige sind sie glücklicher dran. Jeder Mensch, der seinen Verstand beisammen hat, würde auf dieser Insel darum beten, ihn verlieren zu dürfen. Und Ihr, Freund Derfel, darf ich fragen, was Euch hierher führt?«

»Ich suche nach einer Frau.«

»Aha! Davon haben wir eine Menge, die meisten durch keinerlei Schamgefühl gehemmt. Derartige Frauen gelten, glaube ich, als eine weitere Vorbedingung für ein Paradies auf Erden, aber leider beweist die Realität das Gegenteil. Gewiß, sie sind schamlos, aber sie sind auch verdreckt, ihre Konversation ist langweilig, und das Vergnügen, das sie einem verschaffen, ist ebenso flüchtig, wie es beschämend ist. Wenn Ihr eine solche Frau sucht, Derfel, werdet Ihr sie hier in reichlichem Maße finden.«

»Ich suche nach einer Frau namens Nimue«, sagte ich.

»Nimue«, wiederholte er stirnrunzelnd, während er sich offenbar an den Namen zu erinnern versuchte. »Nimue! Aber ja, jetzt erinnere ich mich! Ein einäugiges Mädchen mit schwarzen Haaren. Sie ist zu den Meermenschen gegangen.«

»Ertrunken?« fragte ich entsetzt.

»Nein, nein.« Er schüttelte den Kopf. »Ihr müßt wissen, daß wir hier auf der Insel verschiedene Gemeinden bilden. Die Bekanntschaft der Leichenfledderer am Tor habt Ihr ja schon gemacht. Wir hier in den Steinbrüchen sind die Eremiten, eine kleine Gruppe, die die Einsamkeit vorzieht und die Höhlen auf dieser Seite der Insel bewohnt. Auf der anderen Seite hausen die Bestien. Ihr könnt Euch sicher vorstellen, wie die sind. Am Südende wohnen die Meermenschen. Sie fischen mit Leinen aus Menschenhaar, benutzen Dornen als Angelhaken und sind, wie ich zugeben muß, der Inselstamm mit den besten Manieren, obwohl sie nicht eben für ihre Gastlichkeit berühmt sind. Natürlich bekämpfen die Stämme einander. Seht Ihr, wir haben hier alles, was das Land den Lebenden bietet. Bis auf die Religion, vielleicht, obwohl ein oder zwei von unseren Bewohnern sich für Götter halten. Und wer wollte es ihnen ausreden?«

»Habt Ihr niemals versucht zu fliehen?«

»O doch«, antwortete er bedrückt. »Vor langer Zeit. Einmal habe ich versucht, die Bucht zu durchschwimmen, aber sie beobachten uns, und eine Speerspitze im Kopf ist ein sehr wirksamer Hinweis darauf, daß wir die Insel nicht verlassen dürfen, also kehrte ich um, bevor sie mir einen derartigen Schlag versetzen konnten. Die meisten, die auf diesem Weg zu fliehen versuchen, ertrinken. Einige gehen am Damm entlang, und von denen gelangen ein paar möglicherweise in die Welt der Lebenden zurück, aber nur, wenn sie es zuvor schaffen, an den Leichenfledderern am Tor vorbeizukommen. Und wenn sie diese Gefahr bestehen, müssen sie sich an den Wachen vorbeischleichen, die am Strand warten. Habt Ihr diese Schädel gesehen, als Ihr den Damm entlanggekommen seid? Sie gehörten all jenen Männern und Frauen, die fliehen wollten. Die armen Seelen!« Er verstummte, und ich dachte schon, er werde in Tränen ausbrechen. Dann stieß er sich energisch von der Höhlenwand ab. »Aber wo bin ich mit meinen Gedanken? Habe ich keine Manieren? Ich muß Euch ein wenig Wasser anbieten. Seht Ihr? Meine Zisterne!« Voll Stolz zeigte er auf ein hölzernes Faß, das unmittelbar vor dem Höhleneingang stand und so plaziert war, daß es das Wasser auffangen konnte, das sich bei Unwettern in Kaskaden von den Steinbruchwändern ergoß. Mit einem Schöpflöffel füllte er zwei Holzbecher mit Wasser. »Das Faß und den Schöpflöffel habe ich von einem Fischerboot, das hier strandete. Wann war das noch mal? Laßt mich sehen... Vor zwei Jahren. Die armen Leute! Drei Männer und zwei Knaben. Ein Mann wollte davonschwimmen und ertrank, die beiden anderen starben unter einem Hagel von Steinen, und die beiden Knaben wurden davongeführt. Ihr könnt Euch vorstellen, was aus ihnen wurde! Es mag ja reichlich Weiber geben, aber das Fleisch eines sauberen, jungen Fischerknaben ist ein seltener Leckerbissen auf unserer Insel.« Er stellte den Becher vor mich hin und schüttelte den Kopf. »Dies ist ein schrecklicher Ort, mein Freund. Es war töricht von Euch, hierherzukommen. Oder wurdet Ihr hergeschickt?«

»Ich bin freiwillig gekommen.«

»Dann gehört Ihr hierher, denn Ihr müßt wahrhaft wahnsinnig sein.« Er trank einen Schluck Wasser. »Erzählt mir«, bat er mich, »was es Neues in Britannien gibt.«

Ich erzählte es ihm. Von Uthers Tod und Arthurs Rückkehr hatte er gehört, aber sonst kaum etwas. Als ich berichtete, König Mordred sei verkrüppelt, runzelte er die Stirn, doch als er hörte, daß Bedwin noch lebte, war er erfreut. »Ich mag Bedwin«, sagte er. »Das heißt vielmehr, ich habe ihn gemocht. Wir hier müssen lernen, so zu sprechen, als wären wir tot. Er muß doch sehr alt sein.«

»Nicht so alt wie Merlin.«

»Merlin lebt noch?« fragte er überrascht.

»Allerdings.«

»Du meine Güte! Merlin lebt also noch!« Er schien sich zu freuen. »Einmal habe ich ihm einen Adlerstein geschenkt, und er hat sich sehr darüber gefreut. Ich muß hier irgendwo noch einen haben. Ja, wo denn nur?« Er kramte in einem kleinen Häufchen Steine und Holzstückchen, die neben dem Höhleneingang lagen. »Ist er womöglich da hinten?« Er zeigte auf den Bettvorhang. »Könnt Ihr ihn sehen?«

Ich sah nach hinten, um nach dem kostbaren Wurfstein Ausschau zu halten, doch kaum hatte ich den Blick abgewandt, da sprang mir Malldynn auf den Rücken und versuchte mir die schartige Schneide seines kleinen Messers durch die Kehle zu ziehen. »Ich werde Euch essen!« verkündete er triumphierend. »Euch essen!« Irgendwie aber hatte ich seine Messerhand mit der Linken packen können, und es gelang mir, die Klinge von meiner Gurgel fernzuhalten. Er rang mit mir, bis wir auf dem Boden lagen, und versuchte mich ins Ohr zu beißen. Sabbernd hockte er über mir, voll Gier bei dem Gedanken an frisches, sauberes Menschenfleisch. Ich schlug ihn einmal, zweimal, dann schaffte ich es, mich so zu winden, daß ich ein Knie anziehen konnte, und schlug ihn abermals, aber der Unglückliche verfügte über eine bemerkenswerte Kraft, und der Lärm unseres Kampfes lockte die Männer aus den anderen Höhlen herbei. Es konnte nur noch Sekunden dauern, bis ich von ihnen gemeinsam überwältigt wurde, also wand ich mich verzweifelt ein letztes Mal, rammte Malldynns Kopf mit dem meinen und warf ihn schließlich ab. Mit einem Tritt beförderte ich ihn davon und rappelte mich panisch auf, um dem Ansturm seiner Freunde zu entkommen. Ich stellte mich in den Eingang zur Bettkammer, wo ich endlich genügend Platz hatte, um Hywelbane zu ziehen. Vor der blitzenden Klinge meines Schwertes wichen die Eremiten zurück.

Malldynn lag mit blutendem Mund auf einer Seite der Höhle. »Nicht mal ein winziges Stückchen Leber?« bettelte er. »Nur ein Bröckchen? Bitte?«

Ich verließ ihn. Auf dem Weg durch den Steinbruch zupften mich die anderen Eremiten am Mantel, doch keiner versuchte mich aufzuhalten. Einer von ihnen lachte, als ich davonging. »Du wirst zurückkommen müssen!« rief er mir nach. »Und dann sind wir noch hungriger!«

»Eßt Malldynn«, gab ich verbittert zurück.

Ich kletterte auf den Kamm der Insel, wo zwischen den Steinen Stechginster wuchs. Vom Gipfel aus konnte ich sehen, daß sich der riesige Felsen nicht ganz bis zur Südspitze der Insel erstreckte, sondern steil zu einer weiten Ebene abfiel, die von einem Gewirr alter Steinmauern durchzogen war: Beweis dafür, daß früher einmal ganz normale Männer und Frauen auf der Insel gelebt und das steinige Plateau beackert hatten, das sich sanft zum Meer hin neigte. Auch jetzt gab es noch Siedlungen auf dieser Ebene: Dort wohnten vermutlich die Meermenschen. Eine Gruppe dieser toten Seelen beobachtete mich von ihren Rundhütten aus, die am Fuß des Hügels standen, und ihre Gegenwart veranlaßte mich, vorerst zu bleiben, wo ich war, und lieber bis zum Morgengrauen zu warten. Am frühen Morgen kriecht das Leben nur langsam dahin, deswegen greifen die Soldaten auch gern im ersten Tageslicht an, und deswegen wollte ich nach meiner verschollenen Nimue suchen, solange die wahnsinnigen Bewohner der Insel noch träge und schlaftrunken waren.

Es war eine harte Nacht. Eine sehr schlimme Nacht. Die Sterne zogen über mir dahin, strahlende Heimstätten, von denen die Geister auf die schwache Erde herabblickten. Ich betete zu Bel, bat ihn um Kraft, und manchmal schlief ich, obwohl ich bei jedem Rascheln im Gras oder dem Fall eines Steins hellwach hochfuhr. Ich hatte in einer schmalen Felsspalte Schutz gesucht, in der man mich nur schwer angreifen konnte, und war daher überzeugt, mich selbst schützen zu können, obwohl Bel allein wußte, wie ich die Insel jemals verlassen sollte. Oder ob ich meine Nimue je finden würde.

Kurz vor Morgengrauen kroch ich aus meiner Felsspalte hervor. Hinter der aufgewühlten See, die den Eingang zu Cruachans Höhle kennzeichnete, hing dichter Nebel über dem Meer, und ein mattes graues Licht ließ die Insel flach und kalt erscheinen. Während ich bergab stieg, sah ich keinen Menschen. Als ich an das erste kleine Dorf aus primitiven Hütten kam, war die Sonne noch nicht aufgegangen. Gestern, hatte ich entschieden, war ich den Bewohnern der Insel gegenüber viel zu zaghaft gewesen. Heute würde ich diese Toten wie das Aasfleisch behandeln, das sie im Grunde ja auch waren.

Die Hütten bestanden aus Lehm und Weidengeflecht und waren mit Zweigen und Gras gedeckt. Mit einem Tritt öffnete ich eine wacklige Holztür, trat geduckt in die Hütte und packte mir die erste schlafende Gestalt, die ich fand. Ich stieß die Kreatur hinaus, versetzte einer weiteren einen Tritt und hieb mit Hywelbane ein Loch ins Dach. Wesen, die früher einmal Menschen gewesen waren, lösten sich voneinander und huschten davon. Den einen Mann trat ich kräftig gegen den Kopf, den anderen verdrosch ich mit Hywelbanes flacher Klinge, einen dritten zerrte ich ans matte Tageslicht hinaus. Ich schleuderte ihn zu Boden, setzte ihm den Fuß auf die Brust und Hywelbanes Spitze an die Kehle. »Ich suche eine Frau namens Nimue«, sagte ich.

Er stammelte unverständliches Kauderwelsch. Da er nicht sprechen konnte, oder vielmehr nur in einer Sprache, die seine eigene

Erfindung war, ließ ich ihn liegen und lief statt dessen einer Frau nach, die hinkend in die Büsche zu flüchten versuchte. Als ich sie packte, schrie sie laut, und als ich ihr den Stahl an die Kehle setzte, schrie sie abermals. »Kennst du eine Frau namens Nimue?«

Sie war zu verängstigt, um sprechen zu können. Statt dessen hob sie ihre verdreckten Röcke und zeigte mir ihr zahnloses Grinsen. Ich schlug ihr die flache Schwertklinge ins Gesicht. »Nimue!« schrie ich sie an. »Ein einäugiges Mädchen namens Nimue! Kennst du sie?« Die Frau brachte immer noch kein Wort heraus, zeigte aber nach Süden und stieß ihren Finger in dem hektischen Versuch, mich nachsichtig zu stimmen, immer wieder in Richtung der südlichen Inselspitze. Ich zog mein Schwert zurück und schob mit dem Fuß ihre Röcke über ihre mageren Schenkel. Hastig verkroch sich die Frau in einem Dornengestrüpp. Die anderen verängstigten Seelen starrten mir aus ihren Hütten nach, als ich dem Pfad in südlicher Richtung hinab zum tosenden Meer folgte.

Ich kam an zwei weiteren winzigen Siedlungen vorbei, aber niemand versuchte jetzt noch, mich aufzuhalten. Ich war zu einem Teil des lebenden Alptraums dieser Insel der Toten geworden, zu einem Wesen, das im Morgengrauen mit nacktem Stahl drohte. Ich ging durch Felder von blassem, mit Hornklee, blauen Kreuzblumen und spitzen karmesinroten Orchideenblüten getupftem Gras und sagte mir, ich hätte wissen müssen, daß Nimue, eine Tochter Manawydans, so dicht wie möglich am Meer Zuflucht suchen würde.

Die Südküste der Insel war ein Gewirr von Felsblöcken am Rand einer niedrigen Klippe. Riesige Wogen zersprangen hier zu Schaum, wurden in Felsspalten gesogen, versprühten weiße Gischt. Vor der Küste wirbelte und spie der Hexenkessel. Es war ein Sommermorgen, aber das Meer lag grau wie Eisen, der Wind blies kalt, und die Seevögel schrien laut ihre Klagen.

Von einem Fels zum anderen springend, näherte ich mich bergabwärts diesem tödlichen Wasser. Als ich um eine Säule aus hellem Gestein bog, blähte sich mein zerfetzter Mantel im Wind, und ich entdeckte eine Höhle, die nur wenige Fuß oberhalb der obersten, von der höchsten Flut angespülten dunklen Linie von See- und Blasentang lag. Ein schmaler Vorsprung führte zum Eingang der Höhle, und auf diesem Felsband türmten sich Knochen von Vögeln und Tieren, die von Menschenhand aufgehäuft worden sein mußten, denn sie lagen in regelmäßigen Abständen, und jedes Häuflein war sorgfältig mit einem Gitterwerk aus längeren Knochen stabilisiert und mit einem Schädel gekrönt worden. Ich hielt inne. Angst stieg in mir auf wie die Fluten des Meeres, als ich auf diesen Zufluchtsort hinabstarrte, der so dicht am Wasser lag, wie es auf dieser Insel der verdammten Seelen nur möglich war. »Nimue?« rief ich, während ich Mut genug sammelte, um mich dem Felsband zu nähern. »Nimue?«

Ich kletterte zu der schmalen Felsplatte hinab und suchte mir vorsichtig einen Weg zwischen den aufgehäuften Knochen. Ich fürchtete mich vor dem, was ich in der Höhle finden würde. »Nimue?« rief ich abermals.

Unter mir klatschte eine Woge gegen einen Felsvorsprung und griff mit weißen Fingern nach dem Sims. Dann fiel das Wasser wieder und floß in dunklen Rinnsalen ins Meer zurück, bevor der nächste Brecher auf die Steine des Felsvorsprungs und die glänzendnassen Felsen donnerte. Die Höhle war still und dunkel. »Nimue?« fragte ich wiederum mit versagender Stimme.

Der Eingang der Höhle wurde von zwei menschlichen Schädeln bewacht, die so in die Felsspalten gezwängt worden waren, daß sie zu beiden Seiten des Eingangs mit zerbrochenen Zähnen in den klagenden Wind grinsten. »Nimue?« Ich bekam keine Antwort, außer dem Heulen des kalten Windes, dem Geschrei der Möwen und dem Beben der grausigen See.

Ich trat ein. Es war kalt in der Höhle, und das Licht wirkte fahl. Die Wände waren feucht. Da der Kieselboden vor mir anstieg, war ich gezwungen, mich vorsichtig und tief gebückt unter der schwer herabhängenden Decke vorwärtszutasten. Immer enger wurde die Höhle, dann bog sie auf einmal scharf nach links. Ich wartete an der Biegung, die von einem dritten Schädel bewacht wurde, bis meine Augen sich an das Halbdunkel gewöhnt hatten, und als ich mich dann vorsichtig an dem Schädel vorbeischob, entdeckte ich, daß sich die Höhle immer weiter verengte und schließlich endete.

Und dort, im hintersten, finstersten Winkel der Höhle, fand ich sie endlich. Meine Nimue.

Zunächst dachte ich, sie sei tot, denn sie war nackt und lag zusammengekrümmt da, die mageren Beine bis zu den Brüsten hochgezogen, die bleichen Arme um die Unterschenkel geklammert. Ihr Gesicht war unter den dunklen, verdreckten Haaren verborgen. Damals, in den grünen Hügeln, hatten wir zuweilen den Zorn der Hügelgeister herausgefordert, in den grasbewachsenen Hünengräbern herumgewühlt und nach dem Gold der Alten gesucht. Wir hatten ihre Knochen in genau derselben Stellung in der Erde vorgefunden, wo sie bis in alle Ewigkeit so dort hockten, um die bösen Geister abzuwehren.

»Nimue?« Ich mußte die letzten paar Schritte bis zu ihr auf allen vieren kriechen. »Nimue?« fragte ich abermals. Diesmal blieb mir ihr Name in der Kehle stecken, denn ich war sicher, daß sie tot war. Dann aber sah ich, daß sich ihre Rippen hoben. Sie atmete, lag aber sonst so still wie eine Tote. Ich legte Hywelbane nieder und streckte die Hand aus, um ihre kalte weiße Schulter zu berühren. »Nimue?«

Sie sprang mich an, zischend, mit gebleckten Zähnen, ein Auge eine grellrote Höhle, das andere so verdreht, daß nur noch das Weiße des Augapfels zu sehen war. Sie versuchte mich zu beißen, krallte mit den Händen nach mir, kreischte mit heulender Stimme einen Fluch, um mich gleich darauf anzuspucken, und schließlich hieb sie mit ihren langen Nägeln nach meinen Augen. »Nimue!« schrie ich. Sie spie, sabberte, kämpfte und schnappte mit verdreckten Zähnen nach meinem Gesicht. »Nimue!«

Sie kreischte einen weiteren Fluch und griff mit ihrer rechten Hand nach meiner Kehle. Sie kämpfte mit der Kraft der Wahnsinnigen, und als sich ihre Finger um meine Gurgel schlossen, stieg ihr Schrei triumphierend empor. Dann aber wußte ich plötzlich, was ich tun mußte. Ich ergriff ihre Linke, ignorierte den Schmerz an meiner Kehle und legte meine eigene, vernarbte Handfläche an ihre Narbe. Ich legte sie dorthin, ließ sie dort liegen und rührte mich nicht.

Und langsam, ganz langsam lockerte sich ihr Griff an meiner Kehle. Langsam, ganz langsam rollte ihr gesundes Auge zurück, so daß ich wieder die klare Seele meiner Liebsten sehen konnte. Sie starrte mich an und begann zu weinen.

»Nimue«, sagte ich, und sie legte die Arme um meinen Hals und klammerte sich fest an mich. Jetzt schluchzte sie so bitterlich, daß ihr fast die dünnen Rippen zersprangen, während ich sie hielt, sie streichelte und ihren Namen flüsterte.

Das Schluchzen ließ nach und hörte schließlich auf. Aber sehr lange noch hing sie an meinem Hals. Dann spürte ich, wie sich ihr Kopf bewegte. »Wo ist Merlin?« fragte sie mit der Stimme eines Kindes.

»Hier in Britannien«, antwortete ich.

»Dann müssen wir gehen.« Sie löste die Arme von meinem Hals und hockte sich auf die Schenkel, damit sie mir ins Gesicht sehen konnte. »Ich habe geträumt, daß du kommen würdest«, sagte sie.

»Ich liebe dich«, sagte ich. Eigentlich hatte ich das nicht sagen wollen, aber es war die Wahrheit.

»Deswegen bist du hergekommen«, stellte sie fest, als läge das auf der Hand.

»Hast du etwas zum Anziehen?« fragte ich sie.

»Ich habe deinen Mantel«, gab sie zurück. »Mehr brauche ich nicht. Nur deine Hand.«

Ich kroch zur Höhle hinaus, steckte Hywelbane in die Scheide zurück und wickelte ihren bleichen, zitternden Körper in meinen grünen Mantel. Sie schob einen Arm durch einen Riß in dem zerfetzten Wollstoff, und dann gingen wir Hand in Hand zwischen den Knochenhaufen hindurch und kletterten den Berg zu den Meermenschen hinauf, die dort warteten und uns beobachteten. Als wir den Gipfel der Klippe erreicht hatten, machten sie uns Platz und folgten uns auch nicht, als wir langsam den Osthang der Insel hinabschritten. Nimue sagte kein Wort. Ihr Wahnsinn hatte sie in dem Augenblick verlassen, da meine Hand die ihre berührte, aber sie war danach erschreckend schwach. Ich half ihr über die schwierigeren Stellen des Pfades. Ohne weiter belästigt zu werden, passierten wir die Höhlen der Eremiten. Möglich, daß sie alle schliefen, aber vielleicht hatten die Götter die Insel ja auch mit einem Bann belegt, während wir beiden uns in nördlicher Richtung immer weiter von den toten Seelen entfernten.

Die Sonne ging auf. Jetzt sah ich, daß Nimues Haare vor Schmutz starrten und von Läusen wimmelten, daß ihre Haut verdreckt war und daß sic ihr goldenes Auge verloren hatte. Sie war so schwach, daß sie kaum gehen konnte, und als wir den Berg zum Damm hinunterstiegen, hob ich sie auf und merkte, daß sie weniger wog als ein zehnjähriges Kind. »Du bist sehr schwach«, sagte ich zu ihr.

»Ich bin schwach geboren, Derfel«, gab sie zurück, »und verbringe mein ganzes Leben damit, so zu tun, als wäre es anders.«

»Du brauchst Ruhe«, sagte ich.

»Das weiß ich.« Sie legte den Kopf an meine Brust und war es ein einziges Mal in ihrem Leben zufrieden, daß jemand sich um sie kümmerte.

Ich trug sie zum Damm und über die erste Mauer. Links neben uns brachen sich die Wogen des Meeres, rechts glänzte die Bucht im reflektierten Licht der aufgehenden Sonne. Wie ich sie an den Wachen vorbeibringen sollte, wußte ich nicht. Ich wußte nur, daß wir die Insel verlassen mußten, weil das ihr Schicksal und ich das Werkzeug dieses Schicksals war. Also marschierte ich weiter und vertraute darauf, daß die Götter sich des Problems schon annehmen würden, wenn wir die letzte Mauer erreicht hatten.

Ich trug sie über die mittlere, von Schädeln gekrönte Mauer und schritt Dumnonias morgengrünen Hügeln entgegen. Da ich über der glatten, reinweißen Fläche der letzten Mauer nur die Silhouette eines einzigen Speerkämpfers sah, vermutete ich, daß einige Wachen über die Bucht gerudert waren, als sie entdeckt hatten, daß ich die Insel verlassen wollte. Am Kiesufer standen mehr Wachen. Sie hatten sich so postiert, daß sie mir den Durchgang zum Festland verstellten. Wenn ich unbedingt töten muß, sagte ich mir, werde ich eben töten. Das war der Wille der Götter, nicht der meine, und Hywelbane würde mit der Gewandtheit und mit der Kraft der Götter zuschlagen.

Doch als ich mit meiner leichten Last auf die letzte Mauer zuschritt, schwangen die Torflügel, die über Leben und Tod entschieden, weit auf, um mich durchzulassen. Eigentlich erwartete ich, den Kommandeur der Wache mit seinem rostigen Speer zu sehen, der mich sofort zurückschicken würde; statt dessen sah ich Galahad und Cavan, die mit gezogenen Schwertern und Kampfschilden am Arm auf der schwarzen Schwelle warteten. »Wir sind dir gefolgt«, erklärte Galahad.

»Bedwin hat uns geschickt«, ergänzte Cavan. Ich verbarg Nimues abstoßende Haare unter der Kapuze meines Mantels, damit meine Freunde nicht sahen, in welch entwürdigtem Zustand sie sich befand, und sie klammerte sich an mich, versuchte sich vor ihnen zu verstecken.

Galahad und Cavan hatten meine Männer mitgebracht, die die Fähre besetzt hatten und die Wächter der Insel auf dem anderen Ufer des Kanals mit ihren Speeren in Schach hielten. »Heute wären wir dich suchen gegangen«, sagte Galahad und bekreuzigte sich, während er den Damm anstarrte. Er warf mir einen seltsamen Blick zu, als fürchtete er, ich wäre als anderer Mensch von der Insel zurückgekehrt.

»Ich hätte wissen müssen, daß du kommen würdest«, sagte ich zu ihm.

»Ja«, gab er zurück, »das hättest du.« In seinen Augen standen Tränen – Freudentränen.

Wir ruderten über den Kanal zurück, und ich trug Nimue die Straße der Schädel entlang bis zur Festhalle am Ende der Straße, wo ich auf einen Mann traf, der einen Karren mit Salz belud, das für Durnovaria bestimmt war. Behutsam bettete ich Nimue auf seine Fracht und folgte dem Karren auf seinem knarrenden Weg nordwärts bis in die Stadt. Ich hatte Nimue von der Toteninsel gerettet und sie in ein Land im Kriegszustand zurückgebracht.

Ich brachte Nimue auf Gyllads Hof. Nicht in die große Halle, sondern in eine verlassene Schäferhütte, wo wir beide allein sein konnten. Ich fütterte sie mit Fleischsuppe und Milch, aber vorher wusch ich sie, wusch jeden einzelnen Zoll ihres Körpers, wusch sie zweimal, dann wusch ich ihre schwarzen Haare und benutzte anschließend einen Knochenkamm, um die Strähnen zu entwirren. Einige Knoten waren so fest, daß ich sie abschneiden mußte, die meisten aber ließen sich lösen, und als ihre Haare naß und glatt herabhingen, benutzte ich den Kamm, um die Läuse aufzustöbern und zu töten, bevor ich sie noch einmal wusch. Sie ließ die Prozedur wie ein kleines, gehorsames Kind über sich ergehen, und als sie endlich sauber war, wickelte ich sie in eine große Wolldecke, nahm die Fleischsuppe vom Feuer und zwang sie, etwas zu essen, während ich mich selbst ebenfalls wusch und jene Läuse einfing, die sich von ihrem auf meinen Körper gerettet hatten.

Als ich fertig war, dämmerte es, und sie lag fest schlafend auf einem Bett, das ich ihr aus frisch geschnittenem Farn bereitet hatte. Sie schlief die ganze Nacht hindurch und aß am anderen Morgen sechs Eier, die ich auf dem Feuer in einer Pfanne gerührt hatte. Dann schlief sie weiter, während ich mir ein Messer und ein Stück Leder nahm und ihr eine Augenklappe mit Schnur zurechtschnitt, die sie sich um den Kopf binden konnte. Ich beauftragte eine von Gyllads Sklavinnen, Kleidung zu besorgen, dann schickte ich Issa in die Stadt, damit er sich nach den neuesten Nachrichten umhörte. Issa war ein kluger Bursche mit einem so freundlichen, offenen Wesen, daß sich ihm selbst völlig Fremde an einem Tisch in der Schenke anvertrauten.

»Die halbe Stadt behauptet, der Krieg sei schon jetzt verloren, Lord«, berichtete er mir bei seiner Rückkehr. Da Nimue schlief, unterhielten wir uns am Ufer des Baches, der dicht neben der Hütte vorüberfloß.

»Und die andere Hälfte?« fragte ich ihn.

Er grinste. »Freut sich auf Lugnasa, Lord. Sie denken nicht darüber hinaus. Aber die Hälfte, die weiter denkt, das sind alles Christen.« Er spie ins Wasser. »Lugnasa sei ein sündiges Fest, sagen sie, und König Gorfyddyd komme über uns, um uns für unsere Sünden zu bestrafen.«

»Wenn das so ist«, gab ich zurück, »sollten wir dafür sorgen, daß wir genügend Sünden begehen, um die Strafe auch zu verdienen.«

Er lachte. »Manche sagen, Lord Arthur verläßt die Stadt nicht, weil er fürchtet, es werde einen Aufstand geben, sobald seine Soldaten weg sind.«

Ich schüttelte den Kopf. »Er will zu Lugnasa bei Guinevere sein.«

»Wer würde das nicht wollen?« gab Issa zurück.

»Warst du beim Goldschmied?« fragte ich ihn.

Er nickte. »Er braucht mindestens zwei Wochen, um das Auge anzufertigen, sagt er, weil er so was noch nie gemacht hat, aber er wird sich einen Toten suchen und ihm ein Auge rausschneiden, damit er die richtige Größe hat. Ich sagte ihm, er solle die Leiche eines Kindes nehmen, denn die Lady ist sehr zierlich, nicht wahr?« Mit dem Kopf deutete er auf die Hütte.

»Hast du ihm gesagt, daß das Auge hohl sein muß?«

»Hab' ich, Lord.«

»Das hast du wirklich gut gemacht«, lobte ich ihn. »Und nun wirst du wohl sündigen gehen und ausgiebig Lugnasa feiern wollen, wie?«

Er grinste. »Und ob, Lord!« An Lugnasa sollte eigentlich die bevorstehende Ernte gefeiert werden, aber die Jugend hat es von jeher zu einem Fest der Fruchtbarkeit gemacht, und diese Feierlichkeiten sollten an jenem Abend beginnen, dem Vorabend des Festtags.

»Dann los!« spornte ich ihn an. »Ich werde hierbleiben.«

An jenem Nachmittag baute ich für Nimue zu Lugnasa eine eigene Laube. Irgendwie bezweifelte ich zwar, daß sie sich darüber freuen würde, aber ich wollte es eben tun, und so flocht ich ein winziges Häuschen am Bach. Ich schnitt die Weidenzweige und bog sie zu einem Unterstand, in den ich Kornblumen, Mohnblumen, Tausendschönchen, Fingerhut und lange, hängende Wickenranken flocht. Solche Hütten wurden an diesem Festtag in ganz Britannien errichtet, und im nächsten Spätfrühling würden dann in ganz Britannien Hunderte von Lugnasakindern geboren werden. Der Frühling galt als günstige Zeit für eine Geburt, denn dann kam das Kind in eine Welt, die vor der Fülle des Sommers stand, obwohl die Frage, ob die Aussaat dieses Jahres gute Ernte bringen würde, von den Schlachten abhing, die nach dem Einbringen der Frucht geschlagen werden mußten.

Gerade als ich die letzten Fingerhutrispen ins Dach der Laube flocht, kam Nimue aus der Hütte. »Ist heute Lugnasa?« fragte sie erstaunt.

»Nein, morgen.«

Sie lachte schüchtern. »Mir hat noch nie jemand eine Laube geflochten.«

»Du wolltest ja nie eine.«

»Jetzt will ich sie aber«, antwortete sie und setzte sich mit so glückstrahlendem Gesicht in den Schatten der Blüten und Zweige, daß mein Herz einen seligen Sprung tat. Sie hatte die Augenklappe gefunden und eins von den Gewändern angelegt, die Gyllads Mädchen ihr gebracht hatte; es war ein Sklavenkleid aus einfachem braunen Tuch, aber es stand ihr so gut, wie ihr fast alle schlichten Dinge standen. Sie war blaß und mager, aber sie war sauber, und auf ihren Wangen lag sogar eine leichte Röte. »Ich weiß nicht, was aus dem goldenen Auge geworden ist«, gestand sie bedrückt und legte die Hand auf die neue Klappe.

»Ich habe ein neues in Auftrag gegeben«, erklärte ich ihr, verschwieg ihr jedoch, daß mich die Anzahlung für den Goldschmied meine letzten Münzen gekostet hatte. Ich brauche unbedingt ein bißchen Kampfbeute, sagte ich mir, um meine Börse wiederaufzufüllen.

»Und außerdem bin ich hungrig«, sagte Nimue mit einem Anflug ihres alten Mutwillens.

Ich legte ein paar Birkenzweige in die Pfanne, damit die Fleischsuppe nicht ansetzte, goß den Rest der Brühe hinein und stellte sie aufs Feuer. Sie aß alles. Anschließend streckte sie sich in ihrer Lugnasalaube aus und betrachtete den Bach. An einer Stelle, wo ein Otter unter Wasser schwamm, stiegen Blasen auf. Ich hatte ihn schon vorher gesehen, es war ein alter Kerl mit einem von den Narben vieler Kämpfe und Streifwunden durch Jagdspeere übersäten Fell. Nimue sah zu, wie seine Luftblasen hinter einer umgestürzten Weide verschwanden. Dann begann sie zu erzählen.

Sie hatte immer gern erzählt und zugehört, an jenem Abend aber war sie unersättlich. Sie wollte Neuigkeiten hören, und ich erzählte sie ihr, aber dann verlangte sie mehr Einzelheiten, und immer noch mehr Einzelheiten, und jede Einzelheit fügte sie wie besessen in ein Muster, das sie sich zurechtgelegt hatte, so daß die Ereignisse des vergangenen Jahres – zumindest für sie – ein großes Mosaik ergaben, auf dem ein einzelnes Steinchen zwar unwichtig erscheinen mochte, im Zusammenhang mit den anderen aber Teil eines komplizierten, bedeutsamen Ganzen wurde. Ihr größtes Interesse galt Merlin und der Handschrift, die er aus Bans verlorener Bibliothek gerettet hatte. »Du hast sie nicht gelesen?« fragte sie mich.

»Nein.«

»Ich werde sie lesen«, erklärte sie energisch.

Ich zögerte einen Moment; dann sprach ich meine Gedanken aus.

»Ich dachte, Merlin würde zur Insel gehen und dich holen«, sagte ich. Damit riskierte ich, sie doppelt zu kränken, erstens durch die angedeutete Kritik an Merlin und zweitens, indem ich das einzige Thema anschnitt, über das sie nicht reden wollte, die Toteninsel. Aber es schien sie nicht zu stören.

»Merlin wird sich wohl gedacht haben, daß ich mir selbst helfen kann«, erklärte sie. Dann lächelte sie. »Außerdem weiß er, daß ich dich habe.«

Inzwischen war es dunkel geworden, und der Bach plätscherte silbern unter dem Lugnasamond dahin. Es gab ein ganzes Dutzend Fragen, die ich ihr gern gestellt hätte, aber nicht zu stellen wagte, plötzlich aber begann sie sie von selbst zu beantworten. Sie sprach von der Insel oder vielmehr davon, daß ein winziger Teil ihrer Seele sich der Schrecken dieser Insel immer bewußt gewesen sei, selbst als ihr übriges Ich sich in ihr Schicksal ergeben habe. »Ich habe gedacht, Wahnsinn wäre wie der Tod«, sagte sie, »und man würde nicht merken, daß es eine Alternative zum Wahnsinn gibt, aber man weiß es doch. Wirklich. Es ist, als beobachte man sich selbst, kann sich aber nicht selber helfen. Man gibt sich auf«, erklärte sie. Dann hielt sie inne, und ich entdeckte die Tränen in ihrem gesunden Auge.

»Hör auf«, sagte ich, denn auf einmal wollte ich es nicht mehr wissen.

»Und manchmal«, fuhr sie beharrlich fort, »saß ich auf meinem Felsen und betrachtete das Meer und wußte, daß ich nicht geisteskrank war, und ich fragte mich, welchem Zweck das alles diene, und dann wurde mir klar, daß ich wahnsinnig sein mußte, denn wenn ich es nicht wäre, hätte das Ganze seinen Zweck nicht erfüllt.«

»Es ergab keinen Sinn«, widersprach ich hitzig.

»Ach Derfel, mein lieber Derfel! Du hast einen Verstand wie ein Stein, der von der Klippe fällt.« Sie lächelte. »Als Merlin Caleddins Handschrift fand, hatte das denselben Sinn. Begreifst du denn nicht? Die Götter treiben ihre Spiele mit uns, aber wenn wir uns öffnen, werden wir Teil des Spiels statt seine Opfer. Der Wahnsinn erfüllt einen Zweck! Er ist ein Geschenk der Götter und hat, wie alle Geschenke der Götter, seinen Preis, aber den habe ich nunmehr bezahlt.« Sie sprach leidenschaftlich, und doch spürte ich plötzlich, wie mich ein Gähnen ankam, und sosehr ich mich bemühte, ich konnte es nicht unterdrücken. Ich versuchte es zu verbergen, aber sie sah es trotzdem. »Du brauchst Schlaf«, stellte sie fest.

»Nein, nein!« protestierte ich.

»Hast du letzte Nacht geschlafen?«

»Ein wenig.« Ich hatte an der Hüttentür gesessen und war, während ich zuhörte, wie die Mäuse im Stroh raschelten, gelegentlich ein wenig eingedöst.

»Dann wirst du jetzt zu Bett gehen«, bestimmte sie energisch, »und mich hier meinen Gedanken überlassen.«

Ich war so müde, daß ich mich kaum entkleiden konnte, aber schließlich lag ich auf dem Farnbett, wo ich wie ein Toter schlief. Es war ein großer, tiefer Schlaf, der der Ruhe glich, die in der Sicherheit nach einer Schlacht eintritt, wenn der schlechte Schlaf, der von Alpträumen voller Erinnerungen an knapp verfehlte Speerstöße und Schwerthiebe unterbrochen wird, von der Seele gewaschen worden ist. So schlief ich, und in der Nacht kam Nimue zu mir. Anfangs dachte ich, es sei ein Traum, als ich dann aber erschrocken hochfuhr, spürte ich ihre kühle, nackte Haut an der meinen. »Schon gut, Derfel«, flüsterte sie mir zu, »schlaf weiter.« Und ich schlief mit ihrem mageren Körper in den Armen.

Wir erwachten in Lugnasas wunderschöner Morgendämmerung. In meinem Leben gab es Zeiten reinsten Glücks, und dies war eine davon. In diesen Zeiten, glaube ich, ist die Liebe mit dem Leben im Gleichtakt, oder die Götter wollen, daß wir uns zum Narren machen, und nichts ist so süß wie die Torheit am Lugnasafest. Die Sonne schien, schickte ihr Licht durch die Blumen in unsere Laube, wo wir uns liebten. Später spielten wir wie Kinder im Bach, wo ich unter Wasser Otterblasen zu machen versuchte, und als ich prustend auftauchte, lachte Nimue laut heraus. Ein Eisvogel schoß zwischen den Weiden hindurch, bunt wie ein Traumteppich. Die einzigen Menschen, die wir den ganzen Tag über sahen, waren zwei Reiter, die, mit Falken auf den Fäusten, am anderen Bachufer entlangritten. Sie sahen uns nicht, und wir blieben still liegen und sahen zu, wie einer ihrer Vögel einen Reiher schlug: ein gutes Zeichen. Denn an diesem einen vollkommenen Tag waren Nimue und ich Liebende, obwohl uns die zweite Freude der Liebe versagt blieb, die in dem sicheren Wissen um eine gemeinsame Zukunft liegt, in einem Glück, das nicht weniger groß ist als zu Beginn der Liebe. Aber ich hatte keine Zukunft mit Nimue. Ihre Zukunft lag auf den Pfaden der Götter, und für diese Pfade hatte ich kein Talent.

Und sogar Nimue war versucht, von diesen Pfaden abzuweichen. Am Abend des Lugnasatages, als das schräg einfallende Sonnenlicht die Bäume an den westlichen Hängen in Schatten tauchte, lag sie im Schutz der Laube zusammengerollt in meinen Armen und sprach von allem, was wir haben könnten. Ein Häuschen, ein Stück Land, Kinder und Viehherden. »Wir könnten nach Kernow gehen«, sagte sie verträumt. »Merlin hat immer gesagt, daß Kernow ein gesegneter Ort ist. Und weit entfernt von den Sachsen.«

»Irland«, wandte ich ein, »ist noch weiter entfernt.«

Ich spürte, wie sie den Kopf an meiner Brust schüttelte. »Irland ist verflucht.«

»Warum?« wollte ich wissen.

»Weil sie die Kleinodien Britanniens besaßen«, antwortete sie, »und sie sich abnehmen ließen.«

Ich wollte jetzt weder über die Kleinodien Britanniens noch über die Götter, noch über irgendein Thema sprechen, das diesen Augenblick verdorben hätte. »Also gut, Kernow«, lenkte ich ein.

»Ein kleines Häuschen«, sagte sie versonnen, und dann zählte sie all die Gegenstände auf, die es in dem kleinen Häuschen geben sollte: Krüge, Pfannen, Spieße, Worfeltücher, Siebe, Eibenholzeimer, Sicheln, Schergeräte, eine Spindel, einen Wollewickler, ein Lachsnetz, ein Faß, einen Herd, ein Bett. Hatte sie in ihrer feuchten, kalten Höhle über dem Hexenkessel von diesen Dingen geträumt? »Und keine Sachsen«, fuhr sie fort, »und auch keine Christen. Vielleicht sollten wir auf die Inseln im Westmeer gehen. Auf die Inseln hinter Kernow. Nach Lyonesse.« Ganz leise sprach sie diesen wundervollen Namen aus. »Leben und Lieben in Lyonesse«, ergänzte sie. Dann lachte sie.

»Warum lachst du?«

Einen Augenblick blieb sie stumm. Dann zuckte sie die Achseln. »Lyonesse ist einem anderen Leben vorbehalten«, erklärte sie, und mit dieser traurigen Feststellung brach sie den Bann. Das heißt, wenigstens für mich, denn ich glaubte, Merlins spöttisches Gelachter im Rascheln des Sommerlaubs zu hören. Also ließ ich den Traum verblassen, während wir reglos im schräg einfallenden, weichen Licht lagen. Zwei Schwäne flogen nordwärts das Tal hinauf, auf das große phallische Abbild des Gottes Sucellos zu, das nördlich von Gyllads Land in den Kreidekalk der Hügel geschnitten worden war. Sansum hatte das Bildnis vernichten lassen wollen, aber Guinevere hatte ihn daran gehindert, obwohl sie nichts dagegen tun konnte, daß er am Fuß des Hügels einen kleinen Schrein errichten ließ. Mir kam die Idee, das Land zu kaufen, sobald ich konnte – nicht, um es zu kultivieren, sondern um zu verhindern, daß die Christen den Kalk mit Gras zuwachsen ließen oder das Bild des Gottes ausgruben.

»Wo ist Sansum?« fragte Nimue. Sie hatte meine Gedanken gelesen.

»Er ist jetzt Wächter des heiligen Dornbuschs.«

»Mögen die Dornen ihn stechen«, wünschte sie rachsüchtig. Sie löste sich aus meinen Armen, richtete sich auf und zog uns beiden die Decke bis an den Hals. »Und Gundleus hat sich heute verlobt?«

»Ja.«

»Lange wird er sich seiner Braut nicht erfreuen können«, sagte sie, obwohl das, wie ich fürchtete, wohl eher eine Hoffnung als eine Prophezeiung war.

»Wird er aber doch, wenn Arthur sein Heer nicht schlagen kann«, wandte ich ein.

Am folgenden Tag schien die Hoffnung auf diesen Sieg endgültig zerstört zu sein. Ich war mit den Vorbereitungen für Gyllads Ernte beschäftigt: Ich wetzte die Sicheln und nagelte die hölzernen Dreschflegel an ihre Lederschlaufen, als ein Bote aus Durocobrivis in Durnovaria eintraf. Issa brachte mir die Nachricht des Boten aus der Stadt, und sie war schrecklich. Aelle hatte den Waffenstillstand gebrochen. Am Vorabend von Lugnasa hatte ein Schwarm Sachsen Gereints Festung angegriffen und gestürmt. Fürst Gereint war tot, Durocobrivis gefallen, Dumnonias Vasallenfürst Meriadoc von Stronggore auf der Flucht, und die letzten Reste seines Reiches waren Lloegyr einverleibt worden. Nun mußte Arthur sich nicht nur Gorfyddyds Heer entgegenwerfen, sondern auch noch gegen die sächsischen Kriegshorden kämpfen. Dumnonia war eindeutig dem Untergang geweiht.

Nimue schalt über meinen Pessimismus. »So schnell werden die Götter das Spiel nicht beenden«, behauptete sie.

»Dann sollten die Götter unsere Schatzkammern füllen«, entgegnete ich scharf, »denn wir können nicht Aelle und Gorfyddyd zur selben Zeit besiegen, und das heißt, daß wir die Sachsen bezahlen müssen oder den Tod erleiden.«

»Nur kleine Geister machen sich Sorgen um Geld«, erklärte Nimue.

»Dann danke ich den Göttern für die kleinen Geister«, gab ich zurück. Ich machte mir ständig Sorgen um Geld.

»In Dumnonia gibt es durchaus Geld«, sagte Nimue obenhin.

»Guineveres?« Ich schüttelte den Kopf. »Das wird Arthur niemals anrühren.« Zu jener Zeit wußte keiner von uns, wie groß der Schatz war, den Lancelot aus Ynys Trebes mitgebracht hatte; dieser Schatz hätte vielleicht genügt, um Aelle den Frieden abzukaufen, aber der exilierte König von Benoic hielt ihn sorgfältig versteckt.

»Nicht Guineveres Gold«, widersprach Nimue. Dann erzählte sie mir, wo wir den Blutpreis für die Sachsen möglicherweise finden könnten, und ich machte mir Vorwürfe, daß ich nicht selbst darauf gekommen war. Also bleibt uns doch noch eine Chance, dachte ich mir, nur eine kleine Chance, solange uns die Götter genügend Zeit lassen und Aelles Preis nicht unmöglich hoch ist. Wie ich vermutete, würde es eine Woche dauern, bis Aelles Männer nach der Plünderung von Durocobrivis wieder nüchtern waren, also blieb uns nur diese eine Woche, um unser Wunder zu vollbringen.

Mit Nimue ging ich zu Arthur. Es würde keine Idylle in Lyonesse geben, weder ein Sieb noch ein Worfeltuch, noch ein Bett am Meer. Merlin war nach Norden gezogen, um Britannien zu retten; nun mußte Nimue ihre eigene Magie im Süden einsetzen. Während hinter uns, am Ufer unseres Sommerbächleins, die Blüten von Lugnasa welkten, zogen wir aus, den Sachsen einen Frieden abzukaufen.

Arthur ritt mit seiner Leibwache auf dem Fosse Way nach Norden. Sechzig Reiter mit Schabracken aus Leder und Eisen zogen in den

Krieg, begleitet von fünfzig Speerkämpfern: sechs davon gehörten zu mir, der Rest wurde von Lanval befehligt, dem Befehlshaber von Guineveres Wache, dessen Aufgabe Lancelot, König von Benoic, übernommen hatte. Lancelot und seine Männer waren nunmehr die Beschützer aller hochgestellten Persönlichkeiten von Durnovaria. Galahad war mit dem Rest meiner Männer nordwärts nach Gwent gezogen, und daran, daß wir noch vor der Ernte marschierten, vermag man zu ermessen, wie kritisch die Lage aussah, aber Aelles Verrat ließ uns keine andere Wahl. Ich marschierte mit Arthur und Nimue. Sie hatte darauf bestanden, mich zu begleiten, obwohl sie bei weitem noch nicht kräftig genug war, doch nichts auf der Welt hätte sie dem Krieg fernhalten können, der uns unmittelbar bevorstand. Von Lugnasa an marschierten wir zwei Tage, während am Himmel – möglicherweise als Vorzeichen dessen, was da kommen sollte – dichte Wolken aufgezogen waren und mit schweren Regenfällen drohten.

Die Reiter mit ihren Pferdeknechten und Packmulis blieben mit Lanvals Speerkämpfern am Fosse Way zurück und warteten, während Arthur die Landbrücke nach Ynys Wydryn überquerte. Nimue und ich begleiteten ihn; darüber hinaus hatten wir nur meine sechs Speerkämpfer mitgenommen. Es war seltsam, wieder vor dem hochaufragenden Gipfel des Tor zu stehen. Gwlyddyn hatte Merlins Halle so wiederaufgebaut, daß es dort fast wieder so aussah wie an dem Tag, da Nimue und ich vor Gundleus' Greueltaten geflohen waren. Selbst der Turm stand wieder, und ich fragte mich, ob er, wie der erste, eine Traumkammer war, in dem das Geflüster der Götter zu dem schlafenden Magier hinabdrang.

Doch unser Vorhaben galt nicht dem Tor, sondern dem Schrein vom heiligen Dornbusch. Fünf meiner Männer blieben draußen vor dem Tor des Schreins, während Arthur, Nimue und ich das Grundstück betraten. Nimues Kopf war unter einer Kapuze verborgen, so daß ihr Gesicht mit der Augenklappe nicht zu sehen war. Sansum kam herausgeeilt, um uns zu begrüßen. Für einen Mann, der angeblich in Ungnade gefallen war, weil er in Durnovaria einen Aufruhr angezettelt hatte, schien er in ausgezeichneter Verfassung zu sein. Er war fülliger, als ich es in Erinnerung hatte, und trug ein neues schwarzes Gewand, das zur Hälfte von einem mit goldenen Kreuzen und silbernen Dornen reich bestickten Überwurf bedeckt war. Auf der Brust hing ihm an einer Goldkette ein schweres goldenes Kreuz, an seinem Hals glänzte ein Torques aus schwerem Gold. Sein Mäusegesicht mit den steif tonsurierten Haaren verzog sich zu einem Grinsen, das als Lächeln gemeint war. »Welch eine Ehre!« rief er und breitete als Willkommensgeste die Arme aus. »Welch eine Ehre! Darf ich hoffen, Lord Arthur, daß Ihr kommt, um unseren geliebten Herrn anzubeten? Dies hier ist der heilige Dornbusch! Er gemahnt uns an die Dornen, die das Haupt unseres Herrn marterten, als er für Eure Sünden litt.« Er zeigte auf den schlaffen Baum mit den winzigen, traurigen Blättern. Eine Gruppe Pilger, die den Baum umstand, hatte seine kläglichen Äste mit Votivgaben behängt. Als sie uns sahen, schlurften die Pilger eilig davon, ohne zu merken, daß der ärmlich gekleidete Bauernjunge, der mit ihnen betete, einer unserer Männer war. Es war Issa, den ich mit einer kleinen Opfergabe an Münzen für das Heiligtum vorausgeschickt hatte. »Einen Schluck Wein, vielleicht?« lud Sansum uns nunmehr ein. »Und etwas zu essen? Wir haben kalten Lachs, frisches Brot und sogar ein paar Erdbeeren.«

»Ihr lebt gut, Sansum«, sagte Arthur, der sich in dem Heiligtum umsah. Es war gewachsen, seit ich zum letztenmal auf Ynys Wydryn gewesen war. Die Steinkirche war erweitert und zwei neue Gebäude errichtet worden, eins als Schlafstätte für die Mönche, das andere als Wohnhaus für Sansum selbst. Beide Gebäude waren aus Stein und hatten Dächer aus Ziegeln von römischen Villen.

Sansum hob den Blick zu den dräuenden Wolken. »Wir sind nur demütige Diener unseres großen Gottes, Lord, und unser Leben auf Erden verdanken wir einzig seiner Gnade und Vorsehung. Ist Eure geschätzte Gemahlin wohlauf?«

»Sie ist wohlauf, danke.«

»Diese Nachricht erfreut unser Herz, Lord«, log Sansum. »Und unser König – befindet er sich ebenso wohlauf?«

»Der Knabe wächst heran, Sansum.«

»Und wie ich hoffe, im rechten Glauben.« Während wir vorrückten, wich Sansum zurück. »Und welches Anliegen, Lord, führt Euch in unsere kleine Ansiedlung?«

Arthur lächelte. »Die Suche, Bischof, die Suche.«

»Nach himmlischer Gnade?« erkundigte sich Sansum.

»Nach Geld.«

Sansum warf die Hände empor. »Würde ein Mensch, der Fisch braucht, auf einen Berg klettern? Oder ein Verdurstender in die Wüste gehen? Warum kommt Ihr zu uns, Lord Arthur? Wir Brüder haben Armut gelobt, und die wenigen Brosamen, die unser geliebter Herr uns in den Schoß fallen läßt, geben wir den Armen.« Anmutig legte er die Hände zusammen.

»Dann bin ich gekommen, mein lieber Sansum«, erklärte Arthur, »um dafür zu sorgen, daß Ihr Euer Armutsgelübde auch einhaltet. Der Krieg ist hart, er verschlingt Geld, die Schatzkammern sind leer, und Ihr werdet die Ehre haben, Eurem König ein Darlehen zu geben.« Es war Nimue – Nimue, die demütig wie eine verhüllte Dienerin hinter uns einherschlurfte –, die Arthur auf den Reichtum der Kirche hingewiesen hatte. Wie sehr mußte sie Sansums Unbehagen jetzt genießen!

»Die Kirche ist von diesen erzwungenen Darlehen ausgenommen«, widersprach Sansum scharf, mit verächtlicher Betonung auf dem Wort Darlehen. »Großkönig Uther, seine Seele ruhe in Frieden, hat die Kirche von all diesen Abgaben befreit, genau wie die heidnischen Schreine...« – hier bekreuzigte er sich – »davon befreit sind – und letzteres ist eine Schande und eine Sünde.«

»König Mordreds Kronrat«, sagte Arthur, »hat diese Befreiung widerrufen, und Euer Schrein, Bischof, ist als der reichste von ganz Dumnonia bekannt.«

Wieder richtete Sansum den Blick gen Himmel. »Wenn wir auch nur soviel wie eine einzige Goldmünze besitzen, Lord, wäre es mir eine Freude, sie Euch zu schenken. Aber wir sind arm. Ihr solltet Euer Darlehen auf dem Berg suchen.« Er deutete zum Tor hinauf. »Die Heiden dort, Lord, horten seit Jahrhunderten das Gold der Ungläubigen!«

»Der Tor«, meldete ich mich eiskalt zu Wort, »wurde von Gundleus geplündert, als Norwenna getötet wurde. Das wenige Gold, das sich dort befand, wurde gestohlen.«

Sansum tat, als hätte er mich eben erst bemerkt. »Das ist doch Derfel, nicht wahr? Das dachte ich mir. Willkommen daheim, Derfel!«

»Lord Derfel«, korrigierte Arthur Sansum.

Sansum riß die kleinen Augen auf. »Gelobt sei Gott! Er sei gelobt! Ihr seid in der Welt hoch aufgestiegen, Lord Derfel, und welch eine Freude für mich, den bescheidenen Gottesmann, der nun damit prahlen kann, er habe Euch schon gekannt, als Ihr noch ein einfacher Speerkämpfer wart! Ein Lord? Welch ein Segen! Und welch eine Ehre, Euch hier begrüßen zu dürfen! Aber selbst Ihr, mein lieber Lord Derfel, wißt doch, daß König Gundleus, als er den Tor überfiel, auch die armen Mönche hier ausraubte. Ach, welch eine Verwüstung er hier anrichtete! Der Schrein mußte für Christus leiden und hat sich nie wieder davon erholt.«

»Gundleus hat sich zuerst mit dem Tor befaßt«, sagte ich. »Ich muß es wissen, denn ich war dabei. Und dadurch gab er den Mönchen hier Zeit genug, ihre Schätze zu verstecken.«

»Was ihr Heiden euch doch über uns Christen zusammenphantasiert! Wollt ihr immer noch behaupten, daß wir bei unseren Liebesfesten kleine Kinder fressen?« Sansum lachte.

Arthur seufzte. »Mein lieber Bischof Sansum«, sagte er, »ich weiß, meine Bitte kommt Euch hart an. Ich weiß, es ist Eure Aufgabe, den Reichtum Eurer Kirche zu bewahren, damit sie wachsen und die Herrlichkeit Gottes spiegeln kann. Das alles ist mir bekannt, ich weiß aber auch, daß unsere Feinde, wenn wir nicht genügend Geld haben, sie zu bekämpfen, hierherkommen werden, und dann wird es keine Kirche mehr geben, dann wird es keinen heiligen Dornbusch mehr geben, und der Bischof dieses Schreins ...« – er stieß den Finger in Sansums Rippen – »wird nur noch aus Knochen bestehen, die von den Raben saubergepickt wurden.«

»Es gibt andere Möglichkeiten, den Feind von unseren Toren fernzuhalten«, behauptete Sansum und deutete dabei unklugerweise an, daß Arthur den Grund für den Krieg geliefert hatte und Gorfyddyd sich zufriedengeben würde, wenn Arthur Dumnonia einfach verließe.

Arthur wurde jedoch nicht zornig. Er lächelte nur. »Dumnonia braucht Euren Schatz, Bischof.«

»Wir haben keinen Schatz. Leider!« Sansum schlug das Kreuzeszeichen. »Gott sei mein Zeuge, Lord, daß wir nichts besitzen.«

Ich schlenderte zum Dornbusch hinüber. »Die Mönche von Ivinium…» – ich meinte ein Kloster wenige Meilen weiter südlich – »sind viel bessere Gärtner als Ihr, Bischof.« Ich zog Hywelbane aus seiner Scheide und bohrte die Spitze in den Boden neben dem armseligen Baum. »Vielleicht sollte man den Heiligen Dornbusch ausgraben und in Ivinium in Pflege geben, wie? Ich bin sicher, die Mönche dort würden eine Menge bezahlen für dieses Privileg.«

»Und der Dornbusch wäre weiter von den Sachsen entfernt!« ergänzte Arthur strahlend. »Ihr seid doch sicher einverstanden mit unserem Plan, nicht wahr, Bischof?«

Sansum wedelte verzweifelt mit den Händen. »Die Mönche in Ivinium sind ignorante Toren, Lord, und können nichts weiter als Gebete murmeln. Wenn Eure Lordschaften in der Kirche warten würden, wäre es vielleicht möglich, daß ich ein paar Münzen für Euch auftreibe, ja?«

»Nur zu«, antwortete Arthur.

Wir drei wurden in die Kirche geführt. Es war ein schlichter Bau mit Steinboden, Steinwänden und Balkendach. Und es war düster, denn nur durch die schmalen, hohen Fenster, in denen Spatzen hausten und Mauerblümchen wuchsen, fiel ein wenig Licht herein. Am anderen Ende der Kirche stand ein Steintisch mit einem Kruzifix. Nimue, die ihre Kapuze zurückgestreift hatte, spie in Richtung auf das Kruzifix, während Arthur zu dem Tisch hinüberschlenderte und sich auf den Rand schwang. »Dies macht mir wirklich kein Vergnügen, Derfel«, sagte er.

»Warum sollte es, Lord?«

»Es ist nicht recht, Götter zu beleidigen«, erklärte Arthur düster.

»Dieser Gott«, sagte Nimue voller Verachtung, »ist doch angeblich so groß im Vergeben. Lieber diese Sorte beleidigen als eine andere.«

Arthur lächelte. Er trug ein einfaches Wams, dazu Hose, Stiefel, Mantel und Excalibur. Er trug weder Gold noch Rüstung, und doch konnte niemand an seiner Autorität zweifeln – oder sein gegenwärtiges Unbehagen übersehen. Eine Weile blieb er schweigend sitzen; dann blickte er zu mir auf. Da Nimue die kleinen Räume im Hintergrund der Kirche erforschte, waren wir beide allein. »Sollte ich Britannien vielleicht doch lieber verlassen?« fragte er mich.

»Und Dumnonia Gorfyddyd zum Fraß vorwerfen?«

»Gorfyddyd wird Mordred zu gegebener Zeit auf den Thron setzen«, erklärte Arthur, »und das ist das einzige, was zählt.«

»Hat er das gesagt?« fragte ich ihn.

»Das hat er.«

»Aber was hätte er sonst sagen sollen?« wandte ich ein, zutiefst erschrocken darüber, daß mein Lord das Exil auch nur in Erwägung zog. »In Wirklichkeit aber«, setzte ich nachdrücklich hinzu, »wird Mordred Gorfyddyds Vasallenkönig sein, und warum sollte Gorfyddyd einen Vasallen auf den Thron setzen? Warum nicht einen seiner Verwandten? Warum nicht seinen Sohn Cuneglas?«

»Cuneglas ist ein ehrenwerter Mann«, sagte Arthur.

»Cuneglas wird tun, was sein Vater ihm befiehlt«, entgegnete ich verächtlich, »Gorfyddyd will Großkönig werden, daher wird er es bestimmt nicht dulden, daß der Erbe des alten Großkönigs zu seinem Rivalen heranwächst. Außerdem – glaubt Ihr wirklich, daß Gorfyddyds Druiden einen verkrüppelten König am Leben lassen werden? Wenn Ihr geht, Lord, sind Mordreds Tage gezählt.«

Arthur antwortete nicht. Er saß da, die Hände auf den Tischrand gestützt, ließ den Kopf hängen und starrte zu Boden. Er wußte, daß ich recht hatte, wie er auch wußte, daß er der einzige von Britanniens Kriegsherren war, der für Mordred kämpfte. Alle anderen wollten ihren eigenen Mann auf Dumnonias Thron sehen, während Guinevere wollte, daß Arthur selbst ihn bestieg. Dann blickte er zu mir auf. »Hat Guinevere...«, begann er.

»Ja«, fiel ich ihm vorschnell ins Wort. Ich war sicher, daß er von Guineveres Wunsch sprach, ihn auf Dumnonias Thron zu setzen, aber er hatte an etwas ganz anderes gedacht.

Er sprang vom Tisch und begann auf und ab zu gehen. »Ich begreife ja Eure Gefühle Lancelot gegenüber«, sagte er überraschend, »aber bedenkt doch, Derfel: Angenommen, Benoic wäre Euer Königreich gewesen, und angenommen, Ihr wärt überzeugt, ich würde es für Euch retten, ja, wüßtet sogar, daß ich durch einen Eid verpflichtet wäre, es zu retten, und dann täte ich es doch nicht. Und Benoic würde vernichtet. Wärt Ihr dann nicht auch verbittert?

Würde Euch das nicht allen Menschen gegenüber mißtrauisch machen? König Lancelot hat viel gelitten, und zwar durch meine Schuld! Meine! Und nun möchte ich, wenn möglich, seine Verluste ausgleichen. Benoic kann ich ihm nicht zurückgeben, aber vielleicht ein anderes Königreich.«

»Und welches?« wollte ich wissen.

Er lächelte verschmitzt. Er hatte sich den ganzen Plan bereits zurechtgelegt und genoß es ungeheuer, ihn mir nunmehr mitzuteilen. »Siluria«, sagte er. »Nehmen wir an, wir können Gorfyddyd und mit ihm Gundleus besiegen. Gundleus hat keinen Erben, Derfel, und wenn es uns gelingt, ihn zu töten, ist sein Thron verwaist. Wir selbst haben einen König ohne Thron, sie haben einen Thron ohne König. Mehr noch, wir haben einen unvermählten König! Bieten wir Ceinwyn Lancelot als Gemahl, wird Gorfyddyds Tochter Königin werden, und wir werden einen Freund auf dem silurischen Thron haben. Frieden, Derfel!« Er sprach jetzt mit der alten Begeisterung, zeichnete mit seinen Worten eine wundervolle Vision. »Ein Bündnis! Das Ehebündnis, das ich nicht geschlossen habe, können wir jetzt nachholen. Lancelot und Ceinwyn! Und um das zu erreichen, müssen wir nur einen einzigen Mann töten. Nur einen.«

Und viele andere Männer, die in der Schlacht fallen werden, dachte ich, sprach es aber nicht aus. Irgendwo im Norden rollte Donner. Der Gott Taranis weiß von uns, dachte ich und hoffte, daß er auf unserer Seite war. Der Himmel, den wir durch die schmalen, hohen Fenster sahen, war schwarz wie die Nacht.

»Nun?« fragte mich Arthur.

Ich hatte geschwiegen, weil der Gedanke, daß Lancelot sich mit Ceinwyn vermählen sollte, für mich so bitter war, daß ich nicht wagte, etwas zu sagen; nun aber zwang ich mich, normal zu sprechen. »Zuerst müssen wir die Sachsen bezahlen und Gorfyddyd besiegen«, sagte ich mürrisch.

»Und wenn wir das getan haben?« fragte er ungeduldig, als wären meine Einwände trivial.

Ich zuckte die Achseln, als läge es weit außerhalb meiner Kompetenz, die geplante Vermählung zu beurteilen.

»Lancelot findet die Idee gut«, sagte Arthur, »und seine Mutter ebenfalls. Auch Guinevere ist einverstanden, aber das war ja klar, denn es war ja schließlich ihre Idee, Lancelot mit Ceinwyn zu vermählen. Sie ist eine sehr kluge Frau. Sehr klug.« Er lächelte, wie immer, wenn er an seine geliebte Gemahlin dachte.

»Aber selbst Eure kluge Gemahlin, Lord«, wagte ich zu widersprechen, »kann keine Vorschriften machen, wenn es um die Jünger des Mithras geht.«

Er warf den Kopf zurück, als hätte ich ihn geschlagen. »Mithras!« wiederholte er zornig. »Warum kann Lancelot nicht beitreten?«

»Weil er ein Feigling ist«, fauchte ich, unfähig, mit meiner Bitterkeit länger hinterm Berg zu halten.

»Bors sagt, daß er das nicht ist. Und ein Dutzend andere auch«, widersprach Arthur.

»Fragt Galahad«, sagte ich, »oder Euren Cousin Culhwch.« Unvermittelt trommelte Regen aufs Dach, und kurz darauf begann es von den Fenstersimsen zu tropfen. Nimue tauchte in der kleinen Bogentür neben dem Steintisch auf und zog sich die Kapuze wieder über den Kopf.

»Wenn Lancelot sich bewährt, werdet Ihr dann nachgeben?« fragte mich Arthur nach einer Weile des Nachdenkens.

»Wenn Lancelot beweist, daß er kämpfen kann, Lord, werde ich nachgeben. Aber ich dachte, er wäre jetzt Eure Palastwache?«

»Es ist sein Wunsch, nur so lange in Durnovaria zu bleiben, bis seine verletzte Hand geheilt ist«, erläuterte Arthur, »doch wenn er kämpft, Derfel, werdet Ihr ihn dann wählen?«

»Wenn er gut kämpft«, versprach ich ihm widerwillig, »ja.« Ich war ziemlich sicher, daß ich dieses Versprechen nicht zu halten brauchte.

»Gut«, sagte Arthur, wie immer hoch erfreut, zu einer gewissen Übereinstimmung gelangt zu sein. Er wandte sich um, weil die Kirchentür unter einem regennassen Windstoß aufflog und Sansum, von zwei Mönchen gefolgt, atemlos hereinstürzte. Die beiden Mönche trugen Lederbeutel. Ziemlich kleine Lederbeutel.

Sansum schüttelte das Wasser von seinem Gewand und eilte durch die Kirche. »Wir haben überall gesucht, Lord«, berichtete er atemlos, »wir haben geforscht, wir haben alles abgeklopft und alles zusammengetragen, was in unserem bescheidenen Domizil an Schätzen aufzutreiben war, welche wir Euch nun in demütigem, doch zögerndem Gehorsam zu Füßen legen.« Traurig schüttelte er den Kopf. »Durch diese unsere Großzügigkeit werden wir alle in diesem Winter hungern müssen, doch wo das Schwert befiehlt, müssen wir niedrigen Diener Gottes gehorchen.«

Die Mönche leerten die beiden Beutel auf die Steinplatten der Kirche. Eine Münze rollte über den Boden, bis ich sie mit dem Fuß aufhielt.

»Gold des Kaisers Hadrian!« behauptete Sansum von der Münze.

Ich hob sie auf. Es war ein Kupfersesterz mit dem Kopf Kaiser Hadrians auf der einen Seite und dem Abbild der Britannia mit Dreizack und Schild auf der anderen. Mit Daumen und Zeigefinger knickte ich die Münze zusammen und warf sie Sansum zu. »Narrengold, Bischof«, sagte ich.

Der übrige »Schatz« bot nicht viel Besseres. Es gab ein paar abgegriffene Münzen, zumeist aus Kupfer, nur wenige aus Silber, ein paar Eisenbarren, die allgemein als Währung benutzt wurden, eine Brosche aus wertlosem Gold und ein paar dünne Goldglieder einer zerrissenen Kette. Die ganze Sammlung war höchstens ein Dutzend Goldstücke wert. »Ist das alles?« fragte Arthur.

»Wir geben es den Armen, Lord!« antwortete Sansum. »Aber wenn Eure Not so dringlich ist, könnte ich vielleicht noch das hier hinzufügen.« Er nahm das Goldkreuz von seinem Hals. Zögernd streckte der Bischof das schwere Kreuz mit der dicken Kette, die zusammen mindestens vierzig bis fünfzig Goldstücke wert waren, Arthur entgegen. »Mein ganz persönliches Darlehen für Euren Krieg, Lord«, sagte er.

Als Arthur nach der Kette griff, zog Sansum sie sofort zurück. »Lord«, fuhr er mit gedämpfter Stimme fort, damit nur Arthur und ich ihn verstehen konnten, »ich wurde im vergangenen Jahr ungerecht behandelt. Für die Leihgabe dieser Kette ...« – er bewegte sie, damit die schweren Glieder aneinanderschlugen – »verlange ich, daß ich wieder zu König Mordreds persönlichem Kaplan ernannt werde. Mein Platz ist an der Seite des Königs, Lord, nicht hier in dieser stinkenden Sumpfregion.« Aber bevor Arthur etwas entgegnen konnte, wurde die Kirchentür abermals aufgestoßen, und ein regendurchweichter Issa kam herein. Wütend fuhr Sansum zu ihm herum. »Es gibt festgelegte Andachtszeiten! Hinaus mit dir! Sofort hinaus!«

Issa strich sich das nasse Haar aus dem Gesicht, grinste und meldete mir: »Sie haben all ihre Schätze neben dem Teich hinter dem großen Haus versteckt, Lord, unter einem großen Steinhaufen. Ich hab' gesehen, wie sie die Opfergaben von heute dort verborgen haben.«

Arthur nahm Sansum die schwere Kette aus der Hand. »Ihr dürft diese Schätze dort...« – damit zeigte er auf die schäbige Sammlung auf dem Boden – »gern behalten, um Euer bescheidenes Anwesen durch den Winter zu bringen, Bischof. Und behaltet Euren Torques als Erinnerung daran, daß Euer Hals sich in meinen Händen befindet.« Damit schritt er gemessen zur Tür hinüber.

»Lord!« rief Sansum protestierend. »Ich flehe Euch an...«

»Flehe nur«, fuhr Nimue dazwischen und streifte die Kapuze ab. »Flehe, du Hund!« Sie wandte sich um, spie auf das Kruzifix, spie auf den Boden und dann auf Sansum. »Flehe, du Stück Dreck«, fauchte sie wütend.

»Großer Gott!« Beim Anblick seiner Feindin erbleichte Sansum. Er wich zurück und schlug vor seiner mageren Brust das Kreuzeszeichen. Einen Moment schien er so von Entsetzen gepackt zu sein, daß er keinen Ton hervorbringen konnte. Er mußte geglaubt haben, daß Nimue auf ewig auf der Toteninsel verschwunden war, und nun war sie hier und spuckte ihn triumphierend an. Er bekreuzigte sich ein drittes Mal, dann fuhr er zu Arthur herum. »Ihr wagt es, eine Hexe ins Haus des Herrn mitzubringen?« kreischte er. »Das ist ein Sakrileg! Oh, du lieber Jesus Christus!« Er fiel auf die Knie und hob den Blick zu den Dachbalken. »Laß Feuer vom Himmel regnen! Laß es sofort herabregnen!«

Arthur ignorierte ihn und lief in den prasselnden Regen hinaus, der die kläglichen Votivbänder am heiligen Dornbusch peitschte. »Du rufst die anderen Speerkämpfer herein!« wies Arthur Issa an. Meine Männer hatten draußen vor dem Schrein gewartet, um zu verhindern, daß Sansum seine Schätze außerhalb der Mauer zu verstecken versuchte; doch nun kamen die Speerkämpfer herein, um die empörten Mönche von dem Steinhaufen fernzuhalten, unter dem ihr geheimer Schatz verborgen lag. Als die Mönche Nimue sahen, fielen einige von ihnen auf die Knie. Sie wußten genau, wer sie war.

Sansum kam aus der Kirche gelaufen, warf sich der Länge nach auf die Steine und verkündete dramatisch, er werde sein Leben opfern, um Gottes Geld zu schützen. Arthur schüttelte bekümmert den Kopf. »Wollt Ihr dieses Opfer wirklich bringen, Lord Bischof?«

»Lieber himmlischer Vater!« brüllte Sansum. »Dein Diener kommt, abgeschlachtet von bösen Männern und ihrer teuflischen Hexe! Ich habe nur dein Wort befolgt. Empfange mich, o Herr! Empfange deinen demütigen Diener!« Gefolgt wurde dies von einem Aufschrei in Erwartung seines Todes, aber es war nur Issa, der ihn beim Genick und bei der Sitzfläche seines Gewandes packte, um ihn behutsam vom Steinhaufen zum Teich hinüberzutragen, wo er Sansum ins flache, schlammige Wasser warf. »Herr, ich ertrinke!« rief Sansum. »In tiefe Wassser geschleudert wie Jonas ins Meer! Ein Märtyrer für Jesus Christus! Wie Peter und Paul zu Märtyrern wurden. Herr, ich komme!« Er machte ein paar hektische Blasen, aber da niemand außer seinem Gott Notiz davon nahm, schleppte er sich langsam aus der schlammigen Entengrütze, um meine Männer, die eifrig damit beschäftigt waren, Steine beiseite zu räumen, mit Flüchen zu belegen.

Unter dem Steinhaufen fanden sie einen Deckel aus Holzplanken, und als sie den hoben, entdeckten sie eine steinerne Zisterne voll Ledersäcken und in den Ledersäcken Gold. Schwere Goldmünzen, Goldketten, Goldstatuen, Goldtorques, Goldbroschen, Goldarmreifen, Goldspangen; Gold, das Hunderte von Pilgern hergebracht hatten, um den Segen des Dornbuschs zu erbitten. Arthur bestand darauf, daß dieses Gold von einem Mönch gezählt und gewogen wurde, damit dem Kloster eine entsprechende Quittung ausgestellt werden konnte. Er überließ es meinen Männern, die Zählung zu überwachen, während er den nassen, protestierenden Sansum quer über das Gelände zum heiligen Dornbusch schleifte. »Bevor Ihr Euch in die Geschäfte von Königen einmischt, mein Lord Bischof«, sagte Arthur, »solltet Ihr lernen, wie man

Dornbüsche pflegt. Ihr werdet nicht wieder als Kaplan des Königs eingesetzt, sondern hierbleiben und erst einmal das Wirtschaften lernen.«

»Den nächsten Baum«, riet ich ihm, »solltet Ihr mulchen. Haltet die Wurzeln feucht, bis er sich gesetzt hat. Und niemals einen blühenden Baum verpflanzen, Bischof, das mögen sie nicht. Das war der Fehler bei den letzten paar Dornbüschen, die Ihr hier angepflanzt habt; Ihr habt sie zur falschen Zeit im Wald ausgegraben. Holt sie Euch im Winter und grabt ihnen ein schönes, großes Loch mit etwas Dung und Mulche, dann werdet Ihr vielleicht ein echtes Wunder erleben.«

»Vergib ihnen, Herr!« flehte Sansum, fiel auf die Knie und richtete den Blick in den nassen, grau verhangenen Himmel.

Arthur wollte noch den Tor besuchen, trat zunächst aber an Norwennas Grab, das für die Christen ein Ort der Verehrung geworden war. »Man hat ihr übel mitgespielt«, sagte er zu mir.

»So ergeht es allen Frauen«, erklärte Nimue. Sie war uns an das Grab gefolgt und stand dicht neben dem heiligen Dornbusch.

»Nein«, widersprach Arthur, »so ergeht es den meisten Menschen, doch allen Frauen ebensowenig wie allen Männern. Dieser Frau aber ist Unrecht geschehen, und wir haben es noch immer nicht gerächt.«

»Ihr hattet Gelegenheit zur Rache«, warf Nimue ihm bitter vor, »aber Ihr habt Gundleus das Leben geschenkt.«

»Weil ich mir Frieden davon erhoffte«, antwortete Arthur. »Das nächste Mal aber muß er sterben.«

»Eure Gemahlin«, warf Nimue ein, »hat ihn mir versprochen.«

Arthur erschauerte, weil er wußte, welch große Grausamkeit hinter Nimues Wunsch lag, aber er nickte. »Er gehört Euch«, sagte er, »ich verspreche es Euch.« Damit wandte er sich ab und führte uns durch den strömenden Regen zum Gipfel des Tor. Nimue und ich kehrten heim, und Arthur wollte Morgan besuchen.

In der Halle umarmte er seine Schwester. Morgans Goldmaske schimmerte matt im Licht des Unwetters, und um den Hals trug sie die in Gold gefaßten Bärenklauen, die Arthur ihr vor so langer Zeit aus Benoic mitgebracht hatte. Verzweifelt, ausgehungert nach menschlicher Wärme, klammerte sie sich an ihn. Ich ließ die beiden allein. Nimue schlüpfte, als wäre sie niemals fortgewesen, durch die kleine Tür in Merlins wiederaufgebaute Gemächer, während ich durch den Regen zu Gudovans Hütte lief. Ich fand den alten Schreiber an seinem Schreibtisch, allerdings nicht bei der Arbeit, denn der Star hatte ihn erblinden lassen, obwohl er behauptete, hell und dunkel noch unterscheiden zu können. »Aber meistens ist es jetzt dunkel«, sagte er traurig und lächelte. »Du bist inzwischen wohl zu groß, um dich von mir versohlen zu lassen, wie, Derfel?«

»Ihr könnt es ja mal versuchen, Gudovan«, gab ich zurück, »aber das wird jetzt nicht mehr viel helfen.«

»Hat es das je getan?« Er kicherte. »Merlin hat mir von dir erzählt, als er letzte Woche hier war. Leider ist er nicht lange geblieben. Er kam, redete mit uns, hinterließ uns eine weitere Katze, als ob wir nicht schon genug Katzen hätten, und verschwand wieder. Nicht mal über Nacht ist er geblieben, so eilig hat er es gehabt.«

»Wißt Ihr, wohin er wollte?« erkundigte ich mich.

»Er wollte es nicht sagen, aber was meinst du, wohin er gegangen ist?« fragte Gudovan mit einem Anflug seiner alten Strenge. »Nimue suchen. Wenigstens vermute ich, daß er das vorhat, obwohl ich wirklich nicht weiß, warum er dieses törichte Mädchen suchen sollte. Er sollte sich eine Sklavin nehmen!« Er hielt inne, weil ihm auf einmal die Tränen in die Augen stiegen. »Wußtest du, daß Sebile tot ist?« fuhr er dann fort. »Die arme Frau. Sie wurde ermordet, Derfel! Ermordet! Die Kehle hat man ihr aufgeschlitzt. Kein Mensch weiß, wer es getan hat. Irgendein Durchreisender, nehme ich an. Die Welt geht vor die Hunde, Derfel, vor die Hunde!« Einen Moment lang schien er in Gedanken versunken zu sein, dann fand er den Faden wieder. »Merlin sollte sich eine Sklavin nehmen. Gegen eine willige Sklavin ist nichts zu sagen, und es gibt reichlich davon in der Stadt, die ihm gegen ein paar Münzen zu Willen sind. Ich gehe immer in das Haus neben Gwlyddyns alter Werkstatt. Da gibt es eine sehr nette Frau, obwohl wir uns heutzutage mehr unterhalten, als ins Bett zu steigen. Ich werde alt, Derfel.«

»Ihr seht nicht alt aus. Und Merlin ist Nimue nicht suchen gegangen. Nimue ist hier.«

Es donnerte wieder. Gudovan tastete nach einem kleinen Stück Eisen, das er zum Schutz gegen die bösen Mächte streichelte. »Nimue – hier?« fragte er verblüfft. »Aber wir hörten, daß sie auf der Insel ist.« Wieder berührte er das Eisen.

»Das war sie auch«, antwortete ich knapp. »Aber jetzt ist sie es nicht mehr.«

»Nimue...« Er sprach den Namen fast ungläubig aus. »Wird sie bleiben?«

»Nein, wir ziehen alle noch heute nach Osten.«

»Und laßt uns allein?« klagte er. »Mir fehlt Hywel.«

»Mir auch.«

Er seufzte. »Die Zeiten ändern sich, Derfel. Der Tor ist nicht mehr das, was er einmal war. Wir sind inzwischen alle alt geworden, und es gibt keine Kinder mehr. Sie fehlen mir, und der arme Druidan hat niemanden, den er jagen kann. Pellinore schimpft in die leere Luft, während Morgan völlig verbittert ist.«

»War sie das nicht schon immer?« gab ich leichthin zurück.

»Sie hat ihre Macht verloren«, erklärte er. »Nicht ihre Macht, Träume zu deuten oder Kranke zu heilen, sondern die Macht, die sie genoß, als Merlin noch hier war und Uther auf dem Thron saß. Das ärgert sie, Derfel, und sie ärgert sich auch über deine Nimue.« Er machte eine nachdenkliche Pause. »Besondes zornig war sie darüber, daß Guinevere Nimue holen ließ, um Sansum wegen dieser Kirche in Durnovaria zu bekämpfen. Morgan meint, man hätte sie holen müssen, doch wie wir hören, will Lady Guinevere nur noch schöne Menschen um sich haben, und wo bleibt da Morgan?« Er kicherte über die eigene Frage. »Aber sie ist noch immer eine starke Frau, Derfel, und besitzt den gleichen Ehrgeiz wie ihr Bruder, darum wird sie sich nicht damit zufriedengeben, die Träume der Bauern anzuhören und Kräuter zu mahlen, um das Milchfieber zu kurieren. Sie langweilt sich! So sehr, daß sie mit diesem unseligen Bischof Sansum aus dem Schrein Wurfbrett spielt. Warum haben sie den bloß nach Ynys Wydryn geschickt?«

»Weil sie ihn in Durnovaria nicht mehr haben wollten. Kommt er wirklich her, um mit Morgan Wurfbrett zu spielen?«

Gudovan nickte. »Er braucht intelligente Gesellschaft, sagt er, und sie habe den besten Verstand von Ynys Wydryn, und da muß ich ihm recht geben. Er predigt ihr natürlich endlosen Unsinn über eine Jungfrau, die einen Gott geboren hat, der an ein Kreuz genagelt wird, aber Morgan läßt das an ihrer Maske abprallen. Wenigstens hoffe ich, daß sie das tut.« Er hielt inne und trank aus einem Horn voll Met, in dem zappelnd eine Wespe ertrank. Als er das Horn absetzte, fische ich die Wespe heraus und zerdrückte sie auf dem Schreibtisch. »Das Christentum zieht immer mehr Menschen an, Derfel«, fuhr Gudovan fort. »Selbst Gwlyddyns Frau, diese nette Ralla, hat sich bekehren lassen, und das bedeutet höchstwahrscheinlich, daß Gwlyddyn und die beiden Kinder ihrem Beispiel folgen werden. Mir ist das gleichgültig, aber warum müssen die soviel singen?«

»Mögt Ihr keinen Gesang?« neckte ich ihn.

»Niemand liebt guten Gesang mehr als ich!« protestierte er nachdrücklich. »Uthers Kampfgesang oder Tasanis' Schlachtgesang, das nenne ich Gesang, nicht dieses Jammern und Klagen darüber, daß wir alle Sünder sind und der Gnade bedürfen.« Seufzend schüttelte er den Kopf. »Ich habe gehört, du warst in Ynys Trebes?« fragte er mich.

Ich erzählte ihm vom Untergang der Stadt. Es schien mir eine passende Geschichte zu sein – während wir dort saßen, fiel der Regen auf die Felder, und über ganz Dumnonia dräuten schwarze Wolken. Als ich die Geschichte beendet hatte, starrte Gudovan, ohne etwas zu sehen, zur Tür hinaus und schwieg. Ich dachte, er wäre vielleicht eingeschlafen, doch als ich mich vom Schemel erhob, winkte er mir, sitzen zu bleiben. »Stehen die Dinge wirklich so schlecht, wie Bischof Sansum behauptet?« wollte er wissen.

»Sie stehen schlecht, mein Freund«, mußte ich zugeben.

»Erzähl.«

Ich berichtete ihm, daß Horden aus Irland und Kernow den Westen heimsuchten, wo Cadwy immer noch so tat, als regierte er ein unabhängiges Königreich. Tristan tat sein Bestes, um die Soldaten seines Vaters zurückzuhalten, aber König Mark konnte der Versuchung nicht widerstehen, sein verarmtes Königreich zu sanieren, indem er das geschwächte Dumnonia bestahl. Ich berichtete ihm, daß Aelles Sachsen den Waffenstillstand gebrochen hätten, setzte aber hinzu, daß Gorfyddyds Heer noch immer die größte Bedrohung darstelle. »Er hat die Männer von Elmet, Powys und Siluria um sich versammelt«, erklärte ich Gudovan, »und sobald die Ernte eingebracht ist, wird er sie alle zusammen nach Süden führen.«

»Und Aelle kämpft nicht gegen Gorfyddyd?« erkundigte sich der alte Schreiber.

»Gorfyddyd hat Aelle einen Frieden abgekauft.«

»Und wird Gorfyddyd siegen?« wollte Gudovan wissen.

Ich schwieg eine ganze Weile. »Nein«, antwortete ich schließlich – nicht weil das der Wahrheit entsprach, sondern weil ich verhindern wollte, daß mein alter Freund sich Sorgen machte, das letzte, was er in seinem Leben sähe, könnte der Lichtblitz eines Schwertes sein, das ein Krieger vor seinen erblindenden Augen schwang. »Arthur wird gegen sie kämpfen«, sagte ich, »und Arthur wurde noch niemals besiegt.«

»Wirst du auch gegen sie kämpfen?«

»Das ist jetzt meine Aufgabe, Gudovan.«

»Du wärst ein guter Schreiber geworden«, sagte er traurig, »und das ist ein ehrenwerter, nützlicher Beruf, auch wenn aus uns kein Mensch einen Lord macht.« Ich dachte, er hätte von meiner Ehrung nichts gewußt, und schämte mich plötzlich, daß ich so stolz darauf war. Gudovan tastete nach seinem Met und trank noch einen Schluck. »Wenn du Merlin siehst«, fuhr er fort, »sag ihm, er soll zurückkommen. Der Tor ist tot ohne ihn.«

»Ich werd's ihm ausrichten.«

»Auf Wiedersehen, Lord Derfel«, sagte Gudovan, und ich ahnte, er wußte, daß wir uns auf dieser Welt nicht wiedersehen würden. Ich wollte den Alten umarmen, aber er scheuchte mich davon, weil er befürchtete, seine Gefühle zu verraten.

Arthur wartete am Meerestor, wo er westwärts auf die Marschen hinausblickte, die von schweren, bleichen Regenwogen gepeitscht wurden. »Schlechtes Wetter für die Ernte«, stellte er trübsinnig fest. Über dem Severn-Meer zuckten Blitze.

»Ein solches Unwetter hat es auch nach Uthers Tod gegeben«, sagte ich.

Arthur zog seinen Umhang fester um sich. »Wenn Uthers Sohn am Leben geblieben wäre...«, sinnierte er. Er verstummte, statt den Gedanken weiterzuführen. Seine Stimmung war so düster und trostlos wie das Wetter.

»Uthers Sohn hätte nichts gegen Gorfyddyd ausrichten können, Lord«, sagte ich, »ebensowenig wie gegen Aelle.«

»Und Cadwy«, ergänzte er bitter, »oder Cerdic. So viele Feinde, Derfel.«

»Dann freut Euch, daß Ihr Freunde habt, Lord.«

Er quittierte diese wahren Worte mit einem Lächeln; dann wandte er sich nach Norden. »Um einen Freund mache ich mir Sorgen«, gestand er leise. »Ich fürchte, daß Tewdric nicht kämpfen wird. Er ist der vielen Kriege müde, und ich kann ihm das nicht übelnehmen. Gwent hat weit Schlimmeres erlitten als Dumnonia.« Er sah mich an, und ich entdeckte Tränen in seinen Augen, aber vielleicht war es auch nur der Regen. »Ich wollte so große Dinge tun, Derfel«, sagte er, »so große Dinge. Und am Ende war ich es, der sie verraten hat, nicht wahr?«

»Nein, Lord«, widersprach ich energisch.

»Freunde sollten einander die Wahrheit sagen«, ermahnte er mich freundlich.

»Ihr habt Guinevere gebraucht«, sagte ich verlegen, »und Ihr wart füreinander bestimmt. Warum sonst hätten die Götter sie am Abend Eurer Verlobung in die Festhalle schicken sollen? Es steht uns nicht an, Lord, die Gedanken der Götter zu erraten. Wir müssen das uns zugemessene Schicksal einfach ausleben.«

Bei diesen Worten schnitt er eine Grimasse, denn er zog es vor zu glauben, daß er sein Schicksal selbst in der Hand habe. »Ihr meint also, wir sollten den Wegen des Schicksals blindlings folgen.«

»Ich glaube, Lord, daß man, wenn einen das Schicksal packt, gut daran tut, den Verstand beiseite zu legen.«

»Und das habe ich getan«, sagte er leise und lächelte mich an. »Habt Ihr jemanden, den Ihr liebt, Derfel?« wollte er wissen.

»Die Frauen, die ich liebe, Lord, sind nicht für mich«, antwortete ich voll Selbstmitleid.

Er runzelte die Stirn und schüttelte mitfühlend den Kopf. »Armer Derfel«, sagte er leise, und irgend etwas in seinem Tonfall ließ mich aufmerken. Glaubte er womöglich, daß ich auch Guinevere zu diesen Frauen zählte? Ich errötete und überlegte, was ich darauf erwidern sollte, doch Arthur hatte sich bereits umgedreht, um Nimue entgegenzusehen, die aus der Halle herüberkam. »Wenn wir einmal Zeit haben«, sagte er, »müßt Ihr mir von der Toteninsel erzählen.«

»Das werde ich, Lord – nach Eurem Sieg«, gab ich zurück, »wenn Ihr gute Geschichten braucht, um die langen Winterabende auszufüllen.«

»Ja«, bestätigte er, »nach unserem Sieg.« Das klang allerdings nicht sehr hoffnungsvoll. Gorfyddyds Armee war so groß und unsere so klein.

Aber bevor wir gegen Gorfyddyd zu Felde ziehen konnten, mußten wir mit Gottes Geld einen Sachsenfrieden erkaufen. Und so marschierten wir gen Lloegyr.

Wir rochen Durocobrivis, lange bevor wir es erreichten. Der Geruch schlug uns am zweiten Tag entgegen, als wir noch anderthalb Tagesmärsche von der eroberten Stadt entfernt waren, aber der Wind kam von Osten und trug den üblen Gestank nach Tod und Rauch weit über das verlassene Ackerland. Die Felder waren erntebereit, aber die Menschen waren aus Angst vor den Sachsen geflohen. In Cunetio, einer kleinen, von den Römern erbauten Stadt, in der wir die Nacht verbrachten, wimmelten die Straßen von Flüchtlingen. Ihr Vieh war in hastig wiederaufgebauten Winterhürden zusammengetrieben worden. Niemand hatte Arthur in Cunetio zugejubelt, und das war kein Wunder, denn man gab ihm die Schuld sowohl an der Länge des Krieges als auch an seinen Schrekken. Männer murrten, unter Uther habe es Frieden gegeben, unter Arthur dagegen nichts als Krieg.

Arthurs Reiter führten unsere schweigende Kolonne an. Sie trugen ihre Rüstung, sie trugen Speere und Schwerter, aber die Schilde hatten sie zum Zeichen, daß wir in Frieden kamen, verkehrt herum umgehängt und an die Speerspitzen grüne Zweige gebunden. Hinter der Vorhut marschierten Lanvals Speerkämpfer, dahinter folgten vierzig Packmulis, die mit Sansums Gold und den schweren Lederschilden beladen waren, die Arthurs Pferde in der Schlacht trugen. Ein zweites, kleineres Reiterkontingent bildete die Nachhut. Arthur selbst schritt mit meinen Wolfsruten-Speerkämpfern unmittelbar hinter seinem Bannerträger, der hinter der führenden Reitergruppe ritt. Arthurs schwarze Stute Llamrei wurde von seinem Schildknappen Hygwydd geführt, neben dem ein Fremder marschierte, den ich für einen weiteren Diener hielt. Nimue ging mit uns, und wie Arthur versuchte sie, von mir ein wenig Sächsisch zu lernen, doch gute Schüler waren sie alle beide nicht. Nimue fand die primitive Sprache schon bald langweilig, während Arthur zuviel im Kopf hatte, obwohl er pflichtschuldigst wenigstens einige Wörter lernte: Frieden, Land, Speer, Essen, Mutter, Vater. Ich wollte mich als sein Dolmetscher betätigen; es war das erste von zahllosen Malen, daß ich für Arthur sprach und die Worte seiner Feinde zurückgab.

Mittags begegneten wir dem Feind. Wir marschierten gerade einen langen, sanften Hügel hinab. Zu beiden Seiten der Straße erstreckte sich dichter Wald. Plötzlich kam ein Pfeil aus den Bäumen geflogen und bohrte sich unmittelbar vor Sagramor, unserem Vorreiter, in den Boden. Er hob die Hand, und Arthur befahl den Männern in der Kolonne, Ruhe zu bewahren. »Keine Schwerter!« ordnete er an. »Einfach abwarten!«

Die Sachsen mußten uns den ganzen Vormittag beobachtet haben, denn sie hatten eine kleine Kriegshorde zusammengestellt, die uns gegenübertreten sollte. Die Männer, sechzig oder siebzig an der Zahl, kamen hinter ihrem Anführer aus dem Wald. Er war ein Mann mit mächtigem Brustkasten und ging unter einem Häuptlingsbanner mit Hirschgeweih, von dem in langen Fetzen gegerbte Menschenhaut herunterhing.

Dem Häuptling war die Liebe der Sachsen zu Fellen eigen; eine sehr vernünftige Liebe, denn es gab nicht viel, was einen Schwertstreich so wirksam aufhalten kann wie ein dichter, dicker Pelz. Dieser Mann trug einen schweren schwarzen Fellkragen um den Hals und Fellstreifen um Oberarme und Oberschenkel. Der Rest seiner Kleidung bestand aus Leder und Wolle: Koller, Hose, Stiefel und ein Lederhelm mit einem schwarzen Fellbüschel als Helmzier. An der Hüfte hing ihm ein Langschwert, in der Hand hielt er die Lieblingswaffe der Sachsen, die breitblättrige Axt.

»Habt ihr euch verirrt, *wealhas*?« rief er. *Wealhas* war das sächsische Wort für uns Briten. Es bedeutet Fremde und klingt ebenso verächtlich wie unser Wort Sais für sie. »Oder seid ihr lebensmüde?« Breitbeinig, mit erhobenem Haupt, die Axt auf der

Schulter, stand er vor uns auf unserer Straße. Er hatte einen braunen Bart und dichtes braunes Haar, das struppig unter dem Rand seines Helmes hervorstand. Seine Männer, einige mit Eisenhelmen, andere in Leder und fast alle mit Äxten bewaffnet, bildeten quer über die Straße einen Schildwall. Einige führten riesige Hunde an der Leine, Bestien von der Größe eines Wolfs, und wie wir hörten, setzten die Sais seit neuestem solche Hunde als Waffen ein – sie hetzten sie, kurz bevor sie mit Axt und Speer angriffen, auf unsere Schildwälle. Diese Hunde jagten einigen von unseren Männern weit mehr Angst ein als die Sachsen.

Ich trat neben Arthur nach vorn. Wenige Schritte vor den streitbaren Sachsen machten wir halt. Keiner von uns trug Speer oder Schild, und unsere Schwerter ruhten in ihren Scheiden. »Mein Lord«, begann ich auf sächsisch, »ist Arthur, Protektor von Dumnonia, und er kommt in Frieden.«

»Für den Moment«, antwortete der Mann, »gehört der Friede euch, aber nur für den Moment.« Er sagte es herausfordernd, war aber beeindruckt von Arthurs Namen und musterte meinen Lord lange und neugierig, bevor sein Blick zu mir zurückkehrte. »Bist du Sachse?« fragte er mich.

»Ich wurde als Sachse geboren. Jetzt bin ich Brite.«

»Kann ein Wolf zur Kröte werden?« fragte er finster. »Warum wirst du nicht wieder Sachse?«

»Weil ich in Arthurs Diensten stehe«, sagte ich, »und heute ist es meine Aufgabe, Eurem König ein reiches Goldgeschenk zu bringen.«

»Für eine Kröte«, sagte der Mann, »brüllst du gut. Ich bin Therdig.«

Ich hatte noch nie von ihm gehört. »Euer Ruhm«, sagte ich, »verursacht unseren Kindern Alpträume.«

Er lachte. »Gut gesprochen, Kröte. Also, wer ist unser König?«

»Aelle«, sagte ich.

»Ich habe nichts gehört, Kröte.«

Ich seufzte. »Der Bretwalda Aelle.«

»Gut gesprochen, Kröte«, sagte Therdig. Wir Briten erkennen den Titel Bretwalda nicht an, doch ich benutzte ihn, um den Sachsenhäuptling zu beschwichtigen. Arthur, der nichts von unserem

Wortwechsel verstand, wartete geduldig, bis ich bereit war zu übersetzen. Er vertraute den Menschen, die er ernannte, und würde mich weder zur Eile drängen noch sich einmischen.

»Der Bretwalda«, sagte Therdig, »befindet sich einige Stunden von hier. Kannst du mir einen Grund nennen, Kröte, warum ich ihm den Tag verderben soll mit der Nachricht, daß eine Seuche von Ratten, Mäusen und Maden in sein Land gekrochen kam?«

»Wir bringen dem Bretwalda mehr Gold, als Ihr Euch träumen laßt, Therdig«, sagte ich. »Gold für Eure Männer, für Eure Weiber, für Eure Töchter, sogar genug für Eure Sklaven. Reicht das als Grund?«

»Zeig's mir, Kröte!«

Es war ein Risiko, doch Arthur war bereit, es einzugehen. Also kehrten wir mit Therdig und sechs seiner Männer zu den Mulis zurück und zeigten ihnen den immensen Schatz, den die Säcke enthielten. Das Risiko bestand darin, daß Therdig möglicherweise entschied, der Schatz sei es wert, hier und jetzt darum zu kämpfen, aber wir waren in der Überzahl, und der Anblick von Arthurs Männern auf ihren mächtigen Rossen war eine wirksame Abschreckung. Also nahm er sich lediglich drei Goldmünzen und versprach, dem Bretwalda unsere Ankunft zu melden. »Ihr werdet bei den Steinen warten«, wies er uns an. »Seid gegen Abend dort; mein König wird dann am Morgen zu euch kommen.« Diesem Befehl entnahmen wir, daß Aelle von unserer Ankunft verständigt worden war und offenbar auch erraten hatte, was wir wollten. »Ihr könnt in Frieden bei den Steinen warten«, erklärte uns Therdig. »Bis der Bretwalda über euer Schicksal entscheidet.«

An jenem Abend – denn es dauerte den ganzen Nachmittag, bis wir die Steine erreichten – sah ich zum erstenmal den großen Ring. Merlin hatte oft davon gesprochen, und Nimue hatte von ihrer Kraft gehört, doch niemand wußte, wer sie gemacht hatte oder warum die großen, behauenen Steine in diesem riesigen Kreis angeordnet waren. Nimue war davon überzeugt, daß nur die Götter so etwas zustande gebracht haben könnten, deswegen intonierte sie Gebete, als wir uns den grauen, einsamen Monolithen näherten, deren Abendschatten sich dunkel und lang über die bleichen Wiesen erstreckten. Ein Graben umgab die Steine, die zu einem weiten

Kreis aus Säulen angeordnet waren, auf denen andere Steine quer auflagen, während innerhalb dieser massiven, wuchtigen Arkade wieder andere senkrechte Steine dicht an dicht einen Felsplattenaltar umstanden. Es gab viele Steinkreise in Britannien, manche im Umfang sogar größer, aber keinen, der so geheimnisvoll und majestätisch wirkte. Stumm und ehrfürchtig näherten wir uns ihm.

Nimue murmelte ihre Bannsprüche, und als sie uns erklärte, wir könnten den Graben gefahrlos überqueren, wanderten wir kurz darauf voll Staunen zwischen diesen Steinen der Götter einher. Die Steine, einige im Laufe der zahllosen Jahre eingesunken oder sogar umgekippt, waren dicht mit Flechten überzogen, während andere mit eingekratzten römischen Namen und Zahlen bedeckt waren. Herr dieser Steine war Gereint gewesen, ein Amt, das Uther geschaffen hatte, um den Mann zu belohnen, der dafür verantwortlich war, daß unsere Ostgrenze gegen die Sachsen gehalten werden konnte. Nun würde ein neuer Mann den Titel annehmen und versuchen müssen, Aelle über das niedergebrannte Durocobrivis hinaus zurückzutreiben. Es sei eine Schande, erklärte mir Nimue, daß Aelle verlangt hatte, sich hier mit uns zu treffen, so tief in unserem Dumnonia.

In einem Tal eine Meile weiter südlich gab es ein Waldstück, darum konnten wir mit unseren Mulis genügend Holz herbeischaffen, um ein Feuer zu entfachen, das die ganze geisterhafte Nacht hindurch brannte. Unmittelbar hinter dem östlichen Horizont leuchteten weitere Feuer: Beweis dafür, daß die Sachsen uns gefolgt waren. Es war eine unruhige Nacht. Unser Feuer loderte wie ein Feuer zu Beltane, aber die Schatten auf den Steinen ängstigten uns dennoch. Daß Nimue den ganzen Graben mit Bannsprüchen belegte, beruhigte zwar unsere Männer, die angeleinten Pferde jedoch wieherten und stampften die ganze Nacht. Arthur vermutete, daß sie die sächsischen Kampfhunde witterten, aber Nimue war sicher, daß die Geister der Toten überall um uns schwebten. Unsere Wachtposten packten ihre Speerschäfte fester und riefen jeden Windstoß an, der über die Grabhügel im Umkreis der Steine seufzte, und obwohl weder Hund noch Geist, noch Krieger kam, um uns zu stören, konnten nur wenige von uns schlafen.

Arthur konnte überhaupt nicht schlafen. Irgendwann, mitten in der Nacht, bat er mich, mit ihm spazierenzugehen, und ich schritt mit ihm, der barhäuptig unter den Sternen ging, um den äußeren Kreis der Gigantensteine herum. Eine Weile wanderten wir wortlos dahin. Plötzlich brach er das Schweigen. »Ich war schon einmal hier«, sagte er.

»Wann, Lord?«

»Vor zehn Jahren. Oder auch elf.« Er zuckte die Achseln, als wäre die Anzahl der Jahre unwichtig. »Merlin hat mich hergebracht.« Dann verstummte er wieder, und ich schwieg ebenfalls, denn ich entnahm seinen letzten Worten, daß dieser Ort einen besonderen Platz in seinen Erinnerungen einnahm. Und das stimmte, denn er blieb stehen und zeigte auf den grauen Felsen, der wie ein Altar in der Mitte des Steinkreises lag. »Hier war es, Derfel. Hier hat Merlin mir Caledfwlch gegeben.«

Ich senkte den Blick auf die kreuzweise verzierte Schwertscheide. »Ein kostbares Geschenk, Lord«, sagte ich.

»Und ein schweres, Derfel. Es brachte mir eine schwere Last.« Er zog an meinem Arm, und wir setzten unseren Weg fort. »Er gab es mir unter der Bedingung, daß ich tue, was er mir befehle, und ich gehorchte ihm. Ich ging nach Benoic und lernte von Ban die Pflichten eines Königs. Ich lernte, daß ein König nur so gut ist wie der ärmste Mensch in seinem Land. Das war Bans Lektion.«

»Aber eine, die Ban selbst nicht gelernt hat«, erwiderte ich bitter und dachte daran, wie Ban seine Untertanen mißachtet hatte, um Ynys Trebes zu bereichern.

Arthur lächelte. »Manche Männer sind im Wissen besser als im Tun, Derfel. Ban war ein sehr weiser, aber kein praktischer Mann. Ich aber muß beides sein.«

»Um König zu werden?« wagte ich zu fragen, denn das Eingeständnis dieses Zieles würde allem widersprechen, was Arthurs Behauptungen zufolge sein Schicksal war.

Arthur nahm mir die Worte jedoch nicht übel. »Um Herrscher zu sein«, berichtigte er mich. Wieder war er stehengeblieben und blickte über die dunklen, in ihre Mäntel gewickelten Gestalten seiner schlafenden Männer zu dem Stein in der Mitte des Kreises, und mir schien, als schimmerte die Steinplatte im Mondlicht, aber vielleicht war das nur meiner überhitzten Phantasie zuzuschreiben.

»Merlin befahl mir, mich nackt auszuziehen, und ließ mich die ganze Nacht lang auf diesem Stein dort stehen«, fuhr Arthur fort. »Der Wind trug Regen herbei, und es war kalt. Er murmelte Zaubersprüche und ließ mich das Schwert mit dem ausgestreckten Arm halten – unendlich lange. Ich weiß noch, daß mein Arm erst wie Feuer brannte und schließlich gefühllos wurde, aber Merlin duldete noch immer nicht, daß ich Caledfwlch senkte. ›Halte es!‹ schrie er mich an. ›Halte es!‹ Und ich stand zitternd da, während er die Toten herbeirief, damit sie seine Gabe bezeugten. Und sie kamen, Derfel, Reihe um Reihe von Toten, Krieger mit leeren Augenhöhlen und verrosteten Helmen, die aus der Anderwelt emporstiegen, um zu sehen, wie mir das Schwert übergeben wurde.« Bei dem Gedanken daran schüttelte er den Kopf. »Aber vielleicht habe ich diese wurmzerfressenen Gestalten nur erträumt. Ich war jung, versteht Ihr, und sehr leicht zu beeindrucken, und Merlin weiß genau, wie man junge Menschen vor den Göttern erzittern läßt. Sobald er mich mit dieser Heerschar von toten Zeugen erschreckt hatte, erklärte er mir jedoch, wie man Männer führt, wie man Krieger findet, die Führer brauchen, und wie man Schlachten gewinnt. Er hat mir mein Schicksal vorgezeichnet, Derfel.« Abermals verstummte er. Sein langes, schmales Gesicht wirkte im Mondlicht erschreckend grimmig. Dann lächelte er reumütig. »Alles Unsinn.«

Diese letzten beiden Worte sprach er so leise, daß ich sie fast nicht verstehen konnte. »Unsinn?« fragte ich, ohne meine Mißbilligung verbergen zu können.

»Ich soll Britannien zu den Göttern zurückführen«, sagte Arthur, und der Ton seiner Stimme ließ darauf schließen, daß er diesen Auftrag nicht ernst nahm.

»Das werdet Ihr, Lord«, versicherte ich.

Er zuckte die Achseln. »Merlin wollte einen starken Arm, der ein gutes Schwert halten kann«, sagte er. »Aber wer weiß, was die Götter wollen, Derfel? Wenn sie Britannien wollen – warum brauchen sie mich dazu? Oder Merlin? Brauchen die Götter überhaupt Menschen? Oder sind wir wie Hunde, die für Herren bellen, die nicht zuhören wollen?«

»Wir sind keine Hunde«, wandte ich ein. »Wir sind Geschöpfe der Götter. Sie müssen irgendeine Aufgabe für uns haben.«

»Müssen sie das? Vielleicht sollen wir sie nur zum Lachen bringen.«

»Merlin sagt, wir haben den Kontakt zu den Göttern verloren«, behauptete ich störrisch.

»Genau wie Merlin den Kontakt zu uns verloren hat«, entgegnete Arthur streng. »Ihr habt selbst gesehen, wie er Dumnonia am Abend Eurer Rückkehr aus Ynys Trebes verlassen hat. Merlin ist zu beschäftigt, Derfel. Merlin jagt den Kleinodien von Britannien nach, und alles, was wir in Dumnonia tun, bedeutet ihm nichts. Ich könnte ein großartiges Reich für Mordred schaffen, ich könnte für Gerechtigkeit sorgen, ich könnte Frieden schaffen, ich könnte Christen und Heiden dazu bringen, daß sie gemeinsam im Mondschein tanzen, aber das alles würde Merlin nicht interessieren. Merlin sehnt sich nur nach dem Moment, da alles den Göttern zurückgegeben wird, und wenn dieser Augenblick kommt, wird er Caledfwlch von mir zurückverlangen. Das war seine zweite Bedingung. Ich dürfe das Schwert der Götter behalten, sagte er, müsse es ihm aber zurückgeben, sobald er es selber brauche.«

Das alles hatte er mit einer Spur Ironie gesagt, die mich beunruhigte. »Glaubt Ihr denn nicht an Merlins Traum?« fragte ich ihn.

»Ich glaube, daß Merlin der größte Weise von Britannien ist«, gab Arthur aufrichtig zurück, »und daß er mehr weiß, als ich jemals zu wissen hoffen kann. Ich weiß ebenfalls, daß mein Schicksal mit dem seinen verflochten ist, genau wie das Eure, glaube ich, mit Nimues; aber ich glaube auch, daß Merlin vom Augenblick seiner Geburt an gelangweilt war, und deshalb tut Merlin das, was auch die Götter tun: Er amüsiert sich auf unsere Kosten. Und das bedeutet wohl, Derfel, daß ich Caledfwlch genau in dem Augenblick zurückgeben muß, da ich es selbst am dringendsten brauche.«

»Und was werdet Ihr tun?«

»Ich habe keine Ahnung. Nicht die geringste.« Er schien diesen Gedanken belustigend zu finden, denn er lächelte. Dann legte er mir die Hand auf die Schulter. »Geht schlafen, Derfel. Ich brauche Eure Zunge morgen und möchte nicht, daß sie vor Müdigkeit wie gelähmt ist.«

Ich ließ ihn allein und brachte es irgendwie fertig, im Mondschatten eines aufragenden Steins ein bißchen zu schlafen. Bevor ich einschlief, lag ich jedoch da und dachte an jene längst vergangene Nacht, in der Merlin Arthur gezwungen hatte, das Gewicht seines Schwertes zu ertragen, bis sein Arm schmerzte, und ihm die noch schwerere Last des Schicksals auf die Seele geladen hatte. Warum hat Merlin Arthur erwählt, fragte ich mich, denn ich hatte jetzt den Eindruck, daß Arthur und Merlin Gegner waren. Merlin glaubte, das Chaos könne nur besiegt werden, indem man die Macht der Mysterien einsetzte, während Arthur an die Macht des Menschen glaubte. Vielleicht, dachte ich, hat Merlin Arthur dazu erzogen, Menschen zu beherrschen, damit er selbst genug Freiheit hat, die dunklen Mächte zu beherrschen; daneben erkannte ich jedoch, wenn auch nur dunkel, daß der Augenblick kommen konnte, da wir zwischen den beiden zu wählen hatten, und vor diesem Augenblick fürchtete ich mich. Ich betete, er möge niemals kommen. Dann schlief ich, bis die Sonne aufging und den Schatten einer einzelnen Steinsäule außerhalb des Kreises mitten ins Herz der Steine warf, wo wir müden Krieger das Lösegeld für ein Königreich bewachten.

Wir tranken Wasser und aßen hartes Brot. Dann gürteten wir unsere Schwerter, um anschließend das Gold auf dem taufeuchten Gras neben dem Altarstein auszubreiten. »Was sollte Aelle daran hindern, das Gold zu nehmen und weiter Krieg zu führen?« fragte ich Arthur, während wir auf die Ankunft des Sachsen warteten. Schließlich hatte Aelle schon einmal von uns Gold genommen und sich dadurch nicht abhalten lassen, Durocobrivis zu brandschatzen.

Arthur zuckte die Achseln. Er trug seine Reserverüstung, ein schweres, römisches Kettenhemd, das von zahllosen Gefechten zerkratzt und zerbeult war. Darüber hatte er einen seiner weißen Mäntel geworfen. »Nichts«, antwortete er, »nur das bißchen Ehrgefühl, das er möglicherweise noch besitzt. Und darum werden wir ihm vielleicht mehr bieten müssen als Gold.«

»Mehr?« fragte ich, doch Arthur antwortete nicht, denn am morgengeröteten östlichen Horizont waren die Sachsen aufgetaucht.

Sie kamen in einer langen Reihe, die sich quer über den Horizont zog. Sie schlugen ihre Trommeln, und ihre Speerträger marschierten in Schlachtordnung. Um uns zu zeigen, daß sie uns nicht sofort angreifen würden, hatten sie sich Blätter an die Waffen gesteckt. Aelle führte sie an. Er war der erste der beiden Männer, die ich kennenlernte, die den Titel Bretwalda für sich beanspruchten. Der andere kam später und sollte uns weitaus mehr Probleme bereiten, Aelle aber war problematisch genug. Er war ein hochgewachsener Mann mit flachem, hartem Gesicht und dunklen Augen, die nichts von seinen Gedanken verrieten. Sein Bart war schwarz, seine Wangen waren von Schlachten zernarbt, und an seiner rechten Hand fehlten zwei Finger. Er trug einen schwarzen Tuchmantel, den er mit Leder gegürtet hatte, Lederstiefel, einen Eisenhelm mit Stierhörnern als Zier und einen Umhang aus Bärenfell, den er ablegte, als die Hitze des Tages zu groß für ein so auffallendes Kleidungsstück wurde. Sein Banner war ein blutbesudelter Stierschädel, der auf einem Speerschaft steckte.

Seine Kriegshorde zählte zweihundert Mann, vielleicht ein paar mehr, und über die Hälfte dieser Männer führte an Lederleinen riesige Kriegshunde mit sich. Hinter den Kriegern kam ein Troß von Frauen, Kindern und Sklaven. Insgesamt waren es jetzt mehr als genug Sachsen, um uns zu überwältigen, aber Aelle hatte uns sein Wort gegeben, daß wir in Frieden verweilen könnten – wenigstens bis er über unser Schicksal entschieden hatte –, und seine Männer ließen keinerlei Feindseligkeit erkennen. Die lange Reihe machte außerhalb des Ringgrabens halt, während Aelle, sein Berater, ein Dolmetscher und zwei Zauberer hereinkamen, um Arthur zu begrüßen. Die Zauberer hatten ihre Haare mit Dung zu abstehenden Stacheln geformt und trugen zerlumpte Umhänge aus Wolfsfell. Als sie umherwirbelten, um ihre Zaubersprüche aufzusagen, flogen ihnen Beine, Ruten und Masken der Wölfe um die bemalten Körper. Damit ein jeglicher Zauber getilgt sei, den wir gegen ihren Anführer gewirkt haben mochten, kreischten sie, während sie näher kamen, endlose Zaubersprüche. Nimue kauerte hinter uns und intonierte ihren Gegenzauber.

Die beiden Führer maßen einander. Arthur war größer, Aelle breiter. Arthurs Antlitz war beeindruckend, Aelles einschüchternd. Es war unerbittlich, das Gesicht eines Mannes, der weit übers Meer gekommen war, um sich in einem fremden Land ein Königreich zu erobern, und er hatte sich dieses Königreich mit ungezügelter, unverhohlener Brutalität geschaffen. »Ich sollte Euch auf der Stelle töten, Arthur«, sagte er, »dann gibt es für mich einen Feind weniger, den ich vernichten muß.«

Seine Zauberer, die unter den mottenzerfressenen Fellen beide nackt waren, kauerten sich hinter ihn. Der eine kaute einen Mundvoll Erde, der andere rollte finster die Augen, während Nimue, die ihre Augenhöhle nicht verdeckt hatte, die beiden bösartig anzischte. Der Kampf zwischen Nimue und den Zauberern war ein Privatkrieg, den die Führer ignorierten.

»Die Zeit wird kommen, Aelle«, entgegnete Arthur, »da wir uns auf dem Schlachtfeld gegenüberstehen. Jetzt aber biete ich Euch erst einmal Frieden.« Ich hatte fast erwartet, daß Arthur sich vor Aelle verneigte, denn dieser war, im Gegensatz zu Arthur, tatsächlich ein König; doch Arthur behandelte den Bretwalda wie seinesgleichen, und Aelle nahm diese Behandlung widerspruchslos hin.

»Warum?« fragte Aelle rundheraus. Aelle verzichtete auf weitschweifiges Herumgerede, wie es die Briten bevorzugten. Mir fiel dieser Unterschied zwischen uns und den Sachsen auf. Die Briten dachten in Kurven, wie die verschlungenen Wirbel auf ihrem Schmuck, während die Sachsen offen und geradeaus waren, so primitiv wie ihre schweren Goldbroschen und ihre dicken Halsketten. Die Briten schnitten kaum jemals ein Thema direkt an, sondern redeten darum herum, verpackten es in Hinweise und Andeutungen und waren immer auf der Suche nach Winkelzügen, während die Sachsen jegliche Finesse vermissen ließen. Arthur behauptete einmal, mir sei genau dieselbe Direktheit eigen wie den Sachsen, und ich glaube, er meinte das als Kompliment.

Arthur ignorierte Aelles Frage. »Ich dachte, wir hätten bereits Frieden geschlossen. Wir hatten eine Vereinbarung, die mit Gold besiegelt wurde.«

Aelles Miene verriet keinerlei Scham darüber, daß er den Waffenstillstand gebrochen hatte. Er zuckte die Achseln, als wäre ein gebrochener Frieden eine Bagatelle. »Wenn also ein Frieden gebrochen wurde, warum einen neuen kaufen?« fragte er.

»Weil ich im Kampf mit Gorfyddyd liege«, antwortete Arthur, die unverblümte Art des Sachsen imitierend, »und mich Eurer Unterstützung in diesem Kampf versichern will.«

Aelle nickte. »Aber wenn ich Euch helfe, Gorfyddyd zu schlagen, mache ich Euch stärker. Warum sollte ich das tun?«

»Weil Gorfyddyd, wenn Ihr mir nicht helft, mich vernichten wird und dann selbst stärker wird.«

Aelle lachte so breit, daß seine fauligen Zähne zu sehen waren. »Kümmert's den Hund, welche von zwei Ratten er tötet?« fragte er.

Ich übersetzte das mit: Kümmert's den Hund, welchen Hirsch er reißt, weil es mir so taktvoller erschien. Wie ich bemerkte, machte Aelles Dolmetscher, ein britischer Sklave, seinen Herrn nicht darauf aufmerksam.

»Nein«, räumte Arthur ein, »aber die Hirsche sind nicht gleichwertig.« Aelles Dolmetscher übersetzte, die Ratten seien nicht gleichwertig, und ich sagte Arthur nichts davon. »Im günstigsten Fall, Lord Aelle«, fuhr Arthur fort, »rette ich Dumnonia und mache Powys und Siluria zu meinen Verbündeten. Aber wenn Gorfyddyd siegt, wird er Elmet, Rheged, Powys, Siluria und Dumnonia gegen Euch vereinen.«

»Aber Ihr werdet auch Gwent auf Eurer Seite haben«, wandte Aelle ein. Er war schlau und von schneller Auffassungsgabe.

»Richtig, aber das trifft auch auf Gorfyddyd zu, falls es zwischen den Briten und den Sachsen zum Krieg kommen sollte.«

Aelle knurrte etwas. Die gegenwärtige Situation, das heißt, daß die Briten einander bekämpften, war für ihn am günstigsten, doch ihm war klar, daß die Kriege innerhalb Britanniens nicht ewig währen würden. Da es im Augenblick so schien, als ob Gorfyddyd diese Kriege schon bald gewinnen würde, gab Arthurs Erscheinen ihm die Möglichkeit, den Streit seiner Feinde zu verlängern. »Also, was wollt Ihr von mir?« fragte er. Seine Zauberer hopsten inzwischen wie menschliche Grashüpfer auf allen vieren auf und ab, während Nimue aus Kieseln ein geheimnisvolles Muster auf dem Boden auslegte. Dieses Muster schien die sächsischen Zauberer aufs äußerste zu beunruhigen, denn sie begannen spitze Klageschreie auszustoßen. Aelle achtete nicht auf sie.

»Ich möchte, daß Ihr Dumnonia und Gwent drei Monde Frieden gebt«, sagte Arthur.

»Nur Frieden wollt Ihr kaufen?« brüllte Aelle lauthals. Sogar Nimue zuckte zusammen. Der Sachse zeigte mit der behandschuhten Hand auf seine Männer, die mit ihren Frauen, Hunden und Sklaven hinter dem flachen Graben hockten. »Was tut ein Heer in Friedenszeiten? Sagt mir das! Ich habe ihnen mehr als Gold versprochen. Ich habe ihnen Land versprochen! Ich habe ihnen Sklaven versprochen! Ich habe ihnen *Wealhas*-Blut versprochen, und Ihr gebt mir Frieden?« Er spuckte aus. »Im Namen Thors, Arthur, ich werde Euch Frieden geben, doch einen Frieden, der über Eure Gebeine geht, und meine Männer werden sich bei Eurer Gemahlin abwechseln. Das ist mein Friede!« Er spie aus. Dann sah er mich an. »Sag deinem Herrn, du Hund«, befahl er mir, »daß die Hälfte meiner Männer gerade erst mit Schiffen eingetroffen ist. Sie konnten nichts ernten und haben keine Nahrung, um ihre Leute durch den Winter zu bringen. Gold können wir nicht essen. Wenn wir nicht Land und Korn erobern, werden wir verhungern. Und was soll ein Verhungernder mit Frieden anfangen?«

Ich dolmetschte für Arthur, ließ dabei aber die unverschämtesten Beleidigungen aus.

Ein schmerzlicher Ausdruck huschte über Arthurs Gesicht. Aelle bemerkte ihn, interpretierte ihn als Schwäche und wandte sich verächtlich ab. »Ich gebe euch zwei Stunden Vorsprung, ihr Würmer«, rief er über die Schulter zurück, »danach werde ich euch unbarmherzig verfolgen!«

»Ratae«, sagte Arthur, ohne die Übersetzung von Aelles Drohung abzuwarten.

Der Sachse wandte sich um. Schweigend sah er Arthur ins Gesicht. Der Gestank seines Bärenfellumhangs war widerwärtig: eine Mischung aus Schweiß, Dung und Fett. Er wartete.

»Ratae«, wiederholte Arthur. »Sagt ihm, daß es erobert werden kann. Sagt ihm, daß es dort alles gibt, was er begehrt. Sagt ihm, daß das Land, das es beschützt, ihm gehören wird.«

Ratae war die Festung, die Gorfyddyds östlichste Grenze zum Land der Sachsen verteidigte: Wenn Gorfyddyd diese Festung verlor, wäre es den Sachsen ein leichtes, zwanzig Meilen näher ans Kernland von Powys heranzurücken.

Ich übersetzte. Es kostete mich einige Zeit, Aelle zu erklären, welchen Ort wir meinten, aber schließlich begriff er. Er war nicht besonders glücklich darüber, denn Ratae war offenbar eine mächtige römische Festung, die Gorfyddyd mit einem wuchtigen Erdwall noch verstärkt hatte.

Arthur erklärte nun, daß Gorfyddyd die besten Speerkämpfer der Garnison zu dem Heer abkommandiert hatte, das er für den Einmarsch in Gwent und Dumnonia zusammenstellte. Daß Gorfyddyd das nur wegen des Friedens riskiert hatte, den er, wie er glaubte, Aelle abgekauft hatte – einen Frieden, den Arthur nunmehr überbot –, brauchte er nicht zu erwähnen. Arthur verriet ihm, daß eine Christengemeinde von Ratae unmittelbar außerhalb der Erdwälle des Forts ein Kloster gebaut und das ständige Kommen und Gehen der Mönche einen Weg durch die Wälle gebahnt habe. Der Hauptmann der Festung, erklärte er, sei einer von Gorfyddyds wenigen Christen und habe dem Kloster seinen Segen gegeben.

»Woher weiß er das?« fragte Aelle argwöhnisch.

»Sagt ihm, daß ich einen Mann bei mir habe, einen Mann aus Ratae, der weiß, wie man an das Kloster herankommt, und der bereit ist, ihm als Führer zu dienen. Sagt ihm, daß ich nichts weiter verlange, als daß der Mann mit seinem Leben belohnt wird.« Mir wurde klar, daß das der Fremde sein mußte, der neben Hygwydd marschiert war. Und mir wurde klar, daß Arthur schon vor unserem Abmarsch aus Durnovaria gewußt hatte, daß er Ratae würde opfern müssen.

Als Aelle Näheres über den Verräter wissen wollte, berichtete Arthur, der Mann sei aus Powys desertiert und nach Dumnonia gekommen, weil er sich dafür rächen wollte, daß seine Gemahlin ihn wegen eines von Gorfyddyds Häuptlingen verlassen hatte.

Aelle sprach mit seinem Rat, während die beiden Zauberer auf Nimue einschwatzten. Einer von ihnen deutete mit einem menschlichen Oberschenkelknochen auf sie, aber Nimue spie nur aus. Diese Geste schien den Kampf der Hexenmeister zu beenden, denn die beiden Zauberer zogen sich schlurfend zurück, während Nimue sich erhob und sich die Hände abwischte. Aelles Rat schacherte mit uns. Einmal bestanden sie darauf, daß wir ihnen all unsere schweren Schlachtrösser aushändigen müßten, woraufhin Arthur sämtliche Kriegshunde verlangte, und schließlich, am Nachmittag, akzeptierten die Sachsen die Festung Ratae und Arthurs Gold. Es war vermutlich der größte Goldschatz, der jemals von einem Briten an einen Sachsen gezahlt wurde, aber Aelle bestand darauf, zwei Geiseln zu nehmen, die er freizulassen versprach, sobald sich herausstellte, daß der Angriff auf Ratae sich nicht als Falle herausstellte, in die er von Gorfyddyd und Arthur gelockt werden sollte. Blindlings griff er sich zwei von Arthurs Kriegern heraus: Balin und Lanval.

An diesem Abend aßen wir mit den Sachsen. Ich war gespannt darauf, diesen Männern zu begegnen, die meine Stammesbrüder waren, und fürchtete sogar, ihnen gegenüber eine gewisse Verbundenheit zu empfinden, aber ich fand ihre Gegenwart abstoßend. Ihr Humor war derb, ihre Manieren plump und der Gestank ihrer in Felle gewickelten Körper widerwärtig. Manche von ihnen machten sich über mich lustig und behaupteten, ich sähe König Aelle ähnlich, aber ich konnte keinerlei Ähnlichkeit zwischen seinen flachen, harten Zügen und meinem Gesicht, so wie ich es empfand, entdekken. Schließlich fauchte Aelle meine Quälgeister an, sie sollten das Maul halten. Dann schenkte er mir einen kalten Blick und befahl mir, Arthurs Männer zu einem gemeinsamen abendlichen Mahl zu laden. Es gab riesige Stücke von gebratenem Fleisch, die wir mit behandschuhten Händen aßen, das heißt, wir bissen tief in das glühheiße Fleisch, bis uns der blutige Saft aus den Bärten troff. Wir gaben ihnen Met, sie gaben uns Ale. Ein paar Berauschte begannen zu raufen, aber niemand wurde getötet. Aelle und Arthur blieben nüchtern, aber Aelles Zauberer waren schließlich sturzbetrunken, und als sie neben ihrem eigenen Erbrochenen eingeschlafen waren, erklärte Aelle, sie seien Wahnsinnige, die im Kontakt mit den Göttern stünden. Er besitze noch andere Priester, die nicht geisteskrank seien, sagte er, aber Verrückte besäßen, wie man glaube, spezielle Kräfte, die die Sachsen möglicherweise verwenden konnten. »Wir hatten gefürchtet, ihr bringt Merlin mit«, erklärte er.

»Merlin ist sein eigener Herr«, antwortete Arthur, »aber das hier ist seine Priesterin.« Er deutete auf Nimue, die den Sachsen mit einem Auge anstarrte.

Aelle machte eine Geste, die offenbar das Böse abwenden sollte. Er fürchtete Nimue wegen Merlin, und es war gut, das zu wissen. »Aber Merlin ist in Britannien?« erkundigte Aelle sich ängstlich.

»Manche sagen ja«, antwortete ich an Arthurs Stelle, »und manche sagen nein. Wer weiß? Vielleicht ist er ja da draußen im Dunkeln.« Mit dem Kopf deutete ich auf die Nacht hinter den vom Feuerschein beleuchteten Steinen.

Aelle stieß einen seiner verrückten Zauberer mit einem Speerschaft an, um ihn zu wecken. Der Mann begann erbärmlich zu jaulen, und Aelle schien zu glauben, daß dieser Lärm jegliche Gefahr bannen würde. Der Bretwalda hatte sich Sansums Kreuz um den Hals gehängt, während einige seiner Männer Ynys Wydryns schwere Goldtorques trugen. Später in der Nacht, als die meisten Sachsen schnarchten, berichteten einige ihrer Sklaven von Durocobrivis' Fall und von Fürst Gereint, der lebend gefangengenommen und dann zu Tode gefoltert worden sei. Bei dieser Nachricht weinte Arthur. Keiner von uns hatte Gereint besonders gut gekannt, aber er war ein bescheidener, anspruchsloser Mann gewesen und hatte getan, was er konnte, um die anwachsenden Streitkräfte der Sachsen aufzuhalten. Einige Sklaven baten uns, sie mitzunehmen, aber wir wagten es nicht, unsere Gastgeber zu beleidigen, indem wir ihrer Bitte entsprachen. »Eines Tages werden wir euch holen«, versprach Arthur den Sklaven. »Eines Tages werden wir kommen und euch nach Hause holen.«

Am folgenden Nachmittag zogen die Sachsen ab. Um sicherzugehen, daß wir ihm nicht folgten, bestand Aelle darauf, daß wir noch eine weitere Nacht bei den Steinen verbrachten, und nahm Balin, Lanval sowie den Mann aus Powys beim Abmarsch mit. Arthur befragte Nimue, ob Aelle Wort halten werde. Sie nickte und sagte, sie habe im Traum gesehen, daß der Sachse sich an die Abmachung halten werde und die Geiseln heil und sicher zurückkehren würden. »Aber Rataes Blut klebt an Euren Händen«, verkündete sie düster.

Wir packten und machten uns für den Marsch bereit, der erst bei Morgengrauen des folgenden Tages beginnen sollte. Arthur war nie sehr glücklich, wenn er untätig herumsitzen mußte, und so bat er Sagramor und mich gegen Abend, mit ihm einen Spaziergang in den Wald südlich der Steine zu machen. Eine Weile hatte ich den Eindruck, daß wir ziellos umherwanderten, doch schließlich blieb Arthur unter einer riesigen Eiche stehen, von der lange Bärte grauer Flechten herabhingen. »Ich fühle mich schmutzig«, sagte er. »Ich habe meinen Schwur, Benoic zu helfen, nicht gehalten, und nun erkaufe ich den Tod von Hunderten von Briten.«

»Ihr hättet Benoic nicht retten können«, behauptete ich.

»Ein Land, das Poeten kauft statt Speerkämpfer, verdient es nicht, gerettet zu werden«, ergänzte Sagramor.

»Ob ich es hätte retten können oder nicht«, wandte Arthur ein, »spielt keine Rolle. Ich habe Ban einen Eid geleistet und ihn nicht gehalten.«

»Ein Mann, dessen Haus niederbrennt, trägt kein Wasser zum Brand seines Nachbarn«, sagte Sagramor. Sein schwarzes Gesicht, ebenso undurchdringlich wie Aelles, hatte die Sachsen fasziniert. Viele von ihnen hatten in den vergangenen Jahren gegen ihn gekämpft und geglaubt, er sei eine Art Dämon, den Merlin herbeigezaubert habe, und Arthur hatte diese Furcht ausgenutzt, indem er andeutete, er werde Sagramor zur Verteidigung der neuen Grenze zurücklassen. In Wirklichkeit aber wollte Arthur Sagramor nach Gwent mitnehmen, denn für den Kampf gegen Gorfyddyd brauchte er seine besten Männer. »Daß Ihr Euren Eid für Benoic unmöglich halten konntet«, fuhr Sagramor fort, »werden die Götter Euch mit Sicherheit vergeben.« Sagramor hatte eine gesunde, pragmatische Auffassung von Göttern und Menschen, und das gehörte zu seinen Stärken.

»Die Götter mögen mir vergeben«, entgegnete Arthur, »ich selbst aber kann es nicht. Und nun bezahle ich die Sachsen dafür, daß sie Briten töten.« Schon bei dem Gedanken erschauerte er. »Gestern abend habe ich mir gewünscht, Merlin wäre da«, gestand er, »weil ich gern gewußt hätte, ob er billigen würde, was wir tun.«

»Das würde er«, entgegnete ich. Gewiß, Nimue mißbilligte Rataes Preisgabe, aber Nimue war schon immer reineren Herzens als Merlin gewesen. Sie begriff die Notwendigkeit, die Sachsen zu bezahlen, fühlte sich von dem Gedanken, mit britischem Blut zu bezahlen, jedoch abgestoßen, selbst wenn es das Blut unserer Feinde war.

»Aber was Merlin denkt, ist unwichtig«, sagte Arthur zornig. »Es würde nicht einmal etwas bedeuten, wenn jeder Priester, Druide und Barde in Britannien mit mir einverstanden wäre. Den Segen eines anderen Menschen erbitten bedeutet nichts weiter, als sich der Verantwortung zu entziehen. Nimue hat recht, ich werde für die Toten von Ratae verantwortlich sein.«

»Aber was sonst hättet Ihr tun sollen?« fragte ich ihn.

»Ihr versteht das nicht, Derfel«, warf Arthur mir bitter vor, obwohl er in Wirklichkeit sich selbst beschuldigte. »Ich wußte von vornherein, daß Aelle mehr wollen würde als nur Gold. Es sind Sachsen! Die wollen keinen Frieden, die wollen Land! Das wußte ich, warum sonst hätte ich diesen armen Mann aus Ratae mitbringen sollen? Noch ehe Aelle fordern konnte, war ich bereit zu geben, und wie viele Männer werden für diese Voraussicht sterben müssen? Dreihundert? Und wie viele Frauen werden in die Sklaverei verschleppt? Zweihundert? Wie viele Kinder? Wie viele Familien werden auseinandergerissen? Und wozu? Um zu beweisen, daß ich ein besserer Führer bin als Gorfyddyd? Ist mein Leben denn so viele Seelen wert?«

»Diese Seelen«, wandte ich ein, »werden Mordred auf dem Thron halten.«

»Auch so ein Eid!« sagte Arthur verbittert. »All diese Eide, die uns binden! Uther gegenüber bin ich durch einen Eid daran gebunden, seinen Enkel auf den Thron zu setzen, Leodegan gegenüber bin ich durch einen Eid gebunden, Henis Wyren zurückzuerobern.« Unvermittelt unterbrach er sich, und Sagramor warf mir einen beunruhigten Blick zu, denn wir hörten beide zum erstenmal von einem Eid, Diwrnach zu vertreiben, den gefürchteten irischen König von Lleyn, der Leodegans Land erobert hatte. »Und ausgerechnet ich«, fuhr Arthur todunglücklich fort, »bin ein Mensch, der einen Eid mühelos bricht. Ich habe den Eid gebrochen, den ich Ban geschworen habe, und ich habe den Eid gebrochen, den ich Ceinwyn gegeben habe. Die arme Ceinwyn.« Zum erstenmal hörten wir ihn so offen sein gebrochenes Eheversprechen beklagen. Ich hatte gedacht, Guinevere sei eine so hell leuchtende Sonne an Arthurs Firmament, daß sie Ceinwyns bleicheren Glanz bis zur Unsichtbarkeit überstrahlte, doch wie es schien, konnte die Erinnerung an die Prinzessin von Powys Arthurs Gewissen noch immer wie ein Stachel quälen. Genau wie ihn jetzt der Gedanke an Rataes Schicksal quälte. »Vielleicht sollten wir ihnen eine Warnung zukommen lassen«, meinte er.

»Und die Geiseln opfern?« fragte Sagramor.

Arthur schüttelte den Kopf. »Ich werde mich an Balins und Lanvals Stelle als Geisel anbieten.«

Offensichtlich erwog er tatsächlich, das zu tun. Ich sah es ihm an. Der Schmerz der Reue nagte an ihm, und nun suchte er eine Möglichkeit, aus diesem Durcheinander von Gewissen und Pflicht herauszukommen, und sei es um den Preis des eigenen Lebens. »Merlin würde mich jetzt auslachen.«

»Ja«, bestätigte ich, »das würde er.« Merlins Gewissen, falls er überhaupt eins besaß, war für ihn lediglich ein Hinweis darauf, wie sich geringere Menschen verhalten würden, und diente ihm als Anreiz, genau das Gegenteil zu tun. Merlins Gewissen war ein Witz, der die Götter amüsieren sollte. Arthurs Gewissen war eine Bürde.

Jetzt starrte er auf den moosbewachsenen Boden im Schatten der Eiche. Der Tag neigte sich dem Ende zu, und Arthurs Stimmung versank in Schwermut. War er sich wirklich versucht, alles im Stich zu lassen? Zu Aelles Festung zu reiten und sein Leben für das Leben von Rataes Bewohnern hinzugeben? Ich glaube, das war er. Doch dann überschwemmte die tückische Logik seines ehrgeizigen Verstandes seine Verzweiflung wie die Flut, die die Sandflächen vor Ynys Trebes überschwemmte. »Vor einhundert Jahren«, sagte er langsam, »lebte dieses Land in Frieden. Und es gab Gerechtigkeit. Ein Mann konnte sein Land in dem glücklichen Bewußtsein roden, daß seine Enkel es noch beackern würden. Doch diese Enkel sind jetzt tot, ermordet von den Sachsen oder von ihren eigenen Landsleuten. Wenn wir nichts dagegen tun, wird sich das Chaos verbreiten, bis nichts mehr übrig ist als diese überheblichen Sachsen mit ihren verrückten Zauberern. Wenn Gorfyddyd siegt, wird er Dumnonia seines Reichtums berauben, wenn ich aber siege, werde ich Powys wie einen Bruder umarmen. Ich hasse das, was wir tun, doch wenn wir es tun, können wir die Dinge wieder zurechtrücken.« Er blickte zu uns beiden auf. »Da wir alle zum Mithraskult gehören«, sagte er, »ist es zulässig, daß ihr Zeugen dieses Eides werdet, den ich ihm leiste.« Er hielt inne. Die Zeit hatte ihn gelehrt, Eide und ihre Verpflichtungen zu hassen; nach seinem Treffen mit Aelle war er jedoch in einer so verzweifelten Stimmung, daß er sich freiwillig mit einem weiteren Eid belastete. »Sucht mir einen Stein, Derfel«, befahl er mir.

Ich trat einen Stein aus dem Boden und befreite ihn von der Erde. Dann kratzte ich auf Arthurs Weisung mit der Spitze meines Messers Aelles Namen in den Stein. Arthur grub mit seinem eigenen Messer ein tiefes Loch in den Boden zu Füßen der Eiche und erhob sich. »Ich schwöre diesen Eid«, erklärte er. »Wenn ich den Kampf mit Gorfyddyd überlebe, werde ich für die unschuldigen Seelen von Ratae, die ich zum Untergang verurteilt habe, Rache nehmen. Ich werde Aelle töten. Ich werde ihn und seine Männer vernichten. Ich werde sie den Raben zum Fraß vorwerfen und ihren Reichtum an die Kinder von Ratae verteilen. Ihr seid meine Zeugen, und wenn ich diesen Eid breche, seid Ihr jeglicher Pflicht entbunden, die Ihr mir schuldet.« Damit warf er den Stein in das Loch, das wir zu dritt mit Erde auffüllten. »Mögen die Götter mir vergeben«, sagte Arthur, »daß ich den Tod so vieler Menschen verursacht habe.«

Dann zogen wir aus, den Tod noch weiterer Menschen herbeizuführen.

Der Marsch nach Gwent führte uns durch Corinium. Ailleann lebte noch immer dort, doch Arthur kam zwar mit seinen Söhnen zusammen, die Mutter aber empfing er nicht, damit kein Wort über ein solches Zusammentreffen Guinevere Schmerz zufüge. Allerdings schickte er mich mit einem Geschenk zu Ailleann. Sie begrüßte mich sehr freundlich, zuckte aber nur müde die Achseln, als sie Arthurs Geschenk sah, eine kleine Brosche aus emailliertem Silber, die ein Tier darstellte, das fast wie ein Hase aussah, aber kürzere Beine und Ohren hatte. Sie hatte sich unter den Schätzen in Sansums Schrein befunden, und Arthur hatte den Wert der Brosche gewissenhaft durch Münzen aus seiner Börse ersetzt. »Er wünschte, er hätte Euch etwas Besseres schicken können«, richtete ich ihr Arthurs Botschaft aus, »aber leider müssen wir unseren wertvollsten Schmuck heutzutage den Sachsen geben.«

»Es gab eine Zeit«, erwiderte sie verbittert, »da bekam ich seine Geschenke aus Liebe, nicht aus schlechtem Gewissen.« Ailleann war immer noch eine bemerkenswerte Frau, obwohl ihre Haare inzwischen von Grau durchzogen und ihre Augen von Resignation matt geworden waren. Sie war in ein langes blaues Wollgewand gekleidet, die Haare hatte sie über den Ohren zu Schnecken aufgerollt. Sie betrachtete das seltsame Emailletier. »Was glaubt Ihr, was das ist?« fragte sie mich. »Ein Hase ist es nicht. Ist es eine Katze?«

»Sagramor sagt, es heißt Kaninchen. Er hat sie in Kappadokien gesehen, wo immer das auch sein mag.«

»Ihr müßt nicht alles glauben, was Sagramor erzählt«, schalt mich Ailleann, während sie sich die kleine Brosche ans Gewand heftete. »Ich habe Schmuck für eine Königin«, setzte sie hinzu, während sie mich in den kleinen Innenhof ihres römischen Hauses führte, »aber ich bin immer noch Sklavin.«

»Hat Arthur Euch nicht die Freiheit geschenkt?« fragte ich entsetzt.

»Er hat Angst, ich würde nach Armorica zurückkehren. Oder nach Irland. Und ihm dadurch die Zwillinge nehmen.« Sie zuckte die Achseln. »Am selben Tag, da die beiden großjährig werden, wird Arthur mir die Freiheit schenken, und wißt Ihr, was ich dann tun werde? Ich werde genau hier bleiben.« Sie bot mir einen Sessel an, der im Schatten eines Klettergewächses stand. »Ihr seht älter aus«, stellte sie fest und schenkte strohfarbenen Wein aus einer mit Weidengeflecht umwickelten Flasche ein. »Wie ich hörte, hat Lunete Euch verlassen?« fragte sie, als sie mir einen Hornbecher reichte.

»Wir haben, glaube ich, einander verlassen.«

»Sie soll jetzt Isis-Priesterin sein«, sagte Ailleann spöttisch. »Ich höre eine Menge aus Durnovaria und wage nur die Hälfte davon zu glauben.«

»Zum Beispiel?« fragte ich neugierig.

»Wenn Ihr es nicht wißt, Derfel, dann werde ich es Euch auch nicht erzählen.« Sie trank einen Schluck Wein und verzog angewidert das Gesicht. »Arthur ebenfalls. Der will immer nur gute Nachrichten hören, niemals schlechte. Er glaubt sogar, daß etwas Gutes in den Zwillingen steckt.«

Es schockierte mich, daß eine Mutter so von ihren Söhnen sprach. »Davon bin ich auch überzeugt«, behauptete ich.

Sie warf mir einen belustigten Blick zu. »Die Knaben sind heute nicht besser, Derfel, als sie früher waren, und gut waren sie wahrhaftig nie. Sie ärgern sich über ihren Vater. Sie finden, sie müßten Prinzen sein, und benehmen sich wie Prinzen. Es gibt keinen Ärger in der Stadt, den sie nicht selber anzetteln oder unterstützen, und wenn ich versuche, sie zu bändigen, nennen sie mich eine Hure.« Sie zerdrückte ein Stückchen Kuchen und warf die Krümel ein paar aufdringlichen Spatzen hin. Im Hintergrund fegte ein Diener mit Reiserbesen den Hof, bis Ailleann dem Mann befahl, sich zu entfernen. Dann fragte sie mich über den Krieg aus, und ich versuchte meinen Pessimismus im Hinblick auf Gorfyddyds riesiges Heer zu verbergen. »Könnt Ihr nicht Amhar und Loholt mit Euch nehmen?« fragte mich Ailleann nach einer Weile. »Es wäre möglich, daß sie recht gute Soldaten sind.«

»Ich bezweifle, daß ihr Vater sie für alt genug hält«, wandte ich ein.

»Falls er überhaupt über sie nachdenkt. Er schickt ihnen Geld. Ich wünschte, er würde es nicht tun.« Sie befingerte ihre neue Brosche. »Die Christen in der Stadt behaupten alle, daß Arthur dem Untergang geweiht sei.«

»Noch nicht, Lady.«

Sie lächelte. »Noch lange nicht, Derfel. Die Menschen unterschätzen Arthur. Sie sehen seine Güte, hören seine Freundlichkeit, lauschen seinen Worten von Gerechtigkeit, und keiner von ihnen, nicht einmal Ihr, erkennt, was wirklich in ihm brennt.«

»Und das wäre?«

»Ehrgeiz«, antwortete sie kurz. Sie überlegte eine Sekunde. »Seine Seele«, fuhr sie fort, »ist ein Wagen, der von zwei Pferden gezogen wird: Ehrgeiz und Gewissen. Ich aber sage Euch, Derfel, das Pferd namens Ehrgeiz geht im rechten Geschirr und wird das andere stets ausstechen. Und er ist tüchtig, so ungeheuer tüchtig.« Sie lächelte traurig. »Beobachtet ihn doch einmal, Derfel, wenn ihm die Vernichtung droht, wenn alles nur noch Finsternis ist, denn dann wird er Euch in Erstaunen versetzen. Ich habe das früher schon beobachtet. Er wird siegen, doch dann wird das Pferd namens Gewissen an seinen Zügeln zerren, und Arthur wird seinen üblichen Fehler begehen: den Feinden zu vergeben.«

»Ist das so schlecht?«

»Das ist keine Frage von gut oder schlecht, Derfel, sondern des praktischen Denkens. Eins haben wir Iren erkannt: Ein Feind, dem man vergibt, ist ein Feind, den man immer wieder bekämpfen muß. Arthur verwechselt Moral mit Macht und verschlimmert diese Verwechslung noch, indem er nicht von der Überzeugung abzubringen ist, die Menschen seien von Natur aus gut, sogar die schlechtesten unter ihnen, und das ist der Grund – Ihr werdet noch an mich denken –, warum er den Frieden niemals herbeiführen wird. Er sehnt sich nach Frieden, er redet von Frieden, aber gerade sein vertrauensseliges Herz ist der Grund, warum er stets Feinde haben wird. Es sei denn, es gelingt Guinevere, ihm ein bißchen Härte einzutrichtern. Kann sein, daß es ihr gelingt. Wißt Ihr, an wen sie mich erinnert?«

»Ich wußte nicht, daß Ihr sie kennt«, gab ich zurück.

»Den Menschen, an den sie mich erinnert, kenne ich ebenfalls nicht, aber ich höre so einiges, und ich kenne Arthur. Sie klingt wie seine Mutter; sehr schön und sehr stark, und ich vermute, daß er alles tun wird, um ihr zu gefallen.«

»Selbst um den Preis seines Gewissens?«

Ailleann lächelte über meine Frage. »Ihr solltet wissen, Derfel, daß manche Frauen stets von ihren Männern verlangen, einen maßlos hohen Preis zu bezahlen. Je mehr der Mann bezahlt, desto höher steigt der Wert der Frau, und ich vermute, daß Guinevere sich selbst sehr hoch einschätzt. Und das sollte sie auch. Das sollten wir alle.« Diese letzten Worte klangen traurig. Dann erhob sie sich aus ihrem Sessel. »Richtet ihm liebe Grüße aus«, bat sie mich, als wir durch das Haus zurückkehrten, »und bittet ihn, seine Söhne in den Krieg mitzunehmen.«

Arthur wollte sie nicht mitnehmen. »Ich lasse ihnen noch ein weiteres Jahr Zeit«, erklärte er mir, als wir am folgenden Morgen abmarschierten. Er hatte mit den Zwillingen zu Abend gegessen und ihnen kleine Geschenke gemacht, aber uns allen war aufgefallen, wie mürrisch Amhar und Loholt auf die Zuneigung des Vaters reagierten. Arthur hatte es ebenfalls bemerkt, deswegen war er ungewöhnlich verdrossen, als wir nach Westen marschierten. »Kindern von unvermählten Frauen«, sagte er nach langem Schweigen, »fehlt immer ein Teil ihrer Seele.«

»Und was ist mit Eurer Seele, Lord?« fragte ich ihn.

»Die flicke ich jeden Morgen, Derfel, Stück für Stück.« Er seufzte. »Ich werde Amhar und Loholt Zeit widmen müssen, und die Götter allein wissen, woher ich sie nehmen soll, denn in vier oder fünf Monaten werde ich wieder Vater werden. Falls ich dann überhaupt noch lebe«, ergänzte er düster.

Lunete hatte also recht gehabt: Guinevere war schwanger. »Das freut mich für Euch, Lord«, sagte ich, mußte aber unwillkürlich an Lunetes Bemerkung denken, daß Guinevere alles andere als glücklich über ihren Zustand war.

»Mich freut es ebenfalls!« Er lachte, und seine finstere Stimmung war augenblicklich verflogen. »Auch für Guinevere. Es wird ihr guttun, und in zehn Jahren, Derfel, wird Mordred auf dem Thron sitzen, während Guinevere und ich uns ein hübsches Plätzchen suchen, wo wir Rinder, Schweine und Kinder großziehen können! Dann werde ich wirklich glücklich sein. Ich werde Llamrei abrichten, einen Wagen zu ziehen, und Excalibur benutzen, um meine Pflugochsen anzutreiben.«

Ich versuchte mir Guinevere als Bauersfrau oder wenigstens als reiche Gutsherrin vorzustellen, doch irgendwie wollte mir das nicht recht gelingen. Ich hielt den Mund.

Von Corinium ging es nach Glevum, dann überquerten wir den Severn und marschierten durchs Kernland von Gwent. Wir boten einen schönen Anblick, denn Arthur ritt bewußt mit fliegenden Bannern, und seine Reiter trugen ihre Kampfrüstung. Wir hatten diesen stolzen, auffallenden Stil absichtlich gewählt, weil wir den Einheimischen neue Zuversicht schenken wollten, die ihnen im Augenblick abhanden gekommen war. Alle vermuteten, daß Gorfyddyd siegen würde, und auf dem Land war es, obwohl Erntezeit war, unnatürlich trist und still. Als wir an einem Dreschboden vorbeikamen, hörten wir den Vorsänger »Essylts Klage« singen statt des üblichen fröhlichen Liedes, das den Dreschflegeln einen Rhythmus vorgab. Außerdem beobachteten wir, daß jede Villa, jedes Haus und jede Hütte seltsamerweise all ihrer Wertgegenstände beraubt zu sein schienen. Kostbare Besitztümer waren versteckt, vermutlich sogar vergraben worden, damit Gorfyddyds Eroberer die Bevölkerung nicht gänzlich ausrauben konnten. »Die Maulwürfe werden wieder reich«, bemerkte Arthur säuerlich.

Arthur war der einzige, der nicht seine kostbarste Rüstung trug. »Den Schuppenpanzer hat Morfans«, erklärte er mir, als ich mich erkundigte, warum er sein Reservekettenhemd trage. Morfans war der häßliche Krieger, mit dem ich beim Festmahl nach Arthurs Ankunft auf Caer Cadarn vor so vielen Jahren Freundschaft geschlossen hatte.

»Morfans?« fragte ich erstaunt. »Womit hat der ein solches Geschenk verdient?«

»Kein Geschenk, Derfel. Morfans hat ihn sich nur ausgeborgt und ist damit in der letzten Woche tagtäglich vor Gorfyddyds Männern herumgeritten, damit sie glauben, ich sei schon dort. Möglich, daß sie deswegen ein bißchen zögern, jedenfalls haben wir bis jetzt noch keine Meldung über einen Angriff erhalten.«

Bei der Vorstellung, daß sich hinter den Wangenstücken von Arthurs Helm Morfans' häßliches Gesicht verbarg, mußte ich lachen, aber die Täuschung funktionierte vermutlich, denn als wir uns im römischen Fort Magnis mit König Tewdric trafen, hatte sich der Feind noch immer nicht aus seinen Stellungen in den Hügeln von Powys hervorgewagt.

Tewdric, der seine schöne römische Rüstung trug, sah fast aus wie ein alter Mann. Seine Haare waren grau geworden, und er ging gebückt, was ich bisher nicht an ihm gekannt hatte. Die Neuigkeiten über Aelle quittierte er mit einem Knurren, riß sich dann aber zusammen, um etwas höflicher zu antworten. »Gute Nachrichten«, sagte er kurz und rieb sich die Augen. »Obwohl Gott weiß, daß Gorfyddyd die Hilfe der Sachsen nicht nötig hat, um uns zu schlagen. Er hat mehr Männer, als er braucht.«

Das römische Fort wimmelte von Menschen. Waffenschmiede fertigten Speerspitzen, und jeder Eschenhain im Umkreis von Meilen war zum Herstellen von Schäften geplündert worden. Stunde um Stunde trafen Wagenladungen frisch geschnittenen Getreides ein, und die Öfen der Bäcker brannten wie die Feuer der Hufschmiede so heiß, daß ständig eine Rauchwolke über den Palisadenwällen stand. Aber das versammelte Heer litt trotz der frisch eingebrachten Ernte immer noch großen Hunger. Die meisten Speerkämpfer kampierten außerhalb der Wälle, manche sogar Meilen entfernt, und stritten sich ständig um die Verteilung des hartgebackenen Brotes und der getrockneten Bohnen. Andere Truppen beschwerten sich über das Wasser, das von den Latrinen der stromaufwärts kampierenden Soldaten verunreinigt war. Es gab Krankheiten, Hunger und Desertionen – Beweis dafür, daß weder Tewdric noch Arthur sich jemals mit den Problemen hatten herumschlagen müssen, die der Oberbefehl über ein so riesiges Heer mit sich brachte. »Aber wenn *wir* schon Schwierigkeiten haben«, sagte Arthur optimistisch, »stellt Euch mal vor, wie es bei Gorfyddyd aussehen muß!«

»Ich hätte lieber seine Probleme als unsere«, gab Tewdric mißgelaunt zurück.

Meine Speerkämpfer kampierten – noch immer unter Galahads Befehl – acht Meilen nördlich von Magnis, wo Agricola, Tewdrics Feldherr, die Hügel im Auge behielt, die die Grenze zwischen Gwent und Powys markierten. Mein Herz schlug freudig, als ich ihre Wolfsrutenhelme wiedersah. Nach der Schicksalsergebenheit im ganzen Land tat es mir unendlich gut zu wissen, daß es hier wenigstens Männer gab, die sich niemals geschlagen gaben. Nimue, die mich begleitete, wurde sofort von meinen Männern umdrängt, damit sie ihre Speerspitzen und Schwertklingen berühre und ihnen dadurch Kraft verleihe. Selbst die Christen verlangten, wie ich bemerkte, nach ihrer heidnischen Berührung. Sie erfüllte Merlins Aufgaben, und weil man wußte, daß sie von der Toteninsel zurückgekehrt war, hielt man sie für fast ebenso mächtig wie ihren Meister.

Agricola empfing mich in einem Zelt, dem ersten, das ich je zu Gesicht bekam. Es war ein wundersames Ding, mit einem hohen Mittelpfosten und vier Eckstangen, die ein Leinendach trugen, durch das das Sonnenlicht gefiltert wurde, so daß Agricolas kurzes graues Haar sonderbar gelblich wirkte. Er trug seine römische Rüstung und saß an einem Tisch, der mit vielen Pergamenten bedeckt war. Agricola war ein strenger Mann, der mich nur flüchtig begrüßte, mir jedoch ein Kompliment über meine Männer machte.

»Sie sind sehr zuversichtlich. Aber das sind die Feinde auch, und von denen gibt es weitaus mehr, als es Krieger auf unserer Seite gibt.« Sein Ton war grimmig.

»Wie viele?« wollte ich wissen.

Meine Direktheit schien Agricola zu verletzen, aber ich war nicht mehr der Knabe von damals, der Gwents Kriegsherrn zum erstenmal sah. Inzwischen war ich selber ein Lord und befehligte Männer; ich hatte das Recht zu erfahren, welches Risiko meine Männer erwartete. Aber vielleicht war es gar nicht meine Direktheit, die Agricola reizte, sondern die Tatsache, daß er nicht an die Übermacht des Feindes erinnert werden wollte. Letztlich nannte er mir jedoch die Zahlen. »Nach den Berichten unserer Spione«, sagte er, »hat Powys sechshundert Speerkämpfer aus dem eigenen Land zusammengezogen. Gundleus hat weitere zweihundertfünfzig aus Siluria mitgebracht, vielleicht auch mehr. Ganval aus Elmet hat zweihundert Mann geschickt, und die Götter allein wissen, wie viele herrenlose Männer zu Gorfyddyds Banner geströmt sind, um einen Anteil an der Beute zu bekommen.« Herrenlose Männer waren Vagabunden, Exilanten, Mörder und Wilde, die sich einem Heer nur wegen der Beute anschlossen, die sie in der Schlacht machen konnten. Diese Männer waren gefürchtet, denn sie hatten nichts zu verlieren, aber alles zu gewinnen. Ich bezweifelte, daß wir viele von ihnen auf unserer Seite hatten – nicht nur, weil man erwartete, daß wir besiegt wurden, sondern weil sowohl Tewdric als auch Arthur strikt gegen diese herrenlosen Kreaturen waren. Seltsamerweise waren jedoch viele von Arthurs besten Reitern früher einmal solche Männer gewesen. Krieger wie Sagramor hatten in den römischen Heeren gekämpft, die von den heidnischen Eroberern Italiens zerschlagen wurden, und nur Arthurs jugendlichem Genie war es gelungen, diese herrenlosen Söldner zu einer Kriegshorde zusammenzuschmieden.

»Es kommt noch schlimmer«, fuhr Agricola finster fort. »Das Königreich Cornovia hat Männer zur Verfügung gestellt, und erst gestern hörten wir, daß Oengus Mac Airem von Demetia mit einer Kriegshorde seiner Schwarzschilde eingetroffen ist – ungefähr einhundert Mann. Ein weiterer Bericht meldet, daß sich auch Gwynedds Männer Gorfyddyd angeschlossen haben.«

»Landwehr?« fragte ich.

Agricola zuckte die Achseln. »Fünf- bis sechshundert. Vielleicht sogar tausend. Aber die werden erst kommen, wenn die Ernte eingebracht ist.«

Allmählich wünschte ich, ihn nicht gefragt zu haben. »Und wie steht es bei uns, Lord?«

»Nun, da Arthur gekommen ist...« Er hielt inne. »Siebenhundert Speere.«

Ich schwieg. Kein Wunder, dachte ich, daß die Menschen in Gwent und Dumnonia ihre Schätze vergraben und einander zuflüstern, Arthur solle Britannien verlassen. Wir standen einer gewaltigen Übermacht gegenüber.

»Ich wäre dankbar«, schloß Agricola bissig, als wäre Dankbarkeit etwas, was seinem Gefühlsleben völlig fremd war, »wenn Ihr diese Zahlen nicht verbreiten würdet. Uns laufen ohnehin schon genug Männer davon. Wenn es noch mehr werden, können wir unser eigenes Grab schaufeln.«

»Von meinen Männern wird keiner weglaufen«, behauptete ich.

»Nein«, räumte er ein, »noch nicht.« Er stand auf und holte sein römisches Kurzschwert von der Zeltstange herunter, an die er es gehängt hatte. Im Zelteingang blieb er stehen, um finster zu den feindlichen Hügeln hinüberzublicken. »Die Männer sagen, daß Ihr ein Freund von Merlin seid.«

»Das bin ich, Lord.«

»Wird er kommen?«

»Ich weiß es nicht, Lord.«

Agricola stöhnte. »Ich wünschte, er käme. Irgend jemand muß diesem Heer Vernunft beibringen. Die Befehlshaber sind heute abend alle nach Magnis bestellt. Zum Kriegsrat.« Er sagte es so bitter, als wüßte er, daß solche Kriegsräte mehr Streit als Kameradschaft produzieren. »Bei Sonnenuntergang. Seid pünktlich.«

Galahad begleitete mich. Nimue blieb bei meinen Männern, denn ihre Nähe verlieh ihnen Zuversicht. Ich war froh, daß sie nicht mitkam, denn der Kriegsrat wurde durch ein Gebet von Bischof Conrad aus Gwent eröffnet, der unsere Chancen höchst pessimistisch einzuschätzen schien, denn er flehte seinen Gott an, uns Kraft zu verleihen, um unseren übermächtigen Feinden entgegenzutreten. Galahad, der die Arme in christlicher Gebetshaltung ausgebreitet hatte, murmelte seine Gebete mit dem Bischof zusammen, während wir Heiden grollend verlangten, daß nicht um Kraft, sondern um Sieg gebetet werde. Ich wünschte, wir hätten ein paar Druiden unter uns, aber Tewdric, der Christ, verfügte über keinen, und Balise, der Alte, der Mordreds Ernennung beigewohnt hatte, war während meines ersten Winters in Benoic gestorben. Agricola hoffte zu Recht, daß Merlin käme, denn ein Heer ohne Druiden verzichtete dem Feind gegenüber auf einen Vorteil.

Ungefähr vierzig bis fünfzig Mann nahmen an dem Kriegsrat teil, allesamt Häuptlinge oder Heerführer. Wir trafen uns in der kahlen Steinhalle des Badehauses von Magnis, die mich an die Kirche von Ynys Wydryn erinnerte. König Tewdric, Arthur, Agricola und Tewdrics Sohn, Edling Meurig, saßen an einem Tisch auf einem steinernen Podium. Meurig war zu einem blassen, mageren Menschen herangewachsen, der in seiner schlecht sitzenden römischen Rüstung einen äußerst unglücklichen Eindruck machte. Er war gerade alt genug, um kämpfen zu können, wirkte auf Grund seiner Nervosität aber höchst ungeeignet für eine Schlacht. Er blinzelte ununterbrochen, als wäre er soeben erst aus einem sehr dunklen Raum ins helle Sonnenlicht getreten, und spielte ständig mit einem schweren Goldkreuz an seinem Hals. Arthur war der einzige Befehlshaber, der keine Rüstung trug, und wirkte in seiner Landmannstracht entspannt und gelassen.

Als König Tewdric verkündete, die Sachsen hätten sich vermutlich von der Ostgrenze zurückgezogen, jubelten die Krieger und stießen mit ihren Speerschäften auf den Boden, doch das war an jenem Abend für lange Zeit der letzte Jubel, denn dann erhob sich Agricola und gab seine ungeschönte Einschätzung der beiden Heere bekannt. Er verzichtete darauf, die kleineren Kontingente des Feindes aufzuzählen, aber auch so wurde deutlich, daß Gorfyddyds Heer dem unseren im Verhältnis zwei zu eins überlegen war. »Dann müssen wir die Feinde eben doppelt schnell töten!« rief Morfans aus dem Hintergrund. Er hatte Arthur den Schuppenpanzer zurückgegeben und geflucht, daß nur ein echter Held soviel Metall tragen und trotzdem kämpfen könne. Agricola ignorierte die Unterbrechung und erklärte, in einer Woche werde die Ernte eingebracht sein, so daß unser Heer durch die Landwehr von Gwent verstärkt werden könne. Aber auch diese Ankündigung schien nicht dazu angetan, irgend jemanden aufzumuntern.

König Tewdric schlug vor, wir sollten Gorfyddyd vor den Wällen von Magnis bekämpfen. »Gebt mir eine Woche«, sagte er, »und ich werde diese Festung bis oben hin mit der neuen Ernte füllen, so daß Gorfyddyd uns niemals von hier vertreiben wird. Kämpfen wir hier...« – er deutete auf die Nacht jenseits der Hallentore – »und der Kampf verläuft ungünstig, ziehen wir uns hinter die Tore zurück und warten ab, bis sie ihre Speere auf die Holzpalisaden verschwendet haben.« Das war die Art von Krieg, die Tewdric bevorzugte und über lange Zeit hinweg vervollkommnet hatte: ein Belagerungskampf, bei dem er sich das Werk längst verstorbener römischer Ingenieure zunutze machen konnte, um Speere und Schwerter abzuwehren. Zustimmendes Gemurmel erklang, und dieses Gemurmel schwoll noch an, als Tewdric dem Kriegsrat mitteilte, Aelle werde womöglich versuchen, Ratae anzugreifen.

»Haltet Gorfyddyd hier auf«, sagte ein Mann, »und sobald er hört, daß Aelle durch seine Hintertür hereinkommt, wird er Hals über Kopf nach Norden zurückrennen.«

»Aelle wird nicht meine Schlacht schlagen.« Es war das erstemal, daß Arthur sprach, und sofort verstummte der ganze Saal. Es schien Arthur peinlich zu sein, daß er so energisch gesprochen hatte, deswegen schenkte er König Tewdric ein entschuldigendes Lächeln und fragte, wo sich die feindlichen Streitkräfte versammelt hätten. Das wußte Arthur natürlich schon, aber er stellte diese Frage, damit auch wir anderen die Antwort vernehmen konnten.

An Tewdrics Stelle antwortete Agricola. »Die Vorhuten sind zwischen Coels Hügel und Caer Lud verteilt«, erklärte er, »während sich der Hauptteil des Heeres bei Branogenium versammelt. Weitere Truppen ziehen von Caer Sws heran.«

Diese Namen bedeuteten uns wenig, aber Arthur schien die geographische Situation zu begreifen. »Dann bewachen sie also die Hügel zwischen uns und Branogenium?«

»Jeden einzelnen Paß«, bestätigte Agricola. »Und jeden Hügelkamm.«

»Wie viele stehen bei Lugg Vale?« fragte Arthur.

»Mindestens zweihundert ihrer besten Speerkämpfer. Die Leute sind nicht dumm, Lord«, setzte Agricola grimmig hinzu.

Arthur erhob sich. Bei solchen Kriegsräten war er stets besonders gut, und mühelos gelang es ihm, die verdrießlichen Männer zu beherrschen. Lächelnd musterte er uns. »Die Christen werden dies am besten verstehen«, sagte er, geschickt den Männern schmeichelnd, die ihm vermutlich ablehnend gegenüberstanden. »Stellt Euch ein Christenkreuz vor. Hier in Magnis befinden wir uns am Fuß dieses Kreuzes. Der senkrechte Kreuzbalken ist die Römerstraße, die von Magnis in nördlicher Richtung nach Branogenium führt, und den Querbalken bilden die Hügel, die die Straße versperren. Coels Hügel liegt links des Querstücks, Caer Lud rechts; und Lugg Vale liegt im Mittelpunkt des Kreuzes. Lugg Vale ist das Tal, in dem Straße und Fluß die Hügel durchschneiden.«

Er kam hinter dem Tisch hervor und hockte sich auf dessen Kante, damit er seinen Zuhörern näher war. »Ich möchte, daß ihr eins bedenkt«, sagte er. Der Flammenschein der Fackeln in ihren Haltern warf Schatten über seine knochigen Wangen, doch seine Augen strahlten und sein Ton war voll Energie. »Jeder weiß, daß wir diese Schlacht verlieren müssen«, fuhr er fort. »Wir sind zahlenmäßig unterlegen. Wir warten hier darauf, daß Gorfyddyd uns angreift. Wir warten, und einige von uns verlieren den Mut und ziehen mit ihren Speeren nach Hause. Andere werden krank. Und wir alle denken voller Befürchtungen an das riesige Heer, das sich im Talkessel der Hügel rund um Branogenium versammelt, und wir versuchen, uns nicht vorzustellen, wie unser Schildwall an den Flügeln umgangen wird und der Feind von drei Seiten gleichzeitig attackiert. Aber denkt auch mal an die Feinde! Sie warten ebenfalls, doch während sie warten, werden sie immer stärker! Männer kommen aus Cornovia, aus Elmet, aus Demetia, aus Gwynedd. Landlose Männer kommen, um Land zu erobern, herrenlose Männer, um Beute zu machen. Sie wissen, daß sie siegen werden, und sie wissen, daß wir warten wie Mäuse, die von einem Rudel Katzen umringt sind.«

Er lächelte und stand auf. »Aber wir sind keine Mäuse. Wir haben einige der größten Krieger, die jemals einen Speer erhoben haben. Wir haben Champions!« Jubel setzte ein. »Wir können die

Katzen töten! Und wir wissen auch, wie man ihnen das Fell über die Ohren zieht! Aber...«, das letzte Wort ließ den Jubel ersterben, der eben aufbranden wollte. »Aber«, fuhr Arthur fort, »nicht, wenn wir hier warten, bis wir angegriffen werden. Wenn wir hier hinter den Wällen von Magnis warten – was passiert dann? Die Feinde werden um uns herummarschieren. Unsere Häuser, unsere Frauen, unsere Kinder, unser Land, unsere Herden und unsere neue Ernte werden ihnen anheimfallen, und das einzige, was wir davon haben werden, ist, daß wir wie Mäuse in der Falle sitzen. Wir müssen angreifen, und zwar bald!«

Agricola wartete, bis sich der Jubel der Dumnonier legte. »Angreifen – wo?« fragte er griesgrämig.

»Dort, wo sie es am wenigsten erwarten, Lord, an ihrer am besten gesicherten Stelle. Lugg Vale. Geradewegs auf dem Kreuzbalken entlang! Mitten in ihr Herz hinein!« Mit erhobener Hand beschwichtigte er den Jubel. »Das Tal ist so eng«, sagte er, »daß ein Schildwall nicht umgangen werden kann. Nördlich des Tals führt die Straße zu einer Furt über den Fluß.« Er runzelte die Stirn beim Sprechen, während er versuchte, sich an einen Ort zu erinnern, den er nur einmal im Leben gesehen hatte, doch Arthur war Soldat und besaß den Blick des Soldaten für ein Terrain. Er brauchte einen Ort nur einmal zu sehen. »Wir müßten Männer auf dem westlichen Hügel postieren, damit ihre Bogenschützen uns nicht mit Pfeilen eindecken können, aber wenn wir einmal im Tal sind, kann uns nichts mehr vertreiben, das schwöre ich euch.«

Agricola erhob Einwände. »Gewiß, wir können dort standhalten«, stimmte er zu, »aber wie sollen wir uns den Weg hinein erkämpfen? Der Feind hat zweihundert Speerkämpfer dort postiert, vielleicht auch mehr, aber selbst einhundert Mann können das Tal einen Tag lang halten. Bis wir uns ans andere Ende des Tals durchgekämpft haben, hat Gorfyddyd seine Truppen aus Branogenium geholt. Schlimmer noch, die Schwarzschild-Iren, die auf dem Coel's Hill stehen, können um die Hügel herum nach Süden marschieren und uns von hinten angreifen. Schon möglich, daß uns nichts mehr vertreiben kann, Lord, dafür werden wir an Ort und Stelle getötet werden.«

»Die Iren auf dem Coel's Hill sind unwichtig«, entgegnete

Arthur leichthin. Er war erregt und konnte nicht stillstehen; er ging erklärend und aufmunternd auf dem Podium auf und ab. »Überlegt doch, ich bitte Euch, Lord König…« – damit wandte er sich an Tewdric – »was geschehen wird, wenn wir hierbleiben. Die Feinde kommen, wir ziehen uns hinter unüberwindliche Wälle zurück, und sie überfallen unsere Ländereien. Wir selbst werden Mitte des Winters noch leben, aber wird dann außer uns noch irgend jemand in Gwent oder Dumnonia am Leben sein? Nein. Diese Hügel südlich von Branogenium sind Gorfyddyds Schutzwälle. Wenn wir jene Wälle durchbrechen, muß er sich uns stellen, und wenn er im Lugg Vale gegen uns kämpft, hat er schon verloren.«

»Seine zweihundert Mann im Lugg Vale werden uns aufhalten«, beharrte Agricola.

»Sie werden sich verziehen wie der Nebel!« behauptete Arthur zuversichtlich. »Diese zweihundert Mann haben in der Schlacht noch nie ein gepanzertes Pferd gesehen.«

Agricola schüttelte den Kopf. »Das Tal wird von einer Mauer aus gefällten Bäumen verbarrikadiert. Das wird die gepanzerten Pferde aufhalten, und zwar…« – er schlug sich mit der geballten Faust in die flache Hand – »so!« Er sprach das Wort entschieden aus, und es klang so endgültig, daß Arthur sich wieder setzte. Eine Ahnung der kommenden Niederlage lastete auf der Halle. Von draußen, wo die Schmiede Tag und Nacht arbeiteten, drang das Zischen einer frisch geschmiedeten Klinge herein, die in kaltes Wasser getaucht wurde.

»Würdet Ihr mir gestatten, auch etwas zu sagen?« Der Sprecher war Meurig, Tewdrics Sohn. Er hatte eine seltsam hohe Stimme, die fast schmollend klang, und war offenbar kurzsichtig, denn er kniff die Augen zusammen und legte den Kopf schief, wenn er einen Mann im Hauptteil der Halle ansehen wollte. »Meine Frage«, sagte er, als sein Vater ihm die Erlaubnis gegeben hatte, sich an den Kriegsrat zu wenden, »ist folgende: Warum kämpfen wir überhaupt?« Nachdem er seine Frage gestellt hatte, sah er hektisch blinzelnd in die Runde.

Niemand antwortete. Möglicherweise waren wir alle zu verblüfft über die Frage.

»Laßt mich, erlaubt mir, gestattet mir, meine Frage zu erklären«, sagte Meurig in pedantischem Ton. Er mochte jung sein, doch er besaß die Selbstsicherheit eines Prinzen, obwohl ich die gespielte Bescheidenheit, mit der er seine Worte vortrug, aufreizend fand. »Wir kämpfen gegen Gorfyddyd – korrigiert mich, wenn ich mich irre –, weil wir seit langer Zeit Verbündete von Dumnonia sind. Dieses Bündnis war uns allen von Nutzen, das bestreite ich nicht, aber Gorfyddyd erhebt, wie ich höre, keinen Anspruch auf den dumnonischen Thron.«

Unwilliges Murren kam aus den Reihen unserer Dumnonier, doch Arthur gebot mit erhobener Hand Schweigen. Er winkte Meurig, er möge fortfahren. Meurig zwinkerte und zerrte an seinem Kreuz. »Ich möchte wissen, warum wir kämpfen! Was ist, wenn ich es so ausdrücken darf, unser *casus belli*?«

»Käseböllchen?« brüllte Culhwch. Culhwch hatte mich entdeckt, als ich eintraf, und hatte sich durch die ganze Halle gedrängt, um mich zu begrüßen. Jetzt schob er den Mund dicht an mein Ohr. »Bastarde haben dünne Schilde, Derfel«, sagte er, »und sie suchen nach einem Ausweg.«

Wieder erhob sich Arthur und richtete das Wort höflich an Meurig. »Der Grund für den Krieg, Lord Prinz, ist der Eid Eures Vaters, König Mordreds Thron zu sichern, und König Gorfyddyds offensichtliches Begehren, meinem König diesen Thron streitig zu machen.«

Meurig zuckte die Achseln. »Aber – bitte, korrigiert mich – nach allem, was ich gehört habe, denkt Gorfyddyd nicht daran, König Mordred vom Thron zu stürzen.«

»Woher wißt Ihr das?« rief Culhwch.

»Es gibt Anzeichen dafür«, erklärte Meurig gereizt.

»Bastarde haben mit dem Feind gesprochen«, flüsterte mir Culhwch ins Ohr. »Schon mal ein Messer in den Rücken gekriegt, Derfel? Arthur geschieht das gerade.«

Arthur blieb ruhig. »Welche Anzeichen?« fragte er gelassen.

König Tewdric hatte geschwiegen, während sein Sohn sprach, was bewies, daß er Meurig erlaubt hatte, behutsam anzudeuten, Gorfyddyd müsse beschwichtigt werden statt attackiert. Nun aber ergriff der König, der alt und müde wirkte, die Initiative. »Es gibt keine Anzeichen, Lord, auf die ich meine Strategie stützen würde.

Nichtsdestoweniger...« – als Tewdric dieses Wort so nachdrücklich betonte, wußten wir alle, daß Arthur die Debatte verloren hatte – »nichtsdestoweniger, Lord, bin ich überzeugt, daß wir Powys nicht unnötig provozieren sollten. Laßt uns sehen, ob wir nicht doch noch Frieden schließen können.« Er hielt inne, als fürchtete er fast, daß dieses Wort Arthur erzürnen könnte, doch Arthur schwieg. Tewdric seufzte. »Gorfyddyd kämpft«, sagte er langsam und sehr behutsam, »weil seiner Familie Unrecht getan wurde.« Abermals hielt er inne, weil er Angst hatte, Arthur mit diesen offenen Worten beleidigt zu haben, doch Arthur war kein Mann, der sich seiner Verantwortung entzog. Er nickte zögernd, aber zustimmend. »Während wir«, fuhr Tewdric fort, »während wir kämpfen, um den Eid zu halten, den wir Großkönig Uther geschworen haben. Einen Eid, mit dem wir versprochen haben, Mordreds Thron zu schützen. Ich jedenfalls werde diesen Eid nicht brechen.«

»Ich ebenfalls nicht!« sagte Arthur energisch.

»Aber was ist, Lord Arthur, wenn König Gorfyddyd gar keine Ambitionen auf diesen Thron hat?« fragte König Tewdric. »Wenn er Mordred König bleiben lassen will? Warum kämpfen wir dann?«

Die Halle geriet in Aufruhr. Wir Dumnonier witterten Verrat, die Männer von Gwent witterten einen Ausweg aus dem Krieg, und eine Weile schrien wir einander an, bis Arthur schließlich die Ordnung wiederherstellte, indem er auf den Tisch schlug. »Das letzte Mal, als ich einen Abgesandten zu Gorfyddyd geschickt habe«, erklärte Arthur, »kam sein Kopf in einem Sack zurück. Wollt Ihr vorschlagen, Lord König, daß wir einen weiteren schicken?«

Tewdric schüttelte den Kopf. »Gorfyddyd weigert sich, meine Abgesandten zu empfangen. Sie werden an der Grenze zurückgeschickt. Wenn wir aber hier warten, während seine Truppen ihre Energie auf unsere Wälle vergeuden, wird er, glaube ich, den Mut verlieren, und dann können wir verhandeln.« Seine Männer murmelten Zustimmung.

Noch einmal versuchte Arthur, Tewdric umzustimmen. Er zeichnete ein Bild unserer Truppen, wie sie hinter den Wällen festsaßen, während Gorfyddyds Kriegshorden unsere Bauernhöfe mitsamt der eben eingefahrenen Ernte verwüsteten, aber die Männer aus

Gwent ließen sich weder von seiner Redekunst noch von seiner Leidenschaft erweichen. Sie sahen nur umgangene Schildwälle und Schlachtfelder voller Toter und hielten sich darum an die Überzeugung ihres Königs, es werde Frieden geben, wenn sie sich nur nach Magnis zurückzögen und abwarteten, bis Gorfyddyds Männer durch immer neues Anstürmen gegen die starken Wälle erschöpft waren. Als sie Arthur aufforderten, ihrer Strategie zuzustimmen, sah ich den Schmerz in seinem Gesicht. Er hatte verloren. Wenn er hier wartete, würde Gorfyddyd seinen Kopf fordern. Floh er nach Armorica, würde er am Leben bleiben, aber er würde Mordred und seinen eigenen Traum von einem gerechten, vereinigten Britannien aufgeben. Der Lärm in der Halle schwoll an, doch dann erhob sich Galahad und verlangte laut rufend das Wort.

Tewdric zeigte auf Galahad, der sich zunächst einmal vorstellte. »Ich bin Galahad, Lord König«, sagte er, »ein Prinz von Benoic. Wenn König Gorfyddyd keine Abgesandten aus Gwent oder Dumnonia empfangen will, wird er einem aus Armorica doch sicher nicht die Tür weisen – oder? Laßt mich nach Caer Sws gehen, Lord König, und erfragen, was Gorfyddyd mit Mordred zu tun gedenkt. Und wenn ich gehe, Lord König, werdet Ihr dann akzeptieren, was ich über seine Absichten zu berichten habe?«

Tewdric akzeptierte nur allzugern. Er war mit allem einverstanden, was einen Krieg abwenden konnte, aber er hoffte immer noch auf Arthurs Zustimmung. »Angenommen, Gorfyddyd erklärt, daß Mordred nicht gefährdet ist«, wandte er sich an Arthur. »Was werdet Ihr dann tun?«

Arthur starrte auf die Tischplatte. Sein Traum entglitt ihm, aber selbst um diesen Traum zu retten, mochte er nicht lügen. Er blickte mit traurigem Lächeln auf. »In diesem Fall, Lord König, werde ich Britannien verlassen und Mordred Eurer Obhut anvertrauen.«

Wieder protestierten wir Dumnonier lautstark, doch diesmal war es Tewdric, der uns beschwichtigte. »Wir wissen nicht, welche Antwort uns Prinz Galahad bringen wird«, sagte er, »aber eins verspreche ich Euch: Wenn Mordreds Thron tatsächlich in Gefahr ist, werde ich, König Tewdric, kämpfen. Und wenn nicht? Dann sehe ich keinen Grund für einen Krieg.«

Mit dieser Zusicherung mußten wir uns zufriedengeben. Der

Krieg hing, wie es schien, von Gorfyddyds Antwort ab. Um sie einzuholen, begab sich Galahad am folgenden Morgen auf den Ritt gen Norden.

Ich begleitete Galahad. Er hatte nicht gewollt, daß ich mitkomme, denn er behauptete, das werde lebensgefährlich für mich sein, aber ich redete auf ihn ein wie nie zuvor. Außerdem diskutierte ich mit Arthur und führte dabei an, daß mindestens ein Dumnonier dabeisein sollte, wenn Gorfyddyd offenbarte, was er mit unserem König vorhabe, und Arthur setzte sich bei Galahad für mich ein, bis dieser schließlich doch nachgab. Immerhin waren wir Freunde, obwohl Galahad um meiner eigenen Sicherheit willen darauf bestand, daß ich als sein Diener mitreiste und auf meinem Schild sein Zeichen trug. »Du hast kein Zeichen«, sagte ich.

»Jetzt habe ich eins«, entgegnete er und ordnete an, daß unsere Schilde mit einem Kreuz geschmückt wurden. »Warum nicht?« fragte er mich. »Ich bin schließlich Christ.«

»Es wirkt irgendwie unecht«, sagte ich. Denn ich war daran gewöhnt, auf den Schilden der Krieger Bullen, Adler, Drachen und Hirsche zu sehen, nicht aber irgendein langweiliges Stück religiöser Geometrie.

»Mir gefällt es«, gab er zurück, »und außerdem bist du jetzt mein ergebenster Diener, Derfel, daher interessiert mich deine Meinung nicht. Nicht im geringsten.« Er lachte und wich dem Knuff aus, den ich ihm auf den Arm versetzen wollte.

Leider sah ich mich gezwungen, nach Caer Sws zu reiten. In all den Jahren, die ich mit Arthur verbrachte, hatte ich mich nicht daran gewöhnen können, auf dem Rücken eines Pferdes zu sitzen. Mir schien es immer am natürlichsten, mich ganz hinten auf ein Pferd zu hocken, doch dabei war es praktisch unmöglich, das Tier mit den Knien zu lenken; um das zu tun, mußte man nach vorn rutschen, bis man unmittelbar hinter dem Halsansatz saß, während die Beine hinter den Vorderbeinen des Pferdes in der Luft baumelten. Schließlich hakte ich einen Fuß in den Sattelgurt, um wenigstens ein bißchen Halt zu haben, eine Position, die Galahad offenbar beleidigte, der stolz auf seine Reitkunst war. »Reit vernünftig«, pflegte er zu sagen.

»Aber ich weiß nicht, wo ich die Füße lassen soll!«

»Das Pferd hat vier davon. Wie viele brauchst du noch?«

Wir ritten nach Caer Lud, Gorfyddyds Hauptfestung in den Hügeln an der Grenze. Da die Stadt auf einem Hügel in einer Flußschleife lag, nahmen wir an, daß die Stadtwachen weniger mißtrauisch sein würden als jene, die die Römerstraße im Lugg Vale bewachten. Dennoch nannten wir nicht den wahren Grund für unseren Besuch in Powys, sondern behaupteten, landlose Männer aus Armorica zu sein, die Einlaß in Gorfyddyds Land begehrten. Als die Wachen vernahmen, daß Galahad ein Prinz war, bestanden sie darauf, ihn zum Befehlshaber der Stadt zu begleiten. Sie führten uns durch die Stadt, in der es von Bewaffneten wimmelte, deren Speere vor jeder Tür steckten und deren Helme sich unter den Bänken der Schenken türmten. Der Befehlshaber war ein überforderter Mann, der eindeutig die Verantwortung haßte, welche die Verwaltung einer Garnison, die wegen des unmittelbar bevorstehenden Krieges über die Maßen angeschwollen war, mit sich brachte. »Als ich Eure Schilde sah, Lord Prinz, wußte ich, daß Ihr aus Armorica sein müßt«, sagte er zu Galahad. »In den Augen von uns Provinzlern wirkt Euer Symbol sehr fremdländisch.«

»Aber ehrenwert in den meinen«, sagte Galahad ernst und vermied es, mich anzusehen.

»Aber gewiß doch, gewiß«, lenkte der Befehlshaber ein. Sein Name war Halsyd. »Und selbstverständlich seid Ihr willkommen, Lord Prinz. Unser Großkönig heißt alle ...« Verlegen hielt er inne. Er hatte sagen wollen, daß Gorfyddyd alle landlosen Krieger willkommen heiße, doch diese Worte grenzten zu sehr an eine Beleidigung, wenn sie dem enteigneten Prinzen eines armoricanischen Königreichs gegenüber geäußert wurden, »... heißt alle tapferen Männer willkommen«, schloß der Befehlshaber statt dessen. »Ihr habt doch nicht etwa vor, hier bei uns zu bleiben?« Er befürchtete, daß wir uns als zwei weitere hungrige Mäuler erweisen würden, und es fiel ihm schon schwer, die Garnison so, wie sie war, zu versorgen.

»Ich möchte nach Caer Sws reiten«, verkündete Galahad. »Mit meinem Diener.« Er deutete auf mich.

»Mögen die Götter Euren Weg beschützen, Lord Prinz.«

So betraten wir das Land der Feinde. Wir ritten durch stille Täler, wo die Garben des frisch geschnittenen Getreides aufgestellt waren und die Bäume in den Obstgärten sich unter den reifenden Äpfeln neigten. Am Tag darauf waren wir in den Hügeln und folgten einer ungepflasterten Straße, die sich durch weite Gebiete feuchter Waldungen wand, bis wir schließlich die Baumgrenze hinter uns ließen und den Paß überquerten, der zu Gorfyddyds Hauptstadt hinunterführte. Als ich die Erdwälle von Caer Sws sah, überlief mich ein ängstlicher Schauer. Gorfyddyds Heer war zwar mindestens vierzig Meilen entfernt in Branogenium versammelt, aber das Land rings um Caer Sws wimmelte noch immer von Soldaten. Die Truppen hatten sich primitive Unterstände mit Wänden aus Stein und Dächern aus Grassoden gebaut, und diese Unterstände umringten das Fort, auf dessen Wällen acht Banner wehten – Zeichen dafür, daß Männer aus acht Königreichen in Gorfyddyds immer größer werdendem Heer dienten. »Acht?« fragte Galahad. »Powys, Siluria, Elmet – aber wer noch?«

»Cornovia, Demetia, Gwynedd, Rheged und Demetias Schwarzschilde«, ergänzte ich die furchteinflößende Liste.

»Kein Wunder, daß Tewdric sich Frieden wünscht«, sagte Galahad leise. Staunend musterte er die vielen Männer, die zu beiden Seiten des Flusses kampierten, der an der feindlichen Hauptstadt vorbeieilte.

Wir ritten mitten hinein in diesen von Eisen starrenden Bienenstock. Kinder folgten uns, bestaunten unsere fremdartigen Schilde, während ihre Mütter uns argwöhnisch von den verschatteten Eingängen ihrer Unterstände aus beobachteten. Die Männer warfen uns kurze Blicke zu, registrierten unsere fremdartigen Insignien und die Qualität unserer Waffen, aber keiner hielt uns an, bis wir das Tor von Caer Sws erreichten, wo uns Gorfyddyds königliche Wache mit blankpolierten Speerspitzen den Weg versperrte. »Ich bin Galahad, Prinz von Benoic«, verkündete Galahad hochmütig, »und bin gekommen, um meinen Cousin, den Großkönig, aufzusuchen.«

»Ist er wirklich dein Cousin?« fragte ich ihn flüsternd.

»So drückt man sich in königlichen Kreisen aus«, gab Galahad ebenfalls flüsternd zurück.

Das, was wir innerhalb der Festung zu sehen bekamen, erklärte recht gut, warum sich auf Caer Sws so viele Soldaten versammelt hatten. Drei starke Pfähle waren in den Boden getrieben worden und warteten auf die offiziellen Zeremonien, die einem Krieg vorausgingen. Das Christentum hatte in Powys noch kaum Fuß gefaßt, daher würde man dort die alten Rituale besonders sorgfältig durchführen. Ich nahm an, daß viele der Soldaten, die draußen kampierten, ausschließlich deswegen aus Branogenium hergeholt worden waren, um bei den Riten anwesend sein und ihren Kameraden später berichten zu können, daß die Götter besänftigt worden seien. Gorfyddyds Invasion sollte nicht ungeordnet und überstürzt vonstatten gehen, sondern methodisch vorbereitet werden. Arthur, dachte ich mir, geht vermutlich recht in der Annahme, daß das ausschließlich aus Fußvolk bestehende Unternehmen durch einen Überraschungsangriff aus den Fugen geraten könne.

Unsere Pferde wurden von Bediensteten weggeführt, und nachdem ein Aufseher Galahad befragt und entschieden hatte, daß er in der Tat derjenige war, der zu sein er vorgab, wurden wir in die große Festhalle geführt. Der Türposten nahm uns Schwerter, Schilde und Speere ab und legte sie auf den Haufen ähnlicher Waffen, die den in Gorfyddyds Halle versammelten Männern gehörten.

Zwischen den gedrungenen Eichenpfosten, an denen zum Zeichen, daß sich das Reich im Kriegszustand befand, Menschenschädel hingen, waren über einhundert Mann zusammengekommen. Die Männer unter diesen grinsenden Totenköpfen waren die Könige, Prinzen, Fürsten, Lords, Häuptlinge und Champions der zusammengezogenen Heere. Die einzigen Möbel in der Halle waren mehrere Throne, die in einer Reihe auf einem Podium am anderen, dunklen Ende standen. Dort saß Gorfyddyd unter seinem Adlersymbol, und neben ihm saß Gundleus, allerdings auf einem etwas niedrigeren Thron. Allein der Anblick des silurischen Königs ließ die Narbe in meiner linken Handfläche pochen. Tanaburs kauerte neben Gundleus, während Gorfyddyd Iorweth, seinen eigenen Druiden, rechts neben sich hatte. Cuneglas, Edling von Powys, saß auf einem dritten Thron und war flankiert von Königen, die ich nicht kannte. Frauen waren nicht anwesend. Diese Versammlung war zweifellos ein Kriegsrat oder wenigstens eine Gelegenheit für die anwesenden Männer, sich mit dem großen Sieg zu brüsten, der ihnen bald schon zufallen würde. Die Krieger trugen Kettenhemden und Lederrüstungen.

Wir hielten uns im Hintergrund der Halle. Flüchtig sah ich, daß Galahad die Lippen in einem stummen Gebet an seinen Gott bewegte. Ein Wolfshund mit zerbissenem Ohr und vernarbten Keulen beschnupperte unsere Stiefel und trottete dann zu seinem Herrn zurück, der mit den anderen Kriegern auf den Binsenbündeln stand, mit denen der Erdboden bedeckt war. In einer entfernten Ecke der Halle intonierte ein Barde leise einen Kriegsgegang, sein Stakkatovortrag wurde von den Männern allerdings ignoriert. Sie hörten lieber Gundleus zu, der die Truppen beschrieb, die er aus Demetia erwartete. Ein Häuptling, der offensichtlich schon unter den Iren zu leiden gehabt hatte, erhob Protest und behauptete, Powys brauche keine Schwarzschilde, um Arthur und Tewdric zu besiegen, aber Gorfyddyd schnitt seinen Protest mit einer einzigen, kurzen Geste ab. Ich hatte eigentlich erwartet, daß man uns schmoren lassen würde, während der Rat zunächst über andere Probleme beriet, aber wir brauchten nicht mehr als eine Minute zu warten, bis wir zu dem freien Raum in der Mitte der Halle unmittelbar vor Gorfyddyd geführt wurden. Ich musterte sowohl Gundleus als auch Tanaburs, aber keiner von beiden schien mich zu erkennen.

Wir fielen auf die Knie und warteten.

»Erhebt Euch«, forderte Gorfyddyd uns auf. Wir gehorchten, und dann sah ich ihm nach langer Zeit wieder in das vergrämte Gesicht. Er hatte sich in den dazwischenliegenden Jahren kaum verändert. Sein Gesicht war noch immer so verquollen und argwöhnisch wie damals, als Arthur um Ceinwyns Hand angehalten hatte, nur seine Haare und sein Bart waren durch die Krankheit in den letzten paar Jahren weiß geworden. Mißtrauisch blickte er uns an.

»Galahad«, sagte er mit heiserer Stimme, »Prinz von Benoic. Wir haben von Eurem Bruder Lancelot gehört, nicht aber von Euch. Seid Ihr, wie Euer Bruder, einer von Arthurs Kumpanen?«

»Ich bin an niemanden durch einen Eid gebunden, Lord König«, sagte Galahad, »es sei denn, an meinen Vater, dessen Knochen von seinen Feinden zertreten wurden. Ich bin landlos.«

Gorfyddyd rutschte auf seinem Thron hin und her. Sein leerer linker Ärmel hing über die Armlehne, eine ständige Erinnerung an seinen verhaßten Feind Arthur. »Dann seid Ihr also um Land gekommen, Galahad von Benoic?« fragte er. »Viele andere sind aus demselben Grund gekommen«, ergänzte er warnend und deutete auf die überfüllte Halle. »Aber ich möchte meinen, daß es in Dumnonia Land genug für alle gibt.«

»Ich bin zu Euch gekommen, Lord König, um Euch als freier Botschafter Grüße von König Tewdric von Gwent zu überbringen.«

Dies löste Unruhe in der Halle aus. Die Männer, die weiter hinten standen und Galahads Worte nicht verstanden hatten, ließen sie sich wiederholen, und das Geraune dauerte einige Sekunden an. Cuneglas, Gorfyddyds Sohn, merkte plötzlich auf. Sein rundes Gesicht mit dem langen, dunklen Schnauzbart wirkte besorgt. Kein Wunder, dachte ich, denn wie Arthur ersehnte Cuneglas den Frieden, aber als Arthur Ceinwyn zurückwies, hatte er auch Cuneglas' Hoffnungen zerstört. Nun konnte der Kronprinz von Powys nichts anderes tun, als seinem Vater in einen Krieg folgen, der alle südlichen Königreiche zu verwusten drohte.

»Unsere Feinde scheinen den Appetit auf die Schlacht zu verlieren«, sagte Gorfyddyd. »Warum sollte mir Tewdric sonst Grüße entbieten?«

»König Tewdric, Großkönig, fürchtet niemanden, noch mehr aber liebt er den Frieden«, erklärte Galahad, vorsichtshalber den Titel benutzend, den Gorfyddyd sich in Erwartung seines Sieges schon jetzt zugelegt hatte.

Gorfyddyds Körper krümmte sich, und einen Augenblick lang dachte ich, er müsse sich erbrechen. Dann jedoch merkte ich, daß er lachte. »Wir Könige«, sagte Gorfyddyd schließlich, »lieben den Frieden nur, wenn der Krieg für uns unbequem wird. Diese Versammlung, Galahad von Benoic ...« – er deutete auf das Gedränge der Häuptlinge und Fürsten – »dürfte Tewdrics neu erwachte Liebe zum Frieden erklären.« Er hielt inne und holte Luft. »Bis jetzt, Galahad von Benoic, habe ich mich geweigert, Tewdrics Botschaften zu empfangen. Warum sollte ich sie auch empfangen? Hört ein Adler zu, wenn ein Lamm um Gnade blökt? In wenigen Tagen werde ich mir anhören, wie alle Männer aus Gwent um Gnade blöken, doch da Ihr von so weit hergekommen seid, habt Ihr vorerst meine Erlaubnis, mich zu belustigen. Was will Tewdric mir denn bieten?«

»Frieden, Lord König, einfach Frieden.«

Gorfyddyd spie aus. »Ihr seid landlos, Galahad, und kommt mit leeren Händen. Glaubt Tewdric wirklich, er kriegt den Frieden gratis? Glaubt Tewdric wirklich, ich habe das Gold meines Reiches ohne Grund für ein Heer ausgegeben? Hält er mich für einen Dummkopf?«

»Er findet, Lord König, daß Blut, das zwischen Briten vergossen wird, verschwendetes Blut ist.«

»Ihr redet wie ein Weib, Galahad von Benoic.« Gorfyddyd sprach diese Beleidigung mit besonders lauter Stimme aus, so daß die Halle von höhnischem Gejohle und Gelächter widerhallte. »Dennoch«, fuhr er fort, als sich der Lärm ein wenig gelegt hatte, »müßt Ihr dem König von Gwent eine Antwort bringen. Formulieren wir sie also folgendermaßen.« Er hielt inne, um seine Gedanken zu sammeln. »Sagt Tewdric, daß er ein Lamm ist, das an Dumnonias trockener Zitze nuckelt. Sagt ihm, daß ich nicht mit ihm Streit habe, sondern mit Arthur, und sagt Tewdric, daß er seinen Frieden unter folgenden Bedingungen haben kann: erstens, daß er mein Heer ungehindert durch sein Land ziehen läßt, und zweitens, daß er mir genügend Getreide überläßt, um tausend Mann zehn Tage lang zu versorgen.« Die Krieger in der Halle hielten hörbar die Luft an, denn das waren großzügige Bedingungen, aber auch sehr kluge. Wenn Tewdric akzeptierte, würde er verhindern, daß sein Land geplündert wurde, und Gorfyddyd den Einmarsch in Dumnonia erleichtern. »Seid Ihr, Galahad von Benoic«, erkundigte sich Gorfyddyd, »ermächtigt, diese Bedingungen zu akzeptieren?«

»Nein, Lord König, nur zu erfragen, welche Bedingungen Ihr stellt, und mich zu erkundigen, was Ihr im Hinblick auf Mordred, den König von Dumnonia, zu tun gedenkt, den zu beschützen Tewdric geschworen hat.«

Gorfyddyd setzte eine gekränkte Miene auf. »Sehe ich aus wie ein Mann, der Krieg gegen Kinder führt?« fragte er. Dann erhob er sich und trat an den Rand des Thronpodiums. »Ich liege nur mit Arthur im Streit«, erklärte er – nicht nur uns, sondern der gesamten Halle –, »der es vorgezogen hat, eine Hure aus Henis Wyren zu heiraten, statt sich mit meiner Tochter zu vermählen. Gibt es einen Mann, der eine derartige Beleidigung ungerächt lassen würde?« Brüllend gab ihm die Halle Antwort. »Arthur ist ein Emporkömmling«, rief Gorfyddyd, »geboren von einer Hurenmutter, und zu einer Hure ist er zurückgekehrt! Solange Gwent den Hurenliebhaber beschützt, ist Gwent unser Feind. Solange Dumnonia für den Hurenliebhaber kämpft, ist Dumnonia unser Feind. Und unsere Feinde werden uns großzügig mit Gold, Sklaven, Lebensmitteln, Land, Frauen und Ruhm versorgen! Arthur werden wir töten, und seine Hure werden wir in unseren Garnisonen arbeiten lassen.« Er wartete, bis die Jubelrufe verstummten. Dann blickte er gebieterisch auf Galahad hinab. »Sagt das Tewdric, Galahad von Benoic, und sagt es anschließend auch Arthur.«

»An Arthur kann Derfel die Botschaft weitergeben«, meldete sich eine Stimme aus der Halle, und als ich mich umdrehte, entdeckte ich Ligessac, den verschlagenen Ligessac, ehemals Befehlshaber von Mordreds Leibwache und nunmehr Verräter in Gundleus' Diensten. Er zeigte auf mich. »Dieser Mann ist Arthur durch einen Eid verbunden, Großkönig. Ich schwöre es auf mein Leben.«

Die Halle brodelte von Lärm. Ich hörte, wie einige Männer riefen, ich sei ein Spion, andere verlangten meinen Tod. Tanaburs starrte mich finster an; offenbar versuchte er, meinen langen blonden Bart und den dicken Schnauzbart mit Blicken zu durchdringen. Dann erkannte er mich plötzlich und begann laut zu schreien: »Tötet ihn! Tötet ihn!«

Gorfyddyds Wachen, die einzigen Bewaffneten in der Halle, stürzten auf mich zu. Gorfyddyd hielt seine Speerkämpfer mit erhobener Hand zurück, die auch den Lärm der Menge beschwichtigte. »Seid Ihr dem Hurenliebhaber durch einen Eid verbunden?« wollte der König drohend wissen.

»Derfel steht in meinen Diensten, Großkönig«, behauptete Galahad.

Gorfyddyd deutete auf mich. »Er wird selbst antworten«, verlangte er. »Seid Ihr durch einen Eid an Arthur gebunden?«

Wenn es um meinen Eid ging, konnte ich nicht lügen. »Ja, Lord König«, bekannte ich.

Gorfyddyd stieg schwerfällig von der Plattform und streckte, ohne den Blick von mir zu wenden, die Hand nach einer der Wachen aus. »Weißt du, du Hund, was wir mit Arthurs letztem Botschafter gemacht haben?«

»Ihr habt ihn getötet, Lord König«, antwortete ich.

»Ich habe seinen madenverseuchten Kopf an deinen Hurenliebhaber zurückgeschickt, das habe ich mit ihm gemacht. Na komm schon, schnell!« herrschte er den nächsten Gardisten an, der nicht wußte, was er dem König in die ausgestreckte Hand drücken sollte. »Dein Schwert, Dummkopf!« forderte Gorfyddyd. Der Mann zog hastig sein Schwert aus der Scheide und reichte es dem König mit dem Griff nach vorn.

»Lord König.« Galahad trat vor, aber Gorfyddyd wirbelte die Klinge so geschickt herum, daß sie nur wenige Zoll vor Galahads Augen haltmachte.

»Seid vorsichtig mit Euren Worten, Galahad von Benoic«, grollte Gorfyddyd drohend.

»Ich bitte um Derfels Leben«, sagte Galahad. »Er ist nicht als Spion hergekommen, sondern als Botschafter des Friedens.«

»Ich will keinen Frieden!« schrie Gorfyddyd Galahad an. »Frieden kann mir keine Genugtuung geben! Ich will Arthur weinen sehen, wie meine Tochter einstmals geweint hat. Begreift Ihr das? Ich will seine Tränen sehen! Ich will, daß er mich anbettelt, wie sie mich angebettelt hat. Ich will, daß er vor mir kriecht, ich will, daß er stirbt und seine Hure meine Männer befriedigt. Kein Botschafter Arthurs ist hier willkommen, und Arthur ist das wohlbekannt! Und du hast das auch gewußt!« Die letzten Worte schrie er mir entgegen, während er das Schwert auf mein Gesicht richtete.

»Tötet ihn! Tötet ihn!« In seinem zerlumpten, bestickten Gewand sprang Tanaburs auf und ab, so daß die Knochen in seinem Haar klapperten wie getrocknete Bohnen in einem Topf.

»Wenn Ihr ihn anrührt, Gorfyddyd«, meldete sich eine neue Stimme in der Halle, »gehört Euer Leben mir. Ich werde es unter dem Dunghaufen von Caer Idion vergraben und die Hunde rufen, damit sie darauf pissen. Ich werde Eure Seele den Geistkindern überantworten, die kein Spielzeug haben. Ich werde Euch in der Finsternis festhalten, bis der letzte Tag vorüber ist, und dann werde ich auf Euch spucken, bis die nächste Ära einsetzt, und selbst dann, Lord König, werden Eure Qualen kaum erst begonnen haben.«

Ich spürte, wie mich die ängstliche Spannung schlagartig verließ. Nur ein einziger Mann konnte es wagen, so mit einem Großkönig zu sprechen. Das war Merlin. Merlin! Merlin, der nun mit hocherhobenem Kopf würdevoll den Mittelgang der Halle heraufgeschritten kam, Merlin, der an mir vorbeiging und mit einer Geste, die weitaus königlicher war als alles, was Gorfyddyd zustande brachte, das Schwert des Königs mit seinem schwarzen Stab beiseite stieß. Merlin, der auf Tanaburs zuging und ihm etwas ins Ohr flüsterte, das den geringeren Druiden schreiend aus der Halle fliehen ließ.

Es war Merlin, der sich verwandeln konnte wie kein zweiter. Er liebte die Verstellung, er liebte es, andere zu verwirren und zu täuschen. Er konnte barsch, boshaft, geduldig und hoheitsvoll sein, an jenem Tag aber hatte er sich dafür entschieden, in unverhohlener, eisiger Majestät aufzutreten. Auf seinem finsteren Gesicht zeigte sich kein Lächeln, keine Andeutung von Freude in seinen tiefen Augen – nichts als der Ausdruck einer so arroganten Autorität, daß die Männer in seiner unmittelbaren Nähe instinktiv auf die Knie sanken, und selbst König Gorfyddyd, der eben noch bereit gewesen war, mir das Schwert in den Hals zu stoßen, ließ die Klinge sinken. »Ihr sprecht für diesen Mann, Lord Merlin?« fragte Gorfyddyd.

»Seid Ihr taub, Gorfyddyd?« fuhr Merlin ihn an. »Derfel Cadarn wird weiterleben. Er wird Euer hochgeehrter Gast sein. Er wird von Eurem Tisch essen und von Eurem Wein trinken. Er wird in Euren Betten schlafen und, falls er es wünscht, Eure Sklavinnen nehmen. Derfel Cadarn und Galahad von Benoic stehen unter meinem Schutz.« Er wandte sich um und musterte die gesamte Halle, forderte die Männer heraus, ihm zu widersprechen. »Derfel Cadarn und Galahad von Benoic stehen unter meinem Schutz!« wiederholte er. Diesmal hob er seinen schwarzen Stab, und man spürte, wie die Krieger vor der Drohung zurückschreckten. »Ohne Derfel Cadarn und Galahad von Benoic«, fuhr Merlin fort, »wäre das geheime Wissen Britanniens verloren. Ohne sie wäre ich in Benoic gestorben, und ihr alle wärt dazu verdammt, Sklaven unter sächsischer Herrschaft zu werden.« Er wandte sich wieder an Gorfyddyd.

»Sie brauchen etwas zu essen. Und hör auf, mich anzustarren, Derfel«, setzte er hinzu, ohne mich auch nur anzusehen.

Ich hatte ihn mit ebensoviel Verwunderung wie Erleichterung angestarrt, aber ich fragte mich auch, was Merlin in dieser Zitadelle des Feindes zu suchen hatte. Gewiß, Druiden konnten reisen, wohin sie wollten, sogar ins Feindesland hinein, doch daß er gerade jetzt auf Caer Sws war, kam mir seltsam und sogar gefährlich vor, denn obwohl Gorfyddyds Männer durch die Gegenwart des Druiden eingeschüchtert waren, lehnten sie sein Eingreifen ab, und einige, die im hinteren Teil der Halle standen und sich in Sicherheit wähnten, verlangten, er solle sich um seine eigenen Angelegenheiten kümmern.

Sofort wandte sich Merlin ihnen zu. »Meine Angelegenheit«, sagte er mit leiser Stimme, die die spärlichen Proteste dennoch zum Schweigen brachte, »ist es, mich um eure Seelen zu kümmern, und wenn es mir gefällt, diese Seelen in Leid zu ertränken, werdet ihr wünschen, eure Mütter hätten euch niemals geboren, Toren!« Das letzte Wort spie er laut aus und bewegte dazu seinen Stab, was die Anwesenden veranlaßte, sich auf die Knie zu werfen. Keiner der Könige wagte einzugreifen, als Merlin den Stab schwenkte und einem der Schädel, die an einer Säule hingen, einen scharfen Stoß versetzte. »Ihr betet für den Sieg!« sagte Merlin. »Doch über wen? Über eure Landsleute, nicht über eure Feinde! Denn eure Feinde sind die Sachsen. Jahrelang haben wir unter der Herrschaft der Römer gelitten, doch schließlich hielten es die Götter für angebracht, das römische Gewürm zu entfernen. Und was tun wir? Wir bekämpfen uns gegenseitig und lassen zu, daß ein ganz neuer Feind unser Land erobert, unsere Frauen vergewaltigt und unser Getreide erntet. Also führt euren Krieg, ihr Toren, führt ihn und triumphiert, aber den Sieg werdet ihr dennoch nicht erringen.«

»Aber meine Tochter wird gerächt werden«, sagte Gorfyddyd hinter Merlin.

»Eure Tochter, Gorfyddyd«, sagte Merlin und wandte sich um, »wird sich für ihren Schmerz selbst rächen. Wollt Ihr, daß ich Euch ihr Schicksal vorhersage?« Er stellte die Frage in spöttischem Ton, beantwortete sie jedoch sachlich und in einem Ton, in dem seherisches Wissen mitschwang. »Sie wird niemals hoch aufsteigen und wird niemals tief absinken, aber sie wird glücklich sein. Ihre Seele, Gorfyddyd, ist gesegnet, und wenn Ihr auch nur den Verstand eines Flohs hättet, würdet Ihr Euch damit zufriedengeben.«

»Ich werde mich mit Arthurs Schädel zufriedengeben«, entgegnete Gorfyddyd trotzig.

»Dann geht und holt ihn Euch«, gab Merlin verächtlich zurück. Darauf ergriff er meinen Ellbogen. »Komm mit, Derfel, wir wollen die Gastfreundschaft des Feindes genießen.«

Unbekümmert führte er uns durch die Reihen der eisen- und lederbewehrten Feinde zur Halle hinaus. Die Krieger musterten uns grollend, konnten aber weder verhindern, daß wir den Raum verließen, noch, daß wir uns eine von Gorfyddyds Gästekammern nahmen, die Merlin offensichtlich schon benutzt hatte. »So«, begann er, »Tewdric will also Frieden?«

»Ja, Lord«, antwortete ich.

»Sieht Tewdric ähnlich. Weil er Christ ist, glaubt er, alles besser zu wissen als die Götter.«

»Und Ihr kennt den Willen der Götter, Lord?« erkundigte sich Galahad.

»Ich glaube, daß es den Göttern zuwider ist, wenn sie sich langweilen müssen, also gebe ich mir die größte Mühe, sie zu zerstreuen. Auf diese Weise lächeln sie auf mich herab. Euer Gott«, fuhr Merlin säuerlich fort, »verabscheut die Zerstreuung und verlangt statt dessen kriecherische Anbetung. Er muß eine sehr traurige Kreatur sein. Vermutlich ist er wie Gorfyddyd, ewig mißtrauisch und eifersüchtig auf seinen Ruf bedacht. Was für ein Glück für euch, daß ich zur Stelle war!« Plötzlich grinste er uns spitzbübisch an, und erst jetzt merkte ich, wie sehr er die öffentliche Demütigung genoß, die er Gorfyddyd zugefügt hatte. Merlins Ruf beruhte zum Teil auf seinen Auftritten; manche Druiden, wie etwa Iorweth, arbeiteten im stillen, andere, wie Tanaburs, verließen sich auf ihre finstere Verschlagenheit, Merlin aber dominierte und blendete gern, und einen ehrgeizigen König zu demütigen war für ihn nicht nur eine instinktive, sondern auch eine vergnügliche Handlungsweise.

»Ist Ceinwyn wirklich gesegnet?« fragte ich ihn.

Bei dieser unerwarteten Frage sah er mich verwundert an. »Was kümmert es dich? Aber sie ist ein hübsches Mädchen, und ich gestehe, daß ich eine Schwäche für hübsche Mädchen habe, also werde ich für sie einen Segenzauber wirken. Das habe ich für dich auch einmal getan, Derfel, allerdings nicht etwa, weil du hübsch bist.« Er lachte und schaute dann zum Fenster hinaus, um die Länge der Schatten zu beurteilen. »Ich muß mich bald aufmachen.«

»Was hat Euch hergeführt, Lord?« erkundigte sich Galahad.

»Ich mußte mit Iorweth reden«, antwortete Merlin und sah sich im Raum um, um sich zu vergewissern, daß er all seine Habseligkeiten beisammen hatte. »Er mag ein tolpatschiger Dummkopf sein, aber er verfügt über ein wenig Wissen, das mir vorübergehend entfallen ist. Vor allem im Zusammenhang mit dem Ring von Eluned hat sich sein Wissen als wertvoll erwiesen. Moment, ich muß ihn hier irgendwo haben.« Er klopfte alle Taschen ab, die ins Futter seines Gewandes genäht waren. »Nun, ich hatte ihn jedenfalls einmal«, sagte er gleichmütig, obwohl ich argwöhnte, daß diese Gleichmut nur vorgetäuscht war.

»Was ist der Ring von Eluned?« wollte Galahad wissen.

Merlin zog angesichts der Unwissenheit meines Freundes eine finstere Miene, dann beschloß er, es durchgehen zu lassen. »Der Ring von Eluned«, verkündete er bedeutungsschwer, »ist eines der dreizehn Kleinodien Britanniens. Gewußt haben wir natürlich immer von den Kleinodien – das heißt, wenigstens jene von uns, welche die wahren Götter anerkennen«, ergänzte er nachdrücklich und sah Galahad an, »aber keiner von uns wußte genau, worin ihre eigentliche Macht lag.«

»Und die Handschrift hat Euch das verraten?« fragte ich ihn.

Merlin grinste zufrieden. Seine langen weißen Haare wurden im Nacken ordentlich von einem schwarzen Band zusammengehalten, sein Bart war zu festen Zöpfchen geflochten. »Die Handschrift«, erklärte er, »hat alles bestätigt, was ich entweder ahnte oder wußte, und hat mich sogar ein oder zwei neue Dinge gelehrt. Ah, da ist er ja!« Er hatte nicht aufgehört, seine Taschen nach dem Ring zu durchsuchen, und zog ihn nun triumphierend hervor. Auf mich wirkte der Talisman wie ein ganz normaler Kriegerring aus Eisen, aber Merlin hielt ihn auf der Handfläche, als wäre er der größte Schatz Britanniens. »Der Ring von Eluned«, sagte Merlin, »geschmiedet in der Anderwelt zu Anbeginn aller Zeiten. Nichts weiter als ein Stück Metall, nichts Besonderes.« Er warf ihn mir zu, und ich fing ihn hastig auf. »Der Ring an sich«, fuhr Merlin fort, »besitzt keine Kraft. Keiner der Kleinodien besitzt für sich allein Kraft. Der Tarnumhang macht ebensowenig unsichtbar, wie das Horn von Bran Galed schöner klingt als jedes andere Jagdhorn. Übrigens, Derfel, hast du Nimue geholt?«

»Ja.«

»Gut gemacht. Ich hatte es mir schon gedacht. Interessanter Ort, diese Toteninsel. Findest du nicht? Ich gehe manchmal hin, wenn ich anregende Gesellschaft brauche. Wo war ich stehengeblieben? Ach ja, die Kleinodien. Recht wertloser Müll. Den Mantel von Padarn würdest du keinem Bettler anbieten, jedenfalls nicht, wenn du ein netter Mensch bist, und dennoch gehört er zu den Schätzen.«

»Welchen Nutzen haben sie dann überhaupt?« fragte Galahad. Er hatte sich den Ring von mir geben lassen und reichte ihn nun dem Druiden zurück.

»Sie beherrschen die Götter, natürlich«, fuhr Merlin ihn an, als läge die Antwort auf der Hand. »An sich sind sie wertloser Plunder, gibt man sie aber alle zusammen, kann man die Götter springen lassen wie die Frösche. Aber natürlich genügt es nicht, sie einfach alle zusammenzutragen«, berichtigte er sich hastig, »man muß noch das eine oder andere Ritual einhalten. Und wer weiß, ob das alles funktioniert? Soweit ich weiß, hat sich bisher noch niemand daran versucht. Geht es Nimue gut?« erkundigte er sich ernst bei mir.

»Jetzt ja.«

»Du klingst so vorwurfsvoll! Meinst du vielleicht, ich hätte sie holen sollen? Mein lieber Derfel, ich habe genug zu tun, auch ohne Britannien nach Nimue abzusuchen! Wenn das Mädchen nicht mit der Toteninsel fertig wird, welchen Nutzen hat sie dann überhaupt?«

»Sie hätte sterben können«, sagte ich anklagend und dachte an die Leichenfledderer und Kannibalen auf der Insel.

»Natürlich hätte sie das! Welchen Sinn hat eine Feuerprobe, wenn sie nicht gefährlich ist? Du hast wirklich kindische Vorstellungen, Derfel.« Mitleidig schüttelte Merlin den Kopf. Dann schob er den Ring auf einen seiner langen, knochigen Finger. Er sah uns so ernst an, daß wir beide voll Ehrfurcht auf irgendeine Manifestation übernatürlicher Kräfte warteten, aber nach ein paar unheilschwangeren Sekunden lachte Merlin über unsere feierlichen Mienen. »Ich hab's euch doch gesagt, die Kleinodien sind nichts Besonderes«, sagte er.

»Wie viele Kleinodien habt Ihr schon?« wollte Galahad wissen.

»Mehrere«, antwortete Merlin ausweichend, »doch selbst wenn ich zwölf der dreizehn besäße, hätte ich noch immer Probleme, solange ich nicht den dreizehnten fände. Und das, Derfel, ist das fehlende Kleinod. Der Kessel von Clyddno Eiddyn. Ohne den Kessel sind wir verloren.«

»Wir sind ohnehin verloren«, gab ich bitter zurück.

Merlin musterte mich, als wäre ich heute besonders dumm. »Der Krieg?« fragte er nach einer kleinen Pause. »Seid ihr deswegen hierhergekommen? Um Frieden zu erbitten? Wie töricht ihr doch beide seid! Gorfyddyd will keinen Frieden. Der Mann ist ein brutaler Kerl. Er hat das Hirn eines Ochsen, und eines nicht besonders klugen dazu. Er will Großkönig werden, und das bedeutet, daß er Dumnonia regieren muß.«

»Er will Mordred auf dem Thron lassen, sagt er«, warf Galahad ein.

»Natürlich sagt er das!« gab Merlin verächtlich zurück. »Was soll er sonst sagen? Aber sobald er das unglückliche Kind in der Hand hat, wird er ihm wie einem Küken den Hals umdrehen, und das wäre sogar wünschenswert.«

»Ihr wollt, daß Gorfyddyd siegt?« fragte ich entgeistert.

Er seufzte. »Derfel, Derfel«, sagte er, »du bist Arthur ja so ähnlich! Du glaubst, daß die Welt einfach ist, daß gut gut ist und schlecht schlecht, daß oben oben ist und unten unten. Du fragst, was ich will? Ich sage dir, was ich will. Ich will die dreizehn Kleinodien und werde sie dazu benutzen, die Götter nach Britannien zurückzuholen, und dann werde ich ihnen befehlen, Britannien in den gesegneten Zustand zurückzuversetzen, der hier herrschte, bevor die Römer kamen. Keine Christen mehr...« – dabei zeigte er mit dem Finger auf Galahad – »und auch keine Mithrasanbeter...« – dabei deutete er auf mich – »nur noch ein Volk der Götter im Land der Götter. Das, Derfel, ist es, was ich will.«

»Und was ist mit Arthur?« fragte ich ihn.

»Was soll mit ihm sein? Er ist ein Mann, er hat ein Schwert, er kann sich selbst helfen. Das Schicksal ist unerbittlich, Derfel. Wenn das Schicksal bestimmt hat, daß Arthur diesen Krieg gewinnen soll, dann ist es unwichtig, ob Gorfyddyd alle Heere der Welt gegen ihn mobilisiert. Wenn ich nichts Besseres zu tun hätte, würde ich, das muß ich gestehen, Arthur helfen, weil ich ihn mag, aber das Schicksal hat bestimmt, daß ich ein alter Mann sein soll, der immer schwächer wird und eine Blase wie ein undichter Wasserschlauch besitzt, also muß ich mit meinen schwindenden Kräften haushalten.« Er beschrieb seinen bedauernswerten Zustand mit kräftiger Stimme. »Selbst ich kann nicht alles auf einmal tun, Arthurs Kriege gewinnen, Nimues Geist heilen und die Kleinodien suchen. Gewiß, wenn sich herausstellt, daß es bei der Suche hilfreich ist, werde ich Arthurs Leben retten und zum Schlachtfeld kommen, soviel steht fest. Aber sonst?« Er zuckte die Achseln, als hätte der Krieg keine Bedeutung für ihn. Und das hatte er meiner Meinung nach auch nicht. Er wandte sich dem kleinen Fenster zu und starrte die drei Pfosten an, die auf dem Gelände errichtet worden waren. »Ihr werdet doch hoffentlich bleiben und euch die Rituale ansehen – oder?«

»Sollten wir?« gab ich zurück.

»Selbstverständlich solltet ihr – falls Gorfyddyd es euch erlaubt. Jede Erfahrung, und sei sie noch so häßlich, ist von Nutzen. Ich habe die Riten oft genug selbst vollzogen, deswegen bleibe ich nicht hier, um mich unterhalten zu lassen. Aber ihr werdet hier in Sicherheit sein. Wenn Gorfyddyd euch auch nur ein Härchen auf euren Dummköpfen krümmt, werde ich ihn in eine Schnecke verwandeln, aber jetzt muß ich wirklich gehen. Iorweth glaubt, daß es an der demetischen Grenze eine alte Frau gibt, die etwas Wichtiges weiß. Wenn sie noch lebt, natürlich, und ihr Gedächtnis nicht verloren hat. Ich hasse es, mit alten Weibern zu reden; sie sind so dankbar für etwas Gesellschaft, daß sie überhaupt nicht mehr aufhören zu plappern und auch niemals beim Thema bleiben. Was für Aussichten! Sag Nimue, daß ich mich darauf freue, sie wiederzusehen!« Damit war er zur Tür hinaus und überquerte den inneren Hof der Festung.

Am Nachmittag bezog sich der Himmel, und vor dem Abend noch setzte ein grauer, häßlicher Nieselregen das Fort unter Wasser. Der Druide Iorweth kam zu uns, um uns zu versichern, daß wir nicht in Gefahr seien, ließ aber taktvoll durchblicken, daß wir Gorfyddyds widerwillige Gastfreundschaft doch ziemlich stark strapazieren würden, wenn wir am abendlichen Festmahl teilnähmen, der letzten Zusammenkunft von Gorfyddyds Verbündeten und Häuptlingen, bevor die Männer von Caer Sws nach Süden aufbrachen, um sich in Branogenium mit dem Rest des Heeres zu vereinigen. Wir konnten Iorweth beruhigen: Wir hätten nicht den Wunsch, am Festmahl teilzunehmen, erklärten wir ihm. Der Druide dankte uns lächelnd; dann setzte er sich auf eine Bank neben der Tür. »Ihr seid Freunde von Merlin?« fragte er.

»Lord Derfel ist Merlins Freund«, antwortete Galahad.

Iorweth rieb sich müde die Augen. Er war alt und hatte ein freundliches, sanftes Gesicht und einen Kahlkopf mit der Andeutung einer Tonsur unmittelbar über den Ohren. »Ich kann mir nicht helfen«, sagte er, »aber ich habe den Eindruck, daß mein Bruder Merlin zuviel von den Göttern erwartet. Er glaubt, daß man die Welt erneuern und die Geschichte auslöschen kann wie einen Strich, den man auf dem Erdboden zieht. Aber das geht nicht.« Er kratzte sich eine Laus aus dem Bart und wandte sich an Galahad, der ein Kreuz um den Hals trug. Er schüttelte den Kopf. »Ich beneide Euren Christengott. Er ist drei und ist eins, er ist tot, und er lebt, er ist überall, und er ist nirgends, und er verlangt, daß ihr ihn anbetet, behauptet aber, daß außer ihm nichts einer Anbetung würdig sei. All diese Widersprüche bieten so viel Raum, daß der Mensch an alles oder nichts glauben kann; das ist bei unseren Göttern anders. Die sind wie Könige, launisch und mächtig, und wenn sie uns vergessen wollen, tun sie das einfach. Es spielt keine Rolle, woran wir glauben, wichtig ist nur, was *sie* wollen. Unsere Zaubersprüche funktionieren nur, wenn die Götter es erlauben. Merlin ist da natürlich anderer Ansicht. Er glaubt, wenn wir laut genug rufen, werden wir ihre Aufmerksamkeit schon erregen, aber was tut man mit einem Kind, das zu laut schreit?«

»Man schenkt ihm Aufmerksamkeit?« erwiderte ich fragend.

»Man schlägt es, Lord Derfel«, korrigierte mich Iorweth. »Man schlägt es, bis es endlich still ist. Und ich fürchte, Lord Merlin könnte zu lange zu laut schreien.« Er erhob sich und griff nach seinem Stab. »Ich bitte um Verzeihung, daß Ihr heute nicht mit den Kriegern speisen dürft, aber Prinzessin Helledd sagt, daß ihr herzlich willkommen seid, die Abendmahlzeit mit ihrer Familie einzunehmen.«

Helledd von Elmet war die Gemahlin von Cuneglas, und ihre Einladung war nicht unbedingt ein Kompliment. Tatsächlich hätte diese Einladung eine wohlüberlegte Beleidigung sein können, die Gorfyddyd sich ausgedacht hatte, um anzudeuten, wir seien höchstens geeignet, mit Frauen und Kindern zu speisen, aber Galahad antwortete, es sei uns eine Ehre, die Einladung anzunehmen.

Und dort, in Helledds kleiner Halle, saß Ceinwyn. Ich hatte sie wiedersehen wollen, hatte es mir gewünscht, seit Galahad den Vorschlag machte, eine Abordnung nach Powys zu schicken, und das war der Grund, warum ich mich so sehr darum bemüht hatte, ihn begleiten zu dürfen. Ich war nicht nach Caer Sws gekommen, um Frieden zu schließen, sondern um Ceinwyns Gesicht wiederzusehen, und nun, im flackernden Fackelschein von Helledds Halle, wurde mir dieser Wunsch endlich erfüllt.

Die Jahre hatten sie nicht verändert. Ihr Antlitz war genauso süß, ihr Verhalten genauso zurückhaltend, ihr Haar so leuchtend, ihr Lächeln so lieblich wie früher. Als wir den Raum betraten, beschäftigte sie sich mit einem Kleinkind, das sie mit Apfelstückchen zu füttern versuchte. Das Kind war Cuneglas' Sohn Perddel. »Ich hab' ihm gesagt, wenn er seinen Apfel nicht ißt, werden die bösen Dumnonier kommen und ihm alles wegnehmen«, erklärte sie lächelnd. »Ich glaube, er möchte mit Euch gehen, denn er will einfach nichts essen.«

Helledd von Elmet, Perddels Mutter, war eine hochgewachsene Frau mit schwerer Kinnpartie und blassen Augen. Sie hieß uns willkommen, befahl einer Dienerin, uns Met einzuschenken, und machte uns dann mit zwei ihrer Tanten bekannt, Tonwyn und Elsel, die uns mißbilligend musterten. Wir hatten offensichtlich ein Gespräch unterbrochen, das die beiden genossen, und die verärgerten Blicke der Tanten deuteten an, daß wir wieder gehen sollten, aber Helledd verhielt sich höflicher. »Kennt Ihr Prinzessin Ceinwyn?« fragte sie uns.

Galahad verneigte sich vor ihr und hockte sich zu Perddel. Er hatte Kinder gern, und diese hatten sofort Vertrauen zu ihm. Es war kaum ein Moment vergangen, da spielten die beiden Prinzen mit den Apfelstückchen, als wären es Füchse, während Perddels Mund der Fuchsbau war und Galahads Finger die Jagdhunde darstellten, die den Fuchs jagten. Im Nu waren die Apfelstückchen verschwunden. »Warum bin ich nicht darauf gekommen?« fragte Ceinwyn.

»Weil Ihr nicht von Galahads Mutter großgezogen wurdet, Lady«, antwortete ich, »die ihn zweifellos genauso gefüttert hat. Bis heute kann er nämlich nichts essen, solange nicht irgend jemand das Jagdhorn bläst.«

Sie lachte. Dann entdeckte sie die Brosche, die ich trug. Sie hielt den Atem an, wurde rot, und einen Moment lang glaubte ich, einen schweren Fehler begangen zu haben. Dann lächelte sie. »Sollte ich mich an Euch erinnern, Lord Derfel?«

»Nein, Lady. Ich war noch sehr jung.«

»Und Ihr habt sie behalten?« fragte sie, anscheinend verwundert, daß jemand ein Geschenk von ihr so sehr schätzte.

»Ich habe sie behalten, Lady, obwohl ich alles andere verloren habe.«

Prinzessin Helledd unterbrach uns, um sich zu erkundigen, welches Anliegen uns nach Caer Sws geführt habe. Ich bin überzeugt, daß sie es wußte, aber es war höchst diplomatisch von einer Prinzessin, so zu tun, als hätte sie mit den Beratungen der Männer nichts zu tun. Ich antwortete, wir seien hergeschickt worden, um herauszufinden, ob ein Krieg unabwendbar sei. »Und ist er das?« fragte die Prinzessin mit verständlicher Sorge, denn am nächsten Tag sollte ihr Gemahl dem Feind entgegen nach Süden ziehen.

»Leider, Lady«, antwortete ich, »hat es den Anschein.«

»Das ist alles Arthurs Schuld«, erklärte Prinzessin Helledd energisch, und ihre Tanten nickten nachdrücklich.

»Ich glaube, Arthur würde euch beipflichten, Lady«, sagte ich, »und er bedauert es sehr.«

»Warum kämpft er dann gegen uns?« verlangte Helledd neugierig zu wissen.

»Weil er geschworen hat, Mordred auf dem Thron zu halten, Lady.«

»Mein Schwiegervater würde Uthers Erben niemals entrechten«, behauptete Helledd heftig.

»Lord Derfel hätte heute vormittag bei dieser Diskussion beinah den Kopf verloren«, sagte Ceinwyn ein wenig boshaft.

»Lord Derfel«, mischte sich Galahad ein und sah von seiner Fuchsjagd auf, »behielt seinen Kopf, weil seine Götter ihn lieben.«

»Nicht die Euren, Lord Prinz?« fragte Helledd ihn scharf.

»Mein Gott liebt jeden Menschen, Lady.«

»Ihr meint, er macht keinen Unterschied?« Sie lachte.

Wir aßen Gans, Huhn, Hasen und Wild, und dazu wurde uns ein gräßlicher Wein kredenzt, der zu lange gelagert haben mußte, seit er nach Britannien gekommen war. Nach dem Mahl begaben wir uns auf kissenbedeckte Liegesofas und ließen uns von einer Harfenistin vorspielen. Die Liegesofas waren für die Halle einer Frau gedacht, und Galahad und ich fühlten uns beide nicht sehr wohl auf diesen niedrigen, weichen Lagerstätten, doch ich war trotzdem froh, denn ich hatte dafür gesorgt, daß ich das Sofa neben Ceinwyn bekam. Eine Zeitlang saß ich hoch aufgerichtet, dann aber stützte ich mich auf einen Ellbogen, damit ich mich leise mit ihr unterhalten konnte. Ich beglückwünschte sie zu ihrer Verlobung mit Gundleus.

Sie warf mir einen belustigen Blick zu. »Das klingt, als hätte ich einen Höfling neben mir«, sagte sie.

»Zuweilen bin ich gezwungen, ein Höfling zu sein, Lady. Wäre ich Euch als Krieger lieber?«

Sie lehnte sich auf einen Ellbogen zurück, damit wir plaudern konnten, ohne die Musik zu stören, und ihre Nähe gab mir das Gefühl, all meine Sinne trieben im Rauch dahin. »Mein Lord Gundleus«, antwortete sie leise, »hat meine Hand als Preis für die Teilnahme seiner Truppen an diesem bevorstehenden Krieg erbeten.«

»Dann sind seine Truppen, Lady«, gab ich zurück, »die wertvollsten von ganz Britannien.«

Sie lächelte nicht über mein Kompliment und wandte den Blick nicht von meinen Augen. »Stimmt es«, fragte sie sehr leise, »daß er Norwenna getötet hat?«

Die Direktheit ihrer Frage brachte mich in Verlegenheit. »Was sagt er denn, Lady?« fragte ich, statt ihr zu antworten.

»Er sagt...« – ihre Stimme wurde noch leiser, so daß ich kaum noch etwas verstehen konnte – »seine Männer wurden angegriffen, und sie starb in dem Durcheinander. Es sei ein Unfall gewesen, sagt er.«

Ich sah flüchtig zu dem jungen Mädchen hinüber, das die Harfe spielte. Die Tanten warfen uns wütende Blicke zu, Helledd jedoch schien sich an unserem Gespräch nicht zu stören. Galahad lauschte, einen Arm um den schlafenden Perdell gelegt, der Musik. »Ich war an jenem Tag auf dem Tor, Lady«, sagte ich, mich wieder Ceinwyn zuwendend.

»Und?«

Ich entschied, daß ihre Offenheit eine offene Antwort verdiene. »Sie kniete nieder, um ihn willkommen zu heißen, Lady«, sagte ich, »und er stieß ihr sein Schwert in die Kehle. Ich habe es mit eigenen Augen gesehen.«

Sekundenlang verhärtete sich ihre Miene. Das glimmende Fakkellicht rötete ihre bleiche Haut und legte weiche Schatten auf ihre Wangen und unter ihre Unterlippe. Sie trug ein kostbares Gewand aus blaßblauem Leinen, besetzt mit dem schwarz gefleckten, silbrigweißen Pelz eines Winterwiesels. Ein Silbertorques schmückte ihren Hals, in ihren Ohren blitzten silberne Ohrringe, und ich überlegte, wie gut das Silber zu ihrem hellglänzenden Haar passe. Sie stieß einen kleinen Seufzer aus. »Ich hatte gefürchtet, diese Wahrheit zu hören«, erklärte sie, »doch da ich eine Prinzessin bin, muß ich den Mann heiraten, der uns am meisten nützt, und nicht den, mit dem ich mich gern vermählen würde.« Eine Weile sah sie zu der Musikerin hinüber. Dann beugte sie sich wieder zu mir herüber. »Mein Vater behauptet«, sagte sie beunruhigt, »daß es in diesem Krieg um meine Ehre geht. Stimmt das?«

»Für ihn, Lady, ja. Obwohl ich Euch versichern kann, daß Arthur es sehr bedauert, Euch Unrecht zugefügt zu haben.«

Sie verzog ein wenig das Gesicht. Das Thema war offenbar schmerzlich für sie, aber sie konnte es nicht loslassen, denn Arthurs Ablehnung hatte Ceinwyns Leben weit tiefgreifender und trauriger verändert als das seine. Arthur war davongezogen, während sie zurückblieb, um voll Kummer um ihn zu trauern und schmerzliche Antworten zu suchen, die sie offensichtlich noch nicht gefunden hatte. »Versteht Ihr ihn?« fragte sie mich nach einer Weile.

»Damals habe ich ihn nicht verstanden, Lady«, antwortete ich. »Ich hielt ihn für töricht. Das taten wir alle.«

»Und jetzt?« wollte sie wissen, während sie mich mit ihren blauen Augen ansah.

Ich überlegte ein paar Sekunden. »Ich glaube, Lady, daß Arthur in seinem Leben ein einziges Mal ein Wahn überkam, den er nicht zu beherrschen vermochte.«

»Liebe?«

Ich sah sie an und redete mir ein, daß ich nicht in sie verliebt war und daß ihre Brosche ein Talisman sei, der mir rein zufällig in die Hand geraten war. Ich sagte mir, daß sie eine Prinzessin und ich der Sohn einer Sklavin sei. »Ja, Lady«, antwortete ich.

»Versteht Ihr diesen Wahn?« wollte sie wissen.

Für mich gab es nichts in diesem Raum außer Ceinwyn. Prinzessin Helledd, der schlafende Prinz, Galahad, die Tanten, die Harfenistin – keiner von ihnen existierte für mich, auch nicht die gewebten Wandbehänge und die bronzenen Fackelhalter. Ich war mir nur Ceinwyns großer, trauriger Augen und meines eigenen, pochenden Herzens bewußt.

»Ich verstehe, daß man einem Menschen in die Augen sieht«, hörte ich mich sagen, »und plötzlich weiß, daß man ohne ihn nicht mehr leben kann. Man hört die Stimme, bei der einem das Herz aussetzt, und spürt, daß das ganze Glück des Lebens in der Gegenwart des anderen liegt und daß die Abwesenheit des anderen die eigene Seele allein, verlassen und verloren zurückläßt.«

Eine Weile blieb sie still und sah mich nur mit leicht verwirrter Miene an. »Ist Euch das jemals selbst geschehen, Lord Derfel?« fragte sie mich schließlich.

Ich zögerte. Ich wußte, was meine Seele antworten wollte, und ich wußte, wie ich, meiner Stellung entsprechend, antworten sollte, dann aber sagte ich mir, daß Schüchternheit noch keinem Krieger geholfen hat, und ließ meiner Seele den Vortritt. »Niemals – bis zu diesem Augenblick, Lady«, antwortete ich. Und diese Erklärung kostete mich mehr Mut, als ich jemals gebraucht habe, um einen Schildwall zu durchbrechen.

Sie wandte augenblicklich den Kopf ab und richtete sich auf, und ich verfluchte mich dafür, daß ich sie mit meiner dummen Unbeholfenheit beleidigt hatte. Mit rotem Gesicht und vor Verlegenheit schmerzender Seele blieb ich auf meinem Sofa zurückgelehnt liegen, während Ceinwyn die Harfenistin belohnte, indem sie ein paar Silbermünzen auf den Teppich neben dem Instrument warf. Dann bat sie um das Lied von Rhiannon.

»Ich dachte, du hörst nicht zu, Ceinwyn«, sagte eine der Tanten spitz.

»Ich höre zu, Tonwyn, ich höre zu. Und alles, was ich höre, bereitet mir großes Vergnügen«, antwortete Ceinwyn, und ich fühlte mich plötzlich, wie ein Krieger sich fühlt, wenn der feindliche Schildwall zusammenbricht. Nur wagte ich ihren Worten nicht zu glauben. Ich wollte es, ich wagte es nicht – der Liebeswahn, der in einer wilden Sekunde von Verzückung in Verzweiflung umschlug.

Wieder setzte die Musik ein. Im Hintergrund ertönten rauhe Jubelrufe aus der großen Halle, wo die Krieger die bevorstehende Schlacht feierten. Mit immer noch hochrotem Gesicht lehnte ich mich ganz in die Kissen zurück und zerbrach mir den Kopf darüber, ob Ceinwyns letzte Worte sich auf unser Gespräch oder auf die Musik bezogen. Ceinwyn lehnte sich zurück und beugte sich weit zu mir herüber. »Ich will nicht, daß meinetwegen ein Krieg ausbricht«, sagte sie.

»Es scheint, daß es nicht mehr zu ändern ist, Lady.«

»Mein Bruder ist derselben Meinung wie ich.«

»In Powys regiert jedoch Euer Vater, Lady.«

»Das ist richtig«, antwortete sie. Sie zögerte, runzelte die Stirn und blickte schließlich zu mir auf. »Wenn Arthur siegt – wem wird er mich dann zur Frau geben wollen?«

Wieder überraschte mich die Offenheit ihrer Frage, aber ich gab ihr eine aufrichtige Antwort. »Er möchte, daß Ihr Königin von Siluria werdet, Lady.«

Beunruhigt sah sie mich an. »Als Gemahlin von Gundleus?«

»Als Gemahlin König Lancelots von Benoic, Lady«, berichtigte ich und gab damit Arthurs heimliche Hoffnung preis. Aufmerksam beobachtete ich ihre Reaktion.

Ceinwyn sah mir in die Augen und versuchte dabei offenbar zu erkennen, ob ich die Wahrheit gesprochen hatte. »Es heißt, daß

Lancelot ein großer Krieger sei«, sagte sie nach einer Weile, jedoch mit einem Mangel an Begeisterung, der mir das Herz wärmte.

»Das sagt man, Lady, ja.«

Wieder schwieg sie. Dann lehnte sie sich auf ihren Ellbogen zurück und beobachtete die Hände der Harfenistin, die geschickt über die Saiten flogen. Und ich beobachtete sie. »Richtet Arthur aus«, sagte sie nach einer Weile und ohne mich anzusehen, »daß ich keinen Groll gegen ihn hege. Und richtet ihm noch etwas aus.« Unvermittelt hielt sie inne.

»Ja, Lady?« ermunterte ich sie.

»Richtet ihm aus, wenn er siegt«, sagte sie, wandte sich zu mir um, streckte ihre schlanke Hand über den Zwischenraum zwischen unseren Sofas und berührte meine Hand, um mir zu zeigen, wie wichtig ihre Worte waren, »wenn er siegt«, wiederholte sie, »werde ich ihn um seinen Schutz bitten.«

»Ich werde es ihm ausrichten, Lady«, versicherte ich und machte mit übervollem Herzen eine winzige Pause. »Und den meinen schwöre ich Euch ebenfalls, in allen Ehren.«

Sie ließ ihren Finger auf meiner Hand ruhen – eine Berührung, so hauchzart wie der Atem des schlafenden Prinzen. »Es könnte sein, daß ich Euch beim Wort nehme, Lord Derfel«, sagte sie und sah mir tief in die Augen.

»Mein Eid gilt bis ans Ende aller Zeiten und darüber hinaus, Lady.«

Sie lächelte, zog ihre Hand zurück und richtete sich auf.

Als ich an jenem Abend das Bett aufsuchte, befand ich mich in einem Traumzustand aus Verwirrung, Hoffnung, Torheit, Besorgnis, Angst und Seligkeit. Denn genau wie Arthur hatte mich, als ich nach Caer Sws kam, unversehens der Blitzschlag der Liebe getroffen.

FÜNFTER TEIL

Der Schildwall

Dann war sie es also!« sagte Igraine vorwurfsvoll. »Es war Prinzessin Ceinwyn, die Euer Blut in Rauch verwandelte, Bruder Derfel!«

»Ja, Lady, so ist es«, gab ich zu, und ich gestehe, daß mir bei der Erinnerung an Ceinwyn Tränen in die Augen traten. Aber vielleicht ist es ja auch das Wetter, das meine Augen tränen läßt, denn der Herbst ist nach Dinnewrac gekommen, und ein kalter Wind stiehlt sich durch mein Fenster herein. Bald muß ich meine Geschichte unterbrechen, denn wir werden alle damit beschäftigt sein, die Vorräte für den Winter einzulagern und den Holzstapel aufzuschichten, den nicht zu verbrennen dem gesegneten heiligen Sansum gefallen wird, damit wir am Leiden unseres lieben Heilands teilhaben können.

»Kein Wunder, daß Ihr Lancelot so sehr haßt«, behauptete Igraine. »Ihr wart Rivalen. Wußte er, was Ihr für Ceinwyn empfandet?«

»Mit der Zeit«, antwortete ich, »ja.«

»Und was geschah?« fragte sie neugierig.

»Warum behandeln wir die Geschichte nicht in der richtigen Reihenfolge, Lady?«

»Weil ich nicht will, natürlich.«

»Nun, aber ich will es«, entgegnete ich, »und ich erzähle die Geschichte, nicht Ihr.«

»Wenn ich Euch nicht so gut leiden könnte, Bruder Derfel, würde ich Euch den Kopf abschneiden und Euren Leichnam den Hunden vorwerfen lassen.« Nachdenklich runzelte sie die Stirn. Sie sieht heute wirklich sehr hübsch aus, in ihrem mit Otterfell besetzten Umhang aus grauer Wolle. Sie ist nicht schwanger, also hat entweder der kleine Beutel mit Säuglingskot nicht gewirkt, oder Brochvael verbringt zuviel Zeit mit Nwylle. »In der Familie meines Gemahls wurde immer sehr viel über Großtante Ceinwyn geredet«, sagte sie, »aber niemand hat mir je richtig erklärt, um was es bei dem Skandal eigentlich ging.«

»Ich habe nie einen Menschen kennengelernt, Lady«, gab ich in strengem Ton zurück, »der weniger mit Skandalen zu tun gehabt hätte.«

»Ceinwyn hat sich nie vermählt«, wandte Igraine ein. »Soviel ist mir bekannt.«

»Ist das so skandalös?« fragte ich sie.

»Es wäre skandalös, wenn sie sich wie eine verheiratete Frau verhalten hätte«, erklärte Igraine indigniert. »Das predigt jedenfalls Eure Kirche. Unsere Kirche«, verbesserte sie sich hastig. »Also, was ist passiert? Erzählt!«

Ich zog den Ärmel meiner Kutte über den Armstumpf, denn dieser litt immer zuerst unter dem kalten Wind. »Ceinwyns Geschichte ist zu lang, um sie jetzt zu erzählen«, antwortete ich und weigerte mich trotz der hartnäckigen Forderungen meiner Königin, ein einziges Wort hinzuzusetzen.

»Hat Merlin denn nun den Kessel gefunden?« erkundigte Igraine sich statt dessen.

»Dazu kommen wir, wenn es soweit ist«, erwiderte ich.

Sie hob die Hände. »Ihr macht mich rasend, Derfel! Wenn ich mich wie eine richtige Königin verhielte, würde ich jetzt wirklich Euren Kopf verlangen.«

»Und wenn ich etwas anderes wäre als ein uralter, schwächlicher Mönch, Lady, würde ich ihn Euch von Herzen gern geben.«

Sie lachte und wandte sich um, um aus dem Fenster zu sehen. Die Blätter der kleinen Eichen, die Bruder Maelgwyn gepflanzt hatte, um den Wind abzuhalten, sind vorzeitig braun geworden, und die Wälder in der Talmulde unter uns strotzen von Beeren: beides Anzeichen für einen harten Winter. Sagramor erzählte mir einmal, daß es Orte gäbe, wo es nie Winter wird und die wärmende Sonne das ganze Jahr über scheint, aber vielleicht war das genauso eine Ausgeburt seiner Phantasie wie die Kaninchen. Früher hatte ich gehofft, der Himmel der Christen wäre ein warmer Ort, der heilige Sansum aber behauptet, es müsse kalt im Himmel sein, weil die

Hölle heiß ist, und ich vermute, daß der Heilige recht hat. Es gibt so wenig, worauf man sich freuen kann. Igraine erschauerte und wandte sich zu mir zurück. »Niemand hat mir je eine Lugnasalaube gebaut«, sagte sie schließlich wehmütig.

»Aber natürlich habt Ihr Lauben bekommen!« widersprach ich. »Jedes Jahr eine.«

»Aber das ist die Laube für den ganzen Caer. Die werden von den Sklaven gebaut, weil die das tun müssen, und natürlich setze ich mich da hinein, aber das ist nicht dasselbe wie eine Laube, die ein junger Mann seinem Mädchen aus Fingerhut und Weidenzweigen macht. War Merlin böse, weil Ihr und Nimue euch geliebt habt?«

»Ich hätte Euch das nicht erzählen dürfen«, sagte ich. »Falls er es wußte, so hat er nie ein Wort darüber verloren. Es hätte für ihn auch keine Rolle gespielt. Er war nicht eifersüchtig.« Nicht wie wir anderen. Nicht wie Arthur, nicht wie ich. Wieviel Blutvergießen hat es durch Eifersucht auf unserer Erde gegeben! Und was spielt das am Ende unsres Lebens noch für eine Rolle? Wir werden alt, und die Jungen starren uns an, vermögen aber nicht zu sehen, daß wir aus Liebe einstmals ein Königreich zum Klingen gebracht haben.

Igraine setzte wieder ihre mutwillige Miene auf. »Gorfyddyd hat Guinevere als Hure bezeichnet, sagt Ihr. War sie eine?«

»Ihr solltet dieses Wort nicht in den Mund nehmen.«

»Na schön, war Guinevere das, was Gorfyddyd von ihr behauptete, das, was ich nicht aussprechen darf, um Eure unschuldigen Ohren nicht zu beleidigen?«

»Nein«, sagte ich, »das war sie nicht.«

»Aber war sie Arthur treu?«

»Wartet ab«, sagte ich.

Sie streckte mir die Zunge raus. »Ist Lancelot ein Mithrasjünger geworden?«

»Wartet ab«, sagte ich.

»Ich hasse Euch!«

»Und ich bin Euer untertänigster Diener, meine liebe Lady«, gab ich zurück, »aber ich bin auch müde, und bei dieser Kälte klumpt die Tinte. Ich werde den Rest der Geschichte bestimmt noch aufschreiben, das verspreche ich Euch.«

»Falls Sansum das zuläßt«, wandte Igraine ein.

weil sich die Männer für den Marsch nach Branogenium bereit machten. Sie würden den direkten Weg nehmen, wir aber hatten versprochen, diese Straße nicht zu benutzen, sondern einen Umweg über Caer Lud zu nehmen, damit wir Gorfyddyds versammelte Heerscharen nicht ausspionieren konnten.

Während wir ostwärts ritten, machte Galahad ein grimmiges Gesicht, ich aber konnte meine Glückseligkeit nicht unterdrücken und begann, sobald wir die wimmelnden Kriegslager hinter uns ließen, das Lied von Rhiannon zu singen.

»Was ist los mit dir?« fragte mich Galahad gereizt.

»Nichts. Nichts! Nichts! Nichts!« rief ich laut vor Freude und schlug meinem Pferd die Fersen in die Flanken, daß es auf dem grünen Weg einen Satz machte und ich in einem Brennesselgebüsch landete. »Gar nichts«, wiederholte ich, als Galahad mir das Pferd zurückbrachte. »Ganz und gar nichts.«

»Du bist wahnsinnig, mein Freund.«

»Da hast du recht«, gab ich zu und kletterte mühsam wieder auf mein Roß. Ich war tatsächlich wahnsinnig, doch da ich meinem Freund den Grund für diesen Wahnsinn nicht mitteilen wollte, versuchte ich eine Zeitlang, mich vernünftig zu verhalten. »Was werden wir Arthur ausrichten?« fragte ich ihn.

»Was Guinevere betrifft, gar nichts«, entschied Galahad energisch. »Außerdem hat Gorfyddyd gelogen. Großer Gott! Wie kann er nur solche Lügen über Guinevere verbreiten!«

»Um uns zu provozieren, natürlich«, antwortete ich. »Aber was sagen wir Arthur wegen Mordred?«

»Die Wahrheit. Daß Mordred nicht gefährdet ist.«

»Aber wenn Gorfyddyd bei Guinevere gelogen hat«, wandte ich ein, »warum sollte er nicht auch bei Mordred lügen? Außerdem hat Merlin ihm nicht geglaubt.«

»Wir wurden nicht ausgesandt, um Merlins Antwort einzuholen«, sagte Galahad.

»Wir wurden ausgesandt, die Wahrheit herauszufinden, mein Freund, und ich behaupte, daß Merlin die Wahrheit gesprochen hat.«

»Aber Tewdric«, gab Galahad zurück, »wird Gorfyddyd glauben.«

»Und das bedeutet, daß Arthur verloren hat«, stellte ich trübsinnig fest. Aber ich wollte jetzt nicht über Niederlagen reden, deswegen fragte ich Galahad, was er von Ceinwyn halte. Wieder überließ ich mich meinem Liebeswahn und wollte unbedingt hören, wie Galahad sie pries und erklärte, sie sei das schönste Wesen, das je zwischen Meeren und Bergen einhergewandelt sei, aber er zuckte nur die Achseln. »Ein nettes kleines Ding«, sagte er achtlos, »und ziemlich hübsch, wenn man diese zarten Mädchen mag.« Nachdenklich hielt er inne. »Sie wird Lancelot gefallen«, fuhr er dann fort. »Arthur will, daß die beiden sich vermählen, wußtest du das? Obwohl ich jetzt kaum noch glaube, daß es soweit kommen wird. Wie ich es sehe, ist Gundleus' Thron gesichert, und Lancelot wird sich anderswo eine Gemahlin suchen müssen.«

Von nun an verlor ich kein Wort mehr über Ceinwyn. Wir ritten auf demselben Weg zurück, den wir gekommen waren, und erreichten Magnis am zweiten Abend. Wie Galahad vorausgesagt hatte, setzte Tewdric auf Gorfyddyds Zusicherungen, während Arthur es vorzog, Merlin zu glauben. Gorfyddyd hatte uns, wie ich feststellte, benutzt, um Tewdric und Arthur zu entzweien, und mir schien, daß Gorfyddyd das gelungen war, denn als wir hörten, wie die beiden Männer in Tewdrics Quartier haderten, wurde klar, daß der König von Gwent sich kaum für den bevorstehenden Krieg erwärmen konnte. Galahad und ich ließen die beiden Streitenden allein, um einen Spaziergang auf den Befestigungsanlagen von Magnis zu machen, die aus einem großen, von einer stabilen Palisade gekrönten Erdwall bestanden, um den sich ein wassergefüllter Graben zog. »Tewdric wird den Streit gewinnen«, sagte Galahad bedrückt. »Weil er kein Vertrauen zu Arthur hat, verstehst du?«

»Hat er doch!« protestierte ich.

Galahad schüttelte den Kopf. »Er weiß, daß Arthur ein ehrlicher Mann ist«, räumte er ein, »aber Arthur ist auch ein Abenteurer. Er ist landlos, hast du je daran gedacht? Er verteidigt seinen Ruf, nicht seinen Besitz. Er nimmt seinen Rang nur wegen Mordreds Alter ein, nicht auf Grund seiner eigenen Geburt. Wenn Arthur Erfolg haben will, muß er kühner sein als andere Männer, Kühnheit aber ist etwas, was Tewdric im Augenblick nicht wünscht. Er will Sicherheit. Er wird Gorfyddyds Angebot annehmen.« Eine Zeitlang versank er in Schweigen. »Vielleicht ist es unser Schicksal, umherziehende Krieger zu sein«, fuhr er dann schwermütig fort, »ohne Land, und durch immer neue Feinde immer weiter zum Westmeer zurückgedrängt.«

Ich erschauerte und zog meinen Mantel fester um mich. Der Abendhimmel bezog sich, und der Westwind trug eine kühle Vorankündigung von Regen herbei. »Willst du sagen, daß Tewdric uns im Stich lassen wird?«

»Das hat er schon getan«, entgegnete Galahad offen. »Sein einziges Problem besteht jetzt nur noch darin, Arthur möglichst elegant loszuwerden. Tewdric hat zuviel zu verlieren und will keine weiteren Risiken eingehen, Arthur dagegen hat nichts zu verlieren als seine Hoffnungen.«

»He, ihr zwei!« rief eine laute Stimme hinter uns, und als wir uns umwandten, sahen wie Culhwch, der uns auf dem Wall entgegeneilte. »Arthur braucht euch.«

»Weswegen?« fragte Galahad.

»Was meint Ihr wohl, Lord Prinz? Daß es ihm an Wurfbrettspielern mangelt?« Culhwch grinste. »Mag ja sein, daß diese Bastarde...« – er zeigte zur Festung hinüber, in der sich Tewdrics sauber uniformierte Männer drängten – »keinen Mumm zum Kämpfen haben, aber wir sind da anders. Ich nehme an, daß wir den Angriff allein unternehmen werden.« Als er unsere Überraschung sah, lachte er laut auf. »Ihr habt gehört, was Lord Agricola neulich abends gesagt hat. Mit zweihundert Mann kann man Lugg Vale gegen ein ganzes Heer halten. Also! Wir haben zweihundert Speerkämpfer, und Gorfyddyd verfügt über ein Heer – wozu brauchen wir da noch Leute aus Gwent? Es wird Zeit, die Raben zu füttern!«

Die ersten Regentropfen fielen zischend in die Schmiedefeuer, und es sah aus, als würden wir bald zu Felde ziehen.

Zuweilen denke ich, daß dies Arthurs mutigste Entscheidung war. Er hat, weiß Gott, in ähnlich verzweifelten Situationen andere Entscheidungen getroffen, doch niemals war Arthur schwächer als an jenem regnerischen Abend in Magnis, an dem Tewdric beharrlich die Befehle ausarbeitete, die seine Vorposten in Erwartung eines Waffenstillstands zwischen Gwent und den Feinden zu den römischen Wällen zurückbeordern würden.

Fünf von uns rief Arthur in einem Soldatenhaus dicht neben jenen Wällen zusammen. Der Regen trommelte aufs Dach, während darunter ein Holzfeuer rauchte, das uns mit unheimlichem Glühen beleuchtete. Sagramor, Arthurs verläßlichster Befehlshaber, saß neben Morfans auf der schmalen Bank der Hütte, Culhwch, Galahad und ich hockten auf dem Boden, und Arthur sprach.

Prinz Meurig, räumte Arthur ein, habe eine unangenehme Wahrheit ausgesprochen, denn er sei tatsächlich schuld an diesem Krieg. Hätte er Ceinwyn nicht verschmäht, gäbe es keine Feindschaft zwischen Powys und Dumnonia. Gwent sei in die Auseinandersetzung verwickelt, weil es Powys' ältester Feind und Dumnonias traditioneller Freund sei, aber es liege nicht in Gwents Interesse, den Krieg fortzusetzen. »Wäre ich nicht nach Britannien gekommen«, erklärte Arthur, »müßte König Tewdric jetzt nicht der Möglichkeit ins Auge sehen, daß sein Land erobert wird. Dieser Krieg ist mein Krieg – ich habe ihn begonnen, also muß ich ihn auch beenden.« Er hielt inne. Er war ein sehr emotionaler Mensch, und im Moment übermannten ihn seine Gefühle. »Ich werde morgen ins Lugg Vale ziehen«, sagte er schließlich, und eine schreckliche Sekunde lang glaubte ich, er wolle sich Gorfyddyds gräßlicher Rache ausliefern, dann aber zeigte uns Arthur sein offenes, herzliches Lächeln. »Und es würde mich freuen, wenn ihr alle mit mir kämt, aber ich habe nicht das Recht, so etwas von euch zu verlangen.«

Eine Zeitlang herrschte Schweigen. Vermutlich dachten wir alle daran, daß uns der Kampf in jenem Tal schon ziemlich riskant erschienen war, als die vereinten Heere von Gwent und Dumnonia dort eingesetzt werden sollten – wie sollten wir ihn da mit Dumnonias Männern allein gewinnen? »Ihr habt das Recht, zu verlangen, daß wir mitkommen«, brach Culhwch das Schweigen, »denn wir haben den Eid geschworen, Euch zu dienen.«

»Ich entbinde euch von diesem Eid«, verkündete Arthur, »und bitte nur darum, daß ihr, solltet ihr am Leben bleiben, mein Versprechen erfüllt und dafür sorgt, daß Mordred zu unserem König heranwächst.«

Wieder herrschte Stille. Ich glaube, keiner von uns wankte in seiner Loyalität, aber wir wußten nicht, wie wir es ausdrücken sollten – bis Galahad das Wort ergriff. »Ich habe Euch keinen Eid geschworen«, wandte er sich an Arthur, »aber ich tue es jetzt. Wo Ihr kämpft, Lord, werde ich kämpfen, und wer Euer Feind ist, der ist der meine, und wer Euer Freund ist, der ist auch der meine. Das schwöre ich beim heiligen Blut Jesu Christi.« Er beugte sich vor, ergriff Arthurs Hand und küßte sie. »Möge mein Leben verwirkt sein, wenn ich diesen Eid breche.«

»Es braucht zwei, um einen Eid zu leisten«, erklärte Culhwch. »Ihr könnt mich aus dem Eid entlassen, Lord, aber ich selbst entlasse mich nicht daraus.«

»Ich auch nicht, Lord«, setzte ich hinzu.

Sagramor zog eine gelangweilte Miene. »Ich bin Euer Mann«, sagte er zu Arthur, »und nur der Eure.«

»Zum Teufel mit dem Eid«, rief der häßliche Morfans, »ich will endlich kämpfen!«

Arthur hatte Tränen in den Augen. Eine Zeitlang konnte er nicht sprechen, deshalb beschäftigte er sich damit, ein Holzscheit ins Feuer zu stoßen, bis es ihm gelungen war, die Wärme zu halbieren und den Rauch zu verdoppeln. »Eure Männer sind nicht durch einen Eid gebunden«, sagte er mit erstickter Stimme, »und ich will morgen im Lugg Vale keinen, der nicht freiwillig mitkommt.«

»Warum morgen?« fragte Culhwch. »Warum nicht übermorgen? Je mehr Zeit für Vorbereitungen wir haben, desto besser, oder?«

Arthur schüttelte den Kopf. »Und wenn wir ein ganzes Jahr warteten – wir würden nicht besser vorbereitet sein. Außerdem werden Gorfyddyds Spione bereits mit der Nachricht nach Norden laufen, daß Tewdric Gorfyddyds Bedingungen akzeptiert; deswegen müssen wir angreifen, bevor ebendiese Spione entdecken, daß wir Dumnonier uns nicht zurückgezogen haben.« Er sah mich an. »Ihr werdet zuerst angreifen, Lord Derfel, deswegen müßt Ihr noch heute abend Eure Männer erreichen und mit ihnen sprechen, und wenn sie nicht wollen, dann soll's eben so sein, doch wenn sie wollen, kann Morfans Euch erklären, was Ihr zu tun habt.«

Morfans hatte die ganze feindliche Kampflinie abgeritten und sich in Arthurs Rüstung gezeigt, zugleich aber die feindlichen Stellungen ausgekundschaftet. Jetzt nahm er eine Handvoll Körner aus einem Topf und häufte sie auf seinen ausgebreiteten Mantel um ein grobes Modell des Lugg Vale zu machen. »Es ist kein langes Tal«, erklärte er, »aber die Wände sind steil. Die Barrikade liegt hier, am südlichen Ende.« Er zeigte auf einen Punkt innerhalb des Talmodells. »Sie haben Bäume gefällt und einen Zaun errichtet. Er ist groß genug, um ein Pferd aufzuhalten, mit ein paar Mann jedoch kann man die Baumstämme sehr schnell beiseite räumen. Der Schwachpunkt liegt hier.« Er deutete auf die westliche Anhöhe. »Am Nordende des Tals fällt der Hügel steil ab, dort aber, wo sie die Barrikade errichtet haben, kann man den Hang leicht hinablaufen. Klettert den Hügel im Dunkeln hinauf, dann könnt ihr im Morgengrauen von oben angreifen und die Baumbarrikade entfernen, während sie noch mit dem Aufwachen beschäftigt sind. Danach können die Pferde durchbrechen.« Bei der Aussicht, den Feind zu überraschen, grinste er breit.

»Eure Männer sind an Nachtmärsche gewöhnt«, wandte sich Arthur wieder an mich. »Also werdet Ihr morgen bei Tagesanbruch die Barrikade stürmen und beseitigen und anschließend das Tal so lange halten, bis unsere Pferde eintreffen. Nach den Pferden werden unsere Speerkämpfer kommen. Sagramor wird die Speerkämpfer im Tal befehligen, während ich mit fünfzig Reitern Branogenium angreifen werde.« Sagramor reagierte kaum auf diese Erklärung, durch die ihm der Befehl über den größten Teil von Arthurs Heer übertragen wurde.

Wir anderen vermochten unser Erstaunen nicht zu verbergen – nicht über Sagramors Ernennung, sondern über Arthurs Taktik. »Fünfzig Reiter sollen Gorfyddyds gesamtes Heer angreifen?« fragte Galahad zweifelnd.

»Wir werden Branogenium nicht erobern«, gestand Arthur ein, »möglicherweise kommen wir der Stadt nicht einmal nahe, aber wir werden Gorfyddyds Männer dazu bringen, uns zu verfolgen, und das wird sie zum Tal hinunterführen. Sagramor wird die Verfolgung am Nordende des Tals aufhalten, dort, wo die Straße durch eine Furt den Fluß überquert, und sich zurückziehen, sobald sie angreifen.« Er sah uns der Reihe nach an, um sich zu vergewissern, daß wir seine Anweisungen verstanden hatten. »Zurückziehen«, wiederholte er, »immer weiter zurückziehen. Sie sollen denken, daß sie siegen! Und wenn ihr sie tief genug ins Tal gelockt habt, werde ich angreifen.«

»Von wo aus?« wollte ich wissen.

»Von hinten natürlich!« Angespornt von der Aussicht auf eine Schlacht, hatte Arthur seine ganze Begeisterung zurückgewonnen. »Wenn meine Reiter vor Branogenium zurückweichen, werden wir uns nicht ins Tal zurückziehen, sondern uns draußen vor dem Nordende verstecken. Die ganze Gegend ist dicht bewaldet. Und wenn Ihr den Feind hereingelockt habt, werde ich ihm in den Rücken fallen.«

Sagramor starrte auf die Körnerhäufchen. »Die Schwarzschild-Iren auf Coel's Hill«, wandte er in seinem gräßlichen Akzent ein, »könnten zur Südseite der Hügel marschieren und uns von hinten packen.« Um uns zu zeigen, was er meinte, schob er seinen Finger durch die verstreuten Körner am Südende des Tals. Die Iren waren, wie wir alle wußten, die furchterregenden Krieger von Oengus Mac Airem, König von Demetia. Sie waren unsere Verbündeten gewesen, bis Gorfyddyd ihre Loyalität mit Hilfe von Gold umgekehrt hatte. »Ihr wollt, daß wir vorn ein Heer in Schach halten, während uns die Schwarzschilde im Nacken sitzen?« fragte Sagramor.

»Nun seht ihr«, gab Arthur lächelnd zurück, »warum ich euch anbiete, euch aus eurem Eid zu entlassen. Sobald Tewdric weiß, daß wir im Kampf liegen, wird er kommen. Im Verlauf des Tags, Sagramor, werdet Ihr feststellen, daß Euer Schildwall mit jeder Minute stärker wird. Tewdrics Männer werden den Feind vom Coels Hügel bekämpfen.«

»Und wenn sie das nicht tun?« fragte Sagramor.

»Werden wir vermutlich verlieren«, gab Arthur gelassen zu. »Aber durch meinen Tod wird Gorfyddyd zum Sieg und Tewdric zu seinem Frieden kommen. Mein Kopf wird als Hochzeitsgeschenk an Ceinwyn geschickt werden, und ihr, meine Freunde, werdet in der Anderwelt tafeln, wo ihr, wie ich hoffe, für mich einen Platz freihalten werdet.«

Abermals herrschte Schweigen. Arthur schien überzeugt zu sein, daß Tewdric mitkämpfen werde, wir dagegen hegten da gewisse Zweifel. Mir kam es wahrscheinlicher vor, daß Tewdric es vorziehen werde, Arthur mit seinen Männern im Lugg Vale umkommen zu lassen und sich auf diese Weise aus einem unbequemen Bündnis zu lösen, aber ich sagte mir auch, daß diese hohe Politik nicht meine Sache sei. Meine Aufgabe war es, den folgenden Tag zu überleben, und als ich Morfans' provisorisches Schlachtfeldmodell betrachtete, machte ich mir Gedanken über den westlichen Hügel, dessen Hang uns unser Angriff bei Morgengrauen hinabführen sollte. »Sie werden unseren Schildwall umgehen«, gab ich zu bedenken.

Arthur schüttelte den Kopf. »Am Nordende des Tals ist der Hügel so steil, daß ihn ein Mann in schwerer Rüstung nicht erklimmen kann. Schlimmstenfalls werden sie ihre Landwehr dorthin schicken, und das bedeutet Bogenschützen. Wenn Ihr Männer entbehren könnt, Derfel, postiert dort eine Handvoll, ansonsten aber betet, daß Tewdric möglichst schnell erscheint. Zu welchem Ende Ihr«, sagte er, an Galahad gewandt, »so ungern ich Euch auch bitte, dem Schildwall fernzubleiben, Lord Prinz, mir morgen von größtem Nutzen wärt, wenn Ihr als mein Botschafter zu König Tewdric reiten würdet. Ihr seid ein Prinz, Ihr sprecht mit Autorität, und besser als jeder andere könnt Ihr ihn überreden, sich den Sieg zunutze zu machen, den ich ihm durch meinen Ungehorsam zu Füßen zu legen gedenke.«

Galahads Miene war besorgt. »Ich würde lieber kämpfen, Lord.«

»Letzten Endes...« – Arthur lächelte – »würde ich lieber siegen als unterliegen. Dafür aber ist es notwendig, daß Tewdrics Männer vor Tagesende kommen, und Ihr, Lord Prinz, seid der einzig akzeptable Bote, den ich einem zutiefst besorgten König schicken kann. Ihr müßt ihn überreden, ihm schmeicheln, ihn anflehen, aber vor allem, Lord Prinz, müßt Ihr ihn davon überzeugen, daß wir den Krieg morgen gewinnen oder bis ans Ende unserer Tage kämpfen werden.«

Galahad akzeptierte den Auftrag. »Habe ich dennoch Eure Erlaubnis, zurückzukehren und an Derfels Seite zu kämpfen, sobald die Botschaft überbracht worden ist?« setzte er hinzu.

»Aber mit Freuden«, antwortete Arthur. Dann hielt er inne und blickte auf die Körnerhäufchen hinab. »Wir sind nur wenige«, sagte er schlicht, »und die Feinde sind eine ganze Heerschar, aber

Träume werden nicht verwirklicht, indem man Vorsicht walten läßt, sondern nur, indem man der Gefahr trotzt. Morgen können wir den Briten den Frieden bringen.« Unvermittelt brach er ab, möglicherweise weil ihm eingefallen war, daß Tewdric genau wie er von Frieden träumte. Möglicherweise fragte sich Arthur, warum er überhaupt kämpfen sollte. Ich dachte daran, wie Arthur nach unserem Treffen mit Aelle, als wir unter der Eiche unseren Eid schworen, erwogen hatte, den Kampf aufzugeben, und erwartete fast, daß er uns wieder seine Seele offenbarte, aber an jenem regnerischen Abend zerrte das Pferd Ehrgeiz an seiner Seele. Er konnte keinen Frieden ins Auge fassen, dessen Preis sein eigenes Leben oder auch sein Exil sein sollte. Er wollte Frieden, aber noch mehr wollte er diesen Frieden diktieren. »Zu welchen Göttern ihr auch betet«, sagte er ruhig, »mögen sie morgen mit euch sein.«

Ich mußte reiten, um zu meinen Männern zurückzukehren. Da ich es eilig hatte, fiel ich dreimal vom Pferd. Als Zeichen waren diese Stürze unheilverkündend, doch da der Regen die Straße aufgeweicht hatte, trug nur mein Stolz eine Wunde davon. Arthur begleitete mich. Er hielt mein Reittier an, als wir noch einen Speerwurf von den im unablässigen Regen nur niedrig flackernden Lagerfeuern meiner Männer entfernt waren. »Wenn Ihr das morgen für mich schafft, Derfel«, sagte er, »werdet Ihr Euer eigenes Banner tragen und Euer eigenes Symbol auf Eure Schilde malen.«

In dieser Welt oder der nächsten, dachte ich, sprach es aber nicht aus, um die Götter nicht zu versuchen. Denn morgen, im frühen, trostlosen Grau des Tagesanbruchs, würden wir gegen die ganze Welt antreten.

Keiner meiner Männer machte den Versuch, sich aus seinem Eid zu stehlen. Einige wenige wären der Schlacht vielleicht gern ausgewichen, aber keiner wollte vor seinen Kameraden als Schwächling dastehen, und so marschierten wir alle zusammen. Wir brachen mitten in der Nacht auf und durchquerten das regendurchweichte Land. Arthur verabschiedete uns noch, dann machte er sich dorthin auf, wo seine Reiter ihr Lager aufgeschlagen hatten.

Nimue bestand darauf, uns zu begleiten. Nachdem sie uns einen Tarnzauber versprochen hatte, waren meine Männer nicht mehr dazu zu bewegen, sie zurückzulassen. Sie wirkte den Zauber, bevor wir losritten. Dabei bediente sie sich des Schädels eines Schafes, das sie bei Fackelschein in einem Graben dicht neben unserem Lager fand. Sie schleppte den Kadaver aus dem Dickicht herbei, wo sich ein Wolf daran gütlich getan hatte, schlug den Kopf ab, löste die Reste der würmerwimmelnden Haut und kauerte sich dann so hin, daß ihr Umhang sowohl sie als auch den stinkenden Schädel verbarg. Lange Zeit blieb sie dort hocken und atmete dabei ständig den gräßlichen Gestank des verwesenden Schädels ein; dann stand sie auf und versetzte dem Schädel einen verächtlichen Tritt, so daß er davonflog. Sie beobachtete, wo er landete, und erklärte nach einer kurzen Pause des Überlegens, der Feind werde zur Seite blicken, wenn wir durch die Nacht marschierten. Arthur, den Nimues Intensität faszinierte, erschauerte bei dieser Ankündigung. Dann umarmte er mich. »Ich stehe in Eurer Schuld, Derfel.«

»Ihr schuldet mir nichts, Lord.«

»Wenn schon für nichts anderes«, gab er zurück, »dann danke ich Euch dafür, daß Ihr mir Ceinwyns Botschaft überbracht habt.« Er war sehr glücklich darüber gewesen, daß sie ihm verziehen hatte, doch als ich ihre Bitte um Schutz wiederholte, zuckte er die Achseln. »Sie hat von keinem einzigen Mann in Dumnonia etwas zu befürchten«, sagte er. Jetzt klopfte er mir den Rücken. »Wir sehen uns im Morgengrauen«, versprach er mir. Er sah uns nach, als wir aus dem Licht des Feuers in die Dunkelheit verschwanden.

Wir durchquerten grasgrüne Wiesen und frisch abgeerntete Felder, wo es kein anderes Hindernis als den aufgeweichten Boden, die Dunkelheit und den strömenden Regen gab. Der Regen kam von links, aus Westen, und es schien, als werde er niemals aufhören: ein stechender, peitschender, kalter Regen, der uns in die Koller sickerte und uns den Körper auskühlte. Anfangs drängten wir uns eng zusammen, damit kein Mann allein im Dunkeln zurückblieb, obwohl wir einander sogar in leichtem Gelände ständig mit gedämpfter Stimme anrufen mußten, um zu hören, wo sich die Kameraden befanden. Manche Männer versuchten sich am Umhang eines Freundes festzuhalten, aber dann klirrten ihre Speere aneinander, und die Männer stolperten. Schließlich gebot ich allen Halt und formierte sie zu zwei langen Reihen. Jeder Mann erhielt

Befehl, den Schild auf dem Rücken zu tragen und sich am Speer des Mannes vor ihm festzuhalten. Cavan bildete die Nachhut, um sicherzustellen, daß niemand zurückblieb, während Nimue und ich die Spitze übernahmen. Sie hielt meine Hand – nicht etwa aus Zuneigung, sondern einfach, damit wir in dieser stockfinsteren Nacht zusammenblieben. Lugnasa schien jetzt wie ein Traum, hinweggefegt nicht von der Zeit, sondern von Nimues wilder Entschlossenheit zu leugnen, daß es die Stunden in der Laube jemals gegeben hatte. Wie die Monate, die sie auf der Toteninsel verbracht hatte, hatten auch jene gemeinsamen Stunden ihren Zweck erfüllt und waren nunmehr bedeutungslos.

Wir kamen an ein Wäldchen. Ich zögerte, dann stiefelte ich einen steilen, schlammigen Abhang hinab und in eine Finsternis, die so undurchdringlich war, daß ich mich verzweifelt fragte, ob es mir je gelingen würde, fünfzig Mann durch dieses schwarze Loch zu bringen, doch dann begann Nimue mit leiser Stimme zu singen, und dieser Klang wirkte wie ein Leuchtfeuer, das meine Männer sicher durch die Dunkelheit führte. Beide Speerketten rissen, doch indem wir Nimues Stimme folgten, gelang es uns allen irgendwie, durch die Bäume zu stolpern. Wir kamen auf einer Wiese heraus, wo wir haltmachten. Cavan und ich zählten die Männer, während Nimue uns, Zaubersprüche zischelnd, in der Finsternis unermüdlich umkreiste.

Meine Stimmung, ohnehin durch Regen und Dunkelheit gedämpft, verschlechterte sich. Ich hatte geglaubt, mir eine genaue Vorstellung von dem Gelände unmittelbar nördlich vom Lager meiner Männer gemacht zu haben, doch die Mühen unseres Marsches hatten das Bild verzerrt. Ich hatte keine Ahnung, wo ich war und wohin ich mich wenden sollte. Ich dachte, wir seien in Richtung Norden marschiert, doch ohne Sterne, die mich leiten konnten, und ohne den Mond, der meinen Weg beleuchtete, waren meine Ängste stärker als meine Entschlossenheit.

»Worauf wartest du?« Nimue war neben mich getreten und flüsterte mir die Frage ins Ohr.

Ich schwieg, weil ich nicht zugeben wollte, daß ich mich verirrt hatte. Oder vielleicht auch nicht zugeben wollte, daß ich mich fürchtete.

Nimue schien meine Hilflosigkeit zu spüren und übernahm das Kommando. »Wir haben eine lange Strecke offenes Weideland vor uns«, erklärte sie meinen Männern. »Es wurde als Schafweide genutzt, aber die Schafe sind weitergezogen, also gibt es weder Schäfer noch Hunde, die uns entdecken könnten. Es geht bergauf, ist aber leicht zu bewältigen, solange wir zusammenbleiben. Am Ende der Weide werden wir auf einen Wald stoßen, wo wir auf den Tagesanbruch warten. Es ist nicht weit, und es ist nicht schwierig. Ich weiß, wir sind alle naß, und wir frieren, aber morgen werden wir uns an den Feuern unserer Feinde wärmen.« Sie sprach mit unerschütterlicher Zuversicht.

Ich glaube kaum, daß ich meine Männer durch jene naßkalte Nacht hätte führen können, aber Nimue konnte es. Sie behauptete, mit ihrem einen Auge im Dunkeln sehen zu können, wo unsere Augen nichts zu erkennen vermochten, und vielleicht stimmte das, aber vielleicht hatte sie ja auch nur eine bessere Vorstellung von diesem Gelände als ich. Wie dem auch sei, sie machte ihre Sache gut. Während der letzten Stunde marschierten wir an einer Felsschulter entlang, und plötzlich ließ es sich leichter gehen, denn wir hatten den westlichen Hügel oberhalb des Lugg Vale erreicht, und in der Dunkelheit unter uns brannten die Wachfeuer der Feinde. Ich konnte sogar die Barrikade aus gefällten Kiefern und das Glitzern des Lugg-Flusses dahinter sehen. Unten im Tal warfen die Männer riesige Holzklötze auf die Feuer, damit sie die Straße beleuchteten, auf der sich Angreifer von Süden her nähern konnten.

Als wir das Wäldchen erreichten, sanken wir erschöpft auf den nassen Boden. Einige von uns fielen in den irreführenden, traumerfüllten Halbschlummer, der gar kein Schlaf zu sein scheint und den Schläfer frierend, müde und steif macht, aber Nimue blieb wach, murmelte ihre Zaubersprüche und unterhielt sich mit den Männern, die nicht schlafen konnten. Es waren keine oberflächlichen Gespräche, denn Nimue hatte keine Zeit für seichtes Geplauder. Eifrig legte sie die Gründe für unseren Kampf dar. Wir kämpften nicht für Mordred, sagte sie, sondern für ein Britannien ohne fremde Menschen und fremde Ideen, und selbst die Christen unter meinen Männern hörten ihr zu.

Mit dem Angriff wartete ich nicht bis zum Tagesanbruch, sondern ich weckte die Schlafenden schon, als sich im Osten der erste, bleiche Schimmer stahlgrauen Lichts am regennassen Himmel zeigte, und führte meine fünfzig Speerkämpfer bis zum Waldrand hinab. Wir warteten oberhalb eines Grashangs, der sich nicht weniger steil auf den Talboden hinabsenkte als die Flanken von Ynys Wydryns Tor. Mein linker Arm lag fest in den Schildriemen, Hywelbane hing an meiner Seite, und mit der Rechten umklammerte ich meinen schweren Speer. Ein leichter Dunst zeigte sich dort, wo der Fluß das Tal verließ. Dicht neben den Bäumen strich eine weiße Eule vorbei, was meine Männer für ein böses Zeichen hielten, doch dann fauchte hinter uns eine Wildkatze, und Nimue behauptete, dadurch sei die unheilbringende Wirkung der Eule aufgehoben. Ich sprach ein Gebet zu Mithras, indem ich die nächsten Stunden seiner Glorie widmete. Dann erklärte ich meinen Männern, die Franken seien weitaus gefährlichere Feinde gewesen als diese verschlafenen Powysianer in dem Tal unter uns. Zwar zweifelte ich selbst an der Wahrheit meiner Worte, doch was die Männer unmittelbar vor der Schlacht brauchen, ist nicht die Wahrheit, sondern Zuversicht. Insgeheim hatte ich Issa und einem anderen Mann befohlen, sich in Nimues Nähe zu halten, denn wenn sie starb, würde sich die Zuversicht meiner Männer auflösen wie Sommerdunst, das war mir klar.

Der Regen, der uns von hinten peitschte, machte den Grashang gefährlich glatt. Der Himmel über der anderen Talseite wurde heller und zeigte die ersten Schatten zwischen den dahinfliegenden Wolken. Die Welt war grau und schwarz, im Tal selbst noch nachtdunkel, am Waldrand jedoch etwas heller, ein Kontrast, der mich fürchten ließ, der Feind könne uns entdecken, während wir ihn nicht zu sehen vermochten. Die Feuer unten loderten noch immer, aber weitaus niedriger als während der finsteren, von Geistern heimgesuchten Nachtstunden. Wachtposten konnte ich nirgends entdecken. Es war Zeit aufzubrechen.

»Bewegt euch nur langsam«, befahl ich meinen Männern. Ich hatte mir einen wilden Sturm den Hang hinab vorgestellt, aber jetzt änderte ich meine Meinung. Das nasse Gras würde rutschig sein, deswegen entschied ich, daß es besser wäre, wenn wir langsam und lautlos wie Gespenster im Morgengrauen den Hang hinabschlichen. Ich machte den Anfang und setzte die Füße immer vorsichtiger, je steiler der Hang wurde. Da sogar Nagelstiefel nur trügerischen Halt auf dem nassen Boden fanden, bewegten wir uns so langsam wie schleichende Katzen, und das lauteste Geräusch im Halbdunkel war unser Atem. Die Speere benutzten wir als Wanderstäbe. Zwei Mann stürzten so schwer, daß ihre Schilde klappernd gegen Schwertscheiden und Speere stießen, und jedesmal lauschten wir atemlos auf den Ruf der Wachen. Es blieb jedoch alles still.

Der letzte Teil des Hügels war der steilste, aber von der Kante dieses letzten Abhangs konnten wir endlich den gesamten Talboden sehen. Der Fluß eilte wie ein schwarzer Schatten an der gegenüberliegenden Talwand entlang, während die Römerstraße direkt unter uns zwischen einer Gruppe Strohdachhütten hindurchführte, in denen der Feind Zuflucht gesucht haben mußte. Nur vier Mann konnte ich ausmachen. Zwei kauerten bei den Feuern, ein dritter saß unter der Traufe einer Hütte, während der vierte hinter der Baumbarrikade auf und ab wanderte. Der östliche Himmel erwartete bleich das flammende Rot des Morgens, und es war an der Zeit, daß ich meine Wolfsruten-Speerkämpfer aufs Schlachtfeld führte. »Mögen die Götter euer Schildwall sein«, sagte ich zu ihnen. »Und gutes Töten!«

Gleich darauf stürzten wir uns die letzten Meter des Steilhangs hinunter. Manche Männer glitten auf ihrer Kehrseite bergab, statt auf den Füßen zu bleiben, andere rannten Hals über Kopf, und ich selbst als ihr Führer rannte mit ihnen. Die Angst verlieh uns Flügel und ließ uns lautes Kampfgebrüll anstimmen. Wir waren die Wölfe von Benoic, die in die Grenzhügel von Powys gekommen waren, um den Tod zu bringen, und plötzlich geschah, was in der Schlacht immer geschah: Die Begeisterung ergriff Besitz von uns. Jubelnde Freude flammte in unseren Seelen auf und löschte alle Hemmungen, jede Vernunft und allen Anstand aus, bis nur noch ungezähmte Kampfeslust in uns loderte. Mit einem einzigen Satz sprang ich die letzten paar Fuß hinab, stolperte durch die Himbeersträucher, trat einen leeren Eimer um und sah, wie der erste, völlig entgeisterte Mann aus einer nahen Hütte auftauchte. Er war in Hose und Koller gekleidet, trug einen Speer und spähte blinzelnd in den regnerischen Morgen hinaus. So starb er, als ich ihm den Speer in den Bauch rammte. Dann stieß ich unser Wolfsgeheul aus, mit dem ich meine Feinde herausforderte, zu mir zu kommen, damit ich sie töten könne.

Mein Speer steckte im Körper des Sterbenden. Ich ließ ihn zurück und zog Hywelbane. Ein weiterer Mann schob den Kopf vorsichtig zur Hütte hinaus, um zu sehen, was draußen los war. Ich stieß ihm Hywelbane in die Augen und warf ihn zurück. Meine Männer strömten heulend und brüllend an mir vorbei. Die Wachtposten flohen. Einer lief zum Fluß, zögerte, wandte sich um und starb durch zwei Speerstöße. Einer meiner Männer holte sich ein brennendes Holzscheit aus dem Feuer und warf es auf ein nasses Strohdach. Weitere brennende Scheite folgten, bis die Hütten schließlich Feuer fingen und die Bewohner hinauslaufen mußten, wo sie von meinen Speerkämpfern erwartet wurden. Eine Frau schrie auf, als brennendes Stroh auf sie herabregnete. Nimue hatte einem toten Feind das Schwert abgenommen und grub es in den Hals eines gestürzten Mannes. Sie stieß ein unheimliches, hohes Kreischen aus, das der kalten Morgendämmerung einen ganz neuen Schrekken verlieh.

Cavan schrie den Männern zu, sie sollten die Baumbarrikade beiseite räumen. Ich überließ die wenigen Feinde, die noch am Leben waren, meinen Männern, und ging ihm helfen. Die Barrikade bestand aus zwei Dutzend gefällter Kiefern, die so dick waren, daß zwanzig Mann benötigt wurden, um jeden einzelnen Baum zu bewegen. Wir hatten gerade dort, wo die Straße die Barrikade kreuzte, eine vierzig Fuß breite Lücke geschaffen, als Issa mir eine Warnung zurief.

Die Männer, die wir getötet hatten, waren nicht die ganze Wachmannschaft im Tal gewesen, sondern eher der Vorposten, der die Barrikade bewachte, und nun tauchte, durch den Lärm aufgestört, die Haupttruppe im schattigen nördlichen Teil des Tals auf.

»Schildwall!« rief ich laut. »Schildwall!«

Sofort formierten wir uns unmittelbar nördlich der brennenden Hütten zu einer Linie. Zwei meiner Männer hatten sich bei der Rutschpartie über den steilen Abhnag den Knöchel gebrochen, ein dritter war in den ersten Minuten des Kampfes getötet worden, aber wir anderen stellten uns in einer Reihe auf und stießen die

Schildränder aneinander, um sicherzugehen, daß der Wall hielt. Ich hatte mir meinen Speer zurückgeholt, deswegen steckte ich Hywelbane jetzt in die Scheide und richtete meine Speerspitze nach vorn wie die anderen Stahlspitzen, die fünf Fuß vor unserem Schildwall drohten. Einem halben Dutzend Männer befahl ich, mit Nimue hinter uns zu bleiben – für den Fall, daß sich noch Feinde in den Schatten verbargen –, dann mußten wir warten, während Cavan seinen Schild austauschte. Da die Riemen seines eigenen gerissen waren, griff er sich einen Powysschild und schnitt den Lederbezug mit dem Adlersymbol herunter. Er nahm seinen Platz am rechten Ende des Schildwalls ein, dem empfindlichsten Punkt, weil in einer Reihe der rechte Mann den Mann zu seiner Linken mit dem Schild beschützen muß und somit seine eigene rechte Seite ungeschützt dem feindlichen Angriff bietet. »Fertig, Lord!« rief er mir zu.

»Vorwärts!« schrie ich, weil ich dachte, daß es besser sei, selbst anzugreifen, als dem Feind Zeit zu lassen, sich zu formieren und uns zu attackieren.

Je weiter wir nach Norden marschierten, desto höher und steiler wurden die Talwände. Auf dem Hang zu unserer Rechten, hinter dem Fluß, stand dichter Wald, während der Hang zu unserer Linken anfangs mit Gras, dann aber nur noch mit Gestrüpp bewachsen war. Immer enger wurde das Tal, wenn auch an keiner Stelle so eng, daß man es als Schlucht hätte bezeichnen können. Das Lugg Vale bot einer Kriegshorde genügend Platz zum Manövrieren, obwohl die sumpfigen Flußufer die Fläche des trockenen Bodens, der für eine Schlacht nötig war, noch weiter eingrenzten. Das erste, wolkenverhangene Tageslicht fiel auf die westlichen Hügel, drang aber noch nicht in die Tiefen des Tales vor. Der Regen hatte zwar endlich aufgehört, aber der Wind kam in kalten, feuchten Böen und ließ die Flammen der Lagerfeuer flackern, die im oberen Teil des Tals brannten. Die Lagerfeuer beleuchteten ein Strohdachdorf, das sich um ein römisches Gebäude drängte. Schattenhaft huschten Männer vor den Feuern umher, ein Pferd wieherte, und dann, als das letzte geisterhafte Licht der Morgendämmerung die Straße entlang ins Tal eindrang, sah ich plötzlich, daß sich ein Schildwall formierte.

Außerdem entdeckte ich, daß dieser Schildwall aus mindestens einhundert Mann bestand und daß von hinten immer mehr herbeieilten. »Halt!« rief ich meinen Männern zu. Angestrengt starrte ich ins schlechte Licht und schätzte, daß der Schildwall mittlerweile aus nahezu zweihundert Mann bestand. Das graue Licht blitzte von ihren Speerspitzen. Das war die Elitegarde, die Gorfyddyd abgestellt hatte, das Tal zu verteidigen.

Das Tal war eindeutig zu breit, um von meinen fünfzig Mann verteidigt zu werden. Die Straße verlief dicht am westlichen Hang. Zu unserer Rechten erstreckte sich eine breite Wiese, auf der der Feind uns mühelos umgehen konnte, daher befahl ich meinen Männern den Rückzug. »Langsam zurück!« rief ich ihnen zu. »Langsam, aber sicher! Zurück bis zur Barrikade!« Die Lücke, die wir in den Zaun aus Baumstämmen gerissen hatten, konnten wir verteidigen, obwohl es auch dann eine Frage von Sekunden war, bis der Feind über die restlichen Bäume kletterte und uns umzingelte. »Langsam zurück!« rief ich abermals und blieb stehen, während meine Männer zurückwichen. Ich wartete, weil sich ein einzelner Reiter aus den Reihen der Feinde löste und auf uns zugeritten kam.

Der Abgesandte des Feindes war ein hochgewachsener Mann, ein guter Reiter. Sein Eisenhelm war von einer Schwanenfederzier gekrönt, er trug einen Speer, ein Schwert und einen Brustpanzer, doch keinen Schild. Sein Sattel bestand aus einem Lammfell. Er war ein gutaussehender Mann mit dunklen Augen und schwarzem Bart, der mir irgendwie bekannt vorkam, doch erst als er sein Roß vor mir zügelte, wußte ich plötzlich, wer er war: Valerin, der Häuptling, dem Guinevere anverlobt gewesen war, als sie Arthur kennenlernte. Mit durchdringendem Blick starrte er mich an. Dann hob er ganz langsam die Speerspitze, bis sie auf meine Kehle zeigte. »Ich hatte gehofft«, sagte er, »du wärst Arthur.«

»Mein Lord sendet Euch Grüße, Lord Valerin«, entgegnete ich.

Valerin spie auf meinen Schild, der wieder Arthurs Bärensymbol trug. »Du darfst ihm sagen, daß ich seine Grüße erwidere«, sagte er. »Ihm und der Hure, mir der er sich vermählt hat.« Er hielt inne und hob die Speerspitze, bis sie auf meine Augen wies. »Du bist weit weg von zu Hause, Knabe«, sagte er. »Weiß deine Mutter, daß du aus dem Bett gekrochen bist?«

»Meine Mutter«, gab ich zurück, »setzt schon den Kessel aufs Feuer, um Eure Knochen zu kochen, Lord Valerin. Wir brauchen dringend Leim, und wie wir hörten, bringen die Knochen von Schafen das beste Ergebnis.«

Er schien erfreut zu sein, daß ich ihn kannte, und hielt die Tatsache, daß ich seinen Namen nannte, fälschlich für Ruhm. Er ahnte nicht, daß ich zu jenen Wachen gehört hatte, die vor so vielen Jahren mit Arthur nach Caer Sws gekommen waren. Er nahm die Speerspitze von meinem Gesicht und musterte meine Männer. »Ihr seid nicht viele«, stellte er fest, »wir hingegen schon. Möchtet ihr euch lieber gleich ergeben?«

»Mag sein, daß ihr viele seid«, gab ich zurück, »aber meine Männer hungern nach einer Schlacht. Sie werden sich weiden an einer reich gedeckten Tafel voll Feinden.« Von jedem Heerführer wurde erwartet, daß er den Ritus der Beleidigungen vor der Schlacht beherrschte, und ich hatte ihn immer sehr genossen. Arthur dagegen war bei diesem Schlagabtausch nie besonders gut gewesen, weil er auch im letzten Moment vor Beginn des Tötens noch zu erreichen versuchte, daß seine Feinde ihn mochten.

Valerin begann sein Pferd zu wenden. »Dein Name?« fragte er noch, bevor er davonritt.

»Lord Derfel Cadarn«, antwortete ich stolz und glaubte zu sehen, oder hoffte wohl eher zu sehen, daß ein Funke des Erkennens in seinem Gesicht aufleuchtete, bevor er seinem Roß die Fersen gab und Richtung Norden davonpreschte.

Wenn Arthur nicht kommt, dachte ich, ist es um uns alle geschehen. Doch als ich zu meinen Speerkämpfern an der Barrikade stieß, traf ich dort Culhwch an, der wieder einmal für Arthur ritt. Sein mächtiges Roß rupfte geräuschvoll das Gras neben der Straße aus. »Wir sind nicht weit von euch entfernt, Derfel«, versicherte er mir, »und wenn dieses Ungeziefer angreift, werdet ihr sofort die Flucht ergreifen. Verstanden? Sorgt dafür, daß sie euch verfolgen. Dadurch werden ihre Truppen auseinandergezogen. Und sobald ihr uns kommen seht, müßt ihr uns sofort den Weg freimachen.« Er packte meine Hand und nahm mich fest in die Arme. »So was ist doch besser, als ewig über Frieden zu reden, was?« meinte er. Dann kehrte er zu seinem Pferd zurück und schwang sich in den Sattel.

»Tut eine Weile so, als wärt ihr Feiglinge!« rief er meinen Männern zu. Dann hob er die Hand und ritt gen Süden.

Ich erklärte meinen Männern, was Culhwchs Abschiedsworte zu bedeuten hatten, und nahm meinen Platz in der Mitte des Schildwalls ein, der sich quer über die Lücke erstreckte, die wir zwischen den gefällten Bäumen geschaffen hatten. Nimue, die noch immer ihr blutbesudeltes Schwert in der Hand hielt, stand hinter mir. »Sobald sie mit ihrem ersten Angriff beginnen«, rief ich meinem Schildwall zu, »tun wir, als gerieten wir in Panik. Aber stolpert nicht, wenn ihr davonlauft, und paßt auf, daß ihr den Pferden nicht in den Weg geratet.« Ich befahl, daß vier meiner Männer den beiden mit den gebrochenen Knöcheln in ein Dickicht hinter der Barrikade halfen, wo sie sich verstecken konnten.

Dann warteten wir. Ich warf einen kurzen Blick hinter mich, konnte jedoch keinen von Arthurs Männern entdecken. Vermutlich hielten sie sich dort verborgen, wo die Straße eine Viertelmeile weiter südlich durch ein kleines Waldstück führte. Zu meiner Rechten verlief der Fluß in dunkel glänzenden Wirbeln, auf denen zwei Schwäne dahinglitten. Ein Reiher fischte am Ufer des Flusses. Gleich darauf aber breitete er die Schwingen und flog mit klatschenden Flügelschlägen nach Norden, eine Richtung, die Nimue als gutes Zeichen auslegte, weil der Vogel das Unglück, das er brachte, zu den Feinden hinübertrug.

Ganz langsam rückten Valerins Speerkämpfer vor. Sie waren gerade erst zum Kampf geweckt worden und daher noch schlaftrunken und schwerfällig. Manche waren barhäuptig, woraus ich schloß, daß ihre Führer sie in so großer Hast aus den Strohlagern gerissen hatten, daß nicht alle Zeit gehabt hatten, ihre Rüstung anzulegen. Da sie keinen Druiden dabeihatten, brauchten wir wenigstens keine Zaubersprüche zu fürchten, obwohl auch ich, wie meine Männer, kurze Stoßgebete murmelte. Ich richtete meine an Mithras und Bel. Nimue rief Andraste an, die Göttin der Schlachten, während Cavan seine irischen Götter anflehte, seinem Speer eine gute Todesernte zu bescheren. Wie ich sah, war Valerin abgesessen und führte seine Männer von der Mitte der Angriffslinie aus, doch mir entging nicht, daß ein Diener mit dem Pferd des Häuptlings am Zügel der vorrückenden Kriegerreihe dichtauf folgte.

Ein heftiger, feuchter Windstoß trieb den Rauch der brennenden Hütten quer über die Straße und verbarg die Feinde fast vor unseren Augen. Die Leichen ihrer gefallenen Kameraden werden diese vorrückenden Krieger hellwach machen, dachte ich; und tatsächlich vernahm ich Zornesrufe, als sie auf die jüngst getöteten Männer stießen. Als ein weiterer Windstoß den Rauch davonfegte, rückte die Angriffslinie schneller vor, und die Krieger riefen uns Beleidigungen zu. Wir warteten schweigend, während das graue Frühmorgenlicht auf den feuchten Talboden herabsickerte.

Fünfzig Schritte von uns entfernt blieben die feindlichen Speerkämpfer stehen. Alle trugen den Adler von Powys auf den Schilden, also stammte keiner aus den silurischen oder aus anderen Truppen, die zu Gorfyddyd gestoßen waren. Diese Speerkämpfer gehörten, wie ich vermutete, zu den besten von Powys, daher würde jeder einzelne, den wir jetzt töteten, später eine Hilfe sein, und die Götter wußten, wie dringend wir Hilfe benötigten. Bislang waren wir im Vorteil gewesen, und ich mußte mir immer wieder vor Augen führen, daß diese leicht errungene Überlegenheit nur dazu dienen sollte, die Streitmacht Gorfyddyds und seiner Verbündeten in voller Stärke auf Arthurs wenige Getreue zuzuführen.

Zwei Mann brachen aus Valerins Kampflinie hervor und schleuderten Speere, die hoch über unseren Köpfen dahinflogen und sich hinter uns in die Erde bohrten. Meine Männer johlten, und einige nahmen ihre Schilde beiseite, als wollten sie den Feind mit ihren ungedeckten Körpern zu einem weiteren Versuch einladen. Ich dankte Mithras, daß Valerin keine Bogenschützen hatte. Nur wenige Krieger trugen Bogen, denn kein Pfeil vermag einen Schild oder einen ledernen Brustharnisch zu durchbohren. Der Bogen war die Waffe des Jägers, am nützlichsten bei der Jagd auf Wildgeflügel oder Niederwild, doch die Bogenschützen einer großen Landwehr konnten immerhin recht störend wirken, weil sie die Krieger zwangen, sich hinter ihren Schildwall zu ducken.

Zwei weitere Männer schleuderten ihre Speere. Die eine Waffe schlug dumpf in einen Schild, wo sie steckenblieb, die andere flog wieder hoch über uns hinweg. Valerin beobachtete uns, versuchte unseren Kampfeswillen einzuschätzen und glaubte – möglicherweise weil wir nicht ebenfalls Speere warfen –, daß wir uns bereits geschlagen gaben. Er hob die Arme, schlug mit seinem Speer auf seinen Schild und befahl seinen Männern mit lauter Stimme, zum Angriff überzugehen.

Brüllend stießen sie ihren Schlachtruf aus, während wir, wie Arthur es befohlen hatte, den Schildwall auflösten und die Flucht ergriffen. Einen Augenblick herrschte großes Durcheinander, weil die Männer aus dem Schildwall sich gegenseitig behinderten, dann aber zerstreuten wir uns und rannten, so schnell wir konnten, die Straße entlang. Nimue lief uns mit wehendem Umhang voraus, wandte sich aber immer wieder um, weil sie sehen wollte, was hinter ihr geschah. Die Feinde jubelten über diesen leichten Sieg und machten sich auf, uns einzufangen, während Valerin, der eine Gelegenheit sah, sein Pferd durch unkontrolliert fliehende Pöbelhaufen zu reiten, seinem Diener zurief, das Tier herzubringen.

Wir liefen schwerfällig, behindert von unseren Mänteln, Schilden und Speeren. Ich war müde, und mein Atem ging stoßweise, als ich meinen Männern gen Süden folgte. Hinter mir hörte ich den Feind, und als ich einen Blick zurückwarf, sah ich einen hochgewachsenen, rothaarigen Mann, der mich mit grimmiger Miene verfolgte. Er konnte schneller laufen als ich, und ich dachte schon, ich müsse stehenbleiben, kehrtmachen und mit ihm kämpfen, als ich den gesegneten, süßen Klang von Arthurs Horn hörte. Zweimal ertönte es, dann kam aus den morgenmatten Bäumen vor uns Arthurs Streitmacht hervorgebrochen.

Zuerst kam Arthur selbst, in seiner schimmernden Rüstung und mit den weißen Federn auf dem Helm. Er trug seinen spiegelblanken Schild, und sein weißer Mantel wehte hinter ihm her wie Flügel. Als seine fünfzig Mann auf ihren gepanzerten Rössern, mit glitzernden Speerspitzen und eisenbewehrten Gesichtern, in Sicht gerieten, senkte er grüßend seinen Speer. Die Banner des Drachen und des Bären flatterten über ihnen, und als die Pferde schneller wurden, bebte die Erde unter den schweren Hufen, die Wasser und Schlamm hoch in die Luft schleuderten. Meine Männer stoben auseinander und sammelten sich sofort zu zwei Gruppen, die mit nach außen gekehrten Schilden und Speeren zwei Verteidigungskreise bildeten. Ich lief nach links und drehte mich noch rechtzeitig um, um zuzusehen, wie Valerins Männer verzweifelt versuchten, sich zu einem Schildwall zu formieren. Valerin rief ihnen vom Pferd aus zu, sich bis an die Barrikade zurückzuziehen, aber es war zu spät. Unsere Falle war zugeschnappt, und die Verteidiger des Lugg Vale waren dem Untergang geweiht.

Arthur donnerte auf Llamrei, seiner Lieblingsstute, an mir vorbei. Die Schabracken seines Pferdes und der Saum seines Umhangs waren bereits schlammbedeckt. Ein Mann schleuderte einen Speer, der von Llamreis Brustharnisch abprallte, dann stieß Arthur seinen Speer in den ersten feindlichen Soldaten, ließ die Waffe zurück und riß Excalibur ans Licht des frühen Tages. Der Rest der Pferde stürmte an mir vorbei, daß es nur so spritzte. Valerins Männer schrien angstvoll, als die riesigen Tiere gegen ihre aufgelösten Reihen anstürmten. Schwerter sausten, und überall fielen blutende Männer zu Boden, während die Pferde weitergaloppierten und panisch durcheinanderlaufende Männer unter ihren mit schweren Eisen geschützten Hufen zertrampelten. Auseinandergetriebene Speerkämpfer haben keine Chance gegen Pferde, und diese Powys-Krieger hatten keine Möglichkeit, auch nur den kleinsten Schildwall zu bilden. Sie konnten nur fliehen, und als Valerin erkannte, daß es keine Rettung mehr gab, wandte auch er sein leichtes Pferd und jagte in gestrecktem Galopp gen Norden.

Einige seiner Männer folgten ihm, doch jeder Mann zu Fuß lief Gefahr, von den Pferden niedergeritten zu werden. Andere versuchten sich über den Fluß oder den Hügel hinauf zu retten, doch diese wurden von uns mit schnell zusammengestellten Speerhorden verfolgt. Einige warfen Speere und Schilde weg und hoben die Arme; diese ließen wir am Leben, doch jeder, der auch nur den geringsten Widerstand leistete, wurde wie ein Keiler im Dickicht umstellt und mit den Speeren niedergemacht. Arthurs Pferd war im Tal verschwunden. Es ließ eine gräßliche Spur von Leichen mit gespaltenen Schädeln hinter sich. Andere Feinde hinkten und fielen, und als Nimue das Gemetzel sah, brach sie in ein kreischendes Triumphgeheul aus.

Wir machten nahezu fünfzig Gefangene. Mindestens ebenso viele Männer waren tot oder lagen im Sterben. Einige wenige waren uns den Hang hinauf entwischt, den wir im Morgengrauen herabgekommen waren, und einige waren bei dem Versuch, den Lugg zu durchqueren, ertrunken, die übrigen aber bluteten und wankten, kotzten und gaben sich geschlagen. Während wir die letzten von Valerins Überlebenden zusammentrieben, kam Sagramor mit seinen einhundertfünfzig Speerkämpfern in Sicht. »Wir können keinen Mann entbehren, um die Gefangenen zu bewachen«, begrüßte mich Sagramor.

»Ich weiß.«

»Dann tötet sie«, befahl er mir, und Nimue spendete ihm Beifall.

»Nein«, protestierte ich. Sagramor war für den Rest dieses Tages zwar mein Befehlshaber, und ich widersprach ihm wirklich nur ungern, aber Arthur wollte den Briten Frieden bringen, und das Abschlachten hilfloser Gefangener war nicht die richtige Art, um Powys in diesen Frieden einzubinden. Außerdem waren es meine Männer gewesen, die diese Gefangenen gemacht hatten, deswegen lag deren Schicksal in meiner Hand, und so befahl ich, sie nackt auszuziehen, statt sie zu töten. Dann wurden sie einer nach dem anderen zu Cavan geführt, der sie mit einem schweren Stein als Hammer und einem Felsbrocken als Amboß erwartete. Wir legten die Speerhand eines jeden Mannes auf den Felsblock, hielten sie dort fest und zerschmetterten ihm zwei Finger mit dem Stein. Ein Mann mit zwei zerschmetterten Fingern würde am Leben bleiben und möglicherweise sogar wieder einen Speer schwingen, aber bestimmt nicht an diesem Tag. Bestimmt eine ziemlich lange Zeit nicht mehr. Dann schickten wir sie, nackt und blutend, nach Süden und erklärten ihnen, wenn wir ihre Gesichter vor dem Abend wiedersähen, würden sie mit Sicherheit sterben. Sagramor verspottete mich für diese Nachsicht, versuchte aber nicht, sich durchzusetzen. Meine Männer nahmen sich die besten Kleidungsstücke und Stiefel der Feinde, durchsuchten die weggeworfene Kleidung nach Münzen und schleuderten sie dann in die noch immer brennenden Hütten. Die erbeuteten Waffen stapelten wir am Straßenrand auf.

Als wir dann nach Norden marschierten, entdeckten wir, daß Arthur seine Verfolgung an der Furt abgebrochen hatte und in jenes Dorf zurückgekehrt war, das rings um jenes große römische Gebäude lag, das einstmals, wie Arthur vermutete, ein Rasthaus für

Reisende, die in die nördlichen Hügel wollten, gewesen war. Neben dem Haus drängte sich unter Bewachung eine Anzahl Frauen, die ihre Kinder und ihre elenden Besitztümer an sich preßten.

»Euer Feind«, berichtete ich Arthur, »war Valerin.«

Es dauerte einige Sekunden, bis er den Namen einordnen konnte. Dann lächelte er voller Genugtuung. Er hatte den Helm abgesetzt und saß nun ab, um uns zu begrüßen. »Der arme Valerin«, sagte er, »ein doppelter Verlierer.« Er umarmte mich und dankte meinen Männern. »Die Nacht war so dunkel«, sagte er, »daß ich nicht wußte, ob Ihr das Tal finden würdet.«

»Hab' ich auch nicht. Das war Nimue.«

»Dann schulde ich Euch Dank«, wandte er sich an Nimue.

»Dankt mir«, gab sie zurück, »indem Ihr diesen Tag zu einem Tag des Sieges macht.«

»Das werde ich, mit Hilfe der Götter.« Er wandte sich um und sah Galahad an, der in seiner Truppe mitgeritten war. »Geht nach Süden, Lord Prinz, überbringt Tewdric meine Grüße und bittet ihn, uns die Speere seiner Männer zur Seite zu stellen. Möge Gott Eurer Zunge Beredsamkeit verleihen.« Galahad spornte sein Pferd an und ritt durch das nach Blut stinkende Tal zurück.

Arthur wandte sich um und blickte zu einem Gipfel eine Meile nördlich der Furt hinüber. Oben auf dem Hügel lag eine alte Erdfestung, Erbe des Alten Volkes, die aber jetzt verlassen zu sein schien. »Sollte irgend jemand entdecken, wo wir uns verstecken«, sagte er, »wird es uns schlecht ergehen.« Er wollte sein Versteck aufsuchen und die schweren Pferderüstungen dort zurücklassen, bevor er nach Norden ritt, um Gorfyddyds Männer aus ihren Lagern bei Branogenium aufzustören.

»Nimue wird Euch mit einem Tarnspruch schützen«, versicherte ich ihm.

»Werdet Ihr das, Lady?« fragte er sie ernst.

Sie ging, sich einen Schädel zu suchen. Arthur umarmte mich abermals und rief nach seinem Schildknappen Hygwydd, damit er ihm half, die schwere Schuppenrüstung abzunehmen. Als er sie über den Kopf gestreift hatte, waren seine kurzgeschnittenen Haare zerzaust. »Würdet Ihr sie tragen?« fragte er mich.

»Ich?« fragte ich verblüfft zurück.

»Wenn die Feinde angreifen«, erklärte er mir, »werden sie erwarten, mich hier zu sehen, und wenn ich nicht hier bin, werden sie eine Falle vermuten.« Er lächelte. »Ich würde ja Sagramor bitten, doch dessen Gesicht ist irgendwie einprägsamer als das Eure, Lord Derfel. Ihr werdet allerdings ein Stück von Euren langen Haaren abschneiden müssen.« An meinem langen blonden Haar, das unter dem Helmrand zu sehen war, würde ein jeder sofort erkennen, daß ich nicht Arthur war. »Und vielleicht solltet Ihr Euch auch den Bart ein wenig stutzen«, ergänzte er.

Als ich die Rüstung von Hygwydd entgegennahm, erschrak ich über ihr Gewicht. »Es wird mir eine Ehre sein«, beteuerte ich.

»Sie ist schwer«, warnte er mich. »Euch wird heiß werden, und wenn Ihr den Helm tragt, werdet Ihr auf beiden Seiten nichts sehen können, deswegen werdet Ihr zwei zuverlässige Männer neben Euch brauchen.« Er spürte mein Zögern. »Soll ich lieber einen anderen bitten, sie zu tragen?«

»Nein, nein, Lord«, protestierte ich. »Ich werde sie tragen.«

»Aber es wird gefährlich sein«, warnte er mich.

»Ich hatte heute keinen ungefährlichen Tag erwartet, Lord«, gab ich zurück.

»Ich werde Euch die Banner überlassen«, sagte er. »Wenn Gorfyddyd kommt, muß er fest überzeugt sein, daß sich all seine Feinde an einem Ort versammelt haben. Es wird ein schwerer Kampf werden, Derfel.«

»Galahad wird Hilfe bringen«, versicherte ich ihm.

Er nahm meinen Brustharnisch und meinen Schild, überreichte mir seinen heller glänzenden Schild mitsamt dem weißen Mantel, dann machte er kehrt und ergriff Llamreis Zügel. »Das«, sagte er zu mir, nachdem man ihm in den Sattel geholfen hatte, »war der leichtere Teil des Tages.« Er winkte Sagramor herbei und sagte dann zu uns beiden: »Der Feind wird gegen Mittag eintreffen. Tut, was ihr könnt, um bis dahin kampfbereit zu sein, und dann kämpft, wie ihr noch nie zuvor gekämpft habt. Wenn wir uns wiedersehen, werden wir die Sieger sein. Wenn nicht, danke ich euch, grüße euch und werde euch erwarten, um mit euch gemeinsam in der Anderwelt zu tafeln.« Er befahl seinen Männern aufzusitzen; dann ritten sie nach Norden.

Während wir darauf warteten, daß die eigentliche Schlacht begann.

Die Schuppenrüstung war entsetzlich schwer; sie lastete auf meinen Schultern wie die Joche, mit denen die Frauen jeden Morgen Wasser holen. Sogar den Schwertarm zu heben fiel mir schwer, obwohl es ein wenig leichter wurde, als ich meinen Schwertgurt ganz eng um die Eisenschuppen zusammenzog und damit meine Schultern vom Gewicht des unteren Teils entlastete.

Nachdem Nimue ihren Tarnzauber beendet hatte, schnitt sie mir mit ihrem Messer die Haare. Die abgeschnittenen Haare verbrannte sie, damit kein Feind die Reste finden und damit einen Zauber wirken konnte. Anschließend benutzte ich Arthurs Schild als Spiegel, um meinen langen Bart so weit zu stutzen, daß er hinter den tiefreichenden Wangenstücken des Helms verborgen blieb. Dann probierte ich den Helm auf, drückte mir seine Lederpolsterung fest auf den Schädel und zog ihn so weit herunter, daß er meinen Kopf wie eine Muschel umfing. Obwohl das glänzende Metall über den Ohren Löcher aufwies, wirkte meine Stimme gedämpft. Ich hob den schweren Schild, ließ mir von Nimue den weißen, schlammbespritzten Mantel um die Schultern drapieren und versuchte mich sodann an das behindernde Gewicht der Rüstung zu gewöhnen. Ich bat Issa, mit einem Speerschaft als Kampfstock gegen mich zu kämpfen, und mußte feststellen, daß ich weit langsamer war als sonst. »Die Angst wird Euch schneller machen«, behauptete Issa, nachdem er meine Abwehr zum zehntenmal durchbrochen und mir einen dröhnenden Schlag auf den Schädel versetzt hatte.

»Reiß mir nicht die Federn herunter!« warnte ich ihn. Insgeheim wünschte ich, die schwere Rüstung nicht angenommen zu haben. Es war die Rüstung eines Reiters und dazu gedacht, dem Mann, der sie trug und der sich zu Pferde einen Weg durch die Reihen der Feinde bahnen mußte, mehr Gewicht und Wucht zu verleihen. Wir Speerkämpfer dagegen mußten uns, wenn wir nicht Schulter an Schulter im Schildwall standen, auf unsere Wendigkeit und Schnelligkeit verlassen.

»Aber Ihr seht wunderschön aus, Lord!« sagte Issa bewundernd.

»Wenn du nicht meine Flanke deckst, werde ich eine wunderschöne Leiche sein«, gab ich zurück. »Ich komme mir vor, als müßte ich in einem Eimer kämpfen.« Ich riß mir den Helm vom Kopf und war erleichtert, als ich von seinem beengenden Druck befreit war. »Als ich diese Rüstung zum erstenmal sah«, erzählte ich Issa, »wünschte ich sie mir mehr als alles andere auf der Welt. Jetzt würde ich sie sofort gegen einen anständigen Brustharnisch aus Leder eintauschen.«

»Es wird schon gutgehen, Lord«, tröstete er mich grinsend.

Auf uns wartete Arbeit. Die Frauen und Kinder, die Valerins besiegte Männer zurückgelassen hatten, mußten in südlicher Richtung aus dem Tal getrieben werden. Dann errichteten wir in unmittelbarer Nähe der Baumbarrikade Verteidigungsstellungen. Da Sagramor fürchtete, die überwältigende Zahl der Feinde könne uns aus dem Tal hinausdrängen, bevor uns Arthurs Reiter zu Hilfe kämen, bereitete er den Boden, so gut es ging. Meine Männer wollten zwar schlafen, mußten statt dessen aber quer durch das Tal einen flachen Graben ausheben. Dieser Graben war nirgendwo auch nur annähernd tief genug, um einen Mann aufzuhalten, würde aber die angreifenden Speerkämpfertruppen aus dem Tritt und möglicherweise ganz aus dem Gleichgewicht bringen, wenn sie sich unserer Speerlinie näherten. Die Baumbarrikade, die gleich hinter diesem Graben lag, markierte die südliche Grenze, bis zu der wir uns zurückziehen durften, und somit den Ort, an dem wir bis zum Tod kämpfen mußten. Sagramor verankerte die Baumstämme mit einigen der von Valerin hinterlassenen Speere, die er tief in die Erde treiben ließ, um so innerhalb des Gewirrs von Kiefernästen eine von Speerspitzen starrende Abwehr zu bauen. Die Lücke, die wir dort, wo die Straße die Barrikade kreuzte, geschlagen hatten, ließen wir offen, damit wir uns hinter die provisorische Barriere zurückziehen konnten, bevor wir sie verteidigten.

Meine Sorge galt dem steilen, ungeschützten Hang, den meine Männer bei unserem morgendlichen Überfall hinabgelaufen waren. Gorfyddyd würde seine Krieger unten im Tal angreifen lassen, die Landwehr dagegen würde er vermutlich nach oben schicken, damit sie von dort aus unsere linke Flanke bedrohen konnte, und Sagramor konnte keinen einzigen Mann entbehren, um das Gelände dort oben zu verteidigen, aber Nimue behauptete, das sei nicht nötig. Sie nahm sich zehn der erbeuteten Speere und schnitt dann mit Hilfe von sechs meiner Männer zehn von Valerins toten Speerkämpfern den Kopf ab, um sodann sowohl die Speere als auch die blutigen Köpfe auf den Gipfel des Hügels zu tragen. Dort ließ sie die Speerschäfte mit dem Ende voran in die Erde rammen, setzte die blutigen Köpfe auf die eisernen Speerspitzen und krönte die Totenköpfe mit grausigen Kränzen verknoteter Grashalme, wobei jeder Knoten ein Zauber für sich war. Schließlich verstreute sie zwischen den weit verteilten Pfosten Eibenzweige. Sie hatte einen Geisterzaun aus menschlichen Vogelscheuchen gebaut, bespickt mit Zauber- und Bannsprüchen, und kein menschliches Wesen würde es ohne die Hilfe eines Druiden wagen, über diese Grenze vorzudringen. Sagramor wollte, daß sie nördlich der Furt einen weiteren Zaun errichtete, aber Nimue weigerte sich. »Ihre Krieger werden von Druiden begleitet sein«, erklärte sie, »und für einen Druiden ist so ein Geisterzaun ein Witz. Ihre Landwehr aber wird keinen Druiden dabeihaben.« Sie hatte sich einen Armvoll Eisenkraut vom Hügel geholt und verteilte die kleinen purpurroten Blüten nun an die Speerkämpfer, die alle wußten, daß Eisenkraut sie in der Schlacht schützen würde. Mir stopfte sie gleich einen ganzen Zweig in die Rüstung.

Die Christen versammelten sich, um ihre Gebete zu sprechen, während wir Heiden unsere Götter um Hilfe anriefen. Viele Männer warfen Münzen in den Fluß und kamen dann mit ihren Talismanen zu Nimue, damit sie ihnen durch Berührung Kraft verleihe. Die meisten trugen eine Hasenpfote bei sich, manche aber brachten ihr auch Donnerkeile oder Schlangensteine. Donnerkeile waren winzige Speerspitzen aus Feuerstein, die von Geistern abgeschossen worden und bei den Soldaten heiß begehrt waren, während Schlangensteine leuchtendbunte Kiesel waren, deren Farben Nimue verstärkte, indem sie die Steine in den Fluß tauchte und anschließend an ihr gesundes Auge preßte. Ich selbst drückte mir die Schuppenrüstung gegen die Rippen, bis ich Ceinwyns Brosche spürte, kniete nieder und küßte den Boden. Ich berührte den feuchten Boden mit der Stirn und flehte Mithras an, mir Kraft, Mut und – falls es sein Wille war – einen heldenhaften Tod zu schenken. Einige unserer

Männer tranken den Met, den wir im Dorf gefunden hatten, ich aber trank nichts als Wasser. Wir vertilgten das Essen, von dem Valerins Männer gedacht hatten, es wäre ihr Frühstück, und dann halfen einige der Speerkämpfer Nimue, Kröten und Spitzmäuse zu fangen. Sie tötete die Tiere und legte sie auf der Straße hinter der Furt aus, damit die herannahenden Feinde auf ein paar unheilbringende Zeichen stießen. Anschließend schärften wir noch einmal unsere Waffen und warteten. Sagramor hatte einen Mann aufgestöbert, der sich im Wald hinter dem Dorf versteckt hatte. Sagramor fragte den Mann, einen Schäfer, über das umliegende Gelände aus und erfuhr, daß es stromaufwärts eine weitere Furt gab, wo der Feind unsere Flanken umgehen konnte, wenn wir das Flußufer am nördlichen Talende zu verteidigen suchten. Die Existenz einer zweiten Furt konnte uns jetzt noch nicht beunruhigen, aber wir durften nicht vergessen, daß es sie gab.

Der bevorstehende Kampf bereitete mir Unbehagen, aber Nimue schien keine Angst zu haben. »Ich habe nichts zu fürchten«, erklärte sie mir. »Ich habe die drei Wunden erlitten, was also sollte mich noch verletzen können?« Wir saßen neben der Furt am nördlichen Ende des Tals. Hier sollte unsere erste Verteidigungslinie verlaufen, dies sollte der Platz sein, an dem wir unseren langsamen Rückzug begannen, um den Feind ins Tal und in Arthurs Falle zu locken. »Außerdem«, ergänzte sie, »stehe ich unter Merlins Schutz.«

»Weiß er, daß wir hier sind?« fragte ich sie.

Sie zögerte; dann nickte sie. »Er weiß es.«

»Wird er kommen?«

Sie krauste die Stirn, als wäre meine Frage eine Zumutung. »Er wird tun, was er für nötig hält«, sagte sie dann bedächtig.

»Dann wird er kommen«, behauptete ich hoffnungsvoll.

Nimue schüttelte ungeduldig den Kopf. »Merlins Sorge gilt allein Britannien. Er glaubt, daß Arthur ihm helfen kann, das geheime Wissen Britanniens wiederzuerlangen, doch wenn ihm plötzlich einfällt, daß Gorfyddyd ihm eine größere Hilfe sein könnte, dann, Derfel, glaube mir, wird Merlin sich mit Gorfyddyd verbünden.«

So ähnlich hatte sich Merlin mir gegenüber auf Caer Sws ausgedrückt, aber ich konnte immer noch nicht glauben, daß seine Ziele so weit von meinen eigenen Hoffnungen und Treueiden entfernt sein könnten. »Und was ist mit dir?« fragte ich Nimue.

»Ich habe eine einzige Verpflichtung, die mich an dieses Heer bindet«, erklärte sie. »Danach kann ich Merlin helfen, wenn er es will.«

»Gundleus«, sagte ich.

Sie nickte. »Bring mir Gundleus – lebendig, Derfel«, sagte sie mit einem tiefen Blick in meine Augen. »Bring ihn mir lebend, ich bitte dich!« Mit den Fingern berührte sie ihre lederne Augenklappe und verstummte, während sie all ihre Kraft für die Vergeltung sammelte, nach der sie sich sehnte. Ihr Antlitz war noch immer knochenbleich, und das schwarze Haar hing glatt über ihre Wangen. Die Sanftmut, die ich am Lugnasafest an ihr erlebt hatte, war einer so eisigen Schärfe gewichen, daß ich mich fragte, ob ich sie jemals verstehen würde. Ich liebte sie – nicht so, wie ich Ceinwyn zu lieben glaubte, sondern wie ein Mensch eine schöne wilde Kreatur lieben kann, einen Adler oder eine Wildkatze, und mir war klar, daß ich weder ihr Leben noch ihre Träume jemals wirklich begreifen würde. Plötzlich verzog sie das Gesicht. »Ich werde dafür sorgen, daß Gundleus' Seele bis ans Ende aller Zeiten schreien wird«, sagte sie leise, »ich werde sie durch den Abgrund ins Nichts schicken, aber er wird das Nichts niemals erreichen, Derfel, sondern auf ewig schmerzschreiend an seinem Rand leiden müssen.«

Ich erschauerte für Gundleus.

Ein Ruf lenkte meinen Blick ans andere Flußufer. Dort kamen sechs Reiter auf uns zugaloppiert. Unser Schildwall stand fest, die Männer schoben die Arme in die Riemen ihrer Schilde, dann jedoch erkannte ich, daß sie von Morfans geführt wurden. Er ritt verzweifelt, spornte sein erschöpftes, schweißbedecktes Pferd immer wieder an, so daß ich schon fürchtete, daß diese sechs alles waren, was von Arthurs Truppe übriggeblieben war.

Als die Pferde spritzend durch die Furt jagten, gingen Sagramor und ich ihnen entgegen. Am Flußufer zügelte Morfans endlich sein Tier. »Zwei Meilen von hier«, berichtete er keuchend. »Arthur schickt uns, damit wir euch zur Seite stehen. Götter, da kommen Hunderte von diesen Bastarden!« Er wischte sich den Schweiß von der Stirn und grinste. »Es gibt Beute genug für tausend von uns!«

Schwerfällig glitt er von seinem Pferd. Dabei sah ich, daß er das Silberhorn trug, und schloß daraus, daß er Arthur herbeirufen würde, wenn der Moment gekommen war.

»Wo ist Arthur?« erkundigte sich Sagramor.

»In einem sicheren Versteck«, beruhigte uns Morfans. Er musterte meine Rüstung, und sein häßliches Gesicht verzog sich zu einem schiefen Grinsen. »Ziemlich schwer, die Rüstung, stimmt's?«

»Wie kann er damit kämpfen?« fragte ich ihn.

»Sehr gut, Derfel, sehr gut. Genau wie Ihr es tun werdet.« Er legte mir die Hand auf die Schulter. »Gibt es Neuigkeiten von Galahad?«

»Nichts.«

»Agricola wird uns nicht allein kämpfen lassen, ganz gleich, was dieser christliche König und sein Schwächling von Sohn entscheiden«, erklärte Morfans. Dann führte er seine fünf Reiter durch den Schildwall nach hinten. »Gebt uns ein paar Minuten, damit sich die Pferde ausruhen können«, rief er dabei.

Sagramor zog sich den Helm über den Kopf. Der Numidier trug ein Kettenhemd, einen schwarzen Mantel und hohe Stiefel. Sein Eisenhelm, mit Pech geschwärzt, verlief nach oben zu einer scharfen Spitze, was sehr exotisch aussah. Obwohl er normalerweise zu Pferde kämpfte, zeigte er kein Bedauern darüber, daß er an diesem Tag Fußsoldat sein mußte. Ohne die geringste Besorgnis stelzte er langbeinig vor unserem Schildwall auf und ab, um seinen Männern Mut zuzusprechen.

Ich zog mir Arthurs einengenden Helm über den Kopf und schnallte den Riemen unter meinem Kinn zu. Dann ging ich, in der Rüstung meines Lords, ebenfalls an der Speerreihe entlang und erklärte meinen Männern, daß es ein schwerer Kampf werden, der Sieg aber mit Sicherheit unser sein werde, solange unser Schildwall halte. Es war ein gefährlich dünner Wall, an einigen Stellen nur drei Mann tief, doch die, die diesen Wall bildeten, waren alle hervorragende Kämpfer. Als ich an die Stelle kam, wo Sagramors Speerkämpfer an die meinen grenzten, trat einer von ihnen aus der Reihe. »Erinnert Ihr Euch an mich, Lord?« rief er mir zu.

Einen Moment lang dachte ich, er hätte mich für Arthur gehalten, und zog die in Scharnieren hängenden Wangenstücke beiseite, damit er mein Gesicht sehen konnte, dann jedoch erkannte ich ihn endlich. Es war Griffid, Owains Hauptmann, der in Lindinis versucht hatte, mich umzubringen, bevor Nimue eingriff und mir das Leben rettete. »Griffid ap Annan«, begrüßte ich ihn.

»Es herrschte böses Blut zwischen uns, Lord«, sagte er und fiel auf die Knie. »Vergebt mir!«

Ich zog ihn empor und umarmte ihn. Sein Bart war grau geworden, aber er war noch immer der schlaksige Mann mit dem traurigen Gesicht, den ich in Erinnerung hatte. »Meine Seele liegt in Euren Händen«, sagte ich zu ihm, »und ich lege sie gern hinein.«

»Und die meine in Euren, Lord«, gab er zurück.

»Minac!« Ich hatte einen weiteren von meinen alten Kameraden erkannt. »Vergebt Ihr mir?«

»War da irgend etwas zu vergeben, Lord?« fragte er, von der Frage in Verlegenheit gebracht.

»Es war nichts zu vergeben«, versicherte ich ihm. »Ich habe keinen Eid gebrochen, das schwöre ich.«

Minac trat vor und umarmte mich. Inzwischen wurden überall im Schildwall ähnliche Streitereien beigelegt. »Wie ist es Euch ergangen?« erkundigte ich mich bei Griffid.

»Wir haben hart gekämpft, Lord. Zumeist gegen Cerdics Sachsen. Der heutige Tag wird nicht weiter schwierig sein, im Vergleich mit diesen Bastarden – bis auf eins.« Er zögerte.

»Nun?«

»Wird sie uns unsere Seelen zurückgeben, Lord?« fragte er mich mit einem kurzen Blick auf Nimue. Er dachte an den schrecklichen Fluch, mit dem sie ihn und seine Männer belegt hatte.

»Selbstverständlich wird sie das«, antwortete ich und rief Nimue herbei, die zunächst Griffids Stirn und dann die Stirnen aller anderen Überlebenden berührte, die an jenem fernen Tag in Lindinis mein Leben bedroht hatten. So wurde der Fluch aufgehoben, und die Männer bedankten sich bei ihr, indem sie ihr die Hand küßten. Ich umarmte Griffid abermals; dann hob ich die Stimme, damit mich all meine Männer hören konnten. »Heute«, sagte ich, »werden wir den Barden so viel Stoff zum Singen geben, daß es für tausend Jahre reicht! Und heute werden wir endlich wieder reich werden!«

Sie jubelten. So hoch wogten die Gefühle in diesem Schildwall, daß manche Männer vor Glück weinten. Heute weiß ich, daß es keine größere Freude gibt als die Freude, Jesus Christus zu dienen, aber wie sehr vermisse ich die Gesellschaft von Kriegern! Nichts trennte uns an jenem Morgen, und in uns wallte eine große Liebe füreinander auf, als wir da auf den Feind warteten. Wir waren Brüder, wir waren unbesiegbar, und selbst der wortkarge Sagramor hatte Tränen in den Augen. Ein Speerkämpfer stimmte den Kriegsgesang von Beli Mawr an, Britanniens großes Schlachtenlied, und bald stiegen die kräftigen Männerstimmen in instinktiver Harmonie am ganzen Schildwall entlang empor. Andere Männer tanzten über ihren Schwertern, machten in ihren Lederrüstungen hohe Sprünge, um die schwierigen Schritte zu beiden Seiten der Klingen auszuführen. Unsere Christen hatten beim Singen die Arme ausgebreitet, fast so, als wäre das Lied ein heidnisches Gebet an ihren eigenen Gott, während andere Männer im Takt der Musik mit den Speeren auf ihre Schilde schlugen.

Als wir noch davon sangen, wie wir das Blut unserer Feinde vergießen würden, tauchten diese Feinde plötzlich am Horizont auf. Trotzig sangen wir weiter, während eine Speertruppe nach der anderen erschien und auf den fernen Feldern unter den Königsbannern Aufstellung nahm, die hell im wolkenverhangenen Grau des Tages leuchteten. Wir sangen immer weiter, unser Gesang schwoll noch an, um Gorfyddyds Heer zu trotzen, dem Heer des Vaters der Frau, die zu lieben ich überzeugt war. Das war der Grund, warum ich kämpfte – nicht nur für Arthur, sondern weil ich nur durch einen Sieg den Weg nach Caer Sws zurückfinden würde, um Ceinwyn wiederzusehen. Ich konnte keinen Anspruch auf sie erheben und hegte auch keine Hoffnungen, denn ich war als Sklave geboren und sie als Prinzessin, doch irgendwie hatte ich an jenem Tag das Gefühl, als hätte ich mehr zu verlieren, als ich im ganzen Leben besessen hatte.

Es dauerte über eine Stunde, bis die schwerfällige Horde auf dem anderen Flußufer eine Kampflinie gebildet hatte. Der Fluß konnte nur an der Furt überquert werden, und das bedeutete, daß wir Zeit zum Rückzug hatten, wenn es soweit war. Vorerst aber nahmen die Feinde wohl an, daß wir die Furt den ganzen Tag verteidigen wollten, denn sie massierten ihre besten Männer in der Mitte der Linie. Dort befand sich auch Gorfyddyd selbst, dessen Adlerbanner rote Flecken von der im Regen auslaufenden Farbe aufwies, so daß es aussah, als wäre es bereits in unser Blut getaucht worden. In der Mitte unserer Schlachtreihe, wo ich der Furt gegenüberstand, flatterten Arthurs Banner, der schwarze Bär und der rote Drache. Sagramor stand neben mir und zählte die Banner der Feinde. Gundleus' Fuchs war da zu sehen, das rote Roß von Elmet und mehrere andere, die wir nicht kannten. »Sechshundert Mann?« schätzte Sagramor.

»Und weitere im Anmarsch«, ergänzte ich.

»Höchstwahrscheinlich.« Er spie zur Furt hinüber. »Und sie werden gesehen haben, daß Tewdrics Stier nicht dabei ist.« Er schenkte mir sein seltenes Lächeln. »Dies wird eine Schlacht, die wir so leicht nicht vergessen werden, Lord Derfel.«

»Ich freue mich, daß Ihr mir dabei Gesellschaft leistet, Lord«, entgegnete ich inbrünstig, und das stimmte. Es gab keinen größeren Krieger als Sagramor, keinen, der von seinen Feinden so sehr gefürchtet wurde. Selbst Arthurs Gegenwart löste nicht ganz dieselbe Furcht aus wie das leidenschaftslose Antlitz und das grausame Schwert des Numidiers. Es war ein gebogenes Schwert fremdländischer Herkunft, und Sagramor schwang es mit schreckenerregender Geschwindigkeit. Einmal fragte ich Sagramor, warum er Arthur den Treueid geschworen habe. »Weil Arthur mir«, erklärte er mir knapp, »alles gab, als ich nichts hatte.«

Unsere Speerkämpfer hatten endlich aufgehört zu singen. Aus Gorfyddyds Heerscharen traten zwei Druiden vor. Da wir nur Nimue hatten, um ihre Zaubersprüche zunichte zu machen, watete sie durch die Furt den beiden Männern entgegen, die beide mit einem erhobenen Arm und einem geschlossenen Auge die Straße entlanggehüpft kamen. Die Druiden waren Iorweth, Gorfyddyds Zauberer, und Tanaburs in seinem langen, mit Monden und Hasen bestickten Gewand. Die beiden Männer tauschten Küsse mit Nimue aus und unterhielten sich kurz mit ihr, dann kehrte sie auf unsere Seite des Flusses zurück. »Sie wollen, daß wir kapitulieren«, berichtete sie verächtlich, »und ich habe sie meinerseits dazu aufgefordert.«

»Gut«, knurrte Sagramor.

Iorweth hüpfte linkisch zur anderen Seite der Furt zurück. »Die Götter grüßen Euch!« rief er uns zu, aber keiner von uns antwortete. Weil ich nicht erkannt werden wollte, hatte ich meine Wangenstücke geschlossen. Tanaburs hüpfte, seinen Stab als Stütze benutzend, am Ufer flußaufwärts. Iorweth hob seinen Stab über den Kopf, um uns zu zeigen, daß er weitersprechen wollte. »Mein König, der König von Powys und Großkönig von Britannien, König Gorfyddyd ap Cadell ap Brychan ap Laganis ap Coel ap Beli Mawr, wird euren unerschrockenen Seelen die Reise in die Anderwelt ersparen. Ihr braucht nichts weiter zu tun, ihr tapferen Krieger, als uns Arthur auszuliefern!« Er zeigte mit dem Stab auf mich, und Nimue zischte unverzüglich ein Schutzgebet und warf zwei Handvoll Erde in die Luft.

Ich antwortete nicht, und dieses Schweigen verkündete meine Weigerung. Iorweth wirbelte seinen Stab und spie dreimal in unsere Richtung; dann begann er am Ufer entlang flußabwärts zu hüpfen und Tanaburs' Zaubersprüche durch seine Flüche zu ergänzen. König Gorfyddyd war, begleitet von seinem Sohn Cuneglas und seinem Verbündeten Gundleus, halbwegs bis zum Fluß hinabgeritten, um die Druiden bei ihrer Arbeit zu beobachten, und sie leisteten tatsächlich Schwerarbeit. Sie verfluchten unser Leben bei Tag und unsere Seelen bei Nacht. Sie überließen unser Blut den Würmern, unser Fleisch den wilden Tieren und unsere Knochen der Agonie. Sie verfluchten unsere Frauen, unsere Kinder, unsere Felder und unser Vieh. Nimue wirkte den Zaubersprüchen entgegen, doch unsere Männer erschauerten trotzdem. Die Christen riefen laut, es sei nichts zu befürchten, aber auch sie schlugen das Kreuzeszeichen, als die Flüche auf den Schwingen der Dunkelheit über den Fluß geflogen kamen.

Eine ganze Stunde lang fluchten die Druiden, bis wir zitterten. Nimue ging an der Schildlinie entlang, berührte die Speerspitzen und versicherte den Männern, daß die Flüche nichts bewirkt hätten, doch unsere Männer fürchteten den Zorn der Götter, als die Speerreihe der Feinde endlich vorzurücken begann. »Schilde hoch!« rief Sagramor rauh. »Speere hoch!«

Die Feinde machten fünfzig Schritt vom Fluß entfernt halt, während ein einzelner Mann zu Fuß weiterschritt. Es war Valerin, der Häuptling, den wir bei Morgengrauen aus dem Tal vertrieben hatten. Mit Schild und Speer näherte er sich nun der Furt. Heute morgen hatte er eine Niederlage erlitten, und sein Stolz trieb ihn dazu, sich jetzt dafür zu rächen und seinen Ruf wiederherzustellen. »Arthur!« schrie er mir zu. »Du hast eine Hure geheiratet!«

»Nicht antworten, Derfel«, ermahnte mich Sagramor.

»Eine Hure!« rief Valerin. »Sie war benutzt, als sie zu mir kam. Willst du eine Liste ihrer Liebhaber? Eine Stunde, Arthur, würde nicht reichen, dir alle aufzuzählen! Und mit wem hurt sie jetzt, während du dich auf den Tod vorbereitest? Glaubst du etwa, sie wartet auf dich? Ich kenne diese Hure! Sie schlingt ihre Beine um den einen oder anderen Mann!« Er breitete die Arme aus und zuckte auf obszöne Weise mit den Hüften. Meine Speerkämpfer brüllten höhnisch, aber Valerin ignorierte ihre Beleidigungen. »Eine Hure!« wiederholte er. »Eine stinkende, abgenutzte Hure! Willst du für deine Hure kämpfen, Arthur? Oder hast du den Mut zum Kämpfen verloren? Verteidige deine Hure, du Wurm!« Damit durchquerte er die Furt, deren Wasser ihm bis an die Oberschenkel reichte, und blieb an unserem Ufer mit tropfendem Mantel höchstens ein Dutzend Schritte entfernt von mir stehen. Angestrengt versuchte er in den dunklen Schatten der Augenöffnung in meinem Helm zu spähen. »Eine Hure, Arthur«, wiederholte er, »deine Gemahlin ist eine Hure.« Er spie aus. Er war barhäuptig und hatte sich schützende Mistelzweige ins lange schwarze Haar geflochten. Er trug einen Brustharnisch, doch keine weitere Körperrüstung. Sein Schild war mit Gorfyddyds Adler bemalt. Er lachte mich aus. Dann hob er die Stimme und wandte sich an unsere Männer. »Euer Führer will nicht für seine Hure kämpfen, warum also solltet ihr für ihn kämpfen?«

Sagramor ermahnte mich grollend, die Schmähungen zu ignorieren, aber Valerins Hohn beunruhigte unsere Männer, deren Seelen schon durch die Flüche der Druiden niedergedrückt waren. Ich wartete ab, bis Valerin Guinevere noch ein einziges Mal als Hure bezeichnete, und als er das tat, schleuderte ich meinen Speer nach ihm. Es war ein ungeschickter Wurf, da mich die enge Kettenrüstung behinderte. Der Speer flog an ihm vorbei und klatschte ins

Wasser. »Eine Hure!« brüllte er und stürzte, seinen Kriegsspeer auf mich gerichtet, vorwärts, während ich Hywelbane aus der Scheide riß. Ich ging ihm entgegen und hatte gerade noch Zeit für zwei Schritte, bevor er unter lautem Wutgebrüll mit dem Speer nach mir stieß.

Ich fiel auf ein Knie und hob den polierten Schild so angewinkelt, daß die Speerspitze über meinen Kopf hinweg abgelenkt wurde. Vor mir sah ich Valerins Füße, und ich hörte sein Gebrüll, als ich unter meinem Schildrand hindurch mit Hywelbane zustieß. Ich riß die Klinge nach oben und spürte, wie sie traf, bevor sein noch im Schwung befindlicher Körper auf meinen Schild prallte und mich zu Boden warf. Er brüllte jetzt nicht mehr, sondern schrie, denn der Schwertstoß unter dem Schild hindurch war ein bösartiger Stoß von unten nach oben gewesen, der den Bauch des Gegners durchstoßen konnte, und ich wußte, daß Hywelbane tief in Valerin eingedrungen war. Ich fühlte, wie sein Körpergewicht die Schwertklinge hinabzog, als er über dem Schild zusammensank. Mit aller Kraft drückte ich nach oben, um ihn von meinem Schild zu werfen, und stieß einen dumpfen Laut aus, als ich das Schwert aus der Umklammerung seines Fleisches löste. Grausig ergoß sich sein Blut neben dem Speer, der zu Boden gefallen war. Er lag da in seinem Blut und krümmte sich vor unerträglichen Schmerzen. Dennoch versuchte er sein Schwert zu ziehen, als ich mich aufrappelte und ihm den Fuß auf die Brust setzte. »Guinevere ist eine Lady«, sagte ich zu ihm, »und wenn Ihr das leugnet, gehört Eure Seele mir.«

»Sie ist eine Hure«, stieß er mühsam zwischen zusammengebissenen Zähnen hervor. Dann würgte er und schüttelte schwach den Kopf. »Der Stier behütet mich«, brachte er noch heraus, und da ich nun wußte, daß er zum Mithraskult gehörte, stieß ich rasch mit Hywelbane zu. Die Klinge traf auf seine Kehle und machte seinem Leben dann mit einem raschen Schnitt ein Ende. Blut schoß an der Klinge empor, und ich glaube, Valerin hat nicht mehr gemerkt, daß es nicht Arthur war, der seine Seele zur Schwerterbrücke in Cruachans Höhle schickte.

Unsere Männer jubelten. Ihr Kampfgeist, von den Druiden zermürbt und durch Valerins bösartige Beleidigungen abgekühlt, war augenblicklich wiederhergestellt, denn wir hatten das erste Blut vergossen. Ich stieg zum Flußufer hinab, wo ich einen Siegestanz aufführte, während ich den entmutigten Feinden Hywelbanes blutige Klinge zeigte. Nun, da ihr Champion besiegt worden war, wendeten Gorfyddyd, Cuneglas und Gundleus ihre Pferde, und meine Männer verhöhnten sie als Memmen und Schwächlinge.

Als ich zum Schildwall zurückkehrte, nickte Sagramor. Dieses Nicken war offensichtlich seine Art, mich für einen gut geführten Kampf zu loben. »Was machen wir mit ihm?« Er deutete auf Valerins Leichnam.

Ich wies Issa an, den Schmuck des Toten an sich zu nehmen. Dann warfen ihn zwei andere Männer in den Fluß, und ich bat die Wassergeister, meinen Bruder in Mithras seinem gerechten Lohn zuzuführen. Issa brachte mir Valerins Waffen, seinen goldenen Torques, zwei Broschen und einen Ring. »Das gehört Euch, Lord«, sagte er und reichte mir die Beute. Außerdem hatte er meinen Speer aus dem Fluß gefischt.

Ich nahm den Speer und Valerins Waffen, aber sonst nichts. »Das Gold gehört dir, Issa«, sagte ich, weil ich daran denken mußte, wie er versucht hatte, mir seinen eigenen Torques zu geben, nachdem wir aus Ynys Trebes zurückgekehrt waren.

»Das hier nicht, Lord«, entgegnete er und zeigte mir Valerins Ring. Es war ein Schmuckstück aus schwerem Gold, wunderschön gefertigt und mit der Figur eines Hirschs geschmückt, der unter einem Halbmond dahinjagt. Es war Guineveres Zeichen, und in die Rückseite des Ringes war grob, aber tief ein Kreuz in das dicke Gold geritzt. Also war es ein Liebesring, und es war sehr klug von Issa gewesen, das gleich zu merken.

Ich nahm den Ring an mich und dachte daran, daß Valerin ihn während all dieser Jahre seiner Kränkung getragen hatte. Aber vielleicht, wagte ich zu hoffen, hatte er sich nur für seinen Schmerz rächen und ihren guten Ruf zerstören wollen, indem er ein falsches Kreuz in den Ring ritzte, damit die Leute denken sollten, er sei ihr Liebhaber gewesen. »Arthur darf niemals davon erfahren«, ermahnte ich Issa und schleuderte den schweren Ring weit in den Fluß.

»Was war das?« erkundigte sich Sagramor, als ich zu ihm zurückkehrte.

»Ach, nichts«, antwortete ich, »gar nichts. Nur ein Amulett, das uns Unglück gebracht hätte.«

Dann ertönte auf der anderen Flußseite ein Widderhorn, und sein Klang ersparte es mir, weiter über den Ring nachzudenken.

Der Feind rückte an.

Von dieser Schlacht singen die Barden noch heute, obwohl die Götter allein wissen, woher sie die vielen Einzelheiten nehmen, mit denen sie die Erzählung ausschmücken, denn wenn man ihre Gesänge hört, möchte man meinen, daß keiner von uns Lugg Vale überlebt haben könnte, daß wir es vielleicht auch nicht überlebt haben sollten. Es war ein verzweifelter Kampf. Und, obwohl die Barden das nicht zugeben, eine Niederlage für Arthur.

Gorfyddyds erster Angriff war ein Ansturm rasender Speerkämpfer, die sich in die Furt stürzten. Sagramor befahl uns vorzurücken. Wir trafen in der Mitte des Flußbetts auf sie, und unsere Schilde prallten laut wie Donnerschlag aneinander, der im ganzen Tal widerhallte. Die Feinde waren uns an Zahl überlegen, doch ihre Attacke wurde durch die Enge der Furt begrenzt, und so konnten wir es uns leisten, Männer von den Flanken abzuziehen, um die Mitte zu verstärken.

Wir in der ersten Reihe hatten nur Zeit für einen einzigen Stoß; dann duckten wir uns hinter unsere Schilde und drückten einfach gegen die feindliche Linie, während unsere Männer in der zweiten Reihe über unsere Köpfe hinweg fochten. Das Klirren der Schwerter, das Dröhnen der Schildbuckel und das Klappern der Speerschäfte wirkten ohrenbetäubend, aber es starben bemerkenswert wenige Männer, denn das Töten ist schwierig, wenn zwei ineinander verkeilte Schildwälle gegeneinanderdrücken. Statt dessen wird der Kampf zum Wettschieben. Die eigene Speerspitze wird vom Feind gepackt, so daß man sie nicht zurückziehen kann, es ist räumlich unmöglich, ein Schwert zu ziehen, und die ganze Zeit regnet es aus der zweiten feindlichen Reihe Schwert-, Axt- und Speerhiebe auf Helme und Schildränder. Die schlimmsten Verletzungen werden von Männern verursacht, denen es gelingt, mit ihrem Schwert unterhalb des Schildrandes zuzustoßen, und so baut sich an der Front allmählich ein Wall von Verwundeten auf, der das Töten noch weiter erschwert. Nur wenn eine Seite zurückweicht, kann die andere die Verwundeten töten, die an der Flutlinie der Schlacht gestrandet sind. Wir jedoch hielten stand bei dieser ersten Attacke – nicht, weil wir so tapfer waren, sondern weil Morfans seine sechs Reiter durch das Gedränge unserer Männer trieb und seine langen Reiterspeere dazu benutzte, die geduckte Frontlinie der Feinde niederzuhalten. »Schilde! Schilde!« hörte ich Morfans rufen, als der ungeheure Druck der sechs Pferde unseren Schildwall vorwärtsschob. Die Männer in unserer letzten Reihe reckten ihre Schilde hoch, um die gewaltigen Schlachtrösser vor dem Regen der feindlichen Speere zu schützen, während wir in der Frontreihe im Wasser kauerten und die Männer zu erledigen trachteten, die vor den Stößen der Reiter zurückwichen. Ich schützte mich mit Arthurs poliertem Schild und stieß mit Hywelbane zu, wo immer sich in der Reihe der Feinde eine Lücke bot. Ich mußte zwei mächtige Hiebe auf den Kopf einstecken, aber der Helm dämpfte alle beide, obwohl mir noch eine Stunde lang der Schädel dröhnte. Ein Speer traf meine Schuppenrüstung, vermochte sie aber nicht zu durchbohren. Der Mann, der den Speer geführt hatte, wurde von Morfans getötet, und nach seinem Tod verloren die Feinde plötzlich den Mut und kehrten platschend ans Nordufer des Flusses zurück. Ihre Verwundeten nahmen sie mit, eine Handvoll von ihnen befand sich jedoch zu dicht an unseren Linien, und diese Handvoll töteten wir, bevor wir uns ans eigene Ufer zurückzogen. Wir hatten sechs Mann an die Anderwelt verloren, und doppelt so viele waren verwundet. »Ihr solltet nicht in der Frontlinie stehen«, warnte mich Sagramor, während er zusah, wie unsere Verwundeten davongetragen wurden. »Sie werden erkennen, daß Ihr nicht Arthur seid.«

»Sie sehen, daß Arthur kämpft«, gab ich zurück. »Im Gegensatz zu Gorfyddyd und Gundleus.« Die feindlichen Könige hatten sich in der Nähe des Kampfplatzes aufgehalten, aber niemals so nahe, daß sie ihre eigenen Waffen einsetzen konnten.

Iorweth und Tanaburs schrien auf Gorfyddyds Männer ein, ermutigten sie zum Kampf und versprachen ihnen den Lohn der

Götter, doch während Gorfyddyd seine Speerkämpfer umformierte, watete eine Gruppe herrenloser Männer in den Fluß, um uns auf eigene Faust anzugreifen. Krieger dieser Kategorie verließen sich darauf, daß ihnen besondere Tapferkeit Rang und Reichtum einbrachte, und die dreißig rasenden Männer griffen uns wild schreiend an, sowie sie den tiefsten Teil des Flusses hinter sich hatten. Sie waren entweder betrunken oder vom Schlachtenwahn erfüllt, denn sie rannten allein gegen unsere gesamte Streitmacht an. Der Lohn für einen Erfolg wären Land, Gold, Vergebung ihrer Verbrechen und der Lordstatus an Gorfyddyds Hof gewesen, aber dreißig Mann waren viel zuwenig. Sie fügten uns zwar geringen Schaden zu, mußten dabei aber ihr Leben lassen. Sie waren alle gute Speerkämpfer, deren Schildhände von Kriegerringen strotzten, doch jedem von ihnen standen jetzt drei bis vier Feinde gegenüber. Eine ganze Gruppe stürzte sich auf mich, weil sie in meiner Rüstung und der weißen Federhelmzier den kürzesten Weg zum Ruhm vermuteten, doch Sagramor und meine Wolfsruten-Speerkämpfer fingen sie ab und stellten sie. Ein riesiger Mann schwang eine sächsische Streitaxt. Sagramor tötete ihn mit seinem Krummschwert. Dann nahm er dem Sterbenden die Axt aus der Hand und schleuderte sie gegen einen weiteren Speerkämpfer, und dabei sang er die ganze Zeit einen unheimlichen Schlachtgesang in seiner Muttersprache. Als mich ein letzter Schwertkämpfer angreifen wollte, parierte ich seinen sensenartigen Schlag mit dem Eisenbuckel auf Arthurs Schild, schlug seinen eigenen Schild mit Hywelbane beiseite und versetzte ihm dann einen Tritt zwischen die Beine. Er krümmte sich, zu sehr von Schmerz gepeinigt, um aufzuschreien, und Issa rammte ihm einen Speer in den Hals. Wir erleichterten die toten Angreifer um ihre Rüstung, ihre Waffen und ihren Schmuck und ließen die Leichen am Rand der Furt als Barriere gegen den nächsten Angriff liegen.

Der Angriff kam schnell und hart. Genau wie der erste Angriff wurde auch diese dritte Attacke von einer Masse von Speerkämpfern ausgeführt, doch diesmal trafen wir sie auf unserem Flußufer, wo der Ansturm der Männer hinter der feindlichen Frontreihe die ersten Speerträger dazu brachte, über die aufgetürmten Leichen zu stolpern. Dadurch waren sie unserem Gegenangriff ausgeliefert, und unter Triumphgeheul stießen wir mit unseren roten Speeren zu. Wieder dröhnten die Schilde gegeneinander, wieder schrien Sterbende und riefen ihre Götter an, wieder klirrten die Schwerter so laut wie auf den Ambossen von Magnis. Und wieder stand ich in der Frontreihe, so dicht am Feind, daß ich den Met im Atem der Männer riechen konnte. Ein Mann, der mir den Helm vom Kopf reißen wollte, verlor die Hand durch einen Schwertstreich. Abermals begann das Geschiebe, und abermals schien es, als müßte der Feind uns allein durch seinen ungeheuren Druck zurückzwingen, abermals schleuderten die feindlichen Krieger Speere, die auf unseren Schilden klapperten, abermals stießen Morfans' Reiter mit ihren langen Reiterspeeren zu, und abermals zog sich der Feind zurück. Die Barden behaupten, das Wasser des Flusses sei rot von Blut gewesen, aber das stimmt nicht, obwohl ich tatsächlich ein paar Blutrinnsale flußabwärts verschwinden sah, aber die stammten von den Verwundeten, die vergebens versuchten, sich durch die Furt ans andere Ufer zu retten.

»Wir könnten den ganzen Tag hier gegen diese Bastarde kämpfen«, sagte Morfans. Sein Pferd blutete, und er war abgesessen, um die Wunde des Reittiers zu behandeln.

Ich schüttelte den Kopf. »Weiter flußabwärts gibt es eine zweite Furt.« Ich zeigte nach hinten. »Es wird nicht lange dauern, und ihre Speerkämpfer kommen uns an diesem Ufer entgegen.«

Die feindlichen Truppen erschienen schneller, als ich dachte, denn schon zehn Minuten später wurden wir durch einen Ruf an unserer Flanke gewarnt, daß eine Gruppe von Feinden den Fluß überquert habe und nun auf unserem Ufer vorrücke.

»Wir sollten allmählich den Rückzug antreten«, ermahnte mich Sagramor. Sein glattrasiertes schwarzes Gesicht war mit Blut und Schweiß verschmiert, in seinen Augen aber leuchtete die Freude, denn dies war ein Kampf, der die Dichter veranlassen würde, nach neuen Worten zu suchen, eine Schlacht, an die sich die Männer noch viele Winter lang in ihren verräucherten Hallen erinnern würden, eine Schlacht, die, selbst wenn wir unterlagen, die Männer in Ehren in die Halle der Krieger in der Anderwelt Einzug halten ließ. »Wir sollten sie jetzt hereinlocken«, sagte Sagramor. Er gab den Befehl zum Rückzug, und so bewegte sich unsere gesamte

Truppe langsam und schwerfällig an dem Dorf mit seinem römischen Gebäude vorbei, um einige hundert Schritt dahinter haltzumachen. Unsere linke Flanke war nun an der steilen Westseite des Tals verankert, während die rechte durch die Marschwiesen geschützt war, die sich bis zum Fluß hinabzogen. Dennoch waren wir weniger gesichert als an der Furt, denn unser Schildwall war jetzt verzweifelt dünn, und der Feind konnte ihn auf seiner ganzen Breite angreifen.

Es dauerte eine ganze Stunde, bis Gorfyddyd seine Männer über den Fluß gebracht und zu einem neuen Schildwall formiert hatte. Ich vermutete, daß es inzwischen Nachmittag geworden war, und warf einen Blick hinter mich, ob irgendwo Galahad oder Tewdrics Truppen auftauchten, aber ich konnte nichts entdecken. Allerdings, und das erleichterte mich sehr, sah ich auch nichts auf dem Westhügel, wo Nimues Geisterzaun unsere Flanke bewachte, aber Gorfyddyd würde dort kaum Männer benötigen, denn sein Heer war nunmehr größer denn je. Neue Kontingente waren aus Branogenium nachgerückt, und Gorfyddyds Befehlshaber schoben und zogen diese Neuankömmlinge in den Schildwall hinein. Wir sahen zu, wie die Hauptleute ihre langen Speere benutzten, um die feindliche Linie zu begradigen, und obwohl wir trotzige Rufe hinüberschickten, wußten wir alle, daß für jeden Mann, den wir an der Furt getötet hatten, zehn weitere über den Fluß gekommen waren. »Hier werden wir sie nie aufhalten können«, stellte Sagramor fest, als er sah, wie sich die Truppen des Feindes vermehrten. »Wir werden uns bis zur Baumbarrikade zurückziehen müssen.«

Bevor Sagramor jedoch den Befehl zum weiteren Rückzug geben konnte, kam Gorfyddyd persönlich nach vorn geritten, um uns herauszufordern. Er erschien allein, sogar ohne seinen Sohn, und brachte nichts weiter mit als das Schwert in der Scheide und einen Speer, denn er hatte keinen Arm, mit dem er einen Schild zu tragen vermochte. Gorfyddyds goldgeschmückter Helm, den Arthur ihm in der Woche seiner Verlobung mit Ceinwyn zurückgebracht hatte, war von den ausgebreiteten Schwingen eines Steinadlers gekrönt, und sein schwarzer Mantel war über die Kruppe seines Pferdes gebreitet. Sagramor befahl mir grollend zu bleiben, wo ich war, und ging dem König gemessenen Schrittes entgegen.

Gorfyddyd benutzte keine Zügel, sondern sprach zu seinem Pferd, das gehorsam zwei Schritt von Sagramor entfernt stehenblieb. Gorfyddyd stützte das Ende seines Speerschafts auf den Boden und zog dann die Wangenstücke seines Helmes beiseite, damit sein grämliches Gesicht zu sehen war. »Ihr seid Arthurs schwarzer Dämon«, beschuldigte er Sagramor und spie aus, um das Böse abzuwenden, »und Euer Hurenliebhaber versteckt sich hinter Eurem Schwert.« Wieder spie Gorfyddyd aus, diesmal jedoch in meine Richtung. »Warum sprecht Ihr nicht mit mir, Arthur?« rief er laut. »Habt Ihr Eure Zunge verschluckt?«

»Mein Lord Arthur«, gab Sagramor in seinem mit schwerem Akzent behafteten Britisch zurück, »spart seinen Atem für den Siegesgesang.«

Gorfyddyd zückte den langen Speer. »Ich bin einhändig«, rief er mir zu, »aber ich werde dennoch gegen Euch kämpfen.«

Ich schwieg und rührte mich nicht von der Stelle. Arthur, das wußte ich, würde niemals Mann gegen Mann mit einem Krüppel kämpfen. Allerdings wäre Arthur auch niemals stumm geblieben, sondern hätte Gorfyddyd inzwischen längst um Frieden gebeten.

Aber Gorfyddyd wollte keinen Frieden. Er wollte die Schlacht. Sein Pferd nur mit den Knien lenkend, ritt er an unserer Frontlinie auf und ab und schrie auf unsere Männer ein. »Ihr werdet sterben, weil euer Lord nicht von seiner Hure lassen kann! Ihr werdet sterben für ein Miststück, das feucht zwischen den Beinen ist! Für eine ständig läufige Hündin! Eure Seelen werden verflucht sein. Meine Toten tafeln bereits in der Anderwelt, doch eure Seelen werden ihre Wurfsteine sein. Und warum werdet ihr sterben? Wegen seiner rothaarigen Hure!« Er zeigte mit dem Speer auf mich; dann lenkte er sein Pferd direkt auf mich zu. Ich wich zurück, damit er durch die Augenschlitze meines Helms nicht erkennen konnte, daß ich nicht Arthur war, und meine Speerkämpfer umringten mich schützend. Gorfyddyd lachte über meine scheinbare Ängstlichkeit. Sein Pferd war so nah, daß meine Männer es hätten berühren können, aber Gorfyddyd ließ sich keinerlei Angst anmerken, sondern spie mich verächtlich an. »Weib!« rief er laut – seine schlimmste Beleidigung. Dann berührte er sein Pferd mit dem linken Fuß, wendete es und galoppierte zu seinen Männern zurück.

Sagramor wandte sich zu uns um und hob die Arme. »Zurück!« rief er. »Bis zur Barrikade zurück! Schnell, schnell! Zurück!«

Also kehrten wir den Feinden den Rücken und machten uns davon, und als sie sahen, daß sich unsere beiden Banner entfernten, stieg ein großes Jubelgeschrei aus ihren Reihen empor. Sie glaubten, daß wir vor ihnen flohen, und lösten ihre Reihen auf, um uns zu verfolgen, aber wir hatten einen zu großen Vorsprung vor ihnen und waren längst hinter der Barrikade, als sie die Lücke in den Baumstämmen erreichten. Hinter dem Schutzzaun bildeten wir wieder eine Linie, während ich Arthurs Platz in der Mitte einnahm, wo die Straße durch die offene Lücke zwischen den gefällten Bäumen führte. Wir hatten die Lücke absichtlich offengelassen, weil wir hofften, daß Gorfyddyd dort angreifen und unseren Flanken ein wenig Ruhe gönnen würde. Nun ließ ich Arthurs beide Banner wehen und wartete auf den Angriff.

Gorfyddyd befahl seinen verwirrten Speerkämpfern brüllend, sie sollten einen neuen Schildwall bilden. König Gundleus befehligte die rechte Flanke des Feindes, Prinz Cuneglas die linke. Diese Aufteilung ließ darauf schließen, daß Gorfyddyd sich nicht von unserer offenen Lücke ködern lassen würde, sondern statt dessen auf der ganzen Linie anzugreifen gedachte. »Ihr bleibt hier!« befahl Sagramor unseren Speerkämpfern. »Ihr seid Krieger! Und das werdet ihr jetzt beweisen! Hier werdet ihr bleiben, hier werdet ihr töten, und hier werdet ihr siegen!« Morfans hatte sein verletztes Pferd ein kleines Stück den westlichen Hügelhang hinaufgeführt und blickte von dort aus das Tal entlang nach Norden, um zu sehen, ob dies der richtige Augenblick sei, ins Horn zu stoßen und Arthur zu rufen. Da aber immer noch feindliche Truppen durch die Furt nachrückten, kehrte er zu uns zurück, ohne das silberne Horn an die Lippen gesetzt zu haben.

Statt dessen ertönte Gorfyddyds Horn. Der heisere Ruf des Widderhorns führte nicht etwa dazu, daß sein Schildwall vordrang. Statt dessen löste sich ein Dutzend nackter Verrückter aus den feindlichen Linien und warf sich gegen unsere Mitte. Solche Männer haben ihre Seelen in die Hand der Götter gegeben und sich anschließend die Sinne von einer Mischung aus Met, Stechapfelsud, Alraunewurzeln und Belladonna verwirren lassen, die einem zwar die Furcht nimmt, aber im Wachen Alpträume verursacht. Diese Männer mochten wahnsinnig, betrunken und nackt sein, aber sie waren auch gefährlich, denn sie kannten nur ein einziges Ziel – die Befehlshaber des Feindes niederzumachen. Also stürzten sie, vor dem Mund den Schaum der Zauberkräuter, die sie gekaut hatten, die Speere hoch erhoben, auf mich zu, fest entschlossen, mich zu durchbohren.

Meine Wolfsruten-Speerkämpfer gingen vor, um sich ihnen zu stellen. Der Tod kümmerte die nackten Männer nicht. Sie warfen sich meinen Kriegern entgegen, als hießen sie deren Speerspitzen willkommen. Einer meiner Männer wurde zurückgetrieben, während ein nackter Wilder mit seinen Fingern nach seinen Augen krallte und ihm ins Gesicht spie. Issa tötete die Bestie, einem anderen jedoch gelang es, einen meiner besten Männer zu töten: Laut kreischte er seinen Sieg hinaus, breitbeinig dastehend, beide Arme erhoben, den blutigen Speer in der blutigen Hand, und alle meine Männer glaubten, die Götter hätten uns verlassen, doch Sagramor schlitzte dem nackten Mann den Bauch auf und trennte ihm mit einem Hieb nahezu den Kopf vom Rumpf, bevor der Leichnam auch nur den Boden berührte. Sagramor spie auf den nackten, ausgeweideten Körper, dann spie er abermals in Richtung des feindlichen Schildwalls. Und als dieser Wall sah, daß unsere Frontlinie durcheinandergeraten war, griff er an.

Unsere hastig wiederformierte Mitte drohte zu brechen, als die Masse der Speerkämpfer gegen sie anging. Die dünne Reihe meiner Männer, die quer über der Straße stand, bog sich durch wie ein junger Baum, schaffte es aber irgendwie, standzuhalten. Jubelnd suchten wir uns gegenseitig aufzumuntern, riefen die Götter an, stießen und hieben, während Morfans und seine Reiter am Schildwall entlangritten und sich überall dort in den Kampf warfen, wo der Feind durchzubrechen drohte. Da die Flanken unseres Schildwalls von der Barrikade geschützt waren, hatten sie es ein wenig leichter, aber in der Mitte führten wir einen verzweifelten Kampf. Ich selbst, inzwischen in Kampfeswut geraten, überließ mich der flammenden Freude des Schlachtens. Da ich meinen Speer durch den festen Griff eines Feindes verloren hatte, zog ich Hywelbane, hielt mich mit dem ersten Streich aber zurück, um abzuwarten, bis der Schild eines Feindes gegen Arthurs poliertes Silber prallte. Die beiden Schilde donnerten aufeinander. Ich konnte das Antlitz des Feindes kurz sehen; dann stieß ich mit Hywelbane zu und spürte, wie der Druck von meinem Schild wich. Der Mann stürzte, und sein Leichnam bildete ein Hindernis, das seine Kameraden überwinden mußten. Issa tötete einen Mann, um gleich darauf einen Speerstoß in seinen Schildarm einzustecken, der seinen Ärmel mit Blut tränkte. Er kämpfte weiter. Ich hackte wie rasend auf die Lücke ein, die durch den Fall meines Feindes entstanden war, um ein Loch in Gorfyddyds Schildwall zu brechen. Einmal entdeckte ich den feindlichen König, wie er von seinem Pferd aus dorthin starrte, wo ich brüllte und hieb, und seine Männer herausforderte, sie sollten doch angreifen und mir die Seele stehlen. Einige wagten es tatsächlich, weil sie glaubten, in die Gesänge der Barden einzugehen, endeten statt dessen aber als Tote. Hywelbane war voll Blut, meine Rechte klebte von Blut, und der Ärmel meines schweren Schuppenpanzers war mit Blut besudelt, doch nicht ein Tropfen davon war meins.

Einmal wäre unsere Schlachtreihe in der Mitte, wo sie nicht von den verzweigten Bäumen geschützt war, fast durchbrochen worden, aber zwei von Morfans' Reitern sprangen mit ihren Pferden in die Bresche, um sie zu stopfen. Eins der Pferde starb; schreiend und mit den Hufen schlagend, lag es auf der Straße und verblutete. Dann richtete sich unser Schildwall wieder auf, und wir drängten die Feinde zurück, die langsam, ganz langsam unter dem Druck der Toten und Sterbenden erstickten, die zwischen den beiden Frontlinien lagen. Nimue hinter uns kreischte und schleuderte dem Feind Flüche entgegen.

Dann wichen die Feinde zurück, und wir vermochten endlich auszuruhen. Wir waren allesamt blut- und dreckverschmiert, und unser Atem ging in keuchenden Stößen. Unsere Schwert- und Speerarme waren ermüdet. Nachrichten über Kameraden machten die Runde. Minac war tot, dieser Mann war verwundet, jener lag im Sterben. Männer verbanden die Wunden ihrer Nebenmänner, dann schworen sie sich, einander bis in den Tod zu verteidigen. Ich versuchte mir den lästigen Druck von Arthurs Rüstung zu erleichtern, der mir tiefe Schürfwunden auf den Schultern zugefügt hatte.

Der Feind war jetzt wachsamer geworden. Die müden Männer,

die uns gegenüberstanden, hatten unsere Schwerter zu spüren bekommen und gelernt, uns zu fürchten, und dennoch griffen sie wieder an. Diesmal war es Gundleus' königliche Garde, die unsere Mitte angriff. Wir erwarteten sie vor dem blutigen Berg der Toten und Sterbenden, der vom letzten Angriff übriggeblieben war, und diese schaurige Mauer rettete uns, denn die feindlichen Speerkämpfer konnten nicht über die Leichen klettern und sich gleichzeitig mit den Schilden schützen. Wir brachen ihnen die Knöchel, schnitten ihnen die Beine auf und durchbohrten sie, während sie fielen und den blutigen Wall höher machten. Raben kreisten über der Furt, ihre ausgefransten Schwingen zeichneten sich vor dem graubraunen Himmel ab. Ich entdeckte Ligessac, den Verräter, der Norwenna Gundleus' Schwert ausgeliefert hatte, und versuchte mich zu ihm durchzukämpfen, aber die Wogen der Schlacht trugen ihn davon und retteten ihn vor Hywelbane. Dann wich der Feind wieder zurück, und ich befahl einigen meiner Männer mit heiserer Stimme, ein paar Schläuche Wasser aus dem Fluß zu holen. Wir waren alle durstig, denn der Schweiß lief uns in Strömen herab und mischte sich mit dem Blut. Ich hatte einen Kratzer an meiner Schwerthand davongetragen, war sonst aber unverletzt. Ich war in der Todesgrube gewesen und führte mein Glück im Kampf stets darauf zurück.

Der Feind begann, frische Truppen nach vorn zu schicken. Einige trugen Cuneglas' Adler, andere Gundleus' Fuchs, und einige wenige hatten eigene Embleme. Dann ertönten hinter mir Jubelrufe. In der Erwartung, Tewdrics Männer in ihren römischen Uniformen zu sehen, wandte ich mich um, erblickte jedoch Galahad, der ganz allein auf einem schweißbedeckten Pferd heransprengte. Hinter unserer Linie kam er rutschend zum Stehen und wäre vor Hast, uns zu erreichen, beinah vom Pferd gefallen. »Ich dachte schon, ich käme zu spät«, sagte er.

»Werden sie kommen?« fragte ich ihn.

Er zögerte, und noch ehe er zum Sprechen ansetzte, wußte ich, daß sie uns im Stich gelassen hatten. »Nein«, antwortete er schließlich.

Ich fluchte und blickte zum Feind hinüber. Den letzten Angriff hatten wir nur mit Hilfe der Götter überstanden, und die Götter allein wußten, wie lange wir jetzt noch aushalten konnten. »Kein einziger kommt?« fragte ich verbittert.

»Ein paar, vielleicht.« Galahad sprach mit gedämpfter Stimme. »Tewdric glaubt, daß wir verloren sind. Agricola meint, daß sie uns helfen sollten, aber Meurig verlangt, daß man uns allein sterben läßt. Sie streiten sich, aber Tewdric hat gesagt, daß jeder Mann, der hier sterben will, mir folgen darf. Vielleicht sind ja schon ein paar unterwegs.«

Ich betete darum, daß es so war, denn auf dem westlichen Hügel war jetzt ein Trupp von Gorfyddyds Landwehr eingetroffen, obwohl bisher noch kein einziger aus dieser zerlumpten Schar es gewagt hatte, Nimues Geisterzaun zu verletzen. Zwei Stunden können wir vielleicht noch aushalten, dachte ich, danach sind wir geliefert, aber bestimmt wird Arthur vorher kommen. »Kein Zeichen von den Schwarzschild-Iren?« fragte ich Galahad.

»Nein, Gott sei Dank«, antwortete er, und das war ein kleines bißchen Glück an diesem Tag, der uns fast gar kein Glück gebracht hatte, obwohl eine halbe Stunde nach Galahads Ankunft etwas Verstärkung auftauchte. Sieben Mann kamen zu Fuß auf unseren ramponierten Schildwall zu, sieben Mann in Kriegsrüstung mit Speeren, Schilden und Schwertern, und das Symbol auf ihren Schilden war der Falke von Kernow, unserem Feind. Dennoch waren diese Männer nicht unsere Feinde. Es waren sechs narbenbedeckte, schlachterprobte Kämpfer, angeführt von ihrem Edling Tristan.

Als sich die Aufregung der ersten Begrüßung gelegt hatte, erklärte er, warum er hier war. »Arthur hat einmal für mich gekämpft, und ich hatte schon lange den Wunsch, diese Schuld zu bezahlen.«

»Mit Eurem Leben?« fragte Sagramor grimmig.

»Er hat das seine aufs Spiel gesetzt«, antwortete Tristan schlicht. Ich hatte ihn als hochgewachsenen, gutaussehenden Mann in Erinnerung, und das war er immer noch, aber die Jahre hatten seinem Gesicht einen mißtrauischen, müden Ausdruck hinzugefügt, als hätte er zu viele Enttäuschungen erlebt. »Mein Vater«, ergänzte er reuig, »wird mir vermutlich niemals vergeben, daß ich hergekommen bin, aber ich hätte mir niemals vergeben können, wenn ich nicht gekommen wäre.«

»Wie geht's Sarlinna?« fragte ich ihn.

»Sarlinna?« Es dauerte einige Sekunden, bis er sich an das kleine Mädchen erinnerte, das nach Caer Cadarn gekommen war, um Owain anzuklagen. »Ach ja, Sarlinna! Ist inzwischen verheiratet. Mit einem Fischer.« Er lächelte. »Ihr habt ihr damals das Kätzchen geschenkt, nicht wahr?«

Wir postierten Tristan mit seinen Männern in der Mitte unserer Kampflinie, dem Ehrenplatz auf diesem Schlachtfeld, doch als der Feind seinen nächsten Angriff begann, attackierte er nicht die Mitte, sondern die Baumbarrikade, die unsere Flanken schützte. Eine Zeitlang wirkten sich der flache Graben und die dicht verzweigten Äste der Bäume verheerend auf die anstürmenden Männer aus, aber sie lernten schnell genug, die gefällten Bäume als Schutz zu benutzen, und an manchen Stellen gelang es ihnen sogar, durchzubrechen und unsere Linie weiter zurückzudrängen. Doch wiederum hielten wir ihnen stand, und Griffid, mein ehemaliger Feind, machte sich einen Namen, indem er Nasiens tötete, Gundleus' Champion. Unaufhörlich krachten die Schilde aufeinander, Speere brachen, Schwerter wurden zerschmettert, Schilde splitterten, während die Erschöpften gegen die Ermüdeten kämpften. Auf dem Hügel sammelte sich die feindliche Landwehr, um von ihrem sicheren Platz hinter Nimues Geisterzaun aus zuzusehen, wie Morfans wieder einmal sein müdes Pferd den gefährlich steilen Hang hinauftrieb. Er blickte gen Norden, und wir beobachteten ihn und beteten darum, daß er ins Horn stoßen möge. Er hielt sehr lange Ausschau, schien aber festzustellen, daß alle feindlichen Truppen inzwischen im Tal eingekesselt waren, denn er setzte das Silberhorn an die Lippen und blies den sehnsüchtig erwarteten Ruf über das Kampfgewühl hinweg.

Nie war ein Hornstoß freudiger begrüßt worden. Unsere ganze Linie drängte voran, und die schartig gewordenen Schwerter hämmerten mit neuer Energie auf den Gegner ein. Wieder und wieder rief das Silberhorn seinen reinen, klaren Jagdruf zum Kampf, und jedesmal wenn es ertönte, drängten unsere Männer vorwärts ins Geäst der gefällten Bäume, um auf die Feinde einzuhauen und einzustechen und einzuschreien, die sich, Hinterlist argwöhnend, unruhig im Tal umblickten, während sie sich verteidigten. Gorfyddyd rief seinen Männern zu, unsere Linie jetzt zu durchstoßen, und seine königliche Garde leitete den Angriff gegen unsere Mitte. Ich hörte, wie die Männer aus Kernow ihr Kampfgeschrei ausstießen, als sie die Schuld ihres Edlings bezahlten. Nimue war bei unseren Speerkämpfern und schwang mit beiden Händen ein Schwert. Ich schrie sie an, sie solle zurückgehen, aber der Blutrausch hielt ihre Seele gepackt, und sie kämpfte wie der Teufel. Die Feinde, die wußten, daß sie den Göttern gehörte, hatten Angst vor ihr, und die Männer versuchten ihr eher auszuweichen, statt gegen sie zu kämpfen. Dennoch war ich froh, als Galahad sie endlich aus dem Getümmel entfernte. Galahad mochte spät in die Schlacht eingegriffen haben, aber er kämpfte mit einer wilden Freude, die die Feinde von dem zuckenden Haufen toter und sterbender Männer zurücktrieb.

Das Horn ertönte zum letztenmal. Und endlich ging Arthur zum Angriff über.

Seine gepanzerten Speerkämpfer waren aus ihrem Versteck nördlich des Flusses hervorgebrochen und stürmten auf ihren Pferden schäumend wie eine Donnerflut durch den Fluß. Sie sprangen über die Leichen der ersten Kämpfe, legten die blanken Speere an und fielen über die hinteren Truppeneinheiten des Feindes her. Männer stoben wie Spreu auseinander, als die eisenbeschuhten Pferde tief in Gorfyddyds Heer eindrangen. Arthurs Männer teilten sich in zwei Gruppen, die tiefe Furchen durch die feindlichen Speerkämpfer pflügten. Sie attackierten, ließen ihre Speere in den Toten zurück und trugen den Tod mit den Schwertern weiter.

Einen Moment, einen wundervollen Augenblick lang dachte ich, der Feind würde aufgeben, dann aber entdeckte auch Gorfyddyd die Gefahr und befahl seinen Männern mit lautem Geschrei, einen neuen Schildwall gegen Norden zu bilden. Er wollte seine Nachhut opfern und statt dessen mit den hintersten Reihen seiner vorderen Truppe eine neue Speerlinie bilden. Und diese neue Linie hielt. Owain hatte recht behalten, als er vor so langer Zeit sagte, daß nicht einmal Arthurs Pferde einen gut formierten Schildwall angreifen würden. Sie taten es nicht. Arthur hatte einem Drittel von Cuneglas' Heer Panik und Tod gebracht, der Rest aber nahm jetzt diszipliniert Aufstellung und trotzte seinen Reitern.

Und noch immer war uns der Feind zahlenmäßig überlegen.

Unser Wall hinter der Baumbarriere war nirgendwo mehr als zwei Mann stark, und stellenweise gab es sogar nur noch einen. Arthur war es nicht gelungen, zu uns durchzubrechen, und Gorfyddyd wußte, daß Arthur dies auch nicht gelingen würde, solange ein Schildwall vor den Pferden stand. Also baute er diesen Schildwall auf und lieferte Arthur das letzte Drittel seines Heeres auf Gnade und Ungnade aus. Den Rest seiner Männer ließ er wieder gegen Sagramors Schildwall anrennen. Gorfyddyd kannte Arthurs Taktik inzwischen und hatte sie überlistet, deswegen konnte er seine Speerkämpfer mit neuer Zuversicht in den Kampf werfen, obwohl er diesmal, statt auf der ganzen Linie zu attackieren, unsere linke Flanke zurückzudrängen versuchte und seinen Angriff auf den westlichen Saum des Tals konzentrierte.

Die Männer an jener Flanke kämpften, sie töteten, und sie wurden getötet, aber es gab nur wenige Männer, die diese Linie lange hätten halten können, und überhaupt keinen, der sie hätte halten können, wenn Gundleus' Silurier unsere Flanke umgingen, indem sie den unteren Teil des Hanges unterhalb des grausigen Geisterzauns erklommen. Der Angriff war brutal, die Verteidigung nicht weniger schrecklich. Morfans' überlebende Reiter warfen sich gegen die Silurier, Nimue spie ihnen ihre Flüche entgegen, und Tristans ausgeruhte Männer kämpften wie Champions, doch selbst wenn wir die doppelte Anzahl von Kriegern gehabt hätten – wir hätten den Feind nicht daran hindern können, unsere Flanke zu umgehen. Unser Schildwall brach wie eine zurückzuckende Schlange zum Flußufer hin zusammen, wo wir einen Verteidigungshalbkreis um die beiden Banner und die wenigen Verwundeten bildeten, die wir hatten mitnehmen können. Es war ein schrecklicher Augenblick. Ich sah, wie unser Schildwall brach, ich sah, wie die Feinde mit dem Abschlachten unserer auseinandergerissenen Männer begannen, dann eilte ich mit den übrigen zu dem verzweifelten Häuflein Überlebender. Wir hatten gerade noch Zeit, einen provisorischen Schildwall aufzustellen, dann konnten wir nur noch zusehen, wie Gorfyddyds triumphierende Truppen unsere Flüchtigen verfolgten und töteten. Tristan überlebte, Galahad und Sagramor ebenfalls, aber das war ein geringer Trost, denn wir hatten die Schlacht verloren, und nun konnten wir nur noch wie Helden sterben. Im nördlichen Teil des Tals wurde Arthur immer noch von dem Schildwall aufgehalten, während unser Wall im Süden, der den Feinden den ganzen Tag lang standgehalten hatte, durchbrochen und das, was von ihm übrig war, umzingelt wurde. Mit zweihundert Mann waren wir in die Schlacht gegangen; jetzt zählten wir nur noch wenig über einhundert.

Prinz Cuneglas ritt auf uns zu, um uns zur Aufgabe aufzufordern. Sein Vater befehligte die Männer, denen Arthur gegenüberstand, und überließ es seinem Sohn und König Gundleus, den Rest von Sagramors Speerkämpfern zu vernichten. Von Cuneglas wurden meine Männer wenigstens nicht beleidigt. Er zügelte sein Pferd ein Dutzend Schritte vor unserer Linie und hob die leere rechte Hand, um uns zu zeigen, daß er als Unterhändler komme. »Männer von Dumnonia!« rief Cuneglas. »Ihr habt gut gekämpft, doch weiterzukämpfen würde den Tod bedeuten. Ich dagegen biete euch das Leben.«

»Greift wenigstens ein einziges Mal zum Schwert, bevor Ihr tapfere Männer zur Aufgabe auffordert«, rief ich ihm zu.

»Angst vor dem Kampf, eh?« höhnte Sagramor, denn bisher hatte keiner von uns gesehen, daß Gorfyddyd, Cuneglas oder Gundleus sich vor den Schildwall des Feindes begeben hätten. König Gundleus saß einige Schritte hinter Prinz Cuneglas auf seinem Pferd. Nimue verfluchte ihn, doch ob er sich dessen bewußt war oder nicht, vermochte ich nicht zu sagen. Wenn ja, hätte er sich keine Sorgen zu machen brauchen, denn wir alle saßen jetzt in der Falle und waren ohne Zweifel dem Untergang geweiht.

»Oder kämpft jetzt gegen mich!« rief ich Cuneglas zu. »Mann gegen Mann, falls Ihr es wagt.«

Cuneglas musterte mich traurig. Ich war blutbesudelt, schlammbedeckt, verschwitzt, zerschlagen und von Schmerzen gepeinigt, während er höchst elegant in einer kurzen Schuppenrüstung und mit Adlerfedern als Helmzier auf seinem Pferd saß. »Ich weiß, daß Ihr nicht Arthur seid«, sagte er, »denn ich habe ihn zu Pferde erlebt. Aber wer immer Ihr seid, Ihr habt tapfer gekämpft. Ich biete Euch das Leben.«

Ich zog mir den verschwitzten, engen Helm vom Kopf und warf

ihn in die Mitte des Halbkreises. »Ihr kennt mich, Lord Prinz«, entgegnete ich.

»Lord Derfel!« Er nannte mich beim Namen, dann erwies er mir Ehre. »Lord Derfel Cadarn«, sagte er, »ich garantiere Euch das Leben und das Leben Eurer Männer. Werdet Ihr Euch ergeben?«

»Lord Prinz«, antwortete ich ihm, »ich habe hier nicht das Kommando. Ihr müßt Euch an Lord Sagramor wenden.«

Sagramor trat neben mich und nahm seinen schwarzen, spitzen Helm ab, den ein Speer durchstoßen hatte, so daß sein schwarzes, lockiges Haar blutverklebt war. »Lord Prinz«, sagte er argwöhnisch.

»Ich biete Euch das Leben«, wiederholte Cuneglas, »wenn Ihr Euch ergebt.«

Sagramor zeigte mit seinem Krummschwert dorthin, wo Arthurs Reiter den Nordteil des Tals beherrschten. »Solange mein Lord sich nicht ergeben hat«, erklärte er Cuneglas, »kann ich es auch nicht tun. Immerhin aber...« – er hob die Stimme – »entbinde ich meine Männer von ihrem Eid.«

»Ich ebenfalls«, rief ich meinen Männern zu.

Ich bin sicher, daß einige sich versucht fühlten, die Kampfreihen zu verlassen, doch ihre Kameraden forderten sie grollend auf zu bleiben, vielleicht aber drückte das Grollen auch nur den Trotz erschöpfter Männer aus. Prinz Cuneglas wartete ein paar Sekunden; dann zog er zwei schmale Goldtorques aus einer Tasche an seinem Gurt. Lächelnd sah er uns an. »Ich verneige mich vor Eurer Tapferkeit, Lord Sagramor. Ich verneige mich vor Euch, Lord Derfel.« Damit warf er das Gold vor unseren Füßen zu Boden. Ich hob meinen Torques auf und bog die Enden auseinander, damit ich ihn mir um den Hals legen konnte. »Und, Derfel Cadarn...«, sprach Cuneglas weiter. Er trug ein Lächeln auf dem runden, freundlichen Gesicht.

»Lord Prinz?«

»Meine Schwester bat mich, Euch Grüße zu übermitteln. Das tue ich hiermit.«

Meine Seele, so dicht vor dem Tod, schien bei diesem Gruß einen Freudensprung zu machen. »Richtet ihr auch meine Grüße aus, Lord Prinz«, antwortete ich, »und sagt ihr, daß ich mich darauf freue, sie in der Anderwelt wiederzusehen.« Dann jedoch verdarb mir der Gedanke, Ceinwyn in dieser Welt nie wiederzusehen, die Freude, und plötzlich hätte ich am liebsten geweint.

Cuneglas sah meine Trauer. »Ihr müßt nicht sterben, Lord Derfel«, sagte er. »Ich biete Euch das Leben und garantiere Euch dafür. Außerdem biete ich Euch meine Freundschaft an, falls sie Euch willkommen ist.«

»Ich würde sie in Ehren halten, Lord Prinz«, entgegnete ich, »aber solange mein Lord kämpft, kämpfe ich auch.«

Sagramor, der seinen Helm aufsetzte, zuckte zusammen, als das Metall die Speerwunde auf seinem Kopf berührte. »Ich danke Euch, Lord Prinz«, sagte er zu Cuneglas, »aber ich wähle den Kampf.«

Cuneglas wendete sein Pferd. Ich betrachtete mein Schwert, so ramponiert und klebrig von Blut, dann betrachtete ich meine überlebenden Männer. »Wenn wir nichts anderes erreicht haben«, versuchte ich sie aufzumuntern, »so haben wir wenigstens dafür gesorgt, daß Gorfyddyds Heer für eine ziemlich lange Weile nicht gegen Dumnonia marschieren kann. Vielleicht sogar nie! Denn wer würde freiwillig ein zweites Mal gegen Männer wie uns kämpfen?«

»Die Schwarzschild-Iren«, knurrte Sagramor und deutete mit dem Kopf zu dem Hügel hinüber, auf dem der Geisterzaun den ganzen Tag lang unsere Flanke geschützt hatte. Und dort, hinter den mit Zaubersprüchen belegten Pfosten, wartete eine Kriegshorde mit den runden schwarzen Schilden und den gefährlichen, langen Speeren Irlands. Es war die Besatzung von Coel's Hill, Oengus Mac Airems Schwarzschild-Iren, die gekommen waren, um sich an diesem Blutvergießen zu beteiligen.

Arthur kämpfte immer noch. Er hatte ein Drittel des feindlichen Heeres zugrunde gerichtet, aber der Rest hielt ihn nunmehr in Schach. Immer wieder griff er an und versuchte, den Schildwall zu durchstoßen, aber kein Pferd der Welt würde in ein Dickicht von Männern, Schilden und Speeren stürmen. Selbst Llamrei ließ ihn da im Stich, und nun blieb ihm meiner Ansicht nach nur noch übrig, Excalibur tief in den blutgetränkten Boden zu rammen und zu hoffen, daß ihm der Gott Gofannon aus den finstersten Tiefen der Anderwelt zu Hilfe kommen würde.

Aber kein Gott kam und auch kein Mensch aus Magnis. Später erfuhren wir, daß sich tatsächlich einige Freiwillige auf den Weg gemacht hatten, aber sie kamen alle zu spät.

Die Männer der Landwehr aus Powys blieben auf dem Hügel, weil sic sich zu sehr fürchteten, den Geisterzaun zu durchbrechen, und neben ihnen versammelten sich über einhundert irische Krieger. Diese Krieger brachen jetzt nach Süden auf, um so die rachsüchtigen Geister des Zauns zu umgehen. In einer halben Stunde, dachte ich, werden sich die Schwarzschilde Cuneglas' letzter Attacke anschließen. Ich ging zu Nimue. »Schwimm durch den Fluß«, drängte ich sie. »Du kannst doch schwimmen – oder?«

Sie hob die linke Hand mit der Narbe. »Wenn du hier stirbst, Derfel«, entgegnete sie, »sterbe ich auch hier.«

»Aber du mußt...«

»Halt den Mund!« fuhr sie mich an. »Das ist es, was du tun mußt.« Dann stellte sie sich auf die Zehenspitzen und küßte mich auf die Lippen. »Töte Gundleus für mich, bevor du stirbst«, bat sie mich.

Einer von unseren Speerkämpfern stimmte den Todesgesang von Werlinna an, und die übrigen nahmen die getragene, traurige Melodie auf. Cavan, dessen Mantel schwarz vor Blut war, hämmerte mit einem Stein auf das hohle Ende seiner Speerspitze ein, damit der Schaft fester saß. »Nie hätte ich gedacht, daß es soweit kommen würde«, sagte ich zu ihm.

»Ich auch nicht, Lord«, gab er zurück und blickte von seiner Arbeit auf. Seine Wolfsruten-Helmzier war ebenfalls blutgetränkt, sein Helm verbeult, und um den linken Oberschenkel trug er einen blutigen Verband.

»Ich dachte immer, ich wäre vom Glück begünstigt«, fuhr ich fort. »Das hatte ich mir eingebildet. Aber vermutlich tut das jeder Mann.«

»Nicht jeder Mann, Lord, nein, nur die besten unserer Führer.«

Ich dankte ihm lächelnd. »Ich hätte so gern erlebt, daß Arthurs Traum sich erfüllt«, sagte ich.

»Dann würde es keine Arbeit für Krieger mehr geben«, erwiderte Cavan finster, »und wir würden alle Angestellte oder Bauern sein. Vielleicht ist es ja besser so. Ein letzter Kampf, und dann hinab in die Anderwelt, in Mithras Dienste. Wir werden uns gut amüsieren dort, Lord. Wohlgestaltete Weiber, gute Kämpfe, starker Met und reichlich Gold auf ewig.«

»Ich werde mich über Eure Gesellschaft dort freuen«, entgegnete ich, aber es war kein Funke Freude in mir. Ich wollte noch nicht in die Anderwelt – nicht, solange Ceinwyn noch auf dieser Welt weilte. Um den Druck ihrer Brosche zu spüren, preßte ich meine Rüstung fest an die Brust und dachte an den Wahn, der nun niemals seinen Lauf nehmen würde. Zu Cavans Verwunderung sprach ich ihren Namen laut aus. Ich war verliebt und würde sterben, ohne je die Hand meiner Geliebten gehalten zu haben oder ihr Antlitz wiederzusehen.

Dann sah ich mich gezwungen, Ceinwyn zu vergessen, denn die Schwarzschild-Iren von Demetia hatten sich entschlossen, den Zaun nicht zu umgehen, sondern die Geister herauszufordern und ihn zu durchbrechen. Gleich darauf erkannte ich auch, warum. Auf dem Hügel war ein Druide aufgetaucht, der sie über die Geistergrenze führte. Nimue stellte sich neben mich und starrte zum Hügel hinauf, wo die hochgewachsene Gestalt mit dem weißen Gewand und der weißen Kapuze mit langbeinigen Schritten den steilen Hang herunterkam. Die Iren folgten ihm, und hinter ihren schwarzen Schilden und langen Speeren folgte die Landwehr von Powys mit ihrem kunterbunten Arsenal von Bogen, Hacken, Äxten, Speeren, Kampfstöcken und Heugabeln.

Der Gesang meiner Männer erstarb. Sie hoben die Speere und rückten ihre Schilde zurecht, um sich zu vergewissern, daß der Wall geschlossen war. Die Feinde, die ihren Schildwall ebenfalls formiert hatten und nun bereit zum Angriff waren, wandten sich zurück, um zuzusehen, wie der Druide die Iren ins Tal hinabführte. Iorweth und Tanaburs liefen ihm entgegen, aber der neu eingetroffene Druide scheuchte sie mit seinem langen Stab aus dem Weg. Dann schob er die Kapuze seines Gewandes zurück, so daß wir den langen, geflochtenen weißen Bart und den schwarz umwickelten Pferdeschwanz sahen. Es war Merlin.

Nimue weinte, als sie den Alten sah, und lief ihm entgegen. Die Feinde wichen zur Seite, um sie vorbeizulassen, genau wie sie sich teilten, damit Merlin auf sie zugehen konnte. Ein Druide konnte selbst auf dem Schlachtfeld gehen, wohin er wollte, und dieser Druide war der berühmteste und mächtigste im ganzen Land. Nimue rannte, und Merlin breitete die Arme aus, um sie zu umfangen, und sie schluchzte und schluchzte, weil sie ihn endlich wiedergefunden hatte, und schlang ihre mageren weißen Arme um ihn. Und plötzlich war ich sehr froh für sie.

Merlin näherte sich uns, Nimue immer noch im Arm haltend. Gorfyddyd hatte die Ankunft des Druiden beobachtet und galoppierte zu unserem Teil des Schlachtfelds herüber. Beim Anblick des Königs hob Merlin zwar den Stab zum Gruß, ignorierte aber dessen Fragen. Die irische Kriegshorde hatte am Fuß des Hügels haltgemacht und formierte sich dort zu einem grimmen Wall aus schwarzen Schilden.

Merlin kam direkt auf mich zu. Er schritt, genau wie an jenem Tag auf Caer Sws, als er mir das Leben gerettet hatte, in hehrer, kalter Majestät einher. Auf seinem dunklen Gesicht lag kein Lächeln, keine Andeutung von Freude in seinen tiefen Augen, sondern ein so furchtbarer Zorn, daß ich auf die Knie sank und, als er näher kam, den Kopf senkte. Sagramor folgte meinem Beispiel, und plötzlich kniete unsere ganze, zerschundene Truppe von Speerkämpfern vor dem Druiden.

Merlin streckte seinen schwarzen Stab aus und berührte damit zuerst Sagramors und dann meine Schulter. »Erhebt euch«, sagte er mit gedämpfter, harter Stimme. Dann wandte er sich um und trat den Feinden gegenüber. Er nahm den Arm von Nimues Schultern und hob den schwarzen Stab mit beiden Händen waagerecht über seinen Kopf. Er starrte Gorfyddyds Männer an und ließ den Stab wieder sinken. Sein langes, uraltes, zorniges Gesicht und diese langsame, selbstsichere Geste strahlten eine solche Autorität aus, daß auch die Feinde vor ihm niederknieten. Nur die beiden Druiden blieben stehen, und die wenigen Reiter blieben im Sattel.

»Seit sieben Jahren«, begann Merlin, und seine Stimme tönte über das Tal bis in dessen Mitte, so daß selbst Arthur und seine Männer ihn zu hören vermochten, »habe ich nach dem geheimen Wissen Britanniens gesucht. Ich habe nach der Macht unserer Vorfahren gesucht, die wir aufgegeben haben, als die Römer kamen. Ich habe nach den Dingen gesucht, die dieses Land seinen rechtmäßigen Göttern zurückgeben werden, seinen eigenen Göttern, unseren eigenen Göttern, den Göttern, die uns geschaffen haben und die wir möglicherweise überreden können, zurückzukehren und uns zu helfen.« Damit alle Männer ihn hören und verstehen konnten, sprach er langsam und mit schlichten Worten. »Nun jedoch«, fuhr er fort, »brauche ich Hilfe. Ich brauche Männer mit Schwertern, Männer mit Speeren, Männer mit tapferen Herzen, die mit mir an einen feindlichen Ort ziehen, um das letzte Kleinod Britanniens zu holen. Ich suche den Kessel von Clyddno Eiddyn. Der Kessel ist unsere Macht, unsere verlorene Macht, unsere letzte Hoffnung, Britannien wieder zu einer Insel der Götter zu machen. Ich verheiße euch nichts als Mühen und Plagen, und ich werde euch keinen anderen Lohn geben als den Tod, ich werde euch nichts zu essen geben können als Bitternis und nichts zu trinken als Galle. Dafür erbitte ich jedoch eure Schwerter und euer Leben. Wer will mich auf der Suche nach dem Kessel begleiten?«

Seine Frage kam unvermittelt. Wir hatten erwartet, er werde von diesem ungeheuerlichen Blutvergießen sprechen, durch das das grüne Tal rot gefärbt worden war – statt dessen ignorierte er die Schlacht, als wäre sie unerheblich, fast so, als hätte er überhaupt nicht bemerkt, daß er ein Schlachtfeld betreten hatte. »Wer?« fragte er abermals.

»Lord Merlin!« rief Gorfyddyd, bevor irgendein anderer Mann etwas erwidern konnte. Der feindliche König spornte sein Pferd durch die Reihen seiner knienden Speerkämpfer. »Lord Merlin!« Seine Stimme klang zornig, seine Miene war verbittert.

»Gorfyddyd«, erwiderte Merlin gelassen.

»Eure Suche nach dem Kessel kann doch sicher noch eine kleine Stunde warten, wie?« Gorfyddyds Frage klang ironisch.

»Sie kann ein Jahr warten, Gorfyddyd ap Cadell. Sie kann fünf Jahre warten. Sie kann ewig warten, aber sie sollte nicht warten.«

Gorfyddyd lenkte sein Pferd auf die offene Fläche zwischen den beiden Schildwällen. Auf einmal sah er seinen großen Sieg und seinen Anspruch auf den Titel des Großkönigs von einem Druiden bedroht, also wendete er sein Pferd, damit er seine Männer ansehen konnte, schlug die Wangenstücke seines Schwingenhelms zurück und hob die Stimme. »Ihr werdet Zeit haben, eure Speere der Suche nach dem Kessel zu verpflichten«, rief er seinen Männern zu, »aber erst, wenn ihr den Hurenbock bestraft und eure Speere in die Seelen seiner Männer versenkt habt. Ich muß einen Eid erfüllen und werde nicht dulden, daß irgendein Mensch, nicht einmal mein Lord Merlin, mich davon abhält. Solange dieser Hurenliebhaber lebt, wird es weder Frieden noch einen Kessel geben.« Damit wandte er sich um und durchbohrte den Zauberer mit Blicken. »Hattet Ihr vor, den Hurenbock durch diese Aufforderung zu retten?«

»Es würde mich nicht kümmern, Gorfyddyd ap Cadell«, entgegnete Merlin, »wenn sich die Erde öffnen und Arthur mitsamt seinem Heer verschlingen würde. Und Euch dazu.«

»Dann werden wir kämpfen!« rief Gorfyddyd und zog das Schwert aus der Scheide. »Diese Männer...« – er sprach zu seinen Truppen, deutete mit dem Schwert jedoch auf unsere Banner – »gehören euch. Ihr Land, ihre Herden, ihr Gold und ihre Häuser gehören euch. Ihre Frauen und Töchter sind jetzt schon eure Huren. Ihr habt bis hierher gegen sie gekämpft – wollt ihr sie jetzt ungeschoren davonkommen lassen? Der Kessel wird sich nicht in Luft auflösen, wenn sie sterben, wohl aber euer Sieg, wenn wir jetzt nicht zu Ende bringen, wozu wir hergekommen sind. Wir kämpfen!«

Einen Herzschlag lang herrschte Schweigen. Dann sprangen Gorfyddyds Männer auf und begannen mit den Speerschäften auf ihre Schilde zu schlagen. Gorfyddyd warf Merlin einen triumphierenden Blick zu und spornte sein Pferd in die lärmenden Reihen seiner Männer zurück.

Merlin wandte sich an Sagramor und mich. »Die Schwarzschild-Iren«, sagte er lässigen Tones, »sind auf eurer Seite. Ich habe mit ihnen gesprochen. Sie werden Gorfyddyds Truppen angreifen, und ihr werdet einen großen Sieg erringen. Mögen die Götter euch Kraft verleihen.« Damit wandte er sich zurück, legte den Arm um Nimues Schultern und kehrte durch die feindlichen Reihen zurück, die sich ihm gehorsam öffneten.

»Guter Versuch!« rief Gorfyddyd Merlin zu. Der König von Powys stand auf der Schwelle eines großen Sieges, und dieses schwindelerregende Gefühl erfüllte ihn mit so viel Selbstvertrauen, daß er dem Druiden die Stirn zu bieten wagte. Doch Merlin ignorierte seine gockelhafte Beleidigung und schritt mit Tanaburs und Iorweth davon.

Issa brachte mir Arthurs Helm, den ich mir, froh über seinen Schutz während dieser letzten Minuten der Schlacht, zornig auf den Schädel rammte.

Die Feinde formierten sich zu ihrem Schildwall. Jetzt flogen nur wenige Beleidigungen hin und her, denn nur wenige Männer hatten noch genügend Kraft für etwas anderes als das unbarmherzige Gemetzel, das sie am Ufer des Flusses erwartete. Zum erstenmal an diesem Tag saß Gorfyddyd ab und nahm seinen Platz im Schildwall ein. Zwar trug er keinen Schild, aber er würde diesen letzten Angriff, der die Macht seines verhaßten Feindes vernichtete, dennoch führen. Er hob das Schwert, hielt es ein paar Herzschläge lang hoch erhoben und senkte es.

Der Feind griff an.

Wir hielten Speere und Schilde bereit, um die Angreifer aufzufangen, dann krachten die beiden Schildwälle mit grausigem Geräusch aufeinander. Gorfyddyd versuchte mit seinem Schwert unter Arthurs Schild hindurchzustoßen, doch ich parierte seinen Stoß und schwang Hywelbane. Die Klinge glitt, eine Adlerschwinge durchschneidend, von seinem Helm ab, dann wurden wir durch den Druck der Männer, die von hinten nachschoben, gegeneinandergepreßt.

»Drängt sie zurück!« rief Gorfyddyd seinen Männern zu. Dann versuchte er mich über den Schild hinweg anzuspucken. »Dein Hurenbock«, höhnte er laut durch das Getümmel der Schlacht, »hat sich versteckt, während du kämpfen mußtest!«

»Sie ist keine Hure, Lord König«, erwiderte ich und versuchte, Hywelbane aus der Enge zu befreien und ihm einen Schwerthieb zu versetzen, aber der Druck der Schilde und Männer war zu stark.

»Sie hat reichlich Gold von mir genommen«, behauptete Gorfyddyd, »und ich bezahle keine Weiber, die mir nicht die Beine öffnen.«

Ich zerrte an Hywelbane und versuchte mein Schwert zwischen Gorfyddyds Beine zu stoßen, aber die Klinge glitt am Schutz seines Waffenrocks ab. Er lachte über meinen mißlungenen Versuch, spie mich noch einmal an und hob plötzlich den Kopf, weil er einen grausigen, kreischenden Schlachtruf vernahm.

Das war der Angriff der Iren. Oengus Mac Airems Schwarzschilde griffen immer mit diesem trillernden Kreischen an, einem gräßlichen Schlachtruf, der von der unmenschlichen Lust am Töten kündete. Gorfyddyd rief seinen Männern zu, tapfer dreinzuschlagen und unseren schwachen Schildwall zu durchstoßen, und wenige Sekunden lang gingen die Männer von Powys und Siluria in dem Glauben, die Schwarzschilde kämen ihnen zu Hilfe, mit frischer Kampfkraft gegen uns vor. Als sie dann aber Schreie aus den hinteren Reihen hörten, mußten sie erkennen, daß die Schwarzschilde sie verraten hatten und ein neues Bündnis eingegangen waren. Mit ihren Speeren, die leichte Beute fanden, räumten sich die Iren eine Gasse durch Gorfyddyds Reihen, und plötzlich, im Handumdrehen, ging Gorfyddyds Männern wie einem durchbohrten Wasserschlauch die Luft aus.

Ich sah den Ausdruck von Wut und Panik, der Gorfyddyds Gesicht verzerrte. »Ergebt Euch, Lord König!« rief ich ihm zu, doch seine Leibgarde fand immer noch Raum genug, um mit den Schwertern zuzuschlagen, und ein paar verzweifelte Sekunden lang mußte ich mich zu heftig verteidigen, um sehen zu können, was aus dem König wurde. Issa rief mir zu, er habe gesehen, daß Gorfyddyd verwundet sei. Galahad teilte neben mir Hiebe aus und parierte jene des Feindes, und plötzlich wandten sich die Feinde wie durch ein Wunder zur Flucht. Unsere Männer verfolgten sie, vereinigten sich mit den Schwarzschilden, um die Männer aus Powys und Siluria wie eine Herde Schafe Arthurs wartenden Reitern entgegenzutreiben. Ich selbst hielt nach Gundleus Ausschau. Ein einziges Mal entdeckte ich ihn inmitten einer Masse fliehender, schlammbedeckter, blutbesudelter Männer; dann verlor ich ihn aus den Augen.

Das Tal hatte an jenem Tag zwar schon einiges Töten gesehen, nun aber erlebte es ein wahres Schlachtfest, denn nichts erleichtert das Morden so sehr wie ein durchbrochener Schildwall. Arthur versuchte das Gemetzel zu verhindern, doch nichts hätte dem zügellosen, aufgestauten Rasen Einhalt gebieten können, und so sprengten die Reiter wie Rachegötter durch die panikerfüllte Menge der Feinde, während wir die Flüchtlinge verfolgten und in einer Orgie von Blut niedermetzelten. Zahlreichen Feinden gelang es, an den Reitern vorbeizukommen und sich durch die Furt in Sicherheit zu bringen, ebenso viele andere jedoch waren gezwungen, im Dorf Zuflucht zu suchen, wo sie endlich Zeit und Raum fanden, einen neuen Schildwall zu bilden. Nun aber waren sie es plötzlich, die umzingelt wurden. Der Abendsonnenschein fiel schräg ins Tal herein und übergoß die Bäume mit dem ersten, blaßgelben Licht des langen, blutigen Tages. Wir fanden fast keinen Atem mehr, unsere Schwerter und Speere waren von Blut verklebt.

Arthur, dessen Schwert nicht weniger rot war als das meine, glitt schwerfällig von Llamreis Rücken. Die schwarze Stute war mit weißem Schaum bedeckt, sie zitterte, und ihre blassen Augen waren riesengroß, während Arthur selbst nach seinem verzweifelten Kampf müde bis in die Knochen war. Immer wieder hatte er versucht, zu uns durchzubrechen, hatte, wie seine Männer uns berichteten, gekämpft wie ein Mann, der von den Göttern besessen ist, auch wenn es den ganzen Nachmittag lang so aussah, als hätten die Götter ihn verlassen. Obwohl er an diesem Tag als Sieger hervorging, war er zutiefst bekümmert, als er Sagramor umarmte und mich fest an sich drückte. »Ich habe Euch im Stich gelassen, Derfel«, sagte er. »Ich habe versagt.«

»Nein, Lord«, widersprach ich, »wir haben gesiegt.« Mit meinem ramponierten, blutgeröteten Schwert deutete ich auf die Überlebenden von Gorfyddyds Heer, die sich um das Adlerbanner ihres besiegten Königs sammelten. Auch Gundleus' Fuchsbanner wehte dort, obwohl keiner der beiden feindlichen Könige zu sehen war.

»Ich habe versagt«, wiederholte Arthur. »Ich konnte nicht durchbrechen. Es waren zu viele.« Der Mißerfolg ärgerte ihn, denn ihm war nur allzu deutlich bewußt, wie nahe wir einer totalen Niederlage gewesen waren. Ja, er hatte das Gefühl, besiegt worden zu sein, denn seine berühmten Reiter waren abgewehrt worden und ihm war nichts anderes übriggeblieben, als zuzusehen, wie wir niedergemacht wurden, aber er irrte sich. Der Sieg war sein, einzig und allein sein, denn Arthur hatte als einziger unter allen Männern von Dumnonia und Gwent den Mut gehabt, sich zur Schlacht zu stellen. Diese Schlacht war nicht ganz so verlaufen, wie Arthur es geplant hatte: Tewdric war nicht gekommen, um uns zu helfen, und

Arthurs Schlachtrösser waren von Gundleus' Schildwall aufgehalten worden, aber es war dennoch ein Sieg, und dieser Sieg war einzig und allein Arthurs Mut zu verdanken, überhaupt zu kämpfen. Gewiß, Merlin hatte eingegriffen, aber Merlin nahm den Sieg nicht für sich in Anspruch. Der gehörte Arthur, und obwohl Arthur damals von Selbstvorwürfen gequält wurde, war es der Sieg von Lugg Vale – der einzige Sieg, den Arthur immer geringschätzte –, der ihn letztlich zum Herrscher Britanniens machte. Der Arthur der Dichter, der Arthur, der die Zungen der Barden ermüdete, der Arthur, um dessen Wiederkehr alle Menschen in diesen finsteren Zeiten beten, wurde erst groß durch dieses stolpernde Durcheinander von einer Schlacht. Heutzutage singen die Dichter natürlich nicht mehr die Wahrheit über Lugg Vale. Sie lassen es klingen wie einen Sieg, der so überwältigend war wie seine späteren Schlachten, und vielleicht haben sie recht, wenn sie ihre Lieder so gestalten, denn in diesen harten Zeiten brauchen wir dringend einen Arthur, der vom ersten Moment an ein großer Held war. Aber die Wahrheit ist, daß Arthur in jenen frühen Jahren verletzlich war. Er regierte Dumnonia auf Grund von Owains Tod und Bedwins Unterstützung, doch als sich die Kriege jahrelang hinzogen, gab es nicht wenige, die sich wünschten, er würde verschwinden. Gorfyddyd hatte Anhänger in Dumnonia, und – Gott möge mir verzeihen – zu viele Christen beteten um Arthurs Untergang. Und deswegen kämpfte er: weil er wußte, daß er zu schwach war, nicht zu kämpfen. Arthur mußte entweder den Sieg erringen oder alles verlieren, und letzten Endes siegte er. Doch erst, nachdem er der Niederlage nur um Haaresbreite entgangen war.

Arthur ging hinüber, um Tristan zu umarmen und anschließend Oengus Mac Airem zu begrüßen, den irischen König von Demetia, dessen Truppen die Schlacht gerettet hatten. Wie immer, wenn er vor einem König stand, fiel Arthur auf die Knie, aber Oengus hob ihn auf und drückte ihn fest an seine Brust. Während die beiden Männer sich unterhielten, wandte ich mich um und blickte das Tal entlang. Es war eine grausige Stätte: verwundete Männer, erbärmlich krepierende Pferde, Berge von Leichen und überall verstreute Waffen. Das Blut stank zum Himmel, und die Verwundeten schrien. In diesem Moment fühlte ich mich so müde, wie ich mich noch nie im Leben gefühlt hatte, und meinen Männern erging es ebenso. Dann aber sah ich, daß Gorfyddyds Landwehr vom Hügel herabkam und die Toten und Verwundeten auszuplündern begann, also schickte ich Cavan mit etwa zwanzig Speerkämpfern aus, um sie zu vertreiben. Raben kamen flügelschlagend über den Fluß geflogen, um sich über die Eingeweide der Toten herzumachen. Wie ich sah, rauchten die Trümmer der Hütten, die wir am selben Morgen in Brand gesetzt hatten, noch immer. Dann mußte ich an Ceinwyn denken, und inmitten all dieses bestialischen Horrors stieg meine Seele plötzlich wie auf großen weißen Schwingen empor.

Als ich mich wieder zurückwandte, sah ich gerade noch, wie Merlin und Arthur sich umarmten. Arthur schien in den Armen des Druiden fast zusammenzubrechen, doch Merlin hielt ihn fest umfangen. Dann schritten die beiden Männer zu den Schilden der Feinde hinüber.

Prinz Cuneglas und der Druide Iorweth traten aus dem umzingelten Schildwall hervor. Cuneglas trug einen Speer, doch keinen Schild, während Arthur nur Excalibur am Schwertgehenk in der Scheide trug. Er ging vor Merlin her, und als er Cuneglas erreichte, fiel er vor ihm auf die Knie und neigte den Kopf. »Lord Prinz«, sagte er.

»Mein Vater liegt im Sterben«, gab Cuneglas zurück. »Von einem Speer in den Rücken getroffen.« Das klang wie ein Vorwurf, obwohl alle wußten, daß die Männer, sobald ein Schildwall gebrochen war, gewöhnlich von hinten getötet wurden.

Arthur blieb auf einem Knie. Sekundenlang schien er nicht zu wissen, was er sagen sollte. Dann blickte er zu Cuneglas empor. »Darf ich ihn sehen?« fragte er. »Ich habe Euer Haus beleidigt, Lord Prinz, und in seiner Ehre gekränkt, und obwohl diese Beleidigung nicht in meiner Absicht lag, möchte ich Euren Vater dennoch um Vergebung bitten.«

Nun war es Cuneglas, der um Worte verlegen schien, denn er zuckte die Achseln, als wäre er nicht sicher, ob er die richtige Entscheidung treffe, doch schließlich deutete er auf seinen Schildwall. Arthur erhob sich und begab sich, Seite an Seite mit dem Prinzen, ans Lager des sterbenden Königs Gorfyddyd.

Ich wollte Arthur zurufen, er möge nicht gehen, aber die Reihen der Feinde hatten ihn verschluckt, bevor ich meine wirren Gedanken wieder beisammen hatte. Ich wand mich bei der Vorstellung, was Gorfyddyd zu Arthur sagen würde, vor allem weil ich wußte, daß Gorfyddyd diese Dinge auch sagen würde, dieselben widerlichen Dinge, die er mir über den Rand seines von Speeren zerkratzten Schildes hinweg entgegengespien hatte. König Gorfyddyd war kein Mann, der seinen Feinden vergab oder einen Feind verschonte, nicht einmal so kurz vor seinem Tod. Besonders nicht so kurz vor dem Tod. Es würde Gorfyddyd eine letzte Genugtuung auf dieser Welt sein, zu wissen, daß er seinen Gegner zutiefst verletzt hatte. Da Sagramor meine Bedenken teilte, sahen wir beide tief besorgt zu, wie Arthur nach kurzer Zeit mit einer Miene aus den Reihen der Besiegten zurückkehrte, die so finster war wie Cruachans Höhle. Sagramor trat auf ihn zu. »Er lügt, Lord«, sagte Sagramor leise. »Er hat schon immer gelogen.«

»Ich weiß, daß er lügt«, gab Arthur zurück und erschauerte. »Aber manche Unwahrheiten sind schwer zu ertragen und unmöglich zu vergeben.« Unvermittelt stieg Zorn in ihm auf. Er riß Excalibur aus der Scheide und wandte sich wütend zu den umzingelten Feinden um. »Will irgendeiner von euch für die Lügen eures Königs kämpfen?« rief er, während er an der Schlachtreihe auf und ab ging. »Irgendeiner von euch? Ist auch nur ein einziger von euch bereit, für dieses widerliche Wesen zu kämpfen, das mit euch stirbt? Nur einer? Sonst werde ich die Seele eures Königs in die tiefste Finsternis verbannen lassen. So kommt doch endlich, kämpft!« Er schwang Excalibur gegen die erhobenen Schilde der Feinde. »Kämpft, ihr Feiglinge!« Seine Wut war fast schlimmer als alles, was wir an diesem Tag im Tal erlebt hatten. »Im Namen der Götter«, fuhr er fort, »nenne ich euren König Lügner, Bastard, eine ehrlose Kreatur, ein Nichts!« Er spie vor ihnen aus; dann fingerte er an den Schnallen meines ledernen Brustharnischs, den er noch immer trug. Es gelang ihm, die Schulterriemen zu öffnen, nicht aber die an der Taille, so daß ihm der Brustharnisch vorn herunterhing wie der Lederschurz eines Schmieds. »Ich will es euch leichtmachen«, schrie er. »Keine Rüstung. Kein Schild. Kommt und kämpft mit mir! Beweist mir, daß dieser Bastard, euer Hurenbock von König, die Wahrheit spricht! Nun? Nicht einer von euch?« Seine Rage war außer Kontrolle geraten, denn er befand sich jetzt in den Händen der Götter und spie seinen Zorn einer Welt entgegen, die sich vor seiner furchtbaren Wut duckte. »Ihr stinkenden Huren!« Er wirbelte herum, als Cuneglas wieder aus dem Schildwall auftauchte. »Du, Welpe?« Mit Excalibur zeigte er auf Cuneglas. »Willst du für diesen Haufen sterbenden Unrats kämpfen?«

Cuneglas war, wie jeder hier, tief erschüttert von Arthurs Raserei, trat aber waffenlos aus dem Schildwall hervor und sank vor Arthur auf die Knie. »Wir sind Euch auf Gnade und Ungnade ausgeliefert, Lord Arthur«, sagte er. Arthur starrte ihn wortlos an. Sein Körper war verkrampft, denn all die Wut und Frustration der Kämpfe dieses Tages kochten noch in ihm, und sekundenlang dachte ich, Excalibur würde im Dämmerlicht durch die Luft zischen und Cuneglas den Kopf von den Schultern schlagen. Doch dann blickte Cuneglas auf. »Ich bin jetzt König von Powys, Lord Arthur, aber von Euren Gnaden.«

Arthur schloß die Augen. Dann tastete er, noch immer mit geschlossenen Augen, nach Excaliburs Scheide und stieß das lange Schwert hinein. Er wandte sich von Cuneglas ab, öffnete die Augen und sah uns, seine Speerkämpfer, mit starrem Blick an. Ich beobachtete, wie die Raserei allmählich von ihm wich. Er kochte zwar immer noch vor Zorn, aber die unkontrollierbare Wut war verraucht, und seine Stimme klang beherrscht, als er Cuneglas bat, sich zu erheben. Dann befahl Arthur seine Bannerträger herbei, damit die Standarten des Drachen und des Bären seinen Worten Würde verliehen. »Ich stelle folgende Bedingungen«, sagte er so laut, daß ihn in der Abenddämmerung des Tals alle verstehen konnten. »Ich verlange Königs Gundleus' Kopf. Er trägt ihn schon viel zu lange auf den Schultern, und der Mörder der Mutter meines Königs muß seiner gerechten Strafe zugeführt werden. Darüber hinaus erbitte ich lediglich Frieden zwischen König Cuneglas und meinem König und zwischen König Cuneglas und König Tewdric. Ich erbitte den Frieden zwischen allen britischen Völkern.«

Ringsum herrschte verblüfftes Schweigen. Arthur war der Sieger dieser Schlacht. Seine Streitkräfte hatten den feindlichen König getötet und den Erben von Powys gefangengenommen, daher erwarteten alle Männer im Tal, daß Arthur ein fürstliches Lösegeld für Cuneglas' Leben forderte. Statt dessen bat er um nichts weiter als Frieden.

Cuneglas krauste die Stirn. »Und was ist mit meinem Thron?« stieß er hervor.

»Der Thron gehört Euch, Lord König«, antwortete Arthur. »Wem sonst könnte er gehören? Akzeptiert meine Bedingungen, Lord König, und Ihr könnt als freier Mann auf ihn zurückkehren.«

»Und Gundleus' Thron?« fragte Cuneglas, der wohl argwöhnte, daß Arthur Siluria für sich selbst verlangte.

»Gehört weder Euch«, erwiderte Arthur energisch, »noch mir. Gemeinsam werden wir jemanden suchen, der ihn warm hält. Sobald Gundleus tot ist«, setzte er unheildrohend hinzu. »Wo ist er?«

Cuneglas deutete auf das Dorf. »In einem der Häuser, Lord.«

Arthur wandte sich an die besiegten Speerkämpfer von Powys und hob die Stimme, damit ihn alle verstehen konnten. »Dieser Krieg hätte niemals geführt werden dürfen!« rief er. »Daß er geführt wurde, ist meine Schuld. Ich akzeptiere diese Schuld und werde für sie in jeder Münze bezahlen – nur nicht mit meinem Leben. Prinzessin Ceinwyn schulde ich mehr als eine Bitte um Verzeihung und werde bezahlen, was immer sie fordert, jetzt aber verlange ich nur, daß wir uns verbünden. Täglich treffen neue Sachsen ein, um unser Land zu erobern und unsere Frauen zu versklaven. Sie sollten wir bekämpfen, nicht einander. Ich bitte um eure Freundschaft, und zum Zeichen dieser Bitte lasse ich euch euer Land, eure Waffen und euer Gold. Dies ist weder Sieg noch Niederlage...« – er deutete auf das blutgetränkte, rauchverhangene Tal – »es ist ein Friede. Alles, was ich verlange, ist Frieden und ein einziges Leben. Das Leben des Gundleus.« Er wandte sich zu Cuneglas und senkte die Stimme. »Ich erwarte Eure Entscheidung, Lord König.«

Der Druide Iorweth eilte an Cuneglas' Seite, und die beiden Männer berieten sich. Keiner von ihnen schien Arthurs Worten zu glauben, denn Kriegsherren waren normalerweise nicht sehr großzügige Sieger. Schlachtensieger verlangten Lösegeld, Gold, Sklaven und Land; Arthur dagegen wollte nur Freundschaft. »Was ist mit Gwent?« erkundigte sich Cuneglas bei Arthur. »Was wird Tewdric verlangen?«

Arthur tat, als sähe er sich suchend in dem dunkelnden Tal um. »Ich sehe keine Männer aus Gwent, Lord König. Wenn ein Mann nicht an einer Schlacht teilnimmt, kann er später auch keine Bedingungen stellen. Ich kann Euch versichern, Lord König, daß Gwent sich Frieden wünscht. König Tewdric wird nichts verlangen als Eure Freundschaft und die Freundschaft meines Königs. Eine Freundschaft, die niemals zu brechen wir gemeinsam schwören müssen.«

»Wenn ich Euch diesen Schwur leiste – kann ich dann gehen?« wollte Cuneglas argwöhnisch wissen.

»Wohin Ihr wollt, Lord König, obwohl ich Euch um Erlaubnis bitte, Euch auf Caer Sws aufsuchen zu dürfen, um weitere Gespräche mit Euch zu führen.«

»Und meine Männer können ebenfalls gehen?« fragte Cuneglas.

»Mit ihren Waffen, ihrem Gold, ihrem Leben und meiner Freundschaft«, antwortete Arthur. Er war sehr ernst und fest entschlossen, dafür zu sorgen, daß dies die letzte Schlacht blieb, die zwischen Briten ausgefochten wurde. Obwohl er, wie mir auffiel, darauf geachtet hatte, Ratae mit keinem Wort zu erwähnen. Diese Überraschung konnte offenbar noch warten.

Cuneglas schien immer noch zu glauben, daß das Angebot zu gut sei, um wahr zu sein. Dann jedoch lächelte er plötzlich, vielleicht weil er an seine frühere Freundschaft mit Arthur dachte. »Ihr sollt Euren Frieden haben, Lord Arthur.«

»Unter einer letzten Bedingung«, entgegnete Arthur völlig unerwartet und ausgesprochen scharf, aber so leise, daß nur wenige von uns seine Worte vernehmen konnten. Cuneglas sah ihn mißtrauisch an, wartete aber ab. »Daß Ihr, Lord König«, fuhr Arthur fort, »unter Eid und auf Eure Ehre versichert, daß Euer Vater mich vor seinem Tod belogen hat.«

Der ganze Friede hing nun von Cuneglas' Antwort ab. Sekundenlang schloß er die Augen, als wäre er verletzt. Dann sagte er: »Mein Vater hat nie viel von der Wahrheit gehalten, Lord Arthur, nur von Worten, mit denen er seine Ziele erreichen konnte. Mein Vater war ein Lügner, das nehme ich auf meinen Eid.«

»Dann haben wir Frieden!« rief Arthur aus. Nur einmal hatte ich ihn glücklicher gesehen, und das war, als er sich mit seiner Guinevere vermählte. Jetzt, inmitten des Rauchs und des Gestanks der siegreichen Schlacht, wirkte er fast so glücklich wie damals auf jener blumenbewachsenen Lichtung am Ufer des Flüßchens. Ja, er brachte vor Glück fast kein Wort heraus, denn er hatte erreicht, was er sich mehr als alles auf der Welt wünschte: Frieden.

Boten wurden nach Norden und Süden geschickt, nach Caer Sws und Durnovaria, nach Magnis und nach Siluria. Das Lugg Vale stank nach Blut und Rauch. Viele der Verwundeten starben, wo sie gefallen waren, und ihre Schreie hallten gräßlich durch die Nacht, während die Lebenden sich um große Feuer drängten und von Wölfen sprachen, die aus den Hügeln kämen, um sich an den Toten der Schlacht gütlich zu tun.

Arthur wirkte wie benommen vom schieren Ausmaß seines Sieges. Er war jetzt – obwohl er es kaum begreifen konnte – der Herrscher von Südbritannien, denn es gab keinen Mann mehr, der es wagen würde, gegen sein Heer anzutreten, auch wenn es jetzt ziemlich mitgenommen war. Er mußte mit Tewdric sprechen, er mußte Speerkämpfer an die sächsische Grenze zurückschicken, er wollte unbedingt, daß Guinevere von seinem Erfolg erfuhr, und währenddessen kamen ständig Männer zu ihm, die um Gefälligkeiten und Land, Gold und Rang baten. Merlin erzählte ihm vom Kessel, Cuneglas wollte über Aelles Sachsen diskutieren, während Arthur von Lancelot und Ceinwyn reden wollte, und Oengus Mac Airem verlangte Land, Frauen, Gold und Sklaven von Siluria.

Ich selbst verlangte nur eins an jenem Abend, und dieser Wunsch wurde mir von Arthur gewährt:

Er gab mir Gundleus.

Der König von Siluria hatte in einem kleinen, von den Römern erbauten Tempel Zuflucht gesucht, der neben dem größeren römischen Haus im kleinen Dorf stand. Der Tempel war aus Stein und hatte mit Ausnahme eines grob gehauenen Loches im Giebel, das als Rauchabzug diente, keine Fenster und nur eine einzige Tür, die auf den Hof des Anwesens führte. Gundleus hatte versucht, aus dem Tal zu fliehen, aber sein Pferd war durch einen von Arthurs Reitern niedergemacht worden, und so erwartete der König nun sein Schicksal wie eine Ratte im letzten Loch. Eine Handvoll getreuer silurischer Speerkämpfer bewachten den Tempeleingang, verschwanden aber, als sie sahen, daß meine Krieger aus dem Dunkeln heraus anrückten.

Nur Tanaburs war bei dem von Feuerschein beleuchteten Tempel zurückgeblieben und hatte dort einen kleinen Geisterzaun errichtet, indem er zwei frisch abgeschlagene Köpfe am Fuß der beiden Türpfosten aufstellte. Als er am Hoftor unsere Speerspitzen glitzern sah, hob er seinen halbmondgekrönten Stab und spie uns seine Flüche entgegen. Er rief die Götter an und bat sie gerade, unsere Seelen schrumpfen zu lassen, als sein Gekreisch urplötzlich abbrach.

Es verstummte, als er hörte, wie Hywelbane aus seiner Scheide fuhr. Bei diesem Geräusch spähte er aufmerksam auf den finsteren Hof hinaus, auf den Nimue und ich gerade gemeinsam eindrangen. Als er mich erkannte, stieß er einen kleinen Angstschrei aus, der so klang wie der Schrei eines Hasen, wenn er von einer Wildkatze gestellt wird. Da er wußte, daß ich seine Seele besaß, floh er vor Entsetzen durch die Tempeltür ins Innere zurück. Nimue stieß die beiden Köpfe verächtlich mit dem Fuß beiseite und folgte mir in den Tempel. Sie trug ein Schwert. Meine Männer warteten draußen.

Der Tempel war früher einmal einem römischen Gott geweiht worden, nun aber waren es britische Götter, für welche die Schädel an den nackten Steinwänden so hoch aufgetürmt waren. Die dunklen Augenhöhlen der Schädel starrten ausdruckslos auf die beiden Feuer, die in dem hohen, schmalen Raum brannten, in dem Tanaburs sich mit einem Ring aus gelblichen Schädeln einen Zauberkreis geschaffen hatte. Jetzt stand er mitten in diesem Kreis und murmelte seine Beschwörungen, während hinter ihm an der Wand vor einem von Opferblut geschwärzten Altar mit gezogenem Schwert Gundleus wartete.

Tanaburs, dessen besticktes Gewand mit Dreck und Blut besudelt war, hob seinen Stab und schleuderte mir widerliche Flüche entgegen. Er verfluchte mich bei Wasser und Feuer, bei Erde und Luft, bei Stein und Fleisch, bei Tau und Mondlicht, bei Leben und Tod, aber nicht einer dieser Flüche konnte mich aufhalten, als ich, Nimue in ihrem verschmutzten weißen Gewand an meiner Seite, langsam näher kam. Tanaburs stieß einen letzten Fluch hervor.

Dann wies er mit dem Stab direkt auf mein Gesicht. »Deine Mutter lebt, Sachse!« rief er wutschäumend. »Deine Mutter lebt, und ihr Leben gehört mir. Hast du gehört, Sachse?« Höhnisch grinste er mich von der Mitte seines Kreises aus an, während die beiden Feuer im Tempel Schatten auf sein Gesicht warfen und seine Augen in ihrem Licht wild und drohend glühten. »Hast du gehört?« wiederholte er. »Die Seele deiner Mutter ist mein! Ich habe mich mit ihr gepaart, um das zu erreichen! Ich habe mit ihr das Tier mit den zwei Rücken gemacht und ihr Blut abgenommen, um mir ihre Seele anzueignen. Berühre mich, Sachse, und die Seele deiner Mutter geht zu den Feuerdrachen. Sie wird von der Erde zerquetscht, von der Luft verbrannt, vom Wasser erstickt und in ewige Qualen geschleudert werden. Und nicht nur ihre Seele, Sachse, sondern die Seele eines jeden Lebewesens, das je aus ihren Lenden hervorgegangen ist. Ich habe ihr Blut in der Erde vergraben, Sachse, und meine Kraft in ihren Leib ergossen!« Lachend hob er seinen Stab zu den Dachbalken des Tempels. »Berühre mich, Sachse, und der Fluch wird ihr das Leben nehmen, und durch ihr Leben auch das deine.« Er senkte den Stab so, daß er wieder waagerecht auf mich wies. »Laß mich gehen, und du wirst leben wie sie.«

Ich blieb am Rand des Kreises stehen. Die Schädel bildeten zwar keinen Geisterzaun, in ihrer Anordnung lag aber immer noch eine furchterregende Macht. Ich spürte diese Macht wie unsichtbare Flügel, die mich mit ihren schweren Schlägen in Angst versetzten. Überschritt ich diesen Schädelkreis, würde ich den Kampfplatz der Götter betreten und gegen Dinge antreten müssen, die ich mir nicht vorstellen, geschweige denn verstehen konnte. Tanaburs, der meine Unsicherheit bemerkte, grinste triumphierend. »Deine Mutter gehört mir, Sachse«, tönte er, »mir ganz allein, ihr Blut, ihre Seele und ihr Körper gehören mir, und damit gehörst auch du mir, denn du wurdest in Blut und Schmerzen von meinem Körper geboren.« Nun deutete er mit seinem Stab auf meine Brust. »Soll ich dich zu ihr bringen, Sachse? Sie weiß, daß du lebst, und ein Marsch von nur zwei Tagen wird dich in ihre Arme führen.« Er lächelte boshaft. »Du bist mein«, rief er abermals, »mein allein! Ich bin deine Mutter und dein Vater, deine Seele und dein Leben. Ich habe den Leib deiner Mutter mit dem Zauber des Einsseins belegt, und nun bist du mein Sohn! Frag sie!« Er zeigte mit dem Stab auf Nimue. »Sie kennt den Zauber.«

Nimue schwieg und starrte finster zu Gundleus hinüber, während ich in die furchtbaren Augen des Druiden blickte. Ich hatte Angst, in den Kreis zu treten, Angst vor seinen Drohungen, dann aber kehrte in einem überwältigenden Ansturm die Erinnerung an jene längst vergangene Nacht zurück, als wäre es erst gestern gewesen. Ich erinnerte mich an die Schreie meiner Mutter, und ich erinnerte mich daran, wie sie die Soldaten angefleht hatte, mich bei ihr zu lassen, und ich erinnerte mich, wie die Speerkämpfer gelacht und sie mit ihren Speerschäften auf den Kopf geschlagen hatten, und ich erinnerte mich an diesen kichernden Druiden mit den Hasen und Monden auf dem Gewand und den Knochen im Haar, und ich erinnerte mich daran, wie er mich hochgehoben und begrapscht und gesagt hatte, welch schönes Opfer ich doch für die Götter sei. An all das erinnerte ich mich, genauso wie ich mich daran erinnerte, hochgehoben zu werden, während ich nach meiner Mutter schrie, die mir nicht helfen konnte, und ich erinnerte mich, daß ich durch die Gasse der Feuer getragen wurde, wo die Krieger tanzten und die Frauen stöhnten, und ich erinnerte mich daran, daß Tanaburs mich hoch über seinen tonsurierten Kopf gehoben hatte, als er an den Rand der Grube trat, die ein schwarzes Loch in der Erde war, umgeben von Feuern, deren Flammen hell genug brannten, um das blutverschmierte Ende des zugespitzten Pfahls zu beleuchten, der aus den Tiefen der runden, dunklen Grube aufragte. Diese Erinnerungen glichen Schmerzschlangen, die sich in meine Seele verbissen, denn ich sah noch die blutigen Fleischfetzen vor mir, die an dem feuerbeschienenen Pfahl hingen, und das nur halb begriffene Grauen, das von den zerbrochenen Körpern ausging, die sich in langsamer, furchtbarer Qual wanden, während sie in der blutigen Finsternis der Todesgrube dieses Druiden verendeten. Und ich erinnerte mich daran, daß ich noch immer nach meiner Mutter schrie, als Tanaburs mich zu den Sternen emporhob, um mich seinen Göttern zu opfern. »Für Gofannon«, hatte er gerufen, während meine Mutter schrie, weil sie vergewaltigt wurde, und ich schrie, weil ich wußte, daß ich sterben mußte, »für Lleullaw«, rief Tanaburs, »für Cernunnos, für Taranis, für Sucellos, für Bel!« Und bei diesem letzten, ganz großen Namen schleuderte er mich auf den Todespfahl hinab.

Und fehlte.

Meine Mutter hatte gräßlich geschrien, und diese Schreie hörte ich noch immer, als ich mir den Weg in Tanaburs' Schädelkreis freitrat, und ihre Schreie verschmolzen mit dem Kreischen des Druiden, als ich seinen längst vergangenen Todesschrei wiederholte. »Für Bel!« rief ich.

Hywelbane fuhr hinab. Und ich fehlte nicht. Hywelbane schnitt durch Tanaburs' Schulter und Rippen, und so stark war der schiere, blutrünstige Zorn in meiner Seele, daß Hywelbane durch seinen mageren Bauch bis tief in seine stinkenden Eingeweide drang, so daß sein Körper auseinanderfiel wie ein verwester Leichnam, und dabei stieß ich ständig den grausigen Schrei eines Kindes aus, das in die Todesgrube geworfen wird.

Der Schädelkreis füllte sich mit Blut, und meine Augen füllten sich mit Tränen, als ich zu dem König emporblickte, der Rallas Sohn und Mordreds Mutter ermordet hatte, dem König, der Nimue vergewaltigt und ihr das Auge herausgerissen hatte. In der Erinnerung an jenen Schmerz nahm ich Hywelbanes Griff in beide Hände, riß die Klinge aus dem Abschaum zu meinen Füßen und trat über den Leichnam des Druiden hinweg, um Gundleus den Tod zu bringen.

»Er gehört mir!« rief Nimue mir zu. Sie hatte ihre Augenklappe abgenommen, so daß ihre leere Augenhöhle im Flammenschein tückisch und rot leuchtete. Lächelnd schritt sie an mir vorbei. »Du gehörst mir«, sagte sie sanft, »mir allein.« Und Gundleus schrie.

Und vielleicht vernahm Norwenna in der Anderswelt diesen Schrei, der ihr sagte, daß ihr Sohn, ihr kleiner, im Winter geborener Sohn, noch immer König war.

Anmerkungen des Autors

Es ist kaum überraschend, daß die Arthur-Ära der britischen Geschichte »Dark Age« genannt wird, das Dunkle Zeitalter, denn wir wissen so gut wie nichts über die Ereignisse und Persönlichkeiten jener Jahre. Ja, wir können nicht einmal sicher sein, daß Arthur wirklich gelebt hat. Nicht unwahrscheinlich ist es jedoch letztlich, daß ein großer britischer Held namens Arthur (oder Artur oder Artorius) zu Anfang des sechsten Jahrhunderts A. D. die eindringenden Sachsen vorübergehend aufgehalten hat. Eine frühe Geschichte über diese Kriege wurde in den vierziger Jahren des sechsten Jahrhunderts geschrieben, Gildas' *De Excidio et Conquestu Britanniae,* und man darf wohl annehmen, daß ein solches Werk eine zuverlässige Quelle über Arthurs Erfolge sei, nur leider erwähnt Gildas Arthurs Namen nicht ein einziges Mal – eine Tatsache, über die sich besonders jene freuen, die seine Existenz bestreiten.

Aber es gibt auch einige frühe Beweise für Arthur. Um die mittleren Jahre des sechsten Jahrhunderts herum, eben zu jener Zeit, da Gildas seine Geschichte schrieb, findet sich in erhaltenen Unterlagen eine überraschende und atypische Anzahl von Männern namens Arthur, und das wiederum läßt darauf schließen, daß es plötzlich Mode wurde, Söhne auf den Namen eines berühmten und mächtigen Mannes zu taufen. Derartige Beweise sind allerdings ebensowenig schlüssig wie der früheste literarische Hinweis auf Arthur, eine flüchtige Erwähnung in dem großen Epos *Y Gododdin,* das um 600 A. D. zur Feier einer Schlacht zwischen den nördlichen Briten (»eine mettrunkene Horde«) und den Sachsen entstand, doch zahlreiche Gelehrte sind der Ansicht, daß der Hinweis auf Arthur erst sehr viel später eingefügt wurde.

Nach dieser einen, zweifelhaften Erwähnung in *Y Gododdin*

müssen wir uns weitere zweihundert Jahre gedulden, bis Arthur wieder von einem Chronisten erwähnt wird, eine Lücke, welche die Zuverlässigkeit der Beweise in Frage stellt, doch Nennius, der seine Geschichte der Briten in den allerletzten Jahren des achten Jahrhunderts schrieb, befaßt sich sehr viel eingehender mit Arthur. Interessanterweise bezeichnet ihn Nennius niemals als König, sondern als *Dux Bellorum,* Schlachtenlenker, ein Titel, der hier mit Kriegsherr oder Warlord wiedergegeben wird. Nennius bezog sich zweifellos auf uralte Volkssagen, eine fruchtbare Quelle, aus der die immer häufigeren Nacherzählungen von Arthurs Geschichte schöpften. Im zwölften Jahrhundert erreichten diese einen Höhepunkt, als gleich zwei Autoren in verschiedenen Ländern Arthur für alle Zeiten zum Helden machten. In Britannien verfaßte Geoffrey of Monmouth seine wundervolle, mythische *Historia Regum Britanniae,* während in Frankreich der Dichter Chrétien de Troyes dieser königlichen Mixtur unter anderem Lancelot und Camelot hinzufügte. Der Name Camelot mag frei erfunden (oder bewußt von Colchesters römischem Namen Camulodunum abgeleitet) worden sein; davon abgesehen jedoch griff Chrétien de Troyes mit größter Wahrscheinlichkeit auf bretonische Mythen zurück, in denen, genau wie in den walisischen Volkserzählungen, auf die sich Geoffreys Geschichte stützte, echte Erinnerungen an einen alten Helden gepflegt werden. Dann schrieb im fünfzehnten Jahrhundert Sir Thomas Malory *Le Morte d'Arthur*, die Proto-Version unserer strahlenden Arthur-Sage mit dem Heiligen Gral, der Tafelrunde, den schlanken Maiden, furchtbaren Ungeheuern, mächtigen Hexenmeistern und Zauberschwertern.

Diese reiche Tradition auf der Suche nach der Wahrheit über Arthur zu entwirren ist vermutlich völlig unmöglich, obwohl sich viele daran versucht haben und viele es zweifellos noch versuchen werden. Arthur soll ein Mann aus Nordbritannien gewesen sein, aus Essex oder aus dem Westen. Eine jüngere Arbeit identifiziert Arthur eindeutig als walisischen Herrscher aus dem sechsten Jahrhundert mit Namen Owain Ddantgwyn, doch da die Autoren darauf hinweisen, daß es »keine Aufzeichnungen über Owain Ddantgwyn« gebe, erweist sich auch dies als nicht sehr hilfreich. Camelot ist in Carlisle, Winchester, South Cadbury, Colchester ebenso geortet worden wie an einem Dutzend anderer Plätze. Meine Wahl in dieser Frage ist im günstigsten Fall voreingenommen und nur von der Gewißheit gestützt, daß keine zuverlässige Antwort existiert. Ich habe Camelot den erfundenen Namen Caer Cadarn gegeben und es in South Cadbury, Somerset, angesiedelt – nicht weil ich das für den wahrscheinlichsten Standort halte (obwohl ich ihn nicht als den unwahrscheinlichsten betrachte), sondern weil ich diesen Teil Britanniens kenne und liebe. Sosehr wir auch suchen – alles, was wir den Überlieferungen als sicher entnehmen können, ist die Tatsache, daß er ein großer Kriegsherr, wenn auch niemals ein König, war und daß er seine größten Schlachten gegen die verhaßten sächsischen Eindringlinge führte.

Es mag zutreffen, daß wir nur sehr wenig über Arthur wissen, immerhin vermögen wir einiges aus der Zeit zu folgern, in der er vermutlich lebte. Das Britannien des fünften und sechsten Jahrhunderts muß ein recht unwirtliches Land gewesen sein. Da die römischen Beschützer Anfang des fünften Jahrhunderts abzogen, waren die romanisierten Briten einem Ring furchtbarer Feinde ausgeliefert. Von Westen kamen die marodierenden Iren, die zwar enge keltische Verwandte der Briten, aber dennoch Eindringlinge, Kolonisatoren und Sklavenhalter waren. Im Norden wohnte das seltsame Volk der schottischen Hochlande, das ständig versuchte, mit verheerenden Ausfällen nach Süden vorzudringen; aber kein Feind war so gefürchtet wie die verhaßten Sachsen, die zuerst attackierten, dann kolonisierten und Ostbritannien anschließend versklavten und die sich mit der Zeit daranmachten, Britanniens Kernland zu erobern und es in England umzutaufen.

Die Briten, die sich diesen Feinden gegenübersahen, waren alles andere als geeint. Ihre Königreiche scheinen ebensoviel Energie darauf verwendet zu haben, einander zu bekämpfen, wie darauf, sich gegen die Invasoren zu wehren, und waren zweifellos auch ideologisch geteilt. Die Römer hinterließen Gesetze, Industrie, Wissen und Religion, doch dieses Erbe stand zahlreichen heimischen Traditionen entgegen, die während der langen römischen Besatzung gewaltsam unterdrückt, doch niemals ganz ausgerottet worden waren. Im Mittelpunkt dieser Traditionen steht das Druidentum. Die Römer unterdrückten das Druidentum wegen seiner

Assoziationen mit britischem (und somit antirömischem) Nationalismus und führten an seiner Stelle ein Durcheinander von anderen Religionen ein, darunter natürlich auch das Christentum. Die Gelehrten meinen, das Christentum sei im poströmischen Britannien weit verbreitet gewesen (obwohl es sich dabei vermutlich um eine der modernen Auffassung unvertraute Form des Christentums handelt), aber auch das Heidentum existierte zweifellos weiter, vor allem auf dem Land (*pagan,* das englische Wort für Heide oder heidnisch, leitet sich aus dem lateinischen Wort für Landbewohner her), und als der poströmische Staat zusammenbrach, scheinen sich Männer und Frauen an jeden spirituellen Strohhalm geklammert zu haben, der sich ihnen bot. Mindestens ein moderner Gelehrter hat vermutet, daß das Christentum den Resten des britischen Druidentums wohlwollend gegenüberstand und daß die beiden Glaubensrichtungen friedlich nebeneinander existierten, doch da Toleranz nie eine Stärke der christlichen Kirche war, wage ich diese Behauptung zu bezweifeln. Ich persönlich jedenfalls glaube, daß Arthurs Britannien ein Land war, das sowohl von Religionsstreitigkeiten als auch von Invasionen und Politik zerrissen war. Mit der Zeit wurden die Erzählungen um Arthur natürlich stark christianisiert, vor allem, was die Fixierung auf den Heiligen Gral betrifft, obwohl wir sicherlich bezweifeln dürfen, daß Arthur jemals von einem derartigen Kelch Kenntnis erhielt. Dennoch ist es möglich, daß die Legenden von der Suche nach dem Gral nicht ganz und gar auf späteren Erfindungen beruhen, denn sie ähneln sehr stark beliebten keltischen Volkssagen von Kriegern, die magische Kessel suchen, heidnischen Erzählungen, über die, wie so oft in der Arthur-Mythologie, christliche Autoren später ihren frommen Glanz gestülpt und damit eine weit frühere Arthur-Tradition verschüttet haben, die heute nur noch in einigen sehr alten und obskuren Lebensbeschreibungen keltischer Heiliger existiert.

Überraschenderweise stellt diese Tradition Arthur als Bösewicht und Feind der Christenheit dar. Die keltische Kirche war Arthur, wie es scheint, nicht sehr wohlgesonnen, und die Lebensbeschreibungen der Heiligen lassen darauf schließen, daß es dazu kam, weil er das Geld der Kirche beschlagnahmte, um damit seine Kriege zu finanzieren, eine Auslegung, die auch erklären könnte, warum sich

Gildas, ein Mann der Kirche und Arthur zeitlich am nächsten stehender Chronist, schlichtweg weigerte, ihm das Verdienst an den britischen Siegen zuzuerkennen, die das Vordringen der Sachsen vorübergehend aufhielten.

Der heilige Dornbusch wäre natürlich in Ynys Wydryn (Glastonbury) zu finden, das heißt, wenn wir der Legende glauben wollen, die besagt, daß Joseph von Arimathia den Heiligen Gral und die Dornenkrone des sterbenden Jesus im Jahre 63 A. D. nach Glastonbury brachte – obwohl diese Geschichte erst im zwölften Jahrhundert auftaucht; daher vermute ich, daß meine Aufnahme des Dornbuschs in *Der Winterkönig* zu den zahlreichen bewußten Anachronismen gehört. Als ich mit diesem Buch begann, war ich fest entschlossen, keinen Anachronismus zuzulassen, auch nicht die Ausschmückungen des Chrétien de Troyes, doch dieser Reinheitsgedanke hätte zugleich auch Lancelot, Galahad, Excalibur und Camelot ausgeschlossen, ganz zu schweigen von Personen wie Merlin, Morgan und Nimue. Hat Merlin wirklich existiert? Die Beweise für sein Leben sind noch weniger zwingend als die für Arthurs Existenz, außerdem ist es höchst unwahrscheinlich, daß die beiden gleichzeitig gelebt haben. Dennoch sind sie für mich unzertrennlich, und so fand ich es schlechthin unmöglich, Merlin auszuschließen. Einige Anachronismen konnten jedoch ohne weiteres über Bord geworfen werden. So trägt der Arthur des fünften Jahrhunderts zum Beispiel weder einen Schildpanzer noch eine mittelalterliche Lanze. Er hat keinen runden Tisch, obwohl seine Krieger (nicht Ritter) nach Art der Kelten häufig im Kreis auf dem Boden sitzend getafelt haben dürften. Seine Burgen hätten aus Erde und Holz bestanden, nicht aus hochaufragendem, mit Rundtürmen geschmücktem Stein, und ich bezweifle voller Bedauern, daß ein in schweren, weißen, golddurchwirkten Seidenstoff gehüllter Arm mystisch und märchenhaft aus einem nebelverhangenen See auftauchte, um sein Schwert in die Ewigkeit zu holen, obwohl es so gut wie sicher ist, daß die persönlichen Schätze eines großen Führers bei seinem Tod als Opfergabe an die Götter in einen See geworfen wurden.

Die meisten Personennamen in diesem Buch entstammen Unterlagen aus dem fünften und sechsten Jahrhundert, doch über die

Menschen, die diese Namen trugen, wissen wir so gut wie gar nichts, genau wie wir nur sehr wenig über die poströmischen Königreiche Britanniens wissen – ja, die moderne Geschichte ist sich nicht einmal über die Anzahl der Reiche und ihre Namen einig. Dumnonia hat genauso existiert wie Powys, während der Berichterstatter dieser Geschichte, Derfel (nach Waliser Art Derwel ausgesprochen), in einigen frühen Erzählungen als einer von Arthurs Kriegern bezeichnet wird. Über ihn wird ebenfalls berichtet, daß er später in ein Kloster eintrat. Davon abgesehen wissen wir jedoch nichts weiter über ihn. Andere, wie Bischof Sansum, haben zweifelsfrei existiert und sind noch heute als Heilige bekannt, obwohl von den frommen Männern der damaligen Zeit nur recht wenig Tugendhaftigkeit verlangt wurde.

Der Winterkönig ist also eine Erzählung aus dem frühen Mittelalter, in der Legende und Vorstellungskraft den Mangel an historischen Unterlagen ersetzen müssen. So ziemlich das einzige, dessen wir relativ sicher sein können, ist der breite historische Hintergrund: ein Britannien, in dem es noch immer römische Städte, römische Straßen, römische Villen und einige römische Manieren gibt, aber ebenso ein Britannien, das sehr schnell durch Invasionen und persönlichen Hader vernichtet zu werden droht. Einige Briten hatten den Kampf bereits aufgegeben und sich in Armorica, der Bretagne, niedergelassen, was erklärt, wieso sich die Arthur-Sagen in jenem Teil Frankreichs so lange gehalten haben. Für jene Briten aber, die auf ihrer geliebten Insel blieben, war es eine Zeit, in der sie verzweifelt nach Rettung – militärischer wie spiritueller – suchten, und in diesem unglückseligen Land tauchte plötzlich ein Mann auf, der den Feind wenigstens für einige Zeit zurückzuschlagen vermochte. Dieser Mann ist mein Arthur, ein großer Kriegsherr und ein Held, der sich einer scheinbar aussichtslosen Sache verschrieb – mit dem Ergebnis, daß ihn eintausendfünfhundert Jahre später selbst seine Feinde lieben und sein Andenken in Ehren halten.

BLANVALET

FEDERICA DECESCO

Ariana und das Feuer – eine tiefe Beziehung verbindet die Vulkanforscherin mit ihrem Element.
Bis zwei Männer in ihr Leben treten, die eines dramatischen Tages eine Entscheidung von ihr fordern...

Federica de Cesco ist und bleibt eine Magierin sinnlich betörender Literatur!

Federica de Cesco. Feuerfrau 35003

BLANVALET

DEIRDRE PURCELL

Eine faszinierende Familiensaga aus Irland – und das Porträt einer Frau zwischen strahlendem Ruhm und persönlicher Tragödie.

»Eine wunderbare Begabung – eine ergreifende Liebesgeschichte!« *Sunday Times*

Deirdre Purcell. Tränen aus Stein 35009

BLANVALET

DIANA GABALDON

Eine geheimnisvolle Reise ins schottische Hochland des 18. Jahrhunderts. Und eine Liebe, wildromantisch und stärker als Zeit und Raum...

»Prall, üppig, lustvoll, kühn, historisch korrekt – und absolut süchtigmachend!« *Berliner Zeitung*

Diana Gabaldon. Feuer und Stein 35004

BLANVALET

EVA IBBOTSON

Die verarmte Russin Anna Gratzinsky verdient sich ihren Lebensunterhalt bei einer englischen Adelsfamilie. Eines Tages bringt der junge Graf seine Verlobte mit nach Hause...

»Das allerschönste, rührendste, amüsanteste und beschwingteste Aschenputtelmärchen der Welt. Ein Buch, das man mit Lachtränen in den Augen liest.« *Verena C. Harksen*

Eva Ibbotson. Sommerglanz 35015

BLANVALET

EVA IBBOTSON

London am Ende der dreißiger Jahre: Der englische Professor Quinton Somerville rettet das Leben der Wiener Studentin Ruth – durch eine Paßehe...

»Ein kluges und wunderbar leichtes Buch – mitreißend erzählt, so daß man es bis zur letzten Seite atemlos liest.« *Brigitte*

Eva Ibbotson. Die Morgengabe 35007

BLANVALET

ELIZABETH GAGE

Sie ist schön wie ein Engel und kühl wie ein Gletscher – doch unter der eisigen Erscheinung schlummert ein Vulkan. Aber jetzt muß Jack Magnus mit einem Ausbruch rechnen, denn Francie will nur noch eins: Rache...

Elizabeth Gage. Gefährliche Glut 35005